文艺报文丛·外国文学卷

《文艺报》编选

梁鸿鹰　主编

绚丽星空之下

作家出版社

写在前面的话

梁鸿鹰

怀着感念与喜悦的心情，我们把这四卷本“《文艺报》文丛”奉献给大家。

这是我们与作家、艺术家共同绘制的一幅幅时代文艺发展的难忘景象，这是文艺大家对人生与创作的独特回望与感悟，这是我们和理论评论家携手对近年来中外文艺走向留下的一份份独特见证。

这些文字，记录了当代一批杰出文艺大家生命和艺术追求的足迹，留下的是一点一滴的人生感悟，带给我们的更是弥足珍贵的精神指引。正如文丛“访谈卷”书名所昭示的那样——水流云在，时光不舍昼夜，但在地老天荒之上，前辈们描绘的精神云霞将会永远照耀文学前行的道路。在这些大家面前，我们深切地感到文学初心的难能可贵。比如，终归于极简与至真的马识途老人历经风云，永远怀着一颗赤诚的初心，在他看来，当代中国仍有许多需要表现、描写的人物，好的作品应该从思想上推动人类进步，影响世道人心。历史、方向、胜利……这些无法称量的关键词，也终究是要由每个时代的那些人去承担和推动的。记者在采访、写作时的感叹，大致能够反映我们与前辈的共同心声。

这些文字，以极富智慧的光亮，映照着当代文学艺术发展中绕不开的来去路径和指归，体现着当代理论工作者高度的思辨自觉，其中不少文章紧紧围绕习近平总书记文艺工作座谈会重要讲话提出的理论实践命题，从不同角度由务虚反思，归于对当下创作面临难题的破解。诚如不少思想者所言，面向未来的我国文艺创作，欲强精气神韵，立美学风范，必然要着眼于民族精神血脉的传承，不忘开放进取现代价值取向的弘扬，因为正如张炯先生所言，我们的目标是“共建人类共同体的大同精神。它标志当代中国精神的高度，也应该是我国文艺思想需要追求的精神高度。只有这样，我国文艺才能不独以真善美相统一的精美的艺术性唤起人们审美的怡悦，也能以高度的思想性获得全球人类的热切共鸣，从而为世界文明作出新的贡献”。在这样的高度来观察、指导当代实践，才能使中国文艺的未来愈加美好。

这些文字，体现了对文学意义的不懈追寻，对艺术真谛的深切探访，而且，大多携带着评论家们对作品虔敬的体温，对作家、艺术家劳动创造的激赏，同样体现出对更加清正批评风气的呼唤，如雷达先生所言，“健康有力的文学批评的出现需要一个个质地坚实见解独具的文本，更需要一个良好的文化语境，而批评家自当具备一种在公正立场‘说话’、直面作品的批评伦理。倘若能进一步改善历史文化语境，能斩断作品与它后面种种非文学因素的联系，大量没有意义的过剩与复制自然就会减少，一种深入到作品内部的有效批评和探究文本奥秘的‘美文批评 ’也才有可能更多地出现”。只要我们以虔敬的严谨始终坚持说真话、讲道理，批评对创造精神价值的张扬，永远是文艺发展的动能。

这些文字，还如同富于魅力的万花筒，以变幻着的色彩和图景，为广大读者打开了通往异域文学艺术历史和现状的新天地，拉近了我们与一位位文艺大家的距离。事实证明，只有经典作家作品作为民族文化母体的基因或染色体地位的不被动摇，伟大的精神财富才能属于全人类。今年，全世界不同地方的人们同时在纪念汤显祖、莎士比亚和塞万提斯，面对国民阅读出现的下降，以及文学经典屡陷尴尬，我们有责任避免经典的无家可归、陷入困顿。诚如陈众议先生认为的那样，在资本和文化消费主义强劲推动的时候，在“全球化”时代“去民族意识”“去意识形态”甚嚣尘上的时候，一定要坚守自己的文化立场。“轻易瓦解作为国家认同、民族认同、价值认同和审美认同重要根基的文学经典，那不是犯傻或别有用心又是什么？”这个发问对我们来说，会是意味深长的。

让我们翻开书页，体会、感悟、思考，并对当代文艺的繁荣生长继续有所作为吧。

2016年10月12日

目录

当代文学评论

观 察

奖声书影

经　典

艺　术

译　介

当代文学评论

希拉里·曼特尔：痴迷于历史题材的女作家

宋 玲

英国女作家希拉里·曼特尔凭借2009年布克奖小说《狼厅》的续篇《提堂》再度摘得2012年布克奖，创造了布克奖历史上的多个“史无前例”——她是第一位两度获布克奖的英国作家，也是第一位凭借一部作品的续集再添殊荣的女性作家。

《提堂》除获得布克奖外，还令曼特尔获得科斯塔文学奖、大卫·科恩奖、Specsaver国家图书奖之“英国年度作家”、2012年《出版人周刊》十佳图书、《华盛顿邮报》十佳图书等奖项。曼特尔的作品更受到出版界以外的关注——皇家莎士比亚剧团已将《狼厅》和《提堂》两部作品改编为舞台剧，于2014年1月公演；BBC2套也正加紧筹拍两部作品的电视剧，2015年推出了一部长达6小时的迷你剧。

布克奖的评委们称，曼特尔的小说糅合了细腻的散文风格以及惊心动魄的笔触，“这本书里你能同时看到考利昂（《教父》主人公）和D.H.劳伦斯的影子”。评委会主席、《泰晤士报文学增刊》编辑彼得·斯托瑟德评价说：“这是一个充满血腥的故事。但希拉里·曼特尔是一个能透过血腥思考的作家。她用艺术、文字的力量，创造了道德的两难局面。”

出生于英国德比郡的希拉里·曼特尔是家中长女，双亲出生于英格兰，但都是爱尔兰后裔。幼年时，她的伯祖父、伯祖母都对爱尔兰有着深厚情结，在她10岁时，这些长辈去世，她的爱尔兰情结也渐渐淡去。11 岁后，父母离婚，希拉里继承了母亲情人杰克·曼特尔的姓氏。在回忆录《气绝》中，她曾解释过贯穿自己小说的原动力——她的家庭背景。12 岁时，她放弃了宗教信仰，这在她心中留下永久的印记："真的是老生常谈：罪恶感。你从小相信自己是错误的，是邪恶的。对我来说，因为我对别人说的话很当真，于是就养成了一种根深蒂固的内省和自我审视的习惯，对自己异常严厉。"

1974 年，希拉里·曼特尔开始写作生涯，创作了一部关于法国大革命的大部头，即直到 1992 年才出版的《一个更安全的地方》。小说以历史般精确的视角，讲述了法国大革命中三个传奇革命家的一生——丹东、罗伯斯庇尔和德穆兰，从他们的童年追溯到 1794 年恐怖统治时期，直到三人英年早逝。1977 年，曼特尔与身为地质学家的丈夫前往博茨瓦纳生活，后来又在沙特阿拉伯生活过一段时间，她正是在博茨瓦纳创作了小说的大部分章节。不过，当曼特尔带着心血之作返回伦敦时，却没有出版社愿意出版。同时，曼特尔还经受着病痛折磨，始终无法确诊，她查阅医书，意识到自己可能患有严重的子宫内膜异位，返回伦敦后经医生确诊。由于当时条件所限，手术后她再也无法生育，之后持续的类固醇治疗导致她体重激增，外貌也发生了巨变。

曼特尔曾表示"当时自己的人生出现了危机"，她说，"得知自己以后无法生育，健康状况也不明朗，甚至无法治愈，书又被出版社拒绝，我那时只想回家，回到那个在非洲的家"。但在谈到如何度过艰难岁月时，她这么说："我头脑很清楚，强烈地感觉自己必须要迎难而上，我意识到自己应该去试试别的题材。于是，我创作了一部篇幅略短、标准的现代小说。"这部"标准的现代小说"就是 1985 年出版的、真正意义上的处女作——《每天都是母亲节》。一年后她又出版了续集《空白财产》。至今曼特尔已创作了 11 部长篇小说、一部短篇小说集及一部自传。

《每天都是母亲节》发表之后，曼特尔开始涉足不同文类的创作，作品的题材跨度极大。小说《盖宰大街上的八个月》直接取材于她在沙特阿拉伯的生活经历，以城市公寓邻里之间的价值观冲突，表现伊斯兰国家和西方之间的紧张关系。《弗拉德》曾获得温尼弗雷德·霍尔比纪念奖，故事发生在1956年一个杜撰的北方小村的修道院与罗马天主教教堂，神秘的陌生人给受压迫、遭鄙视的人们的生活带来了炼金术般的转变。1994年的《变温》则将故事背景设置在诺福克的乡下，探索了拉尔夫和安娜·埃尔德雷德夫妇的生活，他们抚育4个孩子，将毕生贡献于慈善事业。他们早年在南非做传教士时，曾身陷囹圄，被驱逐至贝专纳（即后来的博茨瓦纳），悲剧就是从那里开始的。《爱的考验》获得霍桑登奖，故事发生在1970年，记录了3个女孩离家去伦敦读大学的过程，撒切尔夫人的形象在小说中有惊鸿一现。小说主要探讨女性的欲望和理想，暗示她们经常受到打击和阻碍。

尽管创作题材多种多样，但曼特尔始终对历史题材青睐有加。1998年，她再度挑战历史小说题材，根据18世纪末真实历史人物查尔斯·奥布莱恩的故事，创作了《巨人奥布莱恩》。小说没有将奥布莱恩及其对手、苏格兰医生约翰·亨特当作历史人物来写，而是把他们写成一个黑暗暴力童话中的虚构主人公，也是启蒙时代的必然受害者。2005年，小说《黑暗深处》获2006年橘子奖提名。故事发生在千禧年，主人公是一位名叫艾莉森·哈特的专业灵媒，她冷静快乐的外表下隐藏着古怪扭曲的心灵。她周围隐形的"朋友"，时时都可能化为人形。小说以幽默睿智的视角揭示了超自然世界也可能与普通人的世界一样庸俗平凡。

很难想象，如果《一个更安全的地方》在1979年就出版，曼特尔是否还会保持历史小说家的身份，抑或是坚定地皈依其他文学类型。2009年《狼厅》获奖是对曼特尔多年来研究和创作历史题材的最高回报。刚入围布克奖短名单时，《狼厅》的销量就已经与丹·布朗的《失落的秘符》打成平手，在英国亚马逊网排名紧随其后。获布克奖后，《狼厅》在2010年3月又捧得全美书评人协会奖，对于一本历史小说来说，同时包揽英美文坛两项权威的文学奖项实属不易。

都铎王朝和亨利八世的传奇数百年来给历史学家和民众带来无穷尽的史料研究和八卦谈资。狄更斯评价亨利八世："真相是，他是一个混账至极的恶棍，是人性的耻辱，是英国历史上的一抹血污。"

亨利八世一生换了6个王后，其中两个离婚，两个被处决，一个死亡。为了离婚迎娶安妮·博林，亨利八世不惜与罗马教廷决裂，大力推行宗教改革，使英国王室的权力达到巅峰。这些都离不开托马斯·克伦威尔。玛格丽特·阿特伍德在读完《提堂》后称，“克伦威尔之于亨利八世犹如贝利亚之于斯大林”，可见亨利八世与克伦威尔的君臣关系远比正史记录的要复杂。

在曼特尔对托马斯·克伦威尔产生兴趣之前，各类文艺作品——剧本、小说、电影、电视剧无一遗漏过他的身影，大部分作品中他都是反面人物或配角。正史中的托马斯·克伦威尔是亨利八世的亲信，担任过首席国务大臣，被封为埃塞克斯伯爵，辅佐亨利八世推行宗教和政治改革，对抗罗马教廷，解散修道院，为英国向近代化国家过渡打下良好基础。他还促使国会通过一系列改革法案，最重要的就是《至尊法案》和《王位继承法》——《狼厅》中，著有《乌托邦》的圣人托马斯·莫尔就因为拒绝宣誓拥护《至尊法案》而被处死。英国历史学家杰弗里·埃尔顿将克伦威尔视作建立官僚体系和议会构架之人。

在曼特尔笔下，托马斯·克伦威尔焕发出新的生命力。《狼厅》中，克伦威尔先后做过雇佣兵、听差、厨工、会计师、商人、律师，掌握多种语言，少年时足迹遍布欧洲大陆，能够通篇背诵《新约》，积聚了非凡的商业智慧和权谋之术，最后担任亨利八世的首席国务大臣，成为权倾一时的政治家和改革家。通过克伦威尔的眼睛，读者见证了安妮·博林苦心经营博取皇后宝座，见证了来势汹汹的宗教改革，见证了红衣大主教沃尔西的失宠，见证了圣人托马斯·莫尔的火刑……曼特尔笔下，克伦威尔是串起一系列重要事件的核心人物。

当被《纽约客》问及如何发现克伦威尔这个人物时。曼特尔说：“幼年接受罗马天主教教育时，我第一次看到这个名字……克伦威尔是所有事件的中心，然而在大多数小说和戏剧中，他却居于次要地位，我想把他置于舞台中心，把众人的注意力聚焦于此人。”优秀的历史小说家，并非要让读者对一段历史有全面了解，而是更希望读者从全新角度深刻地了解历史，并意识到自己所触摸的只是历史的一角。

在外人眼里，克伦威尔阴鸷冷酷，正如小汉斯·霍尔拜因在1534年为克伦威尔所绘的肖像画，《狼厅》中这样描述：“他看到了画中自己的手，放在面前的书桌上，微握的拳头里有一张纸。看着自己的各个部位，一根一根的手指，仿佛自己被拆散了一般，真是不可思议。汉斯把他的皮肤画得像交际花的皮肤一样细腻，但是他所捕捉的那个动作，那合拢手指的动作，却像屠夫拿起屠宰刀时一样坚定。他戴着红衣主教的绿松石戒指。”他深谙“人对人是狼”之真理，但曼特尔并没有将他塑造成冷血之人，面对爱妻和幼女的离世，克伦威尔同样展示了为人夫、为人父的深情一面。书评人科林·布罗曾评价《狼厅》说：“这不是历史小说，而是一本平行历史小说，它们构建了克伦威尔的内心生活，它们与我们所知的历史事件和图景相平行。”

除了成功的人物描摹，小说的写作手法也大胆前卫，与传统的历史小说大相径庭。小说中运用了大面积的心理独白、人物对话，还有大量闪回、倒叙。曼特尔则将王朝的兴衰起伏浓缩于精心设计的对话中，小说写作时态是现在时，而非一般历史小说的过去时，明显有悖于语法规则，可以揣测作者打算将这段历史描绘得仿佛发生在眼前一般。

曼特尔原本打算用两部小说完成克伦威尔命运的起承转合，并将续集命名为《镜与光》。不过，随着创作的推进，曼特尔决定将写作计划拉长成三部曲，于是2012年5月三部曲之中的第二部《提堂》问世。

《狼厅》的故事从1500年克伦威尔少年时期，直到1535年7月托马斯·莫尔被处死那天终止，同时，克伦威尔在日程表上记下了亨利八世即将造访“狼厅”，那正是亨利第三任王后简·西摩家的房子。而《提堂》的故事则集中发生在亨利的第二任妻子安妮·博林遭拘禁、审判以及处决的三周时间里。故事节奏更快、情节更紧凑。克伦威尔与安妮的命运交织得愈发紧密。尽管亨利耗时8年才娶到安妮，但安妮没有如愿诞下男性子嗣，成了众矢之的。为了确保自己的政治生命，克伦威尔只能不择手段地将安妮·博林及其家族拉下马。只是安妮及其家族势力必定拼死一搏，克伦威尔和亨利八世也将付出惨重代价。当安妮·博林因通奸罪和叛国罪而被处死刑时，全书的紧张气氛达到高潮。

曼特尔在接受采访时表示，除了正在创作的都铎三部曲完结篇《镜与光》之外，她还打算写一部关于波兰女作家普日贝谢夫斯基的非虚构作品，名为《因罗伯斯庇尔而死的女人》。一望而知，已到花甲之年的曼特尔对法国大革命题材尤其是罗伯斯庇尔这个悲剧领袖仍然念念不忘，余情未了。

从 1974 年初试写作，到最近 5 年之内两度布克折桂，希拉里·曼特尔在 38 年中经历了病痛折磨、感情失意、事业挫折，到如今依然从容地继续历史文学创作之路。读者很期待都铎王朝三部曲的终结篇《镜与光》，看克伦威尔是如何失宠于亨利八世、从权力巅峰骤然跌落，最终命丧伦敦塔。如果布克奖能回归传统，鼓励以严肃态度对待写作的作家，也许让一位作家上演“帽子戏法”也未尝不可。

莫妮卡·马龙:“我唯一感兴趣的是故事的继续”

潘 璐

“1937 年她认识了瓦尔特，在一个犹太医生那儿做了第一次人工流产，3 年后，当我不应该出生的时候，那个犹太医生找不着了。”

——《帕维尔的信札》

文中的那位犹太医生是流亡了还是被抓进了集中营，早已不得而知，但是“我”保住了性命，于 1941 年 6 月在德国柏林降生，这就是德国女作家莫妮卡·马龙（Monika Maron）。

莫妮卡出生的时间和地点决定了她的人生将面临许多的坎坷波折和聚散离合。先是拥有波兰国籍又是“半犹太血统”的母亲赫拉不被允许与“雅利安人种”的瓦尔特结婚，莫妮卡只能在单亲的抚育下成长。不久外祖母病逝，“犹太血统”的外祖父虽然早就皈依基督新教，但仍然被驱逐回波兰老家，最终下落不明。1945 年春天，战争总算结束了。战后的德国一片废墟、哀鸿遍野，莫妮卡只能在瓦砾之间用破布片包着死老鼠当娃娃玩耍，但她不用再惧怕空袭警报，可以在和平的天空下自由地奔跑了。对于信仰共产主义的母亲赫拉来说，和平不仅给她带来了新的工作，还给她带来了爱情——卡尔·马龙从流亡地苏联回到柏林，投身战后重建，后来担任民主德国内政部长。新家庭的建立使母亲赫拉和莫妮卡从西柏林的祖宅迁居东柏林，莫妮卡也从母姓改为父姓。

> “而柏林里住满了我。在柏林，如果我留意的话，每天可以碰见自己上百次，从小到老，或喜或悲，时而形只影单、时而呼朋引伴，恋爱的、失恋的，我蜷伏在各处，等候着我走过。”
>
> ——《我的出生地——柏林》

刚刚走出战争阴影的德国不仅百废待兴，还面临不同意识形态的激烈争夺以及在东西两阵营之间逐渐形成的坚冰壁垒，柏林成了冷战的前沿阵地。莫妮卡和母亲这次看似平常的搬家的影响令人始料不及，那就是亲人的离散反目甚至老死不相往来。但少年的莫妮卡·马龙对这些还浑然不觉，她在反法西斯主义和共产主义的教育下成长，中学毕业后，出于对父母的反抗和对工人阶级的崇拜，莫妮卡到德累斯顿的一家飞机制造厂当铣工学徒，后被调到文具仓库。但一年后，莫妮卡·马龙离开工厂回到了柏林，到电视台做导演助理。之后在洪堡大学学习戏剧学和艺术史，又在表演学校以研究生的身份学习工作了3年，后来到民主德国发行量最大的报纸之一《周报》担任记者。

> “也许是一种早年的经验，那些不愿或者不能说出来的东西，可以付诸纸上，而纷乱的思绪，一旦诉诸语言，就有了形状；那些自己身上多余出来的、讨厌的冗余突然显现为有意义的可能性。”
>
> ——《我写不出书来，但依然尝试》

从少女时代起，莫妮卡·马龙就对文学和戏剧有着浓厚兴趣，她喜爱海因里希·海涅、格奥尔格·毕希纳、卡夫卡、普鲁斯特、贝克特等作家。对自己喜爱的剧目，如布莱希特的《伽利略传》《四川好人》，她能看上四五遍，而且常常是站票。她不仅对海涅的诗歌烂熟于心，还尝试用海涅的语言创作。在杂志社和报社的工作也为她后来的文学创作提供了积累和历练。

1975 年，继父去世，莫妮卡·马龙感到前所未有的解放。她开始了自由的冒险。她买了汽车；辞去报社的工作，成为一名自由作家；出于好奇和对远方的渴望，她甚至接受民主德国国家安全部的派遣，前往西柏林搜集情报，但她在递交的两份报告中拒绝说出相关东德人员的名字，并对民主德国的现状颇多批评。8 个月后她主动提出中断与国安部的合作，之后还退出了德国统一社会党，因此成为国安部监视和跟踪的对象。

但对莫妮卡·马龙来说，这些数年后被媒体炒作得沸沸扬扬的事件不过是插曲，20 世纪 70 年代末，莫妮卡·马龙创作了第一部长篇小说《飞灰》。《飞灰》讲述女记者约瑟法·纳德勒面临着双重的压力——一个压力来自于职业：她要写一篇关于 B 城化工厂及其老化的发电设备的报道，揭露其对居民健康的威胁。但是她应该写出真相，还是屈从领导意志，写一个可以发表的版本，约瑟法心中矛盾重重。另一个压力是她的个人生活：她是 30 多岁的单身母亲，和儿子一起生活，一方面害怕孤独，渴望着能带来温暖和安全感的家庭；另一方面又害怕失去自由、受到拘束。在小说里莫妮卡·马龙糅合了外祖父母和母亲的身世以及个人的职场、情感经历，约瑟法身上明显有她自己的影子。对环境污染问题的揭露，使得这部小说常常被划归为德语文学最早的环境文学之列，这其实只是小说的一个方面，个人与社会、感情与现实的纠葛和冲突才是小说的真正主题。因为揭露和批判性的内容，《飞灰》无法在民主德国出版，1981 年才由联邦德国的费舍尔出版社出版。虽然西德媒体对《飞灰》的片面宣传令莫妮卡·马龙痛心，但这部小说也使她声誉鹊起，奠定了她在德国文坛的地位。

自此，莫妮卡·马龙的文学创作一发不可收。1982 年她又发表了作品集《误解》，包括 4 部短篇和一个剧本。其中有讽刺写实的《奥利希先生》，也有具有寓言、幻想、荒诞等风格的作品，展现了其多面手的创作才能。1986 年莫妮卡·马龙发表了第二部长篇小说《女叛徒》，女主人公罗莎琳德·波科斯基十五年如一日在历史研究所里做着单调无聊的工作，有一天她发现身体进入了类似休眠的状态，加上双腿瘫痪，不用再去上班了。突然拥有这么多的时间，她开始回忆一生。但回忆中很快就混杂了很多离奇的想象，甚至一些似曾相识的人物也像鬼魂一样突然出现，在她眼前演起了荒诞剧。虽说全书色调晦暗抑郁，主人公只能在头脑中体验自由和真理，但马龙称《女叛徒》是她“写得最畅快淋漓”的作品，其内容的丰富性、多层次性以及小说的人物布局、互文性等都值得深入研究。

> “尤其是有一种催促我行动的紧迫感，我只是不知道，要进行什么样的行动。对于行动的渴望存在于我的身体里，违背着我的意愿，同时又不可抑止。”
>
> ——《寂静巷六号》

数年之后，《女叛徒》里的罗莎琳德·波科斯基又在莫妮卡·马龙的第三部长篇小说《寂静巷六号》（1991）里出现。这次她不再耽于幻想，而是决心行动。本来她只想做一份不用动脑子的打字工作，把年近八旬、右手残疾的退休干部赫尔伯特·贝伦鲍姆口述的自传写到纸上，但是两人因为年龄和生活轨迹的不同，分歧渐渐显露。罗莎琳德从质疑发展到质问，进而为被贝伦鲍姆投入冤狱的朋友复仇。最终贝伦鲍姆心脏病发作死亡，留给罗莎琳德的除了快意，还有一丝复杂心情。

像罗莎琳德一样，莫妮卡·马龙也经过了长时间的犹豫才决定突破藩篱、重新开始。虽然已经在西德出版了3部作品，但她和出版社、读者却关山阻隔，连稿费都要由已经退休因而有过境自由的母亲偷带入境。1988年，莫妮卡·马龙获得联邦德国的3年签证，下定决心和丈夫、儿子迁居汉堡。不久，柏林墙倒塌，被分割了40余年的德国终于统一。莫妮卡·马龙随之离开汉堡，回到柏林。面对生活的巨变，莫妮卡·马龙写下了大量文章，以东德居民的视角表达对统一的期待、欣喜、疑惑和失望，结集为《按照我的理解力的大小》（1993）出版。

“人生中最可能错过的机遇就是爱情。”在两德统一的喧嚣渐渐平息之后，莫妮卡·马龙创作中的政治元素开始淡化，爱情主题凸显，1996年发表的《忧伤动物》就体现了这一变化。如果线性地讲述，这部小说的情节简单得近乎庸常：一对天命之年的男女发生了婚外情，先是如胶似漆，后渐生龃龉，最终男子葬身车轮之下。但这样俗套的故事被德国文学批评“教皇”莱西－拉尼茨基赞为“最美的爱情小说之一”，并称其“香艳有加，浓情难解”。这要归功于莫妮卡·马龙精妙的叙述技巧，女主人公时隔数十年后来回忆、讲述这段爱情，使故事变得断断续续、虚虚实实、扑朔迷离、引人入胜。两德的分裂和统一虽然在小说中被设置成遥远而模糊的背景，但两个主人公的思想行为无不受其左右，使作品超出了爱情小说的范畴，获得更加丰富的内涵。

接下来莫妮卡·马龙又创作了两部以爱情为主题的小说《荒芜的终碛》（2002）和《唉，幸福》（2007），因为两部小说的主要人物相同，后者可以看作是前者的续篇。年过五旬的女主人公约翰娜常常想到老之将至，面对自己不再有激情的婚姻、不再有挑战性的工作，她渴望着改变，可又不知从何做起。谁能帮助她，是一条狗、一个情人、一个新的环境，还是一个偶像？约翰娜决定尝试，她出发了，不无迟疑，也给她的丈夫阿希姆带来了疑惑和烦恼。

当然，莫妮卡·马龙并没有拘囿于爱情、家庭、女性等主题，在小说创作的同时还发表了记述她一家三代人生活的家庭回忆录《帕维尔的信札》、杂文集《横穿轨道》《我的出生地——柏林》、反思自己创作的“法兰克福诗学讲稿”《我写不出书来，但依然尝试》、回应自己30年前的小说《飞灰》的报告文学《比特菲尔特的拱桥》等。各种文学奖项也纷至沓来，既有褒奖她文学成就的克莱斯特奖、荷尔德林奖、莱辛奖等，也有表彰她热心公众事物、积极为社会进言的德意志国家奖。如今年过七旬的莫妮卡·马龙仍笔耕不辍，2013年又发表了长篇小说《阴阳之间》，女主人公鲁特在光天化日之下跨越阴阳阻隔，不但见到了死去的亲朋好友，还碰见恶的化身，甚至死神。生与死、爱与背叛、罪责与逃避，在该书中，诸多重大的主题都被作者轻松编织在奇异的相遇里。

卡洛斯·艾尔与古巴裔美国文学

李保杰

卡洛斯·艾尔（Carlos Nieto Eire）是当今著名的古巴裔美国作家之一，他的《在哈瓦那等待风雪：古巴男孩的告白》（*Waiting for Snow in Havana: Confessions of a Cuban Boy*）斩获 2003 年国家图书奖（非虚构类作品），他由此成为第一位获得国家图书奖的古巴裔作家。

卡洛斯·艾尔 1950 年生于哈瓦那上流社会的富贵之家，父母都是欧洲白人的后裔。1962 年，11 岁的艾尔和哥哥托尼来到美国，母亲在 3 年之后获许可出境，来到美国与兄弟二人团聚，但是父亲一直留在古巴，直到 1976 年去世也未能与两个儿子相见。卡洛斯于 1979 年获得耶鲁大学博士学位，先后在明尼苏达州的圣约翰大学、弗吉尼亚大学和普林斯顿大学等高校任职，从 1996 年开始任教于耶鲁大学历史系，从事历史与宗教研究。2010 年，他又出版了第二部回忆录:《在迈阿密学会死亡：难民男孩的告白》（*Learning to Die in Miami: Confession of a Refugee Boy*）。这两部回忆录构架了卡洛斯·艾尔作为作者/叙述者的移民经历和文化适应过程。但是，由于作者对卡斯特罗政权的批评，这两本书都未能在古巴出版。

卡洛斯·艾尔的这两部作品名为“回忆录”，获奖时也被划分到“非虚构类”作品中，但卡洛斯·艾尔曾明确提出，“回忆录”其实并不是传统意义上的回忆录，而是“小说”：“我跟自己开了个玩笑。我写的时候并没有把它当作回忆录来写，而是当作小说……”

所以，这两部作品都属于"虚构性自我书写"，将个人经历和历史叙事结合，通过个体的生活变迁反映历史，力求在宏大历史背景下追溯人物命运的跌宕起伏。

卡洛斯·艾尔的成功反映了美国古巴裔文学的创作成就。美国古巴裔文学始于20世纪中期，随着古巴移民的到来而发展。除了卡洛斯·艾尔之外，还有众多知名的古巴裔作家。奥斯卡·西罗胡斯（Oscar Hijuelos）是第一位获得普利策小说奖的拉美裔作家，他的《曼波歌王奏情歌》（*The Mambo Kings Play Songs of Love*）获得1990年普利策小说奖。尼洛·克鲁兹（Nilo Cruz）的剧作《安娜在热带》（*Anna in Tropics*）获得2003年普利策剧作奖；而在此之前，古巴裔剧作家玛利亚·佛尼斯（María Irene Fornés）曾是20世纪60年代百老汇运动的推动者，被誉为美国先锋派戏剧的代表人物。克里斯蒂娜·加西亚（Cristina Garcia）的《梦系古巴》（*Dreaming in Cuba*）获得国家图书奖虚构类作品的提名。

虽然艾尔的《在哈瓦那等待风雪：古巴男孩的告白》较富盛名，但并不是古巴裔文学中的第一部非虚构作品。在此之前，古巴裔作家已经出版了多部"回忆录"或者"自传"。其中较为突出的有帕布罗·梅迪纳（Pablo Medina）的《流放的记忆：古巴的童年时光》（*Exiled Memories: A Cuban Childhood*）。之后还有维吉尔·苏亚雷斯（Virgil Suárez）的《心中的安哥拉：古巴－美国童年的记忆》（*Spared Angola: Memories from a Cuban-American Childhood*），弗洛尔·费尔南德斯·巴里奥斯（Flor Fernandez Barrios）的《雷霆的祝福：古巴的少女时代》（*Blessed by Thunder: Memoirs of a Cuban Girlhood*），艾维里奥·格里洛（*Evelio Grillo*）2000年的作品《古巴黑人美国黑人：回忆录》（*Black Cuban Black American a Memoir*）。另外还有古斯塔沃·佩雷斯·费尔马特（Gustavo Pérez Firmat）的《来年古巴：在美国的成长往事》（*Next Year in Cuba: A Cubanos' Coming of Age in America*），此作曾获得1995年普利策奖非虚构类的提名。普利策小说奖获奖作者奥斯卡·西罗胡斯也在2011年出版了回忆录《戒烟后的沉思》（*Thoughts Without Cigarettes: A Memoir*），是作者晚年时对自己一生的总结。

从这些作家生活的时代和作品创作的时间可以看出，除了最年长的格里洛之外，他们大部分出生于20世纪古巴革命前后，经历过社会的变革，后来移居美国。到90年代，这些移民的经济状况已经有了明显改善，社会地位得到巩固；更重要的是，他们具有了一定的话语权，因此希望将自己的经历记录下来，并且呈现出来，由此造就了古巴裔文学的第一个繁荣时期。这些作品大都以古巴革命前后为背景，讲述社会巨大变革对人物命运的影响，同样也讲述叙述者心智的成长。这些作者之所以将作品定义为非虚构性的“回忆录”，就是为了使得文学叙述具有更大程度的“真实性”，将个人记忆置于历史的框架之中，力图通过个人历史来反映古巴民族的历史和古巴裔美国人的文化适应经历。

从卡洛斯·艾尔两部作品的题目中，可以明确地看出作者书写的重点就是所谓的“个人经历”。《在哈瓦那等待风雪：古巴男孩的告白》的故事开始于1959年元旦，结束于1962年卡洛斯·艾尔和哥哥登机赴美。该书以哈瓦那的生活为重点，讲述了古巴革命以后作者和家人的生活。作者一家在巴蒂斯塔政权时期属于社会的精英阶层，社会变革使得他们对于未来充满疑虑。父母最终决定将卡洛斯和哥哥送到美国，兄弟二人在离家前享受着与父母在一起的最后时光。《在迈阿密学会死亡：难民男孩的告白》以兄弟二人在迈阿密的生活为中心，讲述他们辗转在佛罗里达州和伊利诺伊州几个寄养家庭之间的生活。两部回忆录都充满浓重的怀旧情绪，基本采用时间顺序，不过在涉及某个话题时会将不同时期的事件串联在一起，通过明显的时间标志加以标示，例如：“时间来到20年之后”，或者“现在重新回到1963年”等，这种时间上的跳跃增加了叙述本身的可信程度。

《在哈瓦那等待风雪：古巴男孩的告白》伊始，卡洛斯回忆他8岁那年世界发生了翻天覆地的变化：巴蒂斯塔总统逃跑了。“我一觉醒来，这个世界全变了，而且，令我不解的是，没有人问问我的感受如何。自从那一天起，就一直是这个样子了。当然，其实一直就是这样的，只是我不知道而已。怪事一件接着一件：有好事，也有坏事，大部分不好不坏。并且，都由不得我自己……那一天，是

1959年的第一天。”曾经令卡洛斯引以为豪的古巴，“我的古巴”正在一点点地发生着变化：他们的邻居陆续离开了，巴蒂斯塔时期的高官和富商也不见了。最终，借助于美国政府和旅美古巴宗教人士实施的“彼得·潘计划”（Operation Peter Pan），卡洛斯和托尼才得以在1962年离开古巴。这部作品记录的是“风雪”的来临——卡洛斯回顾自己如何从古巴社会的特权阶层，一下子跌落为美国的“少数族裔”：“那次短暂的飞行旅程把我这个白人小孩变成了拉丁人。每次我填表时都得记着，我是‘拉美裔’，不是‘白人’，也不是‘高加索人’。不是哪一种事物剥夺了我的白人身份。根本不是，只是那45分钟的航程。”

《在迈阿密学会死亡：难民男孩的告白》讲述卡洛斯兄弟独自在美国生活的故事，从1962年4月卡洛斯和托尼走下飞机、踏上美国土地开始，一直到1965年圣诞节母亲来到美国与他们团聚。该回忆录的时间线索更加明晰，以兄弟两个在不同寄养家庭的生活为序，讲述他们一步步远离古巴身份、变成美国人的过程，核心主题是“死亡”和“死后的重生”。与充满怀旧情绪的第一部回忆录相比，该作品中更加突出的感情是苦涩。只有真正踏上美国这个陌生之地，卡洛斯才意识到，从前的日子一去不复返了：“我再也不能在家里过圣诞节了，再也不能了。事实上，我再也不会拥有一个可以称之为家的地方了。圣诞节已经死去了，就好像十字架上的耶稣，死去了，腐烂了。”

书名采用“死亡”意象，是因为死亡代表着过去岁月的消亡和一段生命的终结，同时也代表新生的希望。失去家园让卡洛斯开始成长，因此，一次次死去的经历也比喻卡洛斯和哥哥开始新生活、实现身份转变的节点。在“家庭温暖之屋”那段最为不堪的岁月中，兄弟二人为了逃避恶劣的生存环境而躲避到公共图书馆看书。这为卡洛斯开启了一扇发现自我的窗户：“给了我通向过去和未来的通行证，并最终为我赢得了将来的谋生之路。”回顾当年的历程，卡洛斯感慨道：“可能在别人看来，这种生活十分艰难，但是于我，这已经十分完美了。我喜欢其中的点点滴滴，即便是最痛苦的经历。现在，我已经明白，痛苦也不是件坏事——是救赎——如果你能够正确看待生命中这些不可避免的事情的话。没有痛苦，便没有快乐。”

卡洛斯·艾尔的回忆录集中反映了“彼得·潘儿童”问题。古巴革命以后，政治风云突变，巴蒂斯塔政权时期的上流社会陡然感觉到危机。此时，卡斯特罗政权的反对者开始蛊惑人心，称反对派人士的儿女都将被送到军营或者苏联的劳动改造营，许多人都感到惶恐不安，大部分人选择将孩子送到美国。1960 年到 1962 年，在流亡美国的古巴人组织和宗教组织的策划下，实施了“彼得·潘计划”，陆续将 14000 多名古巴儿童送到美国，寄养在古巴移民或者美国人家里。古巴移民问题研究专家玛利亚·托瑞斯就是一名“彼得·潘儿童”，也是古巴移民问题研究专家。她认为联邦调查局是始作俑者，多次要求美国政府解密相关文献，但是始终没有获得许可。

鉴于古巴裔美国文学中涉及的敏感政治问题，这些文本的接受会有一定的争议。无论是“回忆录”还是“小说”，它们都是文学书写，不过是某一个人或者某一种生活经历的展现。从卡洛斯·艾尔的作品中可以看出，这类文学叙述体现了复杂的权力关系，不仅决定了书写内容的选择，而且还会影响文学作品的接受。尽管两部回忆录中叙述的真实性和可信度值得进一步商榷，但是从中的确可以看出社会历史变革中个人的挣扎、奋斗和成长。同时，鉴于作者“彼得·潘儿童”的身份，社会和学术界对于没有监护人陪伴的“儿童移民”问题也愈加关注。应该说，这也是文学书写之社会价值的充分体现。

莱斯利·马门·西尔科：行进与交融中的文化嬗变

张 琼

莱斯利·马门·西尔科（Leslie Marmon Silko，1948—）是当代美国本土裔作家中最重要的代表人物之一，也是从1968年开始的美国本土文艺复兴中脱颖而出的典型。她的第一部长篇小说《典仪》（*Ceremony*，1977）被视为美国文学经典中不可或缺的作品，也是当代美国环境小说的代表作之一。第二部长篇《死亡年鉴》(*Almanac of the Dead*，1991）宛若一部重述500年美洲征服史的史诗性作品，内容浩瀚，交织了历史、神话、预言、文化评述等，涉及70多个关系错综复杂的主要人物。她的第三部长篇《沙丘中的花园》(*Gardens in the Dunes*，1999）与《死亡年鉴》中的文化毁灭恰好相对，聚焦人们如何与世界的发展相互关联，如何在殖民主义和资本主义的破坏与贪欲中保存自己的文化。该书的体裁多重混杂，篇幅巨大，作家将细节融入多元各异、形象生动的故事场景，刻画出鲜明独特的各色人物，展现了高超的叙述艺术。

故事发生在20世纪初，印第安沙地蜥蜴部落(虚构的部落名称）中，外祖母弗利特带着两个外孙女靛蓝和盐姐姐前往一处叫尼德尔斯的地方。在士兵击退印第安人召唤弥赛亚的幽灵舞蹈聚会时，靛蓝与家人失散，被送进一所寄宿学校。之后，她逃出学校，躲藏在白人女性海蒂家中。海蒂曾是一位女学者，她关于早期基督教女性角色的论文被校方拒斥，为此郁郁寡欢，嫁给了植物学家爱德华。爱德华家道中落，想通过走私植物，满足殖民者对物种收集的贪欲，重建家业。海蒂收留了靛蓝，对她关怀备至，带着她随丈夫进行了一次夏日旅行，参观了美国东海岸和欧洲各处。其间，海蒂指导靛蓝阅读，让她对艺术、旅行发生了兴趣，靛蓝对大自然本能的热爱和敏锐的感受也影响着海蒂。靛蓝思念印第安家人，一心想回到姐姐身旁。海蒂自己也在旅行中认识到独立和自由的重要性，并决定帮助靛蓝找到家人。

西尔科通过旅行及人物间文化和情感的交融，尤其是通过园艺这个真实而富有隐喻的载体，打开了文化嬗变的画卷，为读者提供两种截然不同的生活方式和价值观念。印第安人收集物种，杂交植物，欣赏不同生命彼此吸纳杂糅、共同发展的生活形式，尊重所有生命独立的精神和个性。相比之下，新英格兰白人则崇尚奢华园林和丰富的物种，并不择手段地猎取新品种，进行移植培育，通过土地开发、征用、驱逐本土居民、焚烧丛林，甚至偷取物种等行为，来不断积累、扩张、垄断。从靛蓝、乡亲和朋友的生活经历，以及海蒂的早期学术生涯和婚姻生活中，读者也看到了西方父权体制中，女性、土著民族、大自然、动植物等被压抑、统治、剥削、开发的普遍现象，这与拉古纳人母系氏族社会的文化图景形成了强烈的对比。

作家通过旅行的动态行进，推进白人女性海蒂和印第安姑娘靛蓝对于不同文化的了解和交流，以植物花卉和种子的生长、散播、移植、扎根来展现文化的嬗变进程，意图鲜明地突出了本土居民对自然虔诚尊敬、对生命包容坦诚的态度，以期消弭欧美和印第安文化的隔阂，揭示文化传播的意义。不少学者认为，本土作家对自然的再现，给世界带来了新的视角，而《沙丘中的花园》为美国文学的土地想象开启了新的篇章。

小说中，人物不断行进，场景始终变化。小说中的旅行就是人物接触、了解不同文化的过程。这种主题和创作风格，符合西尔科一贯的相异文化交融的创作主旨，也是她关于印第安文明和欧美文化之间融洽、互利、共存的深入探究。

西尔科保持自己混血个体的优势，在文化内外不断移转调换，承担重要的叙述、传递、沟通作用。在海蒂、靛蓝、爱德华的旅行和风景变迁中，读者最初看到的是人物在文化感受上的迥异。所谓的文明人，如爱德华，崇尚实用主义，专注资产利益和物种资源的搜寻，在财富、知识和猎奇为目的的生活中，几乎没有真正以身心去体会自然的举动，更侈谈心灵的震动。海蒂是文化的质疑者和叛逆者，她早期关于欧洲前基督教文明的论文被视为异端。在与靛蓝的接触中，看到女孩和猴子、鹦鹉之间毫无隔阂的交流和情感传递，看到她对于理性的各种反应，海蒂颇有感触，自己也在慢慢改变。她在英国和欧洲的花园里，看到异于基督教文明的艺术品，甚至感受到了神奇的光，这些体验让海蒂对印第安人的感悟方式有了一定的理解，在重新审视自己与丈夫的关系时意识到两人的差距。

小说中，海蒂的地域跨越最广阔，她在最后重新回到之前让她心情激荡的英国和欧洲，回到她认同的归属之地。她带回的花种在旁人眼里看似不符合实用价值，都是观赏性花卉，却展现着无用的可爱、无用的至高。

阅读《沙丘中的花园》，读者仿佛跟随人物进行了一次丰富的旅行。其中，靛蓝之前的生活经历，与印第安人遭受饥荒、侵略、残杀、疾病等灾难息息相关。起初，她对海蒂和爱德华心存芥蒂和防备。尽管她在旅行中体会到精英社会的生活方式，却依然忠诚于本土传统，渴望回家，回到往日的花园。随着旅行的回归，靛蓝终于回到了姐姐身旁，而海蒂满心不舍，在与靛蓝告别时，她重新审视自己的生活和价值，觉得从孩子身上获得了更多的领悟，开拓了以前相对褊狭的认知。

通过旅行，不同的物种呈现在眼前，而不同的观念也得以传播和变迁。旅行的隐喻遍及小说各处，人物在地域中行进，适应不同的社会、生活环境，带去不同的文化习俗；故事讲述将情节从叙述者传递到倾听者；花园种植则将种子从一处带往另一处扎根，进入另一种生态体系。爱德华、海蒂、靛蓝的跨国界和文化旅行，牵涉到各种文化的混合、交流、融合，甚至排异过程。

小说篇幅广阔，共分为10个部分，由两条线索不停地行进。靛蓝和姐姐走的路线截然不同，靛蓝被迫接受西方教育，姐姐被送到了印第安保留区，两者都竭力挣脱束缚，不断前行。姐姐被关进监狱，与两个孪生姐妹相识相依。其间，盐与非裔印第安混血男子发生性爱，生下儿子，并独自抚养，同时等着妹妹的回归。印第安姐妹的离合，从幽灵舞蹈的仪式开始，也以舞蹈结束，两人最终在故土团聚。靛蓝将新的种子和希望带到了沙丘的花园中，期待着美丽的盛放。姐妹俩展开的旅程，是从一个共同点展开，最终又闭合在同一个点，形成了一个圆满的轨迹。在圆形轨迹中，海蒂参与了很重要的一部分行程，她们的旅行跨越了不同地区、种族、阶层、性别、价值观等。其中，海蒂和爱德华夫妇向东旅行，即从美国西南部的加利福尼亚，穿越亚利桑那、新墨西哥、堪萨斯、伊利诺伊，到纽约，而后跨越大西洋抵达英国，再从英国至意大利，不知是否作家有意而为，其行程恰好与欧洲人在美洲的殖民路线相反，包含某种特殊深意。相对应的，盐姐姐的路线，更像是人物在文化认同上的归属进程，内境的不断行进和深入。爱德华之旅，受到商业利益、社会政治的外部驱动，而印第安姐妹，包括后来海蒂的变化，她们在地理疆域的行进更多是由内心的疑惑、文化的交流和心灵的渴望所推进。

小说超越了读者对族裔写作的期待，它并不耽于揭示历史和现实中的族裔苦难和困境，而是更多从兼具现实和象征的种子传播途径和过程中，展现某种未来图景：即种子的移植与文化的交融渗透相似，成长和盛开并不受地区疆域的限制，它们的归属也并没有僵硬局促的划分。此间，最重要的生命因素是适应性和融合性，是不断传播和衍生。

从隐喻意义上，园艺包含着深入交融，关涉种子、水、土壤、气候、阳光、种植方式等，也是繁衍、变异、培育新品种的过程，同时是人类与自然彼此信赖依附的重要表现。因此，作家的文化意图和观念被巧妙融入种子的传播和园艺，不着痕迹、潜移默化地影响人们的文化观念。

对海蒂来说，花园是精神庇护和诊疗的神奇之地，靛蓝与动植物的亲密无间，让海蒂看到了不同于自己认知系统的生存方式和态度。同样，靛蓝一路收集种子，将花卉和树种带回故土，也由此获得了生命的活力和信心。

种子的隐喻也衍生于印第安人对于性爱的态度。盐姐姐认为性爱是美好的，与任何人发生的肉体关系，都是和平友好的维持，如果怀孕，孩子就是受欢迎的新生命。盐姐姐对于发乎情的行为毫无羞愧，坦然自若。生命的诞生犹如种子的旅行和散播。书中有这样一段表述："沙丘蜥蜴部落的母亲们不管与哪个男人有了身孕，都会将孩子生下来；母亲的身体将一切在体内转化。小孩子们会有不同的特征，肤色深浅不一，可他们都是部落后裔。与陌生人的性爱被珍视为有意而为的联盟和友谊。"

爱德华因伤病去世后，他们带回的种子依然顽强地生长扎根。这正好验证了印第安外祖母弗利特的话："与植物和树相比，人类真是脆弱的物种。"种子的散播、存活、移植能力，在人物迁移中不断显现，它喻示着：强大的生命力在于不断散播和适应，在于和新环境的交融，在于开放的生存态度。

小说中，各个人物在迁移中，会遇到各种障碍，出现各种排异。海蒂在旅行中渐渐明白自己与丈夫的生活理念和价值观完全不同，终于提出分手。海蒂和靛蓝的关系，从之前的欧洲之旅到海蒂被救助，是关爱施受的融合，在此过程中，海蒂排异了自己文化中的冲突因素，与爱德华等人的价值观渐行渐远，在与印第安姐妹的相处中，拓展了视域，更具有包容心。西尔科的这种文学叙述排异法与她的文化政治观相辅相成，她历来不主张大张旗鼓地抗争，而是希望在思想、情感、文化层面的潜移默化。面对美国本土族裔在漫长历史中不断被侵略、歧视、误解等情况，她在文学创作中的干预是内敛而有效的。

在小说中，父权社会的体制和系统遭到瓦解。拉古纳人生活在母系社会中，女性的话语和理性得到尊崇，孩子们更多倾听母亲的叙述，依赖母亲的养育。这与欧美主流文化在本质上是对立的，在作品中更有其艺术隐喻性，让读者在阅读中看到和听到不曾关注的细节，从而拓展自身的视域，摆脱文化局限。西尔科让坚韧果敢的女性承担更重要的文化传递和传承作用，与宗教和文化风俗发生更密切交融的关系。有学者甚至认为，她的小说超越了西方的人物套型，突出了女性的神性，将人物塑造为"思考的女性"。她们遵从自己的感受，不依附男性的强权，平等对待周遭的一切。这些文化上的表现，并非局限于性别差异和冲突，也是对多元文化语境的一种折射和文化建议。

这个漫长丰富的旅行过程，就是对文化嬗变和交融的推进，也是人们视域和思绪开拓的契机。它看似在表面移动游走，其实深入了内心，也早已超越了人们开卷之初期待的族裔领域。作品中，行进中的交融、交融中的前行，彼此相辅相成，从往昔映照当下，也指向了未来。

格雷厄姆·斯威夫特《学游泳》：畸零世界

洪潇潇

对于读者来说，能读到久以长篇小说蜚声文坛的作家早年的短篇小说集，实在是一桩幸事。这不仅是因为，年代较早的作品常常可被视为试笔或发轫之作，能够从中窥见一个作家的渐变与成长；也是因为，优秀的短篇小说往往更轻灵，更有可能包含多样化的妙思。或如波拉尼奥所言，长篇小说和短篇小说是一对连体婴儿，就像生活与诗的关系——长篇或是短制，两种不同体裁作品的阅读，各自妙趣横生。

《学游泳》正是给了熟悉格雷厄姆·斯威夫特的读者们这样一个有趣的新路径，重新进入这位久负盛名的作家的文学世界。11个短篇结集成册，除了《神表》中可见的魔幻现实主义色彩，所写大多是凡人凡事，然而在这薄薄的一本小人物故事集中，斯威夫特后期作品常见的主题——无论是亲子关系的断裂、战争、死亡，还是海洋/水的丰富意象——都已如同幽灵一样显影其间，时而相互重叠，构筑出一个畸零的世界。

无父母的孩子

《学游泳》里并没有极端情境下的惊涛骇浪，每则短篇都像一个断片，径直进入简洁的日常叙事：夫妻出国旅游、年轻情侣私奔、带着孩子去游泳等等。然而这11个故事汇集在一起，却组合成一个可怖的全景画面：每一个故事里，人物都像浮萍一样零散地漂在场景里，每一个故事都是家庭故事，但每一个家庭里的孩子都失去了亲子关系的根系。

《苏丹后宫》里的夫妻、《隧道》里的伯父和《霍夫梅尔羚羊》里的舅舅都没有子嗣；《儿子》里的两代男主人公都是被收养的战争孤儿，《加博尔》中的父亲打算收养另一个，《疑病症患者》里的医生不知道妻子腹中是不是自己的骨肉；《克里夫埃奇》中父母在交通事故中双双殒命，《神表》里丧父的孩子只能与祖父生活在一起，《化学》里同样丧父的男孩准备杀死继父，《旅馆》里住进了一对乱伦的父女……唯一的例外倒是与小说集同名的短篇《学游泳》，在这个仅有的健全的家庭里，父母正在努力用孩子来伤害对方。

斯威夫特偏爱以孩子作主人公，却从不讲述温情的童年故事；他长于书写家庭，可笔下的家庭关系无一不在极度紧张中断裂成了碎片。在后来的长篇小说中，《水之乡》中汤姆的妻子同样不孕；《杯酒留痕》的杰克从不去探望先天痴呆的女儿；《从此以后》的比尔无比憎恨继父，但他却并不是父亲的儿子……碎裂的家庭遍布斯威夫特的文学世界，而在《学游泳》里，他不断重复这样的主题，却似乎并无意于描绘催人泪下的悲剧，而是以克制的笔调，将其书写成了常态的故事背景。在这种背景下，畸零之子们若无其事地继续日常生活，去国外旅行，玩战争游戏，到海边度假，仿佛没有父母或子女都是再正常不过的事。

徒劳的寻根

这样大面积的家庭不幸，其实当然算不得正常，斯威夫特当然也不是20世纪末的婚姻家庭问题专家。他笔下人物深陷其中的困境充满了象征性，亲子关系的失落与追问，不过是寻根故事的初级形式。现代人孤独、零余、充满不确定的危机无处不在，碎裂的亲子关系背后是对身份的强烈焦虑，寻根的冲动无比焦灼，却终归于徒劳。

《学游泳》的第五篇《儿子》，讲述了一个出人意表的故事。“我”在孩提时为了生存曾亲手砍下了自己母亲的手指，在异国他乡定居后，“我”收养了孤儿阿多尼斯，从此再也没有回过希腊。阿多尼斯温顺而沉默地长大，直到35岁时登上了去往希腊的飞机。回来时，他不仅带回了自己孤儿的身份，更给养父附赠了一条消息：“你的真姓也不是亚力克索普洛斯……你的父母在土耳其人烧城的时候就被杀了”——这就是斯威夫特的寻根故事，他的主人公像俄狄浦斯王一样，势必要弄清楚家乡在哪里，但当真相揭开时，迎来的却是更剧烈的震颤与断裂。

“我”一辈子生活在弑母的罪恶阴影下，却猛然得知亲生母亲早已丧命于士麦那的屠杀。与这一荒唐境遇相对照的，是《从此以后》里的比尔，他以为自己是复仇的哈姆雷特，却最终发现，“父亲”正是因为知道自己并非他的亲生儿子而死去。如此挫败、如此错位、不可预知的人生，让真相成为了令人既疑且惧的荒诞存在，也让寻根化为彻底的徒劳。

在后来被称为“历史元小说”的长篇小说《水之乡》中，斯威夫特展开了一次真正完美的后现代主义寻根。汤姆梳理和构建了自己的个人历史、父母先辈的历史以及他的出生地——水之乡的历史，却同时意识到“历史只是讲故事而已”。所谓寻根，就是不放弃对终极的探寻，去追溯个人与现实的历史，可是在追溯的同时，历史的真实性不断被消解，意义不断被粉碎。同样，没有找到家乡的阿多尼斯离开了希腊，被揭晓为孤儿的养父满心怨愤地与他面面相对，颓然自问：“生活在蒙昧无知中是否更好一点呢？”

向水而生

如果让毛姆来评价，他大约会立刻尖锐地嘲笑这本书的名字。因为毛姆谈过给短篇小说集起名的困难之处，而用一个短篇作为书名在他看来简直是一种欺骗，会误导读者以为手里拿着一本长篇小说。斯威夫特却不信邪，偏用其中一篇做了书名，还不是第一篇，而是最后一篇。

在这本集子里，《学游泳》是仅有的以第三人称叙述的短篇小说，叙述的也是唯一一个父母子女完整的家庭。辛格尔顿太太曾有三次想离开丈夫，而辛格尔顿先生动过两次离开的念头。他们带着保罗来海边学游泳，却各自沉浸于对往事的回忆，而游泳本身也成为了夫妻之间争斗的工具。

婚姻生活中这样无硝烟的战争，并不会让斯威夫特的读者觉得陌生。《苏丹后宫》就将同床共枕的夫妻比作了两个大陆：挨得很近，却并不互相接触，私底下倒在手中藏着匕首。可是例外的，是在短篇小说的末尾，之前从未出声的保罗，那个学游泳的孩子，突然开展了长长一整自然段的心理活动。母亲的黄毛巾和父亲的双手都让那 6 岁的孩子“蒙受耻辱”，他对父亲和母亲充满同样的恐惧。可就在此时，他学会了游泳，猛的向前一钻，游向了海的中央，“半是惊恐半是自豪地远离了他的父亲”——在短篇小说集《学游泳》里，这是绝无仅有的一次成功的叛逃。

这并不是斯威夫特笔下第一次奔向水域的逃逸。“水”是斯威夫特作品中一个反复出现的意象，对陆地上危机重重的人们而言，水边/海边常常是紧张破碎的人生之外或可存在的理想之地。《旅馆》里“我”离开精神疗养院后，最高理想便是开一座水边的旅馆；《化学》开篇就是祖孙三代在公园池塘里玩电动船；《神表》里的父亲是离经叛道的逆子，两次投身海洋去航行和作战；《克利夫埃奇》中，尼尔唯一的渴望便是一次又一次重归海边。但是，旅馆的真相被戳穿之后便难以维系，玩具船沉入了塘底，离经叛道的年轻人早早丧命于战场，心智失常的尼尔一不留神就从海滩上消失了……在英伦作家斯威夫特的笔下，大海是一个独具魅力的意象，抚慰与暴烈共存，生存与死亡同在，在畸零的困境中挣脱不得的人们热切向往着海洋，但只有《学游泳》的保罗蹬腿击水，逃离了海岸——这个 6 岁的孩童，是这本阴郁低沉的书中仅有的亮色，而以此篇为名，大约也正是悲观的斯威夫特难得的慈悲。

奔向海洋的热望后来依然萦绕，成就了斯威夫特最终夺得布克奖桂冠的杰作《杯酒留痕》。这个奇崛的故事可以一句话概括为“带着骨灰去扬海”。这部长篇描写了最令人难忘的大海，它广阔寂寥，同时象征着生存与死亡，是不可逆转的历史时间和循环的生物体时间相汇之处。众人带着杰克的骨灰，长途跋涉来到马盖特，遵循他的遗愿将骨灰撒入海中，一路的独白道尽了小人物们的一生悲喜，回程时刻这群各怀困扰的人已经平静宁和，《杯酒留痕》竟然也不再是一本阴郁悲观的小说。而从《学游泳》那个畸零世界里逃出来的保罗，已经是一个强健得多的大人了。

越战老兵和华裔青年的综合体

薛玉凤

进入21世纪以来，华裔美国文学界出现了一颗耀眼的新星，华裔美国作家林景南（Ed Lin）。他是迄今为止唯一获得过三次亚裔美国文学奖的作家。

林景南是土生土长的纽约人，祖籍中国台湾。除了写作，他还是知名演员和副导演，目前与妻儿一起生活在纽约布鲁克林。

12年来，林景南共有五部小说问世，获奖多多。处女作《拦路抢劫》（*Waylaid*, 2002）是部成长小说，主人公是台湾裔华人男孩，在父母经营的汽车旅馆帮忙，耳濡目染了许多乱七八糟的故事。这部小说曾被改编为电影《汽车旅馆》（*The Motel*, 2005），同样广受好评。他的侦探小说三部曲《突击搜捕》（*This Is a Bust*, 2007）、《蛇不会跑》（*Snakes Can't Run*, 2010）和《红色混蛋》（*One Red Bastard*, 2012）分别以1976年春、夏、秋的纽约唐人街为背景，描写纽约华裔警察罗伯特·周如何从唐人街巡警成长为名副其实的华人侦探的故事，同时也为读者展示了一个真实可信的纽约形象："种族孤岛"；国共两党的海外战场；新移民的天堂与地狱。最新作品《鬼月》（*Ghost Month*, 2014）以台北为背景，同样是侦探小说，但主人公不再是罗伯特，而是与作者同名的台北夜市摊主景南（Jing–nan）。景南试图找出女朋友被谋杀的真相，却引出一连串迷雾般的事件。

提起华人警察，人们可能会想起美国作家厄尔·德尔·比格斯笔下的华人探长陈查理（Charlie Chen），这一形象在美国几乎家喻户晓。而陈查理的原型是檀香山华裔警探郑阿平。郑阿平是土生土长的夏威夷华人，在檀香山警察局工作达 34 年之久。尽管 20 世纪初檀香山就有郑阿平这样优秀的华人警探，如今的纽约警察中也有 3.8% 是亚裔警官，但华裔美国文学中甚少见过华人警察的影子，也从未有过以华裔警察为主人公的侦探小说，林景南对华裔文学的贡献，由此可见一斑。

《突击搜捕》中，林景南笔下的华裔警察罗伯特虽然只有 25 岁，但作为越战老兵与“被边缘化的警察”、华裔单身青年，他也有不少创伤体验。罗伯特和好友约翰·凡丹从越南回国已 4 年，但越战创伤如影随形，不时折磨着这对年轻人。

罗伯特 19 岁（1969）应征入伍，两年后从越南战场回国。越战梦魇，尤其是他枪杀了一个越南儿童的情形，时常将他从梦中惊醒。看到一个拿着塑料球的孩子跑向他们，罗伯特对着孩子的头和心脏连开两枪，连警告都没有，只因他怀疑球里藏着炸弹。而在噩梦中，那孩子照样跑向他，罗伯特却没有了枪。如果孩子跑近了他还没有醒来，炸弹就会爆炸。罗伯特与黑人警察凡丹之所以有共同语言，是因为他们同为越战老兵，都在越南杀过一个孩子，都被战争梦魇所困扰。罗伯特和凡丹多次讲述自己在越战期间的故事，每次都会加入新细节。凡丹升至侦探部之前，俩人一起在唐人街巡逻一年，朝夕相处，无话不谈。凡丹的精神创伤同样严重。因为在越南杀过一个孩子，凡丹觉得自己没资格要孩子，而妻子一心想在 30 岁前当上妈妈，夫妇俩最后闹到分手的地步。被问及杀人的感受，凡丹说，当时什么感觉都没有，那是你死我活的局面，但这件事会伴随你一辈子，在享受生活的同时，你会对所有的事情都感到厌恶。这同样是罗伯特的感受。

罗伯特参加越南战争是为自由而战、为国家而战，当他听到美国有望与中国或越南建交时，觉得越南战争变得毫无意义，他在越南两年地狱般的生活因而也就毫无价值。

两年越战经历的另一个恶果，是罗伯特“学会憎恨亚洲人。只要一看到亚裔面孔，我都会不由自主地想掏枪，尤其是听见越南话的时候”，罗伯特本来就不喜欢唐人街，尽管他在纽约唐人街出生长大，但他和大多数华人青年一样，做梦都想逃离唐人街。

罗伯特到越南不久，就开始酗酒。战争创伤，加上眼前生活的不如意，使罗伯特常常借酒浇愁，由此引来更多麻烦。在周围华人看来，他只是一个整天喷着酒气、形单影只、郁郁不得志的唐人街小巡警。在《突击搜捕》中，罗伯特的主要工作就是在唐人街徒步巡逻，参加唐人街各式庆典，协调警局与华人之间的关系，但他不喜欢眼前的工作，一心想当侦探。

罗伯特的另一个创伤源来自3年前父亲的突然离世。为父亲报仇支撑着他最终破获蛇头杀人案。父亲一心指望他进大学，当律师、医生或政府官员，没想到罗伯特执意当警察。父亲失望之极，再也不理儿子，不久酒后坠楼而死。而父子之间的矛盾其实早已存在。罗伯特在越南服役期间，父亲重拾单身汉的生活恶习，把钱大都扔给了赌场和妓女，仅靠母亲的工资维持生活。罗伯特的母亲来自富有家庭，现为电子厂的部门主管，独自住在布鲁克林。当年被人安排到纽约成亲时，她只有20岁，而丈夫已经40岁。母亲对唐人街也恨之入骨，因此对儿子在唐人街工作颇有微词。

《蛇不会跑》中罗伯特成功侦破一起华人谋杀案，揪出非法偷渡劳工的“蛇头”。蛇头从福建招募劳工偷渡到美国，其中许多女性成了妓女，而男性像奴隶一样工作，过着非人的生活。1928年，罗伯特的父亲在14岁时以“证书儿子”的身份赴美，也是非法移民。正因如此，罗伯特决心揪出“蛇头”，为父亲报仇。没想到，罗伯特无意中得知父亲竟然也是“蛇头”，挣了不少昧心钱，最后吃喝嫖赌输光了钱，还欠下大笔外债，直到罗伯特快上高中时，才靠打工将债还清。罗伯特是父亲的骄傲，也是他全部希望所在。正因如此，罗伯特当警察的决定彻底粉碎了父亲的梦想。罗伯特为父亲报仇却挖掘出父亲的不堪历史，颇为讽刺，但无论如何，罗伯特更加了解父亲，也更加了解父辈的唐人街——自己的文化之根。

1976年，20岁华人姑娘蓝尼的出现，使罗伯特的生活有望走向正轨。小说结尾，在华人侏儒棋王的帮助下，罗伯特破获一起华人投毒杀人案。《突击搜捕》结尾，罗伯特不但开始做侦探工作，而且接到棋王盛邀，入股一同经营玩具店。

林景南的创作使华裔美国文学中多了侦探这一题材，华裔美国文学的人物长廊中多了华人警探罗伯特这一形象。在罗伯特身上，既有越战老兵的共同创伤阴影，也有华裔青年的独特文化之根。唐人街虽有很多地方不尽如人意，却是许多华人安身立命的地方，对罗伯特来说也不例外。

村上春树文学创作 35 年：“挖洞”与“撞墙”，孤独与“孤绝”

林少华

村上春树的处女作《且听风吟》创作于 1979 年，至今走过了 35 年创作路程。以主题划分，他创作的第一阶段可以说是“挖洞”的 15 年，第二阶段大致是“撞墙”的 15 年，第三阶段则是回归“挖洞”的 5 年。

2003 年初，我趁作客东京大学之机初访村上，交谈当中确认他在网上回答网友提问时说的一句话：“我认为人生基本是孤独的。但同时又相信能够通过孤独这一频道同他人沟通。我写小说的用意就在这里。”进而问他如何看待或在小说中处理孤独与沟通的关系。他回答：“不错，人人都是孤独的。但不能因为孤独而切断同众人的联系，彻底把自己孤立起来，而应该深深挖洞。只要一个劲儿往下深挖，就会在某处同别人连一起。一味沉浸于孤独之中用墙把自己围起来是不行的。这是我的基本想法。”一言以蔽之，村上认为，孤独是沟通的纽带，为此必须深深挖洞。如《且听风吟》《1973 年的弹子球》《寻羊冒险记》《世界尽头与冷酷仙境》等早期作品中，总体上倾向于通过在自己心中“深深挖洞”来审视孤独、诗化孤独，并以此与人沟通。《1973 年的弹子球》甚至通过主人公执着地寻找弹子球机这类无谓之物而将孤独提升为超越论式自我意识，从而确保自身的孤独对于热衷于追求所谓正面意义和目标等世俗价值观的优越性。不妨说，“挖洞”的目的大多限于“自我治疗”，即“挖洞”

是"自我治疗"的手段。《挪威的森林》和《舞！舞！舞！》《国境以南　太阳以西》继续"挖洞"主题，但逐步挖得深了，希求尽快"在某处同别人连在一起"。这可能因为，木月死于孤独，直子的姐姐和直子死于孤独，再不能让主人公处于"把自己围起来"的自闭状态了。《舞！舞！舞！》中，喜喜死了，咪咪死了，这使得"挖洞"的过程变得愈发艰难，愈发难以"同别人连在一起"。这意味着，村上用"挖洞"进行"自我治疗"的效果是有限的。于是村上创作的第一阶段基本到此为止，而开始下一阶段的"撞墙"15年。

"撞墙"源于村上2009年初获得耶路撒冷文学奖时，为此发表的获奖感言："假如这里有坚固的高墙和撞墙破碎的鸡蛋，我总是站在鸡蛋一边。"同时表明："我写小说的理由，归根结底只有一个，那就是为了让个人灵魂的尊严浮现出来，将光线投在上面。经常投以光线，敲响警钟，以免我们的灵魂被体制纠缠和贬损。"不过，村上针对体制这堵高墙的"撞墙"努力不是从2009年才开始的，而始于《奇鸟行状录》（1994—1995）。可以认为，从那时起，村上明确意识到仅靠"挖洞"这种开拓个体内心世界纵深度的做法有其局限性。而要同更多的人连接，要进一步获取灵魂的尊严与自由，势必同体制发生关联。但体制未必总是保护作为"鸡蛋"的每一个人，于是有了撞墙破碎的鸡蛋，为此村上表示"他总是站在鸡蛋一边"。这一立场较为充分地体现在具有里程碑意义的长篇巨著《奇鸟行状录》中，而在其中揭露和批判日本战前军国主义体制的运作方式即国家性暴力的源头及其表现形式上达到顶点。《海边的卡夫卡》和《1Q84》第1部、第2部持续推进这一"撞墙"主题，笔锋直指日本黑暗的历史部位和"新兴宗教"（cult）这一现代社会病灶，表现出追索孤独的个体同强大的社会架构、同无所不在的体制之间的关联性的勇气。

令人意外的是，到了《1Q84》第3部，村上将笔锋逐渐收回。及至《没有色彩的多崎作和他的巡礼之年》和最新短篇集《没有女人的男人们》，已彻底回归"挖洞"作业——继续通过在个体内部"深深挖洞"而争取"同别人连在一起"，亦即回归追问个人生命的自我认同和"自我治疗"的"挖洞"主题原点。

于是出现这样一个疑问:果真“连在一起”了吗?抑或,“挖洞”的目的果真达成了吗?

先看《没有色彩的多崎作和他的巡礼之年》。主人公多崎作读大二时被高中时代“五人帮”中的赤松、青海、白根、黑野驱逐出去,四人毅然决然地宣布同他断交,“简直就像自己一个人被从航船甲板上抛入夜幕下的大海”,以致几度想到轻生。36 岁那年在女友沙罗的劝导下开始联系四人,以期弄清断交真相。结果还算顺利,除了已故的昔日美少女白根,同其余三人都联系上了,也见了面。但很显然,联系到此为止,见面即是告别——“洞”挖了,除了表白当年爱他的黑野,同赤松和青海之间全然未能挖出“连带感”,相互清楚永无见面的可能了。而见面本身也未能化解“胸口微弱的异物感”,体内仍有“一年到头都不会融化的坚硬的冻土芯那般僵冷的东西”。一句话,他依然孤独。“我的人生实质上止步于 20 岁!”

再看《没有女人的男人们》。村上在去年 11 月 3 日也就是该书出版半年后接受日本《每日新闻》采访,断言该书的主题是“孤绝”。他说:“在这里‘孤绝’成为一个主题。尽管中心是男人失去女人的故事,但较之具体的女性,莫如说是由于‘对自己必不可少的东西’的缺失而深深怀有‘孤绝感’这一处境的表象。年轻时的孤独可以事后修补或挽回,但超过一定的年龄,孤独就成了近乎‘孤绝’的东西。我想描写与此相似的光景。我也已经六十大几了,觉得可以一点点写这种东西了。”就是说,在《没有女人的男人们》中,女人只是个符号,是个例子,是个象征,是个隐喻。换句话说,你缺少什么,“女人”就是什么,可以是车子、房子、票子,也可以是工作、升迁以至于自由、体面、尊严。我猜测,村上作品中一以贯之的个人对周围环境、对于社会和体制的那种违和感、游离感,随着年龄的增加以及感受和认识的加深,渐渐变成了一种近乎“千山鸟飞尽,万径人踪灭”的悲凉感、绝望感,所以他才要通过《没有女人的男人们》一书表达不像过去那样可以抚摸和把玩的相对孤独的绝对孤独,用村上的话说就是所谓“孤绝”。

令人沉思的是,孤独也好,“孤绝”也罢,较之“撞墙”,打动中国读者的仍是这“挖洞”部分。部分原因,或许在于中国本土作品总的说来并不缺少宏大叙事，不缺少文以载道意识，缺少的是透视个体灵魂、经营心灵后花园的自觉和细腻。可以认为，经久不衰的“村上热”描绘出了处于社会转型期的中国年轻人，尤其是城市年轻人心理变化、情绪、感受与之互动、共振或相向而行的轨迹。

我们也应该认识到村上文学的局限性，逐渐由粉丝式阅读过渡到理性阅读、深度阅读。人所共知，社会转型是当今中国面临的一大主题，成功与否直接关系三十多年改革开放成果的存废和中国的未来走向。社会转型的目标之一，就是建立一个以自由、理性、个人权利与责任以及文明秩序为支撑的现代核心价值观。而村上作品在积极诉求个人自由、尊严和权利的同时，又较多含有后现代元素。诸如对宏大叙事及其蕴含的规律性、本质认识的可能性的否定，对理性、意义、价值和体制、秩序的解构或消解。没有在制度安排和个人尊严即“高墙与鸡蛋”之间摆出一张对话的圆桌，也似乎没有在“挖洞”的个体自由与价值取向的整体性及理性的建构之间找出对接点。说的极端些，村上文学的根本问题在于：消解了意义和体制怎么办？或者说干脆些，一旦撞倒了“高墙”怎么办？毕竟高墙不仅仅是规则和限定，有时也是遮风挡雨的屏障。何况，撞倒一堵高墙，必然马上竖起另一堵高墙。

或许因为回答不了这样的问题——或者莫如说他在“墙”与“蛋”关系的探索中陷入困境——村上才退回“挖洞”那个之于他的“文学故乡”。那么，村上今后会不会永远继续这样的“挖洞”作业呢？却又未必。一个证据在于，他在接受前面提到的《每日新闻》单独采访中再次提到“高墙”。当记者问他如何看待“战后七十年”时，他回答：“我觉得日本的问题是一律‘回避自身责任’。关于战后七十年也好，关于福岛第一核电站事故也好，谁都没有真正负起责任。我是有这个感觉的。举例说，战后出现了谁都不坏这样一种结果。坏的是军阀。天皇被军阀随心所欲地利用，国民也全都被军阀骗了，倒了大霉，都成了牺牲品、受害者。这样一来，无论中国人还是韩国人、朝鲜人都要气恼。在我看来，自己也是加害者这一想法在日本人身上基本是淡薄的，而且这一倾向似乎越来越强。”村上同时呼吁理想主义，他认为冷战的结束使得世界处于混沌状态，失去了“轴”，理想主义也随之在年轻人身上失去了。“作为我，即使为了这样的年轻一代也要写小说，把我们在60年代具有的理想主义改换为新的形式进行交接也是很重要的事。”随即断言，“我相信在没有‘轴’的世界上提供‘假想轴’也是小说的职责。”而在接受采访几天后的2014年11月7日，村上春树在接受德国“《世界报》（Welt）文学奖”时发表的演说中再次发出理想主义诉求：“即使被墙围着，也是可以讲述没有墙的世界的”，并且再度表明“对于小说家的我，墙始终是重要主题”。

如此看来，村上在回归“挖洞”五年之后，有可能重拾“撞墙”主题。毫无疑问，无论“挖洞”还是“撞墙”，重要的都是真正不失理想主义、不失理想主义坐标。这就不仅仅需要利用文学想象力、自我经验和“私人性契机”，而且需要通过直面世界的复杂性和社会互动的方式，使得日后的文学创作获得更广阔的视野、更博大的胸襟和更超拔的境界，同时挟裹更丰富的历史信息和更新颖的审美向度，最终留下传世之作。

诗人毕加索：诗中有画

余中先

毕加索作为画家尽人皆知，而作为诗人却不太知名。其实，他也是写诗的，写作法语诗。

毕加索的诗歌创作活动十分频繁，从 1935 年到 1936 年几乎每天都写，后来断断续续写到 1959 年，那是迄今为止人们所知的他最后的写作日期，到这时为止，他留下了 350 多首诗歌。

毕加索向来就不局限于唯一的艺术创作方式。最熟悉他的创作才华的母亲，曾这样说到她的儿子："有人告诉我，你在写作。你嘛，我知道是什么都能做得出来的。假如有一天有人对我说你在主持弥撒，我也会相信的。"当 1935 年他在法国开始写诗时，已然五十有四。1989 年，法国的伽利马出版社出版了毕加索几乎全部的文字（还包括一篇关于诗人毕加索的传记），普通读者才惊讶地发现，这位大画家原来还从事着"一种始终陌生却又持续了多年的文学活动"。

那么，他的诗有些什么特点呢，或者说，他的诗是不是与他的画有一些内在的关联呢？中国人老爱说"诗情画意"，传统的文人更是"诗画不分家"，而这一点，在毕加索的身上其实体现得很有些意思。

毕加索的诗歌创作恰如他的绘画，具有一种惊人的多样性和实验性。用这位诗人画家的话来说，"总而言之，凡艺术必为相通；人们可以写出一幅词语的画来，恰如人们可以在一首诗中画出种种的感觉。”

确实如此，读毕诗，译毕诗，让我大为惊讶，也让我大呼过瘾，欲罢不能。毕诗如毕画，也如画家其人，想象丰富，词语奇怪，形象诡异，逻辑混乱，很有立体意味。在语言的线性流淌中，显然引入了平面乃至立体的物体意象。

他的不少诗一气呵成，没有反复，后来也没有作修改：那是一些“江河诗”，字词在诗行中拥挤，恰如“物体”在绘画中拥挤。这些诗歌，如一股奔流不息的洪流，根本无法标点，让人阅读时不得不依照一种随呼吸而生成的节奏。例如这段：“精确的再现刻写在空无的今天下午的雨滴的寂静的沙粒上铺展在一个蜡像的羽毛床上的内衣上模仿着在一条河边嬉戏的小孩子他用一根李子树的枝条戏弄着两只坐在其阴影的洗碗槽上的土豆皮上的蟑螂……”（1938 年 2 月 12 日）

另一些诗，则被写成具有多样性的语态，可以有多种不同的句断尝试，构成不同的诗行和诗节，或是某种散文形式。从它们对音节结构、音乐性，甚至还包括对押韵的考虑来看，能见出这是一种更为经典的诗歌创作：“夜 // 在泉池中 // 梦扭弯角喙 // 叩击空气 // 挣脱颜色的肠衣……”（1935 年 12 月 30 日）；还有：“大蒜笑它枯叶星星的颜色 // 以它嘲讽的神态笑玫瑰由其颜色深扎的匕首 // 呈枯叶的星星的大蒜 // 以它狡黠的神态笑玫瑰的匕首正下落的星星的气味 // 呈枯叶的 // 翅膀的大蒜”。（1936 年 6 月 15 日）

我们应该记得，毕加索的画往往让浓墨重彩大红大绿的色块反复出现，反复地冲击人的视网膜，给人留下深刻的印象。而他的诗也如他的画一样，试图以碎片状的物品占据空间的各个部分，各个层面。他的诗歌中有大量的颜色词汇，而色彩，还有种种细微的色调差别：红有苋红、玫瑰红、火红、血红、砖红、胭脂红，蓝有国王蓝、石油蓝、天蓝、钴蓝，绿有杏仁绿、苹果绿、青绿、祖母绿，等等。

例如以下几段（诗句中并无标点）：

“再现那个姑娘脑袋样子的绘画去除了所有线条周围飘飘荡荡地显现白色的芳香阵阵打击落在天空的肩膀白色的骄傲奶酪大丽花

白葡萄酒油炸在白色吹短笛者的泥鸽射击场鞭子的黄色叫喊被一只燕子的飞翔反射在紫色乳汁的眼睛上荨麻飞马在黄里带白的泡沫的尽头紫色长矛的胸衣铅笔跳山羊的线条白色的星星紫里透黄躺在月亮的刀锋上紫色小粒菜豆菜弓弦绷张在黄中透蓝的鸢尾花钴蓝靛蓝在留有透蓝白羽毛的黄色石板瓦的紫色网中绳索套上带鸽子黄的浅紫脖子蓝色的奶子砍去了脑袋还咬着泛黄的湖水紫色的手白色的嘴唇蓝色的假领老鼠啃吃紫色黄色蓝色的麦穗紫色黄色蓝色蓝色蓝色蓝色线条缠绕它的螺旋大桥拉长气喘吁吁地第一个到达靶子的中心”。(1936 年 4 月 29 日)

“在那里黑加仑的串串果实淹没了光线的酸涩滋味的词语的板壁它在赤裸裸的屁股上打下回忆的长春花蓝色的肉体挂在钉子上钉在玫瑰色癞蛤蟆的蹦跳的正中央穿越银板生生地活烤在竖琴的弦线上斗牛士弄湿他斗篷的边沿在与木乃伊的胳膊脱节的手的掌心在关闭的希望之门前乞讨法兰朵拉下雪在张开的扇子上把橙子切成小片鼓手的丧仪被咬在暴烈如火焰的马儿的牙齿中鸡蛋跳舞在声音的水柱上在石板地随着浅紫色年轻姑娘的游戏而跳动不已的花园中在她守夜人白色裙子的如此柔嫩的青绿中包裹了短短的石板瓦片晚上的白鼬沿着棕榈树的十四行诗的韵脚某种细沙海滩骷髅头挤满了搁浅的船被驯兽师咬破了肚子拔走了时辰的爪牙由被黑夜所遗忘的晾在绳子上的内衣的潘神的笛声成束地挂在大桅杆上欢乐之车用带香味之轮的清水做成众目睽睽之下充满了歌唱与欢笑的彩虹的色彩之味”。(1936 年 5 月 10 日)

当然，如果要以挑剔的眼光细致认真地来分析，毕加索的诗歌还不是最优秀的文学作品，在文学史上也不可能留下太重要的痕迹，但他在诗歌这一书写形式上的种种尝试，让后人更加明白理解他绘画艺术(造型艺术)的创造思路。如果我们的想象力能把毕加索诗歌中隐藏在单一方向的线性文字背后的意象化为二维(甚至三维)的图面，那么，线性的文字中种种色斑与线条的铺陈，就会让我们不由得更多联想到空间中的物件的碎片和多变的点彩的奇特分布。这恐怕就是毕加索诗歌的艺术价值所在。

类似的意象，我们当然在立体主义绘画中见得多了，立体主义绘画往往以多个角度来描写对象物，追求碎裂、分离、重新组合的形式，形成的画面，把它们放置于同一个画面之中，来表达对象物更为完整的形象。但是，在文学作品中，这样的尝试也并非只有作为名画家的诗人毕加索这样做过。后来获得过诺贝尔文学奖的法国作家克洛德·西蒙的作品同样也充满了类似的绘画意象，他的小说《弗兰德公路》《农事诗》《植物园》中就不乏由文字直接产生的画面感（色彩的分布、色调的对比、明暗的交替、亮点的闪耀）。

有时候，毕加索还故意不按照语法规则来写，而且还拒绝修改，他这样说过："假如我得按照那些跟我毫无关系的规则来修正你说到的错误，那么，我所特有的音符就将消失在我并未领悟的语法中。我宁可心血来潮自作主张地造它一种语法，也不愿让我的词语屈服于并不属于我的规则。"毕加索诗歌中特有的错误句法以及标点缺失大概就是这样产生的。

另外，毕加索的某些诗歌写得如同字谜，例如"我的女士开心笑沙"（1936 年 3 月 24 日）的读音（ma lady gai rit sable）与"可治愈的病"（maladie gué rissable）一样。在毕加索笔下，相似词形、相同发音的字词常常在同一个诗句中同时出现，构成或有趣、或别扭、或艰涩、或转义的文字游戏。

作家米歇尔·莱里斯说，他只见过一个作家，"可以当之无愧地与毕加索比肩而立，试图将自己定位于字母的版图绘制术中"，"此人就是詹姆斯·乔伊斯，他在《芬尼根守灵夜》中，证明了一种相似的能力，能推进语言成为现实的东西（人们是这样说的），现实得可以被人贪婪地吃掉喝掉，并被人令人眩晕地自由使用"。不知道这一评价毕加索是否当得起。

毕加索对语言游戏的兴趣，还体现在大量的"变奏诗"中。所谓的"变奏诗"，指同样的主题，同样的词汇，同样的意象，却以不同组合排列出来的诗行，类似音乐中的"主题变奏"。毕加索很喜欢投身于字词和句子的组合游戏，多次尝试以种种不同的次序反复构成新组合，试图为它们找到多种可能的排列，例如这样的诗行："这是杏仁绿的色调喝干大海的难事笑声桂竹香贝壳蚕豆玻璃黑人寂静石板瓦后果欧楂小丑"//"这是大海笑声贝壳该喝空桂竹香杏仁色调黑人蚕豆玻璃寂静石板瓦绿色小丑后果……”（1936 年 4 月 9 日）其实，这也颇有些像他以不同形式表现的同一主题画作。《阿尔及利亚的女人》有 15 个版本，“公牛”素描应该也有十多个版本吧？

毕加索诗歌的主题，如同他绘画中的主题，经常跟西班牙密不可分：战争、斗牛、民间歌舞、烹调，等等。毕加索用西班牙语和法语写作，但是有时会在同一首诗内混淆这两种语言，体现出各种语言所特有的感觉。另外，他的诗歌基本上没有标点符号，只有极其个别的一两处有逗号。

毕加索的诗还是值得一读的，哪怕有的人读后会觉得莫名其妙。欣赏他的画，对观众来说不是懂不懂的问题，而是有没有感觉的问题。读他的诗歌也是如此，问题在于，你作为一个读者，有什么感觉？

伊丽莎白·斯特劳特：孤独的救赎力量

严蓓雯

普利策奖作品《奥丽芙·基特里奇》中译本面世后，小说与作者伊丽莎白·斯特劳特进入中国读者的视野。这位美国新英格兰地区缅因州的女作家，刻画了新英格兰小镇克劳斯比的数学老师奥丽芙，她身材魁梧，个性强烈，令人印象深刻。作品中探察人心的细腻、情感诉求的力量以及叙事技法的纯熟，都达到作家创作的巅峰。小说由13个短篇组成，除了接近一半直接描述奥丽芙的世界，其余一半中，有些奥丽芙根本没现身，有些她只在小说人物的闲聊中出现，有些仅是故事的“过客”。但13个故事拼起来，读者大概能体会到她生活的一个侧面、她性格的一层阴影、她人生的一段起伏。奥利芙身上凝结着小镇的悲欢和普通人的过去未来。每个故事都如刀子忽然一切，突兀地进入奥丽芙或小镇的某一时刻，又毫无预兆地结束。多少空白未曾诉说，多少情感未曾释放，十几个故事彼此呼应、彼此填充、彼此抵牾，让人意犹未尽又击节叫好。

与此相比，斯特劳特2013年的长篇新作《伯吉斯家的男孩们》并没有引起过多好评，该书从人物塑造和情节结构上与《奥丽芙·基特里奇》差之甚远。《伯吉斯家的男孩们》是个主题老套的情节剧，描绘了伯吉斯家最近遭遇的一次危机——伯吉斯家的小女儿、性格古怪的苏珊，她那个略带自闭的儿子扎克有违伊斯兰民族习俗，要上庭审判。他的两个舅舅——伯吉斯家的男孩们——一个是著名律师吉米，曾为一个黑人歌手、杀妻嫌疑犯辩护，令其被判无罪，后在某事务所替有钱人打经济官司；一个是性格善良的鲍勃，在法律援助处工作。他们没搞定外甥的案子，外甥吓得离家出走去瑞典找父亲了。结尾是略带好莱坞式的：案件撤销，扎克要回来了，伯吉斯家的人都在考虑开始新的生活。故事的主题从表面看是不同文化的互相理解、包容，这在“后9·11”的美国世界非常有意义；往小里说是家人之间如何彼此理解，彼此包容；而它的结构也一如斯特劳特的以往创作，在与事件同步的现时叙事中，巧妙自然地融入对过去的回忆和对往事的揭示。跟《奥丽芙·基特里奇》不同，故事的原委得到交代，情感的释放找到了出口，人物有过去有现在有未来（小说结构是“我”在多年后回忆伯吉斯一家的经历）。某种程度上，这的确让颇有期待的读者觉得似乎缺少“含蓄深远的意味”。

斯特劳特作品中一直回荡的主旋律是“孤独”，这种孤独在陌生人中非常普遍，在家人、亲人中感受更深。《伯吉斯家的男人们》不仅细致刻画了这种孤独，更将这种孤独作为救赎的力量。能在情节剧般的故事之上抛出这样的命题，是该书的价值所在。

孤独源于我们并不了解任何人。在某次接受访问时，斯特劳特说：“我们每个人到底有多了解别人？对我来说，这一直让我饶有兴趣，也是促使我写作的理由之一。因为，我对这个事实很着迷：我们真的并不了解别人。”斯特劳特将这种看法直接写入《伯吉斯家的男孩们》开篇：“我”跟母亲都成了寡妇，虽然之前关系不佳，但亲人的离世让“我们”经常在电话里聊起过去，聊起伯吉斯一家。“我”告诉母亲，“我想写写伯吉斯家孩子的故事”。母亲表示赞成，“我”还有些犹豫，“别人会说，写自己认识（know）的人，不太厚道”。母亲回答，“唉，你不知道（know）他们。没有人了解（know）别人。”

这种横亘在人之间无法沟通的天堑，曾让亲密“无间”的家人非常痛苦，也让求而不得的人逃离家庭和熟悉的生活环境，奔向不求了解不求沟通的“陌生世界”。但这份陌生和身处陌生中的孤独，却反过来给人们解脱和救赎。这一认识，与斯特劳特自己的经历相纠葛，在她前期作品里已隐隐有所体现。斯特劳特的母亲祖上八代、父亲祖上十代都生活在缅因州，但就如《伯吉斯家的男孩们》里写的，随着经济结构调整，曾经繁华的工业小镇越来越凋敝贫穷，年轻人不再回来，而移民一拨拨涌入此地。和伯吉斯兄弟一样，斯特劳特也离开了，如今住在纽约。“我爱纽约”，她告诉记者，“但我想念缅因”。爱纽约什么？爱她的人来人往。《奥丽芙·基特里奇》里的短篇《涨潮》中，凯文回到克劳斯比小镇想自杀。他去的上一个地方纽约“地铁里充斥着各种晦暗的色彩和各式古怪的人，这让他感到轻松……”虽然纽约最后没有拯救凯文，但至少给了他“最大的希望”。而《伯吉斯家的男孩们》里的鲍勃也非常喜欢纽约。他一直认为自己 4 岁时拨动排挡导致车子滑下车道撞死了父亲，始终背负着心理折磨，纽约虽然没有减轻折磨，但总让他有那么一会儿感到“轻松”，比如坐在窗边看街对面的年轻女孩在公寓里穿着内衣走来走去，而隔壁一对夫妻在一起洗碗。他想到世界上所有觉得被一个城市拯救的人，他是其中一个。不管黑暗如何兀自钻入，总有不同窗户亮着灯，每一缕灯光都像一次温柔的触碰，说，不管发生什么，鲍勃·伯吉斯，你从不孤独。

这里表面看有种悖论。它似乎在说，鲍勃在这个城市里“并不孤独”。他并不是不孤独，他只是有“孤独”的人为伴。这种相伴，不是来自亲朋好友，而是来自对面窗户里走来走去的少女和相依相偎的夫妻。城市似乎充满冷漠，但城市的疏离有时却给人难以言传的安慰。一方面，它将每个人的孤独赤裸裸地暴露：那么多在快餐店独自用餐的年轻人，那么多独自生活、不跟邻居往来的人，那么多擦肩而过再也不会重逢的陌生人；但另一方面，这种暴露和“漠然”的“个体安全区”，却让人因知晓有人跟自己一样，而感到自在与释然。尤其是大城市，人与人距离的“遥远”某种程度上也是包容度的体现。我想，在大城市里生活若干年的人，一定在某一刻有过这样的感受：不必向人交代自己的过去，没有原生家庭的种种裂隙，志同道合的朋友时而相聚，但更重要的，是陌生人的来来去去，虽从无深交，但也没有牵挂。大家自管自地生活着。孤独吗？孤独。但孤独也是救赎。这就是孤独的救赎力量。

对孤独的体会、对孤独的拒绝，进而到对孤独的拥抱，斯特劳特洞察了现代人内心的忧虑，给出了解决方案，这也是她对一以贯之的创作的回应。我们常在最亲密关系里感到孤独，没有比不理解自己的家人、也不被自己家人理解更痛苦的了。亲密关系带来的桎梏与伤害，从伯吉斯兄弟逃离家乡、到克里斯托弗逃离奥丽芙，一直可追溯到斯特劳特的处女作《艾米与伊莎贝尔》。在这部描写母女关系的作品中，爱的诉求始终在16岁的女儿艾米与35岁单身母亲伊莎贝尔之间绷紧的线上来回闪过，她们彼此相爱也彼此渴望逃离。那时，伊丽莎白隐约把解决途径放在母亲的放手上，放在母亲意识到的友情上：对工厂办公室粗鲁庸俗的女工同事们，母亲从不屑与之为伍，却在与她们的共处中感受到友情的力量。到了《奥丽芙·基特里奇》中，已经出现对陌生人情谊的诉求。但这里的陌生人是以前无甚交往的邻居，不同于《艾米与伊莎贝尔》里每日相见的同事，也还没有进入《伯吉斯家的男孩们》里对面公寓的陌生住客。《奥利芙·基特里奇》最后的故事中，奥丽芙的丈夫去世了，她每天去河边散步，有次碰到心脏病发的杰克，幸无大碍。上过哈佛的杰克退休后搬来克劳斯比住，奥丽芙曾看不上他的自吹自擂。后来两位老人开始来往，共进晚餐，聊天。不是说有多喜欢，就是想有人说说话，“害怕一个人孤零零地死去”。她躺在“这个男人身边，让他的手放在自己的肩上，手臂上，就算此刻身边的这个男人不是她以前会选中的，又有什么关系？极有可能，他之前也不会选择她”，但“不能随随便便把爱放走”。《艾米与伊莎贝尔》里，伊莎贝尔诉说父亲的好友在父亲去世后来看望她们母女，却在土豆田里搞大她的肚子，女工胖贝福和多蒂边听边陪她哭泣。这种共处的场景，和奥丽芙与杰克躺在一起、彼此看出对方的“脆弱、祈求与恐惧”一样，是孤独的灵魂在彼此支持。斯特劳特在《伯吉斯家的男孩们》里更进一步：在节奏飞快的现代世界，我们不一定得到亲人或熟人的心灵支持，但可以依靠自己，从自己身处的孤独中寻找立身世界的力量。

《小插曲》中，克里斯托弗新婚，奥丽芙躺在儿子的婚床上想：“亲密关系是你人生的支柱，但它们之中也都潜藏危险的暗流。正因为此，你也需要有点小插曲：比如布拉德利百货公司里有一名亲切友好的店员，或是多纳圈店里有一个知道你爱喝哪种咖啡的女服务生。那是一种微妙难言的感觉，真的。”在《伯吉斯家的男孩们》里，斯特劳特将这种“微妙难言的感觉”具体化了，甚至可以说，《伯吉斯家的男孩们》就是一曲对“微妙难言的感觉”的颂歌。

安东尼奥·洛博·安图内斯：难以遗忘的祖先阴影

李 垚

大航海时代无疑是葡萄牙最为璀璨、最为夺目、最为傲然也最为愉悦的时代。帝国的旗帜飘扬在世界各地，香料、黄金与数不尽的财富自殖民地源源不断地涌入宗主国。在那个时代，返航意味着满载而归，意味着新的土地与新的财富，意味着又一枚光彩夺目的珠宝即将镶嵌在帝国那顶熠熠生辉的皇冠上。然而，4 个世纪过后，经历了两次世界大战以及几乎紧随其后、为萨拉查的独裁统治画上句点的康乃馨革命，帝国的殖民地在一场剧烈的战争后取得了独立，大批当初载誉而归的航海家们的后裔不得不挥别昔日的殖民地，踏上返回故国的路途。只是这一次的返航，不再有任何荣光，有的只是绵绵无尽的感伤与失落。

葡萄牙当代大师级作家安东尼奥·洛博·安图内斯（António Lobo Antunes）的小说《快帆船的返航》（葡语原名：*As Naus*；英译名：*The Return of the Caravels*）便是设立在这样的背景之下，小说题目中的快帆船（Caravel）指的是 15 世纪到 16 世纪被普遍运用到航海探险之中的一种小吨位快帆船，它的返航通常意味着新大陆的发现，意味着帝国版图的扩张。然而小说把时间设置为 20 世纪 70 年代中期，殖民地的独立致使已经在异国他乡扎根多年的人们被迫放弃自己熟悉的一切，满怀失落地回到故乡，并且毫无意外也无一例外地成了“祖国的陌生人”。独在故乡为异客，自小说开头，诸多归来者中没有任何人可以“英豪”之名谓之，甚至连“返航”这一个看似普通寻常的词汇，也有了一丝苦涩的讽刺意味。小说的主人公之一名叫路易斯，身份为诗人，毫无疑问他是16世纪葡国著名诗人路易斯·德·卡蒙斯的化身。路易斯因种种意外无法安葬随自己一同返还的父亲的尸身，只得将其处理后随身携带，父辈就这样化身为一种物理学意义上的存在，化身为一种无法摆脱的负担加诸于后辈身上，无法被遗忘，亦无法被彻底抛弃。卡蒙斯在称颂地理大发现的史诗《卢西塔尼亚人之歌》中曾经歌咏的一切人与事，如今已经散落在伴随着航船一同归来的海风中，消失得无影无踪了，当代的诗人路易斯——卡蒙斯的继承者——尝试对“记叙英雄事迹的十四行诗”的书写，也终于不能成功，诗行伴随着帝国梦想破碎在海浪中。

安图内斯7岁时便有志成为作家，这一“钱途堪忧”的志向遭到了父亲的阻挡。父亲建议他学医，于是年轻的安图内斯便选择了最接近文学的分支——精神病学。在20世纪60年代，安图内斯参加了对抗萨拉查独裁统治的学生运动，正是在这一时期，他开始尝试写第一部小说，这部小说从不曾付梓，但在写作的过程中，他“发现”了菲兹杰拉德、梅尔维尔，尤其是威廉·福克纳。在他成名之后，批评家们在评论其作品时总会提及这位伟大的美国作家。不过，虽然叙事构建与行文风格确有相似之处，但安图内斯与福克纳的作品无论是主题还是掩藏于文本之中实质指向都大相径庭。1971年1月，安图内斯被派到了安哥拉的战场，成为一名随军医师，直到1973年3月才返回里斯本。异邦战场上的混乱、恐惧、不公以及过于喧嚣的孤独在安图内斯的记忆中留下难以磨灭的印记，殖民地独立战争也因此成为他诸多作品直接或间接的主题。独立战争中的境况在其极具自传性质的长篇小说《世界尽头上的土地》（葡语原名：*Os Cús de Judas*. 英译名：*The Land at the End of the World*）中得到了震撼人心的表现，Os Cús de Judas本为葡文俚语，指的是荒蛮、偏远之地，不过其直译却是稍稍有些令人尴尬的短语，即“犹大的屁眼”，在小说中明指作为军医的叙事者所处的安哥拉战场，同时亦暗指他返回的故国葡萄牙——令人陌生的灵泊狱。而书写手法更为纯熟、叙事结构也更为复杂的《快帆船的返航》则将视线投向了作为前宗主国的葡萄牙，这部群像小说的诸多角色各具特色，彼此相异，却又因回归而暗自相连。在异邦逾居留半个世纪且好歹有片瓦遮身的老夫妇，回国之后却身无分文，无以为继；殖民地的走私贩，幻想不断的恋童癖，回到故国的公寓时，却发现它已被大批流浪者般落魄的人民以革命之名占领；与混血妻儿一同回国的人们为了维持生活，不得不让妻子出卖肉体……或许在踏上故国之初，返航者们尚且满是憧憬，不乏期待，而到如今，却彻底陷入了失望的深渊，各自苦苦挣扎。殖民者们昔日的光荣，而今安在？特茹河流淌依旧，祖国却成为虚幻的水中之月。

不同于因为获得诺奖而为读者们广泛接受的若泽·萨拉马戈——尤以《拔地而起》和备受争议的《耶稣基督的福音》为代表，安图内斯的作品完全不亲近读者，亦会去不时提示阅读者那相对于小说人物的全知性，小说的叙述在第一人称与第三人称之间来回摆荡，阅读者仿佛时而身临其境，当局者迷，时而又置身事外，旁观者清。更令人击节叫好的是，除了黯然归国的无名之辈们，以达·伽马为代表的大航海时代的英豪也出现在殖民地已然独立于宗主国的当下，以突兀而又自然的姿态在小说中登场，虽然这种出场实在太迟，就时间上而言，又形成了绝妙的讽刺。尽管如此，历史人物的频频出现并不代表安图内斯要岔开路径，开辟一片新土，对久远的历史进行复现与重构，他所要着力表现的，依然是当下，他所要描写的，依然是不断接纳失落返航者的里斯本。历史在小说中以一种荒诞的形式被提及和重述，但只是简短重述，因为光芒属于过去，现在亟待解决的是生活，为难以遗忘的祖先阴影所笼罩的生活。历史——属于过去的荣耀，仅被偶尔提及，作为陪衬暗淡感伤的光辉背景。

诗人路易斯以当代卡蒙斯的形象出现，但这位卡蒙斯却不完整，无可歌亦无可颂。为何达·伽马——被歌颂者——等人以看似不着痕迹的方式出现在小说中，而卡蒙斯——歌颂者——却只有代替品？毫无疑问，是因为缺乏歌颂的主体。大航海时代的返航意味着载誉而归，而70年代的归返却是无奈之举，没有扩充帝国版图的新殖民地，没有香料与黄金，有的只是一群身在故乡的异客而已。历史人物在当下那微妙而尴尬的处境，被安图内斯表现得淋漓尽致。小说中有这么一段描写，每逢周日早晨，倘若阳光明媚，唐·曼努尔皇帝便会在大街上一辆老旧生锈、带敞篷的福特车里吹响喇叭，他身穿女式长罩衫、拿着权杖向达·伽马挥手，叫他下来好去沿着 Marginal 大街走走，聊聊东方诸国，亦即那作为陪衬暗淡感伤的光辉背景，那宛如高速行驶的车窗之外那转瞬即逝的风景。世事无常，往日的英豪也好，当今独在故乡为异客的人们也好，只能无可奈何地面对光荣而虚妄的过往与难以承受的现实。

在令人感伤的混乱时代，荒诞而又失常的场景一幕幕呈现在读者面前：路易斯·德·卡蒙斯的《卢西塔尼亚人之歌》——昔日辉煌之象征——也只能落得以印有裸体女郎的封面，并混同一系列侦探小说出售；“成打”的簿记员费尔南多·佩索阿，如同历史上那位赫赫有名的诗人一般，戴着眼镜，蓄着胡须，表情严肃地走在上班的路上（熟悉佩索阿生平的读者对这样的形象不会感到陌生，虽然很难说这里的“成打”是荒诞怪异的表达，还是实际的指涉，因为佩索阿本来就作为“群体”存在）；达·伽马与唐·曼努尔皇帝被关进了疯人院，因为皇帝在驾驶着福特车被警察拦下时坚称“整个国家尽为我有”，同他们一道的还有 50 位哥白尼……是的，即使真正的英雄回到帝国，已然土崩瓦解的一切也不会再度拔地而起，葡萄牙的荣光已经熄灭，迅疾如划过苍穹的流星。

尽管如此，那难以遗忘的祖先的阴影却依然笼罩在这片陌生的故土，昔日的颂歌依旧在内心深处不时响起，并且永无销声匿迹的可能。

米亚·科托《梦游之地》：悲伤与传奇之书

李 垚

据说那地方是一片梦游之地。因为当人们入睡之时，它便向远方移动，穿越时间与空间。

——《梦游之地》

莫桑比克作家米亚·科托（Mia Couto）是当代最为重要、最为出色的、以葡萄牙语创作的非洲作家之一。他的双亲是20世纪50年代的葡萄牙移民，他出生并成长于莫桑比克的第二大城市贝拉，14岁时就已经在当地报纸上发表诗作，后来他搬到首都，在大学里学医并经历了莫桑比克的殖民地独立战争。1983年，米亚·科托出版了他的首部诗集《露水之根》，其中有些作品是对伪马克思主义者激进、好战的宣传之批判与反对。此后米亚·科托则主要以创作小说为主，迄今为止共出版了三本诗集、四本杂文集、六本短篇小说集与十余部长篇小说，作品在二十多个国家翻译出版，赢得了诸多赞誉与奖项。2013年，因为在其创作的多部虚构作品中，展现了“风格的创新与深厚的人文精神”，完成了“从地域性到全球性的过渡”，米亚·科托获得了葡语文学界的最重要奖项——卡蒙斯文学奖，成为了继若泽·克拉维里尼亚之后，第二位获得该奖的莫桑比克作家。

米亚·科托在创作过程中将葡萄牙语同莫桑比克的地域性词汇与结构融合在一起，重新创造了这种语言，同时也为非洲文学的叙事建立了一种全新的模式。他自己承认，他的书写、他对语言的使用与变形，主要受到两位作家的影响：其中一位是巴西作家吉马良斯·罗萨，罗萨的长篇小说《广阔腹地：条条小径》堪称葡语版的《芬尼根守灵夜》，即便是通晓葡萄牙语的读者也大都对其望而却步。另一位是安哥拉作家、民主斗士若泽·卢安蒂诺·维耶拉，其短篇小说集《卢安达：安哥拉小说集》大量地使用了金邦杜语（非洲安哥拉北部的一种班图语），并且在出版时拒绝提供词汇表，这固然将一批读者拒之于门外，但是与此同时，这样的书写也开辟并完成了一种极具非洲特色的叙事方式。

米亚·科托最初创作的是短篇小说。1986年，短篇小说集《声音造就夜晚》出版，随后另一本小说集《每个人都是一个种族》出版，从这些短篇小说中可以很明显地看出作家风格的演变、升华与成型。《声音造就夜晚》中收录的小说已经拥有了魔幻与传奇的成分，而《每个人都是一个种族》则具有很强的地域特性，风格上大都趋近于现实主义，也正因如此，这本小说集更多也更直接地讨论了独立战争这个沉重而痛楚的话题。

1992年，经过两本短篇小说集的充分演练后，米亚·科托推出了第一部长篇小说：《梦游之地》，这本书以莫桑比克内战为背景，以令人叹服的诗意语言和精巧万分的叙事结构将战争中与战后的残酷现实与幽冥幻象如藤似蔓般紧紧交织缠绕，从而完成了对莫桑比克历史现实的反思，同时也呈现了令人苦痛不已的战争之殇。该书获得了1995年莫桑比克作家协会虚构作品奖，并在2002年的津巴布韦国际书展上当选为20世纪非洲十大好书。

小说由两条主线构成，一条主线的主人公是战后土地上的两位漫游者。这一老一少在某种意义上是莫桑比克过去与未来的象征，他们行走在当下，在满目疮痍的村庄与道路上遭遇了奇人奇事，最后老人——历史——选择了挥别世界，任一叶扁舟载着他，开始了"步入一片充盈着无限幻想的海洋之旅"；小说的另一条主线则借由少年的"阅读"展开，阅读的内容是他们在一条道路上找到的11本署名为肯祖的笔记。肯祖笔记中的内容源自战争时期，在他的记录中，现实与魔幻杂糅，二者相辅相成，不分彼此。他在第一本笔记《世界如我们一般年幼之时》里宣称"我点起一场故事之火，然后熄灭了我自己。当我完成这些简记的时候，我将再度化作无声的影子”。肯祖在笔记中将旅程中的诸多事件分散在各自独立却又丝缕相连的奇妙画面中，每一幅画面都仿佛有独特的边界；每一幅画面中都会——这在有时候几乎像是在响应读者期待一般——发生新的或者出人意料的情况，它们推动着叙事有条不紊地向前发展。但这各幅画面的中间地带却绝非留给读者思考的空白，而是点缀着老人与少年的漫游描写，它们同样神秘、深沉又极具非洲特色。事件不断发生、酝酿，读者在充满战栗的期待中凝神静气，享受着如诗的语言与如梦的描写，叙事就这样分解、构成在一系列画面之中，仿佛化简为繁，化整为零，有限仿佛裂解成婉转迷人的无限，令人目不暇接。

米亚·科托在访谈中指出，口头的文化讲述至今仍然在莫桑比克占主导地位，将现实转化为故事来讲述的本领，即便在城市里也依然存在。讲故事并不是艺人的专属，在莫桑比克，人们不只是用语言，也用整个身体，用舞蹈、歌谣与诗歌来讲述。评论界一般将米亚·科托归类于魔幻现实主义作家，他本人对这个标签极其反感。简单地将米亚·科托的作品归属于魔幻现实主义确实不妥，读过他的作品后不难看出他的魔幻现实主义显然有别于以此风格闻名于世的拉丁美洲作家，所谓的魔幻现实主义与其说是他的风格，不如说是他叙事渲染的手段，是他将各种非洲谚语、谜题、传说、祭祀、隐喻、对神祇的膜拜与敬畏巧妙编织进文本的工具。而且，考虑到米亚·科托作品的主题——莫桑比克内战，荒诞与失常在非常态下有时候显然是再正常不过的状况。在《梦游之地》当中，因为没有电，电冰箱在丛林中变得毫无用处，出于实在的考虑，它被改成了一张床，而报废的坦克则被拿来养鸡，现代文明与战争工具的尴尬遭遇，不能不说是一种发人深省的有力讽刺。

身份的确认与追寻是米亚·科托所有作品探索的重要主题，《梦游之地》自然也不例外。即便是在取得独立后，葡萄牙长久的殖民统治给莫桑比克留下的影响依旧是深远的，这种影响既在人们口口相传的传奇与讲述中频频露面，也将其浓重的阴影投射在当地作家的创作中。《梦游之地》令我印象最深的地方不是它的魔幻，不是它的诗意，也不是作者在双重文本中时隐时现的历史反思，而是这些非洲本土居民——游民在对身份的苦苦追寻与认知中所显露出来的无奈与悲哀。虽然诚如V.S.奈保尔所言，“无论异质文明怎样入侵非洲，非洲戴上怎样的假面，那些古老的文化依然在丛林里固执地存在着。”的确，无论是殖民时期的野蛮开化还是独立后至今无力抗拒的文化入侵，白魔鬼的干涉都无法将黑上帝的存在完全抹杀，但是，正如米亚·科托在小说中所言，“我们的记忆住满了来自我们村庄的幽灵。这些幽灵用我们的本土语言来与我们交谈。时至今日我们却只能用葡萄牙语来做梦。”古老文化固然依旧存在于丛林深处，但是已然丧失的却同样再也无法挽回。无论是在战争中还是战后，无论是老人与少年的漫游，还是肯祖的漫长旅程，都是本质上的寻根之旅。

在小说第一部分《亡故之路》里，呈现在读者面前的是一条拟人化的、被战争谋杀、玷污的道路。废弃的巴士上满是尸首，“此地已被死亡玷污。要一千场祭仪才能净化这辆巴士”。亡故之物是扭曲的镜子，映照出同样被悲哀与伤痛扭曲的灵魂。小说结尾，书写与讲述仍在延续，带走老人的波涛上写着成千上万个故事，肯祖所书写的一切也化作了大地的书页。书写与讲述从“人”那里传递到海洋与大地，梦游之地在熟睡的人们耳畔轻声呢喃，讲述那些被遗忘的故事与传奇。

《梦游之地》是一本悲伤之书，因为它复现了这片伤痕累累的大地那令人难以忍受的痛苦，但它也是一本传奇之书，展现了那永不磨灭的梦境与幻想，以及永不消逝的希望。

恩里克·比拉－马塔斯：讲述落魄文艺青年的寻找之途

李 涵

西班牙作家恩里克·比拉－马塔斯的小说将书袋掉得十分有趣。他为了研究作家们的“不写”主题，能够“写”一部纯粹由笔记和脚注构成的文学轶闻集锦；他也能将巴黎和都柏林用密密层层的典故覆盖，让主人公游走在名著名人们的印记之中。大陆在2009年曾引进过比拉－马塔斯的《垂直之旅》，可简介太容易被读者当成“心灵疗愈”的廉价读物，直到今年《巴托比症候群》《巴黎永无止境》《似是都柏林》三本小说的出版，才让读者真正发现这个作家的深厚功力。《巴托比症候群》荣获法国美第奇文学奖、法国年度最佳外语小说等多项荣誉，2010年，西班牙知名文学杂志《幻想》将该书评选为“21世纪前十年最佳小说第二名”。比拉－马塔斯是诺贝尔文学奖的热门人选，《2666》的作者罗贝托·波拉尼奥说：“在当今的西班牙文坛上，比拉－马塔斯无人能及。”

马塔斯的小说通常讲述的是落魄文艺青年（职业是作家或者编辑）的寻找之途，同时几个大师的声音贯穿其中，与主人公形成对话。这些大师在《巴托比症候群》中是创造了巴托比的赫尔曼·梅尔维尔，在《巴黎永无止境》中是书写了《流动的盛宴》的海明威，在《似是都柏林》中是都柏林的代表作家乔伊斯以及贝克特。

主人公是这类“文艺宅男”，他们在现实（如巴塞罗那）中无能为力，无法平衡自己和他人的关系，缺乏建立亲密情感的技巧，从事的工作被视为“过时”和“老旧”，心中也惘然找不到人生的意义与方向。他们借助不停的阅读将自己远远地放逐到文学世界里，借以逃避现实的残酷，忘记自己的孤独。他们在现实中找到无数文学指涉，将现实视为文学的倒影，这让他们暂时获得安慰。但现实的无着终究代表他们作为社会人的“不合格”，当文字无法获得社会所认可的利益与价值时，他们内心的失败感就累积得层层叠叠。主人公对现实退缩，对文学怀着美丽构想，他们来到心目中的文学圣地“朝圣”，并且怀着自己也成为圣灵（著名作家）一员的幻梦。

《巴托比症候群》是一部笔记体小说，全书的典故亦真亦假（不乏比拉－马塔斯的调皮编造），聚焦于“不写”这个大问题。“巴托比”源自梅尔维尔，他在《抄写员巴托比》中塑造了一个终身不写的人物，这位在华尔街一间律师事务所里工作的老先生深谙“不”的艺术：他不喝啤酒，不喝茶，从来不谈论自己是谁或来自哪里；而当有人交代他去做一项工作时，他总是这么回答，“我宁愿不做。（I would prefer not to）”。马塔斯从此出发，借助一个不成功作家的视角来研究这一现象。巴托比症候群的作家们因为各种原因——或是对世人失望，或者纯粹如胡安·鲁尔福在《佩德罗·巴拉莫》之后30年不再写作时所说“因为赛勒瑞诺叔叔去世”——将自己封闭在“不写”的宅屋中，极端的甚至如塞林格隐居避世。叙述者和作家们对话，疯狂收集这些“不写”的大师，为自己的“不写”寻找支点，以及思考这些视文字如命的人为什么固执地封闭自己。

《巴黎永无止境》一开篇即是“我”这个不成功的小说家来到巴黎，租住在玛格丽特·杜拉斯的公寓中，为构思一部《知识女杀手》而在这座城市游走。他携带着一本《流动的盛宴》，想象自己是早年的海明威，“贫穷而幸福”，“一切都会结束，唯独巴黎不会，巴黎永远不会结束”。《似是都柏林》里的里瓦是一个落魄的文学编辑，违心地卖着廉价的哥特小说，退休后在家里当着宅男，他与妻子的关系充满危机，但是他的内心却向往着布鲁姆日的朝圣。“虽然他维持着‘宅男’的姿势，但心思全然不在电脑屏幕上，而是悄然踏上了心灵的旅程，徜徉在回忆中，想起过去翻阅《尤利西斯》的时光。旅程的尽头就是都柏林，而对于这本精彩小说中美妙音乐的回忆无疑也是愉悦的。他还记得当时带着惊讶与痴迷拜读这部作品。他隐约觉得，其实布鲁姆与自己有很多相似之处……在别人眼中，他既是个怪人，又是个异乡人”。里瓦邀请三位作家朋友来到都柏林，隐秘地为谷登堡时代唱一曲挽歌，同时也是哀悼自己志业的失落。“谷登堡已经不复存在，愿其安息在虚无中，在天堂里。”

文艺青年为了驱散心中的失败感而来到文学圣地，他们内心有一个终极大梦，就是让整个世界都看到文学的神圣之光。马塔斯笔下的往往是失意、落寞的，因为现实不承认他们内心的狂热，更看不到他们的价值，于是他们将梦寄托在“朝圣大业”之上，用文字向内心的文学神祇致敬，可他们知道这并不可能。世界在堕落，人们更喜爱平面的、简单的愉悦，并不愿意思考和探索，只有极少数人愿意用文字写出那些巨大而严肃的问题。这些仅有的斗士，却又往往因为遇到各种现实的挫折，会将自己封闭，甚至就此搁笔。

他们发现，即使在现实中具备了一切能提供的外部支持，甚至将现实都镀刻上文学金闪闪的符号，可是该没有的终究还是没有，该失落的依旧免不了失落。里瓦在都柏林游荡，这座文学圣殿的痕迹历历可寻，乔伊斯写过的酒吧、街道、墓地、桥梁，都能找到对应，可是他内心的失落感依然挥之不去，谷登堡时代还是一去不返。在巴黎，即使能找到海明威坐过的咖啡馆，体验《流动的盛宴》里“贫穷却快乐”的自得，和众多文艺名人交游，租住在玛格丽特·杜拉斯的公寓中，那本《知识女杀手》却还是难产。并且，他们最后在和大师们的对话中发现，这些“神祇”通过他们熠熠发光的作品，却恰恰是为了写出自己的失败，原来大家都是一样的，都在承受现实无着带来的折磨，大师并不因写出经典而无忧无虑，相反，大师可能比普通人更难以接受自己的无能。

海明威《流动的盛宴》，将巴黎塑造成他成为大师之前的预备地点，但这是他晚年在饱受抑郁症和病痛缠身的情况下写出的回忆，随后不久他便饮弹自尽。乔伊斯毕生流亡在爱尔兰之外，却写了一部都柏林之书。到了贝克特的时代，可以言说之事越来越少，文学也越来越沉默。从谷登堡到谷歌，从受到上帝眷顾到被上帝抛弃，这是里瓦自己的挽歌，也是比拉－马塔斯对这个时代的感叹。

“多年后，贝克特会这样感叹，连文字都遗弃了我们，而托尔斯泰的遗言（世上有千百万人在受苦，为什么你们只想到我一个！），已一语道尽人世沧桑。”

可文艺的梦做完了总要面对现实，这些文艺宅男哀叹完自身志业的不存之后，究竟有没有获得现实感呢？至少他们最后还是回到现实，落到地上。《巴黎永无止境》最后，“当父亲问起我为什么回到故乡的时候，我对他说是因为我爱上了胡利塔·格劳，另外还因为巴黎总在下雨，天气寒冷，晴天太少，雾天太多，而且那么平庸灰暗。母亲这时插嘴道，我猜她是在说我”。《似是都柏林》的里瓦在幻梦中获得了启示，明白了自己要抓住什么。文学永无止境，它的美好，不仅在于可以提供庇护，还在于可以让人们获得直面现实的勇气。

这些主人公对文学独具的执念与迷恋可以从马塔斯小说的“囤积癖”特征体现出来。《巴托比症候群》《巴黎永无止境》和《似是都柏林》三部小说都层层叠加了各种绵密的文学典故，甚至盖过了故事情节的发展，它们是建构这些小说的砖石，故事本身反而像为了写出这些典故而铺设的渠道。因此读马塔斯的小说，读者如果纠结故事究竟在讲什么，有没有完结，倒不如将它们看成马塔斯这位重度文艺宅男的实验，用一本本小说与自己心目中一个个文艺圣地、一位位文学神祇进行对话。

比拉－马塔斯的小说很耐读，故事与故事叠加，迷宫式的结构让小说环绕着一层雾气，梦呓似的文字让读者在文学的世界中游走，随手打开一页即是精彩。

亨利·戈达尔《小说使用说明》：另类法国小说史

曹丹红

亨利·戈达尔（Henri Godard）让人耳目一新的《小说使用说明》（*Le roman modes d'emploi*, Gallimard, 2006）告诉我们，文学史可以有各种各样的写法，而好的文学史著作不仅会让读者产生读尽其中提及所有作品的愿望，更会促使读者对文学和文学概念进行一番深入思考。

确切地说，《小说使用说明》是一部20世纪法国小说发展史，尽管作者本人表示并没有撰写文学史的野心，同时他所讨论的作品基本集中出版于20世纪前七八十年。在这部另类文学史中，我们看不到很多中国读者耳熟能详的20世纪法国著名作家或作品。这倒不是因为《小说使用说明》刻意背离传统文学史，而是因为它有自己的逻辑：入选的小说都对小说模仿生活的虚构传统提出了挑战，作为非虚构小说，它们"最能帮助我们扩大对小说概念的理解"。

那么作者是如何自圆其说的呢？我们只须看一下《小说使用说明》的章节安排。在引言和结论之外，著作分14章介绍了在形式创新方面做出贡献的法国小说家及其代表作。这14章的标题分别为"拉开帷幕"、"普鲁斯特的革命"、"二十年代的攻势"、"三四十年代的存在主义小说插曲"、"小说的另一极"、"与虚构拉开距离"、"对叙述者的质疑"、"追寻另一种时间性"、"极限"、"自传和小说"、"对记忆的想象"、"自传，回归叙事之途"、"从一种叙述到另一种叙述"、"回归虚构"。通过观察章节安排可以发现，作者并不是一味要统计所有标新立异的作品，而是通过与“虚构”的关系——对虚构的挑战、回避、排斥及最终的回归——构想了20世纪法国小说在轮回之中拓展自身疆域的过程。我们可以想象一条开口向下的抛物线，抛物线顶点是那些与传统距离最远的作家或者更确切地说是作品，包括萨洛特的《向性》、西蒙的《弗兰德公路》等，抛物线两端则无限接近虚构传统。与此同时，尽管始于传统止于传统，但整个发展历程并不是首尾相扣的圆环，而是一条螺旋上升的曲线，因为小说传统本身在一个世纪里也发生了变化。

在这样的逻辑之下，该书以纪德那部名不见经传的中篇小说《帕吕德》（*Paludes*）开篇。为什么选择《帕吕德》？按照作者的想法，首先打破传统的是福楼拜，但考虑到作品出版年代，只能选择《帕吕德》。出版于1895年的《帕吕德》是纪德的早期作品。这部小说的情节非常简单，它以日记的形式，讲述了叙述者“我”在巴黎度过的5天生活，这5天的生活也非常简单，就是向不同的人解释“我”正在写《帕吕德》这件事以及《帕吕德》的内容，后者也非常简单，就是孤独牧人提提尔单调的日常生活。纪德的《帕吕德》尽管出版于19世纪末，却与19世纪其他小说尤其是巴尔扎克式小说很不相同。首先，《帕吕德》中无事发生。纪德谨遵前辈福楼拜的教诲，就着无关紧要的事件和无足轻重的人物写了一部小说。其次，《帕吕德》有一个叙述者“我”，这点也不同于巴尔扎克式小说的无人称叙事。随后，“我”所写的小说《帕吕德》中有大段的风景描写，一方面极其冗长，另一方面却不像巴尔扎克式小说中的描写那样，为故事设置背景并推动其发展。最后，在《帕吕德》中，叙述者“我”不时将自己写好的《帕吕德》片段读给朋友听，同时在日记中原封不动地记下阅读的内容，由此构造出一种纪德擅长的“纹心”结构。从这个意义上说，纪德的写作具有十足的先锋色彩，因为它讲述的其实是“写作”本身，近一个世纪后，杜拉斯用《写作》做了同样的事。先锋或者说游戏色彩还体现在“我”所写的《帕吕德》中，主人公提提尔也从事着自己的写作活动——记日记。

上述种种特点促使《小说使用说明》的作者看到了《帕吕德》

在法国文学史上的特殊地位：通过挑战虚构传统，小说开始为自己拓展疆域。下面问题来了，所谓的“虚构传统”到底是什么？尽管戈达尔并没有明确界定“小说”、“虚构”甚至“叙事”，但这三者在他心中是截然有别的，小说是一种与散文、戏剧等相对的体裁，叙事是一种与描写相对的写作方式，虚构则是一种小说类型或者说模式，其基本构成要素是想象与虚拟、隐身的叙述者、线性展开并延续的时间和因果逻辑，其结果是通过文字虚拟现实，制造确有其事的假象，因此虚构小说又被戈达尔等同于模仿（生活）式小说。而《小说使用说明》的作者正是从虚构的这几个相互关联的基本因素入手考察20世纪法国小说创新的。在这种视角下，许多在正统文学史中不受强调的小说被推至舞台中央。不仅有名不见经传的《帕吕德》，还有名不见经传的《人类》。和《帕吕德》一样，昂太尔姆（Robert Antelme）讲述集中营经历的《人类》也获得了作者为它专辟一章（第六章“与虚构拉开距离”）展开讨论的特权，而此前在中国读者心目中，昂太尔姆最引人注目的身份可能是杜拉斯的前夫。出版于1947年的《人类》之所以入选，是因为它“通过所处理的现实和所采取的方式，令虚构受到了双重质疑”。简单地说，一方面是因为《人类》的作者坚持自己的“见证者”立场，拒绝自己的作品被归入“文学”范畴——“面对事实，他避免使用一切可能令人产生‘文学’感的表述，因为这会让他的见证意愿受到质疑”。昂太尔姆这种心态在劫后余生的文人中并不少见，二战向人类揭示，历史与现实的残酷性远远超越任何虚构小说的想象力，而经历过集中营和战争苦难的人再也无法向任何虚构小说寻求心理慰藉。另一方面，二战后“见证文学”大量涌现，却只有《人类》被戈达尔选中，因为《人类》不仅从内容上反虚构，更从写作方式上反虚构，流水账式的记录，时态的混用甚至“乱用”——用过去时态进行的叙述中不时突兀地穿插进现在时态和将来时态。“混乱”更突显了“见证”本质，表明过去对“见证人”的影响无法摆脱，集中营的苦难无法磨灭，历历在目，记忆犹新。《人类》的写法促使戈达尔看到了该小说与其他无法摆脱虚构模式的“见证文学”的差距，并由此看到了它对拓展小说疆域的重要意义。

《小说使用说明》最后讨论的作品是“乌利波”代表作家乔治·佩雷克的名著《生活使用说明》(*La vie modes d'emploi*，又译《人生拼图版》)。“乌利波”——OULIPO，潜在文学工场——的标签和佩雷克对实验小说的兴趣都促使我们自然而然地将《生活使用说明》视作一次趣味十足的大规模写作练习：在几百页的篇幅里，小说通过逐一描写某栋公寓的所有房间以及住在里面的所有房客，向我们展现了如何创造以及描写人物的方法。奇怪的是，小说仅止于孤立地描写和介绍人物，并没有令故事在他们之间发生，小说是房客的个人肖像集，而不是房客群像。从上述角度看，《生活使用说明》无疑是反虚构的。但戈达尔写到这里笔锋一转，指出了《生活使用说明》的另一个特点：在短小的篇幅里，佩雷克为每个房客设想了性格和来龙去脉，性格素描寥寥数笔却形象生动，背景故事短小却妙趣横生，似乎每个人物每个故事都可以单独展开来写一部小说，只是作者并没有这样做而已。正是因此，戈达尔坚持认为《生活使用说明》不乏虚构色彩，甚至指出它“令反虚构与虚构达成了最完满的和解”。

也就是说，尽管20世纪的法国小说试图反虚构，但虚构始终没有从地平线消失，一有机会就会卷土重来。正如戈达尔指出的那样，“模仿式小说的模式无论在历史上还是在今天都十分强大，因此需要许多人一起——并且在某些时刻——才能质疑它，并迫使人们承认小说可以存在其他的形式。”“许多人”、“某些时候”……这些表述本身已经说明虚构难以抵御的力量。因此“见证文学”《人类》中有虚构的影子，“实验文学”《生活使用说明》中有虚构的影子，其他更接近或更反对传统的小说同样如此。在追问虚构力量的来源时，作者在结论末尾说了一段令读者为之动容的话：“最不起眼的虚构也会触及我们的本质。大部分时候，我们都盲目地活着，在等待、恐惧和短暂的任务中消耗生命，受困于无所事事的时间和无足轻重的事件，屈服于偶然性的统治。我们最终失去了对某种目标明确的生活的渴望。这种渴望打从一开始就已存在，而且不管怎样都不会彻底消失，因为虚构会按照它所设想的生活的模子，令渴望重新燃烧。一边是逝去的时间，其中的每一刻都充满不确定性，另一边是对这时间的整体意图和意义的确信，虚构通过在想象中实现这两者几乎不可能的联结，在我们身上触及了人类生存的条件。”也就是说，虚构所讲述的故事因其时间顺序，更因其因果逻辑，让读者看清了故事人物行动的意义，由此使得读者能够反观自身的行动，将被“当下”肢解的片刻纳入到一种有逻辑、有方向的整体——也就是整个人生之中，赋予自己的行动和存在以意义。虚构因而是一种人道主义行为，人类特别需要它，借以摆脱存在的荒诞感，借以获得生活下去的勇气。因此我们会发现，即使是毫无情节、毫无逻辑可言的作品，最终都会被读者组装成有意义的故事。虚构不可战胜。

反观《小说使用说明》这个书名，会发现其对《生活使用说明》的挪用。在《生活使用说明》中，人工编造的痕迹一目了然，而且作者本人也没有掩饰这种痕迹的意图，但故事仍旧会逐渐攻破读者的防线，抓住他的注意力，让他沉浸其中，体会到阅读虚构作品的愉悦。《小说使用说明》可能也是如此，无论是赞同还是反对戈达尔将本书提及的作家作品作为20世纪法国小说创新能力的代表，我们都能十分清楚地意识到，这只是戈达尔主观性的体现，是他的一次建构尝试，但这并不妨碍我们跟随他进行一次20世纪法国小说之旅，有开端，有发展，有曲折，有结尾。也就是说，《小说使用说明》同样满足了我们对整体和大局的渴求。

特德·姜的科幻作品：全能视角、传说重构及其他

星 河

国内最初译介特德·姜（Ted Chiang）的作品时，他的名字被译成特德·蒋——那时国内科幻界并不了解这位身在美国的华裔科幻作家，他甚至还给自己起过一个中文名：姜峯楠。

提到特德·姜最重要的两篇作品，无疑是《你一生的故事》和《巴比伦塔》，这也是他最具代表性的两类作品的代表作。

《你一生的故事》描述了人类与外星人的第一次接触，但作者却没有像其他科幻小说那样让双方直接开始交往，而是停滞于相互理解语言的阶段。于是，露易丝以语言学家的身份参与了研究。

与此同时，“你”（露易丝未来的女儿）的故事开始了，或者说，露易丝本人的故事开始了。在与外星人的交流中，露易丝发现了其语言的独特-——与人类直线性叙述的语言相比，外星语言构成了一种二维状态。这是个颇为奇妙的幻想：语言不再是一串连续有序的发声，而是对不同词汇的发散性拓展与蔓延；文字也同样如此，不再是从头到尾的一“条”完整句子，而是通过对不同曲线反复编织与叠加造就的一“块”复杂画面。因而这种语言的使用者的思维方式也与人类截然不同：他们考察问题的方式不再遵循一种单线因果逻辑，而是以全方位的视角浏览整个事件的全部时空——而这也就意味着他们不但了解过去，也洞悉未来。露易丝在研究这一独特语言的同时，也受到了由这种语言所描述的思想的深刻影响，最终逐渐脱离开原有的线性思维，进入一种俯瞰自己人生的状态。

所以通篇作品就是露易丝对尚未出生的女儿的一种娓娓道来般的讲述。我们仿佛看到慈爱的母亲，面对她那从婴儿直至长大成人的孩子，动情地讲述她一生的故事。露易丝不是在臆想，她的叙述真切具体，遍历欢愉与不幸，因为她是在叙述一种真实存在，尽管这种真实尚未到来。当然，基于这种特别的语言或者说特别的思想的特点，露易丝的叙述显得零散断续，支离破碎。而且我们知道，露易丝在了解了自己命定的未来之后，依旧打算执着地走下去。

由上述讨论延伸开来，我们还可以看到主题类似的作品，比如《领悟》。

《领悟》同样描述了一个全方位发展的人，从这点来说它与《你一生的故事》完全同构。这个故事有些像科幻电影《超体》，主人公也是通过药物刺激获得了非凡的智力与能力，甚至超过了所有的人；而这时他却发现，自己还有一位经历相仿的同类，但他们的价值观却大相径庭——主人公迷恋于追求世界规律的本真，而对方却想用超凡的能力对人类施以援手。就纯理性的角度而言，两种价值观难分高下，但最终作者还是安排“利他者”战胜了“唯美者”。

从形式上看这两篇作品迥然不同，一个是柔情似水的文艺片，一个是惊险刺激的情节片，貌似风马牛不相及，但其实内涵思想如出一辙——简而言之，它们都描述了一种“力求摆脱传统桎梏从而更加全面发展”的历程。

《巴比伦塔》式的构造，是作者的另一类偏好。作者格外喜欢挖掘典籍中的传说（或者伪传说），斧凿加工之后予以重新言说。故事里的古巴比伦人一直在修筑一座高塔，并想通过它直抵苍穹。多年来的堆砌，已使它超越了云层、日月与星辰，最终触及穹顶的下缘。但在塔尖最终刺破天幕之后，主人公却没有获得什么崭新的体验——他在远离地面那么远那么久之后，居然又穿越天幕回归到地面，“绕了一圈”重返原点——建造通天塔的企图不是败于语言而是败于空间的自我弯曲，故事本身则完成了一种哲学意义上的循环。

类似的故事还有——

《商人和炼金术士之门》描述了几起发生在古代中东地区的时间旅行，但在这里时间错位只是一种背景，作者借助这一方式，用几个精巧的故事讲述了一段段充满人生哲理的情感纠葛。作者想要昭示一个朴素的道理：时间旅行并不重要，怎样度过人生才更重要。故事的结构有点像德国科幻作家沃尔根·契杰克的《国王与玩具商》——时间旅行者身在时间旋涡之中，承担着改变历史的重要使命。

《七十二个字母》是由传统机械衍生出的幻想，工匠们为没有生气的机械注入灵魂。没有必要大惊小怪，其实早年间的所谓科学一直是以占星术和炼金术为基础的，直到很晚近时才提炼出真正的近代科学。而巴贝奇对机械计算机悲剧性的热衷，更催生出了“蒸汽朋克”科幻小说。就“假托历史”而言，这个故事与《巴比伦塔》类似；但从形式上看，它更像中国科幻作家潘海天的《偃师传说》（对《列子》中“偃师造人”故事的重新言说）。

《地狱是上帝不在的地方》更像是以宗教线索串起的奇幻故事。

假如非要牵强地从“华裔”这一定位来描述和分析作者的话，总让人感觉特德·姜对事物的看法有一种全景式的、东方式的、非经典理性式的思考。在特德·姜的作品中，鲜见实证性的因果推理，而以经院式的哲理思辨居多。不过再深入剖析一下，这恐怕只是一种表象——也许是作家按照所谓的文化语境刻意为之，也许是作家为了设置故事而故意反常行事。之所以这样评价，是因为特德·姜在阐述具体情节时，完全使用了细部真实的原则；即便是他对传说的解读，也同样遵循了科技优先的准则。

当然，假如还是非要强调这种“全景”或“东方”式的特征，你也可以把这种认识领域的文化自觉，看作是一种融进了血液的文化基因符号。

《软件体的生命周期》显然游离于上述两类作品之外，与经典意义上的科幻小说形式更加吻合，它讲述了一个培养虚拟人工智能的故事。尽管在作品最后也暗示了这种智能有可能发展成超级智慧，但与前述作品还是有所不同。作者在这里展示了有关虚拟角色与人工智能的种种细节，并让真正的人类穿插其间，描述了他们与它们、它们与它们以及他们与他们之间的情感交织。

当然，在《软件体的生命周期》中，同样表现出作者所熟悉和喜爱的各种因素——有关电脑程序，有关数学，有关智能，有关感情，有关爱。

除了上述因素，特德·姜的作品还有几个显著特点：喜欢探讨新发明对人类社会的影响；喜欢探讨机械时代的传统机械；喜欢探讨数学中的理性逻辑。

作者对新发明的探讨没有流于肤浅，而是尽可能做出深入肌理的详尽描述，当然这样做的缺陷是难免会伤害故事本身。比如在《赏心悦目：审美干扰镜提案风波纪实》中，作品以一种多方辩论的形式展现出所谓“审美干扰镜”对人类心理影响的利弊，逻辑简练清晰，但故事性则略显不足。

特德·姜对传统机械的描述格外喜好。在《达西的新型自动机器保姆》中，他假设出一种20世纪初的机器人保姆，还煞有介事地描述了这种保姆在投入使用后所遭到的冷遇、渐受欢迎直至事故后又被彻底拒绝以及发明家儿子的后续努力等等。作者借此描述了家长对于孩子的重要性，毕竟抚育不仅是身体上的，更是精神层面上的。

《呼吸——宇宙的毁灭》则讲述了一个追寻世界本源的故事。生活在封闭空间中的智能体（应该是机器人），通过研究自身的变化而了解了它所存在的“宇宙”，以一种特殊的方式描述了他们所在宇宙类似“热寂”的现象，并由此引发出对其他“宇宙”的猜想。从外界看来，我们会觉得这近乎滑稽可笑：无论是他对宇宙的描述，还是他对其他宇宙的推测，都像是被制造者在揣测制造者的动机。但从另一个意义来说，人类与之又有什么区别？也许我们对宇宙规律的探索，不过是在揣测更高一级制造者的行事规则。这还令人想起英国科幻作家A.C.克拉克的《考察地球》中金星人对迪士尼影片的解读，或者美国科幻作家艾萨克·阿西莫夫的《日暮》中科学家仅凭6颗恒星便完成了万有引力定律的发现。

此外，特德·姜还有一些寓言式的小作品。《前路迢迢》描述了一个可以预知未来的新型小仪器，它打破了人们长久以来对自由意志的坚定信念；但最后主人公却以一种自由意志的方式做出“破坏”，从而实现结束这种预测的可能。《人类科学之演变》同样是寓言式作品，描述了在科学进步的前提下人类对自身的重新认识与思考。让这类寓言丰满放大一些，就是《呼吸——宇宙的毁灭》，或者《除以零》。

《除以零》“概念先行”式地强力引入了数学，作者特别喜欢把数学中的某些原理实化为生活中的具体事件。作品描述了一个因数学矛盾而导致现实生活似是而非的故事，最后甚至影响到了人类的情感。按照作者在创作谈中的说法，也许数学并不具备它所宣称的一致性，它的美可能也只是一种虚幻——这倒是作者持“非经典理性”观点的一个有力佐证。

特德·姜的作品大多数都附有创作札记，这有助于读者理解作者的本意，也可以从中看出作者对于数学、语言以及由此派生出来的数理逻辑的深深迷恋。在这里还要提出一些思考：无论怎样阅读特德·姜的作品，都能看出他的创作是在表达一种心境，或者说是在张扬一种理念。特德·姜并不高产，总共不过十余篇中短篇小说，说“玩”也好，说“自省”也罢，总之都是他纯粹思辨的结果。相较之下，过强过浓的商业味道反而会对科幻文学有所伤害。

唐纳德·巴塞尔姆的后现代碎片游乐园

李　涵

喜欢文本游戏的读者有福了，因为后现代作家、游戏文本的大师唐纳德·巴塞尔姆的作品被引进了。这个作家不像约翰·巴斯、托马斯·品钦那样知名，因为他的文本更加破碎，体量也没有其他作家的作品那么长。他的小说段与段之间没有很强的联系，而是马赛克似的将各个色块拼接，从中组成一幅幅画面，这些画面像万花筒般，随着角度的不同呈现出不一样的景致。阅读巴塞尔姆需要的不是理解（对文本逻辑的理性认识），而是意识（从碎片化的语段中发现突然的机巧智性）。

唐纳德·巴塞尔姆 1931 年生于美国费城，在高中时就开始写诗歌和散文。中学毕业后，进入休斯敦大学，曾任《休斯敦邮报》记者，并曾是休斯敦当代艺术博物馆最年轻的馆长。他创办了文学刊物《论坛》，出版了《白雪公主》《死去的父亲》《天堂》《国王》4 部中长篇，辑录了数十本短篇小说集，其中以《60 篇故事》（中译本译为《巴塞尔姆的 60 个故事》，以下提到均按中译本）和《40 篇故事》最为著名。

《巴塞尔姆的 60 个故事》是最新引进的短篇小说结集，同时出版的还有不尽然能称为长篇小说的《白雪公主》（中译本译为《巴塞尔姆的白雪公主》）。《巴塞尔姆的 60 个故事》收录了巴塞尔姆从上世纪 60 年代到 70 年代期间的作品。书中汇集了他的 8 部已出版的重要代表作品中的经典之作，每个故事都在颠覆读者对小说的理解，都在试图找到书写小说的新方式。

该书导读术语不少，但是绕过术语的屏障，大致可以让读者看到巴塞尔姆的风格。“最明智的可能是仅仅将巴塞尔姆视为又一个这样的作家，他出现在老一辈作家已经做了他但愿是他自己做的事之后……并经历过一段艰难时光，来弄清楚怎样才能调和他对自己前辈的崇敬与他想要成就某种属于自己的东西的野心。”巴塞尔姆带有一种“影响的焦虑”，对小说的极端颠覆是渴望破坏前辈形式的尝试。

阅读巴塞尔姆这些破碎的小说，我总忍不住想到唐诺在《尽头》里写到的“美人图”。当一种技艺到了尽头，一切可能性被用尽时，就会颠覆构成它的元素，让一幅美人图变成枯墓，其中蕴含的意义到哪里去了？巴塞尔姆的小说风格如此“随意”，并不代表模仿这种风格就可以成为大师，因为它是建立在扎实的文学功底之上。我想巴塞尔姆早期的作品也有过一段传统期，正是在对基本技艺的磨炼之中，才渐渐开始摆脱父辈作家的影响焦虑，寻找出专属自己颠覆性、破坏性的表现方式。

《玻璃山》的最后就是巴塞尔姆对自己小说的解释。他的小说拒绝阐释，因为阐释会带来意义的干瘪，“我走近象征，及其多层含义，但我一碰它，它就变成仅仅一个美丽的公主而已。我把美丽的公主颠倒过来扔给我山下的熟人，可以依靠他们来对付她”。巴塞尔姆对于自己的小说就是如此态度，如果有意义，那也扔给“山下的熟人”罢了，这些熟人就是喜欢传统小说样式的读者，但更熟练的读者应该登上山峰，看到——什么也看不到，或者其实看到了很多。

巴塞尔姆的小说讲的是什么？他并不关心这一点。巴塞尔姆关注小说可以变得多么自由，在开放的空间展现小说的一切可能。因此巴塞尔姆运用多种手法，如拼贴、戏仿、意识流等方式，比如用了几千字（包括画面）来阐释（或者说吐槽更恰当）《欧也妮·葛朗台》的小说情节。

《巴塞尔姆的60个故事》这个看似质朴的题目其实相当有野心，表明了巴塞尔姆看待世界的60种不同角度，其实何止60种呢，如果巴塞尔姆愿意，大可以再创造出600种！

巴塞尔姆的风格与这一时期的其他作家并不相同。《巴塞尔姆的60个故事》的导读里写“在他之前没有谁读起来真的很像他；贝克特或纳博科夫都不像，海明威这样的极简主义的现实主义者也不像，卡夫卡和博尔赫斯这样的寓言家也不像，佩雷尔曼和费尔班克这样的戏仿家和拼贴者也不像。他也没有成为任何人专属的亡父”。

即使在后现代作家群中，巴塞尔姆的小说都是出了名的难读，因为戏仿、拼贴、倒置等等已经不能概括他的风格，很多使用这种方式的作家都远比他流畅，比如约翰·巴斯，在《烟草经纪人》（和出版于1960年的《巴塞尔姆的白雪公主》差不多同时期）里，巴斯让埃比尼泽沿着他臆想的史诗之路行进，结果却发现，现实一点也不似史诗那样壮美。他却又总爱涂抹上诗的主观幻想，于是处处吃苦头，这有点堂·吉诃德的翻版，只不过埃比尼泽固然珍视童贞，却也忍不住老想到妓女琼的身体，看见养猪女苏珊的引诱就傻傻地用童贞报答对她的敬意。故事越发戏谑，还时不时有种天真的淫荡。

约翰·巴斯扎扎实实地戏仿了骑士小说，用仿拟的史诗剧形式将场景搬到了美国的马里兰州，主角不再是行侠仗义的骑士，而是处处遇到不爽的倒霉蛋。这部小说像一锅欢乐的大杂烩，句子几乎是瀑布般倾泻而下，一气呵成。

《巴塞尔姆的白雪公主》也是如此。从题目上看很容易明白它是对格林童话《白雪公主》的戏仿，这是不能称之为长篇的长篇，因为它由每一章极简短的章节构成，可这些小章节读来却跳跃无比。

白雪公主的故事，巴塞尔姆只借用了一个壳，其内涵则发生了严重的改变。巴塞尔姆将故事设定在20世纪的美国，书写现代社会的碎片生活与心态。

《白雪公主》里的白雪公主、七个小矮人、恶毒继母、王子诸人，不再是架空的童话世界人物，而来到了20世纪中期的美国。白雪公主是个housewife（这个戏仿“家庭主妇”housewife却带有性意味的名字），七个小矮人“只相当于两个成年男人”。七个小矮人除了清洗大楼，还生产中式婴儿食品。白雪公主则需要学习各种知识：

> 比佛学院是她接受教育的地方。她选修了《现代女性，权利与义务》：妇女的本性和环境影响，在进化和历史中她们代表了什么，包括持家、养育、调解、安抚和献身，以及这些方面如何帮助使今天的世界重新变得人性化。接着她选修了《经典吉他》(一)：运用索尔、塔里戈和塞戈维亚等人的方式和技法。接着她选修了《英国浪漫派诗人》(二)：雪莱，拜伦，济慈。接着她选修了《心理学理论基础》：思维、意识、无意识思维、人格、自我、人际关系、性心理常规、社会游戏、群体、调节、冲突、权威、个性化、融合和心理健康。接着她选修了《油画》(一)：第一堂课按要求带去了各种颜料：淡镉黄、中镉黄、淡镉红、深茜红、佛青、钴蓝、铬绿、象牙墨、生棕土、赭黄、赭褐和白色。接着她选修了《个人资源》(一)和(二)：自我评估，培养应对环境的勇气，开发和使用智力，个人经历，培训，时间分配，修整后的目标再设定，行动规划。接着她选修了《当代意大利小说中的现实主义和理想主义》：帕拉泽奇、布隆卡迪、比伦奇、普拉托利尼、莫拉维亚、帕韦泽、莱维、西洛内、贝尔托、卡索拉、金兹伯格、马拉帕特、马帕拉特、卡尔维诺、加达、巴萨尼、兰德尔弗。接着她选修了——

这样夸张，也是瀑布似的倾泻，但是并没有构成一个有意义的段落，而是大量杂糅的“信息流”，构成现代社会的碎片景观。巴塞尔姆采用各种方式，试图在文本中呈现出多重“视觉效果”，比如他在《白雪公主》的开头，用从上到下排列的几个黑点展现她的美人痣，在第一章结尾，会用一个“问卷调查”的形式，考考读者有没有读懂意思。清单、图画、罗列、拼贴，巴塞尔姆是文本的奢侈玩家，因为他能够用一切方式在文字里实现更多的可能。

《60篇故事》的导读继续告诉我们，“他是一个更阳光的也是一个更世俗的精灵……巴塞尔姆对荒诞有一种活跃的感觉，但对惩罚性的荒凉则无感；即使一切都是虚幻，他也并不以这样的小事来反对世界和肉体……他拥有任何作家能够得自天赐的政治、社会学、文学、哲学和精神的各种焦虑，但阅读他却从来没有像是一种责任的感觉……他从不煽情，任何足够世故而从一开始就跟定巴塞尔姆的读者必定能感觉到他如此拼命地用他的所有谐趣来逃避的那份悲伤，并感受那份喜悦，当最后一行击中主旨之时”。

他用谐趣来逃避悲伤，这份“悲伤”我想指的就是“无意义”带来的创伤。现实是一片荒原，巴塞尔姆是荒原里跳跃的阳光。《白雪公主》没有哪一章节是完整的、有意义的，每一个章节都是一个角色的呓呓独白，但每个角色并没有完整的形象，只是作者承载信息的器具。各种形式创造出繁花似锦的游乐场，他在里面玩乐，忘记悲伤。语言本身就是目的，说出来就足够好笑，这个世界是《盗梦空间》里的梦境，能够随意折叠揉捏，这是巴塞尔姆的梦。这只是逃避吗？我看不尽然。这是一种“释放”，创造出一个欢悦的世界，能够架构起并非现实严肃秩序的世界，事物之间的联系是任意的，破坏是随处可以实现的，不需要从A走到B，老老实实地，而是可以跳跃，奔腾，打滚（滚一身泥），随便你怎么想！就像白雪公主选修的这些东西之间有什么联系？没有，这是作者的随意泼洒，迷恋的是语词本身带来的挥洒快乐。

“相信”会让人物变得纯真，这种相信不只是宗教信仰，还是泛指一切永恒的东西。哪怕这种东西本身是无意义的，变动不居的，坠入虚无的。对虚无的相信也是相信，相信这个世界真的没有什么深刻，所以天真地拆解，肆意地破坏。巴塞尔姆继承最多的是贝克特，《白雪公主》里的多声道独白也让我看到《等待戈多》的影子。这是精神的荒芜吗？巴塞尔姆笔下的故事不荒芜，他们认真地体验虚无，体验语句间毫无联系的意义碎片带来的快感，这是虚无穿透体内的充分沉浸，从而带来一种迷醉。

巴塞尔姆的世界是碎片的游乐园，不需要读懂，只要产生共鸣即可。可以将他的世界看成现实的翻版：信息量庞杂、混乱、无趣

（但不缺“段子”似的俏皮话）、匆忙、没有目的，最后是什么？似乎谁也说不清楚。他用戏谑的混乱文本躲避着现实的无聊，尤其是铁板一块的秩序对人性的扭曲，他是乐呵呵的，虽然其中也有悲剧成分——毕竟现实这趟列车轰隆隆驶入的是无意义，而不是明晰确定的合理目的。不过，能够享受开放的乐趣，不必拘泥于文本的意义，因为作家先于读者将文本破坏，给了读者自由，这也是一种释放啊！

马丁·莫泽巴赫《此前发生的事》：美茵河畔的弥达斯国王

黄燎宇

一

马丁·莫泽巴赫属于最值得关注的德国当代作家。1951年出生在美茵河畔的法兰克福。父亲是医生和心理治疗师，信仰新教，母亲是天主教徒，他随母亲的信仰。大学期间他攻读法学，做司法见习生期间产生了写作冲动。于是，他跟法兰克福老乡歌德一样“半路出家”，走向文学。1980年，在史学家和评论家戈罗·曼（托马斯·曼的二儿子）的大力推荐下，已近而立之年的莫泽巴赫获得平生第一个奖项：尤尔根·朋托文学新人奖。莫泽巴赫的创作一发不可收拾，成为令人羡慕的高产作家和多面手：他既写小说和散文，又写剧本、广播剧、歌剧和电影脚本，作品排成一行有一米之多；他获得近20种奖项，其中包括德国文学最高奖毕希纳奖；他也是三院——柏林艺术科学院、巴伐利亚艺术科学院、德意志语言和文学院——院士，拥有诸多社会名誉头衔。另一方面，这连串的荣誉和头衔并不妨碍莫泽巴赫时不时地发表“异端”见解，跟社会主流唱点反调。2007年，在毕希纳奖的颁奖仪式上，他在答谢词中拿纳粹刽子手希姆莱与法国大革命时期的政治家圣鞠斯特的讲话做比较，由此落下“拼凑历史”和“偏离启蒙和民主目标”的恶名；2012年，他撰文呼吁禁止艺术亵渎神灵，与倡导艺术自治和艺术绝对自由的主流话语相左，今年春天发生的《查理周刊》遇袭事件似乎给他的观点提供了佐证；他是虔诚的天主教徒，反对教会改革，不仅对第二次梵蒂冈教廷会议表达过不满，而且对现任教宗方济各提出过批评。他自称“反动派”，在许多人眼里他的确是一个“反动派”。他是正统和反叛的结合体。

二

2015 年 8 月，译林出版社推出莫泽巴赫小说《此前发生的事》中文版。8 月 22 日，歌德学院举办了一场余华与莫泽巴赫的对话会，话题就是《此前发生的事》。

活动之前，我读了该书的德文版，然后浏览了德国的相关评论，发现该书好评如潮。在德文版的封底，知名评论家几乎全部登场，而且都是高调赞美：“一部带来精神和感官享受的小说”、“一位大师的巅峰之作”、“属于最优秀的德国当代文学”、“一部反映 21 世纪初期的社会小说”、“一面令人信服地展现了 2010 年的德国人如何生活、如何思考、如何行动乃至如何搞恋情，一面信手拈来一般刻画德国的经济现实、道德和情感的基本法则，写法细腻而巧妙”等等。出于好奇，我又致信一位熟悉的德国文学评论家，问他怎么看莫泽巴赫。这位评论家既不属于德国评论界的第一方阵，也不在莫泽巴赫歌咏队之列。他的回答很有意思：“您喜欢托马斯·曼，所以您一定喜欢莫泽巴赫。”他还随信寄来两篇文章。一则是一位女批评家写的，一则是他本人在 2007 年莫泽巴赫获毕希纳奖之际撰写的评论，都是讽刺批判。我对他的评论产生浓厚兴趣，因为他开篇就写道：“几年前，当人们开始谈论什么新中产气质（或者精神）的时候，他就是这种新中产气质最早的文学辩护士。而且不是说说而已。”他接着调侃说：“想要表现中产气质，就向他看齐”，因为莫泽巴赫总是“系着别致的领带，胸口插着丝巾，博闻强识，周身缭绕着淡雅的男用香水气味”。对于我，这是一种似曾相识的论调：1975 年，在托马斯·曼百年诞辰之际，西德作家十有八九都这样议论托马斯·曼，都揪住他的“资产阶级”辫子。在德语里面，中产阶级和资产阶级是一个词：Bürger，“中产气质”和“资产阶级气质”也是同一个词：Bürgerlichkeit。1975年距离西欧的六八学运仅8年，刚刚接受了左派思想洗礼的一代作家、知识分子对于资产阶级作家可谓同仇敌忾，所以托马斯·曼其人其作的各种资产阶级苗头都逃不脱他们的眼睛，如蔑视和忽略社会下层（穷人在其作品中基本不出现，一旦出现也是滑稽描写对象），如无病呻吟（其作品所探讨的问题都是“奢侈的小问题”）、如唯美主义和自恋，等等。马丁·瓦尔泽抛出了讨伐托马斯·曼的檄文《反讽作为最高档的食品或者说最高贵者的食品》；旅居德国的匈牙利作家蒂博尔·德利对其“辐射一切的资产阶级精神”嗤之以鼻；哲学家伽达默尔认为托马斯·曼这种“勿忘我式的精雕细琢艺术”成不了一流大家，因为一流大家的标志是“忘记自我”。如果说昔日的托马斯·曼批判者至少一半属于“少不更事”（懂事之后就成了资产阶级），我认识的这位评论家对莫泽巴赫的冷嘲热讽就带有阶级对立特征。他本人一副不修边幅的普罗或波希米亚派头，莫泽巴赫则是温文尔雅的中产贵族派头。让我暗暗称奇的是，莫泽巴赫出现在对话现场时，深色休闲西服胸前的确插着一条白色丝巾，言谈举止是标准的绅士派头，赏心悦目，令人敬佩。照片上的托马斯·曼也总是这副派头，只是偶尔手里夹着一根雪茄。

三

阅读《此前发生的事》也令我想到托马斯·曼，想到《布登勃洛克一家》。我甚至在想，既然《布登勃洛克一家》有“一个家庭的没落”作为副标题，《此前发生的事》也可以有个点题的副标题，如“两个家庭的破裂”。这部小说的确讲述了两个家庭的故事，一个是赫伯思滕一家，另一个是施密特-弗勒克斯一家。赫家是富裕中产之家，几乎每个周日都在别墅里举办派对；施家可算官员家庭，因为老施密特-弗勒克斯在退休之前是部长级人物。赫家的男主人伯恩瓦德为人低调，女主人罗斯玛丽则总是闪亮登场。赫家的财富来自罗斯玛丽祖父留下的巨额股票资产，有一对青春年少的儿女。叙述者与之初次见面就暗地自问："我见过比伯恩瓦德和罗斯玛丽·赫伯思滕更为美满的夫妻吗？"相比之下，施家有点"一枝独秀"的意味。这独秀的一枝就是老施密特－弗勒克斯。他有过辉煌的职业生涯，曾与两个教皇、三个美国总统、一群德国的诺奖得主合影，他退休之后法国政府照样颁发他"荣誉军团十字奖章"。他见多识广，擅于运作和交际（儿子免除义务兵役就是他疏通上层关系的结果），在赫家的周日派对上他也是永远的核心。但是他的妻子很不起眼，儿子不擅言辞，不爱交际，也不讨人喜欢，虽然已婚并已经创业，但始终生活在他的庇护和阴影下，只是他的"袖珍版"。儿媳西尔维来自巴西，其父亲本是东普鲁士贵族，斯大林时代被迫逃往巴西。西尔维的言谈举止都带有南美热带雨林的单纯、洒脱、任性，在德国中产阶级的社交聚会中显得有点异类……小说的故事情节主要围绕赫家的周日聚会、赫家与施家的交往互动以及相关人物活动的展开，其中包括萨兰姆的奥地利之行、小施密特－弗勒克斯的开罗之行、赫家和施家的意大利之旅。故事的发展和结局则有些出人意外：罗斯玛丽和一个刚开始看着还很别扭的派对客人萨兰姆有了一腿，伯恩瓦德则和小他 18 岁的西尔维好上了，最终公开了关系。最终伯恩瓦德和罗斯玛丽离婚、西尔维离家出走，赫家与施家破裂了。

虽然都是讲述家庭的没落或破裂的小说，但《布登勃洛克一家》和《此前发生的事》又有明显的不同。前者的叙事有明显的情感导向，同时有宏观构想做支撑，不管人们从中看出的是自然主义的宿命论、富不过三代的民间智慧，还是资产阶级乃至资本主义社会的必然没落（所以资产阶级作家托马斯·曼在社会主义国家很早就被奉为经典），后者则难以定性或者贴标签。这是家庭悲剧？很难说。一方面因为小说中受侮辱与受损害者不太可爱，读者并不真的同情他们。另一方面，如果着眼于罗斯玛丽和伯恩瓦德的关系或是罗斯玛丽和西尔维的对比，则可读出一则讲述爱情至上、以"弱"胜

“强”的童话故事。谁会料到罗斯玛丽成为输家？这是一个近乎完美的上层妇人：富贵，美貌，会打扮，有品位。在她跟前，西尔维只是无知无识的毛丫头；罗斯玛丽和伯恩瓦德一个是女王，一个是“亲王”（这一概括来自老施密特－弗勒克斯）。但这位“亲王”却义无反顾地拎着一口箱子走出门，彻底打败了女王。此外，小说中的两个诱惑者——西尔维和萨兰姆——都有异质血液和异国气质，一个来自巴西和波罗的海，一个来自黎巴嫩－维也纳，其言谈和思维也带有异质特征，我们或许可以追问这是否单纯的巧合，背后是否存在对阶级性（中产阶级/资产阶级）和民族性（德意志特性）的反思？

莫泽巴赫和托马斯·曼都是知识渊博型作家，都是“为文化人书写的作家”。这是我发现二者的第二个共同点。《此前发生的事》虽然没有《魔山》和《浮士德博士》那种气势恢宏的大百科气象，但却有丰富的知识和典故。如果没有一定的文化知识背景，读者难以从中获得充分的思想或者审美享受，这是由莫泽巴赫的渊博学识使然，也是小说的描写对象使然。小说刻画的是中产阶级生活，他们一则有财富，二则有文化（这是标准的社会学定义，所以把Bürger译为“资产阶级”可谓有天然缺陷）。因此，阅读莫泽巴赫小说，我们既可以观赏中产阶级生活，又能见识中产阶级文化。无论叙事者还是书中人物，常常开口就是典故。不过，由于文化背景不同，中文读者时不时会遭遇理解上的困难。赫家的女儿叫福柏（Phoebe），儿子叫提图斯，如果不知道福柏是希腊神话中的三位月神之一、提图斯是某个罗马皇帝，读者如何去体会这名字背后的良苦用心？书中不断出现历史人物和文化名人的名字，如莪相、马约尔、库尔贝、卡尔·瓦伦丁、格劳乔·马克斯等等，他们又是谁？罗斯玛丽看不上施家的品位，嘲笑施家摆着“一尊里门施奈德创作的圣母雕像”。里门施奈德何许人？家里摆放他的雕像有什么错？还有，当叙事者说小施密特－弗勒克斯在开罗街头尾随的女人“皮肤比周围的埃及女人白，尽管她可能是地地道道的初始意义上的埃及人也就是吉卜赛女人”的时候，有谁知道这是在拿英语的Egypt

玩词源游戏？书中提到“瓦格纳音乐的爱好者在昏暗、闷热的拜罗伊特节日剧院的木质折叠椅坚持几个小时之后所陷入的陶醉”，读者中又有几个瓦格纳的指引？这些知识和典故，对中文读者是一种挑战，对中文译者是更大的挑战。译者不仅需要吃透种种“微言大义”，而且需要考虑如何向不懂德语、和西方文化接触不多的中文读者传达。遗憾的是，该书译文中有些误译，比如把 Norne 看成 Nonne，把罗斯玛丽的审美顾问赫尔佳从北欧神话中高大健壮的命运女神诺恩变成了修女。

莫泽巴赫与托马斯·曼的第三个、也是最令人称道的共同点是其高超的语言艺术。托马斯·曼是大师，而且首先是语言大师。一个对托马斯·曼不太服气的作家也说：“光凭其语言他就非常引人注目。”莫泽巴赫也是语言大师。他的语言精准、细腻、传神，充满诗意和幽默。任何事物，一经其描写，就会焕然一新、妙趣横生。莫泽巴赫的语言能够带来阅读享受。但更为重要的是，其语言几乎有粉饰乾坤甚至扭转乾坤之功效，它可以影响乃至改变我们的感知方式和思维方式。读了莫泽巴赫描写的鹦鹉、夜莺、苍蝇或者猫，对于读者，他所刻画的猫、苍蝇、夜莺、鹦鹉就有可能变成——套用柏拉图的术语——猫、苍蝇、夜莺、鹦鹉的“理念”，就有可能成为——我们跟着柏拉图的逻辑走——现实“模仿”的对象。我们不妨看看莫泽巴赫如何描写香水的功能：

> 香水也不是她的身外之物，而是她这个人的天然组成部分。环绕她的香气云团使她的身体向四周延伸。她的香气在哪里，人就在哪里，人造香气是她的庭院，她的存在得以扩大，这一变化虽然看不见，但可以成为一种生理体验。人的气味是生命的誓言，是生机勃勃的存在的必备功能；这个道理也适合体臭者，体臭者也因为散发臭气而强化了自身的存在。罗斯玛丽的看法是：香气浓郁意味着占领空间，意味着自身延展到身体推挤空气的界限之外，意味着生机勃勃。这一切全是我，香气说道。

希腊神话有一则故事，说是佛律癸亚国王弥达斯因为善待过酒神狄奥尼索斯醉酒的老师西勒诺斯而得到酒神的奖赏。弥达斯希望拥有点金术，酒神让他如愿以偿。弥达斯所触摸的东西都变成了黄金，连食物和女儿也成了黄金。最后他被迫按照酒神的吩咐，去河里洗掉了要命的点金术……莫泽巴赫没有弥达斯的贪婪，但也会点石成金，我们不妨称之为美茵河畔的弥达斯国王。但不远万里来到中国以后，美茵河畔弥达斯国王的点金术是否有效，国王是否会遭遇水土不服，还值得商榷。

伍绮诗《无声告白》：第一百九十三个汉娜·李

朱小兰

华裔女作家伍绮诗的处女作《无声告白》自2014年在美出版后获得了如潮的好评，各类图书大奖拿到手软。《纽约时报》评论说从来没有在美国小说中读到过这类故事，《赫芬顿邮报》给了五个字——“爆发力惊人”，而这本书不论是作者还是内容，都与中国有很大的渊源，这也让中国读者对其更有了期待。此书中文版面世后，同样既叫好又“叫座”。读过此书的人，大多围绕种族、性别、理想、现实这几个角度触探内核，但我读完此书后，却意外发现了其中的一个作者笔墨着之甚少，却在笔法和用心上深藏功力的惊喜，我姑且把它称作文学作品中的“角落人”——汉娜·李。

对的，这个叫作汉娜·李的小姑娘，母亲是金发碧眼的美国人玛丽琳，父亲是华人詹姆斯·李。故事发生在1977年，彼时的汉娜刚满10岁，小小的、怯怯的，大人们交谈时注意不到她，哥哥内斯和姐姐莉迪亚的世界里常遗忘她，如果她偶尔开口，大家只会伸出胳膊轻轻拍拍她的头，或者顺带摩挲一把她柔软的头发，然后很快注意力就转移到了别处。书中甚至都没有专门交代过她的年龄，只能通过她妈妈离家出走的时间以及她姐姐死亡案发的时间去推算——她似乎是《无声告白》中最不重要的一个人物。值得注意的背景是，在美国历史中，跨种族婚姻在大多数地区曾被视为禁忌，直到1967年美国最高法院废除了弗吉尼亚州的一项法令，才同时推翻了美国其他15个州反对黑白种族通婚的法律，而汉娜的外祖母就来自弗吉尼亚州，所以当汉娜的父母1958年走进法院举行结婚仪式时，她的外祖母一直对她的母亲说：“这样不对。”之后母女俩再也没有见过面。

汉娜恰出生于这个具有意义的年份——1967年，她成长的10年过得平静又淡然，而她的长兄和姐姐的境遇更为坎坷、更为挣扎，因为他们经历了“被视作不同”的苦闷，与周遭环境不那么融合的纠结以及家庭震动带来的持久、隐秘的不安。你无法想象一个父亲时常颤抖的尊严会带给他怎样的虚弱，也无法想象一个母亲对梦想的渴望会爆发出怎样决绝的能量，更加无法想象两个敏感惊恐的孩子在心照不宣的家庭生活中其实背负着怎样巨大的沉重、牵系起怎样血脉相偎、永不放手的执念。而这一切都与汉娜无关，当你读完全书，你记得莉迪亚的死，记得内斯的内疚，甚至还会记得杰克的深情，却唯独忘了“微不足道”、“悄无声息”的汉娜。

但当你细细品读时会发现，作者处理这个复杂纠结的家庭故事时，把每一个人物都刻画得非常好，而最最重要的一点就是写了汉娜。这也是我认为小说最精彩、最成功的地方。

小说中书写汉娜的地方很少，看似不经意，但着笔都很经典。“有些东西她（汉娜）保存了很多年，没人注意到它们不见了，它们消失的时候很安静，甚至都没有像水龙头上滴下的水那样发出‘哒’的一声”——这种写法和爱尔兰短篇小说女王克莱尔·吉根在代表作《寄养》中写的那个敏感的小女孩佩妥一样，让人顿生怜意。

“比如有一天晚上，玛丽琳（汉娜的妈妈）在餐桌上摆了4个盘子，直到汉娜来到桌边，她才意识到少拿了一个。汉娜也仿佛明白她在家庭这个宇宙中的位置，她从安静的婴儿成长为善于察言观色的小孩：她喜欢躲在角落和柜子里，还有沙发后面、桌布底下，退出家人的视野和脑海，从而确保家中的领土划分不会出现丝毫的变动”——这段是最形象的，汉娜就是这样的“角落人”，不光是家庭中的“角落人”，也正是小说作品中的“角落人”。我们身边也有很多类似的情景，家庭成员中模糊的“失衡感”已逐渐作为一个社会学话题被提出。

读者所能找到的关于汉娜的文段不过还有那么几处，屈指可数；但小说中的女主角、一号关键人物莉迪亚，作者则着墨很多，这就见出作者创作功力和小说独特之处了，她赋予了整部作品一个“角落人”的角色，而这抹亮色，静静潜藏，待人玩味。丰满且充满个性的文学人物形象固然让人印象深刻，清寡神秘的“角落人”给读者带来的那种无深切爱恨、却欲说还休的审美情愫，无疑更加难能可贵。

其实伍绮诗的这种写法并不是首创，在一些经典的文学作品中，我们也能觅见类似的人物踪迹，只不过在过往的文学批评中，并没有赋予这类人物形象一个共性的名称。因他们在文学作品中所产生的功能相似、在作品的结构中皆占据隐秘的支点的位置，作者“引入”或“退出”这些人物的笔法相似，我觉得这一类文学人物形象，应被叫作“角落人”。

“角落人”——家庭的角落、社会的角落、内心的角落。“角落人”并不是不幸福的，可能不会有期待，就不会有负担。《红楼梦》里的四姑娘惜春就是一个典型的“角落人”，似有似无，未给人留下什么特别的印象，但曹公为什么要写她这个跟汉娜一样只是10岁左右的孩子？曹雪芹的处理恰恰体现出了“角落人”存在的意义和奇妙。以惜春来观照姐姐们的命运，既不会喧宾夺主将读者的注意力转移，又能够很精妙地设置出反衬和对比。同样和汉娜的人物设置一样，惜春在全书中是很有预知和洞察能力的，她从姐姐们的命运而看到自己的结局，从而揭示了整个贾家的命运。这就是“角落人”的价值。

艾米莉·勃朗特《呼啸山庄》中的经典人物希斯克里夫也具有“角落人”的特质，他是吉卜赛弃儿，被收养的、受辱的以及被驱逐的，他一直处在整个故事的角落里，但无疑他也是最重要的、最充满个性色彩的一个“角落人”，他的存在让整部作品具有了巨大的魅力。

文艺作品里常有那种似乎穿了隐身衣的、不重要的人物角色，他们胆怯、不被注意，因为某种原因大家总是遗忘他们的存在。但他们不同于普希金、屠格涅夫或者郁达夫笔下的那种“零余者”形象，因为像老舍《骆驼祥子》里的祥子、巴金《寒夜》里的汪文宣、普希金《叶甫盖尼·奥涅金》中的奥涅金这类形象，他们虽然也都是无力把握自己命运的小人物、被压迫被损害的弱者，是“多余者”的形象，但他们在文学作品中恰恰又占据的是主角、主人公的地位，因为这整个作品就是围绕着他们来写的——这就是“零余者”和“角落人”的不同。

经典的文学人物类型有很多，远有金斯堡《嚎叫》里描绘的“垮掉的一代”、塞林格《麦田里的守望者》中所写的“反叛者”形象、海明威在《太阳照常升起》中塑造的“迷惘的一代”，还有“套中人”形象、“悭吝人”形象、“伪君子”形象，近有日本女作家青山七惠在《一个人的好天气》中所写的“飞特族”形象。“角落人”无疑与以上所述各类皆不同，他具有自己的根本特色。文学作品中的“角落人”恰具有这种气质：看似“角落”，实则别有一番景致在内里头。

最后开句玩笑的话，要想写好一部小说，你有两种途径，一去买本心理学之父冯特的书来看看，二去订阅一份《法制晚报》吧，因为他们一个帮你了解社会或者家庭各个角落的人物的心理，一个帮你了解社会或者家庭各个角落的人物的八卦。汉娜·李这样的“角落人”有很多，伍绮诗写的可能就是第193个，为什么是193？——因为193实在是一个普通普通再普通的数字，没有任何特殊的意义。在属于汉娜·李的这个角落里，伍绮诗写出了秋的绵长颜色。

石黑一雄《被埋葬的巨人》：迷雾破除　奇幻落幕

陈婷婷

被誉为英国文坛移民作家三雄之一的日裔小说家石黑一雄（Kazuo Ishiguro，1954—）迄今已有6部小说问世。2015年3月，阔别文坛10年的他携新作《被埋葬的巨人》（*The Buried Giant*）回归众人的视野，再次引发文学批评界和读者的热议。小说甫一问世，《纽约时报》《泰晤士报》等报刊纷纷发表消息，评论称“不同于石黑一雄过去的写作类型，却同样是典型的石黑一雄的故事”。小说的电影版权也已被制片人Scott Rudin买下。

《被埋葬的巨人》的场景设置在公元6世纪左右的英格兰平原，不列颠人和撒克逊人交战连绵的烽火年代。故事始于一团笼罩在这片古老土地之上的神秘迷雾，在这个带有神话色彩的虚构场域中，作家想要展现的主题也在迷雾中若隐若现。尽管披上了有如《魔戒》般奇幻的外衣，但新作并非是一部中世纪冒险文学，反而让人联想起他的《别让我走》中的小说背景——不是近代英国、日本或是中国，而是一个悬浮在历史时空中的反乌托邦空间。10年前，石黑一雄借助以克隆人为代表的生物科技题材，表达了对于现代文明中生命伦理悖论的道德关怀。在《被埋葬的巨人》中，石黑一雄再次彰显了作为“国际主义作家”的身份，题材的大胆创新正是为了打破纯文学上种种潜在的制约，让文本更加符合全球化的语境。石黑一雄认为：“我感到（文学类型的）边界正在崩溃，无论对于读者还是作者。”于是在新作中，龙、食人魔、妖精等纷纷理所当然地登场。

石黑的创造力在于，运用仿古的历险故事情节模式谱写出一个意境悠远的现代神话，一则“迷雾”中的现代寓言，娓娓的书写透露出强烈的时代质感。

《被埋葬的巨人》的求索主题以及“设谜－解谜”的情节符码类似于《浮世画家》《上海孤儿》《别让我走》，不同之处在于，后者中主人公的身份追寻之旅皆是有迹可循，依托的是自己可靠或不可靠的记忆。而《被埋葬的巨人》在承袭石黑一雄不断探讨的“记忆”母题的同时，出场人物却是一群丧失了记忆的人——来路不明的迷雾令所有人渐渐遗忘了自己的过往。亚瑟王的遗民们似乎安于和平的现状，几乎不谈论过去。某日，一对不列颠老夫妇艾索和碧翠思想去看望远方的儿子，也为了唤醒自己的记忆而踏上旅程。途中，他们遇见身负神秘任务的撒克逊战士和年迈的圆桌骑士高文。老夫妇始知集体失忆症原来是由于一只母龙作乱。而在屠龙的过程中，众人意外发现了亚瑟王时代的秘密。最后所有人的记忆被寻回，却也意味着“被埋葬的巨人”即将被唤醒，它将揭开尘封的历史，掀起新一轮的血雨腥风。

此前石黑一雄的小说均以第一人称写作，细腻刻画人物内心世界的孤独、压抑、自欺与不安，双重叙事策略起到了解构叙事者自我身份的奇特效果。而在新作中，作者努力想要跳出以个体经验来影射历史的写作框架。尽管这可能会使人物的复杂性和深刻性相对弱化，但第三人称和第一人称叙事的并置、多重空间共存的叙事不着痕迹地缓解了读者焦虑的推理，中世纪古老简洁的叙述语言营造出了陌生化的审美意蕴。不同于 J.R.R. 托尔金笔下那些扣人心弦的紧张情节，石黑一雄舒缓、质朴却又充满象征和隐喻的书写策略令新作的阅读更富趣味和美感。

新书的创作源于对过去半个世纪中人类社会大事件的深度思考。东欧的种族冲突、卢旺达大屠杀、前南联盟解体、斯雷布雷尼察大屠杀、“9·11 事件”等“人类的耻辱”令石黑一雄对文明社会中的黑暗深感失望，同时让他意识到：“如果忘却历史，意味着我们注定要去重蹈覆辙，但真实情况往往更为复杂，历史同样可以被操纵，用于激起群体的仇恨情绪。”石黑一雄本可以将故事背景置于卢旺达、科索沃或是南斯拉夫，但这些高度政治化的地域不符合他的创作意图。较之于精准地传递事实，他更倾向于追求具有普世意义的书写，“创造一个更具隐喻性的文本，从而使读者可以将其对应到各种个人的以及政治性的场域。”《被埋葬的巨人》以奇幻手法、寓言性的疏离感为媒介，围绕历史、记忆与创伤，提出了更为深刻的、困扰着当下文明社会的问题。石黑一雄在谈及新作主旨时说：“每段私人关系和社会关系中，总有黑暗、不为人知的记忆，在当时被刻意隐瞒或埋藏，但何时回忆、是不是该回忆，这是重点所在。”很明显石黑一雄并不希望自己的意图被奇幻和隐喻所掩埋而变得晦涩，这一点在小说中反映得相当明显。例如，他安排了勇士屠龙的传统情节，却对理应精彩的屠龙过程一笔带过。

《被埋葬的巨人》分为四个部分，从第一部到第四部不仅是揭示被埋葬的真相的漫长过程，也形成了同心圆式的叙事结构。故事以老夫妇寻找儿子为圆心，牵扯出了当年不列颠与撒克逊之战的受害者与加害者。主人公艾索也在旅途中，想起自己曾经的身份是亚瑟王麾下的骑士，因为无法接受亚瑟王破坏和平律法、大肆屠杀撒克逊人的作为而离开。由此，他所面临的困境也由私人关系扩大到了社会关系的层面，形成了“艾索－碧翠思”与“艾索－亚瑟王”之间的双重矛盾。

“艾索－碧翠思”之间的矛盾分歧在于，碧翠思认为自己和艾索之间毫无记忆沉淀的爱情缺乏根基，因此迫切需要寻回记忆，但艾索在乎的却是当下的感觉。他隐约意识到过往可能存在的黑暗，因而一再告诉妻子，无论想起来两人之间曾经发生过什么，都不要忘记这一刻对对方的感情。夫妻俩的感情线在小说中贯穿始终，当谜团随迷雾的消散而逐一解开时，艾索意味深长的话语点明了奇幻迷雾下文本真正想要表达的：“要不是迷雾夺去我们的记忆，我们的爱还会不会像现在这么坚定？或许是它让伤口得以复原的。”老夫妇之间的经验既是他们个人的，又是爱情具有普遍意义的表征。他们在恢复记忆之前曾遇到过一个船夫，船夫的职责是将人送到一个类似天堂、实际隐喻着死亡的岛上，但倘若一对夫妻要一同上岛，则必须证明他们彼此相爱。船夫是一个生命的拷问者，能够看穿无数对夫妻的实际生活——充斥着厌恶、愤怒、憎恨、单调，偶尔才得见经得起岁月考验的永恒之爱。这岂非古往今来男女关系的缩影？颇具深意的是，原本质疑彼此爱情的碧翠思，在记起夫妻间不愉快的过往之后，却领悟到“少了阴影，就是不完整的爱情”。因此，她毫无畏惧地独自乘上船，驶往彼岸，并坚信她与丈夫不会再分开。遗忘固然可以淡化痛苦，但在作者看来，唯有敢于弥合创伤记忆的爱情，才有可能获得超越生死的力量。

在前作《群山淡景》《长日留痕》和《浮世画家》之中，主人公均以帝国抑郁症病人的身份登场。在战争年代，他们固守着内心过时的价值标准，基于盲目的信仰而参与到帝国的恶行之中；时过境迁之后，他们无法面对不可逆转的文明创伤，选择了自欺欺人的暧昧反省。只有他们自己明白，自己的灵魂再也无法获得安宁。石黑一雄的高明之处正在于通过个人的经验来书写历史，但正如小说所反映的那样，社会往往沉浸在遗忘的狂欢中，对历史教训无动于衷。因此在《被埋葬的巨人》中，石黑一雄不仅触及到了个体与记忆之间的张力，更由此引申出了国家或社会团体的“选择性回忆”的幕后成因。小说中吞噬记忆的迷雾是人为创造出来的，也可以在人为操控下被消解，隐喻着集体记忆的动态建构性。

“艾索－亚瑟王”这一矛盾表现出的是对历史创伤是否该渗入集体记忆的对立态度。高文骑士强调，亚瑟王命人给巨龙施法，令它呼出的气息掩埋了人民的记忆，是为了让两族忘记仇恨，实现长久和平。但艾索却看出，亚瑟王是以欺瞒公众的手段来巩固政治认同的基石，从而维护其帝国的统治。亚瑟王死后，高文依然坚信不该让历史真相被公之于众：“一旦母龙不再吐气，全国人民将会记起些什么！我承认我们曾经杀人如麻，但我们让战争消失了……就让这个国家沉醉在遗忘中吧！”碧翠思也在担忧：“我们只顾着寻回自己宝贵的记忆，可谁知道又有多少陈年旧怨沉渣泛起？习俗和怀疑总是分裂我们两族。”这些表述不免令人感到石黑一雄的观点暧昧，有将一切历史均质化的嫌疑。在《浮世画家》中亦有类似的、带有洗脱罪责嫌疑的话语：“怀着信念所犯的错误，并没有什么可以羞愧的。”然而从《浮世画家》的文本整体来看，石黑一雄借由主人公对自身过往和周遭人群的叙述，勾勒出整个日本社会对二战的态度，折射出了日本国民在战争责任前的集体脱逃。《被埋葬的巨人》则是在当今世界格局中试图寻找恶与暴力形成的土壤，小说人物的话语道出了这种恶的相对性，善与恶之间的界限被小说中的迷雾所模糊——从结果来看，迷雾到底代表着善还是恶？

“艾索－亚瑟王”的矛盾聚焦于目的与手段之争，而年轻的撒克逊战士与年迈的高文骑士之间的冲突则隐喻时代的新旧更迭，其本质是政治话语的对立。撒克逊战士质问高文：“难道你认为靠屠杀和幻术建立的和平可以永远维持下去？”在他看来，所谓文明有序的社会乃是建立在虚假记忆的基础上，所以他坚持屠龙，还原历史真相。艾索也犀利地指出缺乏历史反省的和平社会的不稳定性：“世上还有更多的撒克逊人，仇恨的循环不会被打破。”极具讽刺意味的是，在龙被杀死之后，撒克逊战士坦白了自己真正的使命不仅仅是为了复仇，也是为将来征服此地做准备。所谓正视文明的创伤，其根本目的同样是为了进行权力的重新分配。石黑一雄采用了冷静的批判视角，深入当代世界格局演变进程中发生的种种暴力冲突的背后，诠释历史创伤、集体记忆与政治认同之间的关系。小说标题“被埋葬的巨人”指的就是在个人体验和共同体的创伤经验中那些深埋于地下、远离公众视野的历史记忆。之所以将记忆喻为巨人，是因为当记忆浮出水面之时，将会对个体的身份建构以及社会共同体的生活秩序造成巨大冲击。

石黑一雄在接受BBC电视台采访时表示：“非裔美国人的遭遇对美国来说就是‘被埋葬的巨人’，是一个社会倾向于集体失忆的例子。因为再次提出这一话题将催生出新的愤怒的一代。”近期发生的巴黎恐怖袭击事件或许再一次印证了他的担忧。小说人物立场的对立恰恰体现了石黑一雄对历史记忆的矛盾态度：是继承还是遗忘？创伤体验应当如何被书写？新作没有给予明确回答，无法回避的历史经验与创伤记忆牵引读者陷入伦理两难的境地中。面向未来的和平与发展，我们究竟该如何审视历史创伤、构建集体记忆？这或许是石黑一雄新作提出的最大悬念。

约翰·威廉斯《斯通纳》：如果你知道自己想要什么

李　涵

失落的经典被重新发现，从销量仅千本到几十万册的畅销书，《斯通纳》在出版50年后成为评论家津津乐道的一则传奇，名人纷纷撰文推荐，带着点悲壮，也有些解气，既遗憾彼时读者的眼光，又欣慰21世纪的读者终于读懂了约翰·威廉斯写在字里行间的心灵自白。

翻开美国文学史可以看到，20世纪中期美国最流行的文学思潮是后现代主义。后现代主义主张否定社会秩序，表现支离破碎的世界，创造新奇的文字魔术。在那个年代，少数族群成为文学更青睐的标签，美国黑人文学、犹太文学、南方文学、反战文学和女权主义文学竞相发展。出版于1965年的《斯通纳》写的是美国中西部大学里的“老白男”，手法又是最传统的现实主义，注定不会收获多少回响。即使威廉斯凭借《奥古斯都》于1972年荣获美国国家图书奖，但那一年的共同获奖者、后现代主义文学大师约翰·巴思的《喀迈拉》无疑风头更劲。

怎能读不懂呢？我们每个人都是斯通纳啊。我们需要一些纯白的小说，描绘和我们境遇相似的人，让他们的感受定定切入我们内心的困苦和孤独，因为共感是最好的慰藉。《斯通纳》和威廉斯的故事很像：同样是农家出身，获得英语文学博士成为大学教授，某种程度上，这是威廉斯的心灵自传。当斯通纳第一次接触文学时，他就知道自己这一生要的是什么了：“过去从它停留的那片黑暗中出来聚集在一起，死者自动站起来在他眼前复活了；过去和死者流进当下，走进活人中间。”《斯通纳》的开篇仿佛将导向又一个美国梦，洋溢着乐观和奋进的乐曲。但这部小说的基调并非乐观，而是沉默和悲悯，沉默于掩蔽自己的不谐，这从斯通纳要违背父母心愿，从实用的农学转向务虚的文学就开始了。

《斯通纳》的氛围很安静，安静到有些压抑，因为文字带着一点点“隐蔽”的欲语还休。斯通纳即使面对读者，也不会吐露全部的内心。斯通纳一个人行走，有点笨拙地在人际间掩起他和周遭的不适应，伪装起自己的不擅长，努力将自己的颜色消释到透明，怯怯地维护自己珍爱的事业。被动、苍白、无力，他在生命的任何一个缺口，本可以奋力一击成为一个传奇，但他会在最后一刻缩回来，为着更加现实的考量。

斯通纳的一生像石头一样活得很单纯，他外表冷淡，但这只是不善经营人际关系，他有一个虚荣的妻子，还无法维护好和女儿的关系，更不用说他只有两个朋友，工作了 40 年依然当不上助理教授，还写了一部没什么名气的专著。斯通纳包裹着我们每个人都经历的失败感，他和我们一样感到人际的无措，在屡屡的失败中变得无足轻重，感到深深的无力，好像重量被抽空，价值被磨蚀，存在感被消解，斯通纳的外表是我们每个人深处的自我写照。而他的精神肖像，又是我们都想成为的纯朴素人。这种庸碌的伪装是维护真理的勇气。斯通纳是一个中产阶级的精神探索者，他有自己最珍视的价值，知道自己爱什么，并坚持自己的爱。

要维护内心的园地并非易事，彼时正是历史的交接点，一战二战方酣，校园里到处弥漫着希望上疆场的热涌氛围，斯通纳却不觉得这有什么必要，显得迂阔不合时宜。“他发现自己内心还有一片巨大、冷漠的保留地，他憎恨战争对大学强行制造的撕裂；可是他又发现自己内心并没有特别强烈的爱国主义情感，而且也无法促使自己去恨德国人。”为了维护文学的纯洁，他让英文系主任劳曼克斯的学生沃尔克在研究生答辩中暴露出作假的丑态。他和女同事发生了婚外情，因为凯瑟琳正是能和他讨论文学的最好知音，精神的契合带来身体的和谐。他愿意为这个园地付出自己能够付出的全部拼搏，但人性的懦弱和恐惧随后会将他吞没，让他一辈子痛苦遗憾。他发现，如果他走得太远，就会失去这个园地。

斯通纳太善良了，觉得自己的退守就能换来小小园地的和谐。他努力想与劳曼克斯寻求和解，即使劳曼克斯故意刁难他；他在婚外情发生后不敢辞职，即使妻子嘲讽他；他本来想坚持不退休，但当发现身体患癌症后还是退休了。世界是险恶的，会将他的精神碾碎。就像他的挚友马斯特思评价的："你觉得这里有某种东西值得去寻找，其实，在这个世界上，你很快就会明白。你同样因为失败而与世隔绝；你不会跟这个世界拼搏。你会任由这个世界吃掉你，再把你吐出来，你还躺在这里纳闷，到底做错了什么。因为你总是对这个世界有所期待，而它没有那个东西，它也不希望如此。你无法面对它们，你又不会与它们搏斗；因为你太弱了，你又太固执了，你在这个世界上没有安身之地。"可斯通纳的内心多么强大啊，为了保护这片园地，他可以忍受一切屈辱。他退回来了，但他的坚持不变。

斯通纳的勇气是内化的，是一直在燃烧的，自始至终贯穿在他的坚持中。只有维护好这片园地的安全，生活才能带给他善意和满足。他在接触文学的第一天，就明白自己生命的价值维系在什么地方，并愿意毕生都维护这片园地的价值。他在临终时终于认识到他曾担心的一切是多么无意义，只有他珍视的那个园地才是永久的，他将自己的一部分永远留在了书里，这是他最精心写就的，是对这个园地的全部告慰和礼赞。他在这里真的快乐过，和外部世界里涌满无助的他完全不同。

他冷静、理智地沉思起自己这辈子看上去似乎难以回避的失败来。他曾经希望拥有友谊和友谊的亲密，这可能会让他在人类的竞争中支持下去，他曾有两个朋友，一个他知道时已经无谓地死去，另一个此刻远远地退缩进生活的序列中，他曾想得到那种唯一性，以及婚姻平静、持续的激情。他也曾经得到过，但不知如何处理，然后已然死亡。他曾经想要爱。他拥有了爱，然后又放弃了，把它释放进混乱的生命潜能，一种愉悦感油然而生，好像起于一丝夏季的微风。他模模糊糊回想着自己念念不忘的失败——好像它有多重要。此刻，在他看来，这些想法太平庸，太不重要了，与他曾经度过的生活相比太没有价值了。这本书被遗忘和没有派上用场，他觉得这也没什么关系。任何时候，它的价值问题都几乎微不足道。他没有过那样的幻觉，以为会从中找到自我，在那已然褪色的印刷文字中。而且，他知道，自己的一小部分，他无法否认在其中，而且将永远在其中。

世俗的价值无法掩埋照亮他生命的洞彻，死亡是自私的，洞悉生命的真相也是。此刻，他悄悄地成为了哲人，那些“远远地退缩进生活的序列”中的人们，不会理解这洞彻的重要价值。洞彻生命的真相，让自己的一生突然明亮起来，明白这一生籍籍追求的是什么，斯通纳忽然活明白了，他坚守了他爱的，这份爱也带给他永久的充实，这让斯通纳最终战胜了命运的虚无。他赢了。就像中文简体版《斯通纳》的封面画的那样，他的全部侧身于那些伟大的文学经典之中。

《斯通纳》属于学院小说，英国名小说家朱利安·巴恩斯在《卫报》写道:“《斯通纳》是一本绝佳的学院小说——当我评论‘绝佳’，我的意思是它们已经超越了各自类型范围的评价标准。”同是学院教授写的学院小说，钱锺书的《围城》和戴维·洛奇的《小世界》注目于调戏教授们的丑态和私心，叙述者永远比人物聪明一层，所以能发现他们的滑稽。《斯通纳》就现实得多，不再是旁观者的逗趣，而是亲历者永远赶不上趟，永远比别人晚一步的无助，所以就更显坦诚。回顾一生，斯通纳似乎什么也没有获得，时代大潮对他毫无影响，但他知道自己愿意为着什么奉献自己的信念，愿意尊重哪些值得尊重的人。《斯通纳》是一卷素颜的卷轴，缓缓打开，没有任何修饰，也是一面镜子，照映出最普通的人生得失。“失败”是《斯通纳》的底色，但这纯白的世俗失败映照出他金色的精神坚守。

斯通纳真的明白自己需要什么，并且有勇气坚持维护它的价值。它给他带来了40多年生命的充实，给他带来了对抗强权的勇气，给他带来了契合心灵的爱情，最终让他彻悟原来这就是自己奋斗一生的目的。是的，他一生看似在世俗上是失败的，婚姻冷淡，和女儿关系紧张，感情退缩，在事业上也并没有风生水起，但他的一生始终坚持保有文学的价值，坚持守卫着它的纯洁，并不因怯懦、虚荣、迷茫而有过一丝一毫的放弃和随波逐流，这正是他的英雄之处。

梵高给弟弟提奥的信中说："我的内心从未改变……对于我所坚持、信仰和热爱的，我依然一味地坚持、信仰和热爱。获得安宁与抚慰依然是终极目的，追求真理还是终极途径，伤痛也依然是获得救赎的终极情感。"这是艺术家的品格和素养，他们知道自己所追寻的，哪怕粉身碎骨，哪怕在外表上只是庸碌之人，可庸碌是他们的保护色，是他们维护艺术生命的屏障。在一场"失败"的人生之下，充满着对艺术不竭渴求的心灵。普鲁斯特在《追忆似水年华》中用多棱镜的方式描绘了一群艺术家，他们在外表上碌碌无为，平庸虚荣，但他们保留着最精准的艺术鉴赏力，成为艺术的发掘者和保护人。

斯通纳就是这样一个真正的艺术家，普鲁斯特在《追忆似水年华》里的小说家贝戈特去世时评价道："所有这些在现时生活中没有得到认可的义务似乎属于一个不同的，建筑在仁慈、认真、奉献之上的世界，一个与当今世界截然不同的世界，我们从这个不同的世界出来再出生在当今的世界，也许在回到那个世界之前，还会在那些陌生的律法影响下生活，我们服从那些律法，因为我们的心还受着它们的熏陶，但并不知道谁创立了这些律法——深刻的智力活动使人接近这些律法，而只有——说不定还不止呢——愚蠢的人才看不到它们。"只有他们才能听懂艺术的金石之声，他们的去世是回到那个"建筑在仁慈、认真、奉献之上的世界"，而在生活中，即使他们不知道，他们也依然会"在陌生的律法影响下生活"，这律法就是艺术的坚忍和自律，至臻完美的境界。《斯通纳》写得精准、克制，将无尽之意留在小说之外，让斯通纳成为一个沉默的英雄。

通向恒久的可能性

——以谢尔·埃斯普马克的诗集《生者没有坟墓》为例

王　晔

“诗是对现实的抵抗，强迫它有一个意义”，语词可“掌握神志不清的黑暗”。这是他的诗句，也是他的主张。他有对诗歌及文学深广的理解，知识和技巧对他不是问题，他敏感而智慧，其文学创作会有怎样的呈现，也许在于，他愿意如何去运用自己的才华。

1956年凭诗集《对本雅明的谋杀》登上文坛，他宣称自己探讨的是“集体的负罪和共同的责任”。此后的诗集或多或少继续了这一探讨。

出生于1930年；诗人、文学评论家、小说家、斯德哥尔摩大学文学教授；1981年以来，成为瑞典学院院士；已出版14本诗集……他是谢尔·埃斯普马克。

埃斯普马克坦言自己并非自然抒情诗人，占据其脑海和笔端的还是社会的人。他和托马斯·特朗斯特罗默从同一个起点出发，平行发展：是多年密友，更有一位共同的诗歌老师。只是特朗斯特罗默往自然神秘主义发展，“而我把对人的深刻描写作为自己创作的路径”。

很可能正是这样一种“社会”自觉，给埃斯普马克的文字打下了富于辨识度的特征——那些他自己及评论者常采用的形容词：严谨、锐利、近乎苛刻。确实，他的写作追求纪律和智慧，这正是1950年代在瑞典扎根深厚的文风，对1960年代有重要影响，是特朗斯特罗默也是埃斯普马克诗歌的精华。

可埃斯普马克也说过，自己的诗不像小说那么晦涩，刻意躲开了学院教授和少数专家才熟悉的典故和学问。确实，他的诗不是知识的迷宫，但有时还是不易懂，这种难懂，有别于以难懂著称的埃凯洛夫。埃凯洛夫是瑞典雅文化的标杆，人们难以破解埃凯洛夫超现实的诗歌呓语，吃不准他要传达的讯息到底是什么，但埃凯洛夫描摹的画面，一帧一帧，无论是睡在窗里的花还是炉上打鼾的咖啡壶，图景本身并不抽象，也足以引人遐想。到了埃斯普马克，其语言节俭，读者的思维有时难以跟上诗人的跳跃。尽管如此，也无法抹杀诗人和诗歌的存在，透过纸面，语词的力度就在那里。中国作家阎连科激赏埃斯普马克的小说《失忆的年代》:“原来，小说也是可以这样写的！”读埃斯普马克的诗，或许会惊奇，诗歌能这样写。

埃斯普马克的文学作品具有强大的社会责任感，这一倾向自《对本雅明的谋杀》初现端倪，日久弥坚，有一份难得的坚持。不过，后期的，如《黑银河》时代的埃斯普马克不是一天练成的，他也有过毕加索“蓝色时代”一般中规中矩的笔触：

我们没把船系上就离开了
带着窃窃私语的头颅
蹒跚走向篱笆错综的岛屿。
一个史前海
消失于树间。我们倒在草中
就在太阳里。林间空地显露，红色。
我最后看见的是你脉动的脖颈。
先是创造了嗡嗡蝇叫，后是光亮。
我们眯眼，见世界一新。
风用叶片填满树木。
你因有草地而大笑。
蜻蜓飞起，落下，飞起。
千年度过。

1961年发表的这首诗《重生》，“蜻蜓飞起落下”和“千年度过”排在一起，揭示着生命的短暂和丰富，时间的短促又漫长。史前海和蜻蜓的起落及千年的变迁，都在这里，这里有此刻，也有恒久。促成不同时空的短时对接，在埃斯普马克，这似乎是一种生来具备的感受人生的禀赋。这一点在《生者没有坟墓》中表现明显。

2002年出版的诗集《生者没有坟墓》是埃斯普马克作品中为数不多、远离直接的社会批判、不那么抽象、最个人化的作品。他说：这是我特别喜欢的一本书，是给病故的妻子一个声音，也给新生活和新的爱情一个声音。

护士宣布妻子的死亡，她不信，套上了自己的法国产衣服，衣服对她这个死者而言已经太沉。她不甘心地站在自家屋外，在那幢夫妇共同生活的晚年才拥有的屋子外：“瞪着瞪着，透过窗子瞪着你／可我看不见你在跟谁说话／那些让我活过的你的话语／今天显然分了神／我全然无助像耗尽的电池”。

生死间的界限原本客观存在。诗人让逝者出场，表达凄惶和无奈，似要说服读者一个用诗句堆成的逼真事实：死后犹生。

就像埃斯普马克的小说《失忆的年代》及其他诗作中一样，但丁是一个如影随行的好友。1975年埃斯普马克出版了一部叫《从波德莱尔到我们的时代：传译灵魂》的文论，堪称对现代主义光芒的一个绝好的新定义；两年后，他又出版《意像中的灵魂》，梳理瑞典现代诗歌的精神传承。对有文学教授等多重身份的埃斯普马克来说，和欧洲的但丁、波德莱尔或瑞典的马丁松、埃凯洛夫对话，都唾手可得。

比如，古罗马时代关于一名奴隶的青铜刻字“tene me ne fugia”，在1961年，于埃凯洛夫的诗里复活，从“抱我，否则我会飞走”，到“抱住我，我飞了”。2002年，“紧紧地抱住我”成了《生者没有坟墓》第一章的标题，成了离世者的请求。多了“紧紧地”，多了“你的语词”。“只有你的语词，／只有一种懂得我的语言，／懂得每一个想法和恐惧，／能用手抓住我分神的灵魂／把我抓回存在。”

比如埃凯洛夫的诗集《莫尔纳哀歌》被埃斯普马克看作：“就像

是过去在当下中回响的一座回音庙。”“诗人的祖先出现在某些闪动的画面中发言。”诗人渴望化身为始祖鸟，“而这只鸟类的远祖也在石头中悲哀地唧唧鸣叫。这个地狱中的戏剧性动作是没有尽头的螺旋阶梯的旋转”。埃斯普马克在2004年出版的小说《巴托克独自对抗第三帝国》中，让这位匈牙利音乐家走在采风路上，宿于农民家里。半夜闹起了鬼，许多古怪的声音通过壁炉的风门传出来。巴托克发现，一片生锈的颤抖的风门，成了死去的祖先和活着的后人交流的通道；他因此理解，那些白天里他听到的农民嘶哑的呜咽般的歌唱中，有死去的祖先们沧桑的乐音。

《生者没有坟墓》的第二章“哥特兰岛四重奏”里有对根的回归。埃斯普马克创作了一个诗歌文本中的精神上的父亲。“我的四重奏是要让哥特兰可视，/也许我要得太多？/就像父亲。/他是当成了牧师的农夫。/上帝的代言人。而我想接管。/永恒能有何用？/是这世界我想给它一个意义。”

第三章题为“没有坟墓的声音”。是离去的妻子之外的一群亡灵的声音，包括被尼采宣告了死讯的上帝本身。逝者想“记住自己的生活”，不愿沉默。

《生者没有坟墓》的第四章，明白地以“Vita Nuova（新生）”为题，既提示了新的生活和爱恋的开始，也呈现了一幅幅现代版的炼狱行走图：

不是勃克林的《死亡之岛》，而是在现代汽车等待着上摆渡船，仿佛在人们熟悉的日常里，一个常见的排队。区别是，方向盘边的当事人没了呼吸。然而，这没有呼吸的人未习惯于自己的新状态，相反，习惯性地打开汽车说明书，翻到“再生”那一页，车子飞到一个早晨，那里有针刺般的露水和狂怒歌唱的云雀，景色铺展，诉说“我们曾来过这里”，但每棵树都有新故事。

死去的人在“第七层”修筑。那里还有人间常见的元素：电梯、破损的餐桌、灯的光晕、日记的涂鸦。

诗人这样描述“最后”，最后，那些能被称为“我”、在逃逸的半途中的“我”的一切：嘴唇、大脑、神经、性都溶在空气里。是放弃之时。森林这字眼被风卷走，远处的闪烁熄灭。是死定了。诗人笔锋一转，指出，幸运的是，有个“暂时规则”。沉寂的灰烬喃喃发声，也依然通过“眼睛”这个字眼在注视，“你的问题”给“我”一个声音。一个人的语言是另一人的家。生者没有坟墓。

生者和死者间不是全无声讯，这一认识恐怕是基于诗人对人的灵魂的高度肯定：肉体可消亡，灵魂可永生、共感。不能无视的是“语词”，那些在对灵魂的理解中起到关键作用的语词。死者不死，只要这个人活在语词里。在理解的语言里，妻子活过；在诗人的歌中，她还活着。

诗集中的“我”或“你”，时时变化：离去者或幸存者，甚至阅读诗歌的读者——比如“你的问题”。而“我”，还可能是特朗斯特罗默。

诗篇先让死者自述，再让幸存者补充，探生命的本源，也呈现新生，展示最后的最后，那里似乎是一个更辽阔无边的终曲：“沉寂”。

诗集最后的第五章题为“沉寂”，仅一首诗，点名是为特翁而作。描摹一个突然被中风袭击的人。对他而言，沉寂有声：“于是最后我教会/沉寂自己去说话。”

沉寂会自己说话，会替“我”说话吗？让这首诗压轴，或许因为，埃斯普马克在特朗斯特罗默无声的发声状态里，看到了因为有了与灵魂相关的文字，超越生死、通向恒久的一种可能性。

生命即便走向沉寂，沉寂极可能是对恒久的灵魂的一种旁白。埃斯普马克从内部和外部，从死者和生者的层面交错想法和情绪，并将思绪对读者，对未来开放。死者就要飞走，想被留住，就会被遗忘，更想被记忆，两种对抗的力量都强烈。诗人探求和即将故去的一切持续沟通的可能。也许，一切关于过去、当下、未来，关于回忆、死亡、新生的描述，都只是人的灵魂信息。这信息可在不同时空逗留，无论按常识看，一个人是活着还是死了。过往及新生里的一切有一些相似，都有语词的挣扎。一部由对逝者的怀念引发的诗集，没有个人的柔弱哀伤，而是拥抱新生，相信一种由语词和对灵魂的理解达到的恒久。这种信心是“我”从在哥特兰岛做上帝代言人的父亲那里接管的。语词是“我”的利器，意义是“我”的追寻。顺着埃斯普马克“诗是对现实的抵抗，强迫它有一个意义”的说法，或许可以说，语词是对死亡的抵抗，强迫生命有一个恒久的意义。

有趣的是，有严肃议题的埃斯普马克的诗篇，通常是先随机涂写在电影票根或超市发票背后，和沸腾的现时生活特别接近。

森茉莉：起步于官能的写作

陈嫣婧

世人听闻森茉莉，多半是因其有“日本耽美小说女王”的称号，据说这位老奶奶去世前还暗恋着她常去写作的那家咖啡馆里某位不知名的男性客人。爱好文艺的人可能知道她是日本现代大作家森鸥外的女儿，却不一定了解她的写作和她父亲是如此不同。从作品量来看，森茉莉的大部分作品是杂文随笔和小文章，类似于专栏写作者；而她的虚构作品则多与恋爱有关，且因其文笔华丽、言辞丰美，而给人以“沉溺于美”的印象。

其实，沉溺于美是危险的，我们大都欢喜于美好而无害的东西，甚至因无害（甚或有利）而粉饰或想象出某种美的存在。然而森茉莉笔下的美却赤裸、具体，呈现为最具象的物体，对物质的过分依赖似乎是森茉莉一生的“痼疾”。在杂文集《我的美的世界》中，她用极其耐心任性的文字诉说自己对美食、美酒和服装的热爱，比如将新鲜的鸡蛋壳比喻成新雪的表面、压平的白砂糖、上好的西洋纸和手工书的书页。她写道：“我喜欢一切味道和颜色都甜美柔和的东西，喜欢那种‘雅致的甜’。”什么是“雅致的甜”？它关乎感官、审美，更关乎感受。单用“物质”这个词来定义森茉莉的全部写作也许并不准确，物质对应的是精神，是外在具体的现实，在很大程度上与精神是对立的。而森茉莉崇尚的物质却极大地包含有感官和精神上的愉悦与迷醉，甚至反被它们所影响。比如“雅致的甜”这一说法中的“甜”字，便是立足于感官的表达；而“雅致”一词，则显然是对“甜”的一种审美化感受。相对于物的本身，森茉莉着迷于其对身心的暗示和刺激作用，并强调官能在物质抵达精神的过程中极为重要的中转作用。

将感官作为抚摸外部世界最直接原始的媒介，用文字来表现官能对美的依附，这似乎是许多大师级作家都会走的路，比如日本唯美派文学的代表人物谷崎润一郎、川端康成，又如华语文学界的张爱玲、朱天文。有所区别的只是男性作家似乎更倾向于用“性”来依托官能，而女性作家则会选择用“物”。张爱玲痴迷于色彩；朱天文小说《世纪末的华丽》中的女主人公沉沦于气味；森茉莉则是七窍俱通、五觉敏锐，官能如容器，承载着她对外部世界最基本的认知，同时又全部转化为她最为个人化的体验，而这体验也几乎成就了她所有的作品。森茉莉的小说或随笔基本没有什么大的构建，乍一看甚至有些随意，她的挑剔、任性和漫不经心，正如她早年作为富家女的生活方式，让人嫉羡交加。但她的文字确实极为华美，充满贵气。这华美并不是无节制地铺排罗列，而贵气也并非是不食人间烟火的高傲，相反，森茉莉懂得用文字及时而妥帖地抚摸感官，仿佛熨斗熨烫衣服一般，用适宜的温度和力度贴合你的身体。荡开想象的涟漪自然能打造出一幅壮美景致，然而有时三言两语见好就收亦足够留下耐人寻味的余地。

可以说，森茉莉的文字也是官能化的，她意欲通过语言进入人的身体，而不满足于简单的表面化描摹或效仿。于是这些绵密的极强调个体感受的描述非但不会因为太具个性而产生某种阅读隔阂，反而能沉入人们的普遍感知体验中，使人在阅读过程中得到舒展，并进而领悟到其中的深刻。除了一贯活色生香的杂文，森茉莉的长篇代表作《甜蜜的房间》也是起步于官能。女主人公藻罗是个典型的在蜜糖里泡大的富家女，富商父亲林作不惜一切代价给了她最好的物质生活。后果是，藻罗自小便对人情世故感到惶惑，她说自己的心是住在一个玻璃房里的，光即便能折射进来，也只能幻化成一束晕影。藻罗深知自己的冷漠和残酷，对一切试图从道德批判角度来规训她的人，如家庭教师御包和女佣柴田，她的抵抗和反击顽强而不留情面。即便是成年后，藻罗也是一个完全无法被纳入现实社会的人，不仅如此，她还不遗余力地逃往现实社会的反面。

对于社会学家而言，这似乎可以成为一个儿童成长及教育的极端反例：母亲早亡，父亲娇惯，个性怪僻，恃宠无度，控制欲强。藻罗的所有人格特征都指向了恶，但她又是一个外表极尽美丽的女孩，森茉莉不惜使用最华丽的词句去形容她的肤色、五官、身形和眼神，其纯净、完美与高贵足可比肩天使。如此罕见的少女，或许会使人联想到纳博科夫的《洛丽塔》吧？然而不同的是，森茉莉从未想过要让藻罗堕入凡尘，她永远是天使与恶魔的完美统一，是美与恶的高度结合。“在她熟睡的脸庞中，同时存在着恶魔和孩子的两个灵魂。两个灵魂就像母子一样亲密无间地嬉戏着。恶魔和孩子，或者说是恶魔进入了孩子的灵魂。”

藻罗是一个不真实的人，她不过是森茉莉用来同构美与邪恶的肉身载体。恶甚至在肉身到来之前，便已经深深种植在了母体内部。这种对“恶之由来”的理解，类似于西方宗教概念里的“原罪”，但藻罗却并不需要救赎。将邪恶归结于天命，拒绝道德忏悔，甚而对它的至美与至纯大加赞赏：“藻罗体内同时住着小孩和恶魔，这就是她可爱的源头。甩着尾巴的恶魔和小孩，像小狗一样相互嬉戏着，很难分出胜负。其实，每个孩子原本都是这样，但平凡的父母会扼杀恶魔的部分，也会扼杀孩子的部分，却因为无法彻底扼杀，所以孩子和恶魔的部分都变得十分丑陋、愚蠢，残留在子女的身上，长大以后就变成只会动坏脑筋的大人，或是墨守成规的人。”

为避免墨守成规，甚至不惜将笔下人物塑造成一个极端（恶）的人，这是森茉莉创作上的魄力，令其成就不亚于任何唯美派作家，因为他们的写作理念是共通的，即穿越道德的训诫，去追溯人类共有的“魔性”。藻罗利用自身的美去占有爱她的男人们的内心，可是他们对她而言却统统没有足够的吸引力。这种占有欲，与其说是为了取得与某位男性的具体联系，毋宁说是对自我存在的一次次确认，因为当她迷失在现实世界中时，唯有不厌其烦地激发内心的邪恶本性，才能对外界有切实的认知。那些与她产生关联的男人们，无论是钢琴老师亚历山大还是俄国青年彼得或马夫常吉，看似可以通过男性特有的体魄或魅力霸占藻罗，但在精神上无一例外十分虚弱，且他们也深深感知到这份虚弱。

然而，森茉莉亦并不满足于游戏般的占有和反占有关系，因为这只是藻罗在单向度地释放“魔性”。令作者着迷的其实是一种更本质的关系，一种绝对忠诚和相爱，又绝对以不可能存在为存在的关系，那就是藻罗与父亲林作的不伦之恋。只有林作能够满足藻罗强烈的占有欲，给予其足够的存在感。当然，藻罗的所有恶根性亦是林作亲自培养、一手造成的。他为“恶魔”与“孩子”的成长提供了一切条件，无论是物质的或精神的，他都自然而然地倾囊而出。对于一名女性来说，似乎也只有父亲才能做到这一切。对林作而言，藻罗所做的一切都是可爱的，即便藻罗有了喜欢的男孩子而离家背弃了他。恋到是非全无，纵到一生不悔，这才是爱的极致。在森茉莉看来，唯有极恶才能达到极爱，方能展现极美，如果说“上帝”是一个纯粹精神性的存在，那么森茉莉接近他的方式，便是在写作中跨入万劫不复的地狱。

从这个角度来看《甜蜜的房间》，会发现它表现的其实是一种纯爱理想。这理想过于尖锐、惊世骇俗，只能以不断伤害的形式在现实中突显。当然，据说森茉莉晚年被亲子拿走了所有财产，半生潦倒，不得已只能从事写作，似乎也是现实生活对她过于纯粹的写作宿命般的报复吧。

杰夫·戴尔《一怒之下：与 D.H. 劳伦斯搏斗》“我就是相机”

张　芬

杰夫·戴尔（Geoff Dyer），1954 年生，男，双子座，牛津大学英语文学专业，后来顺理成章地成了作家，目前写了十几本书，有两本是“小说”，其余的虽然主题明确（有关旅行、摄影、世界大战等），形式却颇为“古怪”，被称之为“无法归类的文体”，于是中国有媒体称之为“先锋作家”（所有看起来离经叛道的艺术都称之为“先锋”，目前看来的确是一个省事的办法）。

《一怒之下：与 D.H. 劳伦斯搏斗》（*Out of Sheer Rage: Wrestling with D.H. Lawrence*，1997）这本看起来纠缠着英国作家 D.H. 劳伦斯的“无法归类”的书，却曾获“美国国家图书奖”。这至少给了我们一条线索：这本书实际上是“文学批评”。杰夫在《然而，很美：爵士乐之书》（*But Beautiful: A Book about Jazz*，1991）结尾处有一篇酣畅淋漓的有关爵士乐的评论文章，他借用乔治·斯坦纳的《真实存在》表达了自己的艺术批评观：“对艺术的最好解读是艺术。”他认为，爵士乐充满了即兴创作，它的文字批评史并不能构成人们理解它的“臭氧层”，因此，他的这部可谓爵士乐批评的《然而，很美：爵士乐之书》并没有按照通行的音乐评论那样条分缕析，而是通过捕捉七个爵士乐大师的生活和音乐碎片，写出了带有诗性特征的艺术“片段”，这些“片段”深入地挖掘了他们为人熟知的信息背后内在隐秘的一面，正如他在作品开头引用的阿多诺的话：“伟大的艺术制造者并非神灵，而是容易出错的凡人，并常常显得神经质和人格破损。”

音乐“批评”既如此，何以论文学？某种意义上，文学是语言的艺术，杰夫是否用同样的方式展开艺术批评？为何要“一怒之下”，为何又要“搏斗”？一条摘自 D.H. 劳伦斯 1914 年 9 月 5 日的书信这样说：“一怒之下，我开始写关于托马斯·哈代的书。这本书将无所不谈，但唯独不提哈代——一本怪书，但很不错。”另一条则是福楼拜对雨果《悲惨世界》的一句评价：“对无关紧要的细节进行无休止的说明，长篇大论却毫不切题。”

《一怒之下：与 D.H. 劳伦斯搏斗》一开头，就多次提出自己要写一部有关劳伦斯的学术著作，信誓旦旦，絮絮叨叨，但却被当下的旅行状态所“牵绊”：巴黎太贵，罗马太热，希腊景色太好……行文中，他常常会忘记劳伦斯，他和妻子从巴黎到罗马、到希腊，后来又出了车祸，惊魂未定，日渐康复，又念及尼采、里尔克、罗丹……他说：“里尔克写过‘漫长的康复期是我的生命’。我们四个人——尼采、里尔克、劳伦斯和我——因共同拥有康复期而联系到了一起。”他甚至借用里尔克的话说：“我经常问自己那些我们被迫懒散的日子是否正是我们进行最深奥的活动的时候……”貌似是一种拖延症患者看似散漫的紧张焦虑感。就这样，我们看到，作品中的“我”几乎漫游了欧美所有劳伦斯留下的足迹，也没有完成这部“学术著作”。只是留给我们这样一部带有“创作谈”（还是“未完成”）性质的作品，里面充斥着他似有还无的与劳伦斯有关的漫游和思考，好比是一部“等待戈多”版的“等待劳伦斯”，很显然，“wrestling”用得十分贴切。这些会让我想到鲁迅在晚年写的一篇文章，其大致意思是，也许应该关注一下拿破仑如何撒尿，李白如何睡觉，战士如何吃西瓜，最后他总结说，“删夷枝叶的人，注定得不到花朵”（《这也是生活……》）。杰夫与劳伦斯的“枝叶”“斗争”，也是在同自己的生活“枝叶”“斗争”。

为什么杰夫一反常态，走到那些意义的背面，关注那些琐细的细节？其实，在他的大多数的书中，例如《寻找马洛里》（*The Search*，1993）、《懒人瑜伽》（*Yoga for people who can't be bothered to do it*，2003）、《然而，很美：爵士乐之书》《杰夫在威尼斯，死亡在瓦拉纳西》（*Jeff inVinece, death in Varanasi*，2009）等作品中，都能找到这些慵懒的“漫游”的符号：旅行、公路、汽车、酒吧、大麻、艳遇、印度或者亚洲的某些带有神秘宗教意味的存在斑点，还有劳伦斯、尼采、鲍勃·迪伦、梵高、高更、金斯堡等文艺家以及埃兹拉·庞德、布罗茨基、萨特、加缪等以直觉和现象见长的知识符号，他总是善于用一种近乎迷幻的方式将符号背后的精致和颓废描述出来。例如《寻找马洛里》一开头，主人公作为私人侦探，答应为一个叫蕾切尔的女人寻找失踪的丈夫，他开着车，貌似毫无目的地狂飙在路上，在那些小镇、旅馆、酒吧，以及一些说不上名字的灰色调的角落。那些擦肩而过的家伙，多半也是在庸常的生活中厌倦，就像他说的，好比一个截肢或得了慢性病的人，仍然恬不知耻地活在这个世界上，甚至有些怡然自得。最后，主人公似乎也没有找到要找的人，但又似乎已经完成了什么似的。如果说《然而，很美：爵士乐之书》展示了七个爵士大师的“神经质和人格破损”，《寻找马洛里》低调而软绵绵地在苦雨和旅途之中忍受着这个世界，那么，《一怒之下：与 D.H. 劳伦斯搏斗》同样表达了这种逃避带来的绝望，正如他在结尾处说的，“绝望是自我最后的避难所”。因为绝望而没有终极意义，他太喜欢抓住稍纵即逝的现象和感觉，这些东西构成了他的文学本质，看起来不真实而又充满了永恒的可能性。这些细节是那么异彩纷呈地给人一种惊艳的独立感：

> 然后去我们街区的小酒吧圣卡利斯图，法布里齐奥，那儿的酒保，已经拉长着那副洞悉世态炎凉的脸。他始终紧皱眉头，粗暴地对待一切他所触碰的东西，狠狠地拉开盛冰激凌的盖子，凶猛地挖出冰激凌，把它们扔进玻璃杯里，再把玻璃杯放到柜台上，震得砰砰作响。用如此粗暴的方式做些简单的举动并没有多么了不起，不过了不起的是他做这些时所流露出的铁汉柔情。

渐渐地，从之前的被动拖延，到以自己的旅行为主，似乎要忘记劳伦斯——但又偶尔间歇性地因为对周遭的经验贴合到自己所熟知的劳伦斯部分：关于旅行、关于住宅、关于语言、关于写作、关于故居、关于童年、关于孩子，都要参照甚至“复制”劳伦斯的生活。他立足于当下，从现象的光芒中去把握那个和他共呼吸的人。虽然看起来“离题”，但却有着美学上的诗意和感伤。例如，他写去看劳伦斯故居博物馆，谈到自己童年生活的许多细节，都让人想起劳伦斯《儿子与情人》中几乎自传式的家庭生活。和劳伦斯一样，他的童年也是那种工人阶级封闭而艰难、看起来暗无天日但又那样容易满足的生活。“19 世纪工业化的真正的罪行是将工人置于丑陋、丑陋又丑陋的境地。”（劳伦斯）这不仅是他的乡愁，还是他的思想质地和文学生命的出发点。很显然，这实际上也是一条漫长的没有止境的不卑不亢的自我寻找之路。

从文体上，作者观察劳伦斯的方式看起来也是“离经叛道”的，写作之前，也许是因为他害怕破坏最初的印象和感受——那些蕴藏在过去的阅读记忆灰烬下的澎湃火山，于是他小心翼翼地从那些看起来细枝末节的边缘部分进入劳伦斯。如前面所说，他对于那些弥散在作家周围的存在碎片更感兴趣。例如，他着迷于搜集劳伦斯的照片（包括那张他 17 岁时深深被吸引的《凤凰》企鹅版照片）、书信、日记、游记、期刊、简短笔记，以及一些小说最初的草稿和片段，他认为这些要比那些成型的小说更接近于劳伦斯。很显然，在他看来，它们的原始与真实更具备本质上的启示意味。他赞同劳伦斯说的“永远不要相信艺术家，而要相信他笔下的故事。批评家的作用在于从创作故事的艺术家中拯救故事”。（《劳伦斯：地之灵》）于是，他依靠自己这种带有创造性的方式企图拯救劳伦斯。实际上，当他谈到城市、旅行、街道、物品，你似乎能够看到作为漫游者存在的本雅明；当他表达出异常粗暴的焦躁以及对于整个英国传统和文明毫不留情的攻击乃至愤懑时，你又会不自觉想到那个愤世嫉俗的尼采和对祖国爱恨悲切的劳伦斯；而那些转瞬即逝但又流光溢彩的人世群像书写，又仿佛能在美国“垮掉”巨匠凯鲁亚克或者比他更早的菲茨杰拉德身上找到；到了沉溺于那些诗情和有关艺术和生活的论证时，就有了里尔克、奥登、布罗茨基，甚至还有一批画家：席勒、高更，包括劳伦斯在内。一方面，他沉溺在这些寻找劳伦斯或者说寻找自我的细节之中，但是在面临现实生活时，他却是一个失去精锐判断能力的暴躁狂：无能、暴躁、脆弱、悲观沮丧，甚至顽皮、可爱、愤愤不平。但这就是他，所有的生活构成了这一切。所以在这种充满了兄弟般的文体谱系下，他能够更加深切地对应到这个偶像同样也是兄弟的劳伦斯身上：

> 他（劳伦斯）在自己的行为和存在中找到了家。里尔克崇拜罗丹……因为“他的内心深处就承载着一所房子的黑暗，平安与庇护，他自己就成了房子上的天，房子旁的树和远处流向过往的河流”。

漂泊与寻找的双重变奏构成了杰夫·戴尔文学创作的主要部分。从社会背景上看，哈代、劳伦斯、萨特、杰夫·戴尔皆出身底层，好不容易获得良好的教育，而最终又与他们接触的中产阶级背离，这种自我放逐，正如劳伦斯说的那样：“背叛中产阶级 / 背叛金钱与工业 / 还有受过教育的蠢驴”。（《我嘛，是个爱国者》）这种背叛在劳伦斯那里表现为情欲（一如《查泰来夫人的情人》中，我们看到了两个背对现代文明的亚当、夏娃），而在杰夫·戴尔那里，借助于欧美文学及其批评的叛逆式语言，一方面，杰夫视写作为己任，不放弃经历过自己绝望命运背后的每个惊艳的瞬间，即便它们看起来是无用的碎片；另一方面，在批评上，他也不是在“研究”，而是将对方的生命穿过自己的体内，或者相反。这两个方面同时存在又别无二致，都构成了他的半学院半嬉皮但又带有某种鲜明的中产阶级符号。很显然，那些通过奋斗就可以唾手可得的未来光明世界，他不愿意去。从《懒人瑜伽》到《杰夫在威尼斯，死亡在瓦拉纳西》，从《然而，很美：爵士乐之书》到《一怒之下：与 D.H. 劳伦斯搏斗》，这不过是一个英国式的嬉皮绅士，掩藏在中产阶级的日常生活之下一颗颓废而胀满的心灵。与美国“垮掉的一代”相比，他的语言同样绝望，但更为精致。他几乎用一种美式的嬉皮精神肢解了英国沉闷的文风，华丽紧张、慵懒澎湃，从中译本中，你甚至能够看到它如何掀开了汉语表达的丰富纹理。

他所不愿意去的，还有那些常常紧紧地依附在绚烂的文学世界上的灰色的理论地带。据文中说，他在大学的最后一年，经历了一场“煞有介事的课程改革”，不再是“从《贝奥武夫》苦读到贝克特”，学者们如特里·伊格尔顿推行以某种“理论”作为代替。它们在“全英国的文学系取得了主导地位”。(《一怒之下：与 D.H. 劳伦斯搏斗》）于是，那些美好而有趣的文学被死死地钳制在理论的框架里，在杰夫看来，这些人应该得到诅咒：“研究！研究！这个词如同丧钟敲响，无论哪个被研究的可怜人都即将迈入坟墓。”所以他不像其他学者那样，要将有关劳伦斯的作品搜罗殆尽，一本正经地将他的作品纳入自己的研究框架而没有一滴溢出，他说，“一旦我对某个主题了解得足够多开始写它时，我便立刻对其失去了兴趣。”他相信自己能从尼采、龚古尔兄弟、巴尔泰斯、费尔南多·佩索阿、雷沙德·卡普钦斯基、托马斯·伯恩哈德这些看起来不是小说家的“小说家”身上寻找到新的语言突破之路，他的那些除了小说外的“怪书”实际上和小说没有多少差别，都属于同一种文体，那就是一种随感意识流杂感，相对不需要砍斫和节制的直觉书写，一切现象在他的漂泊的笔下都飘动起来，同时带有不可思议的世俗性和神秘性。同时，他是一个不强迫自己苦苦写作的作家，他着力于描述此在的生活，所以他一直说自己总在写一些“不见得能够发表”的小说。他深深赞同劳伦斯认为小说是“一本辉煌的生命之书”，是“目前所能达到的人类情感的最高形式”。而他读劳伦斯兴奋部分来源于“我们感受这种文学形式的潜力如何被扩张”，《一怒之下：与 D.H. 劳伦斯搏斗》正是他用另外一种充满文学形式扩张的方式来评论劳伦斯。这是一个批评家的创作过程，混杂着作为创造者（创作者）的急切愿望，或者，以艺术的灵药来解救艺术。

几年前，笔者在清华大学做鲁迅研究的论文时，当然没能避开日本的鲁迅研究的开启者竹内好，他那著名的作品《近代的超克》成为我们的学习范本，谙熟日本文学理论又善于思辨和理论提炼的孙歌女士为其做过详细而清晰的梳理作为本书的序言，以便于那些习惯于被给出清楚的理论或者定义的学者阅读，但就我个人而言，常常觉得这似乎是一种“完美的失败”，或者说，正是那些连接着生命存在的痛苦碎片成为我喜欢它的全部基础。但受学术氛围所制，直到毕业之后还暗暗地对自己缺乏文学上的理论建构有着某种可疑的内疚。如今看到这样一本关于劳伦斯的作品，并还获得“美国国家图书奖”，立刻让我领略和确认了这种“碎片”的强大力量，它显然撕开了学院派文学批评许多虚假的“臭氧层”。

我不禁在想，什么时候我们的文学批评界一改这种大多扁平的煞有介事的僵硬的学术语言，也能恢复到这种开明的态度。这将是文学的回归，也是文学批评的回归。扯远一点，这种批评方式实际上是欧洲旧有，19 世纪到 20 世纪初期老派的欧美文学批评常常充满感性，当然，这本也是中国所固有的，《一怒之下：与 D.H. 劳伦斯搏斗》乃至杰夫的所有作品中表现出来的对现象的一瞬的欣喜把握和摒弃，正是我们的古典文学或者哲学中禅宗思维的语言化和色彩化，只是我们在现代文学的批评语境中，常常因受欧美文学理论影响太深而变得迷失、僵化罢了。

在《一怒之下：与 D.H. 劳伦斯搏斗》中有个细节：准备去意大利的陶米尔纳寻找 1923 年劳伦斯曾经拍照的喷泉别墅时，妻子劳拉坚持要带上笨重而可爱的相机：

> “没有相机我们怎么拍劳伦斯的照片？”
> “我就是相机。”我说。

看完这个集合着绝望、欣喜、脆弱、强大、深沉、可爱、顽固、焦躁的非典型英国疯汉的作品后，这段对话显得更加意味深长。

阿摩司·奥兹《乡村生活图景》：没有结局的故事

钟志清

在长达半个多世纪的创作生涯中，以色列最富影响力的作家阿摩司·奥兹一直追寻文学技巧与文学的实践与革新。2002年发表颇具史诗之风的长篇小说《爱与黑暗的故事》（译林出版社，2007）后，其创作套路曾一度出现较大变化：既不再延续家庭与国族叙事传统，也不再将叙事背景置于他所沉醉的耶路撒冷和风格独特的基布兹。2005年的中篇小说《忽至森林深处》（译林出版社，2012）堪称现代寓言，将背景置于一个没有飞鸟、没有动物的偏远山村，展示了一个充满奇幻的童话世界。2007年的中长篇小说《咏叹生死》（浙江文艺出版社，2010）则将背景置于20世纪80年代的特拉维夫，将关注点转向现代作家的内在或者想象中的世界，并借披露想象世界来猜测"他者"的生活，展示创作的过程。

2009年问世的短篇小说集《乡村生活图景》（译林出版社，2016年6月）虽呈现某种"回归"之势，再度关注家庭生活与微缩的现实社会，但本质上说，它仍旧不同于奥兹以往的任何一部作品。《乡村生活图景》共收入8个短篇小说。前7个短篇小说的背景均置于以色列中北部的一个小村庄特拉伊兰，故事与故事、人物与人物之间偶有某种照应，形成某种意义上的互文。第8个短篇《彼时一个遥远的地方》与前7个短篇在内容上没有任何联系，在写作手法上则再现了马尔克斯的魔幻现实主义和卡夫卡的隐喻传统，可以单独成体。

《乡村生活图景》的构思源自奥兹的一个梦境。据奥兹说，在梦中，他来到一个古老的以色列犹太村庄，这样的村庄在以色列大约有20来个，比以色列国家还要久远，拥有百年历史。梦中的村庄空寂荒凉，没有人烟，没有动物，甚至没有飞鸟和蟋蟀。他在寻觅人影。但梦做了一半，情势骤转，变成别人在找他，他在躲藏。梦醒之后，他决定下一部作品便以这样的村庄为背景，题为《乡村生活图景》。

《乡村生活图景》中的小村庄特拉伊兰是一个虚构的乌有之乡。据说是在20世纪初期由犹太复国主义拓荒者创建而成。拓荒者，希伯来文称“哈鲁茨”（Halutz），主要指20世纪早期东欧的一些年轻人受犹太复国主义和社会主义思想的影响，来到生活贫困、生存条件恶劣的巴勒斯坦，立志用双手建造家园，在土地上辛勤耕耘，为理想献身，奥兹在自传体小说《爱与黑暗的故事》中曾详细描述这个群体，称其站在声望云梯之巅。特拉伊兰风景宜人，有着丛林、果园、百年农宅和红色屋顶，甚至被视为以色列的普罗旺斯。但是，这座百年老村处于变革的边缘。生活在大城市的有钱阶层和有闲阶层逐渐把特拉伊兰当成度假胜地，甚至在这里购置老式房屋，将其摧毁，再建造一座座现代别墅。许多小块农田已经被改建成商店，销售专酿小酒厂生产的葡萄酒、腌制的辣橄榄、农家奶酪、进口香料和珍稀水果或装饰品。以前的农庄建筑已改建成艺术画廊，展示进口的艺术品、玩具或家具，城里的游客每周末都会开着轿车鱼贯而入，来淘富有创意、做工精良的物品。处于变革中的特拉伊兰村庄具有代表性，象征着在以色列的城市化进程中，当年拓荒者所追求的人生理想和拜金主义、追求物质享受等现代观念发生矛盾。一度以农耕为主的社会形态面临着村民失去土地、村庄易为度假村的巨大挑战，这一趋势或许可与当前中国乡村生活的变迁形成某种观照。

小说《迷失》可说是体现了传统与现代价值冲突的精品。主人公“我”是一位房地产商，其重要事业之一便是购买当地房屋，将其转手卖给城里人，后者将老房子夷为平地，而后在原地建造度假别墅。这种做法令当地村民颇为不满。《迷失》围绕着主人公试图买卖当地最后一座带有历史和文化意义的老式住宅——“废墟”的故事展开，小说题目“迷失”至少有三重意义：首先是主人公在本地进行房地产买卖，甚至不惜毁掉当地最后一座带有历史与文化意义的“废墟”，从中牟利，不但是为物质利益冲昏了头脑，而且也在摧毁着以古村为代表的某种传统。其次是主人公在“废墟”的地下室迷宫般的通道里几乎迷失路径。其三是他可能永远会沉睡在“废墟”里，甚至从现实世界消失。在作家笔下，房地产商这一角色几乎成了毁坏乡村文明的具体代表。在开篇小说《继承人》中，房地产商马夫茨尔最初以“陌生人”的身份出现在特拉伊兰：他身材肥大，步履蹒跚，“脸上流露出狡黠与快乐，好像他刚刚以牺牲别人为代价搞了个恶作剧，眼下正得意洋洋”。他自称律师，试图说服名叫阿里耶的男子放弃老宅，希望在原地建造一座疗养院。老宅的房主是阿里耶的母亲，老人年届九旬，卧病在床。阿里耶虽然一再拒绝，但马夫茨尔执意不走，而且言辞暧昧，甚至使用“我们”一词，巧妙地把自己加入房主老太的“监护人”之列。最后，马夫茨尔竟然尾随阿里耶走进房主老太的房间，“他脱下鞋子，亲吻她没牙的嘴，躺在她的身边”。阿里耶也躺到了床上，马夫茨尔一边抚摸、亲吻房主老太，一边喃喃地说“我们会照顾这里的一切”。小说的希伯来文题目“继承人”使用的是复数形式，因此，“陌生人”的言行可引发读者的各种猜想。

一些短篇再次涉猎了作家以往见长的家庭主题，将笔锋伸向神秘莫测的家庭内核与人物的心灵世界。奥兹曾说，如果有人让他用两个字来形容所写的故事，他会说不幸的家庭。不幸的家庭各有其不幸。在《等待》中，村长阿夫尼和妻子娜娃的生活因婚前堕胎而弥漫着阴影，夫妻之间貌合神离，直至有一天妻子弃家出走，留给丈夫的是无尽的怅惘与等待。“等待”主题在《亲属》中亦曾出现，《亲属》中的吉莉·斯特纳医生希望得到外甥的爱，但屡屡受挫。斯特纳医生中年未婚，视外甥如同己出，甚至立下遗嘱，将来把房子遗赠给他。她望穿秋水，连续数小时在黑暗、寒冷与不安中等待身患肾病的外甥到特拉伊兰度假。但后者却在没有任何知会与解释的情况下爽约，留下她在黑夜中孤独地哭泣。

几个故事串联在一起，为读者勾勒出一幅阴郁、寂寥、岑冷、衰败的乡村生活图景，从某种意义上也浓缩了以色列现实生活的写照。特拉伊兰是一个逐渐老龄化的村庄，生活在这里的人多为中年人，许多年轻人离开家庭，到欧美城市里打拼，这一趋势在目前以色列以农业为生的共同体，诸如基布兹等集体农庄中颇具普遍性。整个小说集中的年轻人屈指可数。《迷失》中25岁的大学生雅德娜是著名大屠杀作家的女儿，她显然对房地产商有些强制性地购买自己家的房产——“废墟”不满，因为这是本地拓荒者建造的最后一座住宅。于是便诱使地产商一步步走向迷宫般的地窖，似乎有让他永远“沉睡”之意。《陌路》中17岁的少年考比暗恋比他年龄几乎大一倍的邮政局女局长兼图书管理员阿达·达瓦什，后者有一个开柴油罐车的男友。情感受挫的考比爬上高高的铁塔，陷入遐思。深知二人今后即使擦肩而过，也会形同陌路，而《歌唱》中性格孤僻的少年早在4年前便在父母床下饮弹自尽，将年龄定格在16岁。

中年人往往陷于人生危机与生存困境，陷于究竟是赡养老人还是追求个人幸福的道德悖论。《等待》中村长的妻子离家出走。《歌唱》中自幼受到犹太复国主义理念教育的一群中年人定期相聚，将痛苦埋在心底，唱起忧郁伤感的希伯来语老歌和俄罗斯歌曲，在歌唱中追忆逝水流年，在怀旧中抚慰不如意的人生。《继承人》中的阿里耶婚姻不幸，妻子弃他而去，与好友生活在圣地亚哥。女儿则从波士顿告诫他不要干涉母亲的自由，儿子虽然住在以色列，但与他形同陌路。他一反年轻时期的勇敢，开始惧怕孤独与黑暗，于是便搬到特拉伊兰，与老母在阴郁、老式的房子里过着平静而寂寥的日子，甚至担心母亲一旦不能自理，自己该如何生活。《挖掘》中特拉伊兰的文学教师拉海尔与阿里耶经历相似。拉海尔在丈夫去世后与年迈的父亲住在一起，有时她会发火或失去耐心，不知自己还要被困多久，是否有朝一日雇人照顾父亲去追求自己的人生。但想到老人可能沦为某些家庭悲剧如摔跤、触电、煤气中毒的受害者，她就会惊魂不定。而老龄化现象在许多国家日渐显著的今天，阿里耶与拉海尔所面临的困境无疑具有普遍性。

篇幅最长的《挖掘》再次关涉政治话题。主要人物佩萨赫·凯德姆堪称已经退出历史舞台的老一代以色列政治家的代表。凯德姆是前国会议员，25 年前，他所在的政党倒台并且消失（这里应该指的是 1977 年工党在选举中失败，利库德集团掌权），一直令他耿耿于怀，在批评反对派和政敌时毫不留情，而他的所有政敌很久以前就已经作古。他排斥新生事物，年轻一代、电子器件和现代文学均令他反感。在生命即将走向尽头之际，他和女儿拉海尔住在特拉伊兰村边。父女俩都是丧偶之人，拉海尔的两个女儿与她很疏远，也没有近亲，邻里之间也不怎么来往。女儿偶尔出现的社交也常因父亲突然身体不适不得不取消。在他家里还有一个借宿的阿拉伯学生，是拉海尔丈夫朋友的孩子，名叫阿迪勒。阿迪勒从大学休学一年，计划写一本书，比较犹太村庄和阿拉伯村庄的生活，因此他需要在特拉伊兰村边住上一段时间，并且主动承担凯德姆一家的家务。这是整个村子里唯一的阿拉伯人。每当写作空闲，并做完家务之际，阿迪勒就坐在台阶上，用口琴吹起令人心碎的、满蕴忧伤的悠长曲调。

凯德姆有种幻觉，认为夜晚有人在他的屋子下面不住地挖掘。他不喜欢阿拉伯学生，把他视为潜在的敌人，认为阿迪勒恨他们，并把仇恨隐藏在谄媚之下。怀疑阿迪勒前来借宿的动机，甚至把阿迪勒当成挖掘者，以证明这里曾经属于他在巴勒斯坦的家人。周围的犹太邻居也在排斥这个阿拉伯学生，并为拉海尔留宿他感到不解。拉海尔多次试图打消父亲对阿迪勒的怀疑未果，最后她本人也产生了某种幻觉，似乎听到了摩擦声。

这篇作品在展现出父女关系和中年人的生存困境之外，也从政治层面暴露出一些以色列人的内在恐惧，耐人寻味。有的评论家甚至认为，小说题目“挖掘”一词意味深长，表明以色列人渴望通过考古发掘与土地建立联系，也表明以色列人与阿拉伯人互不信任。父亲、女儿与阿拉伯学生的关系构成小说的主要描写对象。从文本阅读延伸开去，我们可以联想到在 1948 年第一次中东战争期间，许多阿拉伯村庄被夷为平地，以色列村庄代之拔地而起。在过去的 60 多年中，巴以双方一直因这块土地的所有权纷争不已。这一切犹如梦魇，令许多以色列人得不到安宁，令其感受到一种潜在的生存危机。奥兹作为“现在即和平”运动的代表，一直主张巴以双方能够和解，在一块土地上建立两个国家。在奥兹看来，以色列应该是世界上第一个承认巴勒斯坦建国的国家。然而现实离这种期待越来越远。由此，小说《挖掘》既显示出作家的内在冲突，也喻示着巴以和平的进程十分艰难，颇富震撼力。

总体上看，《乡村生活图景》中的8个短篇小说均以没有结局的故事收笔，充斥着孤独、失落、忧伤、恐惧、惊悚、奇特、怪异乃至绝望，可说是古稀之年的奥兹把现实中的许多现象、问题、悖论与谜团浓缩在一起，并以写实加象征、隐喻的方式呈现在读者面前，但没有做出解答。多数小说把个人放到充满悖论与冲突的社会语境中，通过个体人物的心灵剖析与外在的环境展现，促使读者对个人、环境乃至整个人类的生存境况进行思考。虽然作品的文辞依旧优美生动，写法依旧细腻传神，但阅读与翻译都并不让人感到轻松。

观　察

德语文学中的女性主义

罗 炜

一

依据学界一般所接受的“女性主义三代论”或“三代妇运理念说”，19世纪中期到20世纪初期的第一代女性主义秉持“男女同一性”理念，以男性为榜样，具有“男性中心主义”性质；20世纪六七十年代的第二代女性主义以法国“男女差异论”理念为代表，强调女性特质，具有“女性中心主义”性质；20世纪八九十年代以来出现的第三代女性主义已经发展到超越性别阶段，主张性别多样性，秉持性别流变观，将性别的解放视为个体任务，是一种主张包容差异、尝试和男性携手并肩的新女性主义，因而具有“非排他”性质。性别理论的三段式演变模式也在德语文学中得到映射。

随着20世纪60年代以美国和法国为急先锋的妇女运动及其理论的勃兴，德国的女性主义者们也不甘落后。德国女性主义者、导演兼作家荷尔克·桑德尔1968年9月13日在第23届“全德社会主义大学生联盟”大会上指责联盟的男性无视对妇女的歧视的演讲以及随后的“投掷西红柿”事件，标志着德国新妇运的开始。其后，各种女性组织如雨后春笋般成立。

妇女压迫和妇女解放是这一时期女性主义讨论的两大主题。值得一提的是德国女性主义活动家、新闻工作者和作家艾丽丝·史瓦策。史瓦策曾在法国留学，师从福柯，和法国女性主义先锋波伏娃等人关系密切，在法国时就积极参与发起法国的妇女运动并将其移植回德国。她还于 1977 年创办德国第一份女性主义杂志《爱玛》。她 1975 年发表著作《“小差别”及其大后果——妇女自论：一种解放的文集》，认为性的权力关系是女性所遭受的社会压迫的根源。在桑德尔、史瓦策等女性主义者的大力推动下，德国女性主义由最初的政治运动迅速蔓延到社会生活的各个领域。

二

在 20 世纪 70 年代的德语文艺学中，学者们对性别理论问题亦发生浓厚兴趣，明确表现为四个方面。

一是致力于文学作品中的女性形象研究。20 世纪 70 年代在德国出版了很多研究不同男性和女性作家笔下的女性形象的文学专论，如：多丽丝·富尔达·梅利斐尔德所著的《马克斯·弗里施笔下的女性形象》、英格利特·米勒所著的《赫德维希·古特思－马勒长篇小说中的女性形象研究》及巴巴拉·舒尔茨·西特尔所著的《哥特弗里德·贝恩作品中的女性形象与功能》等。这些选题在当时极具创新性，因为之前探讨女性的文学描写并不被认为具有很大科研价值。在德语文艺学中，具有开创性意义的理应首推西尔维娅·波文森 1979 年的《被想象出来的女性气质——艺术史和文学中女性气质呈现形式的范例研究》，呈现了一部由男人生产的文化中的女性形象史。该书指出，男人生产这样一部女性形象史的目的就是为了把女性排除在创作和生产领域之外，女性气质是想象的产物。此书还特别关注了知识女性的形象：她们被描绘为“没有女人味的”女学究。

女性形象研究观察到的一个特别重要的现象是文化女性形象的两极化：一方面理想化，一方面极端负面化。在文学和造型艺术作品中，女性要么以“圣女”，要么以“妓女”的面目出现。女性形象分化为“好女人”和“恶女人”，这种分化在女性主义文艺学的角度看来是服务于男性主体的自我维护和权力维护，并因此而服务于由男权所组织的社会，在这样的社会中女性被理想化是为了让女性安于现状，而女性被妖魔化则是为了把她们排除在真善美的文化领域之外。两种策略都具有同样的效果：拒绝生活中真实的女性平等地参与社会、政治、科学和文化领域里的创造性的文化活动。为了区别在这种象征性秩序中未被展现的真实的、历史的女性们和为了支撑这种男性的象征秩序的象征性女性形象，女性主义文艺学引入了“女性们”和“女性”进行概念上的区分。

二是批判性诠释一些古老经典的文本。女性主义文艺学把女性文学史或是女性历史解读成女性的压迫史，由此，社会批判就是男权批判，反之亦然。批判性的女性主义还把目光投向一些古老经典的文本，重新解读它们：如一般被认为是天真无邪的歌德名诗《荒原小玫瑰》就被女性主义文艺学者理解成“一个血淋淋的强奸”故事。值得注意的是，近 30 年来，这种女性主义解读在德语区得到广泛传播与应用，并已为正统的歌德研究界所认同，如：著名歌德全集出版者卡尔 · 艾伯尔在其主编的歌德全集分卷《歌德诗集 1800—1832》中，对该诗进行文学类型学分类时便特别指明，“这首诗里所呈现的是一个强奸的故事”，因而“更应归入叙事诗类”。更有甚者，前面提到的女性主义电影导演荷尔克 · 桑德尔就在自己 1992 年导演的关于二战结束前后苏联红军在德强奸行径的新闻纪录片《解放者和被解放者》中，“在第二次世界大战集体强奸的语境里，不予置评地、却也是毫不含糊地插入了一段男声合唱《荒原小玫瑰》”。近一二十年来，这种解读似乎大有泛滥之势。

三是关注女性作家，构建女性文学史。上世纪 70 年代，一些女性文艺学家开始把目光投向德语文学史上各位女性作家，如古代的希尔德嘉德·封·冰根，近代的安娜·路易莎·卡尔施、贝蒂娜·封·阿尔尼姆、安内特 · 封 · 德罗丝特 – 许尔斯霍夫，以及现当代的艾尔泽 · 拉丝克尔 – 许勒尔、英格博格 · 巴赫曼、克里斯塔 · 沃尔夫以及艾尔弗莉德 · 耶利内克等。女性文艺学家们认为，同男作家数量相比，女作家屈指可数，于是开始探究女性作家稀少的原因以及她们写作的条件。批判性文艺学特别关注了女作家工作生活等物质方面的客观条件。通过研究，批判性的文艺学特别提请人们注意：很多才华横溢的女性，如德国18世纪文学理论家约翰·克里斯多夫·高特舍德之妻路易泽·阿德尔恭德·维多利亚·高特舍德、德国浪漫派作家路德维希·蒂克之女多罗苔娅·蒂克等其实是她们的丈夫、父亲乃至兄弟的文学同道加得力助手，但她们的工作和才华却得不到应有的承认，她们也没能获得作为女性作家的独立地位。

四是聚焦女性写作，构建独立的女性美学。随着对女性作家的关注，20世纪70年代也开始关注是否存在专门的女性美学。女性写作是否不同于男性写作，这“另一种”写作方式的性质、特点如何？有关探讨不只停留在理论上，同时也在文学实践中展开。德国新妇女运动的第一个德语文学文本，同时也是德语女性文学“圣书”《蜕皮》就是在此背景下应运而生。这部1975年发表的作品甫一出版便引起巨大轰动，其作者、瑞士裔女作家韦芮娜·斯特凡也因此被誉为德语女性文学之母。

韦芮娜·斯特凡1947年生于瑞士伯尔尼，1971年在柏林结识荷尔克·桑德尔，投身德国新妇运，1972年她与人一起成立女性主义组织“面包与玫瑰”，1973年开始在柏林自由大学学习社会学和比较宗教学，1974年开始创作她的第一部书《蜕皮》。她把该书的写作视为“身体力行地投身妇女事业的最合适的方式”。1975年《蜕皮》在慕尼黑“女性攻势”出版社出版，在短时间里迅速跃升为畅销书和妇女运动“圣书”。1977年5月，该书出版两年后印量即达12万5千册，且只靠口碑传播，完全没有任何商业炒作。《蜕皮》总计销量约50万册，迄今已被译为8种语言，是当代德语女性文学中最畅销的作品。1975年之前德国既没有女性书店，也没有女性主义出版社，《蜕皮》的畅销使得女性主义出版社“女性攻势”得以成立和壮大，同时也引发多家著名老牌出版社竞相出版女性主义文学的热潮。

在这部具有自传色彩的作品里，斯特凡成为一种极端的女性主义代言人。全书的主题是女作者个人如何对待性：她自己对“自我放弃/放逐/放纵”的体验，她对男性性伙伴的性愿望和性想象的适应，以及她对自身“真实的”性别身份的寻求。文本细腻讲述了这种宛如“蜕皮”一般的寻求过程。在这个过程中，主人公——第一人称叙述者“我”，一位年轻的女性，大胆冲破异性关系藩篱，背离男性，最终转向女性，在女同性恋的爱情中找到新的自我意识和自信。这个过程同时也象征着冲破父权社会的权力关系，而与这种发展同步进行的则是对女性身体的发现和崇尚，作家尝试将这种女性身体的自然性和性感转化为文学语言：丰富的比喻、断片式的引发强烈现实感的句子等，都是这种大张旗鼓的“女性写作”的典型特征。斯特凡的目标是令女性找到自我，找到一种新的女性的身体意识和一种新的女性的美学——一种通过独立的语言、大胆的形式试验来表达的女性美学。美国、法国和德语国家的女性主义理论家与文学家波伏娃、凯特·米利特、苏拉米特·费尔斯通、克里斯塔·沃尔夫、西尔维娅·普拉斯等，都对斯特凡的创作产生影响，她特别提到美国女性主义文学的影响：“那时德国还没有女性作家作品丰富的图书馆，也没有像样的女性书店。但美国却什么都有了。1974 年我利用在那里逗留的三个月时间把所有可能的女性主义机构，如书店、出版社、画廊和妇女之家等全都跑了个遍……美国女性主义文学对我的影响是不言而喻的。”

三

现在“女性书写”的理论多来自结构主义和心理分析学派，由于这种“女性写作”眼里只看到女性的所谓不同，因而更关注身份和本质而非区别和相对性，所以常为人所诟病，对女性身体的发现和崇尚即便在今天也令许多人感到难以容忍。

同样为人所诟病的还有女性主义文学解读常常把复杂的文学文本简单化，无视文学文本所特有的、解构其自身所描述的意识形态的特质。当然，这种女性主义文艺学诉诸一种在男权社会中进行的女性写作，追求一种新的女性身份认同和自我实现，这无疑是具有创见性的，丰富了文艺学的方法论和视角；但这种女性主义文艺学同时也将大肆强调的女性主义口号和女性中心主义观察方法带入文学，并在选择、分析、诠释和评估文学文本时偏好抓取文本固有的和意识形态僵化的男女性别差异和价值对立，进行意识形态批判式的揭露和突破。非客观的、非性别中立的、激进敏感的、过于挑衅和过于情绪化的“排他性”及其内在固有的矛盾和分歧，越来越成为女性主义文艺学发展的障碍，这种矛盾和局限同时也是整个第二代女性主义所共有的特性，因此在女性主义构建如火如荼的20世纪80年代，女性主义思想家们开始对女性主义性别身份思维框架进行解构，反思女性主义体系中暗含的“（女人是）牺牲品逻辑”及与此相连的“排他性”解放理念。

较新的性别研究不再以生物学立场进行论证，不再认为男人和女人会由于生物学意义上的体征而具有确定的本质或特质。“男性气质”和“女性气质”更多被视为社会或文化的范例，女性也并不是因为具有某些确定的身体特征才拥有确定的女性性格。事实表明，性别研究不再等同于妇女研究或女性主义。

20世纪90年代，德语区展开相关大讨论，以美国当代哲学家尤迪特·巴特勒1990年发表的英文著作《性别麻烦》影响最大。巴特勒用“强制异性恋模型”这个概念来表述限制其他性别取向的异性恋社会规范。她认为，所谓“强制异性恋模型”是通过操演而产生，性别身份并非基于生物学，而是被构建的，因此也是可以被改变的。在她1993年发表的《身体之重》中，类似“身体”和“自然”这样的范畴都受到了质疑。巴特勒还成为“酷儿理论”的重要理论家之一，“酷儿理论”主要研究男女同性恋的身份问题，但同时也为研究无法纳入同性或异性恋范畴的其他性取向留下一定空间。

如今，在德语文学研究领域，从性别差异角度进行文本分析已成为常见的主流文本解读模式之一。在这种解读中，既考量男性和女性作者的性别，同时又考察文本中单个角色基于性别差异的行为方式或文本中对情节和人物基于性别差异而开展的评论，都同样具有启发意义。在这里，所提问题不再只是由男性主导塑造的社会文化中女性图像在某一历史时期如何形成，而是要整体研究男性和女性的性别图像是如何构建而成。需要注意的是，近年来在德语文学性别研究中呈现出两种突出的新现象：其一是出现一种指向男性历史问题研究的开口。其二是文艺学的分析集中于发掘文学文本中的所谓性别流变现象，在这些文本中均出现一种猝不及防的过渡领域，即原本被作为确定的男性和女性进行塑造的主人公们最后都走向了他们性别的反面，这些人物都没有归入固定的性别类型。

许多性别研究的理论家都是文艺学出身，而性别讨论恰恰也是在文艺学领域引发强烈反响。文学要么设计着众多的和历史上不断发生变化的男性和女性气质图景，要么制造栩栩如生的“第三种性别”，如美国希腊裔作家杰里弗·尤金尼德斯2002年发表的长篇小说《中性》。文学绝不局限于描摹现实，文学本身也是社会和文化意义的构成部分。

德语先锋派文学大家德布林早在近百年前就已在长篇科幻小说《山、海和巨人》中先知先觉地道明和演绎了最新的性别流变论。德布林认为，在女性形象塑造上，传统小说中的女性都是在诗情画意的田园风光、心理学描写和私人领域的框架下出现并活动。这种传统手法塑造的女性只会令现代叙事失去活力并毫无创造性可言。如果女性出现在现代叙事中，那么，这种女性就必须是完全不同的新形象：“真正的女人”是一种“简单的原始的野兽”，是“人的另外一个种属，男人婆/女汉子”。真正的女人会像个男人一样去大吃、大喝，像男人一样得病、凶恶和驯服。而自然的女人其实跟男人没什么区别。自然的女人其实也就是自然的多样性在人这个物种上的体现而已。在德布林看来，男人和女人的界限正日益模糊和消失，而人与人之间的关系也恰恰是因为这种界限的模糊而展现无穷的魅力和刺激。

当代俄罗斯小说创作：在扬弃与融合中走向多元

侯玮红

20世纪90年代以来的当代俄罗斯小说创作图景异彩纷呈。有人将它形容为一幅光谱，五光十色，绚丽生动。要想在缤纷的画面中寻找统一的原则几乎是无望的。莫斯科大学语文学教授戈卢布科夫在其专著《20世纪俄罗斯文学史》的前言中就写到这种感受："80年代末可以被看作文学研究的浪漫主义时代：科研团体、高校教研室、文学研究家和批评家都想写出新的文学史和教科书来取代那些旧的、完全过时的书籍。然而80—90年代之交这种浪漫主义的态度却被20世纪最后5年的一种真空所取代。用不着反对或者推翻，那些陈旧的概念自己就被弃之不用……但新的具有威望的概念却至今也没有出现。"尽管如此，文学批评家还是努力透过复杂多变的现象探寻其内在的联系与区别，从而总结出一些规律与发展方向。

斗争·调和·争鸣

关于当代俄罗斯小说的创作倾向，比较具有代表性的观点有三种：斗争论、调和论和争鸣论。

评论家列米佐娃在《文本为上——后苏联小说及其在文学批评中的折射》一书中，把当代小说创作明确划分为两大敌对阵营：现代主义和传统主义。现代主义包含后现代主义、先锋主义，其特点就是结构的抽象、文本间的游戏性和文本的假定性。传统主义主要指的就是现实主义，是对俄罗斯文学强大的现实主义传统的遵循，其中包括自由派创作的优秀的现实主义、超现实主义、美学现实主义作品，女性小说，青年小说等，以及爱国派创作的意识形态小说。列米佐娃把俄罗斯当代重要作家分别归入两大阵营中去，认为二者截然不同，相互对立和斗争，唯一的共同点是“高度的缺失”，即无论哪一派的作家都无法达到20世纪俄罗斯小说“最为宏大的思想哲学领域”。

以丘普里宁为首的评论家则认为当代文学进程的主要特点是调和，包括叙述的非传统方式与传统方式之间的调和，以及高雅文学与大众文学之间的调和。按照这一派的观点，进入21世纪以来，俄罗斯文学的发展倾向已经不再是斗争，而是调和，是将各种语言、题材和体裁纳入传统，从而在对传统的背叛与创新之间寻求调和，在个人的艺术兴趣与市场的需求之间求得平衡，于是在当代俄罗斯文学中形成了一种独特的氛围，有些批评家称之为“新小说主义”，有些称之为“middle文学”，即比严肃文学稍微轻松一点的文学。

资深评论家娜塔莉娅·伊万诺娃按照“百花齐放，百家争鸣”的思路总结俄罗斯当代文学进程。她认为世纪之交的俄罗斯文学在吸取过往文学经验、拒绝专制和极权的基础上，确定了多样化的发展方向和反线性的思维逻辑。到21世纪初“文学帝国主义”已经让位给了“文学之民主”。批评界开始提倡多种文学的共存模式，即“多重文学”和“文学的彩虹”，由此而使文学绝处逢生，具有了多种发展的可能性，既可以是团体或者精英沙龙里的高雅追求，也可以同时拥有广泛的大众读者。于是“导致文学的传统境况与功能大大改变——在最大限度地扩展其美学可能性的同时，其社会影响力却越来越小”。

《大陆》杂志副主编叶甫盖尼·叶尔莫林认为丘普里宁的调和论显然更符合实际，但是他强调了后现代主义的失败以及新现实主义的广阔前景。他说：“后现代主义不只是一种风格和方法，而是一套相当完整的美学和世界观纲领。它的建立者和文本的创造者从上帝的桌子上拿走了玉液琼浆和珍馐美食，使它们变得普通和绝对。

微不足道的被视为唯一重要的……在空洞的游戏中作者消失了。正因为此俄罗斯后现代主义令人惊讶地迅速落伍和衰败了。”但这并不意味着后现代主义已经完全消失。因为它在实现的过程中以最强有力的方式破坏了文学的精神意义，破坏了文学创作的使命感。它在艺术中灌输的游戏性和无原则的折衷主义使文学变成了病弱的幼芽。后现代主义的失败恰恰证明了艺术创作有自己的目的和意义——艺术必须认知和表达真理，艺术家离开了这个根基将带来致命的后果。随着后现代主义的失败，严肃的、非游戏和非相对主义的文学才越来越成为重要的文学流派，这就是新现实主义。虽然这个概念的理论者和实践者相互之间也有不同意见，也不能完全表达清楚其含义，但可以确定地说，新现实主义作家认为艺术的根本任务是认知和反映现实。叶尔莫林提出没有必要把现实主义简单地归结为日常描写或者模仿真实。“现实主义文学为了表达它所发现的真理可以使用一切手段。我们在现实主义中看到的首先不是方法（在不断改变和更新），而是目的——寻找和表达存在的真实性。”

无论是斗争论、调和论还是争鸣论，其实都涉及到当代俄罗斯文坛的三种创作倾向。一部分作家继承俄罗斯现实主义文学的优秀传统，在对社会现实的真实描绘与批判反省中寻求解决民众精神危机的出路；一部分作家则钟情于后现代主义，在对社会主义神话和社会主义现实主义一元论的解构与颠覆中探索文学和人类的未来。在文学向多极化发展的同时，又表现出一定程度的复杂性，即流派与流派之间的不同趋于淡化，体裁与体裁之间的界限逐渐模糊，我们已经很难把某一作家或者作品确定地归入到某一流派或者体裁中去。小说中的人物也在真实与杜撰之间徘徊，从而抹去了虚构与非虚构之间的区别。无论是在美学方式上还是在人物塑造上，“综合”已经成为当代俄罗斯小说的一个发展方向，一种以不同的形式表现当代社会现实与规律、表达作者自我观点的文学——后现实主义逐步形成了。

创作态势丰富多样

当代俄罗斯现实主义小说创作在风格上表现出日益丰富与多样的态势。一方面，以拉斯普京、邦达列夫和帕夫洛夫等为代表的一批作家，坚持和重振19世纪、20世纪以来俄罗斯批判现实主义文学强烈关注现实、对社会阴暗面进行无情揭露和批判的传统，并对这个传统进行深化和发展，加大了批判力度，扩展了表现范围，进一步提出种种救国、强国之路，使批判现实主义文学获得了新生。另一方面，也出现了一些对于生活原生态的记录式书写，令人真切体验平凡生活无始无终的流动感，这类作品被冠之以“新现实主义”的名称。

现实主义小说所涉及的题材范围非常广泛：从政治到家庭，从城市到农村，从战争到和平，从历史到当前，以不同的视角反映政治、经济、生活尤其是社会意识的重要内容。而这些题材所表达的主题和情感诉求也日趋多样化：有的继承俄罗斯文学教化人心的传统，在善恶、理想、道德、信仰等重大问题上提出引导性的世界观思想；有的将矛盾的两面性、事件的复杂性、人性的多面性全面展示给读者，让读者自己去思考、判断。比如苏联解体后新时期的“乡村散文”，直面国家剧变后农村所面临的更加衰败的现实环境，以及人在道德精神领域进一步的堕落，字里行间透出痛心疾首的呼号；同时更多地描写位于城乡交界处的小城镇人民的生活，通过他们的痛苦挣扎，反映农村传统道德文化缺失对人造成的心灵压抑与扭曲。这类题材的代表性作品有老作家拉斯普京的《伊万的女儿，伊万的母亲》、叶基莫夫的《皮诺切特》，青年作家谢恩钦的《叶尔特舍夫一家》、扎哈罗夫的《天堂钟声》等。战争文学方面，解体之初在否定社会主义制度、否定斯大林的热潮中，苏联人民在斯大林领导下奋勇抗击德国侵略者的卫国战争竟然也成为被否定的对象。表现最突出的就是老作家阿斯塔菲耶夫。他发表的一系列小说《该诅咒的和被处死的》《真想活啊》《一个快乐的士兵》，大量运用自然主义手法，描写令人难以忍受的士兵训练生活及杀戮场面，极力渲染战争的灭绝人性与可怕氛围，对战争的正义与非正义闭口不谈，仅仅把它看作人与人之间的相互残杀、领袖与领袖之间的实力较量，亵渎了人民心目中卫国战争的神圣性，把批判矛头直接指向斯大林，因此引起评论界极大的争论。除了老作家以外，大量青年作家加入了“战争文学”的行列。他们解构战争的正义与非正义、本国人民英勇抗击侵略等主题的表现传统和艺术手法，致力于表现所谓新的“战壕真实”，个体的战争经验与感受。这些作家大多亲身经历过战争或者曾在军队服役。例如杰尼斯·古茨科、奥列格·帕夫洛夫都曾在苏军服役，亚历山大·卡拉谢夫、扎哈尔·普利列平、阿尔卡季·巴普琴科都参加过车臣战争。他们不再用全景式手法描写战争场面，而是细致描绘每一个小的战役、战场或者军队内幕。其他题材如政治小说、知识分子小说、家庭与两性关系小说、青年小说等都反映了在新的环境下社会各阶层的生存现状与精神探求。

后现代主义应运而生

从苏联解体前后至20世纪90年代上半期，在现实主义文学面临危机和严峻考验的时候，俄罗斯后现代主义文学经历了长久的萌芽孕育期后终于破土而出，不仅取得合法化地位，而且以风起云涌的强势姿态迅速席卷整个文坛，在文学创作界、评论界、出版界以及文学评奖活动中取得话语权，引领时代的潮流。正如后现代主义理论家爱泼斯坦所说：“1990—1996年是俄罗斯后现代主义‘狂风暴雨和造成冲击’的时期。”后现代主义作品从边缘的、不被认可的地位转为时髦的、受追捧和推崇的对象，数量也由少到多，维克托·叶罗菲耶夫、佩列文、索罗金等成为这一时期后现代主义创作的主力军。

与西方后现代主义文学不同，俄罗斯后现代主义文学解构的对象包括苏联的意识形态、苏联神话，戏仿的对象常常是社会主义现实主义文学的典型作品，在这方面表现突出的是佩列文的《奥蒙·拉》《恰巴耶夫与普斯托塔》等小说。片段性和非连续性是这一时期后现代主义文学的又一个特点，如哈里托诺夫的《命运线，或米洛舍维奇的小箱子》、安德烈·谢尔盖耶夫的《集邮册》等。后现代主义的注释性在加尔科夫斯基的《无尽头的死胡同》(创作于解体前，发表于解体后)中得到最大发挥。整部作品由949个注释组成，每个注释都是对一个问题的完整思考，注释的长度从格言警句到一篇小型文章。这些注释有的是数字的罗列，有的是著名作家作品的片段：其中有罗赞诺夫、别尔加耶夫、列夫·托尔斯泰、契诃夫、纳博科夫、巴别尔的作品，但这部作品又不是文集，而是具有一定的情节。叶甫盖尼·契若夫的中篇小说《一个未来人黑暗的过去》打破艺术与现实的界限，把后现代主义的不确定性发挥到了极致。

库里岑在其专著《俄罗斯文学的后现代主义》的前言中写到，他开始这部书的写作时(1992)，关于“后现代主义”的讨论还仅限于“专家”圈子，而当他结束写作时(1997)，所有人都已经厌倦了这个词，谁再提这个词就会被认为是傻瓜。批评家连戈尔德更是认为关于后现代主义的争论最后以对它的否定而告终，并且“希望这场瘟疫再也不要光顾我们了”。在很多评论家宣告后现代主义在俄罗斯彻底的失败时，我们仍然应当承认，后现代主义文学在俄罗斯的产生、发展和高潮是应运而生的，反映了当代俄罗斯知识分子的部分精神诉求和美学探索。现在，后现代主义作为热潮已经退却，但其强烈的怀疑精神、大胆的写作实践已经深刻影响了当代俄罗斯作家的创作，加快了俄罗斯文学与世界文学对话的进程。

语言、模型、方法的多元化

20世纪末俄罗斯小说的恢宏发展伴随着作家对各种美学方式的积极寻找和不断探索，除典型的现实主义和纯粹的后现代主义风格，更多的文学家开始信奉同一部作品中语言、模型、方法的多元化。正如涅法金娜所说：“20世纪末的俄罗斯文学是那些同时存在，以及没有传统和继承就突然出现的风格、题材、形式的混乱无序的杂糅。”戈尔多维奇在《20世纪末俄罗斯文学》中也强调了当代文学作品体裁间界限的模糊化。小说家兼评论家斯拉夫尼科娃提出俄罗斯小说未来的发展方向是“综合”。无论“杂糅”、“模糊”还是“综合”，都表明了一种当代俄罗斯小说风格的不确定性。这类小说在继承现实主义精神的基础上，又在一定程度上表现出存在主义观察世界的角度，却并没有在哲学精髓上全面陷入存在主义，透过表面的冷漠与旁观，我们可以看到其对现实的热切关注，对社会不合理现象的深刻揭示与批判，在其悲观绝望的表象下依然不舍对维护人的尊严、争取人的自由的强烈渴望与不懈追求；在艺术手法上，吸纳了许多现代主义，尤其是后现代主义的因素。这种文学已经成为世纪之交当代俄罗斯小说风格的一个重要组成部分，引起当代俄罗斯评论家的广泛关注和高度重视。针对这类既具有现实主义实质，又融合了现代主义和后现代主义因素的倾向，他们创造性地提出许多名称，其中列伊德尔曼和利波维茨基两位学者所命名的“后现实主义”尤为贴切。

基于一定程度上的对世界的存在主义看法，后现实主义以不同的方式设计现实的模型，并寻找和构思与之最为契合的题材和风格形式，在美学的多样化中寻找自己的道路和更新诗学的方式。在作品内容上，后现实主义采纳“作者小说”的形式，将描绘重点从外部的、宏大的社会事件转移到对自我、对自己在生活中的需要的寻找，加强了作品的主观抒情和自白色彩。在人物上，后现实主义作家将描述对象从“英雄”转向“非英雄”，颂扬时代英雄不是他们的任务，他们不急于树立榜样，而是要着力反映社会边缘人的心理和存在状态。在艺术风格上，后现实主义推崇隐喻的表现手法，并采用时空错乱、互文性等后现代主义方法，借鉴大众文学的因素，有时也表现出神秘主义的倾向。总之，对于后现实主义者来说最迫切的任务之一是传达给读者他们所认识和理解的东西——他们自己的生活经验，无论这经验是多么痛苦和沉重。后现实主义文学的代表作品是马卡宁的《地下人，或当代英雄》、彼特鲁舍夫斯卡娅的《夜晚时分》、乌利茨卡娅的《库科茨基医生的病案》、德米特里耶夫的

《合上的书》等。

简单回顾苏联解体 20 多年来俄罗斯小说发展的几种主要倾向可以看出，今日俄罗斯文学已经走出国家剧变带来的阵痛，挣脱了很多禁忌与束缚，实现了与世界文学的相互碰撞与融合。在吸纳世界文学的优秀成果和保持本民族优秀传统的基础上，俄罗斯文学已经走上多元化发展的道路。

美国本土裔文学：植根传统　融入现实

张　冲

美国本土裔文学（又称“美国印第安文学”）与非裔、亚裔（华裔为主）、拉丁裔（或西裔）文学并列，被公认为当代美国文学的四大族裔文学，是多元文化的美国文学中极具特色的传统之一。作为北美大陆原住民创造的文学传统，美国本土裔文学历经数千年口头文学过程，18 世纪 70 年代开始进入书面英语文学时期，并在 19 世纪到 20 世纪 30 年代进入第一个繁荣期，此时作家辈出，作品丰富，内容多样，形式独特，文类齐全。散文家波西、里奇等在创作中赞美印第安山川文化传统，抨击白人政府对本土裔在土地、经济、文化等方面的掠夺和摧毁；昆塔斯克特的《混血姑娘科吉维娅》、马修斯的《日落》和麦克尼科尔的《身陷重围》等长篇小说，呈现了本土裔人的混血身份问题及其困惑和困境，而麦克尼科尔的《阳光下的奔者》和《敌空来风》、奥斯奇森的《兄弟仨》与《歌唱鸟》等长篇作品，更是通过引人入胜的情节和优美文笔，讲述了本土裔人民在各种语境下的生存抗争。里格斯的成名剧《丁香青青》的情节和大量歌曲，日后被借用到获 1943 年普利策音乐剧奖的《俄克拉荷马》中。这些作品在主题、情节、意象、原型、语言和叙事风格等方面，奠定了日后本土裔文学发展的基础，成为当代美国本土裔文学的重要源头。

美国本土裔文艺复兴

1969 年普利策奖小说奖颁给美国本土裔作家莫马迪的《晨曦屋》（又译为《日诞之地》），这一划时代事件引发了现代美国文学史上著名的“本土裔文艺复兴”。同年，莫马迪的自传《通向雨山之路》出版，作品将家族历史与基奥瓦印第安人的神话传说相交织，形成颇具特色的本土自传风格；也在同一年，社会活动家、政论文作家小德洛利亚出版了文集《卡斯特为你们的罪过而死》，从政治角度思索当代本土裔居民的生活；也是同一年，《南达科他评论》出版由本土裔作家作品汇编而成的本土文学专号，第一部美国本土裔作家作品选集《美国印第安人说话了》也在同年出版。这一切汇集成“印第安文艺复兴”的潮流，使美国本土裔文学进入繁荣期，涌现了一大批优秀作家和优秀作品。

当代美国本土裔诗歌具有独特、鲜明、蓬勃的活力。《南达科他评论》是关于当代美国本土裔诗歌、散文、艺术的两期集刊，是当代本土诗歌发展的重要信号。1971 年，亚利桑那大学发行《阳光踪迹》杂志，致力于推介当代本土裔文学。其间，主要的本土裔诗人首次正式引起学界和公众关注，也为文坛带来丰富的声音。印第安人艺术学会也不断鼓励本土裔诗人写出自己的诗作。当代重要诗人，如奥蒂茨、韦尔奇、尼亚图姆、“小熊”等的作品相继问世。1972 年，《呢喃的风：年轻的美国本土诗人作品》问世。此后，更多本土诗人受到鼓舞，一些期刊也固定刊登他们的诗作。当代本土裔诗人熟悉美国和欧洲的文化传统，也能熟练地运用典故、原型和诗歌形式。

1975 年，《美国诗评》出了“年轻的美国印第安诗人”增刊，由诗人理查德·雨果编辑。雨果在序言中提出，这些诗人和艾略特与叶芝一样，都“感到自己继承了被毁灭和荒芜的世界，在世界毁灭前，人们有了一种自尊感、社会凝聚力、精神上的确定，以及在人世存在的家园感”。同年，尼亚图姆主编的诗集《梦之轮的运送者》出版，收入16位本土诗人的作品，被视为“第一部内容充实的当代美国本土诗歌集”；也是在同一年，肯尼斯·罗森主编的《彩虹之声》收入20位诗人的作品。盖瑞·霍布森主编的《被铭记的土地》(1979)收入了50位本土裔作家作品，诗歌占重要部分，该书此后20年内一直被视为最全面的本土裔作品集。1988年，尼亚图姆主编《哈珀20世纪美国印第安诗歌集》，收录并整理了36位当代本土诗人的诗歌作品，这些诗歌中独特的印第安口述传统丰富了美国文学的内质。

当代美国本土诗歌不断为美国历史和政治提供了新视角和批评视野。本土诗人注重探寻传统和文化生存问题，如古老传统和文化如何珍存、个人和民族的文化身份、个性和群体的相互关系、自然世界如何在科技文明中生存、人与自然如何彼此共存发展等，聚焦文化生命的延续和创新之上。当代美国本土诗歌主题广泛，揭示了族裔身份的矛盾性，重新思考文化认同以及印第安文化在当下的生存和意义等。尽管诗人们的部落背景不同，但他们对祖先曾经的流离失所、失去土地和固有生活方式，甚至被殖民者杀害的历史，都有深刻反思，对美国化进程和主流文化的建立持审慎和批评态度。他们直接或间接地经历族裔的创伤、痛苦、异化、同化等，可是他们对文化记忆尤其是痛苦经历的反思却是超越的、艺术的、建构的、积极的。此外，本土诗歌汲取了印第安人特有的口述传统，即代代相传的谈话节奏和方式、吟唱、讲述、口头仪式等。

以莫马迪的小说《晨曦屋》获普利策奖为标志，当代美国本土裔小说创作进入繁荣期。在印第安文艺复兴中崭露头角的小说家中，西尔科、韦尔奇、维兹诺、厄德里克最为活跃，作品也最为丰富。这一时期的小说作品，在形式、结构和语言风格等方面与美国“主流”文学进行互动，在借鉴欧美作家的同时，也呈现富有本土裔传统特色的叙事方式。西尔科《典仪》的结构和文笔具有浓厚的后现代风格；路易斯·厄德里克的“北达科他四部曲”(《爱药》《甜菜女王》《路径》和《燃情故事集》)，虚构了名为“小无马地”的印第安人居住地，具有明显的福克纳“约克纳帕托法”结构；维兹诺的绝大部分小说都以极具本土裔传统色彩的“恶作剧者”为主人公，情节虚幻多变又风趣幽默，挑战着“小说”的既定观念；学者作家欧文斯以谋杀、推理、惊悚等通俗小说见长，但其作品中融合着深深的本土历史、文化和传统元素。

本土裔文艺复兴也催生了本土裔戏剧的繁荣，其独特的内容和丰富的形式，使当代美国戏剧呈现多彩格局。这一时期的主要本土裔戏剧家有旗手性质的基伽莫，活跃且多产的格兰西等。

美国本土裔戏剧作品多展现当代本土族裔在保留地上的生活，以戏剧形式呈现他们的困境、问题、迷惘和抗争以及顽强的生存意志和努力。作品时常充满自信和幽默，形成独特的本土裔喜剧风格。重要的是，当代本土裔戏剧在内容和形式上融合了印第安传统文化元素，它们有时直接演绎印第安神话故事，有时将神话传说人物写进剧本情节，有时则以梦境等形式掺入历史事件，反映了本土裔戏剧家们借助戏剧传承和发扬本土族裔传统的愿望。另外，当代美国本土裔剧作家的作品都具有强烈的表演性，有的甚至把传统的印第安典仪直接插入情节，或将其与情节展现自然地融合在一起。

新世纪的美国本土裔文学

进入 21 世纪，美国本土裔文学发展势头依旧。莫马迪等老一辈作家影响依旧，时有新作；维兹诺和厄德里克为代表的 20 世纪八九十年代新一代作家创作力旺盛，以自己的作品参与新世纪美国社会、政治、文化的发展；以阿莱克西等为代表的新一代本土裔作家崛起，逐渐进入读者和评论界的视域，成为当代语境下继承和发扬辉煌传统的力量。

在诗歌领域中，活跃于 20 世纪的诗人不断推出新品，呈现出越来越丰富的主题、风格和形式。在其作品中，自然和诗人如亲人般密切，人类和环境在精神上关联，许多作品扎根于土地，有浓烈的口语传统、地域色彩和历史感，焕发出新的生命力；同时，古老的传说、叙事、歌谣、吟唱、仪式等被重新想象和运用，它们的节奏和情绪表达完全入诗，不仅影响着诗人的文化和生活感受，也悄悄改变着读者的感知。

在新世纪，早已成名的哈尔霍先后出版了《我们如何成为人：新近及精选诗歌》《灵魂谈话，歌唱语言》等。前者关注艺术家在社会中的角色，以及艺术、家庭、人与人之间的联系。哈尔霍的诗歌并不直接传达理念或情感，而是以本土族裔特有的吟唱、神话和叙述形式，让读者在语言中意识到文化记忆的力量，而文化记忆也是本土印第安诗人创作的某种共性。在哈尔霍的诗歌世界中，历史与现实交融，神秘色彩和平凡生活细节是相通的。

诗人罗斯于2002年出版《痒得发疯》，表达了作者对早期欧洲殖民者的愤怒和恐惧。在诗中，她化身为敢于抵抗的勇士，为民众发出呐喊，同时，诗人融入印第安人历史，以往昔的斗争力量来隐喻当下的文化和传统保护，捍卫自身的权利和尊严，语言的力量产生强大的推动力和战斗力。

2001年，被莫马迪称为“也许是20世纪美国印第安作家中最优秀的讽刺家”的维兹诺出版了论文集《永久的天空》，收集了他过去30年间关于本土裔人的保留地生活、文化及社会变化的文章，包括对本土文学评论。2006年，他发表6章史诗作品《熊岛：苏加角之战》，讲述了1898年保留地本土裔人与美国政府军之间的一场战争，该战以本土裔人的胜利告终，并对后来的保留地与政府关系产生了深远影响。

在新世纪头10年里，维兹诺发表了3部小说，其中，2005年的《自由恶作剧者》，由7个短篇系列合成，分别讲述了明尼苏达北部一个保留地上7个恶作剧兄弟的故事。2008年，他出版《梅墨神父》，揭露印第安保留地传教会神父的亵童丑闻，小说中的被害儿童以胆量和智慧战胜了邪恶的神父。2011年，维兹诺发表小说《白土族的裹尸布》，融合视觉艺术、小说叙事和歌曲，通过描写明尼苏达白土族印第安人为做牺牲的飞禽走兽包裹尸体的风俗，讲述这一传统对当代艺术家和其他人的心理和精神作用，以及对其生活造成的影响。

高产作家厄德里克在近十余年来先后发表7部长篇小说：《关于小无马地神奇事件的最终报告》《肉铺老板的歌唱俱乐部》《四灵魂》

《彩绘鼓》《鸽瘟》《影子标签》。其中,《鸽瘟》于2009年进入普利策奖小说奖的最终提名。她最近一部小说是2012年出版的《圆屋》。

已小有成就的欧文斯，进入新世纪后陆续有散文和小说新作发表。2001年，他先后出版了散文《我听见火车声》、评论《混血信息：文学、电影、家庭、地域》和长篇小说《夜地》。欧文斯在小说中真实刻画当代本土裔人物，避免刻板和格式化倾向，在紧张惊险中充满本土裔风格的幽默和反讽。

已有“新一代伟大的本土裔作家”之称的阿莱克西，进入新世纪后突显其创作能量。2003年，他出版了《十个印第安小人》，借用阿加莎·克里斯蒂推理名作之题，讲述了9个当代本土裔美国人的故事。2007年，他出版的《一位兼职印第安人绝对真实的日记》，讲述了斯波坎印第安保留地一位年轻漫画艺术家的成长经历，故事取材于真实人物，小说获得当年美国国家图书奖。同年发表的《飞逸》可说是成长小说，呈现暴力叙事特征，兼有“穿越”情节。故事讲述少年齐兹的成长，他6岁时母亲去世，10岁时因放火烧死姑妈男友，被姑妈赶出家门，身陷暴力犯罪，此后，他穿越到20世纪60年代的美国民权运动，身份是联邦调查局探员，但身体是19世纪小大角之战时的印第安男孩，几经穿越，他回到现代现实的身体，成为飞行员。

继诗歌散文集《脸谱》之后，阿莱克西又先后发表两部小说集《战舞》和《亵渎》。获得福克纳奖的《战舞》通过一系列故事，描绘了当代各色普通本土裔人物的艰辛、痛苦、愁闷和快乐。《亵渎》围绕商业体育、保留地生活、爱情婚姻等，书写当代本土裔人的生活和奋斗。有评论认为作者通过该书再次证明自己是当代最引人注目的短篇小说家之一。

很多本土裔戏剧家在新世纪头10年里也成就斐然。奥利瓦于2002年发表《鼓中女人》和《羽毛之痕》两部社会问题剧,2004年，她先后出版关于族裔和暴力问题的两幕剧《99美分梦》和反映本土裔社区问题的《镜中脸》，而出版于2006年的《北美印第安戏剧》，集中收入了她的8部作品，包括讲述爱情和家庭故事的《天使之光》、音乐剧《大河的呼唤》、反映社会问题的《公园咖啡馆》、家庭问题剧《看见简在跑》，以及反映本土裔家庭宗教问题的《精神线》等。

戏剧家格兰西的创作在新世纪呈现全面推进的势头：在继续创作戏剧的同时，更多转向小说创作。2002年出版的小说《面具匠》讲述了一位离婚混血印第安女性在俄克拉荷马旅行并教授艺术和面具制作的故事。她的长篇小说《心如石坚》具有历史小说的性质，讲述了一位年轻的肖肖尼印第安女性跟随刘易斯-克拉克西部探险的经历，还穿插了刘易斯-克拉克探险日记的片段。她还先后出版诗集《以石为枕》《影之屋》和《旧事启蒙》。

格兰西在2001年到2003年先后发表了5部戏剧：关于战争和社会问题的《三角邮票集邮者》、反映族裔间问题的《美国吉卜赛人》、讲述爱情故事的《我吼叫的话语》、社会问题剧《红肤人》、家庭问题剧《颠倒的变换》。这些作品和其他剧作家的作品一起，构成新世纪本土裔戏剧文学继续发展的基础与动力。

包括北美印第安文学传统在内的美国本土裔文学发展至今，已成美国文学经典的一个重要内容。无论是书面英语化的口头文学，还是19世纪以来以奥康姆为代表的众多作家创作，乃至1969年印第安文艺复兴以来以莫马迪为首的作家创作，都无可争议地验证着这个事实。尽管这样的认识在某种意义上是“迟到的觉悟”，但这丝毫无损这一文学现象的地位和声誉。

美国本土裔文学的起源和发展自有其独特的历史、社会、文化和文学语境。在当今美国文学中，它以族裔文学身份出现，以自身的优势和特色，丰富着美国文学宝库。它植根于深厚悠长的本土传统，交融数百年来与欧美文化之间的恩怨情仇，在努力融入美国社会现实的同时，顽强而卓有成效地坚持族裔身份和文化传统，并反过来影响和部分改造着占主导地位的欧美文化和文学传统。这正是它强大生命力的体现，是本土裔文学得以绵延不绝，且影响日益增强的保障。

2014 年美国诗坛景观

张子清

盘点 2014 年美国诗歌取得的成就，首先要了解今年主流诗坛的桂冠诗人和三大诗歌奖获奖者的情况，尽管不是所有独立的美国诗人都认这个账，例如参与诗歌擂台赛的大批草根诗人自娱自乐，他们有大众化的审美标准，也很有成就感；又如试验性很强的先锋派诗人只满足于拥有审美趣味相同的很小范围的读者群，甚至只在更小范围的诗人圈内传阅而自得其乐。

美国文学奖名目繁多，据维基百科统计，美国文学奖项多达 222 种，但是公认的大奖只有 3 个：普利策奖、国家图书批评界奖和国家图书奖，给作家（包括诗人）带来的荣誉在美国仅次于诺贝尔文学奖，而桂冠诗人的荣誉也仅次于获诺贝尔文学奖的诗人。美国的桂冠诗人很多，州有州桂冠诗人，市有市桂冠诗人，但每届全国桂冠诗人只有一个，由国会图书馆任命，其全称为国会图书馆诗歌顾问桂冠诗人。第一届桂冠诗人是罗伯特·佩恩·沃伦（1986—1987）。美国模仿英国桂冠诗人制，于 1986 年开始设立美国桂冠诗人制，目前年酬金 3.5 万美元。始于 1800 年的英国桂冠诗人原来是终身制，到了上一届桂冠诗人安德鲁·莫巽（1952—）已有变动，他于 1999 年任职，2009 年退休。现任英国桂冠诗人卡萝尔·安·达夫（1955—），目前年酬金 57060 英镑。

2014 年 7 月 12 日，美国国会图书馆馆长詹姆斯·比林顿宣布查尔斯·赖特（Charles Wright，1935—）为第 20 届（2014—2015）

美国桂冠诗人。其宣讲词是："查尔斯·赖特是一位冥想的意象驱使的抒情大师。近50年来，他的诗篇已经被视为他所谓的'语言、风景和上帝的观念'。赖特整个作品把南方人的敏感性与暗含的开阔性结合了起来，富有独特的音乐美。"

在9月25日隆重的秋季就职仪式上，赖特在库利奇礼堂朗诵了他的诗歌《万古长存》：初秋日落时分，有一种阳光/在池塘水上方几英寸处/托起云的映象，/把我们装进寒冷的夜晚/我们站在我们不理解的风景里/像艺术家特纳的一座座脏兮兮的雕像，/无论怎么样，/我们知道这风景。/所有我们这超凡的风景/在我们上方，像19世纪般/滑行，攀上附近的山岗/进入同一云朵闪闪发光的手套，/而今已从世界的池塘一去不复返。/时间是如此地悠长。

诗一共上下两节，很长，诗人在第一节就已经点题，赞叹万古长存的风景或景观。在他的心目中，我们这些超凡脱俗景观里的凡人只不过是脏兮兮的雕像，生命是何等的短促。荣任桂冠诗人后，赖特将根据他个人的爱好和兴趣，展开各种诗歌活动，以推动全民诗歌阅读和创作的热情。

赖特荣任桂冠诗人是实至名归。他早已以"后自白派"诗人著称。作为美国诗人学会常务理事，他一直为主流诗坛所垂青。诗人戴维·扬认为"他的作品是20世纪下半叶真正独特的诗歌作品之一"。赖特以表现力丰富、音乐性强、吸收传统艺术形式著称，同时不断进行新的尝试。赖特从20世纪60年代出版的早期4本诗集里选出一些诗结集成的《乡村音乐：早期诗选》(1982)表明，他起步时就找到并巩固了自己的艺术表现力。他在短诗、长句、组诗、散文诗、人物素描、自我画像、个人回忆、日记诗等等形式的运用上都轻松自如、游刃有余，且都有精彩之作。无论在描写他出生的美国南方抑或他曾经服役过的军事情报驻地意大利时，他无不怀着炽烈的感情，令读者受到感染。值得一提的是，赖特短诗集《中国踪迹》(1977)里，每首诗只有十一二行或者更短，显然是受中国的律诗和绝句的影响，例如，其中的一首短诗《蜘蛛清澈上升》的标题由3个独立而无语法联系的词拼凑在一起，这在英语诗里非同寻常，但对汉语的古典诗词来说则屡见不鲜。诗人对此解释说，构成标题的“各个独立的词旨在提供全诗的大意”。诗人企图在只有5行的诗里，通过简约的语言表达丰富的思想感情：蜘蛛，含汁的水晶，银河，在蜘蛛网上飘入夜空 / 向下俯视，等待我们上升……/ 黎明他仍在那儿，人难觉察，呼吸短促，正补他的网。/ 整个早晨我们寻找那张小星星似的白脸从湖上升起。/ 当它升起时，我们躺在细绒般的水里，摆动起来。

这是赖特唯一一部以拟人方式写的诗集，也是二战后成功学习庞德《华夏集》的几部诗集之一。赖特一共出版了24部诗集，除了曾囊括普利策诗歌奖、国家图书奖和国家图书批评界奖三大诗歌奖之外，还获得波林根奖、国际格里芬诗歌奖和丽贝卡·约翰逊·博比特诗歌终身成就奖。2014年7月12日国会图书馆馆长对他宣布为桂冠诗人时，他的穿着朴实无华，他为此带着自嘲式幽默说，他穿的是“婚丧两用的礼服”。

印度裔美国诗人维杰维·谢伊沙德里（Vijay Seshadri，1954—）获2014年普利策奖。获奖诗集《三部分》（*3 Sections*）的标题含义是当代生活分三部分：任性的历史、不确定的未来和想超越时间的现状。评审委员会对该诗集的评语是：“一部令人信服的诗集：考察人类的意识，从出生到老年痴呆症，以一种时而诙谐又庄重、时而富有同情心、时而冷酷无情的声音。”在为艺术而艺术盛行的诗坛，不少诗人不注重思想内涵而只关注炫技耍酷的艺术形式。谢伊沙德里名气不大，却以富有哲理的人生思考和有谐趣的作品打动了评委。他的一首短诗《回忆录》写道：奥威尔说，某些地方无人写他们生活的真实故事。/ 生活的真实故事是耻辱的故事。/ 如果我现在写那故事，/（辐射到时间的尽头）/ 我发誓，你的眼睛会掉出来，/ 你无法把你的手套从你的手上 / 很快脱下，羞耻的大火把手套烧焦了。/ 你可怜的手。你可怜的眼睛 / 看着我在房间里哭泣 / 或看着高挑的金发女郎无聊得要死。/ 我曾经指责无辜。/ 我曾经因内疚躬身求宽恕。/ 我一想起曾经对遭蹂躏的寡妇 / 说过的话不由得仍然摇头叹气。/ 十月的一个下午，一棵槐树的黑荚 / 纷纷脱落，在路径上撒下启发性图案，/ 有人看见我在树下快乐极了，/ 这是最糟糕的时刻，/ 令人苦恼不堪，难以忘怀。

诗的开头三行复述了英国作家乔治·奥威尔《一九八四》的名句之后，揭示诗中人日常生活的种种表现和忏悔性心态，整首诗举轻若重，耐人寻味。他是获普利策奖的第一个亚裔美国诗人，是美国诗坛的一匹黑马。他5岁时跟随父母移民美国，现在纽约州莎拉·劳伦斯学院执教。谢伊沙德里共出版了3本诗集，其余两本为《野生王国》（1996）和《长长的草地》（2004）。

普利策奖是根据匈牙利裔美国出版家约瑟夫·普利策的遗嘱于1917年设立，由哥伦比亚大学负责管理，年奖21个项目。诗歌是文学奖之一（其余为小说、戏剧、历史、传记或自传、非虚构）。

弗兰克·毕达尔（Frank Bidart, 1939—）的诗集《形而上学的狗》（2013）获得2014年国家图书批评界奖。它总结了诗人对人生的种种关注，诗中人是一个年老而卓有成就的诗人，他一直着迷于探讨人类的哲学思维和动物性躯体之间很难协调的关系。如标题诗《形而上学的狗》：

比莱锋这狗仿照我们
不是用仰卧的姿势
模仿，而是挑衅——
屁股贴在沙发上，前腿叉开
息在软垫上，吠叫着
直至他的主人用牙线清洁牙齿。
生命怎么敢
给他这身体。
他对着镜子站起来，扭动着。

根据评论员莎拉卡茨的解读，诗中的“我们”代表“人性”，狗则代表所有人的挫折和野性。人到晚年往往想到死去的父母、亲朋好友和自己的来日无多，甚至对肉体与灵魂的关系特别关注。毕达尔在诗集里比较深入地探索了这些老年人挥之不去的思想感情。他不但获得2014年国家图书批评界奖，同时也获得笔会/沃克勒奖，还获得2013年国家图书奖提名奖。毕达尔曾说：“72岁时，我所忧伤的是未来。”

毕达尔出生在加州，毕业于哈佛大学，一共出版了包括《欲望》(1997)、《星尘》(2005)、《看春节》(2008)、《西部的夜晚：1965—90年诗选》(1990)等8本诗集，曾获得华莱士·史蒂文斯奖和波林根奖等奖项。

1976年开始设立的国家图书批评界奖有6个奖项：小说、非小说、诗歌、回忆录/自传、传记和文学批评，由非营利组织国家图书批评界授予。该组织由大约600名图书评论编辑和图书评论员组成。授奖评委会由3年一轮的24名志愿董事组成。选出8名投票成员——专业书评编辑和图书评论员。从2014年起，评委会从6个奖项获奖作品中挑选一本“第一书”，授予约翰·伦纳德奖。该奖是为纪念2008年去世的文学批评家和国家图书评论界创始成员约翰·伦纳德而特别设立的。

露易丝·格卢克（Louise Glück）的诗集《忠诚与善良之夜：诗篇》(*Faithful and Virtuous Night: Poems*, 2014）获2014年第六十五届国家图书奖。曾三次获国家图书奖提名的格卢克，为正式获奖感到“惊讶”。她在11月20日晚授奖仪式上动情地说：“失去奖项非常困难，而事实上，取胜也非常困难。我的作品如果没有其他入围作品和诗歌同行的陪伴就无法存在，他们使我惊讶，使我感动，并使我充满了羡慕，这次及时地变成了感激之情。”

作为2003年的桂冠诗人，格卢克的获奖并不令人感到意外，自1968年至2009年，她共发表诗集15部，获得包括普利策奖、国家图书批评界奖、波林根奖、洛杉矶时报图书奖、华莱士·史蒂文斯奖、美国诗人学会奖、古根海姆学术奖等奖项。她的诗歌具有细腻的情愫，敏于表达爱情、生育或死亡的主题；诗句简练，诗行短小，意象出人意表。

1950年开始设立的美国国家诗歌图书奖是每年授予的美国国家图书奖四大奖之一，其余三个大奖是小说、非虚构奖和青年文学奖，由国家图书基金会表彰美国作家的优秀作品。评奖委员会由5位著名作家组成。

今年美国诗歌界还有一件盛事——那洛巴大学杰克·凯鲁

亚克精神诗学学院成立40周年，11月5日该学院举行了庆祝大会。在安妮·沃尔德曼主持下，举行两场以“维持世界安全的诗歌”为题的研讨会和诗歌朗诵会。该学院创立者是垮掉派诗人金斯堡（1926—1997）、安妮·沃尔德曼（1945—）和黛安·迪普里玛（1934—）。学院以垮掉派小说《在路上》著称于世的小说家、诗人杰克·凯鲁亚克命名，可见它是垮掉派诗学的大本营，以反战和弘扬佛学为特色。现任那洛巴夏季写作计划艺术总监的安妮·沃尔德曼说，该学院为纪念金斯堡已经设了艾伦·金斯堡学生奖学金。她提出“为诗歌保持世界安全”的幽默口号成了大家的口头禅，它的意思是，如果世界其他的一切安全的话，那么诗歌也是安全的。该学院主要开设冥想心理学、艺术治疗、和平研究、宗教研究、荒野治疗、诗歌研究和创作以及其他学科，其中以杰克·凯鲁亚克精神诗学学院最著名，它是培养后垮掉派诗人的摇篮。

垮掉派诗歌（Beat Poetry）给一般中国读者留下的印象不太好，与它被译成中文“垮掉”不无关系。我们把Beats译成垮掉派，只取用了该词含义中的一种：“精神垮掉”。把“垮掉派”与颓废派等同起来，是一个大误会。实际上，垮掉派诗人关注社会，反对美国侵略战争，尤其关心社会底层人的生活，提倡环保，从事有益于社会的事业。董乐山先生生前曾提议把“Beat”译成“疲脱”，实在是妙译。“疲脱”与“Beat”音相近，而且“脱”所含的“洒脱”、“超脱”更接近“beatitude”的含义，而“疲”也传达了原来所指的由于失意、困顿的生活处境而造成的精神沉重的状态，却没有精神颓废的贬义。垮掉派诗歌是美国后现代主义时期最先发轫、影响力最大、时间最持久的一个诗歌流派，富有生命力。例如，由曾经在杰克·凯鲁亚克精神诗学学院担任过金斯堡助手的后垮掉派诗人吉姆·科恩主编、美国诗学刊物博物馆出版的后垮掉派诗选《艾伦·金斯堡心头的子女》（2014）中的大量诗篇，体现了后垮掉派诗歌是垮掉派诗歌的延续和发展。

“拉美文学”涵盖了巴西文学吗?

闵雪飞

“拉丁美洲”是一个很有意思的名词，它不是一个稳定的概念，从诞生之日起便经历着流变。法国理论家创造了“拉美”一词，用于指称处于法王拿破仑三世统治下的墨西哥。在相当长时间里，它仅指涉美洲的西语国家，葡语国家巴西直到20世纪五六十年代才认同自己为拉美国家。现在，它的含意已经趋向固定，指涉以拉丁语系语言为母语的美洲国家，亦即墨西哥以南包括加勒比海在内的西语国家、讲葡萄牙语的巴西与加勒比海的法语国家。尽管细节上存在不少差异，有些甚至相当巨大，但这些地缘相近的国家在历史、政治、经济方面有很多共同性，比如都存在殖民统治与实现解放的历史进程，都存在从军人独裁到民主化的政治历程，都存在经济上的“拉美化”陷阱等，在这些领域，“拉美”或可作为涵盖所有的整体性名词而使用。但是对于以语言为内核的文学，采用整体的“拉美文学”概念是否可能呢？我认为应该取决于语境。

如果是横向的比较研究，比如“拉丁美洲女性小说研究”，而且在内容上确实涉及到葡语和法语国家的作家，的确可以将“拉美”作为整体性的概念来使用。但如果强调具有纵深感的历史分期及文学运动，或是仅指涉美洲的西语文学，而排除了美洲的葡语文学与法语文学，还是应该尽量避免使用“拉美文学”，而应当使用“西语美洲文学”这个更精确的表述。仅从“西语美洲”与“巴西”的文学情况分析，我认为区分概念是有原因和必要性的。

巴西文学与西语美洲文学是两个谱系

第一，尽管长期以来“拉美”仅指涉西语美洲国家，但今天它的所指确实已经扩大，如果用“拉美文学”来指涉西语美洲文学，已经无法适应“拉美”概念本身所携带的总体性要求。如果为了满足总体性要求而特别带上巴西文学与作家，反而会伤害“西语美洲文学”内部的完整与自洽，因为这两种文学传统之间确实关联不大。

语言决定了文学形态。与拉美西语诸国不同，巴西使用葡萄牙语。虽然葡语与西语同属拉丁语系，但毕竟是两种不同的语言，作为巴西文学母体之一的葡萄牙文学也与西班牙文学存在巨大的差异。即便不考虑巴西文学的另一母体——非洲黑人文化的重要介入，巴西文学也不可能与西语美洲国家文学有本质的相似。如果说拉美诸国因为语言的共通性而形成共同的文学史，那么巴西文学则是在独立轨道上发展，它与葡萄牙文学和非洲葡语国家的文学共同构成了葡语世界文学空间，很少与西语国家发生互换。因此，巴西与周边西语国家的文学史是两种谱系，有不同的分期与承继的逻辑。中国读者所熟悉的所谓“拉美文学爆炸”与“拉美魔幻现实主义”（注：此处这两个词局限于中国读者所接受的概念，并不去辨析这两个词的真实所指）并没有在巴西发生，尽管某些研究作品试图将同时代的巴西重要作家吉马良斯·罗萨与克拉丽丝·李斯佩克朵归入“拉美文学爆炸”团体，或将若热·亚马多归入“拉美魔幻现实主义”作家之中，但这种尝试一般并不成功。无论是吉马良斯·罗萨、克拉丽丝·李斯佩克朵还是若热·亚马多，都是在巴西文学的内部逻辑中生成、发展，为葡萄牙语的发展做出开拓性贡献。将“西语美洲文学”与“巴西文学”分开，则可以最大限度地避免“政治正确”或“政治不正确”的陷阱，这也是精确使用概念的西方学者从20世纪90年代开始逐渐揭示的一条解决之道。

第二，正是由于西语美洲与巴西并不共享一种文学传统，某些既存在于西语美洲文学又存在于巴西文学的概念与术语，表面看起来可能一样，其实存在着巨大区别，这时候更需要精确区分概念，以免造成混淆。比如：当谈及“拉美现代主义文学运动”时，我们说的是发生在19世纪末的西语美洲、以何塞·马蒂的《伊斯马埃利约》为开端、以诗人鲁文·达里奥为代表人物、横扫整个西语美洲并对文化宗主国西班牙造成重大影响的现代主义文学？还是指发生在20世纪20年代的巴西、以1922年圣保罗现代艺术周为开端、持续了3个时代绵延半个多世纪完全改变了巴西文学形态的现代主义文学？这两种现代主义文学运动虽然名称相同，但实质大不相同甚至截然相反，因此，有效的区分显然十分必要。尽管何塞·马蒂和鲁文·达里奥的原文中使用的确实是“拉美”一词，但这是与当时相对狭窄的所指相关的，今天，我们引用时也应该加以说明。另外，当提及拉美文学中的印第安成分之时，我们说的是西语美洲强盛而辉煌的印第安文明？还是巴西亚马逊流域极其原始谈不上文明的印第安部落？西语美洲强盛而辉煌的印第安文明对西语文学的影响不言而喻，而巴西的印第安人正是通过其原始为巴西文学与文化注入可贵的精神气质：食人主义。这样的例子还有很多。在概念扩大的情况下，只有精确界定与区分“西语美洲文学”和“巴西文学”的情况下，对这些内容的探讨才有意义。

第三，巴西是当代世界最为活跃的写作场域。在巴西外交部的支持下，每年都会有若干作家来到中国推介自己的作品，并与中国作家展开交流。这样就遇到了一个现实问题：在“拉美文学”大框架下，对于巴西文学的理解和接受遭遇到了困难。去年，巴西当代著名作家克里斯托旺·泰扎访问中国，在北大举行的新书发布会上，针对他的代表作《永远的菲利普》，中国读者最大的困惑就在于该书感觉不是那样“拉美”，仿佛一点儿也不“魔幻”。当然，我们都知道，“魔幻”甚至不能代表西语美洲小说的全部特性，但必须承认，它是西语美洲文学比较重要的特征。然而，这种“魔幻”在巴西文学中几近于无，在这个层面上，巴西文学确实并不“拉美”，这只能在其文学自身发展的道路与逻辑中寻找到解释。为了强调巴西独立的文学传统，拂去遮蔽在它脸上的面纱，便于中国读者在这一语境下理解巴西文学，我认为区分“西语美洲文学”与“巴西文学”具有重要性与首要性。

巴西没有魔幻现实主义

为了更清楚地梳理巴西文学自身发展的逻辑，需要对巴西没有“魔幻现实主义”这个事实做出解释，这同样是厘清巴西文学独特发展脉络的方式，也是解救巴西文学“被遮蔽的文学”之命运的尝试。我将集中讨论巴西小说，而不涉及巴西诗歌，那属于另外一个辉煌的谱系。

正如西语文学研究者不断强调的，“魔幻现实主义”不过是“拉美”众多文学流派的一种，无法涵盖“西语美洲文学”全貌，但在西语美洲文学中，“魔幻现实主义”或可作为一种共同倾向。然而在巴西文学中，甚至连这种共同倾向都不存在。在巴西的文学传统中，“现实主义”占了主导，没有给“魔幻”留出空间，巴西作家很早就从国家地理与历史的独特性出发，让“现实主义”成为了书写中构建国家性的最佳方式。巴西文学巨擘马查多·德·阿西斯在对“浪漫主义”的反思中发展了“现实主义”。巴西“浪漫主义”的代表作《伊拉塞玛》用印第安公主与葡萄牙士兵的爱情构建了种族与文明融合的寓言，为巴西的“国家性”书写提供了最初范式。面对这种范式的泛滥，马查多·德·阿西斯表示虽然深爱这部作品，但并不满足于将书写束缚在大量的风景描写与对印第安元素的借用上，他要建立自己的话语，因此选择刚刚兴起的城市作为空间，凭借语言的内部张力，通过高度发展的“城市文学”来写巴西。这种“不需要风光的巴西性”（A Brasilidadesempitoresco）深刻影响了巴西文学，“城市文学”从此成为一条重要的文学路径，也决定了巴西现代主义文学奠基之作《马库奈伊玛》的形态，在这部由马里奥·德·安德拉德书写的作品中，虽然主人公是亚马逊印第安部落中的人物，虽然有印第安神话与传说的介入，虽然某种程度上是超现实的，但小说主要讲述一个人在大城市的冒险，而他拒绝欧洲葡语强调巴西葡语也体现了对阿西斯用语言形塑巴西倾向的继承。

另外一条与“城市文学”相平行的文学路径便是被冠以“自然主义”之名的“腹地文学”，这要溯源到比阿西斯稍晚的优克利德斯·达·库尼亚的《腹地》，这部报告文学作品奠定了巴西文学的另一个根基——关注腹地，关注东北，通过对广袤腹地的状写和对巴西传统文化的保存，书写出“巴西性”的另一种形态。中国读者最熟悉的巴西作家若热·亚马多所归属的“地域主义”，便受到《腹地》的深刻影响。这条路径高度关注平等、苦难与政治议题，其内核始终是现实主义的。

当然，这并不是说巴西没有具有“魔幻现实主义”特点的作家作品，只是数量极少，呈散生状态，从未进入过主流写作之中。而且，这些少数具有“魔幻现实主义”特征的作家与作品，与其说是受到了西语美洲之“共同倾向”的影响，不如说是在本国独特的文化构成之中寻找到了“魔幻”之源泉。比如，中国读者特别喜欢的《弗洛尔和她的两个丈夫》中显示的“魔幻”，必须也只能从作者若热·亚马多对巴西土生宗教翁巴达与坎东布雷的热情中寻找答案。

巴西文学在中国的译介

虽然国内出版的巴西文学作品并不多，但在前辈译者的努力下，在中文世界已可以读到很多重要作家的代表作品，尽管译介中仍有断裂存在，但依然显示了巴西文学发展的独特脉络。一切都起于“浪漫主义”的《伊拉塞玛》，它提供了“国家性”书写的第一种范本，人民文学出版社 2002 年出版了刘焕卿的译本。之后进入马查多·德·阿西斯的“现实主义”写作，进入“不状写风景的巴西性”之中。阿西斯在中文世界尽管介绍不多，但也基本涵盖了他的创作精华:《幻灭三部曲》(1992 年，漓江出版社，翁怡兰等翻译)中包含了阿西斯三部代表作《布拉斯·库巴斯死后的回忆》《唐·卡斯穆罗》与《金卡斯·博尔巴》。后两部作品之后有单行本面世:《金卡斯·博尔巴》(上海译文出版社，1999 年，孙成敖译)、《沉默先生》(即《唐·卡斯穆罗》的另一种译名，外文出版社，2001 年，李均报译)。此外，我国还出版过他的短篇集《精神病医生》(人民文学出版社, 2004 年，李均报译)。而关于优克利德斯·达·库尼亚的《腹地》，有人民文学出版社 1956 年的贝金译本，虽然是转译本，但具有非常高的价值。

接下来便是巴西现代主义。第一代现代主义作家，即两个安德拉德——马里奥·德·安德拉德与奥斯瓦尔德·德·安德拉德，目前没有译本，是翻译链条上缺失的一环。在第二代现代主义作家，亦即高度关注政治、贫穷、平等题材的“地域主义者”中，若热·亚马多是中国读者最熟悉的作家，被翻译成中文的作品非常多，除了《弗洛尔和她的两个丈夫》,《加布里埃拉》也是巴西文学中的经典作品。黄山书社出版了之前从未译出的亚马多巨著《沙滩船长》(译者王渊)。译林出版社也有计划出版亚马多的多部作品，包括之前从未翻译过的《奇迹之蓬》。在巴西第二代现代主义作家中，格拉西里亚诺·拉莫斯比亚马多还要重要，他的代表作《干枯的生命》，刊登于《国外文学》1982 年 10 月号，题目为《枯竭的生命》，由鲁民翻译，并配有署名罗嘉的评论文章。对于这位巴西文学中举足轻重的大师，我国的译介相对不足，但是在不需要购买版权并拥有优秀的拉莫斯研究者与译者的情况下，翻译出版他的作品并非难以实现。第二代中的另外两个代表人物拉克尔·德·格罗什与若泽·林斯·杜·雷古，目前在中国没有任何译作，但我认为他们确实配享一两部代表作译本，尤其是前者。格罗什是第一个进入巴西文学院的女作家，获得卡蒙斯文学奖比亚马多还要早，在现有格罗什专门研究者与译者的情况下，版权不应该成为限制。

第三代现代主义作家的代表人物是吉马良斯·罗萨与克拉丽丝·李斯佩克朵，两人唯一的联通点在于都改造和拓展了葡语。他们是从不同角度实现这一点的：罗萨通过造词，在“葡萄牙语之中重建了整个巴西”，他创造词汇的方式有点接近乔伊斯；李斯佩克朵则通过极具想象力的并置不相关之词与形容词化任何词类，让平凡之词生成了新意义，并使葡萄牙语在抽象与形而上学的层面获得提升。正是因为语言上的极大创新，令两位作家都享有难译之名。上海文艺出版社 2013 年出版了克拉丽丝·李斯佩克朵的代表作《星辰时刻》，九久读书人还将出版其短篇代表作《隐秘的幸福》。然而，关于吉马良斯·罗萨及其代表作《广阔腹地：条条小径》，这部在任何巴西文学乃至所谓“拉美”文学榜单中都可雄踞第一的著作，因其造词只有在葡语语境中以及在对“腹地”的深刻把握中才有意义，至少在目前，还找不到合适的策略能在翻译成中文后同时保持阅读流畅与意义传达，因此，该书现在只能是少数葡语文学研究者的福利或是梦魇。这位伟大的语言艺术家牺牲了作品的可译和在国外的传播与承认，某种程度上也牺牲了诺奖，建筑了一座语言的丰碑，但我们依然可通过相对可译的作品看到他的风采，如著名的《第三条河岸》(又译《河的第三条岸》或《第三河岸》)，现有乔向东、赵英与陈黎的转译译本。现在，网络上有胡续冬从葡语直译的《河的第三条岸》与其他6篇罗萨的短篇小说作品。希望在不远的将来，罗萨的短篇小说能在中国出版。

在了解这些的基础上再来阅读《永远的菲利普》——目前被译介成中文的唯一一部巴西当代文学重要文本，会发现，尽管它丝毫不“拉美”，但确实很“巴西”。《永远的菲利普》继承了马查多·德·阿西斯开创的现实主义写作与“城市文学”之路，通过李斯佩克朵式完全向内的身份找寻，在几近哲学的反思中构建了三重互涉的文本：虚弱父亲的自我找寻、蒙古症儿子的成长与天生愚形的国家的发展。巴西当代作家依然行走在“巴西性”追寻之路上，在对文学前辈的继承之上，在对其他语言文学的吸取之中，不断赋予它新的成分、形式与更新换代的能量。

文学想象：从生态批评到环境正义

朱振武

哈佛大学生态批评学者劳伦斯·布依尔的著作《环境批评的未来：环境危机与文学想象》认为“环境的”比“生态的”更能体现当前环境问题的状态，而且更好地捕捉到了文学-环境研究的跨学科焦点，所以更倾向于环境批评而非生态批评。他认为，生态批评在发展过程中存在着批评模式和认知上的诸多局限，而环境批评深入到文学想象引发的生态危机的思想、文化和社会根源，更加重视环境批评理论的建构，更加注重发掘环境文本的社会正义和功用价值，其核心理念是挖掘文学想象在改变环境和认知环境方面的潜在价值，其愿景是观照从本土到全球的跨文化地方想象以及弱势边缘群体的文学正义诉求。

生态批评的短板与环境批评的提出

随着世界范围内生态思潮的高涨和环境危机的日益严峻，有着深远思想文化根基的环境批评日益引起文学研究界的重视。美国生态文学作家雷切尔·卡森、生态批评先驱之一帕特里克·默菲、文学与环境研究会创始人之一斯洛维克和布依尔，英国“绿色研究”奠基人乔纳森·贝特，中国学者鲁枢元、王诺、曾繁仁等都从生态视角解读和阐释文学，但这些声音在文学批评领域依然被边缘化，尚缺乏一整套理论预设、基本原则和批评程序。

生态批评者在早期多注重研究自然写作和自然诗歌，强烈反对现代文本性理论，然而随着生态批评的深入发展，这种过分反理论的倾向就显得捉襟见肘，环境批评也就应运而生。当然，环境批评也仍然需要建构自足的系统化理论来消除非议和偏见，进入主流批评。不仅如此，作为极具实践精神的运动，环境批评应致力于使其观念产生社会效果，劳伦斯·布依尔认为："环境批评的任务不只在于鼓励读者重新与自然'接触'，而是要灌输人类存在的环境性意识——作为一个物种的人只是他所栖居的生物圈的一部分——还要意识到这一事实在所有思维活动中留下的印记。"也就是通过对文化表现进行学术分析，来发掘有力表述环境意识的文学作品和样式。对同一自然物体，不同国家和地区、不同时代的人们会表露出不同的情感，而文学文本则记载了这些人类思维活动。环境意识就隐含在这些文本之内，并指向超越文本的现实领域。比如树的意象，在华兹华斯的文学想象中就与梭罗的迥异，这是与特定的地域文化、环境无意识、文化价值等息息相关的。因此挖掘文本世界的文化内涵，重新建构文本与文本外世界之间的联系对于环境批评的发展意义重大。文本本身以特定的体裁和风格再现社会历史环境，这就要求我们不仅要重新审视文学文本的文化内涵和环境意识，同时还要重视体现这种意识的承载体——文学样式。

环境诗、环境戏剧和环境科幻小说就常被忽略，但这些文学文本却隐含着深厚的文化意蕴和环境意识。斯坦福大学学者安格斯·弗莱彻认为，诗不仅表明或暗示环境是其主题意义的一部分，而且将读者引入诗歌所营造的意境。此时读者并非简单认同文本世界，而是与环境融为一体，世界就此被诗人重新构建，弥尔顿、但丁和惠特曼就是在诗歌中抒发热爱自然和构想美好世界的情怀。易卜生的剧作《人民公敌》被奉为生态戏剧的经典作品，而英国的卡里尔·丘吉尔、美国的罗伯特·希恩肯等剧作家的作品也都体现了浓厚的生态思想。未来生态戏剧发展应将生态问题置于戏剧主题或情节的中心，赋予土地以声音或"性格"，探讨人与地方和文化与自然间的联系，在舞台布景和表演场地等方面努力构建人与地方的浑然一体，尝试克服自然纯粹作为舞台背景的缺憾，弥合舞台上自然与文化割裂的现象，以及审视环境非正义问题等。与环境诗和环境戏剧一样，科幻小说也一直备受冷落，但人们已经开始认识到这种文体特有的人文关怀与生态理念的契合所产生的意义。此外，电影、电视等视觉艺术领域的绿色现象也值得关注，其蕴含的环境意识有待发掘和研究。

地方想象的重启与环境意识的强化

文化植根于地方，从本土到全球的环境文学想象必须探讨地方意识的文化和生态建构，因为地方意识在形成生态意识、促进环境想象及消解环境危机的过程中至关重要。爱德华·萨义德说："所有的文化都是彼此关联的，没有一种文化是单一纯粹的；所有的文化都是混杂的，异类的，非常不同的，不统一的。"从这个意义上说，我们有必要分析文学作品中的地方变迁、地方意识和地域文化。

地方承载着重要的社会和文化内涵，对地方意识的想象某种程度上决定着人们的环境意识、地方忠诚感和责任的建立。生态诗人温德尔·贝里认为，没有对自己所在地方的了解和忠诚，地方必然被肆意滥用甚至毁灭。海德格尔在谈及地方时，认为真实而诗意的栖居就是栖居在自己的家，并承担起保护"家"的人文与自然的完整责任。但是地方所蕴含的文化特质正逐渐被现代主义对空间的无节制开发和殖民化抹去，只剩下坐标轴上虚拟的点。传统的以家为核心的同心圆模式也被打破，人们对地方的归属感延伸为辐射状，核心不复存在。而正是文学想象，尤其是神话和媒介所创造的虚拟现实，通过风景的陌生化处理提供给人们鲜活而敏感的地方想象，重新构建起人们的地方意识和忠诚感。

对于个体而言，地方意识就是一系列涵盖着地方体验的积累，而对于整个社会来说则是人类意识的凝聚。地方意识的这种共时与历时变化凝聚在文学文本中，因而发掘文学作品中的地方想象很有必要。英国小说家格雷厄姆·斯威夫特、新西兰生态学家杰弗·帕克和美国环境作家约翰·米切尔就跟踪、记录了一些地方的发展与消亡，不仅唤起了人们的环境意识和社会良知，还有利于培养地方忠诚感和责任意识。

地方意识在传统的环境写作和文学想象中较为微弱，且局限于狭隘区域。未来环境批评应通过重新挖掘文学作品中的地方意识，实现地方内在价值，并将对地方的观照扩大到整个生态圈。同时，城市作为现代社会不可或缺的有机部分也要得到应有重视。在众多文学想象中，地方和环境只是作为背景、事件的附属而存在，表现的是人类赋予的象征意义，其自身价值却被泯灭，小说家豪威尔斯在《现代婚姻》中对一个新英格兰村庄的描述就是一个典型例证。在那些把环境作为重要形象的作品中也不例外，哈代的小说《还乡》中，爱敦荒野被赋予了土著人的身份，作为一个主题、一种强大的力量影响着人物及其行动。但不管环境有多重要，哈代笔下的爱敦荒野终究还是从属于男主人公克林·姚伯的故事，依然主要为刻画人物形象或表征其隐喻意义服务。在这方面，爱伦·坡算得上较早关注精神生态的作家，他的本土意识为其创作增添了较多的美国元素，而从地域书写到精神生态的转变使其作品“表现出对文化问题的深层关注和对人类生存困境的忧思”。传统写作大多关注局部地方，如美国女作家芭芭拉·金索维尔的《记忆中的地方》和萨拉·奥纳·朱厄特的《针枞之乡》等。而关于城市生物区域的文学想象更是支离破碎，生态批评家抓住的也只是叙事、散文、诗歌等文本对城市中个别自然符号的意外发现，缺乏对整个城市和有机世界环境的考察。迄今为止，多数环境文学批评依然只是立足某一特定国家或地区，而这正说明拓展学术视阈的迫切性和重要性。当然，从整体思考并不意味着抹杀地方的差异和多样性，反而是重视生命的多样和文化的多元，以创建更加和谐的文化沟通。

通过比较分析和重新阐释文学文本中各民族、各地区的环境意识、生存理念和观念习俗，可以发现影响人类社会久远的文化模式和心理积淀，找到一种灵活的、具有可操作性、能产生积极意义的批评理论和范式。跨文化的比较文学研究因为打通了人文科学内部、人文科学与自然科学之间的沟通渠道，必将获得更新鲜饱满的学术视野。探究文本中的地方意识差异、理解和想象地方变迁不仅有助于培养环境意识，还有利于审视人类文化对环境的深刻影响。

环境正义的兴盛与文学价值的重估

环境批评关注文本的现实关联和从本土到全球文学想象的地方意识重构，更关注日益兴盛的环境正义。“环境正义”以抵制环境的种族主义、捍卫在经济和政治上处于劣势的群体（弱势种族、妇女等）的环境权利为宗旨，努力实现全球所有国家和地区在环境责任和生态利益上共同的、全面的和广泛的正义。

在反思第一拨生态批评理论悖论的基础上，环境批评将视野扩大至包括性别、种族、伦理等社会领域，这将促进文学作品中社会和历史叙事的挖掘与探讨，为环境问题的最终解决提供可能性。生态中心主义是作为人类中心主义的对立面出现的，它强调人类应不惜一切代价保护生态环境，维护生态平衡。这似乎是解决生态危机的最根本有效的伦理准则，其实却掩盖了诸多深层问题，其理论自身也存在矛盾。它对激进的“放弃的美学”（即放弃人的中心性）的追求否定了人的自由与独立，然而完全摒弃人类的作用并无益于挽救环境危机。生态中心主义的这种主张是个悖论，决定生物圈良性发展的是人，而且在原则上也只有人能最终成为“监督者和领导力量”，试图超越人类中心主义还有可能形成新的文学话语霸权。这从另外一个角度表明，在重新审视文学作品时应避免赋予其过激的伦理和道德教化意义。若从美学的角度重读利奥波德的《沙乡年鉴》中人物与环境之间的“关系场”，会发现它呈现给我们的是经历、发现和冥思，更像是一则寓言或谜语，而非道德与伦理教化。

所有个体都有被保护免遭环境恶化侵害的权利，也都有承担起捍卫自然的相应义务。历史和当代文本中不乏对少数种族和劣势群体遭受身体和精神戕害的关注，如恩格斯的《英国工人阶级状况》、麦尔维尔的《少女的地狱》、狄更斯的《艰难时世》、威廉·布莱克的诗歌等。澳大利亚土著作家凯文·吉尔伯特的诗《庆祝 88》、昆士兰女性区域主义作家西娅·阿斯特利的短篇《虚构天气》等作品揭示了澳大利亚主流文化对边缘化的亚文化的不公正对待；此外印度文学中关于“生态流亡者”的叙事等都体现了环境公正意识。这一方面要求我们重新调整文学批评中的不平衡现象，尤其是调整对美国族裔写作、第三世界国家环境叙事和国际经典环境文学缺乏足够关注的倾向；另一方面要求文学研究要具有新的全球的和历史的眼光，但这并不意味着否定文学作品的其他价值或者放弃以往的研究方法，而是通过发掘其生态价值和社会意义丰富文本意蕴。

以色列大屠杀幸存者作家：直面与否都因创伤无法治愈

钟志清

作为世界上唯一的犹太国家，以色列在1948年建国后的第一个10年就接收了50余万二战大屠杀幸存者，以色列与大屠杀具有无法分割的联系。在过去的70年间，大屠杀始终是以色列国家意识形态、公共话语与公共文化构成中不可忽视的话题。作为民族记忆与民族体验的载体，以色列文学虽然在不同历史时期对大屠杀的关注程度与表现方式不尽相同，但呈现了某一特定历史时期的人与事。大屠杀幸存者作家是以色列大屠杀文学创作者中的一个特殊群体。在这部分人中，既有在二战之前便已从事文学创作、在战时历经磨难、幸存后移居到以色列的作家，也有以少年幸存者身份抵达以色列、在以色列精神氛围中成长起来的作家。其中包括卡·蔡特尼克135633（Ka–Tzetnik）、阿哈龙·阿佩费尔德（Aharon Appelfeld, 1934—）、尤里·奥莱夫（Uri Orlev）、约娜特和亚历山大·塞耐德夫妇（Yonat, Alexander Sened）、娜欧米·弗兰克尔（Naomi Frankel）、伊塔玛·尧茨–凯斯特（Itamar Yaoz–kest）等。

卡–蔡特尼克135633：直抒集中营暴行

卡–蔡特尼克135633（下文简称卡–蔡特尼克）原名叶海厄

勒·迪努，1909年生于波兰，少年时便开始用意第绪语写诗，1931年发表了一部意第绪语诗集。他在德国占领波兰期间被送进奥斯维辛集中营，父母和弟弟妹妹均在战争中丧生。1945年获救，后移居巴勒斯坦。卡－蔡特尼克获救后住在意大利一家英军医院里，恢复体力后便开始以集中营生活为素材进行创作。第一部长篇小说《萨拉芒德拉》乃是最早的大屠杀文学作品之一。当卡－蔡特尼克托一名士兵把该书带到巴勒斯坦时，士兵低声说："你忘记写作者名了。"他潸然泪下："作者名？写这本书的是那些进了焚尸炉的人！就叫卡－蔡特尼克吧。"卡－蔡特尼克乃德文"集中营"一词的缩写，135633则是作家本人在集中营时的编号。他以家人为原型创作的"萨拉芒德拉"系列长篇小说，包括《萨拉芒德拉》《玩偶屋》《暴行》《时钟》《冲突》和《代码EDMA》，有"犹太家族编年史"之称。

《玩偶屋》是该系列的第二部。小说女主人公是一个14岁的犹太少女，名叫丹尼爱拉。战争爆发之际，丹尼爱拉在一次郊游中和同学走散，误入纳粹魔爪，被送进劳动营，后又和其他年轻姑娘一起被强行送进奥斯维辛的"玩偶屋"。据作家描写，玩偶屋是集中营里一个特殊营房，做过绝育手术的女子被迫在那里款待来自前线的德国士兵。玩偶屋的女子既不用从事繁重的体力劳作，也不会像集中营中的其他人那样忍饥挨饿，但却饱受精神摧残。丹尼爱拉始终恪守犹太传统中讲究诚实与纯正的美德。正是这种纯真与道德意识使她在对过去美好岁月的追忆中，在那种地狱般的非人境地中存活了一段时间。最后她想进行反抗，逃出虎口，却不幸死在了哨兵射出的枪弹下。

该系列第三部《暴行》的主人公莫尼是个年仅7岁的男孩，他长着一双酷似母亲的温柔、亮洁的眼睛，又继承了母亲家族所特有的贵族仪表，因而成为男同性恋者眼里的迷人娈童。莫尼和姐姐丹尼爱拉一样遭受着肉体上的折磨与精神痛苦。在他所生活的奥斯维辛集中营，没有人性与尊严可言。与丹尼爱拉相似，莫尼的内心深处却依旧保存着某种善良的本性和传统价值观念，比如忠诚和同情弱者等。纳粹们想要他的身体丰满起来以引起他们的性欲，可莫尼出于对自身角色的厌恶强迫自己遏制食欲，结果变得瘦骨嶙峋，屡遭遗弃。在小说结尾，莫尼试图逃跑，这象征着他为保持人性良善而做最后的努力。但饥饿使他筋疲力尽，离开了人世，即使纳粹官兵也为他求生存的努力称道。

有些历史学家认为，性侵害不符合希特勒所推行的种族纯化政策，因此两部作品的真实性备受争议，1950年代的一些以色列青年人甚至将其误读为春宫小说；但它们确实代表了卡－蔡特尼克小说中所体现的一种道德控诉。卡－蔡特尼克通过莫尼和丹尼爱拉的遭际，描写出纳粹对犹太儿童所做的性侵害，描写出束手待毙之人的苦境，以及控制着集中营囚犯生死的暴虐者的腐败无道。同时，试图解说并维护犹太民族的道德信仰与生存理念。

《冲突》是卡－蔡特尼克的一部意义复杂的长篇小说，它既涵盖了《玩偶屋》与《暴行》所展现的“集中营暴行”主题，又试图探索奥斯维辛幸存者的出路。小说场景在以色列与奥斯维辛之间交替转换。主人公是丹尼爱拉和莫尼的哥哥哈利。小说开篇，以色列女子加利利去找心理医生，希望治疗她受丈夫哈利影响患上的糖尿病。加利利在年轻时代，由于受父亲思想的熏陶，试图寻找一位具备正统派犹太教救赎理想的恋人。偶然之际，读到哈利描述奥斯维辛可怕事件的小说，意识到作者正是她所要寻找的男人。哈利犹如传说里的不死鸟——凤凰，从奥斯维辛集中营中存活并再生，是三兄妹中唯一的幸存者，但意志与精神却遭到了摧毁。他缺乏生存的愿望与爱的能力，缺乏弟妹身上因死亡所保存下来的正义与良善。从奥斯维辛得到解救后，哈利意识到道德与人性方面所承受的压力。通过年轻的加利利，哈利学会了爱和重新进入人类社会的能力，但是当加利利越来越多地了解到哈利与其他幸存者无法治愈的心理创伤后，逐渐意识到任何人都无法从奥斯维辛体验中得到救赎。也就是说，加利利在治疗哈利精神创伤的过程中，也产生了哈利所带有的憎恨与恐惧：

> 我和一个将自身的一半切分下去的男人住在一起。他从奥斯维辛的星球上来到我这里——就像天外来客。他一半是人一半是谜，不管我怎样努力去想象奥斯维辛，我也

无法看透这个谜……我想讨好补偿哈利，为了他让焚尸炉所夺走的一切。我想将他的丹尼爱拉、莫尼与生活的快乐都还给他。

最后，他们通过爱来相互救治对方的心灵创伤。尽管作家本人并没有说明自己是否相信爱可以救赎世界，但他的确相信，只有爱能够使伴侣之间的道德救赎成为可能。

阿佩费尔德：表现战后犹太人求生历程

阿佩费尔德是以色列最为著名的大屠杀作家。与卡 – 蔡特尼克不同，他没有直接描写集中营生活和大屠杀事件本身，而是运用象征手法，将大屠杀体验渗透在带有前大屠杀或者后大屠杀背景的文本中，或暗示出欧洲犹太人在二战期间无处藏身的命运，或表现二战结束后犹太人在欧洲、以色列寻求生存的历程。在他笔下，大屠杀主题并非体现在故事情节中，而是体现在故事叙述与观察视角中。

以长篇小说《巴登海姆 1939》为例，作品开篇写道："春回巴登海姆。小城边上乡村教堂的钟声响了。林中阴影引退到了树上。阳光洒落在每个角落，洋溢在街区的主干道上。"在对自然交替作出绘声绘色的描绘后，作家笔锋骤转，透露出这是一个变革的瞬间，岑寂中的一切预示着某种变化的来临，暗示出小镇上的犹太人将要面临一场灾难。

阿佩费尔德的童年记忆对他的文学世界产生了至关重要的影响。他在 1932 年生于罗马尼亚切尔诺维茨一个富足的犹太人之家，同普通孩子一样，拥有无忧无虑、幸福快乐的童年，但无情的现实很快便粉碎了他金色的梦。阿佩费尔德 8 岁那年，母亲被纳粹杀害，他和父亲被分别送进集中营。小阿佩费尔德同妇女和孩子关在一起，终日面对恐惧与死亡。在一个漆黑的夜晚，强烈的求生意识促使他铤而走险，溜出哨卡林立的集中营，爬过铁丝网，在暗夜中徘徊。后被一个犯罪团伙搭救，到处流浪。3 年后，阿佩费尔德加入红军，四处辗转，足迹遍及大半个欧洲。14 岁那年，即以色列建国之前的 1946 年，阿佩费尔德来到当时的巴勒斯坦。他先到基布兹劳动，学习希伯来语，继而服兵役，进大学攻读哲学和文学，而后到国外深造，并开始了漫长而艰辛的创作生涯，迄今已经发表了 30 余部作品，包括长篇小说、中短篇小说、随笔、文论等。其作品在犹太世界反响很大。

初到以色列的生活对阿佩费尔德来说极其艰辛。他没有父母，没有亲人，没有语言。作为大屠杀幸存者，他没有同自己多灾多难的同胞同生共死，因而具有一种强烈的负疚感，无法像普通人那样生活。即使后来他与父亲奇迹般地在以色列相聚，但无法摆脱孤儿情结的困扰。于是他把写作当成一种自我探索，试图在写作中寻找家园和自我："我是谁？我是什么？我冒着酷热在陌生人当中正做些什么？" 20 世纪 60 年代，阿佩费尔德相继出版了《烟》《在富饶的谷地》《大地严霜》等短篇小说集。在这些作品中，他主要写出欧洲难民在战后漂泊不定的生存状态以及到以色列后的痛苦体验。继之又去写父辈，写已经在欧洲被欧洲文明同化了的犹太人，这些人因拥有犹太人身份、体内流着犹太人的血而否认、憎恨自身；而后他又向纵深发展，写祖母一代人，他们一方面恪守古老的犹太文化传统，同时在漫长的流亡生涯中接受他者文明的熏陶与同化。其作品在不同层面暴露着作家的心路历程，同时也展示出犹太人的思想感情、犹太精神与犹太特性，以及这种精神与特性在物换星移、岁月荏苒中的变异与发展。

1980 年，阿佩费尔德带有自传色彩的长篇小说《灼热之光》面世。小说以第一人称形式，讲述一群失去双亲的少年幸存者到以色列后的故事。小说开始，写一些少年幸存者从意大利乘船去往以色列，在某种程度上，象征着其与过去割断联系，走向新生。但是，这些少年由于在战争期间经历了肉体与心灵磨难，丧失了乐观的人生态度与信仰。他们去以色列不是个人选择，而是迫不得已。与犹太复国主义先驱者的期待相反，少年幸存者没有与以色列土地及百姓融为一体。他们拒绝接受犹太复国主义理想。对他们来说，在农场劳动这一与土地建立联系的行动本身成了某种负担。巴勒斯坦这片先驱者们所梦幻的土地，被他们歪曲为“某种集中营”，集中营情结成为他们融入以色列社会的障碍。

与此同时，本土以色列人和以色列社会对少年幸存者也非常鄙视、厌恶与排斥。以色列的犹太复国主义者和政治领袖提倡通过肢体的简单劳作与土地建立肌肤相亲的联系。少年幸存者拒绝与土地建立密切联系在很大程度上拉大了他们同以色列社会的距离。在这种社会与意识形态背景下，大屠杀幸存者的道德水准和社会地位遭到蔑视，被称作“人类尘埃”。

阿佩费尔德的出生地虽然是罗马尼亚，但母亲讲德语，他的第一母语也是德语，他首先接受的是德国文明的熏陶。德国文学，尤其是卡夫卡的作品对阿佩费尔德影响很大。他从20世纪50年代便开始阅读卡夫卡的作品，卡夫卡笔下的荒诞世界、卡夫卡高超的艺术表现力及其优美的希伯来文书法，在阿佩费尔德的心灵深处产生了强烈共鸣。阿佩费尔德在同好友、美国作家菲利普·罗斯的谈话中曾经指出，卡夫卡出自一个内在世界，并且欲抓住现实生活中的东西；而自己则出自一个现实世界，那就是集中营与森林。但他们同系犹太人，所以卡夫卡的创作让阿佩费尔德产生了奇妙的亲近感。

20世纪70年代，阿佩费尔德创作了长篇小说《漂泊岁月》，得到学术界很高评价。该作品描写的是战争前夕一个奥地利犹太家庭的故事，叙述人巴鲁诺只有13岁，其父是位大名鼎鼎的作家，崇拜卡夫卡，与茨威格过从甚密。但在反犹排犹声浪中，父亲对周围的一切不闻不问，像被同化的犹太人一样，憎恨自己的犹太身份，致使其作品招致骂名。最后，他变得没有信仰，没有朋友，没有尊严，不得不离家出走。30年后，巴鲁诺长大成人，从耶路撒冷重返童年时期生活过的奥地利，无尽的失落感从心中油然而生，为父亲的罪孽乞求救赎。作品中许多细节与卡夫卡笔下的《审判》有着异曲同工之妙。

阿佩费尔德称自己倾注全部心血去了解古老犹太民族的历史和传统。他笃信宗教，守安息日，在逾越节、住棚节、五旬节、赎罪日等传统节日来临之际举行仪式，但不去教堂做礼拜，而是有选择地接受宗教戒律。他相信上帝是存在的，但是并不想同上帝说话，也不想同上帝见面，而是想了解上帝，探索上帝之于犹太人的特殊意义。在他看来，任何宗教均以两大情感为基础：首先是人按照上帝的形象创造出来；其次是人终将化作尘土。这两种情感使得每一位犹太人既骄傲又谦卑。作为大屠杀幸存者，阿佩费尔德已经跳出对大屠杀事件本身及个人经历与体验进行纯然叙述的写作模式，正像他自己所说："我看到过过多的死亡与残酷，促使我去期望。"他在作品中，通过象征讽喻等手法，探讨犹太人同上帝的关系，探索犹太人的命运与出路，在整个犹太世界影响深广。

日本“反战文学”：以受害者面目出现，模糊侵略战争性质

王智新

二战期间，日本文坛受法西斯势力的严格控制，几乎不能发表什么反战言论和反战作品。战争结束后，长期积蓄在作家心里的反战情绪奔腾直泻，各式各样的反战文学应运而生，反战成为当时文坛最引人注目的话题。从这个意义上说，日本当代文学是从反战文学起步的。但由于战前的错误教育和舆论导向，日本作家对侵略战争的认识和态度不尽一致，日本当代反战文学并非清一色的反对侵略战争，也存在打着反战旗号为军国主义分子招魂和美化侵略战争的倾向。二者针锋相对、壁垒分明。

战争时期的日本文坛

明治维新初期，技术的洋化与富国强兵联系起来，被洋化运动排挤在外的作家们感受到强烈的遭排斥的局外人意识，遽然演变为极端偏激的民族主义意识，偏执地鼓吹日本要“向世界雄飞”，要“向中国扩张伸权”。1894 年中日甲午战争爆发，德富苏峰发表《征讨清国的真实意义》《大日本膨胀论》，鼓吹甲午战争是“膨胀的日本实行膨胀实践的最好时机”。有关甲午战争的文学作品成为当时日本最畅销的读物。日俄战争同样催生了大量文学作品。战争白热

化时期，日本报纸发表了托尔斯泰抨击战争的文章。受到从敌国传来的反战讯息刺激的日本女诗人与谢野晶子，以向参加旅顺包围战的弟弟诉说的形式，把为至亲安危担惊受怕的感情直言不讳地写进了和歌，在 1904 年《明星》9 月号公开:《你，别去死！》。全诗共五段，其中最为痛烈的一段如下：

吾弟不要去送死，君王逍遥复逍遥。
让你替他去洒血，让人殉在虎狼道。
血染沙场为哪般？难道此谓光荣死？
君王若有爱民心，如何想象这一切。

这首反战歌一经发表，便遭到狂热于战争的文人的猛烈批判。对此，与谢野晶子毫不退缩，她在《明星》11 月号上发表《打开的信封》，前言写道“论爱国的热情，我不输给任何人”，但“只要是女性，都会厌恶战争。如时下流行‘赴死’、‘赴死’常挂在口，讨论什么事都要摆出忠君爱国和教育敕语，难道就不危险吗”？

1922 年，芥川龙之介的《将军》着力描写了日军敢死队精神上的盲目、无奈和疯狂，辛辣讽刺了日军“持枪盗贼”的本质，矛头直指日军偶像、被尊为“军神”的乃木希典。这些构成了近代日本反战文学的主流，也奠定了近代日本文学对战争的态度。

但二战期间，在法西斯军部的高压统治之下，明治以来形成的日本反战文学传统产生了断层，特别是 20 世纪 30 年代以后。法西斯军部采取高压政策，裹挟人民参加侵略战争，教育和文学也都为虎作伥，起到了推波助澜的作用。日本文学评论家水岛裕雅将当时的日本文人分为四大类：一是刚正不阿，正面对抗，最终遭到逮捕关押；二是对自己以前的反战言论表示忏悔，抛弃自己的立场，转入沉默或是写一些不疼不痒的小品；三是，全面投入法西斯怀抱，充当御用文人；四是，抑制自己的感情，写些与时局无关的文章，抑或是私下里写些反战作品，但不发表。

据水岛分析，第一类日本作家非常少，如小林多喜二和宫本百合子。1933 年，小林多喜二在东京街头与地下工作者联络时，遭到特高警察的袭击而被捕，数小时后即被毒打致死。小林之死是日本左翼文学运动的分水岭。宫本也在同年被捕，未经审判被关押，直到日本战败后才被释放。第二类日本作家也不多，中野重治是其中的代表。第三类作家很多，如被誉为“国民诗人”的北原白秋就曾接受法西斯军部的要求，写了很多赞美战争的诗歌；高村光太郎担任“文学报国会”诗歌部部长，成了名副其实的“战争诗人”，德富苏峰更先后抛出《昭和国民读本》，使民众盲从战争，当日本战败前又炮制《必胜国民读本》，号召民众与军国主义分子一起垂死一搏；第四种人为数不多，其代表人物有唯美派代表作家永井荷风、原喜民等。他们对人生抱消极态度，对现实社会不满，却又没有叛逆的勇气，只好追怀过去。

卢沟桥事变爆发后，日本各大出版社为抢到前线第一手信息，派作家随军撰写战地文学或通信稿。1937 年秋末，日本全面侵华战争爆发后三个月，石川达三作为记者随军到华中战场采访。从上海出发，经过苏州、无锡、常熟，直达南京，目睹南京大屠杀的惨状。回国后，他用 12 天完成了长篇报告文学《活着的士兵》，在良知驱动下客观描写日军暴行和厌战情绪的作品。军事当局却以“扰乱安宁秩序”的罪名将其查禁，并将石川禁锢。当时，几乎所有日本从军作家都在歌颂皇军“赫赫战果”，《活着的士兵》实属罕见。遗憾的是，石川最后也不得不顺应时势写出赞美侵略战争的《武汉作战》。1938 年 8 月，日本侵华指挥部为配合攻打武汉，要求作家从军组成“笔部队”，全面协助侵华军事行动。

1945 年的战败给日本文学界造成了精神上的巨大冲击，同时也带来新生。战后初期的阶段，各种思潮迭起，不同的体验在人们内心交织，在纷繁复杂的思想意识中，对“神国不灭，皇军不败”之类神话深信不疑的日本人对于战败显得格外敏感，在文学创作中也避讳最多。

二战后反战文学如火山喷发

战后，日本“反战文学”如火山喷发，其中最常表现主题有两个：经济主题和情感主题，这两个主题，造成了日本人受害意识的大量产生。如自然派作家正宗白鸟的《战争受害者的悲哀》、战后派作家椎名麟三的《深夜的酒宴》、无赖派作家坂口安吾的《白痴》等都从各个角度反映了经济受害和感情受害。还有根据自己战时从军的体验写成的小说，如大冈升平的《俘虏记》《野火》描绘日军在菲律宾战场伤亡惨重，着重刻画了日军的暴戾。描写原爆受难者体验的有大田洋子的《尸横满街》《到哪里去》，原喜民的《夏季的花朵》，被称为原爆诗人的栗原贞子《原爆诗钞；我的广岛原爆证词》。另外，野间宏《阴暗的图画》《脸上的红月亮》、林芙美子的《平民区》、宫本百合子的《播州平原》等都是反战文学的代表作。

女作家壶井荣的《二十四只眼睛》是战后脍炙人口的反战巨作。小说通过刚从师范学校毕业去偏远的小豆岛小学某分校赴任的女教师大石久子与学生的交流，揭露了战争给日本人民带来的重大灾难。因为战争，孩子们遭遇了很多变故，大石开始对教育产生了怀疑，想要辞去老师工作。日本战败，当年的孩子们死的死，残的残。战争结束第二年，大石再次踏上分校讲台，激动地流下了眼泪。作品发表后产生巨大影响，尤其是促动了教师的反思。有教师写了《致死去的学生》一诗，表示对自己在课堂上灌输军国主义理论的忏悔，其中写道："哦，我那优秀而一去永不复返的学生，绞死你绳索的另一头竟然是握在我的手上，而且是以人师的名义。"日本最大的教师工会组织提出了"决不将自己的学生再次送上战场"的口号。一般教师与下层士兵、市井商人等平民百姓自发地对战争进行反思，掀起了波澜壮阔的反战和平运动。

战后文学的暧昧性和局限性

纵观日本战后文坛，有两个特点必须指出：一是大浪裹挟，泥沙俱下，反战文学和歌颂美化侵略战争的文学同行并存；二是战后日本文学中的反战观所具有的局限性和暧昧性。

二战末期在冲绳战役中搭乘"大和号"战舰从征的吉田满在战

败后写成《战舰大和号的末日》，由于其混淆正义和非正义战争的界限，公开为日本帝国海军张目，丑化联军，在发表时被美军占领军司令部全文删除。但1952年旧金山和约生效后，竟一字不改在日本全文公开刊出。"笔部队"中的多数作家在战后仍毫无悔意，先后出版了大量作品，虽然没有战前那么露骨，但字里行间仍不时露出对战争的歌颂、对皇军士兵的赞美，值得注意的是，这些作品无一不对战败表示惋惜。这期间还有很多复员的士兵、军官等撰写的回忆录，都是不加反思，毫无反悔之意的战场记录，其中不乏文过饰非、强词夺理之作。二战结束以后，被苏联红军解除武装的日本战俘总数达70万，多被流放到西伯利亚等地进行强制劳动改造，由于环境极其恶劣，以及缺乏基本的粮食和休息，其中大约有20万战俘死在了劳改地。这也成了日本战后文学经常描写的素材，这些作品看似反战，却闭口不谈在成为战俘前自己的行为，只是一味指责和攻击苏联政府残忍，非人道地虐待俘虏。日本政府也借此举办展览会，号召大家不忘战败之苦和战败的屈辱。

日本战后的战争文学大都是试图通过个人体验描写，表达个人的受害意识，并没有深刻反思战争的侵略性质。这类战争文学虽然有对日本军国主义和发动侵略战争的批判，但也存在着故意模糊战争的侵略性质，为日本发动侵略战争推卸责任的思想意识。如竹山道雄的《缅甸的竖琴》，野坂昭如写的《萤火虫之墓》，女作家三枝和子的《宇曾利山考》等，这类作品几乎不谈国家政策，只注重战争悲惨的效果，小说中的战争被害者永远是作为实际加害者的日本士兵，这种看待战争的思维方式在战后日本乃至当今日本都颇具代表性。

另外值得一提的是日本的原爆文学。大江健三郎《广岛札记》、井伏鳟二《黑雨》《6000的爱》、林京子的《祭场》等作品描写原子弹爆炸的恐怖、受害者的悲惨，谴责了原子弹使用者和制造者。但却有意无意地割断了历史，因为广岛长崎不只是原爆受害的问题，还包含了许多历史因素。割断历史单提"广岛长崎原爆"，难以全面讲述历史的真实情况。仅举广岛原爆资料纪念馆的一幅展件为例。其中一项是介绍1937年"七七事变"的文字上方，放置了两帧军国主义时代的宣传品。一是当时《朝日新闻》的报道，说中国政府决心对日开战，再是“号外”上面有大字标题:“夜间演习中的我军，遭受不法射击”。这两张军国主义时代的宣传品，它们的目标本身就是宣扬侵略战争正当性，这样的陈设利用，既有悖于原爆资料馆倡导的和平宗旨，同时也给每位参观者进行了误导。

评论家、社会活动家小田实早在1960年代就指出:“在战后21年间，虽然反映亲历战争的文字多如过江之鲫，但几乎都是从被害的视角记述的。”村上春树在回答有关为什么“日本人对二战中侵略的历史都讳莫如深”时一针见血地指出:“今天的日本社会尽管战后进行了许许多多重建，但本质上丝毫没有改变。归根结底，日本最大的问题点在于:战争结束后未能将那场战争劈头盖脑的暴力相对化。人人都以受害者的面目出现，以非常暧昧的措辞改口声称‘再不重复那样的错误了’，而没有人对那架暴力机器承担内在责任，没有认真地接受过去。”大江健三郎在诺贝尔文学奖授奖大会上明确表示，二战中日本“侵略了亚洲各国”，他“对日本军队在亚洲各国所犯下的惨绝人寰行为感到痛心，应予赔偿”。

反战文学要正视侵略战争性质

日本的反战文学传统是建立在反战厌战的心理之上的。从与谢野晶子到小林多喜二、壶井荣、野间宏，他们的反战出发点是对危在旦夕的弟弟的担忧、对战场上毙命的战友的痛惜以及对在战场上死伤的学生的内疚，“有力地批判了战前军国主义有悖于生命价值的扭曲，但多从战争‘受害者’的角度还未从‘加害者’的角度审视那场战争”，（李德纯，2001年）不可能看到侵略战争中真正受害者的痛苦。铺天盖地的受害手记和记录，以及模糊侵略战争性质、不分战争正义与否一概反对的所谓“反战”小说，其结果是淡化或美化了日本帝国主义的侵略罪行，给人造成一种错觉，好像二战中最大的受害国是日本。这也正是20世纪70年代后以“新教科书编撰会”为代表的日本新民族主义抬头的土壤和基础。

20世纪90年代，就如何看待二战中日本人的死亡和亚洲各国人民的牺牲，日本学者中爆发了一场争论。战后日本的“革新势力”主张必须为两千万亚洲牺牲者谢罪，对本国的三百万死者不屑一顾；“保守势力”则相反，对二千万亚洲人的牺牲者不屑一顾，却陷入把三百万本国战死者放在靖国神社祭奠的“虚幻”。明治学院教授加藤典洋把上述革新派和保守派的姿态分别称为“外向性自我”和“内向性自我”，并认为在这里出现了所谓日本人的人格分裂，而日本战后问题的根源就在于此。加藤的结论是“靖国（神社）逻辑源于革新派的死者观”。“革新势力”把日军称为“侵略者”，这成为“靖国（神社）逻辑”产生的根源。因为“保守势力”反复宣称“上次战争不是侵略战争”、“南京大屠杀是编造的谎言”等，只是为士兵之死找回意义，表达追悼之心。他提议：只有先解决了人格分裂，实现统一的有责任感的日本国民主体，才能真正做到对外谢罪。作为具体步骤，在追悼二千万亚洲的牺牲者之前，先对三百万日本战死者表示哀悼。另外，加藤在谈到天皇的战争责任时称“天皇的责任是对（本国）臣民的责任”。对此，东京大学教授高桥哲哉撰文批判，论述日本发动侵略战争给亚洲各国带来的灾难。他认为，日本人应当承担的责任和义务，就是要正视历史事实，审判自己的过去，促使日本政府履行战争赔偿，向各国受害者谢罪，并将这一惨痛教训传给子孙后代，以免历史重演。

20世纪90年代起，由于亚洲各国的战争受害者纷纷向日本法庭提出战后赔偿，追究战争责任，迫使日本重新面对被弃置了长达半个世纪之久的战争责任和战后责任。但在日本国内，对受害者的呼声持粗暴拒绝态度、主张“历史修正”的新民族主义势力在增强。“首先要祭奠本国的包括士兵在内的战争死者，然后才能哀悼2000万的亚洲死者”的观点，与日本国内“要找回日本国民的自豪感”、抹去历史教科书中充满“自虐性”的记述、否认“南京大屠杀”和“随军慰安妇”历史事实的言论异曲同工，只是要更复杂、更讲究，既不是排外主义，又不是否定论，而是危险的新民族主义者主张，应该警惕。高桥哲哉一针见血地指出，加藤“首先要祭奠本国死者”的主张，就意味着要先哀悼“南京大屠杀”的刽子手、

“七三一”细菌部队的成员以及把“慰安妇”作为性奴隶的日本兵。这无论从伦理上还是从政治上都是行不通的。保持耻辱的记忆，为它羞愧，不要忘记那场战争是侵略战争，要一直作为今天的课题，意识这一点，代替本国死者向被侵略者谢罪与赔偿，这就是日本人的战后责任。

20世纪70年代，《朝日新闻》记者本多胜一首先全面采访揭露了日军的侵华罪行，他的一系列报告文学《中国之旅》《在中国的日本军》等，第一次打破了日本战后30多年来对所犯罪行的沉默。森村诚一的长篇报告文学《恶魔的饱食》以鲜为人知的史实为核心，揭露二战中，日本帝国主义在我国东北等地用活人做生体实验的罪行。从中国抚顺和太原战犯管理所经过教育改造后的日军老兵也从1970年代开始，不断以自己的所见所闻、所感所思来反省揭露日本军国主义，《侵略——从军士兵的证言》《三光》《侵略——在中国的日本战犯的自白》《我们在中国干了些什么？》《不忘侵略屠杀的天皇军队——日本战争手记第2集》等“中归联”会员出版的书，不下几十部。这些侵华老兵的回忆与忏悔，恐怖真实，发人深省，在日本社会也引起了不小的震荡。在日本新民族主义泛滥、新军国主义思潮迅猛高涨的情况下，控诉和揭发日本侵略战争是一个极具思想意义与政治意义的选题，这不仅有丰富的可供开掘的文化内涵，也关系到二战成果和人类和平是否继续得到维护。

几年前，离东京不远的崎玉县建立了中归联和平图书馆，保存约有2.4万份资料，是二战日本士兵一生的反战记忆：45名老战犯亲笔写下罪行供述书，他们看的各种读物和他们证言的录像录音，它们将永远告诉人们那场战争的真相。

我们期待着日本作家能从战争加害者的角度，从整体的文化背景上，探讨和剖析二战的内在原因，对这场战争的帝国主义性质给予的批判。倘若如此，这必将是世界爱好和平人民的福音。

诺奖的国际政治学：何谓“白俄罗斯文学”？

林精华

2015年10月8号，诺贝尔文学奖授予白俄罗斯籍的女作家斯维特兰娜·阿列克谢耶维奇。CNN报道说，“她是107位获得该奖作家中的第14位女性”，并辑录她的论述，如“每个普通人都有自己微弱的个人命运史”。乌克兰总统发文称出生于乌克兰的女作家获奖是乌克兰的骄傲，但她并非用乌克兰语创作。女作家不仅是白俄罗斯国民，且创作语言之一即白俄罗斯语，白俄罗斯总统卢卡申科办公室发布祝贺信称“您的创作，触及的不仅仅是白俄罗斯人的感觉，还是许多国家的读者共同心声”。令人疑惑的是，作家主要以俄语创作，且成名在苏联时代，苏联解体后她仍多次获俄联邦文学奖，却未激起俄罗斯读者、作家和政府的兴奋，相反，俄国作家协会两主席之一的科鲁滨及时发表关于她获奖的措辞严厉的言论。与之相呼应的是她获奖后的发言，提及乌克兰危机——当下欧洲、俄罗斯和独联体最敏感话题，批评俄罗斯政府对东乌分离主义战争应负责任；但她在接受广播公司采访时却说获奖感受很复杂，“这个事件直接唤起的是蒲宁、帕斯捷尔纳克这些伟大的俄罗斯作家名字”，又称这仅是事情的一个方面。诺奖颁给一位出生于乌克兰、主要用俄语书写的白俄罗斯女作家，无论初衷如何，最终却引人关注是否存在“白俄罗斯文学”、能否把俄罗斯–苏联时代那些被强行纳入版图之中的非俄罗斯民族文学和“俄罗斯文学”剥离开来、重新思考“苏联”及其遗产问题。

这不是危言耸听：无论诺贝尔文学奖评委会的初衷如何，借助诺贝尔文学奖肢解俄罗斯文学，绝非空穴来风。1932 年，授予蒲宁诺贝尔文学奖，是因为“他继承了俄罗斯散文优秀传统”：很明确地把苏联文学和俄罗斯文学区分开来，以此暗示苏联文学是对俄罗斯文学传统的中断。这在冷战时代成为惯例，如帕斯捷尔纳克的获奖理由是“在当代抒情诗和俄国史诗传统上都取得了极为重大的成就”；索尔仁尼琴获奖是“由于其道德力量，借助它，他继承了俄罗斯文学不可或缺的传统”；1987 年，10 年前加入美国国籍的约瑟夫·布罗茨基“由于对作为作家身份责任的全身心领悟，以清澈的思想和强烈的诗意感染于人”而获得诺奖。

斯维特兰娜的身份、人生历程、文学活动主旨、所在国和所关心的国家问题等，以及 2013 年以来乌克兰危机引发的国际地缘政治冲突之局势，显示出此次诺贝尔文学奖同样具有国际政治学效应。

1948 年，斯维特兰娜出生于乌克兰社会主义加盟共和国斯坦尼斯拉夫州的混杂民族之家：父亲是白俄罗斯人、母亲则是乌克兰人。这种出身及人生历程，深刻影响了她后来的文学活动。她的出生地是后苏联历程中乌克兰的一个重要地点——伊凡诺 - 法兰克福州——乌克兰西部地区的经济和文化中心，2013 年 11 月份以来的乌克兰危机与这里有关——当地居民和地方政府强烈主张乌克兰加入欧盟、北约，与俄罗斯接壤的乌克兰东部地区居民和地方政府，则在对乌克兰的认同上，持完全对立的态度。

1972 年国立白俄罗斯大学新闻专业毕业后，她先后担任历史和德语教师，在当地报社工作，后在白俄罗斯作协主办的《涅曼》月刊工作，1983 年加入苏联作协。她工作后的文学活动，并不直接表达白俄罗斯民族身份认同问题，而是和当时的现实主义作家一样，以激烈批评苏联社会问题而著称。

1985 年出版的俄语小说《战争中没有女性》，是其第一部文献性的中篇小说，内容选自阿列克谢耶维奇访谈的几百位亲历二战的白俄罗斯女性，她们代表了苏联历史上默默无闻的千万女性的命运。当年保加利亚文译本出版，第二年中国推出汉译本。然而，该作问世于新思维之前，审查制度批评她创作有自然主义和诋毁苏联妇女的英雄形象的趋向，但不到5年时间，该作发行量达200万之巨，被批评界誉为“文献小说的出色大师”，屡获大奖并被搬上话剧舞台。

1985年出版的俄语小说《最后的见证者》，采访了二战期间白俄罗斯的孩子们，实录他们对二战的见闻，包括战争突然就来了、和平生活由此消失。这些口述性作品展示出白俄罗斯作为卫国战争前线的境况，颠覆了苏联官方对卫国战争的宣传。

《锌制男孩》（汉译《锌皮娃娃兵》）是对10年间不同时段参加阿富汗战争的苏联士兵的访谈，由此实录和苏联官方宣传完全相反的真相。作者以逼真的叙述质疑这场成为苏联解体原因之一的战争，却遭到参战士兵的家属批评，直到苏联解体后，还有人因此向法院提起诉讼。

《切尔诺贝利的祷告：未来编年史》辑录亲历核辐射区的原苏联人的灾难记忆，重现核大国苏联及其集权体制，其遗产对乌克兰的威胁，没有随着苏联的逝去而终止。

创作于2013年的《二手时代》记录后苏联社会转型中不同阶层的普通人找不到生活方向，经历了梦想破碎及恐惧。在作者看来，这种叙述是要在五花八门的细节中展示苏联遗产给人们带来怎样的感受、状态和理解。

阿列克谢耶维奇用与当事人访谈的方式，不仅真切呈现二战、阿富汗战争、切尔诺贝利事故、后苏联社会转型等重大事件，而且展示亲历者关于“苏联”的认知，正如萨拉·丹尼乌斯在宣布授奖消息时所解释的，“斯维特兰娜是超常作家。过去三四十年，她一直忙于绘制苏联和后苏联的个人地图，但不见得是事件的历史，而是情感的历史——她提供给我们的是一个真正情感的世界，所以她在各种作品中描绘的这些历史事件……仅仅是探求苏联的个人和后苏联的个人之潜文本”，她在文体探索上创造出“集体小说”、“小说-宗教剧”、“证据小说”、“合唱史诗”等，塑造“讨论自我的人”等。按其作品的英译者薇拉沙耶维奇所说，“除了真实之外，不再有其他东西……这次她获奖，将意味着有更多读者要接触到她作品所描绘的那些经历苏联历史悲剧之幸存和绝望的形而上维度”。

后苏联时代流行“历史文学”，即苏联亲历者感性地描述自己所经历的苏联重大事件。其中，后苏联时代的俄罗斯作家在经历了否定苏联风潮之后，因为俄罗斯日渐有序、富裕、强大起来，自1990年代末以降，开始转而对苏联的正面怀旧。但后苏联的独联体国家和波罗的海沿岸三国，绝大多数还健在的苏联时代著名作家，对苏联是持否定性叙述的，其中包括乌克兰裔的苏联时代著名卫国战争题材作家瓦西里贝科夫。视贝科夫为文学导师的斯维特兰娜亦然。

也就是说，斯维特兰娜获奖的意义，远不止是要彰显非虚构这种文类的叙述魅力。按她所论，“我长期寻找那种能回答我是怎样看见世界的文类……最终我选择人类不同声音的文类。我的书，是我出街头，在室外，认真观察和聆听而来的……今天，当世界和人变得如此多样化时（艺术则越来越承认自己的无力），艺术中的文献则变得越来越有趣，缺之，要展示我们世界的真正图景就完全不可能”。其自传又重复了这些表述：“抓住真实，就是我之所想。而这种体裁——由多人的声音、忏悔、人们心灵的证据和见证组成的体裁瞬间就攫住了我。是的，我正是这样看待和倾听世界：通过声音，通过日常生活和真实的细节……从成千上万的声音、我们日常生活和存在的片段、词语以及词语和词语之间、词语之外的东西中——我组织起的不是真实（真实是无法企及的），而是形象，是自己时代的形象，是我们对它的看法，我们对它的感觉。真实性产生于视野的多样性……我从和我同时代生活的人中组织起自己国家的形象。我希望自己的书是编年史，是我所遇到的和与他们同行的几代人的百科全书……”阿列克谢耶维奇以文献小说的方式诉诸苏联及其所导致的各种问题、展示苏联－后苏联时代白俄罗斯小人物的命运，与苏联时代热衷的宏大叙述区分开来。

她因此被国际社会广泛关注，2013年开始成为最有希望获得诺贝尔文学奖的作家。可是，她的获奖引发俄罗斯人的警惕，作家本人又不以俄罗斯作家自居，这样的矛盾引人思考。

白俄罗斯历史超过千年、人口近千万、国土面积近30万平方公里，1945年就作为苏联加盟共和国和苏联一道加入联合国组织，有自己的国歌《我们是白俄罗斯人》，理论上应该有自己的文学艺术，有着不同于俄罗斯－苏联的代表性作家作品、文学史变迁、文学思潮等。而探求包括白俄罗斯文学在内的复杂真相，从而使俄罗斯－苏联所辖的诸多民族文学，与俄罗斯文学剥离开来，自然会遭遇俄罗斯文学家的抵抗。

得知斯维特兰娜获奖，俄罗斯著名作家、作协两主席之一的科鲁滨，在10月9号接受“俄罗斯人阵线”访谈时表达了对此次白俄罗斯作家获奖的不满：“一直有因政治主题，并非由于作者出色的艺术成就而获诺贝尔文学奖的现象。西方起初是希望把白俄罗斯当作自己的附庸国与其调情的，可能现在找到了新的攻击俄罗斯历史的方式。斯维特兰娜……试图强词夺理地展示，俄罗斯没有任何好的东西……她描写了战争中的白俄罗斯女孩。当然，决不能否认没有哪场战争不是这样的肮脏，要知道，战争不是和平。但作者凸显的只是这种卑鄙的层面，暴露出其倾向性，这对一位作家而言是不体面的……我个人不认识她，但我要强调，超越政治的诺贝尔文学奖是不存在的……当然，我祝贺白俄罗斯文学获得了诺贝尔文学奖，但我要重申，她无法把白俄罗斯作家分离出来……白俄罗斯文学，是一种强有力的文学，但因为政治化的女作家而获得诺贝尔奖？”

对于这样的论述，《华尔街日报》批评：“在俄罗斯，一些民族主义者已经批判斯维特兰娜，指责她痛恨俄罗斯，会激起欧洲反俄情感。”这也令人思考斯维特兰娜获奖与白俄罗斯文学有何种关系。

所谓“白俄罗斯文学”，显然是用白俄罗斯语言创作并表达白俄罗斯人审美诉求的文学。白俄罗斯文学史家主张：14—16世纪在立陶宛大公统治下，白俄罗斯文学传统开始形成，确定了古白俄罗斯语的官方地位，1517年布拉格刊行了弗兰齐斯科·斯科林纳用古白俄罗斯语翻译的《圣经·赞美诗》，16—17世纪在波兰文化影响下出现了巴洛克诗歌和戏剧；18世纪，因信仰东正教的农民和商人的阻止，白俄罗斯出现波兰化趋势，古白俄罗斯语逐渐衰落了；18世纪后期，白俄罗斯知识分子努力恢复民族语言文学，出现了古白俄罗斯语的杰作马尔舍夫斯基《悲剧》和《被奴役中的自由》；19世纪延续这一趋势，产生了一系列著名作家及其力作，如维列尼钦的《帕纳斯山上的塔拉斯》、拉温斯基的《反常的艾涅伊达》、杜林－

马尔钦克维奇的歌剧《萨良卡》等；在19世纪后半期，现实主义文学有长足发展，出现了现代白俄罗斯文学奠基人巴库舍维奇。1905年后，白俄罗斯文学进入短暂繁荣期，如恰洛特及其长诗《赤脚站在火场上的人》，叙述白俄罗斯人对俄罗斯革命和内战的观察。苏联时代，白俄罗斯作家仍保持着白俄罗斯文学传统，出现了阿达莫维奇及其《游击队员们》《最后一个假期》《我来自热情的乡村》，以及他与格拉宁合作的《围困之书》等作品；尤其是瓦西里贝科夫，他创作的长篇小说《砂石厂》和诸多中篇小说，在苏联时代独具一格。

但是，在俄罗斯文学史家看来，17世纪之前根本不存在白俄罗斯语言书写的文学。他们认为，10—17世纪，白俄罗斯文学、乌克兰文学、俄罗斯文学是一体的；所谓古白俄罗斯语即西俄罗斯语，和乌克兰语一样，都是古罗斯语的方言，是古罗斯语的民间称呼；而18世纪以后白俄罗斯文学是俄罗斯帝国文学的一部分；苏联时代白俄罗斯文学是苏联加盟共和国文学，并非独立的，尤其是二战结束后，白俄罗斯加盟共和国获得解放并统一，布罗夫卡、潘琴柯、唐克等作家发表了讴歌统一的白俄罗斯苏维埃社会主义加盟共和国作品，1950年代白俄罗斯作家沙米亚金长篇小说《深流》、梅列日《明斯克方向》、雷恩科夫《难忘的日子》等，积极叙述十月革命、农业集体化等苏联文学共同题材。1960年代以后，被斯维特兰娜视为导师之一的阿达莫维奇，其作品实际以积极叙述苏联而著称，而她的另一位导师瓦西里贝科夫的诸多作品，基本上以苏联卫国战争为题材，在基调上和当时的苏联文学毫无二致。

面对白俄罗斯人和俄罗斯人关于白俄罗斯文学的截然不同论述，斯维特兰娜获奖自然会促使读者思考。按斯维特兰娜对《明斯克独立报》“我们的田地”所说，“这绝不是对我个人的奖赏，而是对我们的文化，我们这个小国家的肯定”。既然如此，那么我们就必须面对这样的事实，白俄罗斯作为一个国家的历史，和俄罗斯、波兰纠缠不清，因而白俄罗斯文学不仅仅是白俄罗斯语创作的文学，可能还包括帝俄时代－苏联时代用俄语创作的白俄罗斯裔作家，只要他们表达了白俄罗斯民族认同；而俄罗斯帝国时代以及苏联－

后苏联时代，那些用俄语写作的文学，未必都属于俄罗斯文学，有的可能属于乌克兰文学，有的则属于白俄罗斯文学，如瓦西里贝科夫 1993 年以来的文学创作，完全不同于苏联时代，他对那场俄联邦仍继续称之为“伟大的卫国战争”的叙述，已经渗透有强烈的白俄罗斯意识。

此次诺贝尔文学奖的国际政治学效应，姑且不论评审目的如何，至少客观结果已经显示，虽然按诺贝尔文学奖常务秘书萨拉·丹尼乌斯的解释：“诺贝尔文学奖奖励的根据是文学，仅仅如此。它从来不是政治奖项，未来也永远不会是。”

世界主义与文学的两难选择

陈众议

在《失落的秘符》中，丹 · 布朗包罗万象，从另一个角度展示了美国式大杂烩：从中世纪欧洲到印度奥义、中国易学再到炼金术、占星术、纹章学、塔罗牌及各种神秘社团、西法底文化，等等，而这些恰似好莱坞电影或“全球化”背景下的 NBA 比赛，其文化含义和商业动机不言而喻。

由此，读者大可将话题引申至近年世界文坛关乎世界主义的讨论。在这些讨论中，民族性和世界性这个“背时的话题”再度被提到前台。其中的二元对立固然可疑，但完全否定二元论却是放弃起码的坐标。无论从什么角度看，丹 · 布朗的小说确实色彩驳杂，但其所持守的却是一本正经的美国价值。这不由得让人联想美国中央情报局前局长杜勒斯关于让我国年轻一代变成世界主义者的一席话，他或他的同僚们可没有构筑人类命运共同体的善意。文化接轨难免被同一化，除非我们有足够的抗体，而目前由技术理性制导的简单量化也许正是杜勒斯们需要的世界主义。

伪多元与同一化

近年解密的白宫文献资料显示，早在 20 世纪 40 年代，时任美国总统的罗斯福就明确指出，若论什么是影响人们思想观念的最佳武器，电影首屈一指。他曾下令有关方面要全力支持好莱坞，使其为美国政治服务。在此之前，威尔逊也曾指出，电影是传播美国价值的首要媒介。同样，胡佛认为电影输出的意义不仅在于它作为直接的商品价值，还在于它代表了美国的生活方式和影响力。1953 年，随着“冷战”的升级，艾森豪威尔任总统期间成立了美国新闻署，下设电影电视和新闻广播等部门，简称 USIA。该机构的使命被确定为：一、宣讲美国政府的政策；二、阐明美国政治与各国人民的合理诉求密不可分；三、抵制一切反对和扭曲美国形象的企图；四、通过表现美国价值观和生活方式促进人们对美国政治的理解。

而现代美国政治本质上是跨国资本主义政治。它在较为空泛的“自由”、“平等”、“博爱”的基础上逐渐形成了两大新基点：现代化和大众消费文化；二者相辅相成。这一循环从现代化初级阶段以满足人的实际需求为导向的生产和消费方式，逐步发展至如今以制造和刺激消费、激活和培养欲望为目的的消费和生产方式。简言之，现代化伴随着资本主义产生发展，见证了奈斯比特、托夫勒们所说的“第二次浪潮”，以新的面目走向了所谓的“第三次浪潮”或“后现代”（“后工业时代”）。在这方面，好莱坞提供了不可多得的范本：理论上的相对或多元为好莱坞走向世界打开了实实在在的通道。最初是 20 世纪 30 年代华纳兄弟和派拉蒙公司的走出去战略：二者相继在德国和西班牙拍摄电影并就近在这些国家及其周边地区发行；然后是起用欧洲演员，譬如派拉蒙公司在法国本土制作了一些法语电影。同时，好莱坞花了三年时间探寻和解决配音问题，从而打破了欧洲非英语国家对好莱坞的抵制。这些尝试不仅降低了成本，而且为好莱坞的“国际化”进程开拓了更为广阔的前景。从此，境外制作和起用外籍影星，使之为美所用逐渐成为好莱坞的重要模式之一，后来被 NBA 等诸多行业或领域所吸收并发扬光大。但是，美国式多元文化真正扬帆远航却是在 20 世纪 80 年代以降，在此之前，“冷战思维”和麦卡锡主义始终盛行，而门罗主义则至今没有消歇。

大众消费文化：娱乐至死

好莱坞可以风靡全球便是基于大众消费取向：一是伪多元，二是娱乐化。好莱坞大片的所谓“国际化”本质上却是地地道道的美国化。理查德·佩尔斯说，早在20世纪30年代，世界因好莱坞电影了解和熟悉美国产品及美国人的生活方式、行为模式和价值观，在一些知识分子看来，欧洲正在丧失对自身文化、欧洲传统的兴趣。比如，美国电影的强大吸引力使法国作家深感不安，他们担心巴黎的时尚和文艺中心位置不复存在。这种恐惧不仅限于法国，它在全欧蔓延，以致不少文化精英认为好莱坞正在瓦解他们的民族认同。

好莱坞大片奉行的是不折不扣的娱乐化或通俗化路径。稍稍翻检一下近年好莱坞“大片”的种类，我们当可洞悉其“娱乐化”本质：票房，或谓利益驱动的美国化或跨国资本主义的一元化。娱乐化与美国的现代化理念和大众消费文化一脉相承，花样之多不胜枚举，而且更重要的是，它借艺术以自立逻辑。美国精神和美国生活方式在角度不同、题材各异的故事中得到体现。

这样的“普世价值”符合强势文化和跨国资本全球扩张的需要，这种以通俗（消遣）为指向的“多元化”或多样化文化产品恰好契合和顺应了现代化（或后现代）背景下的大众消费精神，用波兹曼的话说便是“娱乐至死”。

“世界主义”理论下的“世界文学”

2012年至今，伊格尔顿接连发表了试图重构文学理论的《文学事件》《如何阅读文学》及《文化与上帝之死》等重要著述。它们是伊格尔顿回归文学本体及作家–作品–读者“神圣三位一体”的一次“寻根之旅”，也是他在“后信仰时代”强调文学教化功能和社会责任的有益尝试。同样，帕特里希亚·沃等人也已在《文学理论和批评：牛津导引》等相关著述中，对“后文学”、“后理论”进行了反思，并将“理论之后”或“后理论之后”的文学批评归结为八大类或八大趋势，其中前四类为：(一)运用现有理论进行文学阐释；(二)关注作家写作，关注文学责任；(三)重视心理学、精神分析和创伤理论；(四)反思理论。后四项为：(一)继续对抗经典，如后殖民研究及身体、空间、流散、幽灵等方面的研究；(二)环境主义和生态批评；(三)认知美学，如认知修辞、认知叙事学和新老诗学、接受美学等；(四)后文学文化批评。尽管未必全面，但所昭示的已是大杂烩。当然，这仅仅是一种概括，我援引此概括也无意于否定复杂而多维的后现代理论，但问题是我们似乎已经习惯了跟风和偏食，以至于从“失语”走向了失思，连世界主义这样的抽象概念也成了话题。

世界主义由来以久，且从来内涵模糊、外延不清。如果将其概念缩小至可喻范畴，那么首先它与源远流长的理想主义一脉相承；其次它业已在跨国资本主义时代演化为残酷现实：去民族化的“国际化”趋势；再次，它的消费主义取向违背了文学经典的伟大传统。

正是在“大同”、“博爱”等世界主义思想的指引下，“世界文学”被提到了议事日程。“世界文学”由歌德于1827年首次提出，并断言“民族文学不再重要”。此后，英国学者波斯奈特在《世界文学》一文中将人类受相似的社会发展过程所产生的文学规律泛化为“世界文学”，认为“这种过程可以在希伯来和阿拉伯、印度和中国文学中观察到”。同时，丹麦人勃兰兑特从文学的翻译、流播看到了“世界文学”，“马洛、柯尔律治或雨果、左拉、易卜生等众多作家均不仅属于自己的国家”。泰戈尔则认为伟大的文学没有国界，而“世界文学”乃是具有世界意识的作家合力构建的。同样，郑振铎视文学为人类精神与情感的反映，而人性具有共通性，因此人类的文学也具有一致性，即“统一观”。但马克思、恩格斯对“世界文学”的认知是建立在对资本从地区垄断到国家垄断再到国际垄断的批判性基础之上的，认为它是资产阶级以自己的方式建立世界的必然结果；同时，由于国际市场的建立，“民族的片面性和局限性日益成为不可能，于是由许多种民族的和地方的文学形成了一种世界的文学”，这也是事实。但它们是一个问题的两面，前提是资本对民族性的消解；而且在“世界文学”格局中，各民族和地方文学并不平等。所谓的“世界文学”本质上不外乎欧美文学或极少数为欧美所认可的亚非拉作家作品。而我们甚至不清楚周边国家文坛都有些什么，何谈“世界文学”？当然，世界文学作为实际的存在是另一回事，老挝有文学，柬埔寨有文学，缅甸也有文学，但世界市场和时流风尚有所偏侧则古来如此。

如今，在全球化时代，“世界文学”被许多学者视为人类情感“共舞”和精神“狂欢”的必然结果，不少人对此持审慎态度，甚至提醒共存和交流的背后正出现前所未有的文化单一性，持后一种观点的多为西方马克思主义者。

与此同时，世界文学市场已然形成，资本对文学的主导地位也早已露出端倪。村上春树、阿特伍德、波拉尼奥、赛阿维达以及丹·布朗等（这个名单亦可无限延续）东西方作家的国际化、“全球化”取向和市场份额是我们有目共睹的。

“世界文学”的“国际化”倾向

民族文学不一定就是“世界文学”的组成部分。反过来说，所谓的“世界文学”恰恰是建立在消解民族文学，尤其是发展中国家民族文学传统基础上的。譬如当前“世界文学”的“国际化”或“全球化”倾向大抵与以下因素有关：一是绝对的相对主义盛行；二是文化消费主义和文学国际市场的形成；三是文学创作机制、创作理念的改变，即“畅销书”背后不仅有文化工业和市场等强大的推手，也有理想主义脱离实际的面壁虚构，等等。

村上春树《挪威的森林》自1987年问世以来，在日本国内即创下了近千万册的销售纪录。小说只是个普通的“三角恋爱”题材：男主人公渡边在多情善感、沉默寡言的直子与阳光而不乏野性、活泼而充满幻想的绿子这两位性格迥异的女性之间所经历的迷茫摇摆和颓废无助。完成于 2011 年的《1Q84》是村上自称向乔治·奥威尔致敬的作品。不过，奥威尔写的是指向未来的反乌托邦小说；而村上则是回溯过去：写一对 10 岁时相遇便各奔东西的男女青豆和天吾，因 1984 年发生的一系列事件阴差阳错地被引入了一个名为先驱的宗教社团，他们进入青豆命名的 1Q84。1Q84 与 1984 的主要差别在于前者天空上出现了两个月亮，青豆和天吾在 1Q84 从不同的角度了解世界。作品的一些细节令人想到丹·布朗，且村上作品的书名大都是"国际化"的。类似例证还有加拿大的阿特伍德、拉丁美洲的阿连德和波拉尼奥，阿拉伯世界的赛阿维达，等等。

以上作家作品无论技巧还是内容都具有鲜明的"国际化"倾向，故而也十分有利于全球传播。抽去其人物姓名、事发地点，那么作品中的他们和它们完全可以是世界上的任何个人、任何地方。这些作品甚至连时间都相当模糊，盖因其来源不再是现实，即传统意义上的生活，而是各种文本。此外，不是巧合的巧合是，这些作家的代表作均有"科幻小说"的影子和众多畅销元素。

法兰克福学派曾致力于研究大众文化，不少西马学者还是大众文化的积极鼓吹者，其理由是大众文化可以消解资本主义意识形态的垄断地位，但他们很快发现，资本主义的发展模糊了阶级意识，使工人阶级开始热衷于买股票并竭力摆脱自己的阶级属性。于是，马尔库塞（《单向度的人》）等又开始反思和批判大众文化，认为真正的艺术应该是拒绝的艺术、抗议的艺术。换言之，艺术之所以成为艺术，或艺术之所以有存在的价值，是因为它提供了另一个世界，即可能的世界；另一种向度，即诗性的、理想的向度。前者在庸常中追寻或发现意义并使之成为"陌生化"的精神世界，后者在人文关怀和终极思考中展示反庸俗、反功利的深层精神追求。文化批评家费斯克（《理解大众文化》）则认为大众（通俗）文化即日常生活文化，其消费过程则是依靠文化经济自主性对意识形态霸权进行抵抗的过程。

而今跨国资本主义正在使人类价值、审美乃至语言向资本支配者趋同，人类文明的生态危机已然显形。尽可能地守护美好的民族传统不仅是出于文化生态多样性的需要，更是君子之道、人文之道。而文艺在这中间起到了中流砥柱的作用。盖因文学艺术是加法，向着理想而在，而且不可再造。套用阿瑞提的话说，如果没有哥伦布，总会有人发现美洲；没有伽利略，也总会有人发现太阳黑子；但若没了莎士比亚或曹雪芹，又会有谁来创作《哈姆雷特》或《红楼梦》呢？这种不可替性和偶然性决定了文艺作为民族文化基因或染色体的重要地位。此外，文艺的伟大传统之一是充满理想主义色彩的守望。

遗憾的是，目前充斥我国文艺界的是充满消费主义精神的产品；语言简单化、卡通化、杂交化、低俗化以及工具化、娱乐化等去传统化趋势势不可挡。进而言之，作为我们民族文化根脉和认同基础的母语正日益面临被肢解和淹没的危险。强势文化对其他文化及其传统明显具有强迫性、颠覆性与取代性，所谓的世界潮流（及其流行声色）正在使许多传统乃至语言化为乌有。但是，跨国资本主义（国际化、全球化）的历史必然与发展中国家的文化传统及情感诉求构成矛盾。无论是自易还是被易，发展中国家介入国际化、全球化狂欢必须付出高昂代价。

伊格尔顿们或许正是基于忧患意识或理想主义，希望文学在这个“后信仰时代”承担起拯救灵魂的责任。他们的努力能成功吗？

近距离看 2015 法国文学

曹丹红

与罗兰·巴特同在的一年

2015 年法国影响最广泛的文学事件，无疑是对罗兰·巴特百年诞辰的纪念。各种形式的纪念活动在法国各地文化场所开展，持续了整整一年。据罗兰·巴特官方网站不完全统计，2015 年，全世界发起了 46 项纪念活动，其中 22 项发生于国外，24 项发生于法国本土。

作为法国文学文化生活最重要的一个场所，法国国家图书馆在 2015 年举办了一系列形式各异、规模不一的活动，向这位思想上的巨人致敬。较为重大的活动包括：3 月 3 日邀请法国文学研究专家、巴特传记作者蒂凡妮·萨莫瓦约进行了一场谈话节目；5 月 5 日至 7 月 26 日举办了巴特手稿展；5 月 5 日举办了主题为“罗兰·巴特及其 20 世纪”的晚会，邀请瑟伊出版社“Fiction & Cie”丛书主编贝尔纳·高芒、巴特研究专家埃里克·马尔蒂和萨莫瓦约，就巴特给社会留下的遗产及其对个人的影响展开讨论。12 月 9 日，卢浮宫联合巴黎高等师范学院，在卢浮宫演播厅举办了题为“假如罗兰·巴特在 2015 年写作他的《神话》”的活动，邀请各界人士模仿巴特代表作《神话》的风格写作一则“今日神话”，并在晚会上宣读。

纪念仪式显然不能遗漏各类贡献给巴特的出版物。2015 年 1 月 15 日，一部献给巴特的重量级传记在瑟伊出版社“Fiction & Cie”

丛书出版，拉开了罗兰·巴特纪念活动的序幕。作者为上文提到的萨莫瓦约。萨莫瓦约有幸获得巴特家人首肯，在对巴特手稿进行整理、阅读后，撰写了一部长达700多页的传记《罗兰·巴特》。传记出版后广受好评，萨莫瓦约也受多方邀约，携带这部独特的传记在世界各地宣传了罗兰·巴特的精神遗产。2015年底《世界报》“书评”版编辑选出年度20本“心仪之书”，《罗兰·巴特》是其中之一。据悉华东师范大学出版社已获得这部传记的版权，中国读者也能在不久的将来有幸读到这部致敬之作。5月7日，巴特研究专家、曾主编并出版《巴特全集》的埃里克·马尔蒂主编的文集《罗兰·巴特：影集、未版、通信、杂集》也在瑟伊出版社“Fiction & Cie”丛书出版。文集结集了巴特生前未出版的文字、照片、文件、档案、信件等。这些零碎的生活片段是对作为公众人物和知名学者的巴特的补充，呈现了或许不为普通读者甚至部分研究者所知晓的巴特形象，对于深入全面理解巴特来说无疑是一份珍贵的资料。除此之外，马克思·米罗出版社出版了马佳丽·纳特盖尔的专著《当代人罗兰·巴特》；瑟伊出版社“Fiction & Cie”丛书出版了作家尚塔尔·多马的著作《致罗兰·巴特》和作家菲利普·索莱尔斯的《罗兰·巴特的友情》；蒂埃里·马尔谢兹出版社出版了法国著名学者让－马利·谢弗的《致罗兰·巴特的信》等等。法国最重要的文学研究杂志《批评》也在2015年第11期出版了题为“一年的罗兰·巴特”的专号。巴特本人也有一部著作在2015年出版，那就是《小说的准备》的完整版。“小说的准备”原是巴特于1978—1979、1979—1980两学年在法兰西公学院所上公开课的主题。2003年时瑟伊出版社曾以巴特备课笔记为基础出版过一部《小说的准备》。2015年出版的这部更具权威性，因为它是以巴特的上课录音为基础整理的。

除此之外，2015年还出版了一本与罗兰·巴特相关的虚构作品——作家洛朗·比奈于8月在格拉塞出版社出版的小说《语言的第七大功能》。这是一部以1980年罗兰·巴特之死为背景的侦探小说。小说假设巴特并非死于一起普通的交通事故，而是死于一场蓄意谋杀，并设置了探长雅克·巴雅尔和被他“征用”的青年教师西蒙·赫尔佐克这两个人物，对巴特的神秘死因展开调查。尽管面对包括巴特本人在内的七八十年代的法国知识分子，小说有些许调侃揶揄的色彩，但在2015年这个特殊的年份出版很难说是巧合。同时，尽管故事时间设定在巴特去世之后，但小说描绘了与巴特相关的方方面面，因此小说即使不能说是致敬，至少也是某种形式的纪念。此书出版后深受读者喜爱，先后获得FNAC小说奖和法国联盟文学奖。

法国境内的高校也举办了规模不一的研讨会或纪念会，仅在巴黎地区召开的重要研讨会及相关活动就包括：6月3日至5日巴黎胜家－波利尼亚克基金会举办了《巴特与音乐》研讨会；10月14日至23日，蓬皮杜艺术中心组织了“巴特：走出影院”系列活动，放映了介绍巴特的纪录片，呈现了巴特撰写的电影评论，讨论了巴特与电影的矛盾关系以及巴特电影美学的影响，拉丁区独立影院Champo和巴黎高师也举办了同名活动与研讨会；11月13日，巴特生前最后一个工作单位法兰西公学院举办了题为“与罗兰·巴特同在”的研讨会；12月2日至4日巴黎七大举办了包括“罗兰·巴特在今日”研讨会在内的系列活动，克里斯蒂瓦、米歇尔·德基、汪民安等专家参加了研讨会。

巴特百岁诞辰已经过去，巴特离世也已30多年，然而各种纪念活动和出版物共同表明，巴特近半个世纪前的很多作品，至今仍被广泛阅读，仍能启发一代代的研究者，如卢浮宫“今日神话”组织者指出的那样，“他的思想在今天仍十分活跃”。实际上，对于接触过他作品的人来说，巴特的书不只是提供了知识和方法，更为重要的是，他的符号学思想令读者能更为清醒地对待这个充斥着符号的世界，他的理论可以说摧毁并重构了一部分读者的世界观，巴特也由此晋升至思想家的行列。

文学作品继续宣扬多元文化价值

法国或许是世界上文学奖最多的国家，而这林林总总的文学奖中，颁发给外国作家作品的奖项占了不少比例。2015年刚拉开帷幕，即有黎巴嫩女诗人丽塔·巴达拉凭借《奇怪地说话》获马克斯·雅克布诗歌奖。2015 年，至少有十几位来自非洲、美洲、欧洲、亚洲不同国家的作家获得不同类别的法国文学奖，较为重要的包括比利时诗人威廉·克利夫的全部作品获龚古尔诗歌奖，阿尔及利亚作家卡迈尔·达乌德的《默尔索，反调查》获龚古尔首部小说奖（新人奖），黎巴嫩女作家维纳斯·古里－加塔的《驴背上的新娘》获勒诺多袖珍书奖等。再如，《世界报》“书评”版面编辑选出了 2015 年 20 本“心仪之书”，其中翻译类作品占据了 2/5，包括美国作家理查德·福特的《坦诚相对》、以色列作家大卫·格罗斯曼的《酒吧里来了一匹马》、意大利小说家马切洛·富瓦的《叫喊、呢喃与咆哮》、印度尼西亚作家艾卡·柯尼阿万的《虎男》、冰岛作家埃瑞克·沃恩诺达尔的《邪恶》，等等。

更耐人寻味的是，2015 年获法国最重要文学奖的作品很多不乏浓厚的异域色彩。首先，文学奖龚古尔奖颁给了法国作家、东方学家马蒂亚斯·埃纳尔的《指南针》。《指南针》讲述了被“东方”深深吸引的维也纳音乐学家弗朗兹·里特尔在某个不能入睡的夜晚，在半梦半醒之间回忆了自己的东方之旅和与东方紧紧交缠的人生之旅。正如埃纳尔本人所说：“这个旅行从维也纳开始，将我们一直带到中国海的边缘。透过弗朗兹的梦境和萨拉的流浪，我希望能向一些人致敬，无论是朝向东方还是西方，他们对差异如此着迷，以至于奋不顾身地投入到自己发现的语言、文化与音乐中，有时甚至在其中完全迷失了自己。”

另外值得一提的是法兰西学院小说大奖的举动。该文学奖自 1915 年创立以来，除 1954 年（2 部）、1975 年（无获奖作品）、1999 年（2 部）以外，每年只评出一部获奖作品，而且获奖的基本上是法国作家。从这个角度看，2015 年是双重的例外，不仅评出了两部获奖作品，而且获奖者均具有多重文化背景。获奖小说之一《特权者》的作者是出生于突尼斯、具有一半突尼斯血统的艾迪·卡杜尔，小说以虚构的 1920 年代突尼斯小城纳比斯为背景，讲述了一支闯入其中的好莱坞电影摄制组对小城形形色色的居民——当地贵族、法国殖民者、年轻民族主义分子——造成的冲击、引发的冲突和导致的结果。获奖小说之二《2084：世界末日》的作者是阿尔及利亚作家布阿莱姆·桑萨尔，这部小说被称为“政治寓言小说”，虚构了一个在旧世界废墟上建立起来的受伊斯兰极端主义统治的国家“阿比斯坦”，讲述了年轻人阿提因偶然机会开始怀疑“阿比斯坦”的真正面目并决定去追寻真相的故事。

文学出版繁荣，创作题材多样

法国民意调查局在2013年曾进行过一项写作调查，发现被调查人员中有17%至少写过一部小说。在这个超过1/10人口是作家或潜在作家的国度，2015年出版的文学作品必定不在少数。2015—2016新学年伊始，著名书评人、如今已成为龚古尔文学奖评委会委员的皮埃尔·阿苏利纳在博客“图书共和国”中指出，从8月中旬至10月共有589本新书出版。年轻作家不断涌现，老一辈作家还在笔耕不辍，例如2015年刚刚度过90岁大寿的法兰西学院院士端木松在去年出版了《神、事件与我们：半个世纪的纪录》，这部杂文集是作家对半个世纪以来的法国社会的总结与点评，睿智的观点、优美的文风与作品透露的乐观精神都令作品广受读者的好评。

在文坛已具稳固地位的作家中，2015年有两位作家尤其值得一提。一位是素来以桀骜不驯的形象出现在公众面前的文坛奇才米歇尔·维勒贝克。1月7日，也就是《查理周刊》遭遇恐怖袭击当天，维勒贝克出版了新作《屈服》。与《2084：世界末日》一样，《屈服》也可以说是一部反乌托邦小说，故事发生于2022年的法国，那一年，一位穆斯林候选人赢得大选成为法国总统，主人公——一位胸无大志的普通大学老师旁观了这个选举结果给社会造成的致命影响。《屈服》出版后引起了很大争议，有人谴责作家“政治不正确”，也有人夸他富有真知灼见。英国《展望》杂志于2015年2月16日公布了世界50位思想家名单，维勒贝克名列其中。6月4日，维勒贝克获法国国家图书馆奖。另一位是同样桀骜不驯的文坛才女维吉妮·德彭特。德彭特自1993年出版惊世骇俗的处女作《悲情城市》

以来，一直关注青年一代的边缘化问题，作品因涉及性、暴力等主题备受争议。2015 年，德彭特出版了《韦尔农 · 苏比泰克斯》（上下卷），讲述唱片商韦尔农 · 苏比泰克斯及他身边正在消失的摇滚世界。小说出版后斩获多项文学大奖。值得一提的是，德彭特日前已接替思想家雷吉斯 · 德布雷，成为龚古尔文学奖评委。

一方面是对政治与社会问题的关注，另一方面，文学创作的素材很大程度上也来自作家的私人生活，自我成长与家族历史同样是文学创作的重要源泉。2015 年有两位备受关注的女作家尤其体现了这种“自我虚构”的写作传统。一位是去年出版了小说《基于一个真实的故事》的女作家黛尔菲娜 · 德 · 维冈，《基于一个真实的故事》这部带点惊悚色彩的小说讲述了与作家同名的主人公黛尔菲娜如何结识一位神秘女性 L，这段亲密关系又如何“深刻地、缓慢地、肯定地暗中颠覆”主人公生活的过程，作家在其中思考了人际关系，更思考了写作本身。《基于一个真实的故事》先后获法国勒诺多文学奖和法国中学生龚古尔文学奖。另一位是克里斯蒂娜 · 安戈（Christine Angot），她于去年出版的《不可能的恋人》带着一种令人窒息的坦诚，继续挖掘了她作品的一贯主题——父母关系、父女关系、母女关系。《不可能的恋人》获 2015 年“十二月奖”，同时也入选《世界报》2015 年 20 本编辑“心仪之书”行列。

以文字抵抗恐怖主义

前面提到法国文学与法国社会对文化多样性及其价值的肯定，遗憾的是，这并不能令法国在非理性的恐怖主义面前幸免于难：2015 年对法国来说是多灾多难的一年。意味深长的是，面对极端恐怖主义，法国人民想到的武器首先是文学：年初的《查理周刊》遇袭事件令伏尔泰的《论宽容》意外地成为书店的畅销书，而 11 月巴塔克兰剧院遭遇恐怖袭击后，人们又涌进书店去购买海明威的《流动的盛宴》。据《世界报》12 月 25 日一则报道指出，《论宽容》在 2014 年卖出 11500 本，而到 2015 年底统计则卖出 18.5 万本！ 11 月恐怖袭击发生后,《流动的盛宴》销量提升至大约每周 2.8 万本，而此前这个数据一直保持在 100 本左右。两本书的书名很能说明问题：在言论自由遭遇威胁时，法国人想到的救兵是启蒙思想家，在没有被彻底证伪之前，伏尔泰仍旧是至理名言“我不赞同你的观点，但我誓死捍卫你说话的权利”的拥有者;而面对叫嚣着将巴黎比作“堕落之都”的伊斯兰恐怖分子，法国人则以“节日之都巴黎”（海明威作品法译名 *Paris est une fête*）来进行反驳，在之后群众自发组织的悼念活动中,《流动的盛宴》一书与蜡烛、鲜花摆放在一起，各大媒体也纷纷指出《流动的盛宴》已经“成为抵抗的象征”。另外，法国电视五台一档知名的读书类栏目“大书店”在 2016 年 1 月 7 日播出的节目中统计指出,《查理周刊》恐怖袭击事件一周年后，在书店出售的迎接新年的 476 本新书中，约有几十本书提到了这一事件，类型包括历史学著作、调查报告、悼念及见证类书写、连环画等等，无怪乎美国社会学家弗格森会将法国称作“一个文学的民族”。

2015匈牙利文学：对历史和现实的记录与虚构

舒荪乐

2015年夏天，作为从亚洲前往西欧的交通要塞，匈牙利成为了大多数叙利亚和阿富汗难民前往奥地利，进而去往意大利、德国、丹麦等欧洲发达国家最重要的中转站。但是在整个难民潮中，匈牙利在国际媒体中的形象却颇耐人寻味：他们在本国与塞尔维亚边境用铁丝网阻挡难民；他们关闭了国际铁路线，只有在难民们示威性地徒步前往奥地利，干扰了奥匈交通要道的正常运行时才迫于压力派出大巴将难民送走；他们任由难民聚集在火车站，不提供任何政府性的援助，只有少量志愿者在难民中分发一些生活必需品……匈牙利总理欧尔班·维克托甚至公开发表言论称，"我们不喜欢和穆斯林共同生活，任何人都没有理由迫使我们与穆斯林生活在一个国度"。

移民书写的多种尝试

匈牙利曾经在16、17世纪被奥斯曼土耳其帝国殖民，这段屈辱的历史在这个国家的灵魂深处烙下了深深的伤痕。对匈牙利人来说，其他民族，尤其是穆斯林的大规模迁入是一种潜在的威胁，尽管他们只是途经。事实上，一直以来，匈牙利都不是大多数移民的目的地，迁入匈牙利的人大多来自其周边国家，比如斯洛伐克、罗马尼亚、塞尔维亚的匈牙利族人。第一次世界大战后，匈牙利作为战败国签订了《特里亚农条约》，根据此条约，匈牙利割让了近三分之二的土地和一大半人口给周边各国，一夜之间上千万匈牙利人从此离乡去国。匈牙利与罗马尼亚交界处的特兰西瓦尼亚地区，历史上一直是两国的争夺焦点。一战后特兰西瓦尼亚划归罗马尼亚，居住在这片土地上的人民虽然成为了罗马尼亚人，但这里的作家创作的文学作品却被归为匈牙利文学。

作家德拉古曼·久尔吉曾说："对东欧和南欧国家来说，边界是非常重要的。历史总是跟随着边界的改变而变化。很多时候，一个人或一个家庭的境遇与边界的位置息息相关。边界是一个点，是我们称为历史的客观故事与我们称为人生、记忆或命运的私密故事相重合的那一部分。"特兰西瓦尼亚作家的作品常常反映了他们创伤性的历史经验。1980 年代末，齐奥塞斯库政权逐渐没落，特兰西瓦尼亚作家的身份认同创伤成为罗马尼亚民族文化中的异类，一大批作家就是在这个时候，回到匈牙利定居，这其中就包括 2015 年凭借小说《从头至尾》获得马洛伊奖的女作家佟芭·安德里娅。这部作品描写了两名特兰西瓦尼亚医生的生活。故事开始于第一次世界大战之前，一战结束后，《特里亚农条约》的签订导致了特兰西瓦尼亚地区发生了一系列的变化。战争后的边界变化给生活在那里的匈牙利人带来的不仅是国籍的改变，更多的是深刻在心灵中远离故土的悲伤。小说全方位展示了特兰西瓦尼亚地区一战前后的社会现实、大学生的生活状态和当地人民的心理建设历程。故事中的两位主人公最终相遇，并互相倾吐了真实的内心世界，揭示了这一时期的特兰西瓦尼亚人为适应剧变的社会所作出的努力，以及他们对自我身份认同的问题。佟芭是来自罗马尼亚克鲁日的匈牙利族人，她在获奖后的采访中再次提及了这一问题在现实生活中的显性存在："我很羡慕那些来自特兰西瓦尼亚、再也不从事写作的作家们。尽管如此，目前，我仍然只对写作感兴趣，虽然这很有可能在将来会改变。作为一个作家，我很幸运能够同时拥有本土和外来的视角：我既是一个局内人，又是一个局外者。在特兰西瓦尼亚，我被当成匈牙利人，这常常会引起一些尴尬的局面。我在克鲁日大学的学生们无法对一个生在特兰西瓦尼亚、却住在匈牙利、又回到这里来教书的老师产生共鸣：她究竟是特兰西瓦尼亚人还是匈牙利人？在匈牙利，我却仍然被当作特兰西瓦尼亚人，有时我也会被读者当成罗马尼亚人，他们写信告诉我：‘没人逼你住在我们国家。’我想如果我的身份不是如此复杂，在这儿或者在那儿，我会比较容易理解一些。”

20世纪90年代初，与一批成熟作家同期回国的，还有一些当时仍是少年的作家，巴尔提斯·阿提拉就是其中一员。他出生于特兰西瓦尼亚的书香门第，母亲是一名小提琴演奏家，父亲是一位作家。1984年，巴尔提斯全家被罗马尼亚当局驱逐出境迁往布达佩斯。巴尔提斯在与作家凯梅尼·伊斯特万的对谈中提到，自己从记事起身上就背负着沉重的民族屈辱感。他在十四五岁时就感受到了一个成年人对自我身份认识的焦虑，而且只有在写作中才能释放内心的压力。酷爱摄影的巴尔提斯对在作品中使用图像与文字相结合的手法颇有心得。早在2001年出版成名作《宁静海》时，他就使用了“变化聚焦”的写作手法处理小说情节与读者距离的问题。同时，巴尔提斯还在小说封面的折页上附上了一张嘴角叼着香烟的自拍照。照片中，他冷静犀利的目光注视着前方，仿佛一个局外人洞察一切。2015年，在沉寂了14年后，匈牙利读者又迎来了巴尔提斯最新的长篇小说《结局》。此书的主人公萨博德·安德拉什于1960年代与刚刚出狱的父亲一起来到布达佩斯。他们在满目疮痍的首都创造着自己的生活。小说中不断穿插出现《特里亚农条约》、第二次世界大战、“56年事件”、随之而来的专制统治、人民内心的颓丧情绪以及高压下的艺术自由等一系列问题。《结局》的书中有一两章的篇幅使用的全是效果震撼的照片。主人公萨博德是一位功成名就的摄影师，这些图片是他生命中最重要的东西：他通过这些图片认识世界，也因为拍摄了这些图片成为国际知名的艺术家。然而，这些图片也是构成小说最重要的部分，是巴尔提斯用画面诉说故事的又一种直观手法。

同样来自罗马尼亚的德拉古曼·久尔吉也在2015年出版了第一部短篇小说集《狮子合唱团》。德拉古曼2005年发表的成名作《白色国王》描绘的是1986年的罗马尼亚社会，或者更确切地说，是处于政治高压状态下的整个东欧社会，生活在其中的每一个人都无力掌控自己的命运。1973年出生的德拉古曼，于1988年随全家迁居布达佩斯。小说背景中的这一阶段，恰巧也是德拉古曼的少年时代。因而，这部小说“通过儿童的视角来观察、描述集权政府制造的恐惧与苦难”，这个叙述者不带任何政治和道德偏见，他只用孩子的口吻对所见到的一切做出直白的陈述，为小说营造了令人信服的氛围。德拉古曼的前三部作品均是长篇小说，而对于这次出版的短篇小说集，他表示：“我的前两部作品《白色国王》和《火堆》都是从短篇小说发展出来的。”《狮子合唱团》这部短篇集中收录的作品，是德拉古曼13年来陆续创作的。集子中的大部分作品都属于自白，与音乐相关，因而题目也与音乐相关：“之所以选择这个题目，是因为这本书中交织着各种声音，所有人都在述说自己的故事，吟唱自己的歌曲，而这个题目也勾勒出了这部作品中情绪浓烈的词汇与音乐的狂野，这是一次艰难的英勇之举。”

作为匈牙利在转型后第一批随移民潮移居国外的经济学家，费尔贝尔·卡塔琳于1988—1989年在加拿大维尔弗里德·劳瑞大学做客座教授，1989年以后又回国，先后供职于匈牙利图书出版及传播集团、《世界经济周刊》《世界经济》和国家审计局。1993年，费尔贝尔定居日本。2011年日本大地震时，她与日本籍丈夫恰巧在欧洲旅行，当听到福岛核电站泄漏的消息后，他们决定不再回日本，而是去德国定居。2015年，费尔贝尔撰写的非虚构作品《背叛日本：回福岛的路》引起了强烈反响。她在书中介绍了一个外国人在融入日本社会时所面临的各种困难。福岛核电站泄漏后，她的丈夫从核能专家的角度考量，做出了一个让两人都倍感伤痛的决定：必须离开日本，再也不能回到这个沉默、排外的国家了。

生活的真实

随着时代的进步，同性恋话题早已成为无法回避的论题。被艾斯特哈兹·彼得称为“人类灵魂建筑师”的作家纳达什迪·亚当撰写的《厚脸皮的含羞草：关于同性恋者与同性恋》一书掀起了匈牙利探讨同性恋话题的热潮。这本书本着严肃的态度，用讽刺的手法揭示了同性恋者内心的真情实感，但同时又不失趣味。艾斯特哈兹在此书的序言中评价纳达什迪是一位“伟大的情感作家，痛苦的是他懂得很多，更痛苦的是，他也有许多不懂之处”。纳达什迪在接受记者采访时，对同性恋这一话题发表了自己的见解，他说：“感谢上帝，我不用在生活中感受作为同性恋者所需要面对的黑暗世界。我的父母没有否定我，没有把我关进监狱……同性恋是一件公众的事，因为你需要告诉银行或政府，你是否结婚了。在这个层面上我认为，同性恋不只是个人的事。当然，这其中的界限尚难以界定……我持有的是一种保守的立场，人们必须坚持做自己，承认自己，并担负起长期的责任。一个人需要在世界面前承认：‘这就是我，我要住在这里，我要与她/他在一起。’”纳达什迪还认为，同性恋问题的现状，就像100年前女性要求独立的场景一样。这是一个缓慢争取的过程，但无论如何都应该承认并接纳同性恋者和同性恋这一事实存在。

提到100年前的女性境遇，不得不提到塞琪·诺艾米的《布达佩斯贵妇人的私生活》。这部书中记录了19世纪80年代中期至1914年间布达佩斯贵妇们的爱情、婚姻、育儿、学习、死亡、家务等生活各方面的故事。这是一个伟大的时代，匈牙利社会的方方面面都在朝着现代社会的目标迈进，女人们依附于男人的生活中，也可以为自己的生活做出妥善安排，塞琪在书中向读者揭示了这样一个事实：一个女人不光可以凭自己的美貌或丑闻闻名于世，也能以她的科学、艺术甚至经济成就博得众人的目光。

另外，“事实与证人”丛书在去年推出了两部纪实文学，分别是瑞兹·帕尔的《移至脚踝的香槟》和兹曼迪·伊斯特万·皮乌斯的《日记中的一年：1944.3.19—1945.3.17》。停刊了的文学杂志《东西》的传奇编辑、现年85岁的瑞兹在采访实录中回顾了他与匈牙利现当代作家们的一些交往故事，其中包括德利·蒂博尔、内梅特·拉斯洛、伊叶什·久拉等人。兹曼迪的《日记中的一年》则是以一个全新的视角观察一段被人所熟知的历史。这个牧师、教师和文学历史学者记录下的日记，从一个中产阶级基督教家庭的视角，观察了二战结束前的匈牙利社会。兹曼迪日记的特殊价值就在于它的私密性，也就是说这部日记的创作前提并非是被公众阅读，因而忠实地记录下了日记主人在当时的所思所感。

现实的虚构

虚构作品方面，有三部小说值得一提，分别是谢恩·高博尔的《瑞典》、基什·诺艾米的《瘦弱的天使》以及丹尼·佐尔丹的《清道夫》。

被好几张榜单评为2015年最佳虚构类作品的《瑞典》讲述了一个被瑞典夫妇领养的男孩在经过一番调查后发现自己的亲生母亲住在匈牙利，随后展开了自己的寻亲之旅。我们可以选择与亲生父母分别的命运吗？当我们成长在一个故事的真实性中，并将其他故事的真实性与它做比较时，我们还能如何内化一种有意义或正确的观点，无论接受这种观点需要一个小时还是一天？谢恩提出的这些问题正是现代语境中被提及频率最高，也是当前匈牙利人最关心的问题。这部作品的重点并没有放在调查的过程中，而是放在了寻亲的过程中：悲剧就像一颗洋葱，在永远无法得到的幸福面前，一层一层地剥开自己的皮，把悲剧命运的各个层面都展露在读者面前。

《瘦弱的天使》不只是一部简单讲述女性命运的作品，它同时还展示了匈牙利在改制前后的社会矛盾。一个在婚姻中备受屈辱的女人，无法适应当时的社会大环境和学校体制，而国家改制的快车裹挟着她滚入了命运的洪流中。基什在文中细致刻画了女主人公与命运作斗争、在社会的空虚中近乎绝望的心理状态。

《清道夫》描述了一个匈牙利人被卷入南斯拉夫战争，而这具邪恶的战争有机体却将他嚼碎、啐吐在地，迫使他奋起反抗。但此时的主人公却早已迈入了死亡、谋杀、痛苦、暴力，换言之，就是战争的魔掌之中。美国是他的永无乡，然而，尽管他逃离了南斯拉夫，回到匈牙利，甚至到了德国，却再也无法前往美国，他永远生活在战争的阴影之中。这部令人不安的战争小说虚构了许多地名，作者有意识地用这些虚构地名误导读者认为小说与战争紧密相关，但实际上，《清道夫》更倾向于探讨一个具有普遍意义的问题：人类是否能真正从环境中解脱？

由于欧洲移民问题的爆发，移民文学是今年比较受关注的方面。匈牙利的移民文学有其自身的特点：绝大多数从周边国家移入匈牙利的作家没有经历文化休克的过程，但背负着过重的历史负担则是这些作家前期作品中最突出的特色。随着创作的深入，一部分青年作家开始逐渐将自身的移民经历与匈牙利当代社会的现实结合起来，他们的作品往往既具备思想的深度，也展现出时代的特征。离开匈牙利的作家今年比较沉寂，没有引人瞩目的作品出现。虚构与非虚构作品开始探讨了一些以往未过多涉及的话题，比如纳达什迪抛出的同性恋话题就是一个例子。

2015 德国文学：后格拉斯时代文学仍在继续

钦 文

提笔写 2015 年德国文坛的回顾文章，心中滋味似乎与往年不同。过去的一年，地处欧洲大陆腹地的德国被一种来自周围的不安情绪包围着。举国上下，人们关注的事情似乎可以用 2016 年 BBC 开年大戏的标题来概括：战争与和平。在这样的氛围中，谈文学是否有些奢侈？可是不管怎样，生活还在继续，文学亦然。

莱比锡书展奖：诗歌打破小说专享

2015 年春，莱比锡国际书展上，在“纯美文学”组别中，诗人扬·瓦格纳从 5 名候选人中脱颖而出，破天荒赢得书展大奖——自 2005 年“莱比锡书展奖”设立以来，该奖从来都由小说家“专享”。

瓦格纳获奖诗集《集雨桶变奏曲》共收录了 57 首诗歌，以对大自然精细准确的表现征服了评委：“形式精湛，同时又游刃有余地将柳絮、无花果、羊肚、滨藜、盲螈和水獭纳入诗的镜头，逐渐拉进，作联想式叠化，直至读者的视界延展，感受到直入事物本质的一刹那。”

瓦格纳现年 43 岁，15 年前其处女作诗集《试钻》甫一出版，就令诗界为之赞叹。此后他每隔两三年都有作品问世，每每获得好评。时至今日，他已被公认为是当代德国最重要的抒情诗人之一。

然而，诗人是无法靠诗歌养活自己的，作为自由作家的瓦格纳还有另外的身份：翻译家和出版人。文学批评家费斯曼在颁奖词中说，她希望能够以此为契机，让读者和批评家更多地关注诗歌这一日益被低估和忽视的文学形式。在当代社会中，抒情诗理应更受重视，因为它可以使人宁静和专注。瓦格纳本人也将此番获奖的意义比作“射入当今德语诗界的一束强光”。然而，对于评委的这一“出奇”决定，多数批评家颇不以为然。他们认为，其余入围该组别的候选作品均为小说，抒情诗和叙事类作品又如何具有可比性呢？

德国图书奖：更青睐历史话题

在秋季的法兰克福图书博览会上，照例颁发一年一度的“德国图书奖”。一部创作耗时15年、书名超长的历史小说《1969夏天一个患有躁郁症的少年创立了红军旅》获得了该奖。得奖时，作家弗兰克·威策尔正值知天命之年。

这部作品获奖也颇出人意料。此前，批评家看好另一部由知名作家燕妮·埃彭贝克创作的小说《去，曾去，去了》，讲述来自非洲的难民历经磨难后在柏林等待被接纳的故事。对于《去，曾去，去了》的落选，批评家安德里亚斯·普拉特豪斯愤愤不平，他撰文指出，这部作品“虽然是热门，却最终与德国图书奖失之交臂，这应当归罪于评委会的胆怯，他们不敢将这一争论不休的主题带进文学生活的中心”。难民问题是2015年德国公众生活中的核心话题，假使《去，曾去，去了》能够获奖，必定会引发更多民众对难民问题的深入思考。不过，在2016年初的柏林电影节上，这个缺憾得到了不同形式的补偿：最高奖金熊奖授予一部反映非洲难民的记录电影、意大利导演吉安弗兰科·罗西拍摄的《海上火焰》。

与《去，曾去，去了》直面当前热点话题不同，《1969夏天一个患有躁郁症的少年创立了红军旅》触碰了联邦德国历史上至今仍隐隐作痛的伤口。

小说中的叙事者讲述给读者的故事由一系列他编造的故事构

成。这个少年自称是红军旅（战后联邦德国最著名的左翼极端组织）标记的原创者，他将红军旅中的几个核心人物比作自己童年记忆中的人物，而这些所谓的记忆多半来自于幻想，在不同片段里，他又把自己想象成这些真实人物。随着感知和幻想相互交织的“回忆”，读者进入矛盾重重的六七十年代，面对那些被政府和公众视作“敌人”的人物。然而他们究竟是恐怖分子还是烈士？叙事者没法给出明确答案。从小接受天主教教育的叙事者发现了宗教狂和革命者之间的共同点：他们似乎都在向人间散播救赎的福音，视自己为殉道者，随时愿意献身。

在这部由 99 章构成的小说里，叙事者抛出一个又一个真真假假的故事，自己都分不清哪些发生在梦境里，哪些属于回忆。读者在漫长的故事之旅中穿越历史，亲历一个个重要历史瞬间：绑架并杀害资本家、银行家，袭击检察长和外交官，炸毁警察局，捣毁邪恶媒体的办公大楼……在残酷的现实面前，叙事者终于精神崩溃，在抑郁之中找到了自己的庇护之所。他代表这样一类人：敏感而执着；试图理解这个世界，最终还是无法理解；拒绝接受现存的社会却找不到明确的答案，从而走向无政府主义和以暴抗暴，最终走向毁灭。

评委们认为，这部作品堪称“超绝的小说建构”，语言风格多变，叙事跳跃，看似毫无章法，仿佛是由内心独白、动作场面刻画、谈话记录、哲学思考等各种文体构成的综合体。在这部“兼具妄想和机智”的作品里，“大胆的虚构和全景式的历史描写杂糅在一起”，其风格可称为“思辨现实主义”，是一部“天才式的语言艺术杰作”。以这样的辞藻来评价一部当代小说显得非同寻常，毕竟作者弗兰克·威策尔并非名家，之前的 3 部小说也没有什么太大的影响。

对小说获奖也有不同声音。有人认为这块“大砖头”很唬人，许多跟风点赞的评论家也许自己也没读懂。不少人怀疑，这恐怕又是一本批评家叫好、读者不买账的作品。即便真是好书，读者要迎难而上、啃完这部长达 830 页的异类作品也绝非易事。从各类排行榜看，广大读者似乎还是知难而退了。当然，严肃类文学作品不能以销量来评判其价值，这部小说是否真的是划时代的杰作，只能留待时间来考验了。

《死于春天》：开启后格拉斯时代

“德国图书奖”一直是年度最佳小说的代名词，德国主流文学批评家却认为，2015 年的最佳小说是作家拉尔夫·洛特曼的新作《死于春天》。作品讲述 1945 年 2 月距二战结束不久，两个 17 岁的男孩被强征入伍。瓦尔特当上司机，给党卫军运送补给；一向反战的弗里德里希（昵称“菲特”）则被派上前线。菲特后来当了逃兵，被军事法庭判处死刑。行刑时，他发现站在对面的就是最好的朋友瓦尔特。作者曾说：“每场战争都无异于同室操戈。”在战争的最后几个月里，士兵们陷入了一种混合着恐惧和疯狂的状态之中，等待他们的不过是迟早要来的毁灭而已。多年之后，瓦尔特经常在病榻之上呻吟：“他们离我们越来越近了，该死的！我要是能找到一个大家能够藏身之处该多好……”

《死于春天》的框架并非完全虚构。作家尝试借助这样一个故事重构父亲的战争经历。据作家回忆，童年时他曾问过父亲战争中的经历，却得不到答案。在他看来，父亲那一代人在懵懂的年纪便被卷入战争，身心遭受了巨大创伤。他们自认为是受害者，却被当成凶手，要接受审判。因此，面对孩子的提问，他们不知道如何作答。

君特·格拉斯、海因里希·伯尔等作家就是洛特曼父亲一辈的人，他们从自身经历出发写出了一批反思战争的作品，对德国战后文学产生过巨大影响。也正是这一代人忍辱负重，参与创造了战后德国的“经济奇迹”，开启了德国重新崛起之路。他们中的绝大多数都像洛特曼父亲一样，用沉默答复自己的孩子。然而他们对自身战争经历的缄默却更加激起了儿孙辈的追问，既然无法从亲历者那里找到直接答案，只好另求答案。洛特曼这一代战后出生成长的年轻人，像拼图一样试图还原德国黑暗时代的历史。在探寻过程中，他们被逐渐揭开的真相所震惊，不满于笼罩在战后德国的保守复辟气氛，许多人加入了“院外反对派”阵营。也正是他们的反思、反叛和抗争（其中不乏“弑父”之举）推动了政治转向，促使德国社会走向民主和公正。

德国战后文学对于战争的反思已经够多，有读者甚至已经厌倦了这一类型的文学作品。近些年来，读海因里希·伯尔作品的人越来越少，似乎可以从某种程度上证明这一趋势。然而另一方面，新一代作家依然在不断创作反思集权政治和战争的作品。前些年《朗读者》的热销说明当代读者并不排斥这类作品。但作家和读者的视角和口味发生了变化，已经不太能接受那些站在“启蒙”高度、直接揭露鞭挞战争的作品了，新一代更关心集权统治和战争中的“人性”因素和个体体验。评论家伊娜·哈德维希认为，《死于春天》的划时代意义就在于以最强音“开启了后格拉斯时代”。

洛特曼的一贯写作风格被称为“诗意现实主义”。然而在《死于春天》中，他似乎刻意回避惯用的婉转笔法，无论是描写还是语言都十分直接，将战争的恐怖硬生生地展现在读者面前，具有强烈的现场感，对细微之处的把握非常精准，无怪乎评论家桑德拉·凯格尔称其为“同代作家中最为细腻敏感的叙事者”。洛特曼善于制造冲突，整部作品具有电影叙事的特征，情节跌宕，日后被搬上大屏幕的可能性极大。事实上，这部小说的市场表现也很好，迄今已有十多个国家购买了该书版权。

毕希纳奖：文坛“坏孩子”终获奖

德国春秋两季书展上颁发的奖项是授予单篇作品的，而一年中，德语文坛最值得关注的奖项莫过于毕希纳奖。2015年，61岁的雷纳德·葛茨得知自己获得该奖时，淡淡说了句“有些迟了，但还是挺高兴的”——要知道，葛茨并非大器晚成的作家。

尚在大学攻读医学博士期间（此前他已获得了历史学博士学位），葛茨就在德国最有影响的《南德意志报》上分三期连载了《一个医科学生的日记》，轰动一时。之后葛茨继续从事散文、评论创作。他桀骜不驯，口无遮拦，经常与重量级的评论家打笔仗，逐渐成为文学批评界的一颗新星。而真正使葛茨在公众中赢得更广泛知名度的是他的一次出格“表演”。1983 年的巴赫曼文学节上，葛茨在朗读自己的作品时，突然掏出藏在身上的剃须刀片划破了额头，当场血流满面，四座皆惊。他对此的解释是，想用此举来抗议文学界普遍存在的平庸之风。而当时，他念的句子正是：“我要用最简单真实的语言来记录这个世界”，其中蕴含的理念贯穿了他一生的创作。这一惊世骇俗的自残举动也奠定了他在文学界的“坏孩子”形象，今天依然为人们所津津乐道。虽然此举在保守派看来近乎胡闹，然而当年就已经一言九鼎的文学批评家赖希·拉尼茨基却对葛茨的参赛作品大加赞赏，称之为“了不起的文学作品”。

同年秋，葛茨的第一部小说《疯狂》问世。书中的主人公是一位精神病医生，具有一定的自传成分。因为距离前次“表演”不过几个月，可说“血迹未干”，该书一经出版便引起公众的普遍关注。该书具有先锋色彩，叙事节奏、全篇布局都具有后现代特征。《疯狂》的一炮而红坚定了葛茨对创作的信心。

在之后 30 年的创作中，葛茨逐渐确立了自己的基调，写作的题材包括朋克一族、电子音乐运动、媒体世界，成为德语波普文学的领军人物。他与创作题材不仅仅是旁观者和对象的关系，葛茨经常出没于各地电子音乐迷们聚集的酒吧，既是观察者也是参与者。从某种意义上说，他实践着“生活艺术化”，读者在阅读其作品时仿佛置身现场。葛茨也是一个勤于思考的作家，激发其灵感的最核心理论是当代德国社会学大家尼克拉斯·卢曼的社会系统理论。

葛茨对新鲜事物总怀有强烈兴趣，德国文学史上第一个纯文学博客（当年人们称之为“网络日志”）就在他的键盘敲击声中诞生，包括他当天的种种感想和思考以及对文化事件的评论。这些日志集结在一个颇具自嘲意味的名字之下：《给所有人看的垃圾》，只维持了一年。一年后，同名图书出版。除此之外，葛茨还从事戏剧创作，并数度被评为“年度最佳剧作家”。

经历了长时间的碎片化写作之后，2012 年问世的《约翰·霍尔特罗普》标志着葛茨重新回归小说创作。小说同名主人公是一家传媒企业的董事长，他自以为是，爱虚张声势，讲究排场，对所经营公司没多大兴趣。善于自我包装让他赢得股东的信任从而一步登天，华而不实的本性则注定了他会跌入谷底。小说的副标题 Abriss der Gesellschaft 语含双关，既可以理解为“社会 / 公司之轮廓”，又可以解读为“拆散这个社会 / 公司”。作品揭露了 21 世纪初德国社会面临的种种问题，堪称黑色寓言，许多人物很容易让读者想起现实中的某位政客、大亨或明星，例如主人公很明显是在影射前贝塔斯曼传媒集团的总裁米德尔霍夫。批评家普遍不喜欢该作品，认为它像个大杂烩，叙事过于跳跃，欠缺对角色的心理描写。对于批评，葛茨认为读者应当参与建构作品，用自己对社会的理解和感受去体会作品中人物的心理状态。

对于这样一位具有先锋姿态的作家，无论是读者还是批评家都无法做出统一的评判，而一致的评判也恰是作家本人所反对的。毕希纳奖的评委将葛茨称为“记录当代生活和文化的编年史家，是一位参与其中、勤于思考并做出道德评判的观察者”，我想，这是一个各方都能接受的公允评价吧。

2015 年的德国文坛，作家照样写作，出版社依旧出书，读者也埋头阅读，就连君特·格拉斯的去世也没有太让人意外。笔者也只能从中选出几个人、几本书，尝鼎一脔，与诸君分享滋味罢了。

2015 美国文学：种族，还是种族问题

郭英剑

要想梳理美国文学在一年中的成就与演变，无疑极其困难。仅以数量为例，2015 年美国图书奖申报的作品就超过了 1400 部，遑论其他了。但一滴水里见阳光，选取富有代表性的作家作品或许能够窥斑见豹，看到美国文学的一个侧面。

为此，本文把目光投向美国当代作家的杰出代表托尼·莫里森在 2015 年的新作和 2015 年全国图书奖的获奖作品，试图从中寻找美国当代文学在这一年中的走向与特征。

本文所说的文学，包括了小说、戏剧、诗歌、儿童文学、传记文学等，所评述的作品均为 2015 年出版。对于标有 2015 年之名的文学大奖，因为获奖作品均为 2014 年出版，就不将其纳入评述的范围之内。至于时间延后的 2015 年的获奖作品，留到以后再加以评述。

托尼·莫里森：向当代转向

如果不把拥有双重国籍的沃尔科特计算在内，那么，莫里森就是迄今唯一尚在的美国诺贝尔文学奖得主。莫里森宝刀不老，继 2012 年出版长篇小说《家园》之后，又于 2015 年推出了长篇小说《上帝帮助孩子》。

这部最初被作者命名为《孩子们的愤怒》的作品是莫里森的第

11部小说。说到莫里森的作品，我们大概都会想到历史上的人物与故事。然而，这部作品却是在讲当代。这是一个因皮肤黝黑而深受父母嫌弃并遭到虐待的女孩儿的故事。这位全名叫卢拉·安·布莱德威尔、自称“布莱德”（英文Bride，也是“新娘”的意思）的女孩儿，身材高挑、长相出众、气质优雅。她的爱好是只穿白色服装，因为这最能衬托她的美丽。因其皮肤不同，布莱德的母亲特别厌恶她。这种爱的缺失是布莱德童年记忆中灰暗的一章，也为其成年生活带来深深的困惑。小说中，布莱德的母亲终其一生证明：父母如何对待孩子至关重要，因为他们永远难忘。

这部作品在出版后评论不一。有人认为，作品艺术水平很高；也有人与其《最蓝的眼睛》相比，认为对人物的形象挖掘不深，概念大于形象。但无论如何，这部作品有两大特点值得关注：首先，这是莫里森第一部描写当代的作品，这与她之前的创作有大不同；其次，作者将着力点放在种族问题以及种族歧视，深刻反映了作者对美国当代社会种族问题依旧严重的深切关怀与深深的忧虑。

莫里森直接描写21世纪的今天，无疑标志着其写作的一种转向。这也让我们对莫里森写作当代人物故事有了更多的期待。

2015年美国国家图书奖

2015年11月18日，美国第66届全国图书奖获奖名单揭晓。在推荐作品中，虚构类作品419部，非虚构类494部，诗歌221部，儿童文学294部。从这些作品中，按照“虚构类”、“非虚构类”、“诗歌类”和“儿童文学类”首先评选出长名单作品，每个类别20部；然后再推出入围作品，每个类别各5部；最终，产生了每个类别的获奖名单。

虚构类入围作品是：亚当·约翰逊（Adam Johnson）的《幸运微笑》（*Fortune Smiles: Stories*）、凯伦·班德尔（*Karen E. Bender*）的《返款》（*Refund: Stories*）、安吉拉·弗拉诺伊（Angela Flournoy）的《特纳的房间》（*The Turner House*）、劳伦·格拉芙（Lauren Groff）

的《命运与骚动》（*Fates and Furies*）、哈雅 · 杨娜吉哈拉（Haya Yanagihara）的《小生活》（*A Little Life*）。最终，约翰逊的《幸运微笑》拔得头筹。

亚当 · 约翰逊是美国当代最富争议、最有创造力，也最有影响力的作家之一。文学批评界已经把他同冯内古特、米歇尔以及桑德斯相提并论。2013 年，他曾经因小说《孤儿院院长之子》获普利策小说奖。除此之外，他还有一部短篇小说集《购物中心》和一部长篇小说《像我们这样的寄生虫》。

《幸运微笑》是一部短篇小说集，共计有 6 个短篇。"幸运微笑"是一个可控的朝鲜彩票游戏的名称。但在 6 个故事中，幸运未降临到任何人的身上，也难以见到笑脸。爱的伤逝、自然灾害、技术至上以及政治如何影响个人是小说集的主题。

在写作《孤儿院院长之子》前，约翰逊曾经花了 6 年时间研究朝鲜，该小说的故事就发生在朝鲜。在《幸运微笑》这个短篇中，约翰逊又一次将笔触伸向了朝鲜，描述了两位来自平壤的叛逃者如何在首尔适应新生活，而其中一位难以忘怀他留在国内的深爱的女人。《幸运微笑》可以说是一篇如何看待世界的新小说，首尔被描绘成美国的未来，技术已经深入并改变着人们的文化。

评论界认为该小说具有精妙的超现实性，附带黑色喜剧效果。约翰逊让读者听到了不常听到的声音，看到了不常见的视角。

美国国家图书奖非虚构类入围作品分别为：科茨（Ta-Nehisi Coates）的《在我与世界之间》（*Between the World and Me*）、萨利 · 曼（Sally Mann）的《坚持》（*Hold Still*）、蒙哥马利（Sy Montgomery）的《章鱼的灵魂》（*The Soul of an Octopus*）、卡拉 · 鲍威尔（Carla Power）的《假如海洋是墨汁》（*If the Oceans Were Ink: An Unlikely Friendship and a Journey to the Heart of the Quran*）、翠丝 · 史密斯（Tracy K. Smith）的《平凡的亮光》（*Ordinary Light*）。最后赢得大奖的是科茨的《在我与世界之间》。

科茨是一位黑人作家、记者，现任职《大西洋》月刊，主要撰写有关文化、社会与政治方面的文章，特别关注非裔美国人的问题。

《在我与世界之间》于 2015 年 7 月出版后，在美国引起很大反响。评论界认为，这是科茨 2008 年所出版的个人传记《美丽的挣扎：一位父亲，两个儿子，和一段无望的成人之路》的续集。

科茨说，《在我与世界之间》的缘起之一，是他的大学同学被警察误杀事件。因此，作品的主题就是非裔美国人的生命遭到了怎样的伤害、身体受到了怎样的束缚、当年的奴隶制如何演化成今天的暴力，以及不同形式的带有制度性的种族歧视现象。显然，作品无论是在思想上还是在结构上，都受到美国著名民权运动领袖鲍德温写于 1963 年的《下一次将是烈火》的影响和启发。就思想观点来说，两人都认为美国在种族平等的问题上并没有大的改进，也没有要改变的迹象。就写作结构来说，鲍德温的作品其中一篇是写给侄子的信，而科茨的作品则是写给 14 岁儿子的信。

这部书信体的作品重点论述了在美国身为一个黑人的复杂感受、象征意义以及现实困境。他概述了美国暴力对待黑人的历史，谈到了黑人青年与警察的冲突。科茨以自己青年时期在巴尔的摩的亲身经历，说到作为黑人青年最担心的就是受到身体上的伤害。作品的基调是黯淡的，且对未来毫无信心。科茨甚至无法认同马丁·路德·金对于未来的信心和乐观。在他看来，白人至上的现实依旧存在，现实的制度没有改变，因此，没有任何理由可以对未来抱有乐观的信心。

莫里森高度评价了科茨，认为他填补了鲍德温之后在知识阶层所留下的空白。评论家汉密尔顿说，该书犹如一份饱含了道德危机感的情书，在其中，科茨对种族歧视做了精妙的解剖。

美国国家图书奖入围的 5 部诗集分别为：罗宾·考斯特·路易斯（Robin Coste Lewis）的《黑色维纳斯之旅》（*Voyage of the Sable Venus*）、罗斯·盖伊（Ross Gay）的《不加掩饰的感激名录》（*Catalog of Unabashed Gratitude*）、特伦斯·哈耶斯（Terrance Hayes）的《怎样被描绘》（*How to Be Drawn*）、艾达·里蒙（Ada Limon）的《明亮死亡之物》（*Bright Dead Things*）和帕特里克·菲利普斯（Patrick Phillips）的《残破机器的挽歌》（*Elegy for a Broken Machine*）。最后摘取桂冠的是路易斯的《黑色维纳斯之旅》。

《黑色维纳斯之旅》是路易斯第一部诗歌集。一出版即引起轰动，被认为是穿越时空，通过对黑人女性形象的沉思，带给人们一种勇敢坚定而又富有穿透力的新的声音。评论界认为，该诗集是对种族复杂性的一曲美的颂歌。诗集的题目《黑色维纳斯之旅》，取材于18世纪画家斯托塔德一幅臭名昭著的作品，名为《黑色维纳斯从安哥拉到西印度的旅行》。这幅作品其实就是一幅奴隶贸易的宣传画：一位非洲女性（也即黑色的维纳斯）站在壳中，周围是小天使，被海豚拖着走向美洲。在她的左侧是手拿英国国旗的海神特里同，眼盯着非洲女性，仿佛在引领着这次跨越大洋的航程。

路易斯的诗歌集像是一幅三联画。起首和结尾部分是以抒情诗探讨自我建构中的角色欲望与种族游戏。而中间部分则是与诗集同题的诗，完全是由自古至今的艺术作品的名称所组成的叙事诗，这些名称以各种各样的方式评论了西方艺术中的黑人女性形象。通过这样的形式，路易斯提出了这样一些问题：就历史而言，黑人女性形象的观念，真正起源于何时——到底是500年前，还是5000年前，抑或更早？在这样一个面目可憎的古代故事中，艺术究竟扮演了什么角色？

路易斯无疑深爱着黑人文化，也发现了它的美与魅力。但作为一位文化批评家，当她对自身的文化加以探索的时候，也对种族与欲望之间的细微差别以及他人是如何定义黑人（包括她自己）的保有一种警觉意识。由此，诗人不仅进入了黑人的历史，更进入了整个人类的历史——充满了真理与探险的人类历史。

入围美国国家图书奖的5部儿童文学作品分别为：尼尔·舒斯特曼（Neal Shusterman）的《挑战者深渊》（*Challenger Deep*）、艾力·本杰明（Ali Benjamin）的《水母的传说》（*The Thing about Jellyfish*）、劳拉·鲁比（Laura Ruby）的《骨隙》（*Bone Gap*）、史蒂夫·辛金（Steve Sheinkin）的《危险之极：丹尼尔·埃尔斯伯格与越南战争秘史》（*Most Dangerous: Daniel Ellsberg and the Secret History of the Vietnam War*）与诺艾尔·斯蒂文森（Noelle Stevenson）的《倪莫娜》（*Nimona*）。最终胜出的是舒斯特曼的《挑战者深渊》。

舒斯特曼是一位黑人儿童文学作家，曾获得2008年加州青年读者金奖。主要作品包括小说《无名之地的阴暗面》《影子俱乐部》

《爸爸做了什么》《松开》等。

所谓“挑战者深渊”，是指太平洋马里亚纳海沟的最深处。《挑战者深渊》中的中学生波什生活在两个世界之中。一个是他所身处的真实家庭生活，在那里他有家人、有朋友，还要去上中学。而另一个，则是他身为一个海盗船船员的航行生活，他们要去探索海洋最深处。在现实生活中，他莫名的有一种偏执与妄想，认为人们试图要杀死他。而在旅行之中，他同样有一种妄想，不得不小心翼翼地与能言善辩的船长周旋。舒斯特曼是基于自己儿子心理疾病的亲身经历，写出了这样一部探讨儿童心理健康的作品。其中的插图就是由作者的儿子布兰顿在病重期间所画。应该说，《挑战者深渊》是一部爱的故事，很动人。作者试图通过波什的故事，通过儿童的视角，来引发广大读者去关注青少年的心理疾病。

少数族裔及其种族问题

上述作家作品大致反映出如下一些特点。

首先，非裔作家成为当代美国文坛主力军。如果非裔美国人仍然被称之为少数族裔，那么，以黑人为代表的少数族裔作家凸显了他们强大的创作能量，展现了丰富多彩的文学作品，也显示了他们在文坛的牢固地位。既为黑人又为女性的莫里森，无疑是当代美国文坛的巨匠，其在当代文学中的旗帜作用自不用赘述，而在美国图书奖的 4 个获奖者中，非裔美国人就占了 3 个。这从一个侧面反映了非裔作家在美国文坛中的格局。

其次，女性作家增多，且表现突出。女性作家日渐增多，作品越来越具有影响力，是一个不容忽视的事实。以美国国家图书奖为例，在入围的 20 人之中，女性作家占据了 13 位。而在虚构类与非虚构类作品中，女性更是以 4∶1 的优势压倒男性。相较 2014 年，男女作家比例大体相当的 11∶9，女性作家的比例上升很快。

再次，新人不甘示弱，后来居上。还以美国国家图书奖为例，过去，能够进入长名单和入围名单者，大都是读者熟悉，也是入围作家们彼此熟悉的作家，因为很多人都多次进入这两个名单。但在2015年进入入围名单的20人当中，除了两人外，其余都未曾进入过入围名单。

最后，种族问题，依旧是美国当代作家倍加关注的重大社会问题，也是不断被重复的文学主题。种族问题进入众多作家的作品并非偶然。据CNN2015年11月25日的统计报道，当美国人被问到“种族歧视是否在上升”时，49%的人认为“这是个大问题”（比20年前的1995年，提高了8个百分点），33%的人认为“这是个问题”，9%的人认为“这是个小问题”，而仅只有7%的人认为“这根本不是问题”，还有2%的人不置可否。由此统计，高达91%的美国人至少认为，种族歧视是的确存在的，而且在大部分人看来还十分严重。而且，在调查中，黑人认为“这是个大问题”者达到66%，而白人则为43%。从这一数据来看，非裔美国作家专注于种族歧视问题，实际上反映了他们对自己族群所面临的重大社会问题的严重关切。

虽然说，种族与种族歧视问题一直是美国作家关注的焦点，也是批评家和读者谈论的热点，但2015年的创作反映出与以往不同的特点，那就是直面当代社会问题、直接批判社会现实。这或许是本年度美国文学值得引起关注的文学现象之一。

经典的困顿和苏醒

陈众议

我们知道，一年一度的“世界读书日”是以塞万提斯和莎士比亚的忌日由联合国教科文组织确立的。尤其是今年，适逢塞万提斯和莎士比亚逝世400周年，全世界读书人再一次聚焦这两位文学巨匠；我国读书界自然也不会忘记同样逝世400周年的汤显祖，同时反观我们的阅读情况。

阅读的困顿

老实说，我们的阅读情况不容乐观。且不说我国人均纸质图书阅读量处于世界中下游（2016年“世界读书日”公布的有关调查数据表明，2015年我国人均年读书量仍不足5种），较欧美国家和亚太发达国家仍有很大差距。同时，青少年的电子阅读量迅速飙升，其内容多为快餐类影像作品和闲聊，即主要属轻阅读、浅阅读范畴，罕有经典间架。更令人瞠目的是2013年广西师范大学出版社的网上抽样调查结果：我国“四大名著”之首的《红楼梦》居然在“死活读不下去”的榜单上赫然居于榜首。与此同时，《三国演义》和《水浒传》横遭批判，其做法无非是将它们剥离历史土壤，并攻其一点，不及其余。关于《西游记》，或可作为个案多说几句，因为它一直是我国少儿读物中的第一经典。然而，它被反复恶搞。乡贤章金莱（六小龄童）颇为愤懑，以至于不惜“以身试法”、对簿公堂。而孩子们看了许多恶搞、大话之后，便再不像我辈这么“迂腐”了，唐僧娶妻生子、悟空与白骨精恋爱之类早已先入为主，占据了他们的记忆和想象。别以为那只是简单的搞笑。说到笑，当初我看《西游记》也一直在笑，笑唐僧迂（苦笑不迭！），笑猪八戒黠（可气可笑！），笑孙悟空精（服膺的笑！），笑沙和尚憨（会心的笑！）；后来长大了，慢慢有了些阅历，便开始拿师徒四人比附国民，乃至国民性，谓唐僧像儒，八戒像商，悟空像侠，沙僧像民。而他们之外的那一拨神仙是高高在上的官僚主义，而白骨精们是为非作歹的匪。再就是：一如蒲松龄是书生，因此美丽的女鬼都爱上了书生；吴承恩也是书生，所以妖怪都喜欢唐僧。而唐僧又何尝不是书生？！他所做的其实是现代意义上的“洋插队”——先留学，而后回国译经授业。吴承恩无非是夸大了我等儒生的迂腐劲儿。要说信仰这东西就是厉害，无论释道儒侠，还有各色主义，一旦信了，也便身不由己。于是，唐僧心心念念的是他那一亩三分地。但他是幸运的，因为他成功了，而许多儒生却成了范进。孙悟空是侠义的化身，忠肝义胆、火眼金睛，却不乏逆反心理；讲道义、有信仰，但不墨守成规。他是孩子德育教学的好范例，盖因他是非分明，乃古来忠臣名士的代表。沙僧代表芸芸众生，他勤勉敦厚、任劳任怨，不到万不得已决不轻易还手。八戒的两面性，甚至多面性则最可用来比附一般意义上的国民性，甚而劣根性。他狡黠，但只是小聪明；贪吃贪色，却又惰性十足、不思进取；时不时地占点便宜、开个小差，吃亏时不是阿Q似的自我安慰，便是蛮不讲理地抱怨别人。

当然，情况远不止于兹。屈原遭到了“弗洛伊德的攻击”，成了“同性恋者”，于是其爱国主义精神被“恋君情结”所颠覆。此外，从杜甫到鲁迅，无数经典作家被或多或少穿上了小鞋。于是，经典作家作品作为民族文化母体的基因或染色体地位被彻底撼动，甚至颠覆。这当然不是个别文人墨客或影视大腕心血来潮、指点古今的结果，其背后是资本和文化消费主义的强劲推动，也是“全球化”时代“去民族意识”、“去意识形态”的必然结果。我的问题是：既然国家尚未消亡，白宫的主人们比以往任何时候更加强调美国利益，我们却轻易瓦解作为国家认同、民族认同、价值认同和审美认同重要根基的文学经典，那不是犯傻或别有用心又是什么？

魔侠的来临

话说回来，颠覆“经典”的做法是文学的本分。但这个“经典”始终是加引号的。譬如塞万提斯颠覆的“经典”是以消遣为目的的骑士小说。曾几何时，骑士小说在欧洲风靡一时。用最简单的话说，骑士小说之所以风行欧洲，尤其风行西班牙，是因为王国的复兴或建立（西班牙则是打败了占据伊比利亚半岛长达近8个世纪的阿拉伯人，并迅速擢升为强大的帝国）。而骑士阶层作为“王国复兴”的主力完成了历史使命。骑士们被封官加爵，远离了金戈铁马、过上了养尊处优的生活，成为新兴市民阶层梦想的归宿。后者正是“航海大发现”的精神基础。哥伦布所率领的西班牙冒险家并不知道美洲的存在，他们的目标是“大中华帝国”，只是阴差阳错到达了美洲，并误认为那是印度。稍后历任菲律宾总督的西班牙人一直觊觎富饶的中国，并多次上书国王派兵“占领”。只不过西班牙帝国早被野心所累，已然是无可奈何的明日黄花。但骑士梦想仍萦绕在西班牙市民阶层心中；于是，过去的骑士生活被逐渐艺术化。比如，多数骑士小说的主人公不是一手举剑、一手握笔，就是浪漫的冒险家；他们为了信仰、荣誉或某个意中人不惜赴汤蹈火、在所不辞；他们往往孤军奋战、特立独行，具有鲜明的个人英雄主义倾向，同时不乏神秘色彩。塞万提斯则开宗明义，要用《堂吉诃德》来扫除骑士小说的那一套有害心灵的无稽之谈。于是，骑士小说被淋淋漓漓地戏说了一番。于是，孩子们看《堂吉诃德》会笑，而成熟的读者却每每在堂吉诃德的疯癫面前潸然泪下。

同样，莎士比亚在喜剧一统天下的时代写下了使他得以成为经典作家的一系列悲剧。适值人学颠覆神学，人性的本能成为文坛刺激观众、获取资本的猛料。毫无疑问，文艺复兴时期的伟大思想家始终视人本主义为双刃剑，即它在否定神学的同时，也不可避免地彰显了人性的另一面：资本产生和发展的润滑剂。而文艺复兴运动作为人本主义的载体，无疑也是资本的温床。14 世纪初，但丁即在文艺复兴运动的晨光熹微中窥见了人性（人本）三兽：肉欲（豹）、贪婪（狼）和狂妄（狮）（见“神间喜剧”《神曲》）。未几，拉伯雷在《巨人传》中恶搞神学，并酣畅地狂欢了一把。伊塔大司铎在《真爱之书》中把金钱描绘得惊心动魄、无所不能。薄伽丘则以罕见的打着旗帜反旗帜的狡黠创作了一本正经的“人间喜剧”《十日谈》。15 世纪初，喜剧在欧洲遍地开花，幽默讽刺和玩世不恭的调笑、恶搞充斥文坛。16 世纪初，西、葡殖民者带着天花占领大半个美洲，伊拉斯谟则复以毫不掩饰的快意在《疯狂颂》中大谈人类下半身的“那样东西、那样东西，只有那样东西”才是创造人类文明的真正动力。

然而，莎士比亚仍在其苦心经营的剧场里左右开弓，而塞万提斯则通过堂吉诃德颠覆了骑士小说，使人目睹了世风日下和哀鸿遍野。

经典的苏醒

巴尔加斯·略萨认为经典有自我翻新的能力。然而，事实是经典的翻新或复苏取决是时代社会，即读者的青睐和激活。

且说随着启蒙思想家，尤其是浪漫主义的理想被现实所粉碎：19 世纪的现实主义作家将矛头指向了国家（具体说是资本主义国家），从而改变了经典的界定方式。这其中，马克思和恩格斯起到了至关重要的作用。恩格斯在评价巴尔扎克时，将现实主义定格在了典型环境中的典型性格。这个典型环境已经不是启蒙时代的封建法国，而是资产阶级登上历史舞台以后的“自由竞争”。这时，资本起到了决定性作用。在此，我们不能以简单的反本质主义否定事物的基本属性、社会的基本状态和历史趋势。在《致玛·哈克奈斯》的信中，恩格斯批评这位工人作家说：“我决不是责备您没有写出一部直截了当的社会主义的小说，一部像我们德国人所说的‘倾向小说’，来鼓吹作者的社会观点和政治观点，我的意思决不是这样。作者的见解愈隐蔽，对艺术作品来说就愈好。”这是就马克思所说的“席勒式”和“莎士比亚化”所言的。恩格斯同时指出，“我所指的现实主义甚至可以违背作者的见解而表露出来”，那便是巴尔扎克的“现实主义的最伟大胜利之一”。“他的伟大的作品是对上流社会必然崩溃的一曲无尽的挽歌……而他经常毫不掩饰地加以赞赏的人物，却正是他政治上的死对头……这样，巴尔扎克不得不违反自己的阶级同情和政治偏见；他看到了他心爱的贵族们灭亡的必然性，从而把他们描写成不配有更好命运的人。”恩格斯所说的这些人就是资产阶级及其代表的“人民群众”。较之法国封建贵族，资产阶级的确代表了更为广泛的人民群众，这也是资产阶级革命成功的保证。

但是，从20世纪开始，巴尔扎克在西方学界遭到冷遇。随着现代主义的兴起，典型论乃至传统现实主义逐渐被西方形形色色的各种主义所淹没。在这些主义当中，以左拉为代表的自然主义首当其冲。我们暂且不必否定自然主义的历史功绩，也不必就自然主义与现实主义的某些亲缘关系多费周章，但有一点是需要说明并相对确定的，那便是现代艺术的多元化趋势，及至后现代无主流、无中心、无标准（我称之为三无主义）的来临。于是，绝对的相对性取代了相对的绝对性。资本及其推动的文化消费主义则是其不竭的源泉。

和巴尔扎克一样，列夫·托尔斯泰的命运同样堪忧。其中的原因，除了西方所谓的意识形态“淡化”，恐怕还是“去国家意识”、“去意识形态”的文化消费主义在作祟。曾几何时，列宁对托尔斯泰的褒奖具有鲜明的国家意识和阶级立场。套用恩格斯的话说，那是因为他看到了托尔斯泰的现实主义的胜利。在《列夫·托尔斯泰是俄国革命的镜子》一文中，列宁认为托尔斯泰表现了俄国革命的特点。因此，他的矛盾是俄国农民的矛盾。由此，列宁称托尔斯泰是伟大的、清醒的现实主义者。

诚然，我要说的不仅仅是列宁和托尔斯泰，而是与之关联的陀思妥耶夫斯基。关于后者，20世纪上中叶至今，西方和俄国已有许多讨论。其中最耀眼的莫过于巴赫金的品评，诸如狂欢理论、对话理论、复调理论，等等。不过，稍有记性的人即或因某种无知或逆反而忽视列宁，至少不会忘记弗洛伊德吧？后者对陀思妥耶夫斯基的评价固有他一贯的偏颇之处，却不可谓不深刻、不可谓不真诚。他说："由于作家选择的素材中残暴、凶杀、自私的人物比其他所有的人物都突出，这表明他内心深处是喜欢那种生活的，再说他自己的生活中也确有一些这样的事：如嗜赌，也许还奸污过一名幼女（坦白）等等。陀思妥耶夫斯基身上有种极为强烈的破坏性本能，这本来很容易使他成为罪犯的，但在他的生活中这种破坏性本能却主要（没有向外，而是向内）针对自己本人，因而表现为受虐型和罪孽感。但是他身上总还残留着相当多的虐待狂的特征，这表现在易冲动、爱折磨人、毫不宽容——即使对他所爱的——并且表现在作为作者对待读者的态度上。"对此，我们姑妄听之。但我的问题是：我们有人拿弗洛伊德理论兴高采烈地颠覆屈原，却缘何在陀氏研究中几乎只见巴赫金、不见弗氏的身影？

鉴于此，窃以为经典的苏醒只能寄希望于重返马列、重塑国家意识。后者才是我们的利益诉求，也是最大公约数在阅读和精神领域的有效体现。

奖声书影

2014年诺贝尔文学奖得主帕特里克·莫迪亚诺
——迷失：我们的存在方式

袁筱一

又一个法国人！

无论如何，帕特里克·莫迪亚诺获诺贝尔文学奖多少有点出人意料。就连他的出版商安托瓦纳·伽里玛都表示，他以为2008年勒克莱齐奥获了奖之后，法国人至少要等上30年才能迎来下一个诺奖。可莫迪亚诺的获奖让他的等待整整提早了24年。又一个法国人！在大家惊呼的同时，据伽里玛的转述（因为瑞典没有能够在宣布获奖前第一时间联系上作家本人），电话里，莫迪亚诺得知自己获奖后，“带着他一贯的低调说，‘真奇怪’”，还表示想要知道为什么诺贝尔文学奖会选择他。他觉得有些“不真实”，因为竟然能够在同样的地方“遭逢”他曾经如此欣赏的、诸如加缪之类的伟大作家。

当然也有早就“慧眼识珠”的，两年前莫言摘取诺贝尔文学奖的时候，法国就有莫迪亚诺的粉丝在记述“今年的奖项由一位中国伟大的作家摘得”的同时，坚定地表达，“我相信，在未来不算太长的时间里，莫迪亚诺一定会获奖”，因为，在她的眼里——她申明自己不是勒克莱齐奥的粉丝——莫迪亚诺才是在世的、最伟大的法国作家。

当然，奇怪也罢，伟大也罢，终究是他人的评价。一个真正的写作者，绝非是靠对奖项的向往和追求就能够成就的；反过来，也绝非会因为获奖与否改变自己的写作。实际上，当我们在惊呼“又一个法国人”的时候，不能不注意到的事实是，如果说勒克莱齐奥和莫迪亚诺都是20世纪60年代出道，应该算是同代的写作者，他们之间更大的相同点在于，迄今为止，他们都坚持写了将近50年。半个世纪的时光里，什么都是留不住的，包括记忆、过去，甚至青春，然而文字却奇迹般地留下了隐藏在某种似真非真之后的真。诺贝尔文学奖的终身评委皮特·恩格朗在电视的采访中还提到过其作品的“前后呼应”，殊不知写作者最大的“前后呼应”依靠的从来都是对文字的信仰，并且需要时间的佐证。

记忆、过去、梦，这些都是瑞典在宣布奖项归属时，放诸莫迪亚诺身上的关键词。当然，在他用于再现“最难以捉摸的命运”的“记忆的艺术”之外，特别提到的还有多次出现在他笔下的“德占时期”的世界。莫迪亚诺的小说世界的确是从德占时期的巴黎揭开序幕的。1968年，他凭借《星形广场》获得罗歇·尼米埃奖。小说的主人公和他一样——更确切地说，是和他父亲一样——具有犹太血统，最终死于星形广场，据说隐喻着犹太人佩戴的星形标志的那个地方。但是，与其说这是一部直接书写犹太人在二战期间悲惨命运的小说，毋宁说是关于父辈命运的小说，只是放在德占巴黎那种阴郁暧昧的氛围下，让人再难相信仅凭正义、道德或者自己设定的真理就能够判断一切，解决一切。德占法国时期的不明朗为莫迪亚诺提供了一个足够广阔的空间，之后在相当长的一段时间里，作者都没有离开。

《星形广场》中那位反犹的犹太人主人公什勒米洛维奇让人联想起第二次世界大战行将结束之际，遭到德国枪决的法国作家莫里斯·萨克斯。同样的犹太人，同样的暧昧：公开宣扬号召过抵抗纳粹德国，为盖世太保服务过，投身过黑市交易，却又因为拒绝揭发抵抗组织里的一位耶稣会神父而遭到逮捕，乃至最后命丧黄泉。当时只有23岁的莫迪亚诺提出的问题其实是：叛徒和英雄可以是同一个人吗？在这样的环境下，人能够左右自己的命运和行为吗？如果不能，那只命运的黑手又是来自哪里呢？同样，在这样的环境下，人能够确定自己吗？凭借血缘、出身或者意识形态上的某种归属就确定自己的身份？

正因为无解，所以只能将追寻继续下去。不知道是否因为那个童年时代总是不在场的父亲，抑或是9岁时就因为白血病去世的弟弟，在莫迪亚诺小说创作的初期，他显然是对于父辈——而不是简单的“父亲”——更感兴趣。或许与其父辈不同，因为没有战争时期的经历，没有立场需要撇清，莫迪亚诺的暧昧当时打破的正是法国对于德占时期不能言说的禁忌。战争结束之后才出生的他对战争并没有直接记忆，有的只能是追寻。这也奠定了他从写作伊始，就用追寻来完成失败的身份建构的写作模式。而对于作者来说，其后不久的《夜巡》和《环城大道》应该是和《星形广场》一起，完成了他的所谓“父辈三部曲”，更加深了他对于集体和个人记忆交织的“追寻”模式。简略却又没有忘记提到“德占法国”的诺贝尔奖授奖词更看重的应该是莫迪亚诺的“记忆”。恩格朗果然也在电视采访中说，“莫迪亚诺是我们这个时代的普鲁斯特”。

《暗店街》与《青春咖啡馆》

普鲁斯特，当然是以别样的方式。

因为普鲁斯特的记忆与莫迪亚诺的记忆会呈现不同的画面、不同的过去；因为普鲁斯特的记忆是柏格森的，而莫迪亚诺的记忆是弗洛伊德（？）的；普鲁斯特的记忆需要宏大叙事，而莫迪亚诺的记忆只需要一个人走入迷宫。唯一相同的，是记忆的暧昧与需要重构的本质。

出道10年之后，莫迪亚诺凭借《暗店街》获得了龚古尔奖。依旧是发生在德占时期法国的故事，但是主角颇为耐人寻味：一个因为偷越边境受到打击而丧失记忆的侦探，一个对自己的过去发生兴趣、不断追寻，并试图进行重构的侦探。小说的开篇后来在王小波的小说中被引用，主角说，“我的过去一片朦胧……”很不确定的感觉让人尤为着慌。一个病理性的断层就足以消解我们对于自身的坚信不疑，这是怎样的一个设定呢？

从《星形广场》到《暗店街》，莫迪亚诺对于事件本身的兴趣越来越淡。德占法国越来越淡化为一个因为秘密、谨慎与禁忌的要求而变得虚实相间的背景。主人公面对要反过来强加于他的记忆碎片，他一下子不知该如何判断：我究竟是哪一个呢？卷宗材料上有待拼接的那个？还是坐在这堆卷宗材料前，不知该不该调查下去，拼接下去的这个？这个有关身份的问题尤为残酷，却以某种特别的方式凸显了小说的现代性，尤其连接上了将他带入小说界的导师意义的人物雷蒙·格诺，尽管他与格诺的乌力波始终保持着距离。

是这点距离让他成为莫迪亚诺，而不是差不多同时代写作的图尔尼埃、勒克莱齐奥、佩雷克或别的什么人。这一点在《青春咖啡馆》里似乎昭示得很清楚。《青春咖啡馆》并不发生在战争的背景下。巴黎（还是巴黎！），出生于战争之后，并不背负可供升华的悲剧重荷的那一代人的茫然和孤独，逝去的时光里青春的味道，这些是可以用来简述《青春咖啡馆》的元素，足以令中国当代的文青“与我心有戚戚焉”。

依然是记忆和追寻。然而，以前没有被《星形广场》或者《暗店街》打动的读者大约都被《青春咖啡馆》中华丽的忧郁震撼了。《星形广场》里能够瞥见的是塞利纳、勒巴泰和弗洛伊德的影子，对那段历史不甚敏感的中国读者多少有点提不起兴趣；《暗店街》虽然已经不再需要犹太作家的原型，可仍然是在德占法国的阴郁背景中。然而《青春咖啡馆》里的德波、德勒兹和尼采却充斥着浪漫的色彩。德波的那句“在真实生活之旅的中途，我们被一缕绵长的愁绪包围，在挥霍青春的咖啡馆里，愁绪从那么多戏谑的和伤感的话语中流露出来”，简直可以让人飙泪。进入21世纪的莫迪亚诺似乎也开始构建属于自己这一代人的记忆了，虽然一直延续使用侦探的形式，虽然结果仍然是失败，但，毕竟是距离近了。

我好像也是在阅读《青春咖啡馆》的时候对莫迪亚诺有了一点感觉的，以至于怀疑这是否出自《暗店街》——这部我最早读到的莫迪亚诺的作品——的作者。对于我来说，逃离、消失、追寻，这些比德波、德勒兹和情境主义更让人动心。也恰恰是逃离、消失和追寻让我认出了莫迪亚诺。莫迪亚诺的人物总是在消失，不是以这种方式得到解决，就是以那种方式得到解决，再不然还可以自己解决，淡然得仿佛不想给这个世界添麻烦似的。唯一可以用来勉强当作消失原因的借口竟然还是《星形广场》里的“我累了”，虽然作品所依托的环境可以发生改变。咖啡馆里，不同线索编织完成的露姬，也唯有用“我累了”三个字可以给个交代。

想到两年前陷在《青春咖啡馆》中的情绪，今天走了这么远，再回头望去，可以有稍微理性一点的解释：莫迪亚诺开始追寻自己了，于是作为读者也有了一起追寻自己而不得的惆怅。毕竟，在现代社会里，用德波的概念来说，谁不会有在“坚硬线”与“逃逸线”之间徘徊着的青春呢？

然而，《青春咖啡馆》让我在彼时想起的，那个骤然间也决定消失的朋友，以及我们曾经一起感喟过迷失的青春，而今也已经随天意消失了的朋友，他们怎么会知道，他们和《青春咖啡馆》一起，送给我一缕“绵长的愁绪”呢？倒是莫迪亚诺应该知道，他写了40年的消失，以及随之而来被定义为迷失的那样东西，是他的《青春咖啡馆》成为“最令人心碎”的一部作品的原因吧。

新寓言？

在逸出文学的轨道——莫迪亚诺的作品有时确实能起到这个效果——之后，我们还是回到文学。

二十几年前，莫迪亚诺被介绍到中国，也和图尔尼埃、勒克莱齐奥一起，被贴上了“新寓言派”的标签。然而“新寓言派”究竟是怎么回事，怎么来的，好像谁也讲不清楚，大概就是有谁这么一说，被顺手拿来这么一用。在这个已经不再有文学流派，写作者们也越来越不可能围绕着某个精神领袖以统一的行动纲领来写作的时代，诸如“新寓言派”之类的模糊标签可以满足我们对“简而言之”的喜好，并且以此对付任何一个我们都无法“简而言之”的法国当代作家。

在 2007 年《二十世纪法国文学史》的末尾，法国当代文学权威批评家安托瓦纳·贡巴尼翁匆匆进入 20 世纪后半叶，因为距离不够，在“乌力波”之后就不能够再有任何以小组或者所谓流派为基础的评价，但是在题为“永恒的叙事”的一节中，他给了图尔尼埃、勒克莱齐奥和莫迪亚诺单独的位置。在分别以简洁的笔触将三人的作品做了大概的描述与分析之后，他写道：“我们当然还可能提到世纪末其他忠于叙事的小说家，但是唯有这三个在文学史上的地位似乎已经得到确认，其他的或许还有基尼亚尔……昆德拉……”而对于莫迪亚诺的语言风格，贡巴尼翁的评价是，“厌倦了第一个三部曲（《星形广场》《夜巡》《环形大道》）所表现出了才华横溢甚至有些无度的风格之后，莫迪亚诺的语言越来越平滑、透明，或者说归于古典”。

在这三个被贡巴尼翁定义为世纪末的叙事三杰中，恰恰莫迪亚诺离真正意义的“寓言”最远，而且距离和昆德拉与“寓言”的距离大致相当。当然莫迪亚诺离我们熟悉的 19 世纪现实主义也很远。在莫迪亚诺的所有作品中，借用侦探小说形式，真相永远处在被探寻的位置，而且结果都是无所谓真相。重要的是在探寻真相的途中，主人公可以因为探寻本身而进入似真非真、似梦非梦的状态。

梦的状态在莫迪亚诺早期的小说里就已经存在，而且总伴随着现实——用《缓刑》里的话来说，是“街名……不可告人的国王、和纳粹合作的污点……孤独、遗弃、形迹存疑打零工的父亲、在巡回演出之间奔波的当演员的母亲”等等——的部分，以至于现实也蒙上了一层非真的面纱。我们真的对周边的现实世界了如指掌吗？即便我们真的经历过些什么；没有身份、没有归宿这些在德占法国背景之下的“事实”难道不是我们惯常的生存状况吗？在莫迪亚诺的笔下，20 世纪 30 年代末 40 年代初的法国为我们提出了一个尖锐的问题：难道身份证、户口簿（莫迪亚诺有一部小说的确就叫作《户口簿》）能够证明自己的存在吗，或者电话簿，或者是在他后期的小说中，试图探寻过去的人总是拿着的记录有过去种种的记事簿？人生本身，难道不是处于一个巨大的梦之中吗？这个梦，或许要到死去的那一天方才能够醒来。

《地平线》中，博斯曼斯也有一个记着过去的记事本，但是他对这个记事本上的“事实”是这么思考的：他清楚地感到，在确切的事件和熟悉的面孔后面，存在着所有已变成暗物质的东西：短暂的相遇、没有赴约的约会、丢失的信件、记在以前一本通讯录里但你已经忘记的人名和电话号码以及你以前曾迎面相遇的男男女女，但你却不知道有过这回事。如同在天文学上那样，这种暗物质比你生活中的可见部分更多。这种物质多得无穷无尽。

如果有一个认真的写作者，他花了一生的时间来告诉你，你眼见的人生不过是“暗物质中的几个微弱闪光”，那么你便只好顺着去想，真实又究竟何在呢。令人有些手足无措的是，莫迪亚诺写到后来，的确已经回答了这个当初在《星形广场》中提出的问题，那就是，暗物质构成的人生中，我们无法确认自己的存在，我们的存在方式只能是迷失。而进入 21 世纪之后，莫迪亚诺也同样以“前后呼应”的方式完成了“迷失三部曲”，亦即 1985 年的《迷失的街区》、2007 年的《青春咖啡馆》（直译应为《迷失青春的咖啡馆》）和后来出版的《以防你迷失在街区》。

至于在这迷失的人生中，写作者又承担了怎样的责任，或者说，他的动机是什么——当然绝对不是奖项，作者自己也在这部获奖前才出版的新书中，借助他的人物给予了回答，写作就是“向那些你不知道怎么样的人发出信号，就像是灯塔的灯语或者摩斯密码”。

或许，写作与阅读都不过是发现“暗物质”之旅吧。虽然，我们很清楚，我们所发现的那一点暗物质与显见的人生一样，都只是我们可以洞见的、微小的部分。

* 注：乌力波（Oulipo，潜在文学工场）是一个由作家和数学家组成的松散的国际团体，该团体的成员将自己定义为一群“试图从自己亲手建造的迷宫中逃出的老鼠”。它由法国诗人、作家雷蒙·格诺和数学家弗朗索瓦·勒利奥内创立于 1960 年，至今仍活跃于法国乃至世界文坛。

2014年布克文学奖得主理查德·弗兰纳根：用历史表达自己思想

李　尧

2014年10月15日，英国布克文学奖揭晓，澳大利亚作家理查德·弗兰纳根（Richard Flanagan）的《通往北方深处的窄路》（*The Narrow Road to the Deep North*）获奖。理查德·弗兰纳根是澳大利亚近20年来涌现出的最有成就、最具特色的作家之一。《世界文学》杂志在2002年曾发表了由我节译的他的作品《古尔德的鱼书》（*Gould's Book of Fish*）。

理查德·弗兰纳根是澳大利亚土生土长的塔斯马尼亚人，祖先是19世纪40年代从爱尔兰流放到澳大利亚塔斯马尼亚岛的犯人。第二次世界大战期间，理查德·弗兰纳根的父亲被关进日本设立在缅甸的战俘营，参与泰缅铁路的修建，受尽折磨。作为"死亡线"——泰缅铁路的幸存者，弗兰纳根的父亲总是以自己的痛苦经历教育儿女，让他们不忘这段痛苦屈辱的历史。"在我们那座棚屋里，孩子们和他一起举行一年一度的'驱魔'仪式，"理查德·弗兰纳根曾经在一本杂志上这样写道，"我们6个孩子排成一行，用日语从1数到10，然后齐声背诵父亲在战俘营的代号。他还检查我们的床铺，毯子都要叠得方方正正，就像当年日本狱吏对集中营战俘要求的那样。"这一切对理查德·弗兰纳根的成长及其日后的文学创作产生了深远影响。童年的记忆和父亲饱含血泪的故事无时无刻不在他的脑海里盘桓，让他"欲罢不能"，父亲当年不堪回首的痛苦经历促使他写作，在12年间五易其稿，终于完成《通往北方深处的窄路》一书。

《通往北方深处的窄路》以泰缅铁路的修建为背景，讲述了一位澳大利亚医生的爱情故事。主人公埃文斯身陷日本战俘营，一直为两年前与年轻舅妈的婚外情而悔恨。就在他努力拯救饱受饥饿、霍乱和拷打折磨的人们时，他收到一封信。这封信在处处散发着血腥味的集中营里，给他带来一抹亮色，并且改变了他的一生……爱恨情仇纠结的故事赋予《通往北方深处的窄路》深刻的思想内涵。为弗兰纳根颁奖的布克奖评审委员会主席、英国作家和哲学家安东尼·格雷林指出："文学的两大主题是爱与战争，而《通往北方深处的窄路》正是这样一部关于爱与战争的巨作。"

和这部赢得2014年布克奖的"巨作"一样，理查德·弗兰纳根的其他作品也都是从生活的沃土中绽开的鲜花。弗兰纳根上中学时是划艇冠军，16岁辍学回家当了一名河道导航员，这无疑是一段不寻常的经历。1994年，33岁的理查德·弗兰纳根根据这一段经历写出他的第一部长篇小说《导航员之死》（*Death of River Guide*）。该书通过富兰克林河上导航员阿尔杰兹·柯西尼的眼睛，揭示了塔斯马尼亚作为流放之地的悲惨历史，痛斥了英国殖民主义者对美丽的大自然，特别是对塔斯马尼亚岛这块土地上繁衍生息的土著人残酷的践踏与蹂躏。作品热情奔放、寓意深远，许多评论家认为它颇具福克纳的风格，出版当年即获"维多利亚州总理文学奖"和"南澳大利亚州总理文学奖"。弗兰纳根自此在澳大利亚文坛崭露头角。

1997年，弗兰纳根出版了他的第二部长篇小说《孤掌之声》（*The Sound of One Hand Clapping*）。该书描写了斯洛文尼亚移民在塔斯马尼亚的生活，出版后引起很大反响，当年即发行15万册，并且获得"澳大利亚图书奖"和"万斯·帕尔默文学奖"，后来又由他自己改编成电影。

经过长期的积累和酝酿，理查德·弗兰纳根于2001年推出一本从内容到形式都有别于自己和前人著作的新作《古尔德的鱼书》。该书根据情节需要，用不同的颜色——红、蓝、绿、赭——印刷。每一章前都绘有一条与该章内容密切相关的精美的鱼，让人耳目一新。它以后现代主义和现实主义相结合的手法，讲述了 873645 号流放犯威廉·布埃鲁·古尔德在天之涯、海之角的范迪门地（塔斯马尼亚旧称）萨拉岛的悲惨遭遇，讲述了一段人类应该永远为之扼腕长叹、无法忘记的历史。《古尔德的鱼书》在作者的故乡塔斯马尼亚出版后，立即引起强烈反响。两种截然不同的意见各不相让。一部分人为作者大胆揭示塔斯马尼亚在殖民主义统治下的悲惨历史和作者丰富的想象力欣喜若狂，另外一些人面对这部书时却困惑不解，茫然不知所措。有评论家甚至指责"这是一部荒谬绝伦的书"，认为书里充满了拼凑和模仿的痕迹，是对历史的恶意歪曲。面对读者基于各自不同立场而产生的争论，理查德·弗兰纳根坦言："我不喜欢历史小说，你不可能重塑历史，只能用历史表现自己的思想，写一部当代的小说。"事实上，弗兰纳根"自己的思想"就是几十年来澳大利亚多元文化色彩日益浓厚的表现。

2006 年，理查德·弗兰纳根又创作了一部给他带来很大声誉的小说：《不知名的恐怖主义者》(*The Unknown Terrorist*)。该书开篇指出："爱永无止境这一思想，具有特别的吸引力。面对这一事实，千百年来，人类总是试图发现爱是世界上最强大的力量的证据。"秉持这一主题，弗兰纳根在书中深刻地揭示了澳大利亚社会生活中无法回避的矛盾，"描绘出一幅澳大利亚当代社会灾难性的图画"。"5 天，3 枚没有爆炸的炸弹，你生命中每一个真实，最终都变成谎言。你该怎么办？"

此后不久他又出版了长篇小说《渴望》(*Wanting*)。弗兰纳根近期的书都保持了后现代主义和现实主义创作手法的和谐一致，既弥漫着浓厚的自我意识，同时也极具瑰丽的现实主义色彩。评论家认为，弗兰纳根让人想起惠特曼、拉伯雷、叶芝、斯特恩、斯摩莱特、乔伊斯、福克纳、福楼拜、塞万提斯、布莱克、麦尔维尔、加西亚·马尔克斯等艺术大师，赢得 2014 年布克奖的桂冠就是对他文学创作的肯定。

2014年俄语布克奖得主弗拉基米尔·沙洛夫：历史与现实的对话

闫吉青

2014年12月5日，年度“俄语布克奖”揭晓，俄罗斯当代作家弗拉基米尔·亚历山大洛维奇·沙洛夫的书信体小说《返回埃及》荣膺桂冠，该作品同时获得本年度“大学生布克奖”，并被授予“大书奖”（第三名）。

2014年参加俄罗斯布克奖竞争的共有43家出版社、8家杂志社、4所大学和9个图书馆推荐的85部作品，其中78部符合参赛要求。进入布克奖短名单的5部作品分别是：阿纳托利·维什涅夫斯基的《彼得·斯捷潘诺维奇传》、娜塔里娅·格罗莫娃的《钥匙·最后的莫斯科》、扎哈拉·普里列平的《修道院》、维克多·列米佐夫的《自由意志》、叶莲娜·斯库里斯卡娅的《大理石天鹅》等。布克奖得主沙洛夫的获奖金额是150万卢布，进入短名单的其他5位作家分别获15万卢布。进入决赛的作家娜塔里娅·格罗莫娃的《钥匙·最后的莫斯科》获“俄语布克奖”赞助商“格洛贝克斯”银行70万卢布的赞助，该书将被翻译成英语并在英国出版，该书讲述的是只能在落满灰尘的地图上寻找遗失的首都莫斯科的故事。作者格罗莫娃本人是一位档案专家，创作了多部有关20世纪三四十年代文学风俗的作品，在《钥匙·最后的莫斯科》中，作者将重点放在了通常不为人所发现的生活琐事上。

2014年布克奖评委会主席是文艺学家安德烈·阿利耶夫，成员组成有：诗人耶夫盖尼·阿布杜尔拉耶夫、散文家捷尼斯·德拉贡斯基、散文家安纳托利·库尔恰特金以及雕塑家亚历山大·鲁卡维什尼科夫等。

顺便提一下，2014 年文学“颁奖期”的宠儿之一是扎哈拉·普里列平，其作品《修道院》荣获“大书奖”第一名，而获得第二、三名的分别是弗拉基米尔·索罗金的《捷卢里娅》和弗拉基米尔·沙洛夫的《返回埃及》。

弗拉基米尔·沙洛夫于 1952 年 4 月 7 日出生于莫斯科，父亲是俄罗斯当代著名作家和新闻记者 А.И. 沙洛夫（1909—1984）。弗拉基米尔·沙洛夫 1977 年毕业于沃罗涅日大学历史系，1984 年获得历史学副博士学位，曾在考古队当过装卸工，并担任过文学秘书。1979 年沙洛夫在《新世界》杂志发表诗歌处女作；1991 年在《乌拉尔》杂志发表第一部长篇小说《紧跟着：一种纪事及其思想、注释和关键日期》；之后，陆续发表长篇小说《排练》《提前和准时》《我不感到惋惜吗》《老态龙钟的小姑娘》《拉萨路的复活》《请像孩子们一样》（该作品于 2008 年进入俄语布克奖短名单）以及获得 2014 年度布克奖的《返回埃及》等。其中，《提前和准时》《紧跟着：一种纪事及其思想、注释和关键日期》《排练》《我不感到惋惜吗》等均以单行本形式由出版社出版发行。除了小说家身份之外，沙洛夫还是一位随笔作家和历史学家。

关于作品的名称，弗拉基米尔·沙洛夫这样说道：“为什么小说取名《返回埃及》？果戈里是深受《圣经》影响的作家，于是我觉得，在走出埃及的时候，我们在某个时刻又掉转头去，往回走了，结果又回到了埃及。在我的观念中，20 世纪的历史就是一段返回埃及的历史。”显然，《返回埃及》一书的书名源于《圣经·旧约》中的《出埃及记》。《圣经》记载，埃及人在出埃及之前，长期遭受埃及法老的奴役与迫害，后来摩西等人经过艰苦的斗争，终于率领埃及人逃离埃及，踏上拯救之路。小说《返回埃及》叙述了与 19 世纪经典作家尼古拉·瓦西里耶维奇·果戈里有亲缘关系的一个家庭，其不同成员在 20 世纪所遭遇的各自不同的命运。他们经历了 20 世纪俄罗斯所发生的一切重大历史事件，在苏联时期感到非常迷惘，几代人的命运相互交织。十月革命前他们每年都要聚集在一起，革命后，有的人死去了，有的人离开了，还有的人隐匿起来了。小说主人公之一——尼古拉·瓦西里耶维奇·果戈里第二，与19世纪古典作家果戈里完全同名，他经历过二战集中营，在哈萨克斯坦参加旧礼仪派，并一心渴望续写其先祖果戈里的著作《死魂灵》，目的是使俄罗斯能够出现另外一条拯救之路。因为，按照主人公及其亲戚们的观点，如果他们的先辈当年将自己的著作《死魂灵》写完的话，那么，俄罗斯的历史将会沿着另一条道路发展；如果他们能续写完成《死魂灵》第二部、第三部的话，那么，他们相信，俄罗斯这辆三套车一定会直达美好幸福的天堂。

沙洛夫在书中没有再现历史的画面。主人公努力倾听那些认为自己所处的现实比常人所认为的要更复杂、在某种意义上说也更可怕的人的声音，试图理解时代，找到其意义。

至于这部作品的主旨，作者弗拉基米尔·沙洛夫指出，“我的书讲述的是：长诗《死魂灵》被理解为是俄罗斯的历史，这是一部书信片段体小说，具有独特的对话。我很希望，这部书能在当代读者中得到回应。”在解释如何选择小说《返回埃及》的主题时，他说，“有时我觉得，果戈里之后整个俄罗斯的历史就是一种续写第二部、第三部《死魂灵》历史的尝试”。沙洛夫还补充说道，未完成的小说——这是一种可怕的诱惑，面对这种诱惑，文学往往会不知所措，因为“这如同未完成的启示录。似乎，如果这部小说被写完的话，那么，我们就会发现应该如何生活”。在创作这部小说的过程中，作家得出结论：《死魂灵》第三卷是不可能出现的。弗拉基米尔·沙洛夫称，创作这部小说花费了5年多的时间，其间，“我追随着自己的主人公们，‘拉紧缰绳’，他们不断变化，与此同时，我本人就会感到不太适应。”

值得特别一提的是，在当今市场经济全球化的语境下，沙洛夫的作品并没有丝毫的商业气息，他被认为是能够催生智慧的大师。沙洛夫的作品大多是历史、宗教与现实等各种因素的交织融合，无论是《排练》《提前和准时》还是《拉萨路的复活》《请像孩子们一样》等均是如此。他善于将历史现实与幻想因素结合在一起，将历史学家的论著变成充满神秘幻想因素的作品。其小说旨在向读者提出某些重大、迫切但又难以解决的永恒问题，即个人参与历史生活并且在与历史“照面”后所应该肩负的责任问题。具体来说，其创作大多涉及历史与个人、自由与权力、善与恶等等二元对立因素的相互关系问题——这些均是文学中不断被提及的永恒主题。这种创作特点反映了作家沙洛夫对自己民族过去历史、当代生活的体悟及其对人类未来命运的担忧。他的每一部作品都体现出作家对当代俄罗斯不同历史时代更替的实质及其后果的深入思考与睿智理解。他在作品中引领读者跟随自己的主人公进入隐秘幽暗的历史深处，进入科学与幻想交界的节点。正是在这种近乎虚幻的境界中作家试图探寻历史上所发生的许多重大事件的真正根源。另外，引人入胜的情节、新颖的见解、神秘的事件——这使得沙洛夫的每一部作品都引起读者的极大兴趣与特别关注。

沙洛夫是当代俄罗斯创作特点最复杂的作家之一。其实，理解其作品的难度并不在于书中人物的对话和作者所进行的修辞试验，也不在于书中所用语言和所描述事件的乖谬，而在于作者的思想具有特别的深度，令人不可思议。因此，沙洛夫的任何一部小说都需要读者静下心来，慢慢阅读沉思、细细品味；而且在阅读过程中，文本似乎会逐渐攫住读者的心灵。这对于习惯于阅读简短的新闻和人物对话的当代读者来说，可能会产生一种心理上的抵触甚至是反抗，这些都是阅读沙洛夫作品一开始会出现的反应。想要深入领会沙洛夫的哲学和诗学，值得读者花费一定时间并经受某些不适。而且，沙洛夫是一个具有严肃责任感的作家，他非常重视与读者的心灵“对话”和“交流”。他说，“我不是一个被宠坏了的人，对于我来说，每一个读者都是礼物。当你写作的时候，当然，不是为了读者，而是只为自己本人，因为自己——这是唯一一个哪怕是相对了解和懂你的人。如果突然有人对你写的东西感到亲切易懂，于是他开始与人谈论，谈论他的生活、命运及其对世界的理解——这是一份很大的礼物。对此我非常感激”。

文学评奖秘书伊戈尔·沙依丹诺夫指出，今年布克奖的两个主要争夺者是扎哈拉·普里列平的《修道院》和弗拉基米尔·沙洛夫的《返回埃及》。最终，沙洛夫获胜。公众也感到非常高兴，因为，从沙洛夫的作品中，他们发现“在当代文学中还有一种对于知识的追求。在沙洛夫的小说中包含一切——俄罗斯的历史、当代层面以及《圣经》的潜台词”。伊戈尔·沙依丹诺夫认为，这是“该年度最优秀的一部小说”；评委会成员捷尼斯·德拉贡斯基也认为，这一奖项应该授给沙洛夫：“这是一部非常严肃、睿智的书，并且相当重要的是，这是一部优美的书。”

评委会主席安德烈·阿利耶夫指出，2014 年度进入布克奖决赛的所有作品都有一个共同的主题，即同恶及各种体现形式进行斗争，所有的小说都“由一个主题所联结：即世界上几乎明显存在的恶”。“恶在主人公身上被人格化，被隐喻性地理解为世界的原初状态。但实际上所有的情节都建立在与恶直接接触的基础之上。在这种小说中，现实中很多问题产生的原因是由于人内心世界所积累的精神体验。”同时，他还指出，与苏联文学相比，如今俄罗斯作者们的特点是向着比较好的方向发展，他们具有解放的思想，在用词方面比较自由；往往能够克服恶的现象，阿利耶夫强调，2014 年进入决赛的所有作家莫不如此。

2014年普利策奖得主唐娜·塔特《金翅雀》：在畅销和经典之间寻求平衡

张　莉

与海明威、福克纳、厄普代克、莫里森等在获奖前已声名远扬的前普利策奖得主相比，2014年美国普利策小说奖得主唐娜·塔特（Donna Tartt）及其作品引起的关注确实少得多。领教过现代主义作品的深刻晦涩，见识过后现代主义作品炫目的技巧之后，翻开近800页的《金翅雀》，我最大的感受是其浓厚的现实主义色彩和在叙事形式上的简单和朴实。小说继承了讲故事的传统，选取了第一人称的叙事视角，以一幅荷兰名画《金翅雀》为线索，用倒叙的手法讲述了主人公西奥多·德克的成长故事。

被困在阿姆斯特丹一间旅馆里的主人公，平安夜梦到了母亲，这个梦揭开了他尘封的记忆。故事闪回到了改变主人公命运的那一天：13岁的德克在学校里表现不佳被勒令叫家长。母亲带他去见老师的路上突遇暴雨，母子俩躲进纽约大都会艺术博物馆。富有艺术素养的母亲一下子被17世纪的一幅画作《金翅雀》吸引，德克的目光却被正赏画的一位红发小女孩牢牢拽住。突然间一声巨响，是恐怖分子的炸弹袭击……

德克在昏迷后醒来，认出身边一位垂死的老者正是陪在红发女孩身边的老人。老人叫韦尔蒂，临死前将一枚戒指交付给德克并授意他（德克认为如此）拿走《金翅雀》，于是德克慌乱中离开了博物馆，带走了戒指和那幅画。德克的母亲和韦尔蒂一样在爆炸中丧生，他暂时寄居在好朋友安迪·巴伯家里。其间，德克找机会拜访了韦尔蒂的合作伙伴詹姆斯·霍巴特，归还了韦尔蒂的戒指，并再次见到了在爆炸中受到重伤的红发女孩皮帕，她对德克也印象颇深。不久，她离开纽约，随亲戚前往得克萨斯。

恐怖袭击、世界名画、承受灾难的孩子——作品摆出了一个宏大的也很时兴的背景。在爆炸声中开启的故事，既反映了新千年的恐怖事件和反恐的当下主题，似乎也是在回应作为小说重要线索的《金翅雀》的前世今生。《金翅雀》是17世纪荷兰画家卡雷尔·法布里蒂乌斯的重要作品。法布里蒂乌斯是伦勃朗的学生，32岁时死于代尔夫特恐怖爆炸案。历史与现实在爆炸声中仿佛实现了穿越，真实与虚构的界限也逐渐模糊不清。暴行与灾难带来的苦痛重复上演，作为目击者的艺术珍品《金翅雀》却一直流传了下来。

亲情、爱情、艺术、道义、责任，作品一开始即正面触及了诸多让人深思的社会、道德、成长问题。不经历痛苦，则无法抵达生命的本质。成长小说的模式告诉我们，年轻的主人公们在痛苦的经历之后，才有了对世界以及自我的深刻认识，实现顿悟和成长。以爆炸事件为界，德克从简单的儿童世界直接跨入到真实复杂的成人世界。德克慢慢从恐惧和梦魇般的记忆中平复，他一年前离家出走、杳无音信的父亲重新出现，让故事再次出现转折。父亲将德克带到了位于拉斯维加斯郊外的寓所，德克的生活内核也由此发生了根本改变。德克的父亲是一名职业赌徒，他的生活以赌桌为中心，他对德克不闻不问，没有丝毫的关爱和管教。与德克日夜相伴的只有一只小狗和他偷偷藏在枕头里的名画《金翅雀》。德克渐渐和同样孤苦无依的俄裔男孩鲍里斯成了朋友，学会了偷窃、吸毒、酗酒，整日浑浑噩噩、无所事事。这样的生活因赌徒父亲欠债被追讨，仓皇出逃时遭遇车祸而终止。因为害怕自己会被送到孤儿院，德克决定带画出逃。回到纽约之后，无处落脚的德克去投奔詹姆斯·霍巴特，再次邂逅前来度假的皮帕。

堕落之城拉斯维加斯除了作为第二段故事发生的背景，显然也有象征意义，它促成并见证了德克的堕落和痛苦，是德克人生经历的最低谷和他实现蜕变的临界点。除了亲情的缺失、孤独寂寞、青春期的骚动不安，德克和鲍里斯的世界里还有饥饿、暴力、毒品、欺诈。小说描写了德克堕落生活的细节：孤零零待在家里酗酒、吸毒，数次昏厥又自己醒来，无人理会；父亲骗他提取母亲留给他的教育基金，在谎言被揭穿的瞬间变得歇斯底里、面目狰狞；鲍里斯喝醉了的父亲几乎将他打死，他逃出家，带着满身伤痕跳入到德克家的游泳池，鲜血将泳池染红……作者平静的叙事语调与触目惊心的画面造成的冲击形成了巨大反差。21世纪的极乐之城拉斯维加斯不是19世纪的阴惨雾都伦敦，但德克却总让人想到狄更斯《雾都孤儿》里的奥利弗·退斯特。在我看来，这一部分是整部小说中最出彩、最富感染力、批判性最强的内容，也是唐娜对她最崇拜的作家狄更斯的模仿和致敬。

唐娜为主人公安排的救赎之路在拉斯维加斯尚未开启。然而，德克重回纽约之后的生活也并不平静。8年后，长大成人的德克成了霍巴特的生意合伙人。为了帮霍巴特的家具店摆脱破产困境，他将仿制品当作正品出售，被人抓了把柄，制造麻烦的人存心设局，目标直接指向《金翅雀》。德克正烦恼如何摆脱此人纠缠之际，多年未有联系的好友鲍里斯来访，带来惊人消息：德克藏在寄存处的《金翅雀》当年被鲍里斯掉包，真品已经辗转流失。一直深感愧疚的鲍里斯为追回那幅画，与德克一同前往阿姆斯特丹，同黑帮展开搏斗。故事的结尾阶段，又上演了一部经典的好莱坞枪战片，从未摸过枪的德克在危急时刻开枪杀死了黑帮大佬，鲍里斯受德克指点为警察提供线索追回了包括《金翅雀》在内的一批名画，得到了巨额奖励……

真善美战胜了假恶丑，唐娜无法抵制做一名道德训诫者的冲动，直接站出来宣道。她要给德克安排一个童话般的结局，让他摆脱困境，让这个成长故事得到圆满实现。故事结局的实现由作者设置的许多巧合来保障。德克虽历经不幸，但危急时刻总会有人相助：公寓里的保安帮他保存藏着名画的行李箱；素不相识的出租车司机指点他带着小狗逃离拉斯维加斯；流浪在纽约街头就会遇见熟人……如此这般。然而，除了好运，德克挣脱困境、实现自我救赎的最重要原因是虽饱经痛苦和磨难，但身边一直有善良相伴，心中常怀对美好的思恋。善良的霍巴特就是德克的贵人。霍巴特是古董家具经销商，但更像是迷恋做家具的艺术家。他不但是德克的庇护者、合作伙伴，还充当了父亲、朋友、艺术的启蒙者等诸多角色，他是拯救德克的善良之神，是德克实现蜕变和升华的领路人。皮帕与德克的交往不多，却是德克生命中重要的人物。德克对她一见钟情，作为同是经历了那场灾难并失去亲人的受害者，德克对皮帕的感情深刻复杂。皮帕在很多时候化身为一种象征和符号，她同那场改变德克命运的爆炸事件，同德克对母亲的追忆、对自己的认识，甚至同名画《金翅雀》建立了自然的联系。她客观上成了亲情的代表、爱情的寄托和艺术本身的象征。皮帕是黑暗世界里的阳光和美好，德克对她执着的爱和惦念也是他自我拯救的动力，使他免于深陷罪恶深渊。

在这部小说中，唐娜以现实主义的手法去实现理想主义者的追求。有时你甚至觉得她有点捉襟见肘、笔力不逮，她的文学抱负也许超出了她谋篇布局、刻画人物的能力。唐娜笔下的德克，一会儿是孤苦伶仃、深陷魔窟的奥利弗·退斯特，一会儿又化身为《在路上》的“垮掉的一代”，一会儿又在好莱坞的枪战片中扮演无辜而英勇的决战者角色。唐娜越是尽力把他刻画成一个真实可信的人物，越让读者觉得他是拥有超能力的哈利·波特（小说中德克戴一副哈利·波特式的眼镜，被鲍里斯直接称作波特）。唐娜将通俗文学与经典文学相结合的手法也许还不够圆熟，她既要致敬文学经典又要讨好大众趣味的目的也许过于明显，但正如普利策奖委员会在颁奖词中所言，德克以及他同那幅世界名画《金翅雀》之间的纠葛，无论如何，也称得上是“一个发人深思、触动心弦的故事”。

生于 1963 年的唐娜·塔特，坚持着十年磨一剑的敬业态度和离群索居的生活方式，却很难得迄今为止的 3 部小说《秘史》（*The secret history*，1992）、《小朋友》（*Little Friend*，2002）、《金翅雀》（2013）本本畅销。据悉，美国著名编剧皮特·斯特劳恩正在将《金翅雀》改编成电影。唐娜·塔特的创作实践似乎是在表明，畅销书和文学经典之间，并不存在一条不可逾越的鸿沟。当文学更接近大众的时候，它是离经典越来越近还是渐行渐远，我们大约只能拭目以待。

2014年龚古尔文学奖得主莉迪·萨尔维尔《不要哭泣》：一段历史，两幅画面

张迎旋

2014年11月5日，法国66岁女作家莉迪·萨尔维尔（Lydie Salvayre）凭借其作品《不要哭泣》（*Pas pleurer*）摘取了龚古尔文学奖桂冠。她是自1903年以来获得此殊荣的第11位女作家。评委会的评论为："首先，我们为这部文采飞扬的作品加冕，为作品中独特的写作方式喝彩，虽然有太多的西班牙文夹杂其中，但瑕不掩瑜。"皮埃尔·阿苏利纳认为《不要哭泣》是一位文学巨匠的力作，1997年获得龚古尔文学奖的作家巴特利克·朗博诙谐地说："该轮到女作家获奖了。我很高兴，因为1997年时她就有获奖的希望，但是我从她那里抢走了这个奖。"雷伊·德勃雷称赞道："在莉迪·萨尔维尔身上看到了乔治·贝纳诺斯的复活。既有历史层面，又有心理层面，她的作品将国与家的历史融为一体，立体地再现了一部厚重的西班牙内战史。"

事实上，莉迪·萨尔维尔的文学之路是由默默无闻和一鸣惊人交叠而成的：1990年，她的第一部小说《宣言》获得了赫尔墨斯奖。创作之初，她在作品中着力表现爱的缺失和夫妻关系，以及职场错综复杂的内幕，但并没有令她名声显赫，直到1997年反映二战中法西斯统治对法国平民造成创伤的小说《幽灵伴侣》出版，令她获得"11月文学奖"。2009年，她丈夫贝尔纳尔·瓦莱接受了重大的眼科手术，这为莉迪带来了创作灵感，她将小说命名为《BW》（Bernard

Wallet 名字的缩写），以“粗犷”的方式刻画了伴侣的私密形象，剖析了“离开”这一哲学命题，赢得了毕杜耶文学奖。此外，她的作品还被改编成剧本公演，也被译成 20 多种文字。

莉迪在《不要哭泣》中勾勒出西班牙内战人性解放和血腥残酷的双面图景，作为心理医生，她在文学写作中叙事和描摹的角度和方式都很特别，可谓独树一帜。西班牙内战在毕加索的画作和英国著名导演肯·洛奇的电影《土地与自由》中都得到了成功再现，那么莉迪·萨尔维尔笔下的这段历史又有什么特别之处呢?

两种不和谐的声音交织在这部作品里：法国诗人乔治·贝纳诺斯激烈反抗的呐喊和叙述者的母亲蒙茨的倾诉。乔治·贝纳诺斯曾亲身经历了西班牙内战，他撰写了一篇声讨佛朗哥的檄文：《月色中的巨大墓地》，以此揭露国民军在天主教会的祝祷下对人民阵线的“穷寇”们实施的恐怖镇压。而小说叙述者母亲蒙茨正是一名“穷寇”，时隔 75 年，她将当年所遭受的种种迫害逐出了脑海，记忆中只残存着左翼联盟在西班牙某些地区发动的自由革命，这成为西班牙内战的导火索；当时正值豆蔻年华的蒙茨，在加泰罗尼亚的村庄里过着无忧无虑的生活。如今那段恬淡岁月充溢着蒙茨的回忆，冲淡了血腥往事。

因此，两种风格迥异的言辞和画面，与现实构成奇特的共鸣，交响在莉迪·萨尔维尔的小说乐章里，使她的散文式叙说既高亢激越又轻灵婉约。对比的修辞手法在这部作品中达到了应有的效果：同一段历史，却展现出迥异的风景，在母亲蒙茨那里是骄阳似火的丽日，在乔治·贝纳诺斯看来却无异于冷月如霜的寒夜。

1936 年，当西班牙人民拿起武器，抵制佛朗哥分子的攻击，捍卫共和国之际，蒙茨和哥哥约瑟夫逃到巴塞罗那。在那里，蒙茨来不及品尝爱情的甜蜜，就加入到左翼联盟的阵营中，接受战火的洗礼。她对教士和富豪们的傲慢和残暴深恶痛绝，反抗的怒火早已在心中燃烧。那年明媚的夏日、残酷的战争、惨痛的失败和被放逐异国，成为蒙茨人生坐标的主轴，直到生命的尽头，这些经历依然不断萦回于她的脑际。同样是这一年的夏天，原本笃信天主教、支持佛朗哥的诗人乔治·贝纳诺斯，在目睹了佛朗哥分子们所谓的“预防清洗”（为了防微杜渐、排除异己而进行的血腥镇压）后，深受震动，决心公开揭露国民军对人民阵线的暴行，控诉有产阶级对于贫苦民众的仇视，这就是《月色中的巨大墓地》这篇檄文的社会背景。乔治·贝纳诺斯在檄文里这样写道：“我不是属于国家的，因为我热衷于确切地知道我到底是什么样的存在，而‘国家的’一词，单看是无法告诉我答案的……一个人可以信赖的词汇表里已经没有那么多的字眼了，他可以将自己最珍贵的东西托付给这仅有的几个词……”蒙茨的女儿名叫莉迪·萨尔维尔，她在听母亲绘声绘色地讲述那段斗志昂扬、血腥恐怖的岁月里的往事时，时而倦怠，时而讥讽，她母亲的法文因为摆脱不了西班牙语的影响而显得不伦不类，蹩脚怪诞。然而，就在不久前的某一天，她翻阅了《月色中的巨大墓地》。接下来的一个清晨，当母亲再一次讲起陈年往事时，她的心中骤然响起了不同以往的共鸣。乔治·贝纳诺斯当年义无反顾地倒戈和决裂值得深思，似乎影射了现代社会和其不再血腥却依然残酷的一面。那段往事经过时光的筛洗，成为现代寓言。于是，《不要哭泣》诞生了，既充满欢笑，也充斥着怒气，有血有肉的文字，即使悸动战栗，也会散发活力的思想。

1948 年，乔治·贝纳诺斯去世的那年，莉迪·萨尔维尔出生在法国南部城市奥坦维尔，她的父母是在佛朗哥控制西班牙后逃亡到法国的西班牙共和党人。在成为作家之前，她曾在马赛做过心理医生。因而，痛苦的回忆、选择性的记忆和冲击强度的回弹等心理症状对她而言并不玄奥。在行文中，莉迪·萨尔维尔将乔治·贝纳诺斯的作品中许多章节展现给读者，其中不乏暴力血腥的场景描写。与此同时，她又让读者聆听到她年过九旬的老母亲声如洪钟的叙述——尽管她母亲用的是西班牙语和法语的混合语，用这样的混合语来描述 1936 年残酷的战争反而令人们忍俊不禁，作者仍旧固执地把话语权留给了被称为“穷寇”的劳苦大众们。这也许就是这部作品的魅力所在：含着笑的眼泪和贫贱者的高贵。

例如，蒙茨的哥哥就是拥有这种高贵灵魂的“穷寇”，当他听到人民阵线的自卫队民兵们自诩为英雄，吹嘘自己是如何残忍地杀害两位佛朗哥阵营的教士时，他并没有感到快乐和兴奋：“约瑟夫把手放在胸前，活像刚从一场噩梦中惊醒但仍然恍恍惚惚的人。他目瞪口呆，正如当年的乔治·贝纳诺斯在帕尔马（西班牙巴利阿里群岛首府）时一样，他们惊讶的原因也是一模一样。他坐在椅子上一动不动，因为恐惧而瘫软，似乎没有了生命迹象，如同死人一般。难道可以如此草菅人命，甚至没有丝毫的良心不安或者不情愿？难道可以像杀死老鼠一样屠戮人类，没有丝毫悔意，反倒沾沾自喜？难道一项所谓的‘正义事业’就可以纵容如此丧心病狂、灭绝人性的行径？”于是，约瑟夫不再急于回到自己的住处了，他已决定，从此不再参与到战争中。也许他会被误认为是敌营间谍，但他不在乎，他要回到自己生活的村庄。正是约瑟夫的这种惆怅让蒙茨得以成长。也许，正是这种人性的觉醒，让《不要哭泣》这部作品拥有了超乎历史和政治层面的更高意义。

罗密欧与朱丽叶式的爱情在《不要哭泣》中也有表现。小说中的两位年轻人来自不同的社会阶层和政治阵营，他们的爱情注定以悲剧告终。作品中不仅有对他们情路坎坷的叹惋，也有对国民军的残忍行径和教会势力的消极包庇的控诉。爱情的悲剧和战争的惨剧同时上演，邻居们装作什么也没看到，为了尊严和荣誉，大家都保守秘密，关上百叶窗，挡上感情的屏风，一切密不透风。在 20 世纪 30 年代的西班牙，传统和宗派的力量十分强大，以至于任何人想要逃离世俗的藩篱都将遭到不幸，受到指责。

此外，对于历史，莉迪·萨尔维尔也驾轻就熟，将史实拆散再重织，并与家族的历史缝合起来，这样，《不要哭泣》将 1936 年那个夏天中普遍的和特别的都诉诸笔端：“普遍”的是指在西班牙人自相残杀的同时，曾经在柏林、莫斯科、巴黎和两个罗马（教皇的和墨索里尼的）所有说过的和没说过的话和所有被策划好的事；而“特别”的是指作者的母亲在暮年向她描述自己的人生经历。莉迪·萨尔维尔本人这样评价这部作品：“到目前为止，我从未想过将自己卷入母亲对内战的回忆中，也没想过非要为此著书立说。但我有一种感觉，是时候从西班牙内战的阴影中抽身，将之搁置在脑海一隅，以便绕开由这场战争所引发的重重疑云。”

总之，《不要哭泣》是一部黑色小说，一次弥漫着乡土气息、充满了悲剧气氛的家庭密谈，但同时也是一部史料，共和党阵营内部的纠纷和西班牙内战最后时刻的纷扰尽现其中。从第一部小说开始，莉迪·萨尔维尔的文字就有强烈的舞台效果和狂欢气氛，她善于描写日常生活中的艰苦辛酸和家庭内部的沉闷冲突；作为心理医生，她更能捕捉到人类灵魂深处的崎岖不平和飘摇不定。她选择了搞笑，而不是煽情，她不满足于绝望，而是撒上点愤世嫉俗，加上一小勺幽默，添上一小撮讽刺，把小说烹饪成一道美味可口的佳肴，对道貌岸然之辈和老生常谈之徒向来不屑一顾。因而，当有记者问她为什么喜欢把高雅经典的语言和市井俚语俗话杂糅时，她回答："这就是为什么我推崇拉伯雷（《巨人传》的作者），他比任何人都更娴熟地驾驭各种层次的语言；他并没有像大多数作家那样把用通俗的语言来写作当作耻辱。我认为法国现在正为古典主义而苦恼。虽然我热爱优雅的中规中矩的文字，例如卫道士们的说教，但我很遗憾地看到，法国不像西班牙那样，对品位不高但令人愉悦而且更加率真的民间俗语有着更为宽容的态度。关于每种文化和'俗'或者'性'等问题的关系，说来话长。而我恰好继承了西班牙文化的传统，将俗语精雕细琢。"

2014年美国国家图书奖获奖作品：战争阴云与现实关怀

王弋璇

美国国家图书奖是美国文学界的最高奖项之一，始于1950年，每年举行一次，由美国出版商协会、美国书商协会和图书制造商协会联合创立。该文学奖总共分成四个领域，包括虚构类、非虚构类、诗歌类与青少年文学类。从2013年开始，基金会为了使更多作家获得关注，开始公布当年四个奖项各自的10部候选作品长名单。2014年美国国家图书奖虚构类作品长名单中，有三部短篇小说集入围，其中两部都是新面孔作家的处女作，另有两位普利策奖得主；诗歌类长名单中的诗集风格迥异，入围诗人几乎都荣誉等身，其中有一名普利策奖获得者；青年文学类长名单中的作品趋于多样化，文类涉及奇幻小说、回忆录、推理小说、非虚构作品、科幻小说以及一部小说体的历史文学等。

11月19日，2014年美国国家图书奖最终结果揭晓。菲尔·克雷（Phil Klay）以其处女作短篇小说集《重新调整》（*Redeployment*，近期各报刊在对美国图书奖的报道中，该作一般被翻译为"重新部署"，笔者结合作品展现退役军人面对从战场归来后生活的极大反差而难以适应的主题，将小说标题翻译为"重新调整"）。荣膺国家图书奖虚构类作品奖；《纽约客》的专职撰稿人欧逸文（Evan Osnos）凭《野心时代：在新中国追逐财富、真相和信念》（*Age of Ambition: Chasing Fortune, Truth and Faith in the New China*）一书获得非虚构类作品奖；路易斯·格鲁克（Louise Glück）以诗集《忠诚的和贞洁的夜晚》（*Faithful and Virtuous Night*）获得诗歌类奖；杰奎琳·伍德森（Jacqueline Woodson）凭韵文体回忆录《做梦的棕色女孩》（*Brown Girl Dreaming*）获得青年文学奖。85岁高龄的奇幻与科幻作家厄苏拉·K·勒·奎恩获得了美国文学卓越贡献勋章。

《重新调整》：反映战争对心灵影响的最新力作

年仅31岁的菲尔·克雷是企鹅出版社近两年力推的新面孔，他出生于纽约，2005年从达特茅斯学院毕业后即加入美国海军，菲尔·克雷服役期间在美军驻伊拉克的部队中担任公共事务办公人员，曾经参加了伊拉克安巴尔省的战争，经历过战争的残酷。克雷参加了很多士兵的葬礼，深刻体验到一个军人的死对一个家庭带来的毁灭性打击。克雷回国后生活在与战场迥异的另一个世界，精神仍被战争的痛苦回忆缠绕，一度被视为精神错乱者，孩子也询问过他是否杀过人的问题。此时唯一能够帮助克雷宣泄情绪、厘清思路的方式就是写作，他借助报纸撰稿人的职业，创作了一系列战争主题的小说，最初发表于《财产》《纽约时报》《纽约新闻日报》《罐头房》以及《2012年美国最佳非必读书目》上。《重新调整》是克雷第一部结集出版的短篇小说集，其中收录的20篇短篇小说从不同视角近距离展现了伊拉克战争期间及战后士兵生活的真实场景。作者以现实主义的创作手法，诙谐生动地描述了海军战士在伊拉克和阿富汗战场上的生活，以及他们退伍回乡后难以适应平民生活的艰难心路历程，若干小说发生在伊拉克的安巴尔省，还有一些故事是以美国平民生活为背景，着重突出士兵退役回家后的心理反差。“重新调整”是短篇小说集中核心故事的标题，讲述了海军士兵在伊拉克战场上7个月恐怖、无聊的生活，以及偶尔出现的幽默一面，故事另一方面着重展现出战士回到家乡后的内心失衡。克雷在获奖致辞中也提到，“我回来后，不知该作何想法。”他说，“面对一个牺牲的海军陆战队战士的父亲，你该怎样用言语解释海军陆战队对你来说意味着什么？”克雷作为战争的亲历者，他的描写更具有真实感人和触动心灵的效果，作品在展现士兵回到家乡后和家人、恋人久别重逢的场景时，创作手法具有强烈的真实感和独特性，打破了一般所采用的喜极而泣、拥抱叙谈的老套叙述模式，而是采用带有黑色幽默色彩的笔触展现出亲人团聚的真实画面。青年作家克雷之所以能凭借处女作打败提名名单上更老派的玛丽莲·罗宾逊的新作以及安东尼·多尔有关二战的小说从而斩获殊荣，原因也许在于作品主题契合美国社会普遍关心的中东与战争现实问题，及其冷峻的现实主义笔触和罕见的情感深度。

《重新调整》跨越国家和种族的界限，展示了士兵所生活的迥然不同的两个世界：从梦想到失落，从战争到和平，欢欣、自豪、遗憾以及厌恶，各种情绪杂糅在一个角色身上，书中充满着残暴与信仰、罪恶与恐惧、无助与求生等主题的对比，主人公试图在混乱中找到人生的意义。《纽约时报》书评给予小说极高评价，称该小说令人捧腹、刺痛人心、撕扯灵魂，又让人感到忧伤，是目前为止描写战争对于人们心灵影响的最佳作品。

《野心时代：在新中国追逐财富、真相和信念》：具有时代感的“中国报告”

非虚构类获奖作品《野心时代：在新中国追逐财富、真相和信念》的作者欧逸文是《纽约客》的专职撰稿人。2005 年欧逸文曾作为《芝加哥论坛报》北京办事处代表和《纽约时报》驻中国记者在中国生活了 8 年，他对中国怀有深厚的感情，以记者的敏锐洞察力捕捉到中国民众对“成功”的巨大欲望。作者的采访对象有被成功欲望猛烈冲击的亿万富翁、“垃圾女王”张茵、清扫他在北京所住那条马路的一位清洁工诗人、大受欢迎的作家韩寒等，以丰富的样本呈现了中国人的真实生活状态，生动展现了中国人的梦想和自我怀疑精神，恰当契合了中国当下的时代脉搏。书中人物从表面看好像并无相似之处，但他们却呈现出共同的形态：在经济高速发展的同时，人们追逐成功，承受压力，也感到空虚，转而寻求信仰以寻求内心的宁静；自我意识的觉醒开启个人主义新篇章，但也同样滋生割裂感与不安。

在欧逸文的笔下，一个复杂而充满生机的中国，透过一个个野心人物的野心故事，跃然眼前。作者曾读过鲁迅的著作，他借用鲁迅的观点“世上本没有路，走的人多了便成了路”，践行自己的开拓性尝试，即以写实的手法把握中国过去30年来的发展脉搏。在这本记载着中国发生过和正在发生的现实的作品中，承载着作家对中国发展的密切关注和深层忧虑。欧逸文在访谈中提到将中国当下的时代同美国1920年代的发展模式相对照，认为两个时代具有很多的相似性，这种比照对中国的发展具有启示意义。

《做梦的棕色女孩》：诗句诉说非裔女孩童年故事

非裔美国作家杰奎琳·伍德森出生于俄亥俄州，但她的大部分时间都是同祖父母一起生活在南卡罗来纳州，在那里她了解了种族隔离并按照祖母的信仰恪守宗教戒律。伍德森的生活充满着亲人关爱和对美的赞赏，她从中享受着欣喜和家庭安全感。后来她搬到布鲁克林居住，在那里虽然生活更加自由，却让伍德森感到失落。作者在生活中积淀着讲述故事的渴望，这种感觉渗透在童年回忆录《做梦的棕色女孩》中，作品以韵文体写成，以20世纪六七十年代美国人权运动为背景，细腻刻画出作者无论身在何处，却总找不到家的失落情感。伍德森著有多部青少年小说及插画书，其中包括《移动》《如果你轻轻地来》和《奇迹的男孩》。杰奎琳·伍德森曾三次问鼎纽伯瑞文学奖，前后两次入围美国国家图书奖。在伍德森的《做梦的棕色女孩》中，屡获殊荣的伍德森以令人着迷的语言讲述了她如诗一般的童年生活。

倾听和感悟令伍德森对于周围的环境、朋友和家庭都有深刻理解。从俄亥俄州到南卡罗来纳州再到纽约，通过20世纪60年代至70年代间的成长故事，伍德森描述了自己成长过程中遭遇种族歧视的现实，展现了她对民权运动日益增长的认识。该书被称赞为“感情真挚，字里行间都能感受到孩子在这个世界上不懈寻求属于自己的位置”。整部回忆录都充斥着作者对于故事及讲故事的热情，早期的创作意图和孩子敏锐的观察力都表露无遗。她动人有力的文字反射出孩子们天真纯洁的灵魂。伍德森用诗句将青少年时期的生活经历同纽约的遭遇交织在一起，为读者们呈现了珍贵温暖的感悟，语言精致婉约。《书目杂志》评价该作品“那些微不足道的小事——糖果店的冰淇淋、祖父的花园、果冻罐子里的萤火虫——在她的回忆中变得愈加清晰，最后付诸文字……文字优雅、意味深长，是一部令人难以忘怀的作品”。

《忠诚的和贞洁的夜晚》：相同场景下的无限可能

美国女诗人路易斯·伊丽莎白·格鲁克 1943 年 4 月生于纽约，在长岛长大，是有匈牙利犹太血统的美国诗人。格鲁克曾出版过包括《七个时代》《新生》《草地》《野鸢尾》《阿拉若山》在内的 11 部诗集；获得过普利策奖等多种荣誉，1999 年被选为美国诗人学院校长并获得华莱斯·史蒂文斯诗歌艺术大师奖。她最近的诗集《诗歌1962—2012》获得 2013 洛杉矶时报图书奖。

格鲁克对沉默情有独钟——她的诗歌以直白的叙述刻画虚无，诗人曾说过，“对我而言，未言明之处更有力量：我经常希望整篇诗作都能以这样的方式写撰”。走进获奖诗集《忠诚的和贞洁的夜晚》这部作品中，如同进入许多梦幻之门中的一个，每次都踏进同一个地方，却呈现出不同的陈设装饰。作品讲述了一个完整的故事，每一部分都充满灵动色彩，一气呵成的叙述中贯穿着神秘感和预言色彩，充满奇迹又令人心碎。格鲁克的诗歌蕴藏着无限书写的可能，单一的叙事被不同的读者体验和诠释，会转换为丰富而互相平行的多维度意义空间，她以深沉的爱和饱满的情感孕育出耐人寻味的美妙诗句，终于在三次入围国家图书奖后斩获殊荣。

纵观此次国家图书奖的获奖图书，可以看出，战争阴云始终萦绕在美国民众的潜意识中，现实总是能为作家提供取之不尽的创作素材，真实感终究是文学的力量所在。首先，获奖作家大多为新面孔，由于2014年美国出版界几乎没有知名作家的力作出版，上一辈的美国作家如托马斯·品钦、菲利普·罗斯、查克·帕拉纽克等产量不及过去，挖掘新人自然而然成了出版业的首要问题；其次，作为行业奖，国家图书奖背后是由各大出版社联合出资的国家图书奖基金会，因此该奖项十分关注市场需求，注重把握时代的脉动，克雷的作品《重新调整》描写的是备受美国社会关注的中东与战争现实问题，而欧逸文的《野心时代：在新中国追逐财富、真相和信念》也表现出美国人对日益强盛的中国的关注，两部作品都密切关注现实，对战争和现实生活的描写打破以往的固有范式，十分符合青年读者的口味；最后，国家图书奖一如既往地关注多元化的市场诉求，对深入描写种族、性别、人性和成长的佳作青睐有加。

2015 年美国普利策小说奖得主安东尼·杜尔《所有看不见的光》：回念战争，缅怀生命

孟宪华 姜 凤

毫不夸张地说，一部人类文明史，就是一部人类战争史。战争作为特殊的社会题材，普遍反映于文学作品当中，战争与文学的联姻造就了战争文学，仅以第二次世界大战为基壤，就结出了无数丰盈瑰丽的文学果实，《所有看不见的光》（*All the Light We Cannot See*）便是其一。

作者安东尼·杜尔（Anthony Doerr，1973—）为美国小说家，在当代美国文坛备受赞誉，曾获欧·亨利奖、纽约公共图书馆幼狮文学奖等多项大奖，作品也曾多次被收入最佳美国短篇小说集。《所有看不见的光》是杜尔的第五部作品，耗时 10 年才完成，可谓呕心沥血之作。小说不仅提高了杜尔在国内外的知名度，还入围了美国国家图书奖提名。

《所有看不见的光》以第二次世界大战为背景，着重描写法国和德国两位少年战时的人生历程。玛丽－罗拉·勒布朗是一位法国盲眼女孩，与父亲一起生活在巴黎，通过父亲为她所做的社区模型来辨别道路，基本可以像健全人一样游刃有余地生活。虽然眼睛看不见，但她十分喜欢阅读，迫切地想要了解这个世界。维尔纳·普芬尼希是一位德国孤儿，和妹妹一起在福利院里长大，对收音机等仪器设备的构造和修理有过人天赋，正是这一过人之处，使他摆脱了做煤矿工人的命运。1934 年到 1945 年间，本该是玛丽－罗拉和

维尔纳无忧无虑的童年时期，他们的人生轨迹却被战争无情地改变了。巴黎沦陷后，玛丽－罗拉和父亲只得投靠于隐居在圣马洛的叔祖父，父亲被捕后她加入了法国抵抗军，以自己瘦削的肩膀与纳粹分子对抗。而维尔纳则被征召入伍，成为希特勒青年团的一员，亲眼目睹了纳粹的种种暴行，对战争的无奈和憎恶始终弥漫在他心头。后来由于前线急需无线电应用技术人才，他又参与到了诺曼底登陆之战中，在圣马洛与玛丽－罗拉相遇、相爱，并向她伸出援助之手。历史、战争、命运、人性与爱情种种因素的机缘巧合，塑造了两位主人公普通但不平凡的一生。在他们的生命中，恐怖与希望并存、侵占与抵抗并置、毁灭与创造共生……透过两位主人公不断成熟的内心视角及其人生主线，杜尔意在审视饱受战争摧残的社会和个体，揭露战争给人们的生活、命运带来的深刻而持久的影响。

第二次世界大战的爆发，摧毁了人们的生活和家园，人们失去至亲，对和平的向往被践踏……凡是生命中经历过大战的人，不论残害程度严重与否，这一生都会被打上战争烙印。直至小说结尾，读者获知玛丽－罗拉活过了世纪之交，至今健在，她回忆往昔时的心情，不禁让人想起电影《泰坦尼克号》中幸存下来的露丝，她们在白发苍苍之际回忆曾经的情怀是一致的：生命中所发生故事的印痕无论历经多久，永远都在。从这个角度来说，故事里所有的人，还有故事外经历过第二次世界大战的人，都永远无法摆脱战争的阴霾和影响。可怕的战争带走了太多的东西，所幸并没有带走所有的东西，希望就是其一。叔祖父家的女管家至死都在跟玛丽－罗拉强调："你永远不要停止信任，信任是世界上最重要的事。你爸爸会回来的。"战争同样无法带走人性之善，小说中主要人物，不管是玛丽－罗拉、她的父亲、她的叔祖父、博物馆的博士，还是维尔纳、维尔纳的妹妹、维尔纳的朋友弗雷德里克等等都是心地善良的人，战争的残酷没有吞噬他们的人性，不论国籍、不分种族、不分年龄，他们在善良的标尺上同高。除了希望和善良，战争也无法磨灭人们对爱情的向往，全文用 80% 的铺垫来成就最后 20% 的相遇——维尔纳和玛丽－罗拉的相遇是如此的平静，却又惊心动魄，绵密缥缈的淡淡情愫，确是爱到深处不后悔的真情，维尔纳舍身救了玛丽－罗拉三次，而他的死则必然成为读者心中的遗憾。战争的硝烟再浓烈，也遮挡不住爱情之花的绽放。

从形式上看，该书最为出彩的就是作者在篇章结构上的安排。小说共有 14 章，每章虽没有冠以题目，但标注出了故事发生的具体时间。小说情节并非按照时间发展顺序简单排列而成，而是作者有意打乱叙述顺序，把 1934 年到 1945 年的各个时间段巧妙地穿插其中，使得本书的阅读更具有挑战性和趣味性。而在每一章中，作者又分出若干个小章节，并配有标题。这些小章节篇幅短小简练，长不超过十页，短则半页有余。从叙事角度来看，这是杜尔第一次在创作中采用严格的二元叙述结构，即“AB–AB–AB”的双叙述者手法，极其灵活地在两位主人公之间交替变换，构成螺旋上升的双叙述线索，直到两位主人公相遇为止。杜尔表示，他这样布局的目的是让读者在高度凝练、绵密晓畅的行文中有一个停顿的空隙。写写这个人，然后闲置几页不去管他，继而转向另一个人，这样既让读者有一个舒缓想象的空间，又迫不及待想往下继续跟进。至于大的时间框架安排，由于大部分读者对于二战的历史都比较了解，所以杜尔干脆先把人们已知的战争进程提上前来，从 1944 年开始写起，然后再转到 1934 年去描述两位主人公的童年故事，以此为例，时间的穿插旨在将两位主人公在纳粹围城之前的故事，和战争真正打响之后两人的命运同时推向高潮。在阅读过程中，读者会有一种两方线索汇聚一起终于拧成一股绳的快感，同时，对主人公的成长历程和战争的发展历程也有一个全新的阅读感受。

从内容上看，全书洋洋洒洒 500 多页，作者行文思路严谨，时间杂乱而脉络不乱，人物多而不杂，惊人的细节描写与华丽的比喻修辞足以彰显作者功力之深厚，文中涉及科技、机械、钻石、动植物领域之广泛足以彰显作者知识的广博。逻辑方面，杜尔善于运用合理的伏笔和适当的悬念来控制故事发展的节奏，两位主人公的故事一直交替并行，给人一种平行空间的真实感觉，格外引人入胜。作者对于环境的描写也同样拿捏得当，既有大段的细节描写，也有蜻蜓点水式的一笔带过。在玛丽－罗拉刚到达圣马洛时，文中一处对天气的描写如下：“你可以透过你的指尖感受这里的气候。”短小一句，却是写得柔、细、妙、美。他在遣词造句方面的精准，使得小说中的每一个细节都异常生动，画面感超强。有一处写到收音机里播放的音乐，用了“spiral”（盘旋）一词，读来仿佛亲眼看见音符从收音机中飘出来，在屋内盘旋飞舞，耳闻美妙的声音流淌进耳畔，整个画面本是普通平凡，在杜尔笔下却是活泼的、灵动的，读者能跟他的文字对话，跟他的思维碰撞。

小说的题目“所有看不见的光”，指的是什么呢？是玛丽－罗拉生活的黑暗世界，是战争阴霾笼罩之下的暗无天日，还是战争破灭了人们的梦想，改变了人们看待世界的角度？抑或是收音机发出的电磁波谱？还是二战中诸多不为人知的故事？我想，对这个问题的答案，需要读者自己走进杜尔的字里行间，用心去对话，用情去感受。

战争、爱情和死亡是文学史上，也是人类艺术史上永恒不变的三大主题，大概是因为这三者都会将无法掌控的命运状态和人生结局强行植入个体的生命，且无法内化，无法逃离，永恒存在，《所有看不见的光》将这三者做了很好的结合与诠释。在世界反法西斯战争胜利70周年之际，该书不仅对第二次世界大战中逝去的生命进行了缅怀，也为世界反法西斯战争胜利70周年献上了贺礼。

2015 年国际布克奖得主克拉斯诺霍尔卡伊·拉斯洛：我们本不该对他感到陌生

余泽民

我的一位老朋友获得了 2015 年的国际布克奖。这位朋友的名字很长，叫克拉斯诺霍尔卡伊·拉斯洛（Krasznahorkai L á szl ó ），他是匈牙利人。我正在翻译他的《撒旦探戈》，《战争与战争》也在日程中。对中国出版界来说，本不应该对拉斯洛感到陌生，他本人曾亲自造访过中国多家出版社，我也无数次推荐过他的书。

克拉斯诺霍尔卡伊·拉斯洛生于 1954 年，他的家乡是靠近匈－罗边境的小城久勒，父亲是律师，母亲是公务员。少年时代，拉斯洛是当地俱乐部里小有名气的爵士钢琴手，据他自述，他是乐队里唯一的“未成年人”，或许因为音乐，他的身心都充满了浪漫气息。中学毕业后，他先后在塞格德和布达佩斯的大学里读了两年法律，准备继承父业，但最后还是转到文学院，改读大众教育。读书期间他勤工俭学，当过出版社文书、编外记者，还做过地板打磨工。拉斯洛迷恋文学由来已久，1977 年就发表过小说《我相信你》，但那只是练笔，很少有人读过它。1983 年他大学毕业，1985 年出版了处女作——长篇小说《撒旦探戈》。作为作家，他没走过弯路，在《撒旦探戈》中就已经形成了如同熔岩缓流的长句风格和沉郁悲观的反乌托邦主题，这一点他跟凯尔泰斯一样，都出手不凡。《撒旦探戈》与随后面世的小说集《仁慈的关系》和长篇小说《反抗的忧郁》三部作品可以看作是他文学创作的最高峰。

拉斯洛对卡夫卡的崇拜和继承不言而喻，在《撒旦探戈》的正文前，他用卡夫卡《城堡》中的一句话做引言："那样的话，我不如用等待来错过它。"他多次在采访中明确地说，卡夫卡是他追随的文学偶像。我在他的作品里还读出了陀思妥耶夫斯基，不过他写得要比《罪与罚》更狠，他在作品中展现了贫困、绝望、污浊和黑暗之后，并没有给出解脱和救赎之路。1999 年出版的《战争与战争》深受美国文坛推崇，小说延续了他一直以来的创作主题，将人类生活的绝望与悲凉写得淋漓尽致。苏珊·桑塔格曾称他是"当代最富哲学性的小说家"，是果戈里那样能触及人灵魂的作家。

作家极富个性的文学标签是"克拉斯诺霍尔卡伊式长句"，用"史诗般"形容一点都不过分。在匈牙利语文学中，他的长句独树一帜，即使对匈牙利读者来说也是阅读上的挑战，句式难读又耐读、细腻又粗犷，复杂、宏大，且富于律动。据说，翻译他作品的英语译者之所以获得翻译奖，是因为被评论家认为"发明了一种克拉斯诺霍尔卡伊式的英语"。

> 在十月末的一个清晨，就在冷酷无情的漫长秋雨在村子西边干涸龟裂的盐碱地上落下第一粒雨滴前不久（之后直到第一次霜冻，臭气熏天的泥沙海洋使逶迤的小径变得无法行走，城市也变得无法接近），弗塔基被一阵钟声惊醒。

这是《撒旦探戈》开篇第一句话，只能算克拉斯诺霍尔卡伊式长句中的短句；而下面是书中的一个真正长句，读者可体验一下什么是"克拉斯诺霍尔卡伊式的中文"。

> 秋日的蛀虫围着破裂的灯罩嗡嗡地盘飞，在从灯罩透过的微弱光影里画着藤蔓一样的 8 字图案，它们一次又一次地撞到肮脏不堪的瓷面上，在一声轻微的钝响之后重又坠回到它们自己编织的迷人网络里，继续沿着那个无休止的、封闭型的飞行路径不停地盘飞，直到电灯熄灭；一

只富于怜悯的手托着那张胡子拉碴的脸，那是酒馆老板的脸；此刻，酒馆老板正听着哗哗不停的雨声，眨着昏昏欲睡的眼睛看着飞蛇愣神，嘴里小声地嘟囔说："你们全都见鬼去吧！"

难怪导演塔尔·贝拉著名的超长镜头离不开克拉斯诺霍尔卡伊写的小说或剧本，从这一句话就可窥见一斑，克拉斯诺霍尔卡伊式长句是塔尔·贝拉式长镜头最扎实的文学支撑。

如果完全按照匈语发音，拉斯洛的名字应该译为克劳斯瑙霍尔考伊·拉斯洛，但是太多的闭元音对中国人来说过于拗口，所以我倾向于把闭元音变成开元音译，虽然长还是很长，但至少憋一口气能念出来。匈牙利人跟中国人一样，姓在先，名在后，这也是他们祖先来自东方的一个佐证。"克拉斯诺霍尔卡伊"是他的姓，我曾问过这个姓氏的来历，拉斯洛说是一座山丘的名字，应该是他祖先住过的地方。有一年，他去中国前给我看刚印好的名片：一位匈牙利汉学家帮他起了一个中文名，叫"好丘"：一是取"美丽山丘"之意；二是借"丘"字与孔夫子挂钩。我能想象出中国人接到名片时微微的皱眉，也能想象出他绘声绘色对自己中国名的得意解释，这名字怪虽怪，但很可爱。

拉斯洛与中国有缘。1991 年，他第一次以记者身份到中国，回匈牙利后写了一本游记体的短篇小说集《乌兰巴托的囚徒》，这是他关于中国的第一本书。1993 年春天，我在塞格德第一次见到拉斯洛，他就兴冲冲地将小说集送给我，当时我一句匈语都读不懂，只能用英语沟通。我问他《乌兰巴托的囚徒》书名的来历，他简单告诉我，他从蒙古去中国时遇到了麻烦，曾被困在乌兰巴托。想来真是有缘分，当初我俩谁都不曾料到，20 年后我会成为代为传达他作品的中国声音。

第一次见面，拉斯洛就说希望有朝一日跟我一起去中国。这个愿望在 1998 年初夏实现了，我陪他走了好几座城市，带着他和《撒旦探戈》谈了两家出版社。回匈牙利后，他把这次中国之旅写成一篇长文《只有漫天星辰的天空》。

从中国回来后，我在布达佩斯的房东海尔奈·亚诺什刚刚出版了拉斯洛的短篇小说集《仁慈的关系》修订版，门厅堆起了书垛，亚诺什顺手给了我一本，只因为拉斯洛是我们共同的朋友。谁也不会想到，这偶然的一递一接改变了我的命运。一来出于对朋友作品的好奇，二来想借读书自学匈牙利语，我抱着字典翻译了小说集中的《茹兹的陷阱》，译成中文大概八九千字，我翻译了大约一个月。当时我并不知道，拉斯洛的文字是匈牙利作家中最难的。从那之后我翻译成瘾，两年内翻译了匈牙利 20 多位作家的几十篇作品，为后来翻译凯尔泰斯打下了基础。之后，我的生命跟匈牙利文学变得密不可分。

2005 年开始，我在《小说界》杂志开设“外国新小说家”专栏，第一期介绍的就是克拉斯诺霍尔卡伊·拉斯洛，发表的作品是《茹兹的陷阱》。两年后，我还在栏目里发了一篇他的散文《狂奔如斯》。另外，多年以前，国内就能买到《撒旦探戈》《鲸鱼马戏团》《伦敦人》和《都灵之马》的盗版 DVD（前两部是他根据自己的小说改编的，后两部是他做剧本编剧，导演都是塔尔·贝拉），这几部片子受到中国影迷们的关注，但图书出版人似乎嗅觉并不灵敏。拉斯洛很崇拜中国文化，还写过两部关于中国和东方文化的书:《北山、南湖、西路、东河》和《天空下的废墟与忧愁》，他一直希望自己的作品能出中文版，认为这是与他推崇的中国文明的对话。遗憾的是，这个梦想一直没能实现，许多年来，他和他会中文的妻子先后来中国谈了多家出版社，但都不了了之。此次，伦敦刚一公布国际布克奖得主的消息，拉斯洛就成了抢手货，我既为老朋友高兴，也为中国读者稍稍遗憾——本来 10 年前就该读到他的作品的。

2015年国际IMPAC都柏林文学奖得主吉姆·克雷斯《丰收》:“克雷斯幻境”中的现实关怀

石平萍

用“拿奖拿到手软”来形容当代英国作家吉姆·克雷斯（Jim Crace，1946—），一点都不为过。长篇小说处女作《大陆》(*Continent*)1986年出版后，一举囊括年度惠特布莱德处女作奖、大卫·海厄姆小说奖和《卫报》小说奖。之后克雷斯保持优质高产的势头，创作了《石器礼物》(*The Gift of Stones*，1988)、《阿卡狄亚》(*Arcadia*，1992)、《遇险信号》(*Signals of Distress*，1994)、《隔离》(*Quarantine*，1997)、《往生情书》(*Being Dead*，1999)、《魔鬼的食品柜》(*The Devils' Larder*，2001)、《创世纪》(*Genesis*，2003)、《传染病屋》(*The Pesthouse*，2007)、《后续的一切》(*All That Follows*，2010)和《丰收》(*Harvest*，2013)等10部长篇小说，赢得了十多个奖项，其中《往生情书》夺得美国书评家协会奖，《隔离》和《丰收》分别闯入布克奖终选名单。《丰收》虽与布克奖再次抱憾擦肩，却也斩获了2013年詹姆斯·泰特·布莱克纪念奖、2014年温德汉姆－坎贝尔文学奖和今年6月揭晓的国际IMPAC都柏林文学奖。作为克雷斯的最新作品，《丰收》延续了他的一贯风格，精心打造了“克雷斯幻境”以微妙传递现实关怀，所不同的是，这部“寓言小说”是以圈地运动为时代坐标反观现实世界。

一位立志成为“严肃政治作家”的“寓言作家”

克雷斯出生于工人阶级家庭，父亲12岁辍学，婚后开始自学，在他的带动下家里形成了好读书、亲艺术的氛围。父亲发现克雷斯有编故事的天赋，便送了他一本《罗杰斯同义词词典》，鼓励他成为一名作家。克雷斯成长于信仰社会主义的工人阶级社区，父亲是老派的社会主义者和无神论者，这个成长环境对他的文字生涯产生了决定性影响。克雷斯立志成为严肃的政治新闻记者或约翰·斯坦贝克、乔治·奥威尔那样的严肃政治作家，但他的首选始终是前者，原因在于他无法摆脱小说乃“资产阶级专属品”的观念，同时认定做新闻记者是“一种政治行为”，能改变读者的思想。故而当他在《新评论》上发表了第一篇短篇小说《安妮，加州盘子》（*Annie, California Plates*，1974），两种机会接踵而至时，克雷斯选择成为多家报刊杂志的专题报道记者。直到为《星期日泰晤士报》采写的新闻稿件因“政治干预”被弃用，克雷斯才尝试创作一部曾经梦想的“现实主义政治小说”，此时他已年近四十。但在创作过程中，克雷斯绞尽脑汁，竟然难以下笔，一筹莫展之际，他读到了加西亚·马尔克斯的小说《恶时辰》等作品，产生强烈的共鸣，受其启发转而创作长篇小说《大陆》，出版后深受好评，赢得众多奖项。从此，克雷斯认定自己更适合做一位寓言作家，放下现实主义路线，遁入了评论家所称的“克雷斯幻境”（Craceland）。

概括来说，“克雷斯幻境”有以下特点：一、故事背景远离现实，且几乎不出现具体的时间和真实的地名；二、故事情节不涉及真人真事；三、说教的功能由书中人物完成，作家决不直抒胸臆；四、书中立场往往模棱两可、摇摆不定。克雷斯曾解释说他视小说创作为嬉戏，带给他的是一种想象力自由驰骋的快乐。仔细分析，克雷斯的解释亦真亦假。很难说他的创作风格定位与曾经的“政治干预”造成的心理阴影有多大关系，但虚构和寓言的外衣足以保障他的创作自由；与此同时，他不可能完全抛却初心，也不可能完全抛却现实，甚至不可能完全抛却现实主义的考量。所以他的创作初衷往往包裹着深切的现实关怀，只是这种关怀从真实的此时此地移置到了虚幻的彼时彼地。比如《大陆》旨在探讨西方国家对第三世界的态度，却虚构了一个新的大陆作为故事发生地点；《石器礼物》意图反映经济萧条、撒切尔主义和工业全球化给工业城市伯明翰带来的沉重打击，但小说背景放在了石器时代，青铜器开始出现，即将淘汰石器时代的武器；《阿卡狄亚》的灵感源自伯明翰的市政建设以及克雷斯夫人想离开城市、搬到海边居住的打算，但小说故事发生在虚构的英国城市；《隔离》同样意在批评撒切尔夫人的施政，却写成了在沙漠中流浪的耶稣的故事；《遇险信号》发生在1836年，其批判矛头指向的是当代英国信仰进步论的自由主义者；《传染病屋》为未来的美国描画了一幅启示录图景，故事却发生在中世纪。此种错位如同一场乔装改扮的戏剧演出，为了吸引读者入戏，克雷斯会阅读一些背景资料，了解彼时彼地的典型词汇，运用现实主义的创作手法，以巧妙的细节编排和堆砌，营造出身临其境、亦真亦幻的氛围。不仅如此，尽管克雷斯一再拒绝以自己的真实生活为蓝本创作自传体小说，但他在《石器礼物》中对被砍断胳膊的主人公的描绘，受益于他在现实生活中对患骨髓炎而左臂致残的父亲的观察；而《往生情书》涌动的情感暗流里，混杂着克雷斯对父亲去世时因不信教而选择火化的愧疚，在一定程度上是一部自我治愈性作品，他甚至于在《后续的一切》后花了两年时间创作一部“发自内心的私人”作品《群岛》(*Archipelago*)，希望在文字世界里实现与死去父母的团聚，受挫之后才写了《丰收》，这一经历差点令他退出小说界。

虽然评论家惯用“克雷斯幻境”一词，仿佛此“幻境”如同《爱丽丝奇境历险记》中的“奇境”那般奇幻荒诞，连已故著名美国作家约翰·厄普代克也称赞克雷斯是“一位具有梦幻般技巧的作家”，但在欣赏克雷斯丰富想象力和高超虚构技巧的同时，在领略其作品情感真实和细节真实的同时，我们也要意识到克雷斯是一位有着深切现实关怀的作家，“克雷斯幻境”与马尔克斯的魔幻现实主义作品一样，与现实世界有着千丝万缕的联系。

一部关于圈地运动的“寓言小说”

《丰收》中的“克雷斯幻境”一如既往，难以辨认具体的时间和地点，唯一可以确定的是故事发生在圈地运动前后英国的一个小村庄。克雷斯对耕地、羊皮纸制作、乡村礼仪和传统服饰的描绘毫无破绽，但对于具体的地点，克雷斯则说是莎士比亚《皆大欢喜》中阿登森林的一角，“一个想象的、虚构的空地”。在克雷斯的笔下，这个小村庄几乎与世隔绝，实行封建庄园经济制度，洋溢着田园牧歌般的沉静美好、安宁和乐。这年春天，肯特老爷代替难产去世的妻子露西，成了庄园的主人，他温文尔雅，待人和善，深受村民的爱戴。村民们耕种着庄园主的土地，虽然辛苦劳累，但足以维持生计，且有余粮酿酒，还有闲情插科打诨、游戏作乐、传传绯闻。故事开始时，村民们刚刚结束当年的大麦收割，虽然收成不算乐观，他们依旧满心欢喜，期盼着第二天以推选“拾穗女王”的传统活动来庆祝丰收。克雷斯在小说开首引用18世纪英国诗人亚历山大·蒲柏诗作《幽居颂》的第一节，作为全书的题词：“快乐之人，所盼所系 / 仅限数亩父辈祖产，/ 知足呼吸故乡空气 / 于自家庭园”，恰到好处地传达出了这个世外桃源里村民们的生活状态和心理状态。这里的村民是安逸而迟钝的，当社会大变革不期而至时，他们几乎浑然不觉，对其夹带着的摧毁一切的力量更是准备不足。

除了间或提到的“绵羊”、“羊毛”等相关字眼，克雷斯并未大肆铺陈圈地运动及其所代表的社会大变革，他只是向这个封闭的村庄派来了三拨陌生人，而这三拨人都与圈地运动有关联。第一拨只有一人，即肯特老爷请来村里丈量土地、规划圈地、绘制地图、盘点人口的“鹅毛笔先生”（本名菲利普·厄尔），他来的时候正值收割的最后一天，“我们用镰刀收割，他用画笔和鹅毛笔写写画画”；在村民眼里，他代表着“大世界”的商业文化，“面粉、肉和奶酪不像在这里按份额平分到各家的食品柜里，而是称称重量，量量大小，而后出售”。同一天抵达的第二拨人是一家三口：贝尔达姆太太和她的丈夫及父亲，他们是圈地运动的受害者，失去土地后逃难至小村庄，按照当地传统，在村民发现之前在公地上搭起简易房屋、燃起炊烟，就能被村民接纳，定居下来。然而在他们点燃炊烟的同时，肯特老爷的府邸竟然失火，将马厩和鸽棚烧为灰烬。村民们兴师问罪，在没有确凿证据的情况下强行剪去三人的头发，用颈手枷铐住两名男子七天作为惩罚，孰料没过两天贝尔达姆太太的父亲便戴着枷锁死去，贝尔达姆太太一怒之下杀了肯特老爷最钟爱的马以示报复。就在贝尔达姆太太的父亲死去的当天，第三拨人登场，他们是露西的堂弟乔丹老爷一行六人，由于露西死后没有留下子嗣，她所拥有的庄园府邸及土地依法由血亲继承。乔丹老爷此行的目的便是从肯特老爷手里收回财产，并重新圈地，将耕地改为牧场，饲养绵羊获取羊毛，美其名曰以现代化的生产方式为村庄带来“进步”与“繁荣”，正是他让肯特老爷请来“鹅毛笔先生”完成重新规划的工作。与视村民为“邻居和朋友”的肯特老爷不同，乔丹老爷阴险狡诈、冷酷无情，村民们在他眼里不过是阻碍他实现雄伟蓝图的一伙刁民。他派手下四处搜寻杀马嫌疑人，给无辜者扣上“女巫”罪名，引得人人自危，纷纷逃遁。乔丹老爷如愿推行圈地计划，带着肯特老爷等人离开了村庄，肯特老爷的仆人瑟斯克则留守庄园，等待羊群的到来。故事的最后，贝尔达姆太太放火将整个村庄夷为平地，瑟斯克也离开了村庄。田园牧歌般的小村庄从存在到毁灭，只用了短短 7 天，这也是上帝创造世界所用的时间，这种看似巧合的情节设计，是一种多么用心的反讽!

在这个故事里，圈地运动刚刚展开，羊群尚未到达村庄，牵涉其中的各个阶层——封建庄园主、新兴资产阶级、已经失去土地的农民和即将失去土地的农民——全数登场，上演的除了“阶级斗争”戏码，还有更为精彩的人性大戏。克雷斯擅用寓言中常见的抽象的时间、地点以及扁型人物，《丰收》中的人物完全可以与好主子、坏主子、忠仆、替罪羊、复仇者这些类型对号入座，因此不能说书中的单个人物将人性的多面性体现得淋漓尽致。但克雷斯创造性地运用了忠仆瑟斯克作为叙述者，充当全书的意识中心，他的叙述视角时而是集体的，时而是个人的，从而将巨变来临之际整个村庄的行为与心理立体而全面地呈现出来，让读者感受到人性的方方面面，尤其是其黑暗面。如本届都柏林文学奖评委会所言，沃尔特·瑟斯克“引领我们直奔这个村庄的黑暗心脏，那里潜伏着背叛、残忍、贪婪、懦弱和欲望，这些恶习一直以来与我们如影随形，并且永远无法摆脱，这部小说从而被赋予了现实意义”。克雷斯“对人性的了解简直不可思议”，窃以为这是克雷斯的作品出类拔萃的根本原因之一，毕竟人性深度始终是文学作品打动人心的不二法宝。

除了人性层面的现实观照，《丰收》对现世民生也存一份关怀。《丰收》的创作缘起于克雷斯的一次火车旅行：在前往伦敦的火车上，他看到了窗外圈地运动前的田埂和犁沟遗迹，当天在大英博物馆看到一幅反映圈地运动时农民陷入困苦的水彩画，而后在回程火车上，又读到巴西农民的土地被强征用于种植大豆的新闻。“美与强占豪夺，两样东西同时包含在这样的风景地貌里。”这就是《丰收》里关于土地的故事，“美与强占豪夺”，不仅发生在彼时的英国，也并存于此时的巴西。“我的作品需要这个。我有一个历史场景和一个可能的历史故事，我可以偷来用一用，但我必须看到与21世纪的关联。”《丰收》里的“强占豪夺”背后，是圈地运动所代表的铺天盖地、不可逆转的社会大变革。事实上，社会大变革影响下的变化中的社区，是贯穿《大陆》《石器礼物》《阿卡狄亚》《遇险信号》等作品的重要主题，是克雷斯不断思索、不断深化探讨的文学命题。在《丰收》里，克雷斯传达的信息是多重的：我们读到了“羊吃人”的惨剧，感受到了克雷斯对商业贸易与资本主义的批判；我们读到了《失乐园》的故事架构，感受到了克雷斯的怀旧与感伤，“获得值得拥有的新事物，必定是以失去值得保留的旧事物为代价”；我们也读到了瑟斯克离开村庄时的不舍与决绝，感受到了克雷斯面对变革的乐观与憧憬……

作为21世纪的读者，身处瞬息万变的时代，深切体会着“唯一不变的是变化本身”这一哲学命题的内涵，我们完全能够理解克雷斯的执念与感悟。这也许就是《丰收》这部“寓言小说”最重要的寓意。这也许就是“克雷斯幻境”最重要的现实关怀。

2015年诺贝尔文学奖得主斯维特兰娜·阿列克谢耶维奇《二手时代》:“乌托邦之声”系列的总结之作

侯玮红

“乌托邦之声”系列是白俄罗斯女作家斯维特兰娜·阿列克谢耶维奇荣摘2015年诺贝尔文学奖桂冠的重要依凭，而《二手时代》作为这个系列的告别与收尾之作，被认为是关于苏联及后苏联时代的一次大规模的文学表达。

斯维特兰娜是一位勇于反映时代敏感话题的作家。阿富汗战争、切尔诺贝利事故等都曾是她的书写对象，而苏联解体后20多年来，能够引起整个俄罗斯社会持续关注的一个争论就是:曾经发生的一切以及现在所走的道路究竟是对还是错?阿列克谢耶维奇紧紧抓住这个问题，走访几十座俄罗斯城市，进行多达几百人的民间采访，终于成就了这部反思苏联及分析后苏联生活的作品。

《二手时代》出版于2013年。关于此书的名字，作者解释为是由于在这个时代国家走的是一条从西方借来的道路，所有的思想和语言都是别人用旧的、昨天的，大家都生活在别人的经验之上，所以这就是一个“二手时代”，这里的“二手”一词特意用的是英语second hand的俄语音译。作品沿用了作家一以贯之的纪实风格，由作家通过走访而记录下的谈话片段构成。全书除开始的“参与者笔记”外，共分为两个部分，第一部分叫作“启示录的抚慰——街谈巷议与厨房闲聊(1991—2001):红色围墙内的十个故事”，谈论的话题包括："专制之美与水泥中蝴蝶的秘密"、"兄弟姐妹，刽子手与牺牲品"、"细语与叫喊以及狂喜"、"孤独的红色元帅与被遗忘的革命中的三天"、"记忆的施舍与意义的淫欲"、"别样《圣经》与别样信徒"、"热烈的火焰与高处的拯救"、"俄罗斯心灵痛苦的甜蜜与聚焦"、"那个任何一个杀人者都认为自己是在服务于上帝的时代"、"红色的小旗与斧头的微笑"；第二部分叫作"虚空的魅力——街谈巷议与厨房闲聊（2002—2012）：十个红墙之外的故事"，其中的话题包括："罗密欧与朱丽叶……不过他们叫玛格丽特和阿布力法兹"、"那些立刻就变成另一种'后共产主义'人的人"、"一种很像是幸福的孤独"、"一种想把他们所有人都杀死的愿望及之后因为这个愿望而产生的恐惧"、"一位老太婆和她领着的扎小辫的漂亮姑娘"、"上帝放到你屋里的别人的痛苦"、"一只母狗的生命以及100克白色花瓶里的沙子"、"死者的洁癖和尘土的静寂"、"一种狡猾的黑暗和来源于这一种生活的另一种生活"、"勇敢和勇敢之后"。这些讲述涉及苏联及后苏联政治生活中的几乎所有重大事件，如十月革命、集体化、大清洗、紧急状态委员会的成立等等，而它们所关联的都是普通人最细微、最平常的日常生活。作者就是要让每个人物都说话，让他们自己去回忆苏联，对比现在。她说苏联解体了，各种不同的思想作用在同一个空间里，她不想像一个政治学家或经济学家那样去分析这些，而想选择一些主要的生活倾向，把它们在自己的书里艺术地表达出来，让每个人都喊出自己的真相。通过所有这些讲述，阿列克谢耶维奇最想呈现给读者的就是一直令她着迷的一个问题：什么是苏联人。她说："……苏联人，我觉得我认识这个人，熟识他，就在他旁边，与他肩并肩地生活了多年。他就是我的熟人、朋友和父母。"作者希望与书中人物同一个祖国、共同参与了这段历史进程的人们能够从中找到自己，找到对自己内心问题的解答。

诺贝尔文学奖授奖词中的"多声音"一词，准确概括出了阿列克谢耶维奇创作的主要特点，也鲜明体现在这部作品中。这个"多声音"既是指在内容上针对同一个问题呈现出多人多角度的讲述，也是指在创作理念及方法上尽量少地介入作者自己的声音，全方位地、平等地展示各种人物真实的态度和真实的内心世界。作者认为这是最大限度地贴近真实的一种方式，每个人都将自己微小的个人的命运，融汇成国家宏大的历史进程，也构成人类的情感史。她认为当代已经不能像19世纪作家那样去构思小说，而是需要一部由很多人共同做出贡献的作品。作为作者，她的任务就是倾听。“如果左拉说自己是一个‘笔人’，那么我可以说我是一个‘耳人’。”

对于阿列克谢耶维奇的这部新作及她获得诺贝尔文学奖，评论界看法不一。作家弗拉基米尔·沃伊诺维奇认为她是当代最有价值的作家之一，她写的不是女性小说，而是如战争一般残酷的作品。“她的小说虽然是纪实性的，却生动可感，触动人心。对于想了解历史和当代的读者，阅读她将十分重要……获得诺贝尔文学奖她当之无愧。”《时代》出版社总编辑鲍里斯·帕斯捷尔纳克说道：“我完全相信，这是迟早的事。……有人提出疑问，这到底是白俄罗斯的胜利，还是俄罗斯的胜利？我认为这是俄语的胜利。她是一位俄语作家，她的胜利就是我们的胜利。”

与此不同的是，一些作者指出了《二手时代》中自然主义和残酷现实主义的写作手法，认为新作同作家以前的作品一样，像是撕开伤疤，以血淋淋的伤口示人，令人极其痛苦，产生生活毫无意义的感觉。

无论怎样，《二手时代》讲述的是与我们最近的一段历史，因此对于它的评判同样也需要一段历史的沉淀与思考。

2015 年龚古尔文学奖得主马蒂亚斯·埃那尔《罗盘》：深入东西方世界的裂缝中探究

张迎旋

2015 年的法国多灾多难，先是 1 月初的《查理周刊》总部遇袭恐怖事件；到 11 月中旬又爆发多起恐怖袭击事件，其中巴塔克兰音乐厅内至少有 120 人死亡。就在 11 月，在中东地区旅居多年的法国小说家马蒂亚斯·埃那尔凭借作品《罗盘》摘得龚古尔文学奖桂冠。在作品中，他试图在东方的伊斯兰世界和西方发达国家之间架起桥梁，平息怒火，但一系列恐怖袭击的悲剧仍在巴黎上演，令人叹惋。

马蒂亚斯·埃那尔 1972 年 1 月出生于法国西部城市尼奥尔，早年求学于卢浮宫学院伊斯兰艺术史专业。随后在法国国立东方语言学院学习波斯语和阿拉伯语，师从法兰西院士皮埃尔 – 亨利·西蒙的女儿碧姬·西蒙 – 阿米蒂，这位女作家兼波斯语教授培养了一批优秀的知识分子，马蒂亚斯·埃那尔就是她的得意门生之一。2000 年，曾经多年旅居中东地区的马蒂亚斯·埃那尔定居巴塞罗那，积极运作多本文化杂志，并且翻译了两部著作，一部将波斯语翻译成法语，另一部从阿拉伯语翻译成法语。同时，他加入了在巴黎刊发的由作家合办的文学和哲学杂志《未耕作的土地》。2010 年，他在巴塞罗那自治大学教授阿拉伯语。

暴力体验，特别是黎巴嫩内战，催生了 2003 年他的第一部小说：《完美射击》。作品讲述了在某一个国家（似乎是黎巴嫩）内战中一位狙击手不断被死亡的念头所纠缠的故事，他不知道自己的真实身份：究竟是去射杀别人的杀手，还是别人要射杀的对象？小说在2004年获得了法语国家五洲奖和艾德梅–德–拉–罗施傅科尔德奖，后者创办于2000年，旨在奖励作家的优秀处女作，戴思杰的处女作《巴尔扎克和中国的小裁缝》曾经在2000年获得该奖。

2008年，小说《区域》又为他赢得了三项大奖：与龚古尔文学奖针锋相对的12月奖、德国与法国联合颁发的以伏尔泰作品命名的“老实人奖”和法国广播电台“法兰西因特尔”主办的因特尔书奖。令人难以置信的是，除了第4章、第13章和第20章中小说叙述者朗读一部关于巴以战争的著作的部分内容外，500多页的小说只有一句话。在由米兰开往罗马的火车上，小说叙述者做长篇的内心独白，讲述自己曾经在阿尔及利亚和近东国家的情报部门工作后，换了身份重新生活的经历。马蒂亚斯·埃那尔称这部小说为“当代史诗”，《世界报》评论称作品讲述“地中海那片区域的故事”，充满暴力和污秽，令人心碎但意境深邃。

2010年，马蒂亚斯·埃那尔在短篇小说《和他们谈论战争、国王和大象》中，虚构了1506年米开朗基罗应一位苏丹邀请到君士坦丁堡的经历，这位苏丹接纳了被西班牙天主教国王驱逐的犹太民众。作品笔触刚柔并济，抒情与象征并举，赢得了由2000名学生担任评委的“高中生龚古尔奖”。

2012年，《窃贼们的街头》以游记的形式记录了一位摩洛哥青年在西班牙的经历。小说吐露了作者对于“阿拉伯之春”的看法，对此次社会运动的广阔视角让作品在黎巴嫩和其他近东国家拥有大批大学生读者。

2015年的《罗盘》让马蒂亚斯·埃那尔摘取了龚古尔文学奖的桂冠。尽管外人认为他的作品比较难懂，他本人却认为自己的作品平易近人，并希望这次获奖不会对生活有太大改变，仍旧可以一如既往地写作。龚古尔奖评审委员会主席贝尔纳尔·彼沃认为，有资格拿到该奖项的作品，一定是集“历史、写作和雄心”于一体的，而《罗盘》正是这样一部“渊博”的鸿篇巨制，无论是创作这部小说的作者，还是阅读这部小说的读者，都需要勇气和果敢。

马蒂亚斯·埃那尔为小说取名“罗盘”，因为面对叙利亚和伊朗纷繁杂乱的局势，人们迫切需要罗盘来指明道路。这次故事发生在维也纳，一座通向东方世界的门户城市。遥远的东方幻化为一位来自巴黎、名叫莎拉的女子，她幽灵般惹人怜爱，却到处横冲直撞。小说主人公弗朗兹·瑞德是个吸食鸦片的音乐学家，他追踪着莎拉，无论是幻想中的魅影还是现实中的肉体他都不会放过。在一个碎雨敲窗的夜晚，记忆的僵尸最后一次还魂，思绪在梦境和回忆、忧郁和兴奋中漂移，瑞德回顾过往的冲动、相遇以及远离奥地利的停留：伊斯坦布尔、阿勒颇（叙利亚北部城市）、大马士革（叙利亚首都）、巴尔米拉（叙利亚中部城市）、德黑兰……谁是曾经的莎拉？谁又是如今的莎拉？莎拉是致力于研究受到东方“致命诱惑”的西方冒险家、学者、艺术家和东方学家，她也是研究东方风物画家。这些画家引爆了偏见，狂热崇拜融合之风，但这样的人如今已凤毛麟角。由此，读者不禁会想，马蒂亚斯·埃那尔本人是否就是这类人？作品跌宕曲折，带着醉意，闪着才气，透出文艺、科技和地理等学科的光辉，不啻为《区域》的东方姊妹篇。和《区域》不同的是，《罗盘》的故事时间远远小于叙事时间，时间在停顿、闪回和跳跃。与历史写作不同，文学中的个人史诗之所以难写不在于岁月绵长，而在于独特性。

莎拉正在写的博士论文《西方与东方间的他异性》研究的是伊朗作家和翻译家 Sadegh Hedayat（1903—1951），比较他和卡夫卡以及同一时期的法国作家于连·格拉克在看待东西问题上的异同。在与莎拉通信的同时，弗朗兹·瑞德的意识在流淌，在游荡，在愧悔，也在渴望。存在是痛苦的倒影，是吸食鸦片后的幻境，正如埃那尔在《罗盘》中浓墨重彩描绘的伊朗作家 Sadegh Hedayat 的肖像：“伊朗作家 Sadegh Hedayat 在他的小说《可爱的盲女》的开篇写道：‘生命中有许多伤痛，就像麻风病一样，在孤独中啮噬着灵魂。’这个男人个子矮矮、镜片圆圆，比任何人都懂得其中况味。正是这诸多伤痛中的一种，促使他将自己在巴黎尚彼由奈街上公寓里的煤气拧开，在一个极度孤寂的夜晚，一个 4 月的夜晚，在距离伊朗很远、很遥远的国度，自杀身亡，陪伴他的只有波斯作家 Khayyam 的几首诗、一瓶白兰地，或许，一些鸦片，或许什么都没有，没有任何东西，除了他身边的几篇文稿，随着他流失到煤气的虚空里。”

马蒂亚斯·埃那尔花了很多篇幅来描摹这位“生前寂寞、死后荣耀”的伊朗作家：虽然死后两年就得到法国超现实主义作家们的推崇，但生前，这位小个子男人在巴黎的生活和在伊朗的放逐没什么两样。即使沉静谨慎，话音低沉，讽刺和忧伤仍然为他招来了审查和批评：或许他同情了不值得同情的疯子和酒鬼；或许他欣赏了不该被欣赏的诗人和作家；或许因为他自己吸食鸦片和可卡因，却嘲笑其他吸毒者；或许因为他即使孤寂也要独自饮酒，即使煤气代表死神招手，他也不向神明求救；或许因为他穷困潦倒；或许他的理智让他坚信自己作品的重要价值；或许他质疑一切扰乱心绪的事物……马蒂亚斯·埃那尔还将 Sadegh Hedayat 和卡夫卡做了比较：卡夫卡在弥留之际一边咳嗽一边修改他将要焚毁的文稿；Sadegh Hedayat 临终时却似在昏睡，他的死亡结局在 20 年前就已经写出，那时伤痛就已经啃噬着他的灵魂，而这种孤独与伊朗、东方、欧洲和西方有关。正如卡夫卡在德国、捷克和犹太文化融为一体的布拉格，比任何人都迷失，也比任何人都自由。在鸦片和酒精以及其他一切让人分裂的东西里，Sadegh Hedayat 看到的不是疾病，而是一种决定，一种将生命彻底分裂的意愿。而马蒂亚斯·埃那尔的《罗盘》正是在指引人们深入到东西方世界的裂缝中，探究两种文化的碰撞冲突和融通和解。

在评论界看来，马蒂亚斯·埃那尔的人道主义是将“自由”置于家庭和宗教关系之上，而其“流浪”的主题不可避免地引发了东西方民众对身份认同的渴求。至于在“阿拉伯之春”运动之后迷路的读者们，也需要“罗盘”迷途知返。因为《罗盘》这部小说的创作动机，就是警告西方人，不要把东方的伊斯兰世界单纯地视作敌人，因为东西方之间不存在无法逾越的鸿沟，只有动态的边界和融合的区域。叙述者在小说开头就说：“我们是两个鸦片吸食者，每个都在自己的云烟中，外面的什么也看不到，孤零零，永远也不理解我们在吸食什么。”鸦片曾经是西方侵略东方的符号，但现在它又给西方文学艺术带来了“灵感”。东西关系的问题也是他异性的问题，许多逝去的和健在的东方学家都在探讨差异、自我和他者，这种探索的目的是在他者身上重新发现自我和他者：一边是深不可测的自我，另一边是自我的他者。艺术就是对他异性的体验。《罗盘》的主人公瑞德说："伊斯坦布尔让我感兴趣的，借用莎拉的术语，就是'自我'的变奏，希望欧洲来的游客在奥斯曼首都感受到土耳其更真实的'他异性'。"

正因为如此，人们将马蒂亚斯·埃那尔和巴尔扎克联系起来，称他为"新巴尔扎克"，虽然二者的作品规模和写作手法没有可比性。但是，和巴尔扎克一样，埃那尔也是个"谦逊的野心家"：聪明的作家比比皆是，博学的作家已不多见，至于雄心勃勃的作家就更稀有了。当然这里所指的雄心壮志并非追名逐利，而是认为文学之所以存活，是因为肩负着无比艰巨的任务，纵然无法完成使命也在所不辞，不遗余力。马蒂亚斯·埃那尔正是这样"知其不可为而为之"的踌躇满志的文人。在他的小说中，贝多芬在跑调的钢琴上演奏最后的交响曲，因为他知道只要将东西方的音乐融会贯通，就可以避免世界末日的哀乐响起，而且他手里的"罗盘"固执地指向东方。

马蒂亚斯·埃那尔的好友、和他一起办杂志的奥利维耶·罗伊谈到这位龚古尔文学奖获奖作家时也充满了赞佩，认为他有语言天分，说阿拉伯语时没有口音，能流利运用波斯语、德语、英语和西班牙语；而且，马蒂亚斯·埃那尔十分健谈，知识渊博，叙事流畅；最后也是最重要的，就是他始终坚持的信念：东中有西，西中有东。

叙利亚内乱时，马蒂亚斯·埃那尔曾试图回到叙利亚，但因妻子不同意而作罢。那些曾经和他亲密交往的人，不是早已离开叙利亚，就是离开了人世。他在《罗盘》中写道："在欧洲和美国，一个激进而暴力的伊斯兰组织诞生于西方的炮弹中，而唯一被认为是'重要'的牺牲者是欧洲人。可怜的叙利亚人。事实上，我们的媒体对他们的命运并不热衷。僵尸们的民族主义多么可怕。"

2015 年“俄语布克奖”得主亚历山大·斯涅吉廖夫《薇拉》：缺爱世界里的俄罗斯女性

闫吉青

2015 年 12 月 3 日，俄语布克奖揭晓，俄罗斯当代作家亚历山大·斯涅吉廖夫的小说《薇拉》勇夺桂冠。此次布克奖评委会主席是 2013 年俄语布克奖得主安德烈·沃洛斯。进入“俄语布克奖”短名单的六部作品分别是：阿利萨·甘尼耶娃的《未婚夫与未婚妻》，弗拉基米尔·丹尼赫诺夫的《摇篮曲》，尤里·波克罗夫斯基的《在人们之中》，罗曼·先钦的《被淹没的地带》，亚历山大·斯涅吉廖夫的小说《薇拉》和古泽利·亚赫宁纳的《祖列依哈睁开了眼睛》。

亚历山大·斯涅吉廖夫 1980 年出生于莫斯科，亚历山大·斯涅吉廖夫是他的笔名，他本名是阿列克谢·夫拉季米罗维奇·康德拉绍夫，曾经在莫斯科建筑学院学习两年，毕业于莫斯科友谊大学，获政治学硕士学位。他曾做过中国羽绒服生意，当过选举观察员，在癌症病房当过志愿者。2001 年夏秋，斯涅吉廖夫还曾靠搭便车去美国东海岸旅行，一路上当过装卸工、建筑工、服务员、清洁工。亚历山大·斯涅吉廖夫 20 岁时开始写作。他曾经写道：“我的所有作品都建立在我本人的实际生活基础之上。文学对于我而言，是向自我内部的旅行，向着我的爱情、我的痛苦、我的憎恶、我的恐惧等情感迈进的旅行。”作家认为，现实比虚构有趣，因此，他“诚实地遵循着生活的实际流向”。

2005 年斯涅吉廖夫的短篇小说获得俄罗斯“处女作奖”；2007

年小说《我们如何轰炸美国》获得“桂冠奖”，2008年获得“新发现奖”；2009年小说《石油维纳斯》被提名“大书奖”，并进入俄罗斯“国家畅销书奖”决赛，被提名“俄语布克奖”；2010年小说《虚荣心》被《独立报》评为年度最佳散文，《罪过感》被《独立报》评为2013年度最佳散文；2014年成为“带星星的火车票”奖得主，该奖是为纪念 В.П. 阿克谢诺夫而设的。他的作品被翻译成英语、德语和瑞典语。他还曾经在《旗》《十月》《新世界》等杂志发表过作品。

《薇拉》是一部简洁的寓言小说，文笔浓缩简练，恰到好处。小说《薇拉》除获得“俄语布克奖”外，还进入俄罗斯2015年度“国家畅销书奖”短名单。小说叙述了几代俄罗斯女性所遭遇的典型问题和痛苦，她们徒然地在寻觅自己的个人幸福——寻觅一个可靠、正派的男人，试图实现自己做母亲的本能。其命运如何？在俄罗斯是否有“薇拉”这个女人的位置——这些问题在小说中被隐喻地提出。

《薇拉》讲述一位备受生活折磨的同名主人公薇拉的故事，她出生在20世纪苏联一个不幸的家庭，她继承了父母亲的一切缺点。薇拉的母亲是一个生活作风不严肃的女人，父亲是一个傻里傻气的新信教者。薇拉从小就没有人疼爱，长大之后，总的来说，她的生活中还是缺乏关爱和温暖。薇拉经受过相当多生活的考验，她遇到的男人们总是一些吝啬鬼、倒霉蛋、精神分裂症患者以及幼稚的性虐待狂，这些人恬不知耻，玩世不恭，精神退化，只会向薇拉施虐，并从中获得极大的满足。这些构成了薇拉的整个生活。薇拉孤独地生活着，没有爱情，也没有希望，生活无趣；同时她又怀着希望在不断地寻觅着、尝试着，将全部努力集中在极力寻找一个人生伴侣，即自己未来孩子的父亲。但是，她的精力已经消耗殆尽，她的内心几乎快要失去信仰和希望。

“小说，深入到人类和民族自我意识的隐秘的角落，叙述极富当代性，但讲述的是关于根本的现象，从中可以看出民族历史史诗、伟大的俄罗斯之书的蜕化变质，她被放置在闪闪发光的字体‘薇拉’之中。”批评家瓦列里亚·普斯托瓦娅评论称。在某种程度上也可以说，总有一种希望在伴随薇拉。她缺失的是爱，而没有爱的生活是粗糙的。这是俄罗斯母亲命运的隐喻。小说正是建立在这种简单但准确的见解基础之上。薇拉可以做任何想做的事情，并且取得成绩，但她从来没有畅快地呼吸过，没有一件事情能够坚持到底的，在任何方面都没有获得过真正的成功。首先在个人的生活中她没有成功，不能证实自己的存在和价值。这种粗糙的生活从一开始就已经注定：薇拉第一次接触异性是在教堂里，在那里她遭人强暴；她的母亲由于缺乏爱而常常殴打女儿；没有留下遗产的父亲在自己生命的最后几年开始放荡；薇拉想要孩子，但是粗糙的生活阻碍了孩子的降临。薇拉会打开魔毯后面隐秘的大门，走进以前她本人难以企及的层面，但在那里等待她的只会是恐惧、暴力和绝望，因为，厌恶——这是一种致命的肿瘤，它会不断蔓延并代代相传。小说不无讽刺，女性、个体乃至整个人类不得不生活在一个缺乏爱的世界中。

斯涅吉廖夫的小说，描写准确，文笔细腻，通过细节的生动描摹塑造人物，通过对人物的刻画展示出一个有特性的、令人信服的社会历史典型。当代俄罗斯文学批评家阿列克赛·科洛布罗多夫在评论《薇拉》这部作品时如是说，“如果从信仰－希望－爱情这一三位一体中突出一个，做最适合俄罗斯所有时间和空间的形象的话，那么，当然是‘信仰’了”。显然，生活没有将薇拉压弯，她不断地置身人生的选择的十字路口，但是她相信，出路总是有的。对爱的寻觅与信仰支撑着薇拉在虽然艰辛但依然充满希冀的世界上顽强地生存着。

俄罗斯“国家畅销书奖”评委会成员克谢尼娅·德鲁戈韦依科认为，“《薇拉》是一部完整的、‘肌肉发达’的小说，但是很轻松，就像大猫的纵身一跃，让人很想重新阅读并信手拈来”，“亚历山大·斯涅吉廖夫被赋予一种出其不意的自然的俏皮……绝对的节拍、速度和节奏感：他会从两个词中选择最小的词来表达他所写的任何时间结构，并有很强的说服力”。

经　典

《失明症漫记》之后的萨拉马戈

王 渊

对于葡语世界唯一的诺贝尔文学奖得主若泽·萨拉马戈，国内读者大多熟知的是奠定他魔幻现实主义大师地位的历史小说《修道院纪事》(1984)，还有就是为他赢得诺奖的冷酷寓言《失明症漫记》(1995)。有评论将民族和人性作为萨拉马戈两个创作时期各自的聚焦点，而作为两个时期的代表，《修道院纪事》与《失明症漫记》两书因此也可成为理解萨拉马戈其他作品的切入点。

萨拉马戈曾在博客中介绍，诺贝尔文学奖评委基于《失明症漫记》，本已基本决定将1998年的奖项授予这位葡萄牙作家，但又害怕1997年新出版的《所有的名字》写得不好，因此还专门派人用原文阅读，直到确定这本书与《失明症漫记》一样优秀后才授予了萨拉马戈诺奖。《所有的名字》在写作技巧上承袭了上一本书对创作者个性的模糊，这一点可归因于萨拉马戈在这一特定的生命时期，关注点从葡萄牙转向整个西方社会乃至全人类的普遍命运。一方面两本书的剧情发生地均未明述；另一方面，《失明症漫记》中的人物多以其职业或外表特征指代，名字的缺失说明人们必须要走上痛苦的寻找自我的旅程，同样在《所有的名字》中，与题目相反，主角若泽先生是全书唯一提到名字的人物。与此相对的，记载所有名字的地方，一是民事登记总局，二是占地广大的公墓。登记局是全书的起点，主人公作为那里的老员工，搜集名人信息剪报是他唯一打发时间的方式，但在偶然间将一位陌生女子的卡片带出来之后，他就着魔一般开始了对她的搜寻。公墓则是搜索的伪终点，若泽先生历经周折最后发现那名女子刚刚去世，不甘于就此结束的他在墓地中睡着了，醒来后却从牧羊人口中得知对方会搅乱指示牌的位置，因此墓碑与尸体极有可能并不对应。小说最终还是画了一个圆，回到登记局结束。上司受若泽先生行动的启发决意改变档案的存放方式，不再将死者和生者的档案分开，并且建议若泽先生销毁陌生女子的死亡证明，彻底革除生与死的界限。萨拉马戈曾在采访中表示，这本书的灵感来自于他查阅去世弟弟的资料，却发现其死亡证明缺失。但这一层血脉联系并不意味着书中的若泽先生即是作家本人的另一个自我，他只是想要名字与主角卑微的身份相称，碰巧在葡语中最大众的正好是他自己的名字。巴西伟大的诗人卡洛斯·德鲁蒙德·安德拉德就有一首名为《若泽》的诗，这位若泽同样被描绘为没有名字、没有女人、没有话语，不知路在何方的形象。

个性的弱化意味着共性的加强，正如若泽先生文中所言，一人事即所有人事，而若泽先生个人拴着或有形或无形的阿里阿德涅之线（源于古希腊神话，常用来比喻走出迷宫的方法和路径，以及解决复杂问题的线索）。在公墓、学校、登记局乃至整个城市这些迷宫般的场所搜寻陌生女子的故事，昭示着所有人的命运与顿悟的可能。对女子的搜寻因公墓的混乱失败，这一情节设置彰显了萨拉马戈对希腊古典神话的叛逆，亦即迷宫的中心并非是半牛半人的妖怪弥诺陶洛斯，逃出迷宫的奖赏也并非是抱得美人归，而是对自身的突破和对真理的接近。萨拉马戈痛感于现代社会中人类对浮华表象的追逐，将肤浅的文化当作真实，成为"能看却看不见的盲人"，对这一点的批判和对回归内心的呼吁在他的下一本小说《洞穴》(2000)中一以贯之。连同之前的两本长篇小说，萨拉马戈承认它们构成了"非自觉的三部曲"，除了都以寓言譬喻作为架构，主要还是因为它们偏离了萨氏小说中经典的对历史的重构，而是从不同侧面展示了作者对当今世界和人类生活的看法。这位共产党员和无神论者始终保持对社会生活的高度关注，这从萨拉马戈以 85 岁高龄于 2008 年起开始写作博客可见一斑。就算他已去世，读者依然愿意相信他笔下的人物如他生前所期望的一样，每个角色都给这个世界增添了一个人，就像《里卡多·雷耶斯辞世之年》中的异名诗人一样，在创造者离开之后仍然活在这个世界。

萨拉马戈希望以《洞穴》作为对 20 世纪的告别，而 2002 年出版的《双生》的确展示了萨拉马戈写作上的新尝试，加入了悬疑小说的因素，也因此被圣保罗大学的奥若拉·贝尔纳蒂尼教授赞为愈老愈香的陈酿。中学历史教师特图利亚诺·马克西莫·阿丰索发现自己具有与二线演员安东尼奥·克拉罗完全相同的外表，出于对自己可能是复制品的恐惧，两人各自采取了玩弄对方女友或妻子的方式在荒诞中力证自己的唯一性。从两人的“长子意识”和害怕兄弟的威胁可以看到弗洛伊德学说的影子，只不过他们争夺的对象不再是母亲。但与此类小说一般纯粹追求环环相扣、剥茧抽丝的情节推动不同，《双生》中尽管也有精彩的伏笔和惊人的转折（例如特图利亚诺的女友玛利亚·达·帕斯因为克拉罗手上结婚戒指留下的痕迹而发现刚与其春宵一度的并不是她的未婚夫），但内涵要丰富得多，很多语句与萨拉马戈其他作品有着趣味盎然的照应。例如，“历史没有记载这个事实，并不意味着这个事实没有发生”，很容易让读者联想到作家在《里斯本围城史》（1989）中进行的史海钩沉，而“所有的事物无法逃脱等待，这是统辖它们的命运”，之后在某种程度上化为《大象旅行记》（2008）的题记“我们总是到达等待我们的地方”。

然而，与该书对话最多的无疑还是《所有的名字》。特图利亚诺第一次来到校长办公室却觉得非常熟悉，叙述者则暗示他读过《所有的名字》中对若泽先生夜间潜入的那间办公室的描述，角色在本应严格区分的多层叙述层次中游走，这不单单辉映了葡萄牙浪漫主义大师阿尔梅达·加雷特的经典著作《故土之行》（1846），同时也彰显了萨拉马戈相信文学中的真实对实际生活的建设意义，“词语是我们所拥有的一切”，相信在文学作品里挑战视若常规的现象可以经由疏离感激发更多的思考与解构。另一方面，《双生》中另一叙事层面，即特图利亚诺与常识的对话，也可与《所有的名字》中若泽先生和天花板的交流放在一起观照。《双生》的第二条题记引用了英国作家劳伦斯·斯特恩的《项狄传》这本心理体验小说的开山鼻祖，但司汤达以来的心理小说虽然会描写人们的矛盾内心，但一般并不会将这些矛盾外化，似萨拉马戈一般将“常识”与“天花板”作为覆盖全书的重要角色，以知心人的身份对主角的劝诫警告，从而让读者更好地了解若泽先生和特图利亚诺内心的复杂性。与此同时，这两位新角色都被限定只在一定空间内出现：“常识”不进室内，而“天花板”自然只能在主角在家时发言。这样一来，两个新角色作为叙述者的第二语言（按照巴赫金的杂语理论）就不会与夹叙夹议的叙述者本身发生功能重叠，反而丰富了小说中的内在对话性。而对它们的限定还揭示出“常识”和“天花板”并非西方宗教文学中普遍的帮助主角抵御魔鬼诱惑的天使形象，它们的不完美也彰显着人性的缺陷。

对丑陋人性的抨击在萨拉马戈的长篇小说《复明症漫记》（2004）中得到延续，从标题即可看出这是对《失明症漫记》的续写。首都居民因对现状的不满在选举中大量投下空白选票，引起当局恐慌，最后政府撤离后将首都封锁。由于 4 年前第一个失明者的告密，当局得知医生的妻子是唯一未曾失明的人，因此派三名警察潜回首都进行调查，而带队警督的思想觉醒，或者说“复明”的过程，成为本书后半段的主要内容。

萨拉马戈笔下“看”与“看见”的分野可以追溯到《修道院纪事》，女主角“七个月亮”布里蒙达拥有看透事物表面的能力，而她和巴尔塔萨尔在一起后，为了不透视他的身体，每天早上醒来先闭着眼睛吃面包以暂时失去这一特异功能。作为西方饮食文化中的主食，面包的普遍性暗示“看见”的能力只属于少数，绝大多数人虽然眼睛功能完好，但其实与盲人无异。在《失明症漫记》当中，当局试图隔离突然陷入白色黑暗中的患者，却不自知此举的荒谬，没过多久看守也都成了盲人。白色盲症明显具有比喻义，第一个失明者向医生描述症状时说更像是灯亮了，意味着其实这次失明给了原先在社会意义上看不见的人们认清自我从而“看见”的机会。故事的最后人们纷纷复明，但医生的妻子却陷入恐慌，害怕现在轮到自己失明了。从某种意义上来说她的恐惧并非无的放矢，因为如果说本书结尾奇迹般的复明让读者对人性的复苏还抱有一丝侥幸，更具有虚无主义色彩的《复明症漫记》则将其彻底击碎。正如医生的妻子在警察带走其丈夫时质问“还能有什么比你现在做的更加令人反感的呢”，却得到“啊，有，有，你想不到，马上就有”的回答，她和警督的惨淡结局彰显在群盲的社会中个人的复明有多渺小。而在《所有的名字》当中还能提供建议的天花板，在这里却因为经过了隔音处理或者独居太久而丧失了语言能力，这一让人苦笑的设置反衬了该书的另一个重要主题，即西方民主社会中隐含的专制。面对首都居民通过投白票和和平游行方式表达不满，总理和内政部长等人的手段却无所不用其极，非法刑侦、舆论诽谤、秘密抓捕乃至直接暗杀，不断印证着罗兰夫人的遗言：“自由，自由，多少罪恶假汝之名而行！”为了搞臭医生妻子的名声，内政部长不惜打破全国上下对4年前那场失明症的噤声，与此同时也揭穿了政府失灵这一层皇帝的新衣。

萨拉马戈对于大多数首都民众自发通过白票抗议的设想或许有些理想化，但他在采访中也表示，写作此书的目的并不是号召葡萄牙民众如此行事（虽然在2005年的葡国大选中的确有党派如此呼吁），而只是警示在荒谬的政权下人民会自然做出反应。正如文中的文化部长所说，4年前我们曾经失明，现在可能我们依然盲着。《复明症漫记》里说“人类的道德缺陷是历史性的”，《双生》中说“太阳底下无新事”，在人人相信进步的年代，我们需要萨拉马戈这样的作家提醒我们人性的残忍。“人类可能就像一种病毒，只是幸运地被限制在一座星球上。”

纪念奥克塔维奥·帕斯诞辰100周年：帕斯和他的中国情结

赵振江

在世界文坛上，墨西哥作家奥克塔维奥·帕斯在诗歌、散文、文论乃至翻译方面都成就斐然，是一位百科全书式的作家。他1914年3月31日出生在墨西哥城一个中产阶级家庭。祖父是记者，属自由派，从不去教堂，并发表过以印第安人生活为题材的小说。父亲是律师，曾任墨西哥著名革命将领埃米里亚诺·萨帕塔的外交特使；母亲是西班牙安达卢西亚的移民，虔诚的天主教徒。帕斯的童年就是在这样一个土著文化与欧洲文化互相渗透、自由气氛和宗教气氛彼此交融的环境中度过的。他5岁开始上学，受的是法国和英国式的教育。此外，他从小就和姑妈学习法语，后来便开始阅读卢梭、米什莱、雨果以及其他浪漫主义诗人的作品。帕斯于14岁入文哲系和法律系学习，然而这完全是为了满足父母的愿望，至于他本人则更愿意走自学之路。在祖父的图书馆里，他如饥似渴地阅读现代主义和古典诗人的作品，后来又接受了西班牙“二七年一代”和法国超现实主义诗人的影响。1931年，17岁的帕斯便与人合办了《栏杆》杂志，并担任主编。两年后又创办了《墨西哥谷地手册》，介绍英、法、德等国的文学成就，尤其是刊登西班牙语国家著名诗人的作品。1933年，他出版了第一部诗集《野生的月亮》。当时帕斯对哲学和政治怀有浓厚的兴趣，阅读了大量具有马克思主义倾向的书籍。

1937年，帕斯在墨西哥尤卡坦半岛创办了一所中学，以便当地的农民子女受到教育。在那里，他发现了荒漠、贫穷和伟大的玛雅文化，这便是《石与花之间》创作灵感的源泉。同年6月他从梅里达返回墨西哥城，与小说家艾莱娜·伽罗结婚。对帕斯一生来说，1937年是至关重要的一年：由于聂鲁达和阿尔贝蒂的推荐，他与艾莱娜应邀去西班牙参加了反法西斯作家代表大会，结识了当时西班牙和拉美诗坛上最杰出的诗人——巴列霍、维多夫罗、安东尼奥·马查多、塞尔努达、阿尔托拉吉雷、米格尔·埃尔南德斯等。值得一提的是，在会议期间，作为与会最年轻的作家，他敢于鼓动比自己年长15岁的同胞诗人卡洛斯·佩伊塞尔与他一道，对大会组织者开除法国作家纪德的动议进行了抵制，表明了自己的刚直不阿与“反潮流”的精神。他曾与阿尔贝蒂等人一起赴反法西斯前线工作，血与火的洗礼给他留下了终生难忘的印象。

西班牙内战以后，大批共和国战士流亡到墨西哥，帕斯积极热情地投入了救援工作。在此期间，他创办了《车间》(1938—1941)和《浪子》(1943)杂志。此后，在对待斯大林以及社会主义现实主义的态度上，帕斯与聂鲁达产生了分歧(直至1968年，两人才重归于好)。1944年他获得了古根海姆奖学金，赴美国考察。一方面，“可怕的美国文明”令他吃惊；另一方面，他有幸结识了艾略特、庞德、威廉斯、斯蒂文斯等著名诗人。在考察期间，他创作了著名散文集《孤独的迷宫》(1950)，对墨西哥人的性格进行了精辟透彻的剖析。如果说1937年是帕斯人生道路上的里程碑，1944年则同样对他的创作生涯产生了不可逆转的影响。从1945年起，在外交部长卡斯蒂略·纳赫拉和诗人戈罗斯蒂萨的帮助下，帕斯开始从事外交工作。他首先去了法国。在巴黎，他积极参加了超现实主义和存在主义作家们的活动，结识了萨特、加缪等著名人物，经常同他们一起切磋诗艺，探讨人类命运，思考文学与政治、诗人与社会的关系。此后，他曾先后在驻印度和日本使馆供职。1953年至1959年，帕斯回到墨西哥，一面继续从事外交活动，一面进行文学创作。

1962年，帕斯再次回到新德里，任驻印度大使，直至1968年为抗议墨西哥政府在三文化广场镇压学生运动而愤然辞职，此后他再也没有从事外交活动。短诗《墨西哥之歌》正是抒发了诗人对枪杀学生的墨西哥政府的蔑视与愤慨。

当我祖父喝咖啡的时候，
和我讲华莱士与波菲里奥，
讲法国士兵与包银帮的绑票。
桌布散发着火药的味道。
当我父亲端起酒杯的时候，
便和我讲萨巴塔与维亚，
讲弗洛雷斯、加玛、索托，
火药的气味便弥漫在餐桌。
可我，现在只有沉默：
又能将谁诉说?

这首诗是帕斯在 1968 年学生运动遭到镇压以后写的。他祖父生活的年代是墨西哥独立后，那时的枪口对着土匪和法国入侵者；他父亲生活的年代，正是墨西哥大革命的年代，那时的枪口同样对着国内外反动势力；而此时此刻，枪口对着革命学生，诗人除了愤然辞职，“只有沉默”。

从此以后，除了文学创作，帕斯的主要活动是在美国和英国的大学讲学。他的许多杂文集，尤其是有关文学理论的作品，都是在讲座的基础上加工而成的。如果说帕斯在 20 世纪 50 年代返回墨西哥时的创作主要是为了表现祖国，70 年代返回时则主要是为了解剖和改变祖国。在此期间，他的杂文主要内容是政治，是白昼的活动；他的诗歌主要表现的是怀念，是夜间的思考。《往事清晰》就表现了诗人对逝去岁月的怀念。这首带有自传性的长诗表现了诗人是如何像瓦砾间的小草一样，随着家庭的没落而成长的。这时期的创作一般都发表在帕斯本人主办的杂志上:《多元》(*Plural*，1971—1976)和《回归》(*Vuelta*,1976)。在 1990 年发表的《伟大岁月小记》上，帕斯这样写道:

我生于1914年，在一个暴力思想占主导地位的世界上睁开眼睛，后来借西班牙内战颤抖的光辉开始政治的思考，希特勒的上台、欧洲民主的失落、卡德纳斯、罗斯福及其新政、满洲国以及中日战争、甘地、莫斯科的发展和斯大林的神化，后者曾是欧洲和拉丁美洲无数知识分子崇拜的对象。有些思想开始时使我感到光辉耀眼，渐渐又变得混浊不清；于是我的内心一次又一次地变成斗争的舞台，这些争论没过多久便公开化了。对那些争论我既不高兴也不后悔。

1958年，帕斯将自己1935年以来的诗作编为一个集子，题为《假释的自由》。题目本身似乎自相矛盾，而且颇令人费解。但如果想到帕斯自1935年以来一直认为“自由是必然的面具”，也就不足为奇了。诗人显然在暗示读者，自由向来是有限的，诗歌的自由也不例外。

帕斯的主要诗集还有《火蝾螈》（1962）、《东山坡》（1969）、《回归》（1976）和《心中之树》（1987）等。1989年他亲自编注了《帕斯最佳作品选：每日之火》。从这些作品中，可以明显地看出，帕斯绝不是脱离现实、自我陶醉、无病呻吟的诗人。他要寻求一条改造现实社会的途径，他要架设一座沟通人类心灵的桥梁。写到此，笔者不禁想起帕斯在获得诺贝尔文学奖之后与米哈明·普拉多的谈话。在谈话中，帕斯认为“如果像布什和萨达姆·侯赛因这样的人阅读诗歌，世界就会好些”。他又说：“在所谓的政治科学（这是个错误的提法，因为政治是一门艺术）中专家们一般只谈论经济力量和社会阶级，却几乎从不涉及人的内心，其实人比经济形态复杂得多：他们会珍惜情意、感受恐惧、隐藏爱憎。而这些，无论以什么形式，恰恰是真正诗歌的主题。”或许，帕斯对诗歌功能的估计未免不切实际，但也并非完全没有道理，而作为一个诗人，将自己所献身的事业视为至高无上，并且身体力行地为之奋斗，这本身就是难能可贵的。

帕斯不仅是闻名遐迩的诗人，也是出类拔萃的散文家和文论家。他不但精通西方哲学、文学和历史，而且在心理学、伦理学、语言学和人类学的研究方面也有很高的造诣。他崇拜古老的东方文化，对老庄、周易、佛经等都有很深的了解。帕斯散文的内容极为广泛，而且常常对同一主题反复论述。杂文集《拾遗》和《仁慈的妖魔》就是《孤独的迷宫》的续篇，它们比《孤独的迷宫》一书更有现实针对性。诗论《淤泥之子》《另一个声音》和《弓与琴》同样有着内在的联系。《淤泥之子》是由帕斯在哈佛大学的讲稿整理而成，主要论述了文学和先锋派诗歌的目的、诗歌的现代传统，分析了宗教和革命对诗人的双重诱惑。面对宗教，现代诗歌表现为另一种宗教；面对革命，则表现为最初的革命。这是一种双重的异端、一种双重的张力，它既存在于浪漫主义的布莱克，也存在于象征派的叶芝或先锋派的庞德；既存在于波德莱尔，也存在于布勒东；既存在于佩索阿，也存在于巴列霍。《另一个声音》则主要论述了现代性、神话、革命与诗歌的关系。

帕斯对古老的中国文化，尤其对庄子和唐宋诗词，怀有浓厚的兴趣，他认为自己“是墨西哥最有资格当驻华大使的人”。在帕斯的诗作中，人们不难发现他对中国文学经典的熟悉和热爱。

在组诗《持久》中，诗人用《易经》的第32卦做题解：风－雷：恒（即“持久”）。可见帕斯对中国典籍不仅熟悉，而且学以致用。

一

黑色的天
黄色的地
雄鸡将夜幕撕破
水起立并询问时刻
风起立并将你打听
一匹白马走过

二

宛似树林在落叶的床上

你在自己雨水的床上进入梦乡
在自己火花的床上亲吻
在自己风的床上歌唱

三

多少强烈气味
多少只手的身躯
只有白色茫茫
在一根无形的茎上

四

告诉、倾听、回答于我
雷声说了什么
只有森林懂得

五

我从你的眼睛进去
你从我的嘴里出来
你在我的血液里入梦
我在你的前额上睡醒

六

我将用一种岩石的语言与你说话
（你用绿色的单一音节回答）
我将用一种雪的语言与你说话
（你用一把蜜蜂的扇子来回答）
我将用一种水的语言与你说话
（你用一条闪电的独木舟来回答）
我将用一种血的语言与你说话
（你用一座鸟儿的塔楼来回答）

“诗无达诂”，我们很难对每一个意象作具体的阐释，也没有必要，每个读者都可以靠自己的想象与领悟来参与创作，而这正是先锋派文学的特点。

在长诗《回归》中，帕斯索性将王维的《酬张少府》镶嵌在诗中：

……
我们被围困
我又回到起点
我是赢是输？
（要问
成和败遵循什么样的标杆？
打渔人的歌声飘荡
在静止的岸前
王维酬张少府
在他水中的茅庵
然而我却不愿
作个知识居士
在圣安赫尔或科约阿坎）
一切都是赔
便一切都是赚
……

王维《酬张少府》的原诗为：“晚年惟好静，万事不关心。自顾无长策，空知返旧林。松风吹解带，山月照弹琴。君问穷通理，渔歌入浦深。”《回归》集作于1969年至1975年间，1968年，帕斯为抗议本国政府镇压学生运动而辞去驻印度大使职务，有了这样的经历，他对王维的《酬张少府》产生兴趣是顺理成章的。当年王维看到前辈张九龄被罢相贬官，遂心灰意冷，寄情于清风明月、秀水幽篁。帕斯虽有类似的处境，却“不愿作个知识居士”，依然坚守自己的信念，在“迷宫”中孤独地探索前行。

帕斯对中国文化的兴趣还体现在他对中国诗词的翻译上。在2003年出版的《帕斯全集》(16卷)的第2卷和第12卷中,有《中国》和《中国杂论》两部分。前者是他的翻译作品,后者是关于中国诗歌翻译的论述。帕斯翻译的中文作品有:关于庄子、竹林七贤中的嵇康和刘伶以及唐朝散文家韩愈和柳宗元的概述;诗歌部分则译有傅玄、王维、李白、杜甫、元结、韩愈、白居易、陈陶、苏轼、李清照等诗人的诗词。

西格弗里德·伦茨：理解的文学

罗 炜

热心政治的作家

2014年10月7日，德国作家西格弗里德·伦茨（Siegfried Lenz）在汉堡逝世。伦茨1926年3月17日生于东普鲁士马祖里地区的吕克小城，父亲早逝，母亲带着女儿离开吕克，正值入学年龄的伦茨留下由祖母照顾。同纳粹德国时期的青少年一样，伦茨先后成为纳粹少年团和希特勒青年团团员。1943年，伦茨通过战时中学紧急毕业考试后即被征召入伍，成为纳粹德国海军舰队的士兵。根据柏林联邦档案局材料显示，伦茨于1943年7月12日递交加入纳粹党申请，并于1944年4月20日加入纳粹党。伦茨后来声称自己并不知情，认为自己是通过集体程序被入党。随着德军败退，同伴惨死，战争的残酷和理想的幻灭令伦茨觉醒，在二战行将结束之时，伦茨从服役的辅助巡洋舰“汉萨”号上逃跑，途中在今德国石荷州境内被英军俘获。在此期间，伦茨成为石勒苏益格-荷尔斯泰因一个英国释放委员会的翻译，跟随英国人四处盖章办理释放德国兵的手续，最终自己也获得了释放。随后，伦茨到汉堡大学攻读哲学、英语语言文学和文艺学。为维持生活，他一边勤奋读书，一边做起黑市买卖。当黑市生意难以为继时，他就去卖血，为了节省开支，他甚至还用躺在床上减少活动的办法来限制自己的胃口。他起初希望成为大学教师，但很快改变目标，来到英战区的一家报纸——《世界报》做志愿者，并在1950年到1951年间担任该报编辑，逐渐走上文学创作之路。他的处女作《空中有苍鹰》就是在《世界报》连载半年之后，才于1951年由汉堡霍夫曼－坎佩出版社出版。

25岁时，伦茨凭借长篇小说《空中有苍鹰》在战后德语文学界一炮打响。该书作为“我们时代被迫害的人的独特象征”获得1952年的莱内－施柯勒奖和1953年的汉堡莱辛奖。1951年，伦茨正式成为自由作家。夏季，他会驱车从汉堡前往丹麦小岛阿尔森小住；读者见面会或文学朗诵会则大都在冬季举行。1951年他用《空中有苍鹰》的稿费去了肯尼亚，肯尼亚之行的文学成果便是发表于1958年的短篇小说《温良仆人卢卡斯》，故事部分涉及到了肯尼亚反对英国殖民统治的矛矛党起义题材。

自1965年起，伦茨开始热心政治，积极支持社会民主党，声援威利·勃兰特的新东方政策。他本人虽不是社会民主党党员，但他感到自己的基本信仰和社会民主党的政纲十分契合，即社会和政治进步只有通过改变和怀疑才可能实现，而非通过保守的警告。1970年伦茨和君特·格拉斯一道应勃兰特之邀前往华沙参加《德波条约》签字仪式。在多篇文章和演讲中，伦茨都一再坚称《德波条约》的签署是“对现实的承认，是对错误的希望、不切实际的幻想和一种不合时宜的强权政治的告别”。面对不解、攻击和恐吓，伦茨在题为《失去的土地》的演讲中表白道：“我认真倾听对我的这些指责。我尝试去理解这些愤怒……很多人有权利为这失去的土地感到痛苦。我尊重这种痛苦。我也高度关注我的许多同胞在逃亡路上不得不承受的苦难。然而……我们也必须记住我们曾经给别人制造的苦难：1/5的波兰居民被德国人杀害……正义要求我们记住这一切都是如何开始。而历史自有其因果关系，这一点我们必须承认。”伦茨的正直、真诚和政治勇气成为构筑他文学作品的基石。

通过多种文学形式描绘历史画卷

伦茨善于逼真地描绘德国历史画卷，他的作品数量庞大，创作类型多样，涉及长篇小说、短篇小说、剧本、广播剧、随笔、讲演、评论、诗歌。

伦茨早年是德语文学短篇小说类型的开路先锋，在相当长时间内，他一直在短篇小说领域内享有崇高地位，仅短篇作品集就有十多部。他的第一部短篇小说集《苏莱肯如此多娇——马祖里的故事》富有浓郁的乡土气息，据说原本是他为妻子所写的故乡介绍，1955年发表后受到热烈追捧，发行量高达160万册。1958年问世的短篇故事集《讽刺猎人》深受海明威风格影响，着墨于陷入极端情境、面临真相瞬间、经受考验和遭遇挫败的人间百态。1960年出版的短篇小说集《灯塔船》则流露出追求安宁、规避风险的倾向，表明伦茨开始有意识克服海明威式英雄主义硬汉情结。《灯塔船》是伦茨短篇小说中的佳作，作为范例长期成为德国中学生指定读物。1964年出版的趣味小说集《莱曼故事抑或美丽市场》由一个曾经的黑市小贩充当叙述者，回顾他在战后初年“美好”的黑市经历，讽刺意味十足，颇具自传色彩。伦茨创作后期较为出色的短篇作品是1975年发表的《米拉贝尔精神——波乐鲁普村的故事》，农民的狡黠和现代消费社会的算计在故事中相遇，可谓妙趣横生。

早在1963年，德国“文学教皇”马可尔·莱希－拉尼斯基就对伦茨作出评价：“这位叙事者是一个天生的短跑高手……有一天他肯定还会证明自己也是一位长跑健将。”伦茨果然不负好友之望，共创作出14部厚重的长篇小说。1951年发表《空中有苍鹰》后，伦茨在60年代中期前又接连发表长篇小说《和影子决斗》《急流中的人》《面包和比赛》及《城市谈话》。《空中有苍鹰》《和影子决斗》及《城市谈话》均触及人类存在之罪责和如何克服第三帝国历史的沉重主题，《急流中的人》与《面包和比赛》则同时转向当代社会问题，社会批判性强，特别需要指出的是，《急流中的人》《面包和比赛》还是德语文学中不可多得的体育小说。

真正成为伦茨创作的重大突破并为他带来世界声誉的，则是1968年发表的长篇小说《德语课》。小说从一个当代青年的视角去反映纳粹德国。以叙述者、工读学校学生西吉·耶普森在德语课上被罚写作文《尽责的喜悦》开头，通过西吉的回忆还原其父亲——

一个北方警察恪尽职守执行纳粹“禁画令”、监视画家南森并没收和销毁其画作的全过程，把曾被德国人视为美德的“无条件尽责”这样一个“古老的德意志”（亦即“普鲁士”）问题踢到前台，揭示出其在德国历史中所扮演的灾难性角色：小说里，“尽责”在警察父亲那里已发展到疯狂的程度——纳粹德国覆亡后他仍在烧画，而他的儿子则走向反面，为了“尽责”，不惜病态地强迫自己偷画以救画，最终锒铛入狱。小说同时刻画了在纳粹统治下冒着危险孤独地完成使命的艺术家形象，并提出当下肃清纳粹意识形态余毒的问题。

《德语课》成功之后，伦茨又相继推出一系列重磅作品，进一步巩固了他长篇小说大师的地位，并使他毋庸置疑地进入战后德国最伟大作家行列。1973年的《榜样》和1978年的《故乡博物馆》在题材和内容上都与《德语课》直接相关：前者围绕《德语课》中的一段情节展开，探讨为青少年树立榜样的意义，被称为“《德语课》之二”；后者被称为“《德语课》之三”，通过讲述故乡马祖里一家博物馆在不同历史时期的遭遇，伦茨表达了反对片面诠释故乡历史及概念的态度，可视为伦茨在长篇创作上的又一登顶之作。此后，伦茨又推出6部长篇小说，其中1985年的《练兵场》、1999年的《阿尔涅的遗产》和2003年最后一部长篇《失物招领处》特别值得关注。

在戏剧创作方面，伦茨也展现出过人才华。20世纪50年代到70年代伦茨创作了一系列广播剧和戏剧，如《世界最美节日》《无罪者的时代—有罪者的时代》《无罪者的时代》《抄家》《脸》《失望》《迷宫》《眼罩》等，由此跻身重要德语广播剧剧作者行列。值得一提的是他1961年创作的广播剧《无罪者的时代—有罪者的时代》，它们于同年被改编为剧本《无罪者的时代》并在1964年拍成电影。该剧以集权专制、集体和个人罪责为主题，讲述了9名处于暴政和极端情境之下的男子为获取个体自由而杀死无辜者的故事。

此外，伦茨还写作诗歌。在伦茨去世前不久，人们还发现他在1947年至1949年间创作了约80首迄今尚不为人所知的诗歌，主题关涉他的战争经历和战后初期德国面临的问题。这些诗歌是否会被发表，现在尚不得而知。

“写作是自我拷问”

贯穿伦茨全部作品的基本主题是：体验不自由，卷入罪责和迫害，经历孤独和无能。他前期的作品侧重直面希特勒专政及其后果，后期的作品则集中于聚焦人的生存问题和道德问题。

对于伦茨而言，写作是自我拷问，是对这一代人人生体验的一种回应；写作是为社会弱势群体发出的抗议和表态；写作是对社会现状的抗议；作家是不公正和饥饿的知情者；他赞成对社会持怀疑态度，赞成社会改革和文学参与政治，文学应该发挥道德传声筒的作用，认为文学是自我认识和对人进行道德定位的工具。

伦茨在1962年所写的《生平简述》中记述了他成为作家的原因：“对我而言写作也是一种自我拷问，也是在这个意义上我尝试着用我的可能性来回应一些挑战。随着时间的推移，我对写作的看法会有所改变，但我对一个作家的期待却始终如一。我期待作家有同情心、正义感，敢于发出抗议之声。”在伦茨看来，作家的活动首先是一种自我理解的手段，同时也是对个人经历以及一代人集体体验的回答和反应。在一次采访中他更为清晰地表明：“你可以把某些体验理解为托付；至少你不可能把自己同你这一代人的集体体验脱离开来。暴力，逃亡，被滥用的激情崇拜，没有意义的死亡：这就是我这一代人逐一体验到的东西，所以在我看来，我作为作家去触及它们是再理所当然不过的事情了。写作始终还是学会理解外在和内在事件最好的可能性。”

伦茨这一代人，当时年龄还太小，不足以理解发生在第三帝国的事情，只是到了末尾才明白自己被人洗脑，热情被人滥用。同代作家还有君特·格拉斯（1927年生）和马丁·瓦尔泽（1927年生）。正如拉尼斯基曾断言的那样，包括伦茨在内的这些作家，大部分都是四七社（1947年成立的德国作家聚合体，主要倾向和宗旨是：倡导个人自由，宣传民主思想，扫除第三帝国时期的“奴隶语言”和“宣传语言”，扶植青年作家，重建贴近生活、关注社会政治的德国新文学）社员，对所处环境的怀疑姿态把他们凝聚在一起。他们全都拒绝战后从阿登纳至基辛格时期一直奉行的复辟政策，也都是到20世纪60年代中期才明确自己的政治倾向：伦茨和格拉斯支持社会民主党，瓦尔泽则更激进，1965年后甚至转向更为左翼的德国共产党。同格拉斯和瓦尔泽相比，伦茨的立场更温和，他没有格拉斯那样爱挑衅，也不像瓦尔泽那样教条而具侵略性，相比奚落和训斥，他更愿意民主平等、客观理性地去说服。

同温和的立场相呼应，在叙述的形式技巧上，伦茨同样也是“传统意义上的叙事者”或“一位中庸的作者”，被誉为“传统艺术的大师”，他的作品中既存在对细节的深刻洞察，也不乏充满象征意味的拔高。不可否认，伦茨的作品和理论论述中都流露出某种强烈的保守主义色彩。这种类似于19世纪中规中矩的叙述方式也招致很多人不满，有人批评他的手法太传统、作品太“过时”。当然，力挺他的评论家也大有人在。拉尼斯基就称他“善良的怀疑者”；德国评论家汉约·凯司廷认为，淡定和幽默是伦茨的核心特征，这两大特征既决定着他的作品的全部基调，也决定了他独特的叙事姿态，这种姿态“更愿意给予世界和人以理解，而不是去谴责他们”。伦茨还始终是一位教育者，用他自己的话说，他想要向世人昭示：“这世上的行动是有正确和错误之分的。”他说过：“我对挑战的艺术的评价，不如对和读者有效结盟以减少现有的弊端的艺术评价高。”

伦茨与读者的结盟的确富有成效。事实上，作为战后“德语三大家”的伦茨，尽管没有像海因里希·伯尔和君特·格拉斯那样获得诺贝尔文学奖，但拥有的受众却比二人还要广大。他的作品被介绍到30多个国家，翻译成20多种语言，销量多达2000万册，很多作品还被翻拍成电影和电视剧，影响广泛。他曾先后获得20多个文学奖项，2002年荣获约翰·沃尔夫冈·冯·歌德奖章。2014年春他将个人档案转让给德国马尔巴赫档案馆，同年6月在汉堡成立公益基金会，旨在支持对其作品的科学研究。由该基金会设立的西格弗里德·伦茨奖奖金达5万欧元，将在11月首次颁发给“其叙事作品已获得认可且其创造性活动接近西格弗里德·伦茨精神的国际作家”，获奖者是以色列作家阿莫斯·奥兹。

伦茨的逝世是德语战后文学的一大损失，德语文学失去了一位受读者热爱和欢迎的作家，失去了一个充满深沉人道情怀和友善克制的声音。

克拉克式的静默

吴 岩

有一个流传已久的传说，美国著名科幻科普作家阿西莫夫跟他的英国好友兼同行阿瑟·克拉克在纽约出租车上订立过攻守同盟，内容是克拉克必须在任何地方都赞扬阿西莫夫是世界上最伟大的科普作家，而阿西莫夫则要四处赞扬克拉克是世界上最伟大的科幻作家！

这个故事常常被用来研究两位作家的豪迈和自信。但我看到的却是两位作家对荣誉头衔的分配。例如，即便阿西莫夫在科幻领域中名声卓著，但在克拉克面前，他还是要取科普作家的名衔而把科幻名家的桂冠让给对方。

克拉克的小说

阿瑟·查尔斯·克拉克（Arthur C.Clarke）1917 年 12 月 16 日出生于英格兰西部萨默塞特郡的海滨小城镇迈因赫德。克拉克的父亲是一名工程师，曾在英国皇家军队服役。克拉克将自己的童年描述成一段“奇异”的日子。这里的“奇异”，是一个美国科幻杂志的名字。正是在那些杂志上，他获得了童年的快乐。

克拉克的早期科幻小说基本上是短期未来的小预测和技术说明书。他对科学的热情太足，对“近未来”会发生些什么有很多话要说。他的文字是否影响了随后 20 年的太空科学技术发展，是可以讨论的。但至少，他于1945年在《无线电世界》杂志发表的《宇宙空间的中继》，第一次计算了卫星通讯的轨道和波长。一个预言家从此诞生。

对“近未来”推测的不满足，导致了克拉克开始撰写“远未来”的科幻作品。他的小说《童年的终结》(1953)被认为是早期最重要的作品，小说中的场面看起来跟当代好莱坞电影中的外星人来袭没有两样。巨大的飞船覆盖了半个天空。跟好莱坞不同的是，这些外星人既不下来打打杀杀，也不偷取地球上的宝贵资源。它就那么静默地悬浮着。年复一年，等着人类自己洗心革面，抛弃童稚的行为方式。人类的童年于是在这种静默里终结。

《城市与群星》(1956)是克拉克另一部早期成功的作品。这一次，静默来自于城市的隔绝。克拉克在小说中一直存在一种跟逻辑思维和形象思维都不相同的科幻思维，有点像跨界的类比，也像某种比喻。城市跟群星之间到底有着怎样的关系？标题跟情节可能完全不同，但却构成某种张力。

克拉克的跨界类比，常常是他科幻构思成功的关键。这一点从他的小说《深海牧场》(1957)和《月海沉船》(1961)中能清晰地观察出来。《深海牧场》写的是一个从太空回归地球并主管人类牧鲸业的官僚，受到爱护生命反对杀戮的佛教领袖的说服，最终改变了人类杀害鲸鱼获取食物的生活方式，转而仅仅食用鲸的奶来增加蛋白质。把地面牧场跟海洋中鱼类的养殖相互类比，使小说平添了一种壮丽。《月海沉船》是一部以月球表面的沙土作为海洋进行月面航海且发展起了独特旅游业的未来风景画。寂静的月球表面徜徉着几艘奇怪的沙船的神秘想象，随着外星旅游的逐步深入而引发出人类的更多遐想。但是，突然，流体开始下陷。一场月球跟地球联手拯救沙船的危机攻关随之展开。把月球尘土看成一种跟海水具有类似流体性质的想法，使这部科幻小说成为科幻史上以巧妙构思著称的杰出作品。

谈到跨界，我们不能忽视克拉克60年代末期给自己的电影小说《2001：太空漫游》(1969)所写的序言：“今天活着的每一个人的背后，都有30个鬼魂……这是一个有趣的数字，因为在我们这一部分的宇宙——银河系里恰好约有一千亿颗恒星……因此，几乎可以肯定，在天空中可以为每一个人，连第一个猿人都包括在内，找到一个像我们这个世界一样大的天堂——或者说是地狱……”

雄浑感、壮丽感、神圣感、时间空间的连续感、人与自然之间的奇妙对应感，都被这句短短的话语展现出来。

为什么阿西莫夫要把科幻大师的桂冠让位给克拉克，是他预先看到了克拉克不但会是一个重要的科幻作家，还会是一个科幻电影的革新家吗？是他预感到未来会有一部称为《2001：太空漫游》的重要影片吗？

《2001：太空漫游》的成功，是编剧克拉克和导演库布里克完美合作的结果。而这种合作的基础，是将克拉克式形而上学和库布里克式形而上学进行完美结合。当科学的理性和克拉克式静默遇到宇宙的非理性和完美时空透视的时候，本来属于B级影片的科幻类型必定被升华到A级影片的区域。在缓慢的节奏中，精雕细刻的时空历史在人类和外太空神秘存在的交互作用中逐渐展开。人类成长了。从300万年前的蒙昧时代到21世纪的太空和电脑时代，人类通过智慧的导航逐渐拓展自己的空间，通过电脑、飞船、合成食物、远距离通讯设备，让自己的生活变得更加舒适并踏上其他星球。但是，这种智慧的起源在哪里？航程的尽头又是什么？当克拉克式的静默和库布里克式的静默被重叠在一起时，那种静默便迸发出史诗般的力量。

《2001：太空漫游》使克拉克走出科幻作家的小圈子，成为最有知识的电影编剧，更成为了大众敬仰的文化名人。即便如此，他的兴趣仍然在创作科幻小说上。

《与拉玛相会》(1972)的主题是一个漫无目的却目的性极强的外星球物体闯入了太阳系，人类对这个长达50里的巨型圆筒采用了现代科技加上大航海时代的探测方法，但最终却无从得出结论。外星人匆匆而来又匆匆而去。与《2001：太空漫游》中巨大石板的行为一样，静默加上有目的的行动，构成了小说的主旨。

《天堂的喷泉》(1979)的主题是人类借助当代纳米技术、材料技术和工程科学的新进展设计了从地面表面通向人造卫星的天梯。

当总工程师最终乘坐传输器离开喧嚣的地球到达他所设计的寂静的天梯顶端并看到宇宙美景时不幸被心肌梗塞夺去了生命。这一设计非常精巧。静默的死既是对宇宙博大的肯定，也是对人类自强不息的肯定。

克拉克科幻生涯的后期，主要是对早期作品进行续写。这一工作虽然也引发了巨大关注，但人们普遍感到，续集中原有的那种克拉克式形而上学正在变弱，而迎合市场的人物关系正在增加。对这一转变，极有可能来自克拉克的思想转变，也有可能是出版社和创作助手的作用使然。即便如此，克拉克的名声继续在扩大。他不但通过自己进行概念设计并已经投入使用的通讯卫星从斯里兰卡向好莱坞的奥斯卡颁奖典礼致辞，还收到了英国女王的爵士封号。克拉克死于 2008 年 4 月 19 日，享年 91 岁。

克拉克的思想

在许多人眼中，科幻文学是一种热热闹闹、在宇宙太空打打杀杀的文学。用这个看法观察许多作品可能是对的，但在克拉克这里却是错的。从童年开始，克拉克就更加喜欢那些具有哲学气味的静默思考。克拉克后来回忆说，童年时代他最喜欢的作家是奥拉夫·斯坦普雷顿（Olaf Stapledon），最喜欢他的作品是《最初和最后的人》。恰恰是这位作家喜欢做长时段的历史性透视并由此形成一系列形而上学思考的特点给了克拉克莫大的影响。静默来源于哲思，这一点在克拉克的创作中具有清晰的展现。

克拉克式静默的第二个思想根源，是东方神秘主义。克拉克早年就对非西方的文化形式有着重要的感受。此后，他长期居住斯里兰卡。在东方国度的生活给了他更多直观的接触，这也使他的作品经常带上印度教或佛教色彩。而印度教的冥想和佛教的静修方式，也给克拉克式静默提供了基础。

克拉克式静默的第三个思想根源来源于对整个宇宙的认知。伯慈·哈夫斯特（1977）指出，克拉克的小说是采用马赛克方块拼图模式去展现神秘性的。如果真是这样，那么这种马赛克世界观必定包含着宇宙的无边界性和多可能性。而面对无边界与多可能，静默比喧嚣更加谦虚和有道德。

克拉克与中国

以往人们都完全同意，克拉克是一个世界主义者，他主张东西方缓和。但事实上我认为，克拉克的世界主义是有偏向的。在他的东西方划分内部存在着层次和等级。至少在冷战前期和中期，他特别主张美国、苏联的缓和，对诸如曾经做过英国殖民地的印度等国比较亲善，但对第三世界的中国却明显关注不够。

但到冷战后期，克拉克对中国的关注是逐年递增的。这一点在他的小说部《2001：太空漫游》的几个续集中就突出地展现出来。一个众所周知的事实是，在1968年原始的《2001：太空漫游》中，中国只出现了小小的几句话。大致是在讨论月球上发现隐秘存在的时候，主人公提到这是不是中国人在搞鬼。而到了《2010：第二次漫游》和《2061:第三次漫游》中，中国情节大大增加。还有像“钱学森号太空船”这样的整章的故事标题。虽然小说中的“钱学森号”是一个彻头彻尾的悲剧建构，故事也落入了中国社会压制科学家工作和给科学发展造成阻碍的俗套之中，但中国的飞船船员不畏艰险所留下的探测结果和在危险时向全世界发出的警告，为后人的继续前进给出了充足的信息。因此，从系列小说里中国形象出现的数量质量的变化上看，作者正在逐渐修正早期对中国的看法。

一旦我们阅读更多辅助材料，就可以发现克拉克对中国所抱的那种友好情怀。他关注中国科技的发展，关注航天和通讯技术在中国的进步。70年代末期到80年代初期，笔者跟克拉克有过多次通信。在通信中他不但给笔者介绍了中国通讯技术人员怎样青睐他所创设的通讯卫星技术的研究成果，还给笔者寄来了他自己通过通讯卫星接收器收到的中国武侠电影电视广播的照片。克拉克其实特别关心中国的航天事业。他曾经在20世纪90年代两次到中国访问。每一次都低调地将自己置于宇航大会的学术范畴之内，集中力量跟同行交流。例如，他曾经热烈地希望见到中国航天事业的泰斗钱学森教授。早在很久以前，他就对钱学森的事迹了如指掌。在他的小说序言中还给钱学森的学术水平很高的赞扬。由于无法跟年迈且身体不便的钱老见面，克拉克在京期间曾经托人向钱老赠书。而钱学森也派自己秘书给克拉克回赠了作品。

近年来，随着中国在国际事务中的影响力增强，一些国外学者也开始关心克拉克小说中“中国形象”的研究。例如，在去年日本科幻大会上一位日本著名的科幻研究者就曾经对我说，如果深入思考《2001：太空漫游》的整个故事，思考那种外星文明对地球上人类的影响力之后再来看那句对中国人搞鬼的怀疑，你就不得不佩服克拉克把中国抬到了多高的地位。

这位学者提出的这个独特的文本解读方式令我耳目一新。至少，在众多的克拉克小说文本之中，在一个个令人熟悉的克拉克式静默之下，还有更多思想的真相等待着我们这些后来人的探索和揭示。克拉克的去世不会使静谧的太空漫游终结，恰恰相反，在他的作品的内部和外部，人类思想的漫游将永无止境。

纪念契诃夫逝世 110 周年：
契诃夫戏剧：对于美好生活的渴望

童道明

安东·契诃夫（1860—1904）既是个小说家又是个戏剧家。列夫·托尔斯泰对契诃夫的小说创作推崇备至，称他是“散文中的普希金”，认为就短篇小说创作的成就而言，19 世纪的俄国作家中没有可以与契诃夫抗衡的。但托翁对契诃夫的剧作评价极低。1901 年，契诃夫去探望病中的托尔斯泰。临别时，托翁对契诃夫说：“莎士比亚的戏写得不好，而您写得更糟！”

然而一个世纪过后，恰恰是当年不入托尔斯泰法眼的莎士比亚和契诃夫，成了当今世界两位最令人瞩目的经典戏剧作家。

冒犯传统戏剧法规的《海鸥》

在 19 世纪末，看低契诃夫戏剧的不单是托尔斯泰一人。当时的戏剧评论界普遍不接受这位剧坛新人。1896 年 10 月 17 日，《海鸥》在彼得堡皇家剧院首演失败后，当时最有名望的剧评家库格尔对此剧作了毁灭性的批评：“契诃夫先生是小说家出身，他有一个致命的误解，他认为小说笔法也可以堂而皇之地进入神圣的戏剧领地。由于有了这个致命的误解，这个原本就不及格的剧本便变得不可救药了。”

当然还得承认库格尔的眼力，他在《海鸥》中看出了契诃夫的

“小说笔法”，以为这样就破坏了传统的戏剧规则，于是把它打入了另册。而契诃夫的戏剧革新也的确包含有戏剧散文化的诉求。他在创作《海鸥》时给友人写了两封信。一封信写于1895年10月21日：

> 您可以想象，我在写部剧本……我写得不无兴味，尽管毫不顾及舞台规则。是部喜剧，有三个女角，六个男角，四幕剧，有风景（湖上景色）；剧中有许多关于文学的谈话，动作很少……

另一封信写于同年11月21日：

> 剧本写完了。强劲地开头，柔弱地结尾。违背所有戏剧法规。写得像部小说。

《海鸥》对当时欧洲戏剧传统的“戏剧法规”的冒犯，显而易见。在第一封信中指出《海鸥》是“四幕剧”，就违背了分幕的“戏剧法规”。传统欧洲戏剧的分幕一般都采取奇数结构，分五幕或三幕，这易于获得高潮居中的戏剧性效果。契诃夫却把他所有的多幕剧都写成四幕剧，正好反映出他不想刻意追求戏剧的高潮点，而是把舞台上的戏剧事件“平凡化”与“生活化”。契诃夫开了“散文化戏剧”的先河。

在19世纪末的俄罗斯，能够认识到契诃夫戏剧美质的戏剧家，只有正在和斯坦尼斯拉夫斯基一起筹建莫斯科艺术剧院的聂米洛维奇－丹钦科。他于1898年4月25日，给苦闷中的契诃夫写信，表达了要排演《海鸥》的愿望：

> 戏剧观众还不知道你。应该让一个有艺术趣味、懂得你的剧作的美质的文学家（他同时又是个出色的导演）表现你。我以为我自己就是这样的人选。我抱定了揭示《伊凡诺夫》和《海鸥》中的对于生活和人的灵魂的奇妙展现的目标。《海鸥》尤其吸引我，我可以完全担保，只要是

精巧的、不落俗套的制作精良的演出，每个剧中人物内在的悲剧就会震撼戏剧观众。

丹钦科的信没有得到契诃夫的积极回应。丹钦科于5月12日又发出一信，用近于哀求的口吻对契诃夫说："如果你不给，那会置我于死地，因为《海鸥》是唯一一部吸引着作为导演的我的现代剧。"

契诃夫被丹钦科的诚恳所打动，就有了在世界戏剧演出史上留下光辉一页的舞台演出——1898年12月17日莫斯科艺术剧院《海鸥》首演。斯坦尼斯拉夫斯基后来总结说："那些总要企图去表演或表现契诃夫的剧本的人是错误的。必须存在于，即生活、生存于他的剧本中。"

丹钦科在回忆录里详细记述了这场具有历史意义的演出。他下了"新剧院从此诞生"的断语。后来，一只展翅飞翔的海鸥成了莫斯科艺术剧院的院徽。丹钦科解释说："绣在我们剧院幕布上的'海鸥'院徽，象征着我们的创作源泉。"

在丹钦科和斯坦尼斯拉夫斯基之后，高尔基深化了对于契诃夫戏剧革新的美学意义的认识。

1898年末，高尔基给契诃夫写信说起他对契诃夫戏剧划时代意义的认识："《万尼亚舅舅》和《海鸥》是新的戏剧艺术，在这里，现实主义提高到了激动人心和深思熟虑的象征……别人的剧本不可能把人从现实生活抽象到哲学概括，而您的剧本做得到。"

高尔基揭示了契诃夫戏剧创新的重要特点：契诃夫把传统戏剧的封闭世界打开了。契诃夫不仅打破戏剧与散文（即小说）以及抒情诗之间的樊篱，同样也拓宽了戏剧现实主义的内涵与外延。他把19世纪末刚露头的自然主义和象征主义与现实主义嫁接，把那个时代现代主义的精华吸纳到了自己现实主义的艺术机体内，从而实现了对于现实主义的超越。而这种超越，也帮助契诃夫戏剧"可能把人的现实生活抽象到哲学的概括"。

由此就能了解《海鸥》第一幕戏中戏里妮娜独白的意义："我只知道要和一切的物质之父的魔鬼进行一场顽强的殊死搏斗……只有

在取得这个胜利之后，物质与精神才能结合在美妙的和谐之中。”

只要物质与精神结合在美妙的和谐之中的境界，今天仍旧是人们心中的希望，契诃夫戏剧之所以能让现代文明世界的人们感到亲切，就是因为这些早已解决了温饱问题的现代人，可以理解契诃夫戏剧人物的精神追求和精神痛苦。

契诃夫的现代精神

1950 年 5 月 11 日，尤奈斯库的《秃头歌女》在巴黎演出，揭开了“荒诞派”戏剧的序幕；1952 年贝克特的《等待戈多》的问世，更是标志着这一现代戏剧流派的崛起。戏剧专家们在探索现代戏剧的艺术特征时，发现它们与传统欧洲戏剧的重要区别，就是在现代戏剧中没有“正面人物”与“反面人物”之分，支撑戏剧行动展开的不是“人与人之间的冲突”，而是一群人与社会环境的冲突。而当学者们追溯这样新型戏剧冲突的源头时，便找到了契诃夫戏剧。

的确，契诃夫不仅对艺术具有现代精神的认识，他对生活的认识同样具有现代精神。他不愿用绝对化的眼光看待人与事，扬弃非黑即白的简单化判断，因此，诚如他自己所说的，在他的剧本里“既没有一个天使，也没有一个魔鬼”。1960 年，为纪念契诃夫诞生 100 周年，俄罗斯《戏剧》杂志上有这样的断语：“在世界上，契诃夫首先创造了剧中人物彼此之间几乎不发生斗争的戏剧。”

然而，契诃夫的乐观主义，又与充满绝望感的荒诞派戏剧拉开了距离。《万尼亚舅舅》里的索尼娅最后劝慰悲痛中的万尼亚舅舅说：“我们会听见天使的歌唱，我们会看见布满钻石的天空……”《三姊妹》结尾时，大姐拥抱着两个妹妹说：“我们要活下去！军乐奏得这么快乐，这么愉快，仿佛再过不久我们就会知道我们为什么活着，为什么痛苦……”《樱桃园》里的青年主人公也期望在俄罗斯出现更加美丽的樱桃园……

20 世纪中期，在戏剧家们越来越承认契诃夫的现代戏剧拓荒人地位的同时，契诃夫戏剧跨出俄罗斯走向了世界。首先在西方世界震撼观众的，是他的戏剧处女作《没有父亲的人》（即《普拉东诺夫》）。1957 年，法国和比利时的导演先后将它搬上舞台，从此契诃夫戏剧在世界舞台上进入了上演次数最多的经典剧作之列。

《没有父亲的人》是契诃夫十八九岁时写出来的，那时他还是个中学生。剧本写在笔记本上，但直到契诃夫去世 19 年后的 1923 年才被发现。原稿无剧名，因听说契诃夫曾写过名为“没有父亲的人”的剧，就用它为剧本命名，但 20 世纪 50 年代后西欧上演此剧时，大都以主人公普拉东诺夫的名字来命名。

当时欧洲导演对此剧感兴趣，是因为对普拉东诺夫这个戏剧人物感兴趣，认为他就是“当代的哈姆雷特”，这个人物的精神痛苦容易在西方世界的年轻人那里得到共鸣。剧中的普拉东诺夫也说起过自己与哈姆雷特的“异同”：“哈姆雷特害怕做梦，我害怕生活。”

普拉东诺夫是个中学教员，但他在周围世界找不到可以交心的对象，在自己身上也找不到可以献身的力量。于是他只好叹息说：“我们为什么不能像我们所应该的那样生活。”如果我们读完《没有父亲的人》之后再读《伊凡诺夫》，就能发现：普拉东诺夫是伊凡诺夫的前身。

中国第一个对《没有父亲的人》感兴趣的导演是王晓鹰。他于 2004 年以“普拉东诺夫”的剧名将此剧搬上了舞台。他说“普拉东诺夫在痛”这句台词让他最为震撼，这一句台词出现在全剧快结束的第 4 幕：

格列科娃：您哪里痛？

普拉东诺夫：普拉东诺夫在痛……

我记得当年翻译到这句台词的时候，我觉得自己的心也在隐隐作痛。

契诃夫戏剧的多元解读

如果问：哪一部契诃夫剧作演出最多？答案便很明确：《樱桃园》。《樱桃园》是世上少有的一部从诞生至今每年都有演出记录的经典剧目。在十月革命后的苏维埃时代，契诃夫的剧作里也只有《樱桃园》有幸每年都有机会与观众见面。

为了挽救一座即将被拍卖的樱桃园，女主人从巴黎回到俄罗斯故乡，一个商人建议女贵族把樱桃园改造成别墅楼出租。女贵族不听，樱桃园易主。而从拍卖会上拍得这座樱桃园的正是那位建议把它砍伐掉后改建成别墅楼的商人。社会学批评家们认为：樱桃园的易主与消失，反映了 19 世纪末 20 世纪初俄国社会的阶级变动——新兴的资产阶级取代了没落的地主贵族阶级。

但半个世纪后，全世界不同民族的观众进入各自国家的剧场观看《樱桃园》，难道是因为对遥远的俄罗斯 19 世纪末的阶级变动感兴趣？显然不是的。

2005 年，我在北京电影学院讲契诃夫和《樱桃园》时，说起了北京的老城墙，说起了当年为倒塌的老城墙哭泣的梁思成。我说“樱桃园”是个象征，象征那些尽管古旧但毕竟美丽的事物。《樱桃园》写出了世纪之交人类的困惑。因为在历史发展的过程中，人们不得不与一些古旧而美丽的事物告别。

谢谢契诃夫。他的《樱桃园》同时给予我们以心灵的震动与慰藉；他让我们知道，哪怕是朦朦胧胧地知道，为什么迈过新世纪门槛前的我们，心中会有这种甜蜜与苦涩同在的复杂感受；他启发我们这些和冷冰冰电脑打交道的现代人，要懂得多愁善感，要懂得在复杂的、热乎乎的感情世界中徜徉，要懂得惜别“樱桃园”。

1938 年，斯坦尼斯拉夫斯基去世。1940 年，聂米洛维奇 - 丹钦科接过导演棒，重排《三姊妹》，头一次对契诃夫戏剧的“种子”，即“主题”作了阐述。要言不烦，他就说了这么一句：“对于美好生活的渴望。”

丹钦科的这句“导演阐述”影响深远。1991 年，莫斯科艺术剧院艺术总监叶甫列莫夫到北京人民艺术剧院排演《海鸥》，就用“对于另一种生活的渴望”这句显然脱胎于丹钦科的话来概括《海鸥》的主题。

至于如何解释“海鸥”的象征意义，叶甫列莫夫以为，妮娜象征着飞翔着的“海鸥”，而特里勃列夫则象征着夭折了的“海鸥”。

这是一种比较流行的解读。但今年6月初，中央戏剧学院表演系学生演了一出令人耳目一新的《海鸥》，导演是来自圣彼得堡的伊凡诺娃。她在“导演的话”里，对“海鸥”的象征意义作了全新的解读：“在为这出戏工作的过程中我突然发现——那只‘海鸥’存在于剧中的每一个人物身上，‘海鸥’在等待，在呐喊，在跃跃欲试……”

契诃夫戏剧也容许多元解读的。

那么再听听更有人生哲理意味的彼得·布鲁克的解读：

> 在契诃夫的作品中，死亡无处不在——对于这个他知道得很清楚——但在这死亡的存在里没有任何令人讨厌的因素。死亡的感觉与生命的渴望并行不悖。他笔下的人物具有感受每一个独特的生命瞬间的能力，以及要把每一个生命瞬间充分享用的需求。就像在伟大的悲剧里一样，这里有生与死的和谐结合。

契诃夫创作《樱桃园》的时候，身体已经十分虚弱，他是在日复一日的顽强书写中，寻找生命的律动。《樱桃园》最后费尔斯说的那句台词“生命就要完结了，可我好像还没有生活过”，难道不也是表达了契诃夫本人对于生命的眷恋？

丹钦科强调了契诃夫的乐观主义，彼得·布鲁克强调了契诃夫的生命意识。但无论是契诃夫的乐观主义还是生命意识，都能打动世世代代的观众的心。

追忆诗人托马斯·萨拉蒙："诗歌哺育我们的自由"

高　兴

新年前夕，斯洛文尼亚诗人托马斯·萨拉蒙（Tomaz Salamun）离开了人世。虽然早知他已罹患绝症，但消息传来时，我的心里还是充满了悲哀。我与萨拉蒙神交已久，通信时，他和蔼地叫我高，我亲切地称他托马斯。我也曾计划去斯洛文尼亚看望他，但因种种原因迟迟未能成行，终成永久的遗憾。

而此刻，我也唯余点点滴滴的回忆了。

2008 年，我应约为《当代国际诗坛》翻译稿件，接触到萨拉蒙的诗歌。当时，我刚刚失去母亲，萨拉蒙的诗歌伴我度过了最艰难的时光。但真正走近萨拉蒙，则是在北岛的介绍下，同他建立起通讯联系之后。2012 年，萨拉蒙被授予中国第七届"诗歌与人·诗人奖"。为配合颁奖，需要翻译出版一本萨拉蒙诗选。得知出版计划，萨拉蒙十分开心，寄给我 4 本诗集以及翻译和出版授权书。手捧着他题赠的诗集，我觉得他仿佛笑盈盈地望着我，正是美国诗人罗伯特·哈斯所说的那种"天使般的微笑"。于是，我又一次开始翻译托马斯·萨拉蒙，而翻译是最好的阅读和深入，让我逐步了解了萨拉蒙的人生轨迹和诗歌世界。

托马斯·萨拉蒙 1941 年 7 月 4 日出生于克罗地亚首府萨格勒布市，成长于科佩尔小镇。科佩尔位于亚得里亚海滨城市的里雅斯特南部，历史上曾长期属于威尼斯管辖，一度由哈布斯堡王朝统治，两次世界大战之间又曾回归意大利。20 世纪 40 年代，科佩尔小镇仅有15000人，大多数讲意大利语，当时由南斯拉夫军队管理。1954年后，归入南斯拉夫斯洛文尼亚共和国。1960年，萨拉蒙进入卢布尔雅那大学，攻读历史和艺术史专业。他自己坦承，那时，他“是一个迷茫而纯真的年轻男子，渴望在这世上留下印记，但更主要的是渴望自由，只是稍稍被兰波、杜甫、索福克勒斯和惠特曼所打动。确实，当一位有力的斯洛文尼亚诗人丹内·扎奇克出现在我们的研讨会上，朗诵起他的备受折磨、伤痕累累的诗篇时，一丝小小的感染爆炸了。一场大火、一道我们崇高而古老的行当的火柱，燃烧着我，诱惑着我，定义着我。相对于行当，那更是一种命运”。从此之后，萨拉蒙踏上了诗歌之路。

1964年，他在编辑文学杂志时，因发表“出格作品”，引起当局不满，被关押5天。他却因此成为某种文化英雄，受到斯洛文尼亚文化界的瞩目。1965年，他获得艺术史硕士学位，并于翌年以地下方式出版处女诗集《扑克》。人们普遍认为，该诗集凭借其荒诞性、游戏性以及反叛色彩，成为战后斯洛文尼亚现代诗歌的肇始。之后，他又先后赴意大利和巴黎进修艺术史，后在卢布尔雅那现代美术馆任馆长助理。从1969年起，他开始以环境艺术家和观念艺术家身份在南斯拉夫、美国等地举办画展。1971年，应邀赴美国爱荷华大学国际写作中心进修。正是在那里，萨拉蒙开始广泛阅读和接触美国诗人；也正是在那里，他同爱荷华诗人合作翻译出版了两部英文版诗集《涡轮机》（1973）和《雪》（1974）。事实上，这两本诗集出版时，萨拉蒙已回到卢布尔雅那，写诗的同时，翻译过威廉·卡洛斯·威廉斯、阿波利奈尔、巴尔扎克和西蒙·波伏瓦，在乡村小学教过书，还当过推销员。1979年，他获得资助，前往墨西哥工作和生活了两年。在此期间，他始终坚持诗歌写作，不断有新作问世。进入80年代，他的诗歌写作节奏有所放慢，诗歌中的基调也日趋阴暗。而随着他的诗歌被译成英语、德语、波兰语等语言，他已开始为国际诗坛所瞩目。一次次出走和回归，“同其他诗人，其他世界，和其他传统相遇”，丰富了萨拉蒙的阅历和视野，他也因此渐渐成为具有宇宙意识和全球目光的诗人。

在介绍东欧文学时，我曾说过：“影响和交融，是东欧文学的两个关键词。”萨拉蒙无疑是个典型的东欧诗人，同时，他又是个世界性的诗人。不难看出，影响和交融，也是他人生履历和诗歌写作的两个关键词。在评析萨拉蒙诗歌时，诗人罗伯特·哈斯认为，兰波、洛特雷阿蒙、惠特曼、赫列博尼科夫以及德国表现主义、法国超现实主义、俄国未来主义、美国纽约派诗歌等诗人和诗歌流派，都曾对萨拉蒙的诗歌写作产生过影响。除去影响和交融，也不能忽视他的成长背景——东欧曾经高度政治化的现实。正是在这样的影响、交融和背景中，萨拉蒙确立了自己的声音，如《历史》一诗：

托马斯·萨拉蒙是头怪兽。
托马斯·萨拉蒙是个空中掠过的球体。
他在暮色中躺下，他在暮色中游泳。
人们和我，望着他，目瞪口呆，
我们愿他一切如意，兴许他是颗彗星。
兴许他是诸神的惩戒，
世界的界石。
兴许他是宇宙中一粒特别的微尘，
将给星球提供能源，
当石油、钢铁和粮食短缺的时候。
他或许只是个驼子，他的头
该像蜘蛛头那样被砍掉。
但那时，某种东西将会吮吸
托马斯·萨拉蒙，也许是他的头。
也许他该被夹在玻璃
之中，他的照片该被拍摄。
也许他该被泡在甲醛中，这样，孩子们
就能看他，像看胎儿、蛋白
和美人鱼一般。
来年，他也许将在夏威夷
或卢布尔雅那。看门人将倒卖
门票。那里，人们赤足

走向大学。浪涛能达到
百英尺之高。城市美妙无比,
挤满了不断增长的人群,
微风柔和。
但在卢布尔雅那,人们说:瞧!
这就是托马斯·萨拉蒙,他同
妻子玛茹什卡到店里买了点牛奶。
他将饮下那牛奶,而这就是历史。

诗人萨拉蒙笔下的历史,显然不是统治者的历史,而是个体的历史、诗人的历史、颠覆者的历史。诗人就该是独立的、不羁的、反叛的、与众不同而又充满了自信和能量。诗人就该成为历史的主角,登上人生和世界舞台。

破碎,即兴,随心所欲,丰沛的奇想和强烈的反叛,有时又充满了反讽色彩和自我神话倾向,而所有这些又让他的诗歌流露出神秘的气息。诗歌中的萨拉蒙时而愤怒,时而忧伤;时而幽默,时而深情;时而陷于沉思和幻想,时而热衷于冷嘲热讽;时而站立于大地,时而升上太空,时而舒展想象的翅膀,时而又如孩童般在同语言和意象游戏。“……我笑个不停 // 或者忧伤,如一只猴子。/ 其实,我是这样的一块地中海岩石 / 你甚至可以在我身上烤肉排。”他是个艺术幻想家,又是个语言实验者。他注重诗歌艺术,但又一刻不曾偏离生活现实。在诗歌王国中,萨拉蒙豪放不羁,傲慢无礼,鄙视一切成规,沉浸于实验和创新,同时也没忘记社会担当和道德义务。在介绍斯洛文尼亚人时,萨拉蒙说:“斯洛文尼亚人从来都中规中矩。”现实生活中,他可能也像同胞那样中规中矩,但在诗歌写作中,他可以冲破一切的规矩,通过否定而自我解放。他只信从反叛诗学,他是自己的上帝。于是,我们便在《民歌》中听到诗人发出这样的宣言:

每个真正的诗人都是野兽。
他捣毁人民和他们的言辞。
他用歌唱提升一门技术,清除

泥土，以免我们被虫啃噬。
酒鬼出售衣裳。
窃贼出售母亲。
唯有诗人出售灵魂，好让它
脱离他爱的肉体。

在60余年的诗歌生涯中，托马斯·萨拉蒙出版了近40部诗集，被认为是东欧最重要的诗人之一，在国内外获得过多种奖项，作品已被译成英语、法语、德语、汉语等几十种语言。他这样回顾和总结自己的诗歌生涯："听见和倾听，迷失，或几乎被碾碎、受伤，同样，正如人类生命中通常会发生的那样，得到幸运的青睐。"因了诗歌，他觉得自己的人生幸福又美丽。

生活在一个仅有200多万人口的小国，萨拉蒙十分清楚翻译的重要。对于所有译者，他都一再地表示感激之情。能够被中国诗人和读者所关注，于他，更是莫大的欣喜。获得"诗歌与人·诗人奖"后，他在答谢词中恳切地发问："为何一位来自远方、来自拥有自己语言的最小民族之一斯洛文尼亚民族的诗人，竟能被你们——中国诗人所注意，并获得如此殊荣？中国可是这星球上有着最丰富文学传统的大国。"这一切还得感谢诗歌，萨拉蒙说，因为"诗歌哺育我们的自由"，因为诗歌让"我们成为历史上最最稳固最最持久的人，纯粹，神秘，火、友谊和爱的守护者"。

在正要结束此文时，我收到了萨拉蒙好友、斯洛文尼亚诗人和翻译家芭芭拉的信，信中说：

托马斯本人希望葬礼上能演唱一首大海主题的歌曲。歌手们开始演唱时，有一只白鸽，停立于墓碑顶端，守护着墓地。我感觉仿佛托马斯正望着我们。人们大多神情肃穆。但托马斯的孙子，伊扎克，突然从悲伤的葬礼走开，独自玩耍了起来……这个化身为孩子的小"托马斯"正专心地玩着捉迷藏游戏……一切都那么的美，仿佛托马斯并没有死去，他的灵魂依然活着。

瓦·拉斯普京：传统和道德的呐喊者

王丽丹

2015年3月14日，俄罗斯一代文学巨匠瓦连京·格里高利耶维奇·拉斯普京于莫斯科去世，享年78岁。拉斯普京是当代俄罗斯享誉世界的文学大师，俄罗斯农村小说的代表作家。实践体验与主体思索使得拉斯普京成为当代俄罗斯文坛上一位特立独行的道德理想主义者。由于严谨的理性与高度的清醒，作家在大众文化甚嚣尘上、商业文学蔓延流行之际，苦心孤诣于文化守成的乡土文学之道，行走于精神凋零的20世纪末，孤独而执着。

拉斯普京1937年3月15日出生于西伯利亚伊尔库茨克州的一个农村家庭。中学毕业后考入伊尔库茨克国立大学历史语文系，毕业后在当地报社工作。20世纪60年代的西伯利亚是一个热火朝天的建筑大工地，年轻的拉斯普京身为记者五六年间几乎跑遍了周边的铁路、水电站、森林的第一线进行采访，发表了三部特写和小说集《新城看篝火的人》（1966）、《天涯》（1966）、《此世的人》（1967）。可以看出，成长于西伯利亚这一特定文化背景成为作家创作中一以贯之的文化品格与人文精神的生命之根。这片蕴藏着门捷列夫化学元素周期表上所有物质的广袤而慷慨的土地，以其瑰丽旖旎的自然风光及这方水土特有的奇风异俗，连同胸襟坦荡、善良质朴、坚忍顽强的西伯利亚性格永远定格于拉斯普京的艺术世界中。

令作家真正步入俄罗斯文坛的是中篇小说《给玛丽娅借钱》（1967）的发表。小说把处于突发事件中心的人物命运置于整个历史时代的大背景下进行突显叙述，一个看似普通的个人及家庭事件使读者直面道德、文化等社会问题，而小说中展现的道德问题则成为作家后来创作中的永恒主题。小说以对农村现实生活的揭露、对农民命运的关注、对俄罗斯民族性格多样性的勾勒，为作家在20世纪60年代末苏联强势文学背景下抢占一席之地，并因此树立起作家在文学中的声望与威信。

20世纪七八十年代，拉斯普京相继发表的《最后的期限》（1970）、《活着并要记住》（1974）、《告别马焦拉》（1976）、《火灾》（1985）等几部中篇力作，为作家带来了无数的荣誉——苏联国家文学奖、社会主义劳动英雄、列宁勋章、荣誉勋章、劳动红旗勋章等，也由此奠定了拉斯普京在俄罗斯乃至世界文学史上经典作家的地位。几乎在这一时期的每一部作品中，作家都力求最大限度地揭示其目力与经验所及范围内最为深刻的生活与历史现象。《最后的期限》——关于如何备好灵魂面对生死及与之相关的道德问题；《活着并要记住》——关于作家孩童时期遭遇的卫国战争及逃兵问题；《告别马焦拉》——关于为修建水电站而淹没村庄破坏生态的现实；《火灾》——关于脱离生存根基的当代人道德“失火”的悲剧。在这些作品中，作家对俄罗斯传统文化道德的传承者——善良纯朴、甘于奉献、勇于抗争的女性形象进行了理想怀旧式的叙述。

这些与自然有着浑然天成的和谐关系的女性形象无疑是俄罗斯传统精神、纯洁道德的最后守望者，她们更多背负了作家对乡土的渴望与救赎的希冀。作为道德理想主义者的拉斯普京向来从道德优先性原则出发来评价社会和个体，因此作家往往走向对文明化、城市化、工业化历史趋势的强烈排斥和否认。《告别马焦拉》较全面地揭示了作家对人类生存环境和生态问题的关注的力作。故事不仅讲述了一个存在了几百年的小岛即将因修建水库而被淹没的事实，同时暗示了一个民族命运在这一刻所遭遇到的历史劫难，“马焦拉岛”（“母亲岛”）甚至可以被理解成是一个与民族历史及传统文化“告别”的象征。显然，如果说在60年代的三部作品集中，作家陶醉于西伯利亚建设者改造自然、征服自然的劳动热情之中的话，那么，从70年代中期开始，当面对修建人工水库、淹没耕地、对北方河流进行改道、拆迁看似无发展前途的村庄等国家行为时，拉斯普京则更多思考的是文明的发展给农村带来的消极后果、农村的生态问题及俄罗斯传统精神的失落等道德问题。

从20世纪80年代开始，拉斯普京不仅发表以保护生态环境为主题的系列特写和政论文《没有浪漫色彩的西伯利亚》《贝加尔湖啊，贝加尔湖》《俄罗斯河口》《西伯利亚，西伯利亚》《贝加尔湖》《命运的土地》《为真理而牺牲自己》《与俄罗斯同命运》，积极呼吁回归自然的重要意义，而且身体力行，义无反顾地参加到自然生态保护活动中去，以实际行动倡导人类与自然和谐相处的生态文化理念。作家多次在各种场合作过关于保护贝加尔湖、泰加林、阿尔泰地区生态环境的演讲，为保护生态环境和各地历史文物不辞劳苦四处奔波。正是由于拉斯普京等人持之以恒地把大量的精力投入到保护西伯利亚及贝加尔湖的活动上，才使得苏联政府于1987年4月通过了《关于保证贝加尔湖水域自然资源的保护与合理使用》的决议。

90年代初，作家积极投身于社会政治活动，以其不屈的西伯利亚人的性格继续呼吁保护生态自然、保护俄罗斯传统文化、保护俄罗斯语言的纯洁性。在苏联解体社会发展形势急转直下，作家“跻身权力机关无果而终”，俄罗斯人几乎集体失语的文化背景下，作家没有刻意回避，更没有保持沉默，而是本着一个知识分子的良知，以其庄严的守旧毫不妥协地抗议“一切看似进步的全球化的创新”。在一些当权者看来，其行径无异于公开反对改革，作家因此几乎被列为“国家公敌”。

90年代后期拉斯普京连续发表了几部关注俄罗斯现实生活的短篇——《住院》(1995)、《下葬》(1995)、《祭日》(1996)、《出乎意料》(1997)、《新职业》(1999)、《木屋》(1999)等。或许会令读者略感遗憾，认为八九十年代的社会活动影响了拉斯普京的纯文学创作，但或许作家的伟大正在于此。作为“俄罗斯文化的良心”，拉斯普京敢于直面“惨淡人生”，他始终站在民族风暴的最前沿，而不是“躲进小楼”抒发自我。无论是履行文学家的义务，还是完成社会活动家的使命，形式对拉斯普京来说已不重要，只要守望民间拯救文化与自然的目的能够达到就好。

作家晚年最重要的作品当属《伊万的女儿，伊万的母亲》（2004），一部关于争端纷起的俄罗斯民族问题的作品。小说于2005年被评为中国“21世纪年度最佳外国小说”。如果说拉斯普京以根深蒂固的拯救意识和沉重的使命意识对社会现实进行批判，从而为社会提供一种精神向度，进而对道德失落中的俄罗斯民族起着振聋发聩警世作用的话，那么他在《伊万的女儿，伊万的母亲》中则为俄罗斯民族命运作声嘶力竭的呐喊，毫无掩饰地号召俄罗斯人民团结起来，不惜一切力量重振俄罗斯民族之精神。宗教，尤其是东正教，对俄罗斯文化的影响由来已久，根深蒂固。作为一名虔诚的东正教徒，拉斯普京的几乎所有作品都弥漫着一以贯之的宗教情怀。作家说过：“除了东正教，我尚未发现如今有别的力量能够将俄罗斯人民凝聚在一起，帮助人民经受住苦难。”拉斯普京向来视宗教为振兴国家、摆脱民族危机的最有力的精神拯救武器，但在21世纪的今天，力求“把生活的原生态呈现给读者”的作家，不得不直面《伊万的女儿，伊万的母亲》中民族关系这一现实。小说中以暴制暴的主题不仅说明了作家民族主义者的身份，同时也看得出，作家从未如此清醒地认识到宗教力量的无助。

有人把拉斯普京比喻成“靠金钱、武器和谎言更容易操纵的社会里”“一股毫不动摇的清澈澄明的道德之泉，他如同黑夜里的探照灯，一次又一次照亮现实生活前进的道路……”拉斯普京的创作不仅如黑夜中一束光，为迷惘中的俄罗斯人照亮了前行的路，其精辟透彻的语言及声嘶力竭的呐喊更犹如一道激光直逼病入膏肓的民族肌体，以期起到拯救的功效。在高度追求物质利益的今天，作为一位传统文化与和谐自然的维护者，拉斯普京的作品越发彰显其尖锐的批判锋芒。

3月中旬这几日，俄罗斯新闻媒体表现出前所未有的忙乱，俄罗斯人的情感也经历了空前绝后的复杂：一边在忧伤地悼念一代文学泰斗的离去，一边在欢快地庆祝克里米亚回归周年。在这一去一回的巨大反差背景下，作家的辞世无疑具有了重大的象征与启示意义。2014年3月克里米亚回归俄罗斯后，俄罗斯连遭西方国家多轮经济制裁，导致经济发展举步维艰，这使俄罗斯国民深切认识到高度依赖能源出口的经济结构的弊端。接着，普京连发几道总统令，明确俄罗斯经济优先发展方向，开始推行一系列主要涉及农业的重点项目，扶持农业发展，开发农业用地，试图努力恢复农业经济以保证自给自足，而这一切还是拉斯普京在改革初期就竭力呐喊的："如果我们失去农村，将一无所有。"

拉斯普京远去了。随之彻底远去的还有那个反思历史、直书现实、守望家园的俄罗斯农村小说时代。那个立足于民间立场表现百姓命运，沉入社会底层发掘民间哲学，以敏锐的洞察力勾勒出民众的现实境遇，以冷静的笔墨再现朴素的民间生命形态的农村小说时代，希望那个承载着温馨的俄罗斯传统文化与民俗风情的乡土记忆和想象不会瞬间消散。

拉斯普京远去了。一同远去的还有他平生呐喊的道德理想主义、文化民族主义和传统现实主义。在虚妄的"主义"和精神的"乌托邦"均非俄罗斯人乃至世界人关注焦点的今天，拉斯普京的保守与传统是否更值得怀念和珍惜呢？希望对道德理想的崇高追求不只出现在人们尘封的记忆里，更不会淹没在作家的故纸堆里。

俄罗斯诗人叶赛宁说过：面对面，面容难辨。或许拉斯普京的伟大，其历史地位及文化意义几年甚至几十年后会看得更清晰一些。

四月，写给特朗斯特罗姆的挽歌

董继平

诗歌是北欧的文学传统。斯堪的纳维亚皑皑的雪山、连绵的峡湾和茂密的森林等地理元素，造就了当地独特的诗歌风格，它仿佛与欧洲诗歌主流迥然不同。北欧诗歌的典型特征是意象性抒情，但这种抒情并非我们想象的那么张扬，而是一种特别的“冷抒情”，其中饱含着诗人心目中的自然和个人情感，多数隐而不发，实则另有深意。

20世纪的北欧诗坛貌似波澜不惊，却深藏着壮阔的暗流：瑞典在20年代以后出现的“五青年”，芬兰在50年代出现的现代主义诗歌运动，丹麦在60年代出现的“反诗歌”，冰岛在50年代出现的“原子诗人”、70年代出现的“坏诗人”等诗歌流派，都呈现出繁荣景象，而对于这些事实，国人知之甚少。瑞典诗歌大师、2011年诺贝尔文学奖得主托马斯·特朗斯特罗姆，却把我们带进北欧诗歌现场。尽管大师于3月26日离世，但他留下的作品却依然是一把钥匙，开启那个未知的世界，让我们能够深入探索诗歌中更深的层面。

20世纪80年代末，美国诗人、诗歌翻译家罗伯特·勃莱（他是特朗斯特罗姆诗作的第一个英译者）偶然捎来其翻译的3位瑞典诗人的一个小合集，还没翻开，我一下子便被其标题吸引住了：《朋友，你饮下一些黑暗》，这自然让我爱不释手，而我最喜欢的当属集子标题的作者特朗斯特罗姆。正是因为他写下的这句令人震撼的诗，我开始关注其作品。这句超乎于想象的诗，颇具经典性，出自于他的名作《挽歌》：

> 我打开第一道门。
> 这是一个阳光照亮的大房间。
> 一辆沉重的小车在外面驶过
> 让瓷器颤抖。
> 我打开二号门。
> 朋友！你饮下一些黑暗
> 因而变得明显可见。
> 三号门。一个狭窄的旅馆房间。
> 朝向一条小巷的景观。
> 一根灯柱在沥青上闪耀。
> 经历，它美丽的熔渣。

但是，特朗斯特罗姆收入该合集中的诗并不多，读后很不过瘾，我又不遗余力地去搜寻其他英译本。1991年，在加拿大多伦多做访问学者期间，我购得了美国诗人罗伯特·哈斯编辑的《特朗斯特罗姆诗选》，此后又陆续获得了若干个不同版本，而每当我读到好诗，便会忍不住提笔译出来，转给几位诗友共赏。当时翻译特朗斯特罗姆的诗并没有特别的目的，纯粹是出于个人的酷爱而已。几年下来，我所翻译的作品就慢慢形成了一本集子的雏形。1998年，在我们共同的朋友、美国诗人勃莱的引荐下，特朗斯特罗姆授权我翻译出版他的集子。大约在2001年，我的电脑突然发生故障，有三分之二的译作丢失了，损失惨重，心痛之余不得不重译，幸好我对原来的诗作记忆深刻，虽然耗费了不少时日，但最终顺利完成了。2003年，该诗集由河北教育出版社出版。

特朗斯特罗姆的诗作中呈现给我们诸多方面的奇异性，决非偶然。其实，正如上面所提到的《挽歌》一样，他的每一首诗都是“挽歌”——向自己过去的创作告别，他不会重复自己。深入研读他的诗作，就会发现他的语言、意象、句式无一不让人惊奇感叹。早在1954年，他第一部诗集《诗十七首》一问世，便轰动了当时的瑞典诗坛和北欧诗坛，并带来了一种全新的诗风，成为当时诗歌界的大事。该诗集第一首诗《序曲》以这样一句开头：“醒来就是从梦中往外跳伞。”诗人对自己从梦中醒来时状态的描绘超乎了我们的想象——如此独特而刁钻，能够直击人心，令人由衷佩服。

作为诗人和心理学家，特朗斯特罗姆的诗常常在梦与醒、意识与无意识的边境探索，他善于运用意象、隐喻来表现个人和普通人的内心世界，其作品新颖、敏锐、坚实。在创作生涯中，他非常关注周围的日常事物，他的诗与大海、岛屿、地铁、交通、旅行频频发生联系，而这些事物又与他早年的记忆息息相关。而他的超人之处，就在于善于把往昔记忆中的风景转化成现在和未来的诗句，把寻常的事物扩展得非常深远，表现出一个若隐若现、梦与醒之间的隐秘世界。这样的例子，在他的诗里俯拾即是。

作为一流的诗歌意象大师，特朗斯特罗姆推陈出新，制造一系列意外，在一连串迅速转换的意象中创造出宁静深远、毫不张扬的多维场景：“火车驶来，收集 / 面庞和公文包”、“火车完全静止。/ 两点：强烈的月光，稀疏的星星”、“静悄悄的房间。/ 家具好像在月光中准备好猝然爆发。/ 我穿过一片空铠甲的森林 / 慢慢走进自己”……难怪他的英译者勃莱这样评价：“特朗斯特罗姆有一种沉默的活力的情感，那种情感比我们其余的人都更接近宇宙中央。”

所有诗歌大师使用的语言都是日常的，却又超越了日常，给人意想不到的意义。特朗斯特罗姆也不例外，他使用的语言绝对质朴、缓慢、稳重，藏而不露，传递出一种新颖独特的空间感觉，引导读者在阅读中途去深思，且不断转折，进入一层又一层不同的空间。

创作时，特朗斯特罗姆以超乎想象的毅力来克制自己的情感，避免泛滥。因此在他的诗里，我们可以感到他的那种“内敛的力量”无处不在——毫不张扬、朴实平静的表面下缓慢地流淌着奇异的意象，让人每一次阅读都会有意外收获，回味无穷。如果没有这种“内敛的力量”的节制，他的语言和想象也许会放任自流，并最终流于平凡。在这个层面上，他摒弃了想象中一切多余的枝叶，只留下最适合、最贴切表现自己思想和情感的元素。可以说，正是他的内敛才造就了他的作品与众不同——无论是从语言上、意象上，还是从意境上，他都为我们树立了一个经得起时间推敲的榜样。

从20世纪50年代初到去世，特朗斯特罗姆所发表的诗一共不过200余首，且大部分是短诗，却十分精练，颇为独特。他一边想象惊人，一边却深藏不露、决不拖沓，去掉了一切多余部分，用奇特的语言和意象方式直接呈现在你的眼前。难怪国内一些诗人在研读后，突发感叹，自己写得太多了——其实并不是他们写的诗太多，而是写的废话太多，导致其语言陈腐、意象平凡，沦为时间扫落的垃圾。

其实在最初，特朗斯特罗姆的诗在中国并没有引起人们过多的重视，很多诗人根本没有认识到他对诗歌的伟大贡献，因此他的读者并不多（老实说，也有不少人尝试过读他的诗，却无法深入他那个深邃的诗歌宇宙）。很多人现在之所以会去谈论或研读他的作品，多半是因为他在2011年获得了诺贝尔文学奖，但这样的现象应该说是很悲哀的。在我看来，无论特朗斯特罗姆是否获得诺奖，他和他的诗都在那里，堪称传世之作。我还一直认为，诺贝尔文学奖只是西方世界为文学树立的一根标杆，但决不是唯一而绝对的标杆。

但特朗斯特罗姆的获奖，或多或少引发了人们的重视——至少能让中国诗坛警醒和反思：诗，并不在多，而在于精，在于境界，而且关键是要跟时间一起留下来。要做到这一点，当然不会那么容易，首先你得摒弃过去而不断探索，去发现和企及那个境界。正如特朗斯特罗姆在《四月与沉默》中所说的那样：

我要说的唯一话语
闪耀在无法企及之处

君特·格拉斯：唇枪舌剑笔代戈

潘　璐

几周以前，我在柏林还跟德国作家、君特·格拉斯的旧友彼得·施耐德谈起过格拉斯，当时得到的消息虽然是“老头儿病得不轻”，但是没想到这么快竟然斯人已逝，阴阳阻隔。

纵览德国政要、文化名人为悼念格拉斯所做的口头和书面表达，大家几乎不约而同地都用了一个词“streitbar”来形容格拉斯，这个由“streit”（争吵）和“bar”（能）两部分组成的词虽然常常被译成“好争吵的、好争论的、好斗的”，德文里所包含的“随时准备着、有意愿与某人争执某事，批判地、积极地辨析某事，为某事做斗争，为某人某事出力，有战斗性”等丰富和褒扬的含义，却非汉语里这几个单向和贬义的词汇可以涵盖；简单地按照德语的构词译为“会争吵的、能争论的”，似乎又不太符合汉语的习惯。

但格拉斯就是一个既好争论又会争论的人。观其一生，前三分之一固然在时局动荡、战火纷飞、颠沛流离中度过，后来的三分之二虽然是和平年代，但并不宁静祥和，而是随处可见唇枪舌剑、口诛笔伐。有时是他挑起事端，有时是他接招应战，还有不少时候是他本人或作品成了争论的对象。这些争论绝非因为一时肝火，往往无关个人恩怨，却常常波及全国，甚至还会影响海外。

格拉斯经历的第一次争论是围绕着他的“但泽三部曲”展开的。1959年三部曲的第一部《铁皮鼓》甫一亮相就备受瞩目。小说结构奇巧，语言恣肆，艺术形式上之新颖，让评论者至今无法定论，它到底是发展小说还是反发展小说，是秉承欧洲流浪汉小说的传统还是受到南美魔幻主义的影响。其批评精神更是锋芒毕露，小市民的狭隘、空虚、堕落、随波逐流，均被一一揭露，尤其是战后，经济奇迹中得了“健忘症”的德国人，必须借助切洋葱才能回忆和感到悲伤，这辛辣的讽刺显然使不少人恼羞成怒，作家与作品都遭到猛烈攻击。格拉斯非但无意息事宁人，反而“火上浇油”，紧接着又发表了第二部《猫与鼠》（1961），把一个在二战中获得十字勋章的战争英雄描绘成一个在自卑感、虚荣心、青春期性压抑和军国主义教育下成长起来的变态人物，致使媒体再次掀起轩然大波，有人要求将此书列入禁书名单，有人甚至因为书中的“色情”描写要与格拉斯对簿公堂。格拉斯则不屈不挠，以《狗年月》（1963）回击，再次聚焦1920年至1950年的德国社会，对人们见风使舵、逃避罪责的行为进行了无情的揭露，并让他们不光彩的过去像一条黑狗一样紧紧追随着他们，走到哪里就跟到哪里。今天，在半个多世纪之后回望当时，那些对于“但泽三部曲”的指责显得夸张、可笑。格拉斯以艺术家的敏锐捕捉到了德国战后诸多社会现象，直到1970年代，这些现象才被诊断为为了遗忘过去而采用的回忆压抑机制，从而得到普遍的关注和讨论。格拉斯曾坦言：“我写作《铁皮鼓》《猫与鼠》和《狗年月》的目的是为了粉碎当年就已经形成，不，60年代才真正迫在眉睫的那种对纳粹阴魂的崇拜。”“但泽三部曲”引发的公众讨论对德国反思文化的形成起到了很大的推动作用。

从20世纪60年代开始，格拉斯的斗志一发不可收拾，除了与文学有关的争论，他还开始积极参与政治。为维利·勃兰特的竞选助战，反对施普林格出版社的报业垄断地位，反对核能……“格拉斯又发出了警告的声音”成了经常见诸报端的标题。虽然舌战频频，但格拉斯从来不是一个激进主义者，他奉行的是“蜗牛原则”。“进步是一只蜗牛”，他在《蜗牛日记》里写道，蜗牛不但速度慢，而且经常停下来，“只有那些认识到并尊重进步中的停滞的人，只有那些放弃过，甚至多次放弃过的人，只有那些在空空的蜗牛壳上坐过并在乌托邦的阴暗面居住过的人，才能衡量出进步”。

也许正因如此，格拉斯才对两个德国的闪电式结合持反对态度。随着1989年柏林墙的倒塌，两德的统一开始日见雏形。两德该不该统一，应以何种形式统一，成了大家关注的问题。格拉斯力主在政治上要考虑周边邻国，尤其是二战受害国的感受，警惕民族主义的死灰复燃，他希望先不要建立一个一体化的德国；而是以邦联的形式把两个德国联合在一起，给予民主德国平等的权利，不能把它当成“便宜的甩货”据为己有。格拉斯的这些理性的建议在当时群情激昂的气氛中遭到了激烈的批评，就连四七社的老友马丁·瓦尔泽、恩岑斯贝格也起来攻击他，彼得·施耐德曾经与格拉斯一起为德国社民党的竞选效力多年，两人也反目成仇。但无论遭到怎样的孤立，格拉斯都不改初衷。1995年，格拉斯以两德统一为主题的长篇小说《说来话长》出版，虽然格拉斯让书中人物说道：“我们不必争吵，这事说来话长”，可评论界却唇枪舌剑，互不相让。一方面是德国的“文学教皇”赖希－拉尼茨基公开把格拉斯的小说撕毁，一方面是汉斯·法拉达文学奖评委会把奖项授予这部“关注社会、政治领域现实问题的作品”。如今回望两德统一后二十余年的道路，格拉斯预言的很多问题都未能避免，德国东部经济一蹶不振，却为西部的发展提供了劳动力和市场；冷战思维没有消除，只不过对立的边界继续向东移动；民主德国的历史被一笔抹杀，由此给东德居民留下的心理阴影正演变成社会问题暴露出来。

20世纪的最后几年对格拉斯来说是相对平静的，来自国内外的奖项纷至沓来，包括迟来的诺贝尔文学奖。这平静让人不禁生疑，年过七旬的老战士是否已经刀枪入库马放南山？格拉斯并没有停歇，而是在诺奖致辞中向他的“圣者——经加缪的恩宠后而变得高尚的西西弗斯”致敬，决意“推动最沉重的大石头前行”。2002年出版的《蟹行》虽然篇幅不大，却凝聚了格拉斯对德国三代人对待纳粹历史态度的思考。祖母图拉经历了战乱，却不像《狗年月》里的马特恩一样对自己的过去沉默不语，而是念念不忘受过的苦难，父亲保尔虽然不需要像马特恩的女儿一样戴上透视眼镜才能看清母亲的过去，但也一味强调认罪与反思，年轻的康拉德深受祖母影响，又缺乏父亲的引导，最终竟被新纳粹的思想俘获，还杀死了一个自称犹太人的网友。格拉斯把家庭的悲剧置于1945年“古斯特洛夫号”沉船事件的背景之上，显然是察觉到了德国历史回忆工作的新动向：德国人不仅是战争的实施者，也是战争的受害者，他们所受的苦难曾经在公众视野中被遮蔽和遗忘，但通过家庭的传承，这些苦难经历又被第三代回忆主体带回到当下的话语之中。选择这样的主题自然使这部小说备受争议，而且格拉斯在小说中还对以保尔为代表的战后出生的第二代进行了批判。这一代人虽然以理性的态度对待历史，推动了反思工作的发展，但忽视了回忆工作中非理性的成分，即人的情感。保尔就对母亲图拉对往事的唠叨充耳不闻，对母亲希望他记述沉船事件的愿望也一再敷衍，离婚后他对儿子康拉德很少过问，对儿子与祖母之间的亲密关系缺乏理解。

对保尔的批判是不是基于格拉斯自我反思的结果，他虽然属于亲历战争的第一代人，但在“为抵御遗忘”而写作和争论的过程中是否有时忽视了别人的情感呢？他又是如何对待自己的过去的呢？包含了格拉斯 1939 年至 1945 年间经历的《剥洋葱》也许想要给我们一些答案。这本被作者冠以“回忆之书”的作品确实不同于一般平铺直叙的自传，而是多层次的。书中的两个核心意象琥珀和洋葱分别代表了记忆与回忆。记忆是固定的、清晰的，就像被包裹在透明琥珀中的昆虫一目了然。与之相反，“回忆就像一颗要剥皮的洋葱。洋葱剥了皮你才能发现，那里面字母挨字母都写着些什么：很少有明白无误的时候，经常是镜像里的反字，或者就是其他形式的谜团”。从书中诸多地方可以看出，格拉斯不是想记述自己过去的某种接近事实的版本，而是通过剥洋葱的形式，向读者展示回忆往往受到感官刺激和感情因素控制的特性，展现在回忆中召回某些内容，尤其是被羞耻感层层包裹的内容的艰难。由于《剥洋葱》中有格拉斯坦白自己曾参加过武装党卫军的内容，媒体为此掀起了轩然大波。但揭示回忆之难才是该书最值得称道的地方，比坦白过去更加难能可贵。

2012 年，在 85 岁高龄之时，格拉斯仍以诗作抨击以色列的核武器对世界和平的危害、点评希腊与欧盟的关系危机。在世界反法西斯战争胜利 70 周年之际，在临终前最后一次访谈中，这位坚定的和平主义者还表达了对世界和平的深深忧虑。“当人们向他们投掷石块，想用仇恨将他们埋葬，那握着羽毛笔的手还会高擎在乱石之上。”《相聚在特尔格特》中这句话道出了格拉斯的斗志。现在，这位好争论又会争论的格拉斯走了，说“安息”还为时尚早，且看吕贝克的格拉斯纪念馆把他的这首旧作当作他的讣告：

我愿意带着
一袋坚果入葬，
还有最新的牙齿。
当我躺着的地方
传来吵闹的声音，
可以猜测：
是他，
还是他。

看来老先生入了土也没想着安静，时不时地还会对这不尽如人意的世界发出警告之声。

爱德华多·加莱亚诺：为拉丁美洲溯本清源

张艾茵

2015年4月13日，当许多中国读者正在为君特·格拉斯的离世唏嘘不已，慨叹着逐渐凋零的文学大师们时，同一时间的大洋彼岸，对拉丁美洲具有旗帜意义的乌拉圭作家爱德华多·加莱亚诺也正在被广大人民缅怀，这位在中国被喻为拉丁美洲“鲁迅”的作家，因癌症逝世，享年74岁。

翻检拉美文学记忆，首当其冲的一定是以加西亚·马尔克斯为代表的拉丁美洲文学爆炸时期的作家，然后一路蔓延为近来热火朝天的波拉尼奥，他们带来了拉美的魔幻与炽热；博尔赫斯和聂鲁达让我们领会到了超凡的想象力和极致的浪漫；而加莱亚诺似乎有些异类，他对历史的珍爱，对文字的求简，对政治的狂热，都使他脱离于传统意义的拉美文学作家。在西班牙语中有一个词汇叫“comprometido”，延伸到西班牙语文学史中意为承诺文学，特指那些对社会现实极具关注，并勇于承担责任的作家，加莱亚诺正是此类作家的代表。

爱德华多·加莱亚诺1940年9月3日出生于乌拉圭首都蒙得维的亚，14岁即辍学，先后做过新闻记者、工人、收账员、广告画家、信差、打字员和银行出纳等工作，他很早就以左翼身份投身到新闻事业，20岁时更是为工人阶级创办过报纸，31岁出版的《拉丁美洲被切开的血管》震惊了整个拉丁美洲，曾被乌拉圭、阿根廷和智利政府列为禁书，也迅速成为了拉美左派的“《圣经》”，对拉美左翼年轻人影响深远。

《拉丁美洲被切开的血管》也是国内读者得以认知加莱亚诺的最早中译作品。作家自己在很多年后称之为“用传统左派语言写出的文字”，所谓传统左派语言就是带有鲜明的政治立场、在激荡的情怀牵引下一蹴而就的作品，它很容易激发人们的热血，因为它总是毫不掩饰地直陈不公，它可能缺乏理性、客观、缜密，却具有绝对的热忱、真挚、纯粹，这也是源自大多数年轻人对世界尚抱有虔诚的信仰，力图通过自己的发声来洗涤这世上的种种不公。在《拉丁美洲被切开的血管》中，加莱亚诺以饱含激情的文字回望拉丁美洲 500 年的殖民历史，立足当下痛陈后殖民体系下的资本罪恶，他以美洲原住民的视角还原了一个不一样的美洲。视角是历史将以怎样的面目呈现的关键所在，历史的真相从来不会以它客观存在的样貌呈现，总会夹杂在主观意图中，而那些意图往往来自话语权的掌控者，加莱亚诺说他想“帮助恢复历史的气息、历史的自由和历史的说话能力”，正是力图以另一种视角“还原”历史，他也确实在许多作品中以克制的心态让历史讲述历史，但是《拉丁美洲被切开的血管》却不能完全归于此类，它是作家“用爱情小说和海盗小说的方式来谈政治经济学”的一部主观存在感过于强烈的作品，该书甚至开启了作家的流亡生涯，而在出现过切·格瓦拉这样自由战士的土地上，情怀充溢恰恰是民众们所渴慕的，以至于作家晚年公开声明因为曾经过于“笨拙的语言，我今天不敢再重读那本书了”时，引发了哗然。但是在我看来，那只是作家对自己创作的一种修正，不过奈何此书无论在美洲，还是世界，似乎都成为了加莱亚诺标志性的作品，特别是当中国的发展轨迹与之有了某些重叠后，确实有警醒之效，可同时我们也应该关注到作家逐渐成熟后更为广阔的文学视野。

在《拉丁美洲被切开的血管》之后，加莱亚诺开始更为明确地树立起自己的创作风格，以历史为原点，着眼世界，通过碎片式的捕捉、言简意赅的叙述，搭建起了他的马赛克之书。其中最为磅礴的一部就是历时 9 年、经过 30 余次修改、在 1982 年到 1986 年间出版的《火的记忆》三部曲，作家试图通过对历史的挖掘重新定义美洲被扭曲的历史，全书采用编年体的形式，糅合了诗歌、传说、神话等多重表现手法，再现了从哥伦比亚发现美洲大陆到1700年后，两个多世纪以来这片土地上鲜为人知的历史。当然，这种辞典式的作品并非传统意义上的史书，无论查阅如何多的史料，也难免演绎，但是正如此书的译者路燕萍所言，加莱亚诺试图通过很多独立的小故事，以“好似锁孔中看到的历史”的方式来恢复历史气息，拯救拉美记忆，揭示被掩盖的历史。

而这种独立、零散、文体不一，少则十几字、多则几百字，撷取历史尘埃的书写方式成为了加莱亚诺整个创作生涯中最主要的组成部分。比如1989年的《拥抱之书》就是由191个故事组成，2004年的《时间之口》上升到333个，而2009年的《镜子》更是多达600余则，即使是比较类型化的关于足球的随笔集《足球往事》也采用了相似的写法。《足球往事》初版于1995年，但是据闻从出版至今，每隔4年加莱亚诺都会添加一些新内容，然后再版，国内可见的中文版收尾于2006年世界杯，此时该书已经拥有了161个篇章。

不得不说，过度碎片化的写作确实很容易造成记忆缺失，源自历史细节的瞬间在接收上非常容易转瞬即逝，有些过于平庸的铺陈和过于清浅的描述都很难给人留下深刻印象，但是另有一些极其洗练的哲思和寓意深刻的故事却非常引人遐思，加莱亚诺经常一针见血地直陈时弊：我们发明了武器用来自卫，却被武器夺了性命；我们发明了汽车用来行路，却被汽车挡住了脚步；我们发明了城市是为了彼此相聚，却被城市疏远了彼此。我们成了我们的机器的机器。(《镜子》) 也可以含而不露道出真相：一天上午，有人送给我们一只豚鼠。它来的时候被关在笼子里。中午，我们开了笼门。傍晚我回到家里，发现它仍和我离开时一样：待在笼子里，挨着笼条蜷缩着，被自由吓得浑身发抖。(《拥抱之书》) 更会辛辣直接地言及伪善：双塔楼倒塌几个月后，以色列轰炸了杰宁市。巴勒斯坦难民栖居的这片土地变成了一个巨大的坑，里面满是掩埋在废墟下的尸体。杰宁的这个坑跟纽约双塔楼的坑一样大。然而，除了那些扒开瓦砾寻找亲人的幸存者，又有多少人看到它了呢。(《时间之口》) 所有这些思想火花皆源自一颗对拉丁美洲抱有深厚情感的炽热之心，用作家自己的话说就是，“我是一个希望为抢救记忆做贡献的作家，抢救整个美洲被劫持的记忆，尤其是拉丁美洲——这块我深爱着而被人歧视的土地——被劫持的记忆”。而这也正是“comprometido”作家的本色。

显然，加莱亚诺身上这种浓烈的左派色彩会让他的作品离政治更近一些，情感也会更激进一些，在他所有的作品中都能读出那份强烈的情绪，而这种情绪在他狂热的球迷身份上体现得更加淋漓尽致。世界杯期间的闭关，为捍卫足球版面与合伙人们的争执，凡此种种都与拉美另一位知名的作家博尔赫斯截然相反。或许在这样的对比中，我们能看出两种意识形态的差异，博尔赫斯明显更加关注思想深度的延展性，而加莱亚诺在意的是思想现实的效应性，我们惯常接触的拉美作家大多数属于前者，无论他们是以魔幻还是以现实的手法书写，都不失精工细琢和雾里看花的深远，唯独加莱亚诺选择了言简意赅的坦陈。在对拉丁美洲的情感上，比起其他作家的浓烈，加莱亚诺近乎赤裸，他的犀利、尖锐、透彻、激烈和执着不可避免地带有一些攻击性，可也正是这种攻击性，能够让他更清醒地认知美洲的历史，认清体制下的种种不公，然后去修正被扭曲的镜像，为无法开口的民众发声。作为一名文学斗士，加莱亚诺一生都在致力为拉丁美洲的历史溯本清源，他力图以文字为见证，瓦解世人的误读，他为拉丁美洲留下了良心。

布罗茨基《悲伤与理智》：诗歌与散文的“双人舞”

刘文飞

约瑟夫·布罗茨基是以美国公民身份获取1987年诺贝尔文学奖的，但他在大多数场合却一直被冠以“俄语诗人”之称谓；他在1972年自苏联流亡西方后始终坚持用俄语写诗，并被视为20世纪后半期最重要的俄语诗人，甚至是“第一俄语诗人”（洛谢夫语），可在美国乃至整个西方文学界，布罗茨基传播最广、更受推崇的却是他的英语散文，他甚至被称作“伟大的英语散文家之一”。作为高傲的“彼得堡诗歌传统”的继承人，布罗茨基向来有些瞧不起散文，似乎是一位诗歌至上主义者，可散文却显然给他带来了更大声誉，至少是在西方世界。他生前出版的最后一部散文集《悲伤与理智》（*On Grief and Reason*, 1995），作为其散文创作的集大成者，更赢得了世界范围的赞誉。

诗人的散文创作

像大多数诗人一样，布罗茨基在文学的体裁等级划分上总是抬举诗歌的，他断言诗歌是语言存在的最高形式。布罗茨基在为茨维塔耶娃散文集所作题为《诗人与散文》的序言中，精心论述了诗歌较之于散文的若干优越之处：诗歌有着更为悠久的历史；诗人因其较少功利的创作态度而可能更接近文学的本质；诗人较少向散文作家学习，而散文作家却必须向诗人学习，伟大的散文家往往都保持对诗歌的感激，因为他们在诗歌中获得了“简洁与和谐”。布罗茨基还说过，诗歌是对语言的“俗套”和人类生活中“同义反复”的否定，因而比散文更有助于文化的积累和延续，更有助于人个性的塑造和发展。

在谈及茨维塔耶娃突然写起散文的原因时，除散文容易发表以挣些稿费外，布罗茨基还给出了另外几个动因：一是日常生活中的“必需”，一个识字的人可以一生不写一首诗，但一个诗人却不可能一生不写任何散文性的文字；二是主观的“冲动”，“诗人会在一个晴朗的日子里突然想用散文写点什么”；三是起决定性作用的“对象”和某些题材，更宜于用散文来进行描写和叙述。所有这些大约也是布罗茨基本人将大量精力投入散文创作的动机。除此之外，流亡西方之后，在全新的文学和文化环境中，他想更直接地发出声音，也想让更多的人听到他的声音；以不是母语的另一种文字进行创作，写散文或许要比写诗容易一些。布罗茨基在《悼斯蒂芬·斯彭德》一文中似乎道破了“天机”：“无论如何，我的确感觉我与他们（指英语诗人麦克尼斯、奥登和斯彭德）之间的同远大于异……还有一道鸿沟即语言，我一直在竭尽所能地试图跨越它，尽管这需要散文写作。”但布罗茨基写作散文的最主要原因，应该还是他热衷语言实验的内在驱动力，他将英语当成巨大的语言实验室，沉湎其中，乐此不疲。

诗歌和散文在布罗茨基的创作中几乎各占半壁江山。布罗茨基生前出版的散文集有三部，均以英文首版，即《小于一》《水印》和《悲伤与理智》。据统计，在收入俄文版《布罗茨基文集》中的60篇各类散文中，用俄语写成的只有17篇，也就是说，布罗茨基的散文主要为“英文散文”。值得注意的是，布罗茨基的各类散文大都发表在《纽约图书评论》《泰晤士报文学副刊》《新共和》和《纽约客》等英美主流文化媒体上，甚至刊于《时尚》这样的流行杂志，这使他的散文迅速赢得了广泛受众；《悲伤与理智》出版后，也曾长时间位列畅销书排行榜。

《悲伤与理智》最后一页上标明了《悼斯蒂芬·斯彭德》的完

稿时间是“1995 年 8 月 10 日”，之后不到半年，布罗茨基离开人世，《悲伤与理智》就成了他散文乃至其整个创作的“天鹅之歌”。

散文主题：诗和诗人

《悲伤与理智》共收入散文 21 篇，大致有回忆录和旅行记、演说和讲稿、公开信和悼文等类型。文章大致以发表时间为序，其中最早的一篇发表于 1986 年，最后一篇写于 1995 年，时间跨度近 10 年，这也是布罗茨基写作生涯的最后 10 年。

这些形式多样、长短不一的散文诉诸一个共同的主题，即“诗和诗人”。

首先，在艺术与现实的关系问题上，布罗茨基断言：“在真理的天平上，想象力的分量就等于并时而大于现实。”（《战利品》）他认为，不是艺术在模仿现实，而是现实在模仿艺术，因为艺术自身便构成一种更真实、更理想、更完美的现实。“另一方面，艺术并不模仿生活，却能影响生活。”（《悲伤与理智》）“因为文学就是一部字典，就是一本解释各种人类命运、各种体验之含义的手册。”（《我们称之为“流亡”的状态》）阅读诗歌，就是接受文学的熏陶和感化作用，能使人远离俗套走向创造，远离同一走向个性，远离恶走向善，因此，诗就是人类保存个性的最佳手段。正是在这个意义上，布罗茨基不止一次地引用过陀思妥耶夫斯基的著名命题，即“美将拯救世界”，也不止一次重申他自己的著名命题，即“美学为伦理学之母”。布罗茨基在接受诺贝尔奖时的演说《表情独特的脸庞》集中体现了他关于艺术及其实质和功能的看法：

> 就人类学的意义而言，我再重复一遍，人首先是一种美学的生物，其次才是伦理的生物。因此，艺术，其中包括文学，并非人类发展的副产品，而恰恰相反，人类才是艺术的副产品。如果说有什么东西使我们有别于动物王国的其他代表，那便是语言，也就是文学，其中包括诗歌，

诗歌作为语言的最高形式，说句唐突一点的话，它就是我们整个物种的目标。

关于语言，首先是关于诗歌语言之本质、关于诗人与语言之关系的理解，构成了布罗茨基诗歌“理论”中的一个重要组成部分。一方面，他将诗歌视为语言的最高存在形式，将诗人置于崇高的位置。诗歌作为语言之最紧密、最合理、最持久的组合形式，无疑是传递文明的最佳工具，而诗人的使命就是用语言诉诸记忆，进而战胜时间和死亡、空间和遗忘。但另一方面，布罗茨基又继承诗歌史上传统的灵感说，夸大诗人在写作过程中的被动性，他在不同的地方一次次地提醒我们：诗人是语言的工具。“是语言在使用人类，而不是相反。语言自非人类真理和从属性的王国流入人类世界，最终发出这种无生命物质的声音，而诗歌只是其不时发出的潺潺水声之记录。”（《关爱无生命者》）

最后，从布罗茨基在《悲伤与理智》中对于具体诗人和诗作的解读和评价，也不难感觉出他对某一类型的诗人及其诗作的心仪和推崇。站在诺贝尔奖颁奖典礼的讲坛上，布罗茨基心怀感激地提到了他认为比他更有资格站在那里的5位诗人，即曼德施塔姆、茨维塔耶娃、弗罗斯特、阿赫玛托娃和奥登。在文集《小于一》中，成为他专文论述对象的诗人依次是阿赫玛托娃（《哀泣的缪斯》）、卡瓦菲斯（《钟摆之歌》）、蒙塔莱（《在但丁的阴影下》）、曼德施塔姆（《文明的孩子》）、沃尔科特（《潮汐的声音》）、茨维塔耶娃（《诗人与散文》以及《一首诗的脚注》）和奥登（《析奥登的〈1939年9月1日〉》以及《取悦阴影》）7人。在《悲伤与理智》一书中，他用心追忆、着力论述的诗人共有5位，即弗罗斯特、哈代、里尔克、贺拉斯和斯彭德。这大约就是布罗茨基心目中的大诗人名单了，甚至就是他心目中的世界诗歌史。在《悲伤与理智》中，布罗茨基对弗罗斯特、哈代和里尔克展开长篇大论，关于这三位诗人某一首诗的解读竟然长达数十页，洋洋数万言。他这样不厌其烦，精雕细琢，当然是为了教会人们懂得诗歌的奥妙，但与此同时他似乎也在告诉读者，他心目中的最佳诗人和最佳诗歌究竟是什么样的。在布罗茨基看来，理想的诗人就应该是“理性的非理性主义者”，理想的诗歌写作就应该是“理性和直觉之融合”，而理想的诗就是“思想的音乐”。

《悲伤与理智》中的每篇散文都是从不同侧面、以不同方式对于诗和诗人的观照，它们彼此呼应、相互抱合，构成了一曲“关于诗歌的思考”这一主题的复杂变奏曲。这也说明，布罗茨基最擅长的话题，说到底还是诗和诗人。

诗歌发展成散文

《悲伤与理智》中的散文不仅是关于诗的散文，它们也是用诗的方式写成的散文。“诗歌思维的方法被移入散文文体，诗歌发展成了散文”，在散文集《悲伤与理智》中随处可见。

首先，《悲伤与理智》中的散文都具有显见的情感色彩和强烈的抒情性。据说，布罗茨基性情孤傲，为人刻薄，他的诗歌就整体而言也是清冽冷峻的。但布罗茨基在散文中似乎比在诗歌中表现出了更多的温情和抒情。在《悲伤与理智》中，第一篇《战利品》是作者关于其青少年时期自我意识形成过程的细腻回忆，而最后一篇则是对于其诗人好友斯蒂芬·斯彭德的深情悼念。作者特意将这两篇抒情性最为浓重的散文置于全书的首尾，仿佛给整部文集镶嵌上一个抒情框架。布罗茨基以《悲伤与理智》为题分析弗罗斯特的诗，又用作书名，他在说明“悲伤与理智”就是弗罗斯特诗歌、乃至一切诗歌的永恒主题的同时，似乎也在暗示，“悲伤”和“理智”作为相互对立的情感元素，无论在诗歌还是散文中都有可能共存。他的散文写法甚至会使我们产生这样一种感觉，即一般说来，诗是“悲伤的”，而散文则是“理智的”，可布罗茨基又似乎在将两者的位置进行互换，追求诗的散文性和散文的诗性。这种独特的叙述调性使得他的散文与其说是客观的叙述不如说是主观的感受，与其说是具体的描写不如说是抒情的独白。

其次，《悲伤与理智》中每篇散文的结构方式和叙述节奏都是典型的诗歌手法。关于布罗茨基的散文结构特征，研究者们曾有过多种归纳。洛谢夫发现，布罗茨基的散文结构和他的诗作一样，“有着镜子般绝对对称的结构”，洛谢夫以布罗茨基的俄文诗作《威尼斯诗章》和英文散文《水印》为例，找出了完全相同的对称结构。《水印》共51节，以其中的第26节为核心，文本的前后两半完全对称。前文提及布罗茨基两部散文集均以两篇自传性抒情散文作为首位，也是这种“镜子原则”之体现。伊戈尔·苏希赫在对布罗茨基的散文《伊斯坦布尔旅行记》的诗学特征进行分析时，提出了其散文结构的“地毯原则”，即他的散文犹如东方的地毯图案，既繁复细腻，让人眼花缭乱，同时也高度规整，充满和谐的韵律感。帕鲁希娜在考察布罗茨基散文结构时，还提出了“‘原子’风格结构”和“音乐－诗歌叙事策略”。温茨洛瓦在对布罗茨基的散文《伊斯坦布尔旅行记》进行深入分析时发现，布罗茨基的散文由“叙述”和“插笔”两种文体构成。这些研究者们不约而同地观察到了布罗茨基散文一个突出的结构特征：随性自如却又严谨细密，一泻而下却又字斟句酌，形散而神聚。

与这一结构原则相呼应的，是布罗茨基散文独特的章法、句法乃至词法。《悲伤与理智》中的21篇散文，每一篇均由若干段落或片段组合而成，这些段落或标明序号，或由空行隔开。这些章节和段落其实就相当于诗歌中的诗节或曰阕，每一个段落集中于某一话题，各段落间却往往并无清晰的起承转合或严密的逻辑递进，似乎各自为政，却又从不同的侧面诉诸某一总的主题。这种结构方式是典型的诗歌、更确切地说是长诗或长篇抒情诗的结构方式。这无疑是一种“蒙太奇”手法，布罗茨基多次声称，发明“蒙太奇”手法的并非爱森斯坦而是诗歌，这也从另一个角度告诉我们，布罗茨基是用诗的结构方式为他的散文谋篇布局的。《悲伤与理智》中的句式也别具一格，这里有复杂的主从句组合，也有只有一个单词的短句，长短句的交替和转换，与他的篇章结构相呼应，构成一种独特的节奏感和韵律感。

最后，使得《悲伤与理智》中的散文呈现出强烈诗性的一个重要原因，就是布罗茨基在文中使用了大量奇妙新颖的比喻。布罗茨基向来被视为一位杰出的“隐喻诗人”，帕鲁希娜曾对布罗茨基诗中的隐喻进行详尽分析，并归纳出“添加隐喻”、“比较隐喻”、“等同隐喻”和“替代隐喻”等四种主要隐喻方式。在《悲伤与理智》中，“隐喻”一词出现不下数十次。在布罗茨基的散文中，各类或明或暗、或大或小的比喻更是俯拾皆是。布罗茨基散文中比喻手法的一个突出特征，即是他善于拉长某个隐喻，或将某个隐喻分解成若干小的部分，用若干分支隐喻来共同组合成一个总体隐喻，我将这一手法命名为“组合隐喻”或“贯穿隐喻”。试以他的《娜杰日达·曼德施塔姆》一文的结尾为例：

> 我最后一次见她是在1972年5月30日，地点是她莫斯科住宅里的厨房。当时已是傍晚，很高的橱柜在墙壁上留下一道暗影，她就坐在那暗影中抽烟。那道影子十分的暗，只能在其中辨别出烟头的微光和两只闪烁的眼睛。其余的一切，即一块大披巾下那瘦小干枯的躯体、两只胳膊、椭圆形的灰色脸庞和灰白的头发，全都被黑暗吞噬了。她看上去就像是一大堆烈焰的遗存，就像一小堆余烬，你如果拨一拨它，它就会重新燃烧起来。

在这里，布罗茨基让曼德施塔姆夫人置身于傍晚厨房里阴暗的角落，然后突出她那里的三个亮点，即“烟头的微光和两只闪烁的眼睛”，然后再细写她的大披巾、她的“灰色脸庞和灰白的头发”，再点出这个组合隐喻的核心，即“她就像一堆烈焰的遗存”，这个隐喻是与布罗茨基在此文给出的曼德施塔姆夫人是“文化的遗孀”之命题相互呼应的。

在布罗茨基的整个创作中，诗和散文这两大体裁应该是相互影响、相互交融的，两者间似乎并无分明的主次地位或清晰的从属关系。至少是在布罗茨基来到西方之后，一如俄文和英文在布罗茨基语言实践中的并驾齐驱，散文和诗歌在布罗茨基的文学创作中也始终是比肩而立的。布罗茨基在阅读哈代的诗歌时感觉到一个乐趣，即能目睹哈代诗歌中“传统语汇”和“现代语汇”“始终在跳着双人舞”（《关爱无生命者》），在布罗茨基的散文中，我们也同样能看到这样的“双人舞”，只不过两位演员换成了他的诗歌语汇和散文语汇。

穆齐尔《没有个性的人》：千人一面　千面一人

冯晓文

12 岁上军校，18 岁脱下军装，出于兴趣开始学习机械制造，23 岁时又开始学习哲学和实验心理学，25 岁开始计划写作小说《没有个性的人》，51 岁时该小说的第一卷出版，德国人罗伯特·穆齐尔虽收获了成功，却仍然没能摆脱经济上的困境。两年后《没有个性的人》第二卷艰难出版之际，适逢纳粹上台，穆齐尔偕犹太裔的妻子逃离德国，开始了漫长的流亡生活。每况愈下的身体、始终困窘的生活以及日益疏远的人际关系最后夺走了作家手中的笔，1942 年，穆齐尔带着未完成的《没有个性的人》第三卷，病逝于日内瓦。

经历了 10 年的被遗忘之后，《没有个性的人》全三卷于 1952 年终于再度出版，这部规模庞大而又艰深晦涩的小说，着实给读者以不小的挑战：全篇充满大量哲思性的对白以及人物内心的思考和独白。主题上，它既不是描写家族或时代兴衰的历史小说，也并不像教育小说那样，旨在通过描写主人公的经历和心理成长，从而教化读者。相反，小说的主角乌尔里希在故事的一开头就被设定为一个没有个性的人：他尝试当军官未果，尝试当工程师也无疾而终，之后又踏入科学领域，想当一个数学家。在小说里，这个没有个性的人连姓氏都因为“顾及他的父亲”而被隐去。而其他的人物形象，无论是出身贵族、举止优雅的绅士名流，还是挣扎在社会底层的歌女和罪犯，细看也不过是行走在 20 世纪初绚丽繁华的大都市街头的灰色剪影。他们几乎被都市淹没，唯有精致内衣上绣着的姓名首字母，还在勉强提醒人们自己是谁。

尽管如此，这部长篇巨作在20世纪50年代再版后仍受到各类报纸杂志的好评。《南德意志报》将它推举为关于当下时代、世界和人类的最伟大的文学创作之一，《法兰克福汇报》也称它为“记叙本世纪的百科全书”。而这些恰好与穆齐尔最初的预期相反：他清楚地知道，相比其他叙述故事的小说，《没有个性的人》并不尽心竭力地向读者叙述故事，而是以近乎一意孤行的姿态为现代社会把脉，试图思考现代的种种病症。小说自创作伊始就已经曲高和寡，怎么敢期待取得成功？

然而换个角度来看，穆齐尔之所以选择非线性的叙述方式，通过小说中乌尔里希在内的不同人物的大量哲学性的思考和对白，来瓦解传统的线性叙述，或许本身就与现代社会的特性相吻合。回顾欧洲现代化进程本身，历经了15世纪开始的文艺复兴、16世纪的宗教改革、17和18世纪的启蒙运动，以及18世纪以来的工业革命，理性一步步为社会祛魅除魔，原来至高无上的宗教渐渐退到幕后。机器推动着工业主义、市场推动着资本主义和民族国家、民主制度齐头并进，原先依靠宗教和礼俗维系的稳固的乡村生活开始逐渐消失，取而代之的是由法律和理性支撑的都市社会。但是历史并没有在这里画下完美的句号，人们原先坚定地信仰并苦苦追求的“理想国”并没有出现。相反，在这段包含了政治、经济、哲学、艺术、社会等多个层面的现代化过程——也是物质化的过程中，人们进入了一个“内部矛盾重重的悖论系统”。其中最令人困惑也最令人反思的，正是几百年来被奉若神明的理性。通过理性所发展完善的资本主义市场和民主政治却铸就了巨大的铁笼，它秉承着运用理性将一切合理化、高效化的理念，通过流水线的生产体制、细化的官僚制度和一系列的奖惩、规训、管理手段，将个体牢牢锁在其中。人们曾经以理性为铁，铸成刀枪，推翻了专制王朝，然而随后到来的，却是世界大战和经济危机的爆发。自18世纪以来人们对历史的乐观态度——相信社会在人类理性的规划和推动下会随着时间的推移而得以一步步完善——逐步受到质疑。“进步”（德语Fortschritt中，Fort表示向前，Schritt指步伐）中所暗含的线性的时间观和积极的发展观也开始被重新审视。

在《没有个性的人》中，穆齐尔的思考并没有仅仅停留在人类在过去百年中是否进步的争论上，而是受到爱因斯坦的相对论和胡塞尔的同时性时间观的影响，试图打破线性的、因果式的时间观和历史观。这在小说主人公乌尔里希关于历史的思考中清晰可见——“我们的历史，我们若在近处观察它，它看上去就不可靠而且纷乱，像一块只是半踩实了的烂泥地，而最后竟有一条路奇特地从上面通过，这正是那条‘历史之路’，没有人知道这条路来自何处。”追根溯源可至古希腊的线性时间观，将时间视为测量自然与社会的准绳，力求在过去与现在之间找到起因和后果上的联系，从中比较并决断出历史是进步还是倒退了。而在穆齐尔看来，这种执念不仅抹杀了历史在某一层面上所具有的多样性，也抹杀了历史多个层面之间关联的多可能性。在小说中，穆齐尔借没有个性的乌尔里希又继续思考：“历史的道路不是一只台球的道路，这只球一被推出，便沿着某一条轨道运行，而是像云朵的道路，像一个漫步大街小巷的人的道路，这条路时而因一个阴影、时而因一群人或房屋正面的一种奇特装修而偏转并且最后来到一处他既没见过也不想到达的地方。在世界历史的过程中有某种迷路……每一代人都惊讶地问，我是谁，我的前人是谁？其实他们还不如问，我在哪儿，并假定他们的前人并不是别样，而仅仅是在别处……”在穆齐尔的小说中，可能性摆脱了线性叙述中因果思维的捆绑，重新获得了重视：每一次乌尔里希突如其来的残片式思考、每一次小说中人物看似平淡的谈话、每一次小说中叙述者的长篇议论，都体现出作者力求在小说中打破线性叙事，从而来反思被线性叙述着的历史。历史上长期被压抑的偶然性在乌尔里希的思考中改头换面，成为了一种客观存在的偶在性，为多层次、多角度地思考历史和文化提供可能。

与此同时，对于线性时间观影响下的个人的反思以及与此的对抗也是《没有个性的人》的重要话题之一。在现代化进程中，不仅宏观的社会结构发生了根本改变，个人的身份认同也发生了极为戏剧性的变化。人文主义所倡导的独立思考、对自己的行为负责、追求个人幸福的个体在现代化的浪潮中摇摇欲坠。独立存在的个体遭遇瓦解，弗洛伊德提出的潜意识里未知的自我、米德提出的受社会规范和社会期待形成的自我以及安德森提出的不仅具有自我认知能力同时也受他人认同影响的自我，种种论断向人们显示，那个曾经通过理性思考、独立行动建立起来的个人认同只是幻象，人在社会中时刻受到社会环境的影响和改造。而拉康认为，语言所象征的社会秩序的存在甚至凌驾于个体的存在，福柯则以社会对个人的规训与惩罚彻底解构了现代社会中个人认同的独立性。“我是谁”的答案不再一目了然，尤其在都市，个人的身份认同既从单一变得多样化，同时也处处面临着碎片化的危险，需要去寻找拼凑。

穆齐尔笔下的主人公乌尔里希正是这样一个寻找着的人物：他尝试做军官，做工程师，做数学家，之后又跻身政界，试图找到属于自己的个性和身份认同，却感到：“一件事开了头，便总得干下去，不管这事发生在战斗中还是在爱情中。他获得的个人的个性（就像生活中的其他一切一样）相互从属甚至从属于他，甚至可以说，如果他仔细检验自己，这些个性中的每一个单个的个性与他的关系并不比与也想拥有它的别人的关系更密切。现在他也不怀疑，有自己的经历和个性与自己没有之间的这种差别只是一种态度上的差别，在某种意义上来说是一种意志的决定或一般性与个性之间的一个精选的生活等级。”在乌尔里希的思考中，个性一词所暗含的个体性被逐渐瓦解，它在人与人、人与社会的实际关系之中被塑造和评判，在客观正确和主观正确的无把握性之中又来回摇摆、难以固定。因此在乌尔里希身上，虽然他可以是或许也已经是一个有个性的人，但对于这些被外在赋予的个性，他选择始终和它们保持同样的距离，并以无关紧要的姿态对待它们。

因此，小说中几乎所有其他的人物都与乌尔里希截然对立：无论是崇尚用理性和技术获取最大利益的企业家阿恩海姆，还是在压抑的现实秩序和挣扎的内心冲动之间完全迷失了的杀人犯莫斯布鲁格尔，甚至是以引退的姿态安于瓦格纳音乐的好友瓦尔特，都和乌尔里希毫不相像：他不抗拒现实，却也不接受理性主义的教条；他不屈从于现实秩序和内心冲动中的任何一方，却并不因此而感到困惑或分裂；他没有精神上的偶像，却并没有因此而徘徊迷惘、试图去寻找精神寄托。乌尔里希选择的存在方式，既不依赖于迎合社会规则，也不依靠拥有所谓的个性，他对于自身的认同似乎仅仅存在于他的思考中，他用一种思考的目光去观察世界，以一种思考的态度去解构世界，就像乌尔里希青年时代以来的好友瓦尔特评价的那样："他有才华，有毅力，没有偏见，有勇气，有耐力，大胆无畏，深谋远虑……这些个性他可能全都有。因为他没有这些个性嘛……对他来说没有任何事物是固定的。一切都是能变的……所以，他的每一个回答都是一个局部的回答，他的每一个感觉只是一种见解，而他做任何事都不看重这是什么，总是只在乎某种居于次要地位的'怎么样'，只看重某种配料。"在这种对"怎么样"的一刻不停的思考中，乌尔里希存在着，或许在别人看来他毫无个性，就如同卡卡尼帝国大街上熙熙攘攘的人群一样，不过是那千人一面中的千分之一，又或许在某些人看来，乌尔里希个性种种，一人千面，但是所有这些于他、于穆齐尔而言都不重要，比起评判，《没有个性的人》所做的和想要做的，更多的是换一种方式和态度思考。

马洛伊·山多尔：匈牙利民族精神的哺育者

余泽民

我第一次看到并记住马洛伊·山多尔（Márai Sándor）这个名字，是在2003年翻译匈牙利诺奖作家凯尔泰斯的《船夫日记》时，凯尔泰斯多次提到马洛伊，将他与托马斯·曼相提并论，称他为“民族精神的哺育者”。可以这么说，当代匈牙利作家都是在马洛伊的精神羽翼下成长起来的。马洛伊一生记录、描写、崇尚并践行的人格，颇像中世纪骑士，用凯尔泰斯的话说是“一种将自身与所有理想息息相牵系的人格”。马洛伊·山多尔不仅是20世纪匈牙利文坛举足轻重的小说家、诗人和剧作家，还是20世纪历史的记录者、省思者和孤独斗士。他一生追求自由、公义，坚持独立、高尚的精神，无论是作品还是人格，对匈牙利现当代的精神生活都影响深远。

出身于“市民家庭”

1900年4月11日，马洛伊·山多尔出生在匈牙利王国北部的考绍市，当时还是奥匈帝国时期。马洛伊的家族原姓“格罗施密德”，是当地的名门望族。18世纪末，由于家族的社会威望，国王赐予他们两个贵族称谓——“马洛伊”和“拉德瓦尼”。

马洛伊的母亲劳特科夫斯基·玛尔吉特是位知识女性，出嫁前曾做过教师。父亲格罗施密德·盖佐是著名律师。马洛伊的父母共生了5个孩子，马洛伊·山多尔排行老大，他弟弟盖佐用“拉德瓦尼”的贵族称谓为姓，是著名电影导演。

在马洛伊生活的时代，考绍是一个迅速资本主义化的古老城市，孕育了生机勃勃的“市民文化”，作家的青年时代就在这样的环境中度过。他的亲身经历为创作提供了丰富素材，形成了他的作品基调，并决定了他的生活信仰。在马洛伊的小说里，“市民”是一个关键词。它是指在20世纪初匈牙利资本主义的黄金时代形成的一个特殊社会阶层，包括贵族、名流、资本家、银行家、中产者和没落贵族等。马洛伊的家庭是典型的市民家庭：有较高的社会地位，家境富裕；既保留奥匈帝国的贵族传统，也恪守市民阶层的社会道德；有很高的文艺修养，孩子们被送去接受最好的教育。

马洛伊倔强、自信且早慧，不但掌握德语、法语和拉丁语，而且很早就在写作、阅读和口头表达能力方面表现出超群天赋。1916年，他第一次以“萨拉蒙·阿古什”的笔名发表了小说处女作《卢克蕾西亚家的孩子》。同年，他开始使用家族的贵族称谓“马洛伊”。

在流浪中思考、写作

1918年1月，马洛伊应征入伍，但由于身体羸弱没被录取。不久，一战爆发，马洛伊搬到布达佩斯，遵照父亲的意愿在帕兹马尼大学法律系读书，但一年后就转入人文学系，接连在报刊上发表文章，并出版了第一部诗集《记忆书》，著名诗人、作家科斯托拉尼·德热称赞马洛伊“对形式有着惊人的感觉”。但此时的马洛伊更热衷于直面现实的记者职业，诗集出版后，他对诗友米哈伊·厄顿说，他之所以出版《记忆书》，是想就此了结自己与诗歌的关系，“也许我永远不会再写诗了”。

一战结束后，布达佩斯陷入革命风暴和反革命屠杀，为了远离血腥和彻底逃离家庭，马洛伊决定去西方求学。1919年10月，他先后去了德国莱比锡、法兰克福和柏林，实现了记者梦。年仅20

岁的他和托马斯·曼、亨利希·曼、狄奥多·阿多诺等知名作家一起成为《法兰克福日报》的专栏作家；同时，他还向布拉格、布达佩斯和考绍的报纸投稿。他说，新闻写作十分诱人，但我想象的新闻写作是一个人行走世界，对什么东西有所感触，便把它轻松、清晰、流畅地写出来，就像每日新闻，就像生活。在德期间，与其说是留学，不如说是流浪，马洛伊有生以来第一次作为不屈从于他人意志的个体人在世界走、看、听、写和思考。

在德国期间，自由、动荡、多彩的生活使马洛伊重燃写诗的热情。1921 年，他的第二部诗集《人类的声音》出版。同年，他还翻译并在杂志上发表了卡夫卡的小说《变形记》和《审判》，成为卡夫卡的第一位匈语译者和评论者。马洛伊承认，卡夫卡是在文学精神上对他影响最大的作家之一。

1923 年，马洛伊与玛茨奈尔·伊伦娜（昵称“罗拉”）在布达佩斯结婚，随后两人移居巴黎，住了 6 年。作为记者，他看到了一个更大的世界。在巴黎期间，他的第一部长篇小说《屠杀》在维也纳问世，同时他还完成了游记《跟随上帝的足迹》。最重要的是，他读了普鲁斯特，《追忆似水年华》对马洛伊写作《一个市民的自白》影响至深，评论家常将他俩相提并论。

1928—1948：创作的黄金二十年

“有什么东西结束了，获得了某种形式，一个生命的阶段载满了记忆，悄然流逝。我应该走向另一个现实，走向‘小世界’，选择角色，开始日常的絮叨，某种简单而永恒的对话，我的个体生命与命运的对话；这个对话我只能在家乡进行，用匈牙利语。”1928 年春，马洛伊回到布达佩斯。

一方面，马洛伊想：“回去后我必须要谨言慎行；必须学会另一种匈牙利语……我必须再次‘证实’自己是谁——我必须从头开始……我在家乡能够做什么呢”；另一方面，马洛伊了解自己是“一名能从每天机械性的工作中省出几个小时满足自己文学爱好的记者”，了解与生俱来的“匈牙利作家的命运”。他离开家乡，是为了找到自己；回到家乡，则是为了成为自己。

而此时的匈牙利因为1920年的《特里亚农条约》四分五裂；考绍被划归给捷克斯洛伐克。马洛伊留在布达佩斯，成为《佩斯新闻报》的记者。

1928年，马洛伊出版长篇小说《宝贝，我的初恋》。1930年，青春小说《反叛者》问世，开启了马洛伊小说创作的黄金时代。《反叛者》讲述一群青春期少年以乌托邦式的挑战姿态向成年人世界宣布：“我们不想与你们为伍。”他们喊出了战后一代年轻人对世界、对成年人社会的怀疑。这部小说的出版成为欧洲文坛的重要事件。小说于1930年被译成法语，大作家纪德读后，兴奋地致信这位素不相识的匈牙利作者；存在主义思想家加布里埃尔·马塞尔则亲自撰写评论。

1934年至1935年，马洛伊完成了代表作——自传体小说《一个市民的自白》上下两部，作品时间跨越世纪，空间纵横欧陆。小说的第一部讲述了家族史和青春期成长史，他用工笔手法记录了第一次世界大战前后市民阶层的生存环境、生活习惯、家族传统、人际关系、审美趣味、道德准则、行为规范和社会风俗，刻画之详细，如同摄像机的慢镜头。书中上百个有名有姓的人物，每个人都拥有独特的个性和命运。从文学水准看，该书毫不逊色于托马斯·曼的《布登勃洛克一家》和普鲁斯特的《追忆似水年华》。

在第二部，马洛伊不仅讲述了个人的流浪、写作和情感经历，还勾勒出欧洲大陆在两次世界大战之间动荡、不安、复杂、激进的岁月影像，各地人文历史宛然在目，人物呼之欲出，可谓时代的百科全书。更重要的是，《一个市民的自白》以宏大篇幅记录了东欧年轻知识分子的心灵成长史，其揭露之酷、剖解之深和态度之坦诚，在自传作品中都很少见。

正是因为坦诚，马洛伊的一位神父教师和亲戚对书中披露的细节感到不满，马洛伊被迫删掉了对天主教寄宿学校中男孩们暧昧情色生活的描述和几位亲戚的家庭秘闻。之后近80年里，读者只能看到删节后的《一个市民的自白》，即将出版的中文简体版也是依据删节本翻译的。

马洛伊小说的黄金时代持续了20年，直到他1948年离开祖国。在当时的匈牙利文坛，成就和声誉无人比肩。同时代的诗人尤若夫·阿蒂拉称他为“匈牙利浪漫主义文学伟大一代的合法后代”。

1942年问世的《烛烬》是马洛伊语言最精美考究、故事最动人、情感最深沉、风格最强烈的一部长篇。故事讲述两位老友多年后重逢，彻夜长谈，追忆久远的过去，一个成了审判者，另一个成了被审判者。马洛伊不仅讲故事，还用莎士比亚式的语言怀念逝去的帝国时代，以及随之逝去的贵族品德和君子情谊，他通过两位老人的对话告诉读者，悲剧的根源不是一时的软弱，而是世界秩序坍塌时人们传统道德观念的动摇。1998年，《烛烬》最先被译为意大利语，随后英文版、德文版问世，之后迅速传遍世界，台湾地区也于2006年出版了从意大利语转译的中文繁体版，在华语读者中影响甚广。《烛烬》是马洛伊作品中翻译语种最多、读者最熟悉、市场最畅销的一部小说，被多次改编成电影、话剧和广播剧。

《真爱》是一部婚姻小说，通过妻子和丈夫先后两段长长的自白，从两个截然不同的阶层、视角、修养和感受讲述了一个失败的婚姻。两人都以自己的生活经验判断对方，都以自己的视角看待这段婚姻。按照马洛伊的观念，因为与生俱来的修养差别和阶层烙印，这个婚姻注定会失败。《草叶集》是马洛伊流传最广的散文集，谈人生，谈品德，谈理想，谈哲学，谈情感，为那些处于痛苦之中和被上帝抛弃的人指点迷津。作者在1943年日记里写了这样一段话：“我读了《草叶集》，频频点头，就像一位读者对它表示肯定。这本书比我要更睿智、更勇敢、更有同情心得多。我从这本书里学到了许多。是的，是的，必须要活着，体验，为生命与死亡做准备。”

浪漫主义作家通常会比常人更多一层忧患。在新一场战争临近的阴霾下，马洛伊的精神生活越来越沉重。他的自由主义思想、与主流文化的冲突和桀骜不驯的个性，以及犀利的语言和独立的人格，使他在乱世之中从不动摇意志，不依附任何势力，不被任何思想冲昏头脑，他与左翼的激进、暴力保持距离，对右翼的危险也时刻充满警惕，因此无论哪派都视他为“难斗的天敌”。1930年代初，德国纳粹主义日益嚣张，托马斯·曼于1930年发表著名的《德意志致辞》，遭到希特勒迫害。马洛伊也率先在匈牙利报纸上撰文，提醒同胞提高警惕，遭到本国民粹主义者的憎恨。1935年，马洛伊与流亡的托马斯·曼在布达城堡会面，更坚定了自己的反法西斯立场。

1934年，马洛伊的父亲去世，使马洛伊陷入内心更深的孤独，在悲痛中写了一首诗《父亲》。1939年，马洛伊的儿子克利斯托夫在出生几星期后不幸死于内出血。葬礼之后，马洛伊长达几个月沉默不语，写下诗歌《一个婴儿之死》。

二战爆发后，马洛伊十分悲愤，在《佩斯新闻报》发表题为《告别》的文章：“现在，当黑暗的阴云笼罩了这片高贵的土地，我的第二故乡，它的地理名称叫欧洲：我闭上了眼睛，为了能更清晰地看到这一瞬间，我不相信，就此告别……”1944年3月19日，德军占领匈牙利。马洛伊在日记中写下：“耻辱地活着！耻辱地在白日行走！耻辱地活着……我心里仿佛有什么东西在3月19日破碎了。我听不到我的声音；就像被乐器震聋了耳朵。”3天之后，作家夫妇逃到了布达佩斯郊外避难。这一年，他没有写出新作品。

战后，有关当局请马洛伊出任匈牙利–捷克斯洛伐克友好协会主席，而他无法在家乡被割让、同胞被驱逐的情况下扮演玩偶，不但拒绝当主席，还退出协会表示抗议。马洛伊的抗拒性沉默以及他与主流文学保持的距离，使他最终难逃脱当局的打压。1948年，马洛伊离开了故乡，至死都没有再回去。

回顾历史，无论右派左派，都是对马洛伊先攻击，后拉拢，拉拢不成就打压噤声……不过，马洛伊作品的文学价值和人文思想，令无论哪派观点的人都忍不住去读。

决绝和孤独的流亡

马洛伊夫妇先前往瑞士，后移居意大利那不勒斯。1949年，马洛伊完成了《土地，土地……！》，这部回忆录讲述了他流亡初期的生活，直到1972年才正式出版。马洛伊在《土地，土地……！》中写道："我之所以必须离开，并不仅仅因为他们不允许我自由地写作，更有甚者，他们不允许我自由地沉默。"

1952年，马洛伊移居美国纽约，并在伦敦出版了流亡中写的第一部作品《和平的伊萨卡岛》，1954年发表的长诗《亡人的话》被誉为20世纪匈牙利诗歌的杰作。1957年，马洛伊夫妇加入了美国国籍，1967年移居意大利萨莱诺。1970年代，匈牙利政府解禁了马洛伊的作品，还邀请作家回国。但马洛伊表示只要家乡还不自由，就决不返乡，甚至禁止自己的作品在匈牙利出版。1974年底他们返回美国，在圣地亚哥度过晚年。

20世纪，很多欧洲文人过着流亡生活，但很少有谁流亡得像马洛伊这样决绝和孤独，马洛伊代表的高尚文化已成为历史，他坚持沉默，捍卫自己坚守的道德价值和文化价值，不与政治和流行为伍，但他一生没有放弃母语写作，也不为西方的市场写作。流亡期间，他先后出版了长篇小说《圣热内罗的血》《卡努杜斯的审判》《在罗马发生了什么》《土地，土地……！》《强壮剂》《尤迪特……和尾声》《三十枚银币》《青春集》，诗集《一位来自威尼斯的先生》《海豚回首》，戏剧《约伯……和他的书》以及1945年至1985年的《日记》。《尤迪特……和尾声》是《真爱》的续篇，以一对情人独白的形式，将40年前写的故事延伸到美国，为逝去的时代和被战争及革命消灭的"市民文化"唱挽歌。书中有作者的影子——站在被炸毁的公寓废墟和几万卷被炸成纸浆的书籍中央，直面文化的毁灭。这是马洛伊唯一续写的小说，作者去世后，《真爱》和《尤迪特……和尾声》被合订在一起出版，就是《伪装成独白的爱情》。

1989年2月21日，马洛伊在圣地亚哥家中用一枚子弹结束了生命。正如作家曾写到的："所有的一切慢慢变成了回忆。风景、开放的空间、我行走的大地，所有的一切都充满了启示。所有的一切都讲述着这条遭到损毁、已然流逝、痛苦而甜美的生命，所有的土地都粘挂着无可挽回的、残酷的美丽。也许，我还有很少的时间。但是我要作为死者经历我的人生：我的羞耻（这个羞耻就是在这里维生，就是我在这里度过的生命之耻）不允许做另外的判决。"

就在马洛伊离世的秋天，东欧剧变，从 1990 年开始，他的全部作品在匈牙利陆续出版，政府追授他“科舒特奖章”，这是匈牙利历史上第一次将这一奖章颁发给死者。匈牙利还设立马洛伊文学奖，获奖者包括继承了他精神衣钵的凯尔泰斯。作家的遗稿也陆续面世，新出版了至少有 20 多部著作，其中最重要的是《日记》全本、《一个市民的自白》全本和《我想要沉默》《解放》，以及他的书信集和早年创作的小说集。

正如匈牙利文学评论家普莫卡奇·贝拉所言：“假如，有过一位其生活方式、世界观、道德及信仰本身等所有的一切就代表着文学的作家，那么毫无疑问，这个人就是马洛伊·山多尔。在他的文字里，可以找到生命的意义；在他的语言中，可以窥见个体与群体的有机秩序，体现了整个民族的全部努力和面貌。”

米歇尔·图尼埃：哲学与文学交相辉映 美感与思辨相得益彰

陈 沁

当地时间 2016 年 1 月 18 日晚，法国著名作家米歇尔·图尼埃（Michel Tournier）赫然离世，法兰西文坛又痛失一位文学大师。法国总统奥朗德、总理瓦尔斯、文化部长佩勒林纷纷深情致辞以示哀悼，悼念这位被视为 20 世纪下半叶欧洲文坛上最重要的“才华横溢的伟大作家”（奥朗德语）。然而耐人寻味的是，这位曾令王小波惊艳不已，曾被《纽约时报》评价为“全法国最好也可能是最知名作家”的人，最初的梦想却与文学无关。

“哲人作家”的华丽转身

20 世纪 20 年代，图尼埃出生在一个德国文化氛围浓厚的家庭，父母均是巴黎索邦大学德语语言文学系的高才生。可是，童年的图尼埃过得却并不怎么快乐。每逢假期，图尼埃的父母便将 4 个孩子送往德国弗赖堡的学生寄宿公寓，好让他们练习德语。1931 年，图尼埃又因为健康问题被送往瑞士的一所儿童之家生活。成年后，图尼埃心灵上极度敏感，究其原因，与他童年时期的孤独以及战争密不可分。“9 岁到 11 岁，我亲历了纳粹主义，在这之后又是战争”，在自传体散文《圣灵之风》中，图尼埃如是讲述自己的童年记忆。或许正是童年的这段经历为其名作《桤木王》的诞生埋下了种子。位于圣日尔曼昂莱的家被德国军队占领后，图尼埃一家只得举家迁往纳伊市。自此，图尼埃正式踏上哲学启蒙之路。授业恩师莫里斯·德·冈迪亚克对他倾囊以授。勤奋学习的过程中，他又结识同窗挚友罗歇·尼米埃（被法国文坛誉为“三个火枪手”之一的作家）。对哲学的极度热爱促使图尼埃高中会考后毅然选择进入巴黎索邦大学研修哲学。毕业后，他又前往德国蒂宾根大学继续攻读哲学专业，并在那里结识了他的两位毕生挚友——吉尔·德勒兹与海尔姆特·沃勒。前者是法国复兴尼采运动中的关键人物，这位法国后现代哲学家、结构主义大师为图尼埃的处女作《礼拜五或太平洋上的灵薄狱》撰写了著名的《米歇尔·图尼埃与没有他人的世界》。后者在法学专业毕业后成为德国的一名检察官，专门负责审理关于纳粹的案件，并因此成为图尼埃文学之路上绕不开的重要人物。

回到法国后，教师资格考试的落榜击碎了图尼埃的哲学教师梦。随后，他先后从事过翻译工作，进入过电台，后来又任职于普隆出版社，负责出版戴高乐回忆录。对图尼埃来说，出版社工作生涯最有趣的经历是有幸与当时负责出版传记的总负责人、后来曾担任过法国总统的乔治·蓬皮杜结下了不解之缘。43 岁时，图尼埃终于得以才华大展——首部作品《礼拜五或太平洋上的灵薄狱》横空出世。此书一经出版立刻一炮而红，出版当年便荣获法兰西学院小说大奖。3 年后，小说《桤木王》又一举夺得龚古尔奖，进一步奠定了图尼埃在法兰西当代文坛上无可取代的地位。

图尼埃并不是一位高产的作家，一生总共出版过 9 部小说、6 部故事集以及几部散文式作品。但图尼埃作品的质量上乘，每部作品都堪称经典之作。例如，《礼拜五或太平洋上的灵薄狱》取材于笛福的《鲁滨逊漂流记》，是一部极其精彩的经典重构小说；《桤木王》则巧妙地借用了歌德最著名的同名叙事诗。图尼埃匠心独运地依托于一个个经典神话传说，妙笔一挥，经典故事立刻以崭新的面目焕发出全新的生机。图尼埃以文学为名，不断地探索并传达着自己对“轻”与“重”、“生”与“死”、“存在”与“虚无”等哲学理念的独特理解。1972 年，图尼埃当选龚古尔学院院士。此后，图尼埃开始在巴黎近郊谢弗勒兹山谷的一个小村庄里隐居，以便避开凡尘俗事，潜心写作。就在半年前，法国伽利玛出版社隆重推出了图尼埃的新书：《说给德国友人海尔姆特·沃勒的信（1967—1998）》。此时的米歇尔·图尼埃已是年逾90岁的鲐背老人。

跨越30年的遗作

《说给德国友人海尔姆特·沃勒的信（1967—1998）》乍看是一部书信集作品，实则不然。该书的妙处在于，书中所收录的23封信并非图尼埃亲笔写下的“书”信，而是一封封“口”信。在另一部作品《思想之镜》中，图尼埃曾经说过：“伟大的作家是，当读者翻开他的作品时，能够从中听到并且识别出说话者的身份。伟大的作家可以把‘口述’和‘书写’成功地融合在一起。”自1967年起，图尼埃与沃勒之间的联系就经常依靠这种“说”信的奇妙形式——两人把自己想写的信用“口述”的方式刻录在录音带或光盘中再寄给对方。如此一来，聆听者不仅能听到信的内容，也能感受到对方所处的环境与心情，甚至还包括一些有趣的画外音，例如家里嘈杂的声音和孩子们的笑闹声。两人将信件托付给挚友——法国昂热大学教授阿莱特·布鲁米埃，由她负责信件的选取、记录和出版工作。

对熟悉米歇尔·图尼埃作品的读者来说，“说”信集的另外一位主人公海尔姆特·沃勒并不是一个陌生的名字。二人不仅年少结交，1978年出版的《圣灵之风》中，图尼埃还曾向时任法官的沃勒献上敬意，以感谢他为自己创作《桤木王》提供的大量有关纳粹的材料。与此同时，沃勒还有一个重要身份，那就是图尼埃作品的德语译者。图尼埃绝大部分作品的德译工作都是由沃勒完成的。书中书信的选取显然也是经过精挑细选的。23封信按照时间顺序分为5个区间：1967年至1969年；1976年至1978年；1980年至1983年；1985年至1991年；1994年至1998年。长达31年的跨度几乎贯穿了图尼埃的整个文学创作历程。图尼埃在信中真情流露，不仅向挚友坦述了文学创作中遭遇的种种瓶颈，更首次披露正在创作而最终未能成形的作品。

第一封信出现在1967年，恰逢图尼埃的首部作品——《礼拜五或太平洋上的灵薄狱》出版之际。1969年，图尼埃向伽利玛出版社提交了《桤木王》的手稿。为了给《金滴》一书找寻灵感，图尼埃于当年奔赴撒哈拉沙漠。不久之后，沃勒开始了图尼埃作品的德语翻译工作。1976年至1978年是图尼埃的创作高峰期：1976年，他开始创作《加斯帕、梅尔基奥尔与巴尔塔扎尔》，并创作《礼拜五或太平洋上的灵薄狱》的儿童版——《礼拜五或原始生活》。后来，他又前往埃及旅行，深受国王谷和卢克索城的震撼。1980年图尼埃受桑戈尔之邀前往塞内加尔，在那里寻找像"礼拜五"一样的孩子。信件收录止于1998年，彼时图尼埃的最后一部短篇小说集《七故事》刚刚问世。

两位密友、7段旅程、23封信、31年的时光——《说给德国友人海尔姆特·沃勒的信（1967—1998）》向读者展现了一个多面但却真实的图尼埃。在这部另类的"自传"中，读者不仅能够看到作家的日常生活以及作家与文学界的交游，还可以读到图尼埃的旅行见闻与感受。图尼埃崇尚回归自然，家中更是拥有一座被养护得无可挑剔的花园。他的足迹遍布撒哈拉大沙漠、塞内加尔、以色列、突尼斯、冰岛、印度与德国等国家和地区。对中国读者来说，图尼埃鲜为人知的另一个身份标签是"摄影发烧友"。酷爱摄影的图尼埃拥有许多志同道合的"圈中好友"（法国著名摄影师爱德华·布巴等）。1970年，他甚至与摄影大师吕西安·克莱格和历史学家让-毛里斯·鲁盖特共同创办了阿尔勒国际摄影节。

哲学与文学交相辉映，美感与思辨相得益彰，一代大师陨落，但他却在法国乃至世界文坛以及千万读者的心中获得永生。

Eco's Echo 艾柯的回音

陈 镭

作家、符号学家翁贝托·艾柯半开玩笑地说，他收集过一套关于自己的评论剪报，无一例外的是“艾柯的回音”、“回音的回音”、“回音的回音的回音”。艾柯说他都想象得出这些标题是怎么来的：编辑部开例会的时候，一大堆题目被拿出来讨论，最后主编眼里灵光一闪，“这家伙的名字不就是回音（echo）吗！不如我们这个板块就叫……”旁边的人赶紧附和：“这么好的创意您是怎么想出来的？简直是天才！”主编故作淡定：“快别这么说，我只是站在了巨人的肩膀上。”艾柯的玩笑很有杀伤力，不过这仅限于印欧语系，在我们这个东方国家，“艾柯的回音”从题目到内容都不多，不仅因为语言差异也因为作品背后的整个历史文化系统。

艾柯的理想读者不是中国人。尽管他在中国有一定的知名度，却不太可能跻身最受欢迎的外国作家前十名。曾与艾柯会面、同样在大学任教的作家格非认为，艾柯的《玫瑰的名字》（1980）虽然架构宏大却在观念上过于谨慎，充满“矛盾和暧昧”，叙述上四平八稳，不如陀思妥耶夫斯基更能打动人。而另一边，这本有各种中世纪古老学问的《玫瑰的名字》，据说在全世界已有40种文字的译本，销售近2000万册（艾柯本人的说法是几百万册）。我们为什么不那么热爱既深奥又畅销的艾柯，为什么这样的学者型作家在中国如此稀少？

现实与虚构

艾柯作品在西方世界引起的反应有一点与我们差别甚大：那边的读者常常模糊作品与现实的边界，而中国读者则大多无动于衷。艾柯的小说数量不多，都是动辄五六百页的历史题材作品，包括 14 世纪意大利修道院里的谋杀案、与圣殿骑士团有关的秘密组织及其神秘地图、17 世纪海难幸存者的荒岛余生、13 世纪十字军东征时一个骗子的传奇等等。《傅科摆》(1988) 末尾写到，1984 年 6 月 23 日至 24 日的夜里，主人公"我"(卡素朋) 去巴黎某修道院参加秘密组织的集会，同伴贝尔勃由于交不出所谓圣殿骑士团的地图而被野心家们用"傅科摆"(19 世纪物理学家傅科发明的一种证明地球自转的仪器) 所绞杀。"我"像《悲惨世界》里的冉阿让一样从下水道逃出来，钻进圣马丁港的一家阿拉伯酒吧，然后穿过街巷、广场、花园，最后上了一辆出租车。小说发表之后，有法国美术学院的学生告诉艾柯，他们重走了主人公的路线，"找到了"那家油腻腻的低等酒吧并拍照。然而，书里的这家酒吧是虚构的，艾柯只不过是精心设计了主人公逃跑的路线。另一个读者则写信问艾柯，主人公"我"在午夜经过圣马丁路某街角的时候，在那一年那一天的那个地点应该有一场火灾，主人公只字不提火灾是否因为火灾也是阴谋的一部分。

类似的冲动和疑问很难在中国读者心中唤起，原因就在于：艾柯小说里的历史文化信息和故事场景与我们相隔甚远，虽然他讨论的深层次问题是相通的，缺乏耐心的读者却不大愿意通过层层阻隔去辨认它们。艾柯的小说在语言形式上也不大符合卡尔维诺在《未来千年文学备忘录》里谈到的"轻逸"，尽管小说的思想非常符合这一文学理想。当我们的目光迅速掠过那些历史文化信息的时候，西方读者大概已经津津有味地开始咀嚼了，因为他们随时可以感受到现实与虚构的紧张关系，随时需要揣测作者的真实意图。完全是中世纪故事的《玫瑰的名字》在这一点上表现得同样明显。

玫瑰名字的书写方式

《玫瑰的名字》讲述的是一个福尔摩斯探案式的故事。艾柯在序言里声称，他无意中得到了一本1842年出版的法文译著，其底稿是14世纪一位意大利修士的回忆录。考虑到艾柯本人的理论家、中世纪研究者身份，读者已经从序言开始猜测哪些是真实历史，哪些是文学的部分。小说接着以第一人称口吻讲述了修士阿德索青年时代的历险：他1327年11月作为见习生跟随一位中年修士威廉（在同名电影里，威廉是由“007”影星肖恩·康纳利扮演的），这位资深修士的任务是到意大利、法国交界处山区的一座著名修道院去准备教派大会，由于修道院连续发生命案，威廉被院长邀请主持调查。师徒二人在调查过程中发现，凶手似乎一直按照《圣经》“启示录”的“七种呼声”来安排谋杀行为，其目的是为了掩藏这家修道院图书馆，同时也是当时欧洲最大图书馆里的一个秘密。故事结尾，原凶竟然是修道院德高望重的老修士佐治，已经失明的他为了不让别人读到亚里士多德《诗学》下卷手稿（主题为论喜剧，系作家虚构），把书页浸润了毒药，触发一系列命案。

这个看起来并不复杂的梗概省略了很多东西，小说从形式到思想内涵都有其复杂微妙之处。首先，作品模拟了中世纪编年史语言风格和19世纪翻译者的文风，在很多地方显得严谨、平淡。由于小说人物有着不同的宗教流派和个人思想，语言风格也各异。比如威廉是英国来的圣方济各会修士，跟这一派其他人有很大区别，接受过英国科学家、修士罗杰·培根指导。阿德索是本笃会的本地修士，思想单纯但接触过一些异教徒的离经叛道之书，其父是军旅出身的男爵。作家的行文时而板滞时而恣意汪洋，在神学辩论和年轻修士内心独白之时，化用大量宗教历史文本，使得《玫瑰的名字》的语言显出巴洛克式的华丽。艾柯的语言越是“逼真”，身处该文化传统的西方读者越是容易“入戏”，然而这些细腻笔法对中国读者来说，要么难以耐心品读，要么早已在翻译过程中损失了。

其次，作者的人物和故事构造也有强烈的互文性。威廉出场时被介绍为“巴斯克维尔的威廉”，读者能马上联想到福尔摩斯探案里的“巴斯克维尔的猎犬”，威廉的外貌描写也酷似福尔摩斯；随着故事推进，读者又发现他与历史上的著名人物多有交往，其思想有逻辑学家威廉·奥卡姆的影子，甚至和后者一样接受过牛津和巴黎大学的教育，多年后死于黑死病。威廉、阿德索这一对师徒的关系设置，看似福尔摩斯和华生的翻版，其实是以托马斯·曼《浮士德博士》里主人公采特勃洛姆、莱维屈恩为原型的。书中的佐治则像作家乔治·博尔赫斯一样老年失明，看守一座庞大的图书馆，收藏着珍贵古书（博尔赫斯《沙之书》）。作者铺设的互文性之处还有很多，普通读者至少能感觉到其中一部分。

小说刚开始像标准的哥特小说，黑暗、恐怖、神秘，缠绕着历史传说和宗教思想，到后来则充满哲学思辨和现实指向。小说在侦破主线之外还包含了一组真实的历史冲突：威廉到修道院的主要目的是为了调停教皇势力和以圣方济各会等教派为代表的中下层修士，后者宣扬耶稣贫穷、主张苦行修道，得到皇帝的支持。故事末尾，在神学辩论中意气风发的威廉难以对抗教皇的代言人贝尔纳德主教，调和三方利益的梦想破灭，在未来岁月里，对抗教皇的修会将遭受重大打击。另一方面凶案虽然真相大白，但《诗学》下卷手稿已不复存在，修道院陷入火海。

未来的学者型作家

《玫瑰的名字》反思了对真理的狂热：老修士佐治认为《诗学》下卷研究的喜剧和“笑”有违教义，不惜毒杀他人并最终吞下手稿自裁。威廉一直依靠自己的理性和缜密推理，同时还有科学知识相助，但他在真相大白时才发现，这一组“启示录谋杀案”原来不是凶手刻意按照《启示录》内容来安排的，完全是个巧合，恰恰是他的想法诱导了凶手的行动。这些情节跟《傅科摆》相似，在《傅科摆》中，所谓中世纪圣殿骑士团后裔的组织根本不存在，神秘地图也纯属子虚乌有，然而这些猜想却诱导了一个秘密组织的诞生，并最终毁掉了猜想的原创者。艾柯这些故事有着强烈的反讽意味和后结构主义色彩，人类理性王国并非自然产物，而是主体建构的结果，思想的价值就在于揭示这种建构，从对真理的狂热中解脱出来。

艾柯的写作是极其知识分子的，他展现的世界又不限于学院，比同为学者型作家的英国理论家戴维·洛奇更宽广。他本人还是欧洲著名的公共知识分子，发表了大量时评。好莱坞电影《七宗罪》和畅销小说《达·芬奇密码》几乎可以肯定的是受到了《玫瑰的名字》《傅科摆》影响，不同的是前两者并没有艾柯书中的后结构主义思想，在《七宗罪》和《达·芬奇密码》里，高度缜密的犯罪或密谋都被坐实了。艾柯说，他觉得《达·芬奇密码》的作者丹·布朗其实是自己笔下的一个虚构人物，这不只是个玩笑之辞，还包含了艾柯的批判态度。

令人惊讶的是，中国老一辈的学者型作家钱锺书先生很早就注意到《玫瑰的名字》,《管锥编》增补里写道:“当世有写中世纪疑案一侦探名著，中述基督教两僧侣争论，列举‘世界颠倒’诸怪状，如天在地下、熊飞逐鹰、驴弹琴、海失火等等。一僧谓图绘或谈说尔许不经异常之事，既资嬉笑，亦助教诫，足以讽世砭俗，诱人弃邪归善；一僧谓此类构想不啻污蔑造物主之神工天运，背反正道，异端侮圣。盖刺乱者所以止乱，而抑或可以助乱，如《法言·吾子》所云‘讽’而不免于‘劝’者。谓二人各明一义也可。”钱锺书先生并未把书中的威廉和佐治简单地定义为正反两派，深得艾柯小说之味。

如果中国读者不能充分接受艾柯，那就只能等待自己的学者型或百科全书型作家。学者型作家也可以有多种，要培养艾柯这样的作家，除了拥有良好的知识结构、理论修养和娴熟的叙述技巧，更重要的恐怕是要热爱并理解自己的文化传统。

凯尔泰斯·伊姆莱：为了记忆，记住死亡

余泽民

凯尔泰斯死了，2016年3月31日凌晨4时死在布达佩斯家中。他死得很平静，在黎明之前为一生对生与死的思考画上了句号。在我看来，这是老人的最后一部作品。

因死过一次而活下来

这位86岁的诺奖得主是经受多年帕金森氏病的折磨后死去的，“病故”是媒体和外人的注释，并非作家本人的。在凯尔泰斯看来，“人们偶然地降生，偶然地存活，并合情合理地死亡”。他认为，对死亡的恐惧感是在善意地提醒人们对死亡的思考还不透彻和充分；他认为，死亡是创作之道、生命之道，是抵达自我的意义。“以后有朝一日，假若我的生活变得沉重得令人无法承受，我终归还是渴望死亡。这是对人类命运的最后讥讽，是人类最圆满的出演。”我相信，老人在死去时没有恐惧，因为他早就看透了死亡，甚至14岁时就已经死过一次。

2002年，凯尔泰斯准备领取诺贝尔文学奖之前，意外收到布痕瓦尔德集中营纪念馆馆长沃尔哈德·尼格寄来的一个信封。凯尔泰斯曾进过两家“死亡工厂”，先是奥斯维辛，后是布痕瓦尔德。邮包里除了一封贺笺之外，还附有一个小信封，馆长事先向凯尔泰斯说

明了装在信封里的东西，并善意提醒，假如他没有足够的心力，就不必拆开。

凯尔泰斯拆开了信封，里面是1945年2月18日集中营囚犯当日情况记录的复印件。在“损耗”一栏里写着：64920号犯人，凯尔泰斯·伊姆莱，1927年出生的犹太人，工厂劳工，死亡。

凯尔泰斯·伊姆莱其实出生于1929年11月9日。他解释说是营监写错了年份，事出有因。凯尔泰斯被从奥斯维辛转送到布痕瓦尔德集中营时故意多报了两岁，还谎称自己是工人，他是想让纳粹觉得自己更有使用价值。至于材料里记录的“死亡”，他在处女作《命运无常》中做过描述，是因为他被从普通营房转入了“病号房”——焚尸炉的“候烧室”，被送到那里的都是丧失劳动能力——丧失了使用价值——的囚犯，很少有人能活着出来。凯尔泰斯活下来是个意外。

他在一次采访中说：“我因为死过了一次而活了下来。”他因此接近死亡，了解死亡，正视死亡，并思考死亡。凯尔泰斯生命的故事就是死亡的故事，他后来所有作品都诞生于一个匈牙利犹太少年的死亡。除此之外，他还拒绝生子，在《为一个未诞生孩子的安息祈祷》中冷静阐述为什么不想让孩子降生到这个将被剥夺自由和命运的世界里。他在最后一部小说《清算》里，直接让一位从集中营里幸存的作家写完书自杀。这个结局并非虚构，想想波兰作家塔杜施·博罗夫斯基、罗马尼亚诗人保罗·策兰和意大利作家普里莫·莱维吧，他们都是犹太大屠杀的亲历者、幸存者和控诉者，都是在创作巅峰不堪活着的折磨而毅然选择自杀。其实，凯尔泰斯又何尝没动过死的心思呢？

在《船夫日记》里，凯尔泰斯写道：“近来，我热衷于搜寻一样样东西、一块块往事的碎片，这只是为了表面意义的记录、回忆。我将死掉。人死后能留下什么呢？印记着他们生活痕迹的，是几样家什和一两张账单。”他还写道：“我将我的写作视为对心灵的补偿，我将我与写作的关系视为对心灵的补偿，我将写作的重复性动机视为痛苦，我将痛苦视为灵感，我把从一切疾患中痊愈视为死亡。”最后这句正是对大屠杀幸存者自杀的最明了剖析。

或许有人会说，与上述三位作家相比，凯尔泰斯是位长寿者。这说明他没有读懂凯尔泰斯，没有捕捉到他作品的真正意义与价值。凯尔泰斯否认自己长寿，他在日记中说，他是通过一次次写作推迟了死期。在推迟的过程中，“要练习死亡，要熟练于死亡——怎么做呢？首先，总要从死亡的角度（从悬崖的另一边）写作——从这个意义上讲，我具有优势：因为东欧人的生活教导人死亡”。

名字和身份的屈辱

在凯尔泰斯笔下20世纪的东欧，特别是两次世界大战后遭到分割的匈牙利，是被上帝遗忘的角落，是屈辱的地方。他曾摘抄马洛伊·山多尔的一句日记：“在今天，无论在哪儿都要屈辱地活着。”

屈辱，是凯尔泰斯一生中体验最多的感觉，无论是生活在祖国（“我是独裁者无可救药的孩子，它打在我身上的烙印就是我与众不同的地方”），还是使用母语（“这种陌生的语言——我的母语来理解了那些凶手”）。他在小说《笔录》里，通过一次经过匈－奥海关的遭遇，把日常性的屈辱表现得淋漓尽致：“我的躯体已被刺得体无完肤……我已经失去了忍耐能力，我已经不能再被伤害了。我失败了，虽然我看上去是在乘火车旅行，但是列车载运的是一具尸体。我已经死了……”

凯尔泰斯还为自己的名字感到屈辱，“凯尔泰斯”在匈语中意为“园丁”，这并不是犹太家姓，只是某代人为了融入匈牙利而改的匈牙利化的家姓。到了凯尔泰斯父母那一代，甚至放弃了犹太教，也不会说希伯来语。结果凯尔泰斯仍未能逃过屈辱的命运，被投入集中营，从集中营活下来又继续作为犹太人受到歧视和排斥。2002年获得诺奖后，许多匈牙利人认为他是犹太作家而非匈牙利作家。几年后，他在德国受访时批评了匈牙利在大屠杀问题上采取的回避态度，被匈牙利右翼报纸在头版头条骂为“卖国贼”。当布达佩斯市政府准备授予他“荣誉市民”称号时，有政党公开反对，理由是“他是一个不爱匈牙利的犹太人”。

在特拉维夫、在耶路撒冷、在喷吐着犹太人血浆的古泉，凯尔泰斯对自己的犹太人身份提出质疑，他说："我并未感到那种找到了家的感觉。总之，各种预计好的体验都没有发生。我到底是不是犹太人？"坐在犹太教堂的祈祷人群里，他感到拘谨和惶恐，以至于认为自己是另一种犹太人。"我到底是哪种犹太人呢？哪种都不是。我从很久以前就已经不再寻找家乡，也不再寻找自己的身份了。我跟他们不一样，我跟自己不一样……如果不是（犹太人的话），那么我又是谁呢？"他在犹太身份的问题上否定（杀死）了自己。

在《另一个人》里，凯尔泰斯借用维特根斯坦的话质疑自己，"我是知道，还是仅仅相信自己叫'凯尔泰斯·伊姆莱'呢……当我听到有人叫我'凯尔泰斯·伊姆莱'时，当我看到有人写下'凯尔泰斯·伊姆莱'这个名字时，简直是要我将自己从一个宁静的、隐姓埋名的藏身所里拽出来。然而，我永远不能将自己与这个名字相对应。"他痛恨这个带着屈辱的名字，并在名字的问题上否定（杀死）了自己。

凯尔泰斯不忌讳谈论死亡，他说："人类准备死亡，就像准备创作最后一件作品。"德国剧作家黑贝尔的一句话可为其做注："人类将上帝的思想冻结成冰，由上帝吹进我们体内的神火与我们被冻霜包裹的躯体相较量；无论是火融化了冰，还是冰熄灭了火——人类都会在较量中死亡。"

"奥斯维辛无处不在"

凯尔泰斯对电影《辛德勒名单》做过出人意料的严厉批评，认为"在描绘大屠杀时，任何不能或不愿理解大屠杀与生命改变方式之间根本联系的作品都是媚俗的"。他对结尾尤为不满，认为在黑白影片的结尾突然出现彩色的人群是将历史的苦难媚俗化，将大屠杀的意义简单化，这种情绪化的渲染让观众以为集中营烧掉，大屠杀就结束了，幸存的人就开始了崭新的生活。凯尔泰斯还尖锐批评斯皮尔伯格缺乏对由奥斯维辛引发的伦理道德问题的展现，认为他

"拙劣地"让人和人文理想完好无恙地走出了奥斯维辛。

后来，凯尔泰斯的小说《命运无常》被拍成电影，由匈牙利著名摄影师科尔陶伊·拉约什执导，凯尔泰斯亲写剧本。据科尔陶伊说，凯尔泰斯只去过一次片场，因为搭建的集中营唤起了老人太多的恐怖记忆，但始终是他的后盾和助手。影片打动了我，但并没有达到小说的深度和效果，因为直观的场景令人毛骨悚然，让人很难不动声色地进入少年无辜的角色。

凯尔泰斯的批评是正确的、有理由的，他的思考也确实比斯皮尔伯格深刻。《辛德勒名单》讲述纳粹大屠杀，而小说《命运无常》讲述的是人类大屠杀以及大屠杀对一个人命运的影响。主人公幸存并不意味着大屠杀结束，"奥斯维辛无处不在"、"大屠杀是一种文化"，从来就有，也还会发生，奥斯维辛只是大屠杀的高级形式，凯尔泰斯始终都在阐述这种论断，他认为奥斯维辛影响了整个人类的未来。

凯尔泰斯说过："人类在战争的废墟上建设了一个和平的废墟。"这句话令人绝望，也令人深思：虽然集中营烧了，但大屠杀并没有停止，人类又建起没有铁丝网的集中营。所以，凯尔泰斯作品所写的不仅是过去发生的大屠杀，更是警示未来将要发生的。他认为自己的作品是一种具有见证意义的文学，因此或许对未来有益，甚至可能服务于未来。他始终在思考奥斯维辛造成的精神重创的影响，联想到今天人类的生命力和创造力等一系列根本问题："这样思考奥斯维辛，或许方式有些反常，或许可以使我更多地思考未来，而不是过去。"凯尔泰斯将作品献给了大屠杀的所有死难者和所有仍在缅怀死难者的人，不分时态。

凯尔泰斯把大屠杀提升到了人类文化的层面，对人类自身提出了警告。他本人则早已超越了个人的生死。他之所以不想自杀，是因为他"可以写对惊讶与失望的见证——我们如何在类似的状况中存活下来，并如何理解它"。对他来说，死要比活简单轻松，"我试图去与一些真相缠斗，讲一个不被允许讲出来的故事。我是从这一切当中幸存下来的人"。

这让我想起凯尔泰斯去年 12 月 14 日最后一次公开露面，在多瑙河畔佩斯岸边的艺术宫大舞台上，一个隆重的“凯尔泰斯之夜”。他作品的第一位评论者施皮洛、出版他作品的出版社社长莫尔查尼和助手霍夫奈尔，这三位最熟悉凯尔泰斯的人从各自角度谈凯尔泰斯和他的作品；老人默默地坐在高处，从开始到结束都一言未发。现在想来，那是他对尘世的正式告别。我在黑暗的观众席里远望着衰弱得只剩下灵魂的老者，想到去年 8 月底在“理想国”编辑部的那次三人谈：我、王家新、宁肯分别从译者、诗人、作家的角度谈凯尔泰斯。我能感觉到老人的在场，他在我们的灵魂场里，并透过我们的身体望着读者。

老人用目光鼓励活着的人：“只管往前走，永远别回头，死亡就在前边——看哪，你是自由的。”他让我们看到，抵达自由，文学是一条可以无视羁绊的路。

莎士比亚与科学

杨　靖

英国文艺复兴巨人莎士比亚所处的17世纪是科学革命的年代。这一时代的人们透过不断改进的望远镜，看到广袤的美丽新世界和无数恒星；透过同样新近发明的显微镜，看到蜜蜂螯针的精细结构，发现人体血液和水中居然存在着意想不到的微生物；利用解剖刀，揭示出植物、动物和人的内部运作方式；利用实验室，把自然物分解成化学成分，将已知物质结合成新物质；依靠航海术开拓新的疆域，带回生物、矿物乃至族群的新奇样本。总之，正如科学史家沃尔夫在《十六、十七世纪的科学、技术和哲学史》中所言："近代的科学是跟着文艺复兴接踵而来的。"近代科学可以说也是文艺复兴的必然产物：一方面它将人的自由思想从神权威压下解放出来，一方面它又鼓励运用理性探究自然，由此不仅产生出但丁、塞万提斯、莫尔等文化名人，也产生出伽利略、哥白尼、牛顿等科学巨匠。而被誉为文艺复兴"时代的灵魂"的莎士比亚则堪称集大成者——事实上，莎剧中展现出的科学知识是如此渊博，以至于19世纪中期以来疑古派学者关于"莎剧为培根所作"的推断至今犹未消停。

需要指出的是，莎士比亚时代的科学与哲学尚未分离，科学也没有分化成体系严密的若干门类，知识仍被视为一个完整的整体。但知识逐步由教会垄断而日益普及并走向世俗化，确是不争的事实：反映在莎剧中，举凡航海大发现、机械唯物论乃至中世纪以来长久盛行的炼丹术、占星术、巫术等各个门类的科学知识，皆有所涉及。西方莎学者早已指出，在《特洛伊罗斯和克瑞西达》中，莎士比亚借剧中人物、希腊英雄尤利西斯之口，宣称人类通过航海大发现，认识到“另一个半球”的存在；在《辛白林》剧终之前，天神朱庇特率四小鬼登场也被认为隐喻着伽利略四颗木卫星的天文新发现。也有学者（如格林布拉特）指出莎士比亚受到古罗马诗人卢克莱修《物性论》中朴素原子论思想的影响。根据这一学说，世间万物都由无限可分的分子、原子构成，聚则为人为物，散则为尘为埃（或即为《圣经》所谓“人来自尘土复归于尘土”）。莎士比亚在《罗密欧与朱丽叶》中曾提到“原子”——剧中的精灵麦布女王曾“统驭她的一队精灵原子，从鼻孔中进入人的梦乡”。此外，在《哈姆雷特》中，莎士比亚以哈姆雷特的口吻反问：“亚历山大的高贵尸体不就是塞在酒桶上的泥塞子？”可以说正是这一生命哲学学说的体现。与之相似，《冬天的故事》中女王赫米娅能够起死回生，则与当时流行的机械唯物论的思想相一致：人体跟宇宙一样，无异于一只钟表，可以拆卸、停摆，自然也可以重新组装并获得新生。

相比而言，莎士比亚在《仲夏夜之梦》《哈姆雷特》《麦克白》和《李尔王》等剧中展示的草药萃取以及精神性疾病方面的医学知识更令人惊奇。《仲夏夜之梦》中只消在眼角涂上一滴便能产生神奇功效的“爱液”，据说原本是爱神丘比特为单身的伊丽莎白女王所调配，现代医学研究证明该液体取自野生三色紫罗兰，从中提取的香精确实能刺激人体的荷尔蒙分泌。而《哈姆雷特》中谋杀哈姆雷特父王的毒药，乃是由某种不知名的茄科药用植物调制而成，其中富含天仙子碱，一旦过量，足以致命。众所周知，16 世纪的医学非常粗陋，但莎士比亚却描摹了大量关于癫痫、精神崩溃、睡眠障碍等病症的细节，而且剧中一些角色的行为往往和现代医学所描述的疾病症状极为相似。以麦克白夫妇为例：麦克白经常出现幻觉，他走向邓肯的卧室时，“一把滴血的刀在他眼前晃动”，从此他再也无法入睡。这些症状表明他很可能患有认知功能受损、失眠等病症，并将最终导致精神崩溃。麦克白夫人则是另一回事，她患有典型的异睡症和梦游症，梦游时会洗手——每隔 15 分钟洗一次手说明她患有强迫症，试图清洗掉臆想中双手沾染的污血。再以《李尔王》为例：80多岁的李尔王远远超出了当时的平均寿命，以至于行为乖张、言辞谵妄，往往不由自主地加快语速，明显为帕金森症状。他时而昏聩，时而清醒，甚至一度坚信自己已不在人世，则表现为科塔尔综合征的症状。有趣的是，关于莎士比亚渊博的医学知识从何而来，莎学家经过考证发现，乃是由于斯特拉福德镇的名医霍尔先生恰好于1607年跟剧作家的长女苏珊娜成婚，这也可以解释为何莎士比亚后期剧作中医生多以正面形象出现。从这一角度看，耶鲁大学的文学评论家哈罗德·布鲁姆甚至说是莎士比亚“发明”了人类：因为虽然这世上各种性格特点的人早已存在，但在莎士比亚之前从来没有人如此详尽地记录和刻画他们，并激励后世更深刻地认识自己的行为。

当然，西方莎学者最津津乐道的还是莎士比亚淹博的天文学知识。在他们看来，莎士比亚在这方面的学识远不止于“稍有涉猎”，而是达到了惊人的专业水准。美国科学史家默顿曾明确指出，文艺复兴所引发的科学革命最早导源于天文学。此前统治西方世界长达1300余年的是托勒密的“地心说”，该学说形象地将宇宙描绘成一张大大的天穹，从里面看像一只果壳，日月星辰都分布在果壳圆拱形的天花板上，而地球则稳坐在中央，接受日月星辰的拱拜。恰恰相反，波兰天文学家哥白尼提出的“日心说”则认为宇宙无垠，是地球围绕太阳旋转而不是相反。哥白尼所发动的这一场天文学革命，破除了中世纪以来的神学权威，树立起科学的理性精神，形成了一整套观察、实验与思考的方法，由此为西方近代科学的产生奠定了基础。正如恩格斯在《自然辩证法》一书中指出的那样，“自然科学借以宣布独立”的重要依托物“便是哥白尼那本不朽著作的出版”，这一著作问世后，“自然科学便开始从神学中解放出来……科学的发展从此便大踏步地前进”。哥白尼的学说，由当时著名的天文学家托马斯·狄格斯介绍到英国并加以阐发，并由于布鲁诺1580年代到访伊丽莎白宫廷产生的轰动效应，在上流社会和知识阶层影响极为广泛，而狄格斯恰好是莎士比亚的好友和同乡。

天文学中的天象及星卜是莎士比亚戏剧中常见的语汇。如《特洛伊罗斯与克瑞西达》中泰阿西忒斯提道："天文学家会预告说，天象将会发生奇异惊人的某种变化。"《辛白林》中依摩琴曾慨叹："啊，星象家，你看天识星的本领……能明察未来一切。"《李尔王》中爱德加也曾反问弟弟爱德蒙："你几时变成了一个星占家？"值得注意的是，莎士比亚时代的占星学，其基础便是托勒密的地心说，认为宇宙被一种和谐有序的循环运动所支配，而整个宇宙乃是完美的、有限的空间。正如《特洛伊罗斯与克瑞西达》中精通修辞术的尤利西斯所作的比拟：天体本身、行星和这个地球都遵循着等级、顺序和位置，有条不紊。而一旦这一秩序被打破，则意味着变乱与灾难，如《李尔王》中大臣葛罗斯特所说："最近又是日食，又是月食，这不会是什么好兆头啊……骨肉至亲，翻脸无情；朋友绝交；兄弟成了冤家；城里骚动；乡下发生冲突；宫廷里潜伏着叛逆；父子的关系出现了裂痕……"他的话正好预示了李尔王将要经受的痛苦和不幸。《哈姆雷特》一开篇，王子的好友霍拉修更是以恺撒为例指出同时出现的彗星和日食所带来的厄运："恺撒遇刺的前几天……天上的星星拖一条火焰的尾巴……太阳变色，支配着潮汐的月亮满脸病容，奄奄一息，像已到了世界末日。大难临头，必出现种种征兆，劫数难逃，少不了先有那警告；如今天上天下都一齐向我国，向人民显示出种种不祥的迹象，重大的灾祸要降临了。"

与此相反，莎士比亚笔下的文艺复兴"新人"对上述传统观念却不以为然，如《李尔王》中的私生子爱德蒙就嘲笑世人相信星辰的威力愚不可及："世上最好笑的事儿是，我们碰到了什么晦气——其实是自作自受罢了——却往往归罪于日月星辰……我那父亲在'天龙星'的尾巴底下，跟我母亲交合，我又是在'大熊星'底下出世，因此我这个人理该又粗俗又淫荡了。呸，当初爹娘在制造我这野种的时候，即使天上有一颗最贞洁的星星在眨眼睛，我还不是我现在这个样儿！"《奥赛罗》中奸佞之徒伊阿哥跟爱德蒙如出一辙，坚信人的自由和命运是自己意志选择的结果。他否定了流行的占星学，将人的身体比作花园："我们变成这样，变成那样，全在于咱们自个儿。我们的身子好比一座花园，我们的意志就是园丁……让田园变成荒地也罢，把它辛勤浇灌也罢……这一切都听凭我们的意志来安排、来决定。”此外，莎士比亚戏剧中也有行星相聚场景的记载，如《亨利四世》中，太子提道：“土星和金星聚在一起了！不知道这一年的历书上要怎么说？”波因斯回应：“你看，伺候他的那个人，那个火焰熊熊的三角星群，也在跟他的主人的心腹、手册和记事本说体己话呢。”尤其是其中关于三角星群的描述，充分说明莎士比亚的星象及天文知识达到了很高的造诣。

当然，最能展示莎士比亚熔铸天文学新知旧学技巧的无过于《哈姆雷特》一剧。戏剧一开始，卫兵贝尔纳多便报告霍拉修，哈姆雷特父王的魂灵显现之前，西边的天空中有一道强光。当今西方学者的研究表明，这道强光可能是超新星爆发的景象。据历史记载，1572 年 11 月，有一颗超新星爆发。英国天文学家狄格斯和他的对手——丹麦天文学家第谷都观测到这一现象。而狄格斯一家恰巧与莎士比亚关系密切（在他死后，其妻嫁给了莎士比亚的好友——遗嘱中提到过的托马斯·拉塞尔），因为狄格斯在伦敦的住所与莎士比亚家很近，而且狄格斯的儿子利奥纳德还是莎士比亚的拥趸，莎士比亚第一部戏剧集上，便有利奥纳德的献诗一首。那么问题是：莎士比亚是 1590 年之后创作《哈姆雷特》的，他会知晓这次超新星爆发事件吗？

很可能会。牛津大学的乔纳森·贝特等指出以《哈姆雷特》代表的剧作“强调太阳中心可能暗示着日心说”。这和《特洛伊罗斯与克瑞西达》中尤利西斯认为“所以灿烂的太阳才能高拱出天，炯察环宇，纠正星辰的过失，揭恶扬善，发挥它的无上威权”一样，是对传统地心说的反动。不仅如此，上述学者们并进一步指出篡位的克劳迪斯暗指地心说的托勒密（托勒密名为克劳迪斯），而被哈姆雷特刺死的大臣波洛纽斯则暗指托勒密的坚定追随者普利尼（亚里士多德派的学者）。第谷对超新星进行观测的黑文岛，距离《哈姆雷特》一剧中主要场景发生地艾尔西诺城堡不过数步之遥。哈姆雷特是威登堡大学的学生，而当时这里正是哥白尼日心说的中心，第谷也曾在此学习。甚至哈姆雷特的两位好友罗森克兰兹和吉尔登斯丹之名也是源于第谷家族的纹章——二人之死无疑也是莎士比亚消除第谷影响力的隐喻，而克劳迪斯之死则预示地心说的终结。但是戏剧的高潮并不止于所有地心学说支持者的死亡，而是福丁布拉斯从波兰（哥白尼的家乡）顺利归来并向英格兰大使致敬——象征着对哥白尼理论的支持，也象征着天文学研究的重心将从欧洲大陆转向英伦三岛，并将对新的宇宙秩序和人类在宇宙中所处的地位重新进行诗学定义和科学思考。

作为英国文艺复兴的杰出代表，莎士比亚对人性的洞察和描摹激发了19世纪科学家达尔文的灵感，后者将名著《人与动物的情感表达》最后一章献给莎士比亚。奥地利心理学家弗洛伊德在《梦的解析》中通过对哈姆雷特这一人物形象的解析，发现潜伏在意识深处的“俄狄浦斯情结”，极大地推进了人类的自我认知与意识研究。享誉全球的美国科幻和科普巨匠艾萨克·阿西莫夫于1970年代出版了皇皇两巨册《莎剧指南》，对莎剧作了广泛的知识性和科学性注释，在莎学书林中堪称独树一帜。最近的莎剧与科学的相关著作则是霍金的新书《果壳中的宇宙》，标题原文取自《哈姆雷特》第二幕第二场，其中最重要的一句给霍金带来无穷灵感——

> 啊！上帝！我原来可以是给关在一个胡桃壳里，还自命为一位拥有无尽天地的君王；可惜我却做了一场场噩梦。

艺　术

《宋飞正传》："没有主题"的都市交响曲

苏 往

近来，为了纪念《宋飞正传》开播25周年，美国电视频道（TBS）精选了其中25集在晚间重播。这部始于1989年的情景喜剧在1998年收官，时间远在我国年轻一代大范围接触美剧之前，今天在大陆的受众也很有限。然而，在美国本土，此剧屡屡位列史上"最伟大剧集"榜单第一名，各项艾美奖拿到手软。

纸面上的荣誉按下不表，剧集里很多有趣的表达也广为流传，在俗语中保留下来，足见其影响力。例如，将"礼物"一词，与表达"再次"意思的前缀和意为"做某事之人"的后缀相连，造出一个新词"regifter"，指的是收到不喜欢的礼物后转手送人的人。再者，作为一部180集的长剧，全剧每一集在英文维基百科都有单独条目，仅此一项成就，没看到其他电视剧有过。

四个人的欢乐单身派对

这样一部参与浇筑了当代美国大众文化的剧集，却自称"没有主题"。的确，《宋飞正传》不仅没主题，故事主线也非常松散。在1989年7月5日的试播集开头，宋飞对朋友乔治衬衫的"第二颗扣子"发表了一番不着边际的高论，在剧终时，四位主角锒铛入狱，在铁窗下两人又将同样的对话重复了一遍。话说出口，两人都觉得有点耳熟。算是小玩了一把“环形结构”。

然而10年过去，还能回到原点吗？应有今昔之叹才是。答案是，在《宋飞正传》的时空里，这10年还真没发生什么事。宋飞和他的三个朋友在剧中没有一个人结婚生子，也没有其他固定角色打入他们的四人小圈子，所以此剧还有个中译名是“欢乐单身派对”。

剧集围绕居住在纽约上西区的单口相声艺人杰瑞·宋飞展开，与角色同名的演员，也是剧集的两位主创之一，等于在剧中饰演自己。宋飞的高中同学乔治出场时是个房产经纪人，第二季开始失业，直到第五季末才找到工作，进入了纽约洋基队的管理层。宋飞的前女友伊莲在一家出版社当图书编辑，剧集开始前两个人已经分手，选择继续做朋友。宋飞的邻居克莱默总是处于半失业状态，经常踢开门，不请自来地到宋飞的公寓里找吃找喝。

美剧一年一季，有时候还更换编剧团队，年头一长角色走形是常事了。而角色个性的第一杀手莫过于裹脚布一样没完没了的感情线。情景喜剧更是这种灾难的重灾区。主角之间的感情线是一把双刃剑，观众的注意力短时间内是被牢牢抓住了，但是情景喜剧不到剧终时，又不可能安排角色“从此幸福地生活在一起”，“在一起”只能意味着闹分手，下一个戏码八成是复合，或者玩起排列组合的配对游戏。而在分分合合之间，为了制造矛盾和爆点，人物个性的塑造就是随时可以牺牲的了。

《宋飞正传》一开始收视不佳，出品方NBC（全国广播公司）电视台一直希望宋飞和伊莲在剧中可以重修旧好。剧组顶住了压力，最大的妥协是在第二季的某一集中，两人约法三章，尝试发展一段不牵扯感情的关系，在这一集里他俩看起来是找到了门道，而这茬儿在第二季的最后几集里提都没提，下一季用一句台词“行不通”就揭过去了，干脆利落，毫不留恋。正因此，主角们的个性得以最大限度的保全。

谁是《宋飞正传》第五人？

在 10 年里，最有可能改变四人小圈子格局的一步，来自乔治。如果他的未婚妻苏珊没有在第七季结束时被他害死的话，他在第八季就是已婚人士了。

第四季有一段戏中戏，NBC 看上了宋飞的表演天赋，让他和乔治制作情景喜剧《杰瑞》的试播集。苏珊那时是 NBC 与他们接洽的工作人员。而她与这四人的相识，为自己带来了一连串厄运——她先是被克莱默吐了一身，她父亲的林间木屋被他自己送给乔治的古巴上等雪茄烧掉了，木屋的残骸仅余一只铁盒，盒里的信揭露了她父亲与名作家约翰·契弗共度良宵的往事，随后她因为乔治丢了 NBC 的高薪工作，与乔治分手后改成喜欢女人了。而克莱默抢走她的女朋友，还不是四人组给她最糟的经历，第七季里她和乔治订婚，因为未婚夫天性吝啬，买了最便宜的劣质信封，她在亲手封婚礼请柬的时候中毒身亡。

买毒信封是偶然，苏珊被四人组“清除”是必然，因为她与众人格格不入。乔治面对她也总处于踌躇与矛盾中，一方面他认为自己应该热爱“成功、美丽而智慧”的女性，另一方面他又真的不愿意和苏珊共度余生，第七季刚开始他们就订婚了，整整一季乔治都在默默地想办法反悔，直到最后“无心插柳”。

表面上，这是气场不和。而背后没有说出口、但实质上左右人物关系走向的力量，是种族差异。乔治的原型，也是另一位主创拉里·戴维和伊莲在现实中的原型都是犹太人。为了让《宋飞正传》不显得“过于犹太”，剧中只有宋飞和他的父母是明面上的犹太人，但是乔治和伊莲同样是犹太人演的。克莱默则显然不是，他在剧中也相对地游离于其他三人之外。苏珊和她的家人则被设定为盎格鲁撒克逊裔（WASP），选角也严格遵从这一设定。

WASP 是英格兰和苏格兰移民来的新教徒，代表美国上流社会的主流价值观。后来 WASP 指涉的范围有所扩大，但从来都不包括犹太人。WASP 的刻板形象是排外、优越感爆棚、反犹太人的。有苏珊在的时候，她高贵冷淡的家庭与乔治之间总是不对盘。考虑到《宋飞正传》的“犹太”背景，才能真正理解剧本对这家人的大肆“迫害”。不同种族之间的微妙对峙，正是此剧笑点的一大来源。

虽然苏珊差一点成了乔治的妻子，但是《宋飞正传》“第五人”更有力的竞争者可能是与宋飞同住一栋公寓楼的邮递员纽曼。虽然没有言明，纽曼应该也是犹太人。他是不被世人理解，时不时有自杀冲动的悲情诗人，也是满怀恶意、过街老鼠一样躲在阴暗角落里搞破坏的城市底层填充物。纽曼其人，奇妙地混合了这两种特质。

他是宋飞的“宿敌”，出于某些说不清、道不明的缘由，一直看不惯宋飞，一出面就是背后捅刀子，且屡屡得手。他与宋飞见面时彼此憎恶的打招呼方式像是剧中的一种仪式，十年不变，这也成了《宋飞正传》的标志之一。曾有交警当街拦下演纽曼的演员，就为了用剧中的方式对他说一声“哈喽，纽曼”。

独特的情节构造模式

主线情节匮乏，怎样抓住观众？《宋飞正传》有一套独特的情节构造模式：在一集之中多线并进的情节总是能在结局时得以汇总，让主角们集体置于难以脱身的窘境中，制造出脱缰野马一般癫狂的喜剧效果。

以宋飞本人最喜欢的《男友》一集为例。这是第三季后半程的一套上下集。宋飞和乔治是洋基棒球队的铁杆球迷，一天他们偶遇了宋飞的偶像、明星球员凯斯·赫南德兹——和宋飞一样也是与角色同名的真人饰演自己。没想到凯斯也喜欢宋飞的表演，两人一见如故。宋飞和凯斯相约一起出去时，凯斯看上了搭便车的伊莲，开始和后者约会；而克莱默和纽曼则愤愤然地想找凯斯说理，原来他们认为数年前一次球赛后和凯斯擦身而过时，对方向他俩吐了口水。

至此，围绕这个新出现的角色，有三条剧情线同时推进：友情、爱情与仇恨。第三条线戏仿了《刺杀肯尼迪》(1991)，几个人煞有介事地模拟还原现场，找出了掩埋了多年的真相——不过他们找到的不是枪手，而是躲在暗处偷偷吐口水的某人。戏仿的桥段，在剧中总有一种解构的快感。

乔治在两集的时间里使出浑身解数，让发放失业救济金的大妈放他一马，延长救济时间。无招可施时，发现凯斯也是大妈的偶像，飞奔回宋飞家搬救兵，却发现宋飞和伊莲各自与凯斯“分手”，而克莱默与凯斯前嫌尽释。

如此这般，所有的线索、所有角色的故事在最后 3 分钟交汇在一起。这套本事，一直被模仿，从未被超越。而这只是《宋飞正传》笑点的一个来源，除此之外，《宋飞正传》还有更多的看家本事可待发掘。

《低俗小说》：你不知道世界在哪一刻翻脸

李墨波

《低俗小说》拍摄于1994年，20年后再看，依然激动人心。细想起来，影片的内容和情节，无非是一些黑帮电影的老桥段，对于熟悉此类电影的观众来说，这多少有点平淡无奇，甚至有些无聊。但昆汀·塔伦蒂诺的非凡之处就在于，他把这些老掉牙的桥段处理得非同寻常，稀松平常的剧情充满了戏剧性，牢牢地吸引了观众的注意力，扣人心弦，高潮迭起。很多场戏更是成为影史上的经典场面，至今仍为人津津乐道。

该怎样形容这片子的节奏呢？它好像两个饶舌的人在喋喋不休地争论，气势汹汹，言语中暗藏杀机，随时有动手的可能，你不知道他们会在哪一刻翻脸。

没有哪个导演会在谋杀的前一刻安排那么长时间的唠叨。昆汀痴迷于这种唠叨，他总是不厌其烦地在各种时刻加入唠叨，这几乎成为他的标签。千钧一发时，唠叨仍然在持续，张力增大，黑色幽默的成分就显现出来。

昆汀这个坏小子完全掌控了影片的节奏，一方面他会在让人窒息的时刻加入大段啰唆的对白，让疾驰的节奏舒缓下来；另一方面，当你的神经稍微放松一点时，毫无征兆的突然事件又会把你一把拉回来，重新加速上路。就在这种不可预知的节奏中，观众深陷其中，欲罢不能，大呼过瘾。昆汀坏笑着，玩弄观众于股掌。

《低俗小说》呈现出与以往电影截然不同的气质。他反对以往电影的节奏，他不按常理出牌，该出手时不出手，他在情节紧张的时候加入大量的对白，来延迟暴力的发生。他反对以往电影的线性结构，影片并没有按照时间顺序渐次推进，电影行进到末尾居然又来到开头，形成一个奇特的环形结构。他反对逻辑清晰的因果关系，剧中人物的死亡并非因为恩怨情仇的必然，而是完全由于偶然的因素。他反对固定不变的人物定位，在自己的故事里是主角，但在别人的故事里就成了配角；在这个故事里阴暗如魔鬼，在另一个故事里又光辉如上帝。

昆汀虽然选择了他最喜欢的暴力题材，但是完全没有沿袭此类影片以往的套路。在表现这些暴力片段的时候，昆汀的态度不无嘲弄，他的幽默建立在对经典套路的颠覆上。你可以说这种“恶意”是故意的。他在录像厅里成长起来，观摩过无数部影片，对各种类型片的常规套路了如指掌，老套的桥段早已让他厌倦，他从创作这部电影之初大概就想让它担负起反类型的使命。

《低俗小说》反对陈旧的套路和模式化，重新让观众对观影充满期待。你永远也猜不到下一秒会发生什么，因为昆汀根本不按牌理出牌。好电影的高明之处在于它能够超出观众的心理预期，语不惊人死不休。昆汀明白，唯有在智力上降服观众，才能够越过厚厚的屏障，触及他们的情感和心灵。当观众看傻的时候，也正是他们内心完全敞开的时候。

当一个电影类型成熟时，那也就意味着这种模式正在逐渐失去效力，到了被扬弃的时候。电影要同观众一起成长，不断地以新的面目重新出现在观众的经验之外。

《低俗小说》对于电影史最大的贡献在于它的非线性叙事。它并没有按照时间顺序讲故事，影片实际的顺序是 ADEBC。关于电影的细节很多影迷至今还在争论。其中一个争论就是，昆汀为什么要把 C 部分当作全片的结尾。如果按照 ABCDE 的顺序拍，完全没有问题，故事也完全讲得通，那为什么要把 C 部分当作结尾呢？我的看法是，因为 C 部分更像是一个结尾。

在此之前，剧中人物经历了混乱和失控的局面，没有谁可以把握自己的命运，而在影片的结尾，朱尔斯坚持认为自己受到神的启示，并通过自己的努力化解了一场血腥的屠杀。混乱的多米诺骨牌没有再次倒下，它止于朱尔斯之手。这似乎是全片唯一一件可以把握的事情，从不确定到确定，从失控到掌控，命运被牢牢掌握在自己手里，这是个人意志的胜利。这个情节带有救赎的意味，并且在大段的背诵《圣经》之后，让片子具有某种宗教的色彩。同时，这样的处理，将一个闭合的时间链条拆解开来，从而形成开放的电影空间和意义空间。顺序打乱后，电影面貌一新，充满活力。

《低俗小说》一经问世便风靡全球，其受喜爱的程度甚至掀起一股流行文化，片中的舞蹈服装语言发型都被人们竞相模仿。这是一部最酷的电影，它暧昧、含混、迷乱而又狂野，它就像一首最受欢迎的摇滚乐队的金曲，被传唱不衰。一定是它说对了什么，才让人们为之着迷和沸腾。从这个角度讲，昆汀也是深谙流行文化的要义，或者说他对于当下的电影现状以及人们的文化生活有着切肤的敏感，所以他才能挠到大众和时代的痒处。

由于语言和时间所造成的距离，今天的中国观众再看《低俗小说》可能已无法全部领会电影的精妙之处，尤其是对于昆汀，妙语频出的台词是他最得意的部分，当翻译成另外一种语言之后，很多微妙的趣味便已经遗失掉了。诗是不可翻译的，从某种意义上电影台词也是。而且，《低俗小说》的成功一定是和它要反抗的文化语境联系的，离开了当时的语境，电影的幽默和妙趣便无可附丽。

《低俗小说》的伟大在于它是指路性的作品，属开山之作，领一代风气之先。它创造出一种全新的电影样式，令人耳目一新。它极大地拓宽了电影的表达方式，在此之后，电影被从以前固化的结构中解放出来，花样翻新。形式的革新总是让人们在表达的时候更加自由，电影所能表达的内涵也逐渐深入。也正是凭借这样的形式，此后的《撞车》《巴别塔》等片子才可能试着探讨一下“沟通与理解”这个人类自古的难题。

《低俗小说》的深刻之处还在于它讨论了偶然和必然的关系。与以往的影片不同，《低俗小说》完全依靠偶然性推动剧情的发展。也许在昆汀看来，这个世界的偶然性要大于必然性，虽然人们不愿意承认，但偶然性对于生活和命运的影响几乎是决定性的。

人们愿意把这杂乱的世界合理化，以抵消内心的焦虑。于是在现实之外，通过文学电影创造出一个文本的世界，这个虚幻的世界正逐渐取代现实世界，成为更大的真实。在这个人造的文本世界里，人们深信一切事情绝非偶然，冥冥之中，自有安排。但这多少有点自欺欺人，生活中很多事情远在我们的预期和逻辑之外，偶然是每天都会发生的，而必然如信仰般只存在于你心中。

就像昆汀这样，越来越多的人相信，这世界经不起深究。当你发现是偶然性在支配这个世界时，那些宏大的意义也就随之消解。反映在文艺作品中，大家喜欢消解意义，解构价值，喜欢用黑色幽默来表达对于这个世界的看法。吊诡的是，当你解构一切，否定一切时，你反倒发现了世界的真相。当需要对这个世界表态时，最保险的办法既不是赞成也不是反对，而是戏谑。当你采用戏谑的态度时，你几乎就站在了真理的一边。

《教父》三部曲：美国资本主义的隐秘自白

孙健敏

科波拉其实是个表现主义者，灵魂深处都浸透着舞台和隐喻的汁液。虽然多数人都习惯将《教父》三部曲看作是通俗情节剧，稍有自觉的观众可能会觉得在其中看见了人性、善恶斗争之类的命题，但如果仅仅只是如此，电影《教父》又何以远远超越于其他类似的黑帮电影，在电影史上留下难以磨灭的光辉？如果仅仅只是如此，情节和细节更详尽更丰富的小说、马里奥·普佐的《教父》为何未能在文学史上得到相同的评价？要知道从文学改编电影，向来都是一条高风险之路，原著的知名度越大，观众就越容易对此抱有成见，改编电影若是能做到差强人意已算完胜，何况要做到远远超出原著？即使不能说这是绝无仅有的孤例，至少也在凤毛麟角之列。

从我们能得到的史料看，最初科波拉并不是执导《教父》的首选，派拉蒙公司在1971年找到他之前，已去找过另外两位导演，其中最著名的是拍过“镖客三部曲”的意大利导演塞尔乔·莱昂内，莱昂内明确表示不想拍摄黑帮题材，以此拒绝了制片方的邀请。然而值得玩味的是，在《教父》的前两部曲声名鹊起之后，1984年莱昂内终于食言，导演了另一部著名的黑帮电影《美国往事》。当然这是闲话。

事实上，当时派拉蒙找到科波拉时，名不见经传的科波拉对这一题材也表示了审慎的犹豫。他觉得作品对黑手党和暴力行为渲染过多，而他的西西里血统又会让此事变得极为敏感。如此纠结了很久，直到科波拉忽然发现这个黑帮题材完全可以被处理成一个关于美国资本主义的隐喻，由此，马里奥·普佐的情节剧发生了质的飞跃，在其转变为影像的过程中，经由表现的路径，抵达了寓言的高度。某种程度上，前两部《教父》是科波拉后来《现代启示录》的一个预演。

那么，科波拉是如何做到这一切的?

在学院派的电影课堂上，人们通常会详细讨论《教父》三部曲的用光方法。在这样一部好莱坞的情节剧里，科波拉竟然使用了表现主义的用光，将所有密谋场面的光线都做了特殊处理，环境被有意识地压暗了，人物一部分的脸和身体被强光打亮，但另一面却没有给出好莱坞式的补光，每张脸都在光明面的另一端保留了同样强烈的阴影。这样强对比的用光方式显然属于舞台而非电影，而科波拉正是以这样的用光向观众暗示了一个看不见的舞台，使外在情节被内化为心灵和历史的戏剧，光明与黑暗被强烈地并置在一起。他还为这些激进的用光方式寻找了现实环境的依据，所有那些密谋的发生地要么关着百叶窗，要么拉着厚厚的窗帘，要么就是没有外部光源的封闭空间，而室内的灯光都是照射范围有限的点光源，通过这样一种调和，那些偏于舞台的用光由此变得合情合理，让观众在产生间离的同时又不至于出戏，为他的美国资本主义寓言提供了第一种必要的语言形式。

除了用光，科波拉在蒙太奇手法上显然也沿用这样强对比的方式，将反差强烈的场面和叙事有意识地并置在一起，通过平行剪辑，暗示了它们之间不可弥合的裂缝和自相矛盾。如《教父Ⅰ》的开场戏，一面是科里昂女儿热烈奔放的婚礼场面，一切都在阳光中展开，人们歌唱、跳舞、聊天、共饮，一副其乐融融关系密切的样子，日后科里昂家族的敌人和叛徒也喜气洋洋地参与其中；与此同时，马龙·白兰度扮演的教父科里昂则在阴暗的书房里，接受各种上不了台面的黑暗邀约，接见冷血杀手，勾连与受贿政客之间的秘密关系，儿子桑尼也在暗室中展开自己的通奸活动。通过这样调度和剪辑，各种自相矛盾的现象不再是一件事情和另一件事情的关系，而是同一事物的不同侧面，它从外面看是一回事，从内部看又是一回事；在明处是一回事，在暗处又是一回事，人类生活的复杂性和矛盾性被完整地呈现了出来。这种开场的蒙太奇方式在后两部续集里也继续沿用。此外三部曲中那些著名的谋杀段落，也基本采用了类似的平行蒙太奇手法，譬如大量的谋杀场面都会和神圣的基督教仪式平行展开，暗示了资本主义及其暴力模式与基督教文明之间的内在关系，揭示了黑手党首领被赋予“教父”这样一种神圣称号的内在逻辑。比比皆是的蒙太奇手法与用光方式相得益彰，构成了专属这三部电影的特殊语言。如此，科波拉在马里奥·普佐的皮肉里，注入了他特有的表现主义骨骼，黑手党的传奇情节剧变成了展示美国资本主义的典型标本。

为了表明他的决心，科波拉在《教父》第一集里，以《圣经》开场白一样的宏伟气势，在银幕还漆黑一片的时候，让一个男人的声音说出了开宗明义的第一句话：“我相信美国！”然后邦纳塞拉那张焦灼的脸庞才慢慢隐现，又接着说了几个重要的美国式理念：“美国让我发了财，我以美国的方式养育我的女儿，我给她自由……”财富、家庭和自由正是资本主义的美国在人们的脑海里留下的最阳光的印象，而邦纳塞拉却在用布满阴影的痛苦表情讲述这个意味深长的开场显然不是偶然的安排。虽然对白的每个字都几乎出自普佐的小说，但顺序变了，现场气氛变了，闲话变成了全片先声夺人的开幕词，其整个意义和在结构中的地位也由此发生了完全不同的作用。这也从一个侧面印证了科波拉自己为这部电影定下的基调：这是一个关于美国资本主义的隐喻。

从《教父Ⅰ》的情节来看，事件和人物几乎都来自于普佐的同名小说，但科波拉有意识地削弱了维多·科里昂的故事，而将重心放在了儿子迈克尔怎样由一个理想主义者转变为黑帮首脑。小说中老教父的成长经历这条重要线索被隐去了，而迈克尔在西西里避难并娶了阿波洛尼亚这样的闲笔却被突出。这里，迈克尔承担的功能无疑和《现代启示录》中的维拉德上尉是一样的，维拉德通过空间上的运动到达了作为“黑暗中心”的克茨，迈克尔则借由时间的运动到达了维多·科里昂。值得一提的是，两部电影中两个“黑暗的中心”都是由马龙·白兰度扮演的，而且在拍摄《教父》之前，科波拉一直都在筹备根据康拉德的小说《黑暗的中心》改编的《现代启示录》，只是因为计划搁浅，才在郁郁中接下了《教父》的拍摄工作。不过，从人物的变化线索来看，《现代启示录》对《教父》的影响显而易见，这也是普佐的黑帮故事为何会变成现代资本主义隐喻的深层动机。马里奥·普佐被康拉德殖民了，从而成就了科波拉。相信这也是海明威和马尔克斯将康拉德奉为先驱的原因所在。

显然，迈克尔正是科波拉为他的美国资本主义找到的最佳形象代言人，他是个二战英雄，身上充满着理想主义色彩，是家族的叛逆者，即使后来不得不接下老爹留给他的那一摊黑暗生意，他还是想着要让这一切合法化，这恰恰暗合了二战后美国在整个资本主义世界里"阳光男孩"和改革者的形象。虽然经过大半个世纪的遗忘，二战前资本主义200年的黑暗历史已被填埋在地表之下，但在1945年的世界中，这一切还是如此触目惊心，两次世界大战便是这个资本主义的世界为争权夺利而展开的赤裸裸的搏杀，即使作为"阳光男孩"的美国资本主义也一样无法抹去屠杀印第安人和蓄奴以及种族隔离的历史，恰如马克思所说"资本来到人间，从头到脚每个毛孔都流着血和肮脏的东西"。作为维多·科里昂的继承者，迈克尔也不得不从父辈那里继承了这样的原罪，他倾尽一生，都在为摆脱这样的原罪奋斗，但那阴影般的黑暗中心，却又一次次将他拉回到野蛮和暴力之中。康拉德式的宿命论正是《教父》那浓重的悲剧氛围的来源。

如果说《教父Ⅰ》只是一个隐喻的话，《教父Ⅱ》则无疑可以看作是对这个隐喻的延伸和阐释。影片由两条线索构成，一条维多·科里昂的故事，暗示了美国资本主义的来源，一群欧洲大陆的失意者和受压迫者，死里逃生来到新大陆。轮船上，年幼的维多·科里昂看见自由女神像的段落，风格阴郁的科波拉在处理时，用了大量的抒情手法。随后，维多开始了在美国的生活，他本以为靠正直、诚实和勤劳就能保护家庭和孩子，这是一个清教徒式的资本主义理想，但很快他发现老欧洲的幽灵依然飘荡在新大陆，作为意大利黑手党势力代表的法努奇控制了整个街区，无权无势的维多被牺牲了，失去了工作。为了生活，他成了一名罪犯，但依然受到法努奇的敲诈，最终他奋起反抗，杀了法努奇，却发现自己成了另一个法努奇：他拥有了复仇的能力，回到西西里为父母和哥哥报了仇。在自身深陷于黑暗后，维多只好将希望寄托到下一代身上。在维多身上，科波拉展现了传统的资本主义悲剧，一切的利益分歧最后不得不诉诸暴力手段。

同时，科波拉又用迈克尔的线索展现了美国资本主义的今生：成功洗白的迈克尔此时已成了慈善家，和参议员们平起平坐，被犹太富商拉拢为盟友，还深深介入到古巴的政治风波中，足迹遍布美国政治和经济生活的方方面面。为了展现这一点，在古巴总统的会议室里，科波拉用近乎啰唆的叙述，将和迈克尔同时在座的美国大亨的身份做了详尽的介绍，进一步强调了迈克尔作为美国资本主义形象代言人的角色定位。这里值得一提的是迈克尔的洗白之路，就是将家族生意迁移到拉斯维加斯，将以往的强盗生意转变为合法的赌博生意，这也暗合了二战后美国将传统的资本主义改造为新式的卡西诺资本主义的过程，攫取利益的暴力手段被类似赌场规则一样的经济手段所取代。然而即使如此，暴力的阴影并未远去，当幽暗的角落射来无情的子弹时，迈克尔又不得不回到了以往的暴力模式中。

《教父Ⅲ》虽然在具体呈现上比前两部作品逊色，但就架构而言，科波拉显然有更为宏大的野心，他试图揭示美国资本主义和整个资本主义世界以及基督教世界之间错综复杂的关系。这里只说一个背景，《教父Ⅲ》所发生的20世纪70年代，正是战后以美国为主导的布雷顿森林货币体系崩溃的年代，而终结这一体系的是美国的亲密盟友们组成的欧洲共同市场。了解这一背景，或许就能理解攻击迈克尔的幕后主谋鲁加西那句被反复引用的名言："金融是枪，政治就是适时扣动扳机。"

在三部曲中，无论维多·科里昂还是迈克尔都将家庭当作了自己一切行为的动机和终生奋斗的目标，这也正好暗合了作为美国社会基石的核心家庭理念。作为这种核心价值观的捍卫者，父子两代教父在个人品格上都表现出了知行合一的风格，他们都是不折不扣的好丈夫、好父亲，如果仅仅从个人家庭的角度出发，他们几乎都可以说是道德上的完人。但在另一方面，资本主义的经济模式决定了他们作为生意人的角色定位，杀人放火、敲诈勒索并非他们热爱犯罪，一切只是生意的一部分，“生意就是生意”这句口头禅是他们的行为准则。然而生意的重要性在于，它是一种真实的关系，在资本主义的经济模式下，对自身家庭利益的捍卫，必然意味着对他人家庭利益的威胁和剥夺，这也正是迈克尔终其一生都无法从无休无止的争斗中解脱出来的深层原因。他每次保卫家庭的努力反而成为对家人的伤害，而他自己也深陷于这样的悖论中：他以捍卫家庭为名杀死了他亲密的部下、妹夫、哥哥，最后还让最心爱的女儿成了斗争的陪葬品。这既是迈克尔的个人悲剧，也是美国的悲剧，更是整个资本主义的悲剧。

对此，迈克尔在病入膏肓时，对妹妹康妮说了这样一段动情的话：“康妮，我一辈子力争上游，朝合法正直的目标走，然而高处不胜寒，奸猾狡诈何时能够结束？千百年来，人类相互厮杀，争权夺利，为名位、家族而争，为了免于成为富贵者的奴仆，我忏悔了，康妮，告白了我的罪行。”

相信这也是科波拉对《教父》三部曲所做的总结，这三部电影是一次自白和忏悔。虽然它们是关于美国资本主义的自白和忏悔，但放眼看去，又何尝不是对人类历史上所有黑暗往事的一次忏悔呢？每个人在出发时都想成为一个圣徒，但在路的尽头，收获到的却是魔鬼以及无尽的悔恨和哀叹，这一切是怎样发生的？人类是否还有可能从宿命般的黑暗中心里解脱？毫无疑问，科波拉提了一个很好的问题。

《汉娜·阿伦特》：如何坚持我们的独立思考

王　涛

看过德国电影《汉娜·阿伦特》之后，最大的感慨就是如果阿伦特生活在 Twitter、Facebook 和微博的时代里，那么当她发表了有关艾希曼审判的“报告”之后，一定会掀起比当时更大的舆论风暴，遭遇更多的指责和谩骂。较之当时，现在的媒体更会用断章取义的方式来歪曲作者的原义，现在的读者尽管普遍学历更高，却越发不能认真地读完她的文字，而会更习惯于仅靠道听途说媒体、别人的转评，就情绪化地盲目贴标签、表明姿态，说着和别人雷同的话，却认为这正是自己独立思考的结果，是个性和责任感的体现。

暂且不谈电影论及的“平庸的恶”，电影令笔者最想思考的是：阿伦特的文字引发这种极端化对立的症结在哪里？也许在于阿伦特和她的读者们对于艾希曼审判的定位，从一开始就存在根本的不同。

在以色列政府、大多数犹太知识分子和普通民众看来，艾希曼审判具有历史意义，艾希曼因其特殊身份，已成为一个可接受犹太人审判和清算的纳粹分子符号，这在电影中阿伦特出发前其犹太好友汉斯的言语中也能看出。所以阿伦特的文字发表后，以色列政府自然会反对她，因为她质疑审判的权威性，疑似在为纳粹辩护，对犹太领袖的指责，更让作为新犹太领袖的他们有理由认为她背叛了犹太复国主义，甚至整个犹太民族。对一般民众而言，绝大部分人根本读不下去，甚至难以理解阿伦特的语言和思想，于是很容易就接受了媒体、知识分子、以色列政府，将他们不能理解的阿伦特，贴上极易理解的纳粹标签；而失去亲人的犹太民众则还要在此基础上加上家庭民族的多重创伤。这些都是好理解的。

而美国大学那些非犹太裔知识分子们，又为何要忙不迭地声讨阿伦特，与之划清界限呢？很多人的理由不那么纯粹。至少电影中那些聚在一起说三道四的男性知识分子当中，不少人是将这一审判及阿伦特的报道可能形成的热议，视为热门话题；而他们作为知识分子在此时必须有所表态。

首先，是因为支持受难的犹太民族是政治正确的，对任何疑似为纳粹辩护的言论进行抨击，绝对是无本万利的好事。在无人反驳时，他们可以洋洋得意地卖弄自己的文采，在遭遇反驳辩论不过时，他们还可以表现出义正词严，绝不与之同处一个屋檐下的决绝姿态，所以这时反对阿伦特，远比理解阿伦特更为容易。

其次，是一些美国知识分子骨子里可能暗藏的文化自卑，欧洲文化和思想太久以来对他们采用俯视的态度，所以当阿伦特用过于冷静理智的言语分析这一历史性事件时，他们再次感到被高傲的欧洲思想侮辱了，被“智慧的乖张”伤害了。

再者，这里面多少也有男性知识分子对强势的女性知识分子的敌视态度。对于不少男性知识分子而言，他们所喜爱的“知识女性”，不过是仰慕他们的女学生，她们不但不会经常质疑他们，让他们显得无能，反而会令他们满足虚荣心，享受浪漫的爱情（正如片中塑造得太过猥琐的怪大叔海德格尔一样）。而阿伦特的语言风格应当是一以贯之的，对她的高冷，这些男性知识分子之前心中未必没有反感和积怨，只是找不到任何制高点能够压制这个强势的女人，而这次她把自己和艾希曼这样的纳粹绑在一起，让他们可算有了反击的道德制高点。电影安排阿伦特的美国好友、女作家玛丽狠狠地反击了这群小男人。不过，如果这正是电影编导想要达到的效果，那么这种设置本身也有问题，因为这与海德格尔的形象塑造问题一道，不免构建了一种男女知识分子的对立架构；而在当年反对阿伦特的浪潮当中，充当主要攻击者的，真的只有男性吗？当然，如果真的存在这种预设，倒也不难理解，因为阿伦特本人就被太多冠以“海德格尔的情人”、“海德格尔的得意女门生”等一系列依附男性的标签，也许电影创作者本身就有反驳这种标签的潜意识吧。

而对阿伦特本人来说，艾希曼审判及对之的思考，则是给她一直思考的哲学问题，即恶的问题的一个解答，其意义远超一个历史性审判的“事件”，更非一般民众所认为的“热门话题”，作为以思考为业的人，她觉得有义务对此贡献自己的见解，而非作为一名普通记者讲述普通读者想要听的惩恶故事。所以当《纽约客》主编向她指出文中有个希腊词会让大部分读者看不懂时，她的回答是：“他们应当学学！”也许在她看来，如果想要认真思考这一哲学问题，读者反而应当提高自己的认知思考水平。这种情形在现在的社交网络中也颇为常见，很多专家并非在有意作秀或在为谁洗白，其中一些只是就某些问题提出有前提限定的评论、思考，可由于媒体为制造热门话题的有意误导，加之相关专业知识的缺乏，一般读者很难对所有“专家”的言论做出正确判断，更多只会被情绪和舆论左右。也许在一个媒体甚至社交网络左右舆论、民意的时代，如何做好一个公共知识分子（原初意义上的），的确是值得深思的问题。尤其是对于阿伦特这样冷静到“对任何民族都没有特殊的感情”的哲学家？可以看到，在电影中大部分时间里，阿伦特甚至认为她没有必要回应指责。直到库尔特在病床上背转身子不再理睬她，直到犹太同胞对她发出了最痛入骨髓的诅咒。

坦率地说，对阿伦特勇敢提出独特思考的勇气（尽管在她这无关勇气），笔者十分赞赏，对假惺惺地玩弄语言游戏或是道貌岸然地显露姿态的知识分子们，笔者也颇为鄙夷，但她解决与好友分歧的方式，却令笔者难以释然，尤其是对待老友库尔特和同事兼好友汉斯的方式。尽管前者可以用疾病缠身、无暇仔细阅读阿伦特原文字，后者可以用对海德格尔的妒恨做解释。但他们的指责也不能不让人思考，阿伦特在论争中是否存在问题？如果说她不认为需要采用一般读者适应的表达方式，不认为身为犹太人她就必须站在犹太民族甚至以色列政府的角度思考这一哲学事件，但对于朋友们呢？阿伦特毕竟对病床上的库尔特说过，“我只在乎我的朋友，这是我唯一能付出的感情”。对于咒骂她的来信，她尚且准备一一回复，因为“我伤害了这些人的感情，我得负责”；对学校的学生，她尚且能够作出条分缕析的公开说明，为什么对库尔特和汉斯她却没有更多的努力呢？是思想者注定孤独，还是道不同不相为谋？即便汉斯不是真正的朋友，可库尔特对她来说却是“家人”啊！难道不值得用智慧和感情去更努力地降低可能对后者造成的伤害吗？

面对他者的面孔，我们的责任其实正是一种回应的能力。如果心中只有追求真理的信念和独立思考的自由意志，可面对一个熟悉的面孔，却没有，或者至少是没能想办法找到更好的回应方式，不能不说是一种遗憾。当然，正如有评论所说，这种遗憾适用于包括我们自己在内的每个人，“他者”不仅仅是具体的他人，而且还是构成了我们主体性的所有他者，在现实生活中，我们不可能在各种他者之间寻找到永久平衡。事实往往是：我们最没有好好回应的，恰恰更多的是真正在意的、具体的他者，或许是因为我们对亲近者寄托的希望更大，亲近者的不理解对我们内心的伤害也更重，因此促使我们固执地进一步夯实自我，以求保全自我意识和自我认知，所以反倒不能像对待陌生的他者时那么理性而从容，在这个问题上，即便是坚持独立思考的阿伦特似乎也未能免俗。当然，也许现实中阿伦特有过努力，只不过电影没表现出来而已。

最后，说一句原本应是题内话的话：阿伦特对于艾希曼审判的思考，探讨了人放弃主体独立思考，陷入到平庸的恶的问题，而对她的误解、指责和咒骂，也表现出人们被情绪、舆论、民族身份等因素左右时，同样可能放弃作为独立个体的思考，这是否说明，“平庸”也许不只会以服从命令、循规蹈矩的方式体现，也同样可以体现在人云亦云、激愤于群情之中呢？

大卫·芬奇《消失的爱人》：真正消失的不是爱人

严蓓雯

这也是我们当代社会的一种面相，所有人都戴着各种面具，扮演着各种角色，似乎无比投入，其实万分倦怠。

大卫·芬奇一直是个很会讲故事的导演。会讲故事，不仅意味着故事表层跌宕起伏、引人入胜，也意味着故事背后深含寓意、意味深长。从 20 世纪的《七宗罪》《心理游戏》《搏击俱乐部》，一直到最近的《龙纹身的女孩》，几乎可以说他的几部影片都有这样鲜明的特质。

最新作品《消失的爱人》（*Gone Girl*）同样如此。作为改编自同名畅销小说（中文版也在 2013 年推出）的电影，应该说，对很多人来说，离奇的故事不再是追逐的热点，但芬奇剥丝抽茧式的冷静叙述、克制但多层的内涵，仍然令影片获得极大好评，并进入了奥斯卡风向标金球奖的提名。年底各大影评人的推荐片目上，它也总是名列其中。

说起来，故事表层很像一个社会节目：一天，你的爱人艾米突然消失了。然后你发现，你已很久没关注过她，对她每天干什么一无所知，结婚好几年，你们已熟悉到相互“陌视”，你甚至有了情人，有了要跟爱人离婚的决心。

接着，你发现，自己其实掉进了一个陷阱，所有情况都显示出你是杀妻凶手。显然，你的妻子在报复你，她处心积虑却又轻描淡写地在邻居和公众面前为你设计了坏丈夫的形象，然后要置你于死地。

你不甘俯首，开始反击，精心将自己装扮成一个悔过的好丈夫，到处作秀，表示自己有多爱妻子，日日盼她归来。于是，那本来要陷害你的妻子忽然回来了，为你洗脱了谋杀的罪名，但是，又利用你在公众面前制造的好丈夫形象，请君入瓮，把你彻底控制了起来。

几近“狗血”的故事，呼唤到第一层面的观众。很多人的观后感便是“天哪！怎么会有这样的女人”或者“婚姻太可怕，我再也不要结婚”。这不禁令人联想到最近播出的英国电视剧《黑镜》（*Black mirror*）圣诞版。与《消失的爱人》一样，很多人也认为其中一段是个现实层面的故事：女主角怀上了亚裔同事的孩子，不知情的男友知道她怀孕高兴坏了，她却心烦意乱，最终在争吵中把男友“屏蔽”了。从此以后，男友再也看不见她的面容，听不清她的声音，更无法确认生下的婴儿是男是女。一贯以描写“后电子异托邦”为己任的《黑镜》，荒诞地呈现了电子手段在极大程度地丰富了人类交流手段的同时，也极大程度地丰富了隔离的手段，但对习惯将寓言当现实来看的观众而言，第一反应却是，女主角为了隐瞒出轨的事实，竟然用了这种恶劣的手段！结果一心想见到“自己”孩子的男主角看到亚裔面孔的小姑娘，惊怒之下错手杀死了孩子的外公，也导致孤独无靠的小女孩最终死去。

但是，《黑镜》，包括《消失的女人》，果真是想说女人有多坏、婚姻有多不可靠吗？其实，它们都只是用“男女”这种最容易让人产生共鸣的关系作为象征，来反思当代社会的病症。

于是，我们来到了故事的第二个层面。当代社会在哪里出了问题？虽然很多人觉得《消失的爱人》是一部解构婚姻的电影，但芬奇关心的远远不止于此。我认为，在悬疑的故事背后，芬奇表达了两大主题，一、控制无所不在；二、作为个体的人相互间私密关系的消失。

“控制”的主题是显而易见的。艾米在消失前设计了一步步的圈套，消失后又为事件走向预设了一步步的反应，都清楚地表明了她如何想控制住生活。但吊诡的是，故事中段那对抢劫犯的无来由的出现，打乱了她的节奏，直观地呈现了“控制”的不可能。而故事后期的叙述，也以丈夫尼克为例，进一步展现了当你试图控制他人的时候，却被“控制”的对象反控制的可悲景象。尼克最初出现时是个“空心人”，他脑容量太小，结果在寻找妻子这一应该表露焦急和悲伤的场合，却莫名其妙被个妹子抓住，拍了张咧嘴笑的照片。他并非“无情”，只是习惯在镜头面前露出笑容，换句话说，他也是被“习惯”（另一种无意识控制）洗脑的当代大众的代言人。好在后来他得到了律师的“指点”，学会了如何在公众面前建立自己的形象，才终于摆脱“没心没肺”的状态，开始“控制”自己的表现。但结果呢？不过是从一个极端走向另一极端，符合了众人心里“好丈夫”的形象，洗刷了杀妻的罪名，却再也无法摆脱“被规定好的”婚姻生活，再次落入妻子设下的“陷阱”。

在影片中，除了婚姻关系中的“控制”，我们还看到了更普遍、更隐形的社会关系的控制。无所不在的媒体和公共空间，运用各种舆论、成见、规条，控制着你的所作所为，这一点上，艾米也是牺牲品。艾米曾是父母创作的畅销儿童漫画《了不起的艾米》中的主角，在漫画中，那个“了不起的艾米”完成了现实中的艾米做不到的事情，人们都更喜欢漫画里的她；而漫画的原型——那个活生生的人，却被忽视了，她的生活被虚构偷走了。对虚构人物的共识——女孩应该那样——控制了人们对女性的认知。为了反抗这种控制，艾米成年后一方面极力主宰（也即控制）自己的生活，一方面又将她的人生变成戏剧性的演出，吸引观众的目光（“人们终于不追逐那个书本里的姑娘，开始关心我去哪儿了”）。但是，在此过程中，她又反过来被自己的表演欲、被公众的注视、被内心深层的不安全感所控制。在这个所谓的“坏女人”身上，芬奇完成了控制的三部曲。

但是，对“控制”这一主题的描写并不十分新鲜。个体意义上女人对男人的控制，曾有《危情十日》；媒体对人的控制，曾有《楚门的世界》；技术对人的控制，曾有之前提到的《黑镜》……而媒体、技术不过是载体，最终“控制”本身成了一种意识形态，这也是《黑客帝国》曾经表现过的主题。但芬奇这部电影的突破或者说关怀在于，它以失踪妻子为故事表层，以控制为主题，展现了人与人之间的疏离。

艾米玩失踪并陷害丈夫的最直接动机是丈夫的背叛。他对她的漠然她也许可以忍，他又有了新欢她也可以忍，但曾经属于他俩的那个亲密动作——他第一次吻她之前，倾下身，用手指沾上空气中弥漫的糖粉轻轻印在她嘴唇上——随随便便在别人身上重演，这是艾米绝对无法忍受的。这意味着两人亲密的、直接的关系并不是唯一的，换句话说，属于他们的那种私密关系“消失了”。丧失了私密关系的夫妻两人，再也没有极度私人、极度直接的沟通，艾米从未直接向尼克表达过自己的失望、嫉妒、怨恨，甚至连谋杀这种暴力的行为，都采取了一种隐晦而间接的方式；同样，尼克也从未跟艾米坦陈过自己的真实想法，只是靠婚外情来躲避内心的失落。男女爱人这一本是人与人之间最亲密的身心关系，在影片中都显得无比疏离，更遑论其他人际关系？

进一步说，艾米和尼克作为人际关系的极端代表，形象地反映出人与人之间缺乏直接沟通的情形。他们的交流总是通过律师、记者、邻居以及公众等等的折射，再反映到对方身上，私人关系由此变成了公共关系，再借由媒体、法律、社群的介入，变成了权力的博弈。交流的手段似乎越来越多，但人与人再也无法直接对话。《黑镜》中，屏蔽指令发出后，发出指令的人和他/她希望屏蔽的对象在彼此眼里都只呈现出一个模糊的白色轮廓，并像玻璃屏障一样隔开了对方的声音，就寓言式地喻指了这种情形。这便是我们当下社会的一大病症。

还值得一提的是，芬奇的叙述手法也与主题保持了一致。影片虽然在剧情上跌宕起伏峰回路转，但表达上却相当冷静克制。影片中的人，都是冷漠的观看者，影片后面的第三人称视角，貌似对这段关系中的两方不偏不倚，对围观的公众也不偏不倚，其实却是淡然而冷漠。这也是我们当代社会的一种面相，所有人都戴着各种面具，扮演着各种角色，似乎无比投入，其实万分倦怠。而缩短空间距离、仿佛令人更为亲近的技术，正在成为疏离和控制的手段，最终手段越多，真实却越远，直至消失。

所以，在《消失的爱人》中，真正消失的不是艾米，也不是爱人，而是那种直接的、赤裸的、没有中介的爱，消失的是那种古典的人与人之间的关系。

《模仿游戏》：平庸之恶从未离人们远去

张晓东

德国哲学家本雅明有句名言：所谓法西斯，包括两个部分，一个是法西斯，另一个是某种意义上的“反法西斯”。这其实并不难理解：占据所谓正义这一道德制高点，对他人施暴，古今中外都不少见，而道德狂热与受迫害妄想，更是一枚硬币的两面，它们又如同孪生兄弟，经常出现在控诉、演讲的道德舞台上。时至今日，人们对二战的反思，早已不单单停留在控诉、抒情的层面，毕竟有理性思考的人都明白，审判是为了伸张正义，而不是为了别的，不是为了复仇或展示自己的耻辱。今天人们会思考，在一个号称现代、文明的社会，法西斯如何会发生？人们为何允许它发生？其思想根源又是什么？恐怖主义与此是否有关？比如德国思想家汉娜·阿伦特关于“平庸之恶”的论述，就用极权制度的意识形态性质来分析平庸无奇的人为什么会卷入深渊般的恶而无法自拔：他只需要顺从、执行，根本不用动脑子，在极权主义意识形态下（不单单特指哪个国家），就有可能成为杀人工具。

2015 年是世界反法西斯战争胜利 70 周年。在这一年之初，由两大战胜国英国、美国联合制作的电影《模仿游戏》入围奥斯卡 8 项提名，在我看来具有某种特别的意义。通常以二战为背景的电影，又有谍战、密电码等因素的影片，会被拍成英雄主义的故事，最后往往通过英雄壮烈牺牲，用他的鲜血来祭“正义之师”的旗帜。大多数好莱坞式主旋律电影都是如此，我们并不陌生。而《模仿游戏》却反其道而行之，讲述为战胜法西斯立下莫大功勋的“现代计算机科学之父”、被英国首相丘吉尔称作“二战胜利最应该感谢的人”却如何因为“道德问题”而被一群庸才实施化学阉割，从精神到肉体上被野蛮摧残、毒杀、毁灭的故事。这部电影完全抛弃了战胜者对自身的高大想象，而是进行向内的反思、检讨，检讨以理性著称的大不列颠如何也同样有着法西斯意识形态，亦即法西斯作为一种反人类的意识形态，同样会盘桓在战胜者的脑海，在那里，智者同样被“反智”扼杀。与其他二战背景影片相比，这部电影也算是真正显示出了战胜者的自信：能直接面对自己深藏的污点，展开对法西斯的深度反思，正如劫后余生的犹太人、思想家汉娜·阿伦特，在听证了对纳粹重要战犯艾希曼的审判之后，不认为法西斯之罪是针对犹太人或某一民族的罪，而是反人类罪。例如，在战后的巴黎，不少人以战胜者“惩治法奸”的名义对曾经和德军有过密切交往的人家，包括对无反抗之力的妇女、老人进行洗劫、揪斗、游街……这在法国电影大师阿伦·雷乃的电影《广岛之恋》中有深入展示。他们所用的手段与德国法西斯无异，同样是兽性的发泄，唯一不同的是他们占据着一个道德制高点而已。并且，实施这种恶行的往往是流氓和庸众，他们都是普通的法西斯。

基于这种认知，才有可能真正去理解《模仿游戏》的传记文学原作，才能初步进入图灵这个天才人物的世界，才能确认这部电影的认知价值所在。作为一个大众文化文本，这部影片并没有拍成“一个英雄的史诗”。它所呈现的是一个弱者，一个无法与芸芸众生沟通、情商低下、被自己的性倾向折磨的普通人。然而他却有惊人的数学天赋与洞察力，并知晓人性之恶，就像他说的，人们喜欢暴力，因为那会很爽，但爽过后就是空洞和虚无。当然这并不意味着该片具有怎样的先锋意识或艺术上的突破：《模仿游戏》反而是欧美电影市场的一部标准主流商业电影，对于图灵传奇而悲剧的一生，电影只是致力于虚构最能讨喜观众和奥斯卡评委的部分。主人公图灵的性倾向以及因为这身份所受到的迫害，令这部电影完全符合欧美主流价值观的“政治正确”、“道德正确”；编剧、导演都在致力于渲染高智商的图灵生活中的低情商，以至于过于夸大了这种反差，用力过猛。这也与真实生活中的人物有很大差距，过度的戏剧化冲淡了本来应该冷静呈现的影像。其实生活中的图灵没有那么“弱智”，外形和行为都和健全“正常人”无异，他甚至是一个体育健将，他的无性婚恋也没那么戏剧化。本来他的人生完全可以拍成一部冷静、理性、更为深沉的影片，而从现在的电影看来，从演员到音乐、美术，一切都在致力于迎合奥斯卡评委。所幸“卷福”本尼迪克特·康伯巴奇是个合适的人选。他有一张看上去聪明而略显神经质的脸，和主人公相近的文化背景，更何况据说他们之间还有真实的血缘关系。他也确实将“这一个”图灵演绎得深入骨髓，令人痛心。“卷福”坦白自己在拍摄最后几场戏时哭得停不下来，并经历了一场崩溃。他说那是“作为一个演员或一个人无可救药爱上了这个角色，想着他都承受了怎样的痛苦，而那又怎么损毁了他”。可以说，他让图灵活了过来，作为演员他很成功，无可挑剔。或许，艺术家与天才科学家的思维还是很不一样的，更何况今日，一部电影作为商品，要符合大众文化的审美与期待，不过这并不是我们要解读的重点。

然而我们无须批评这部影片的大众文化属性。作为一个标准大众文化文本，它的表现已经算优秀；并且在反智、泛娱乐化电影大行其道的今天，这样的题材本身就有相当的意义。挪威导演莫腾·泰杜姆的构思可以概括为庸才对天才的堵截、窒息和戕害，虽然这种对立略有二元论之嫌，并导致影片略微显得脸谱化、图解化了。我们不难发现，电影中智者和庸人显然属于两个阵营，而导演显然完全站在智者一边。在电影中，图灵无疑是数学天才、英国的骄傲。童年阴影（严重口吃、被收养）对他的心理、人际交往、性取向造成很大影响。从小他便受到坏孩子（崇尚暴力的庸人）的欺凌，他们把他钉在地板下面，只有与他一样聪明的同学克里斯托弗懂得他的奇思妙想。影片中图灵发明的用于破译德军情报的机器就叫克里斯托弗（实际上图灵发明的机器并不叫这个名字）。图灵的未婚妻子琼·克拉克智商与情商都很高。图灵的整个团队，包括开始与他心存芥蒂的休·亚历山大，都是当时英国真正的智者。没有露面的丘吉尔（图灵给他写了信请求支持，正是丘吉尔的回信起了作用）、露面的军情六局局长斯图亚特，都属于智者这个阵营，他们的精神是平等的，理解图灵这样一个天才的意义，也并不认为性取向不同是什么十恶不赦之罪。琼在得知图灵的性取向后依然大方与他做朋友，并且是他真正的灵魂伴侣，休在关键时刻也为图灵仗义执言。但正如庄子所言，圣人不死，大盗不止。真正的有德之人并不会去占领道德山头，道德和精神都很平庸的人反而需要以此作为自己的武器。在《模仿游戏》中，阻碍图灵、戕害图灵的人都属于“反智”的阵营。这个阵营的组成主要是军棍和警察，亦即国家机器的执行者。

英国哲学家霍布斯把国家机器比喻成怪兽利维坦，在这部电影中，图灵被化学阉割，便是国家暴力机器这个利维坦毫无顾忌的吞噬，即便他只想活在“模仿游戏”这样小的格局中，即便他给出了“机器会思考吗”这个问题的答案，依然改变不了“严重猥亵罪”这样的罪名。比起化学阉割，这个罪名对他的毁灭更直接，不是吗？直到2013年，在英国司法部长的提议下，英国女王伊丽莎白二世才给予图灵“皇家赦免”：“图灵晚年生活一直因为同性恋行为被定罪而深受困扰。现代思想认为，这种判罚是不公正的，因此现在摘掉这项罪名……图灵博士对战争的卓越贡献和在科学界留下的遗产应该被后人铭记和认可……赦免令是对这位不同寻常之人受之无愧的致敬。”对于欧美大多数观众来说，女王赦免令和太阳报上的英国王室丑闻一样可笑，图灵罪从何来，何须谁的赦免？这个表态如此迟来依旧令人深思，人们意识到，平庸之恶从未离人们远去，依旧需要警醒，恐怕这是《模仿游戏》更为深远的意义。

大梦终有一醒，昨日突如其来

——《小混混》是怎样炼成《美国往事》

苏 往

2015年4月23日晚上，选择在电影资料馆度过的观众，烟埸上罗伯特·德尼罗谜一般的大笑，就是今年北京电影节留给他们的最后一个镜头。

那是1933年的纽约，德尼罗饰演的“面条”沉溺在鸦片的雾霭里，只愿深渊一般的现实是大烟制造的奇诡梦境：他的三个朋友在运送私酒途中与警察交火被击毙，而警察是他告密引来的，他为的是打消帮派老大麦克斯抢劫联邦储备银行的疯狂念头，而预想的18个月刑期，变成了报纸头条上三个死人的名字。

这段《美国往事》(1984)的情节，出自哈里·格雷的原著《小混混》(1952)。意大利导演塞尔吉奥·莱昂内将这本不入流的小说，谱成了一曲美国梦的挽歌。

“去啊，面条，你妈在叫你了”

《小混混》讲的是曼哈顿下东区的犹太移民社区，绰号“面条”的大卫·艾伦森和他的三个小伙伴麦克斯、“斜眼”和帕西从一文不名的童年到禁酒时期作为私酒贩子、劫匪和杀手的“辉煌”。小说在面条从追杀他的三人手中逃脱后戛然而止，而100万美元不知所终。

电影延伸到了1968年。一封迟到8个月的信暗示面条35年前的事尚未了结，是时候回纽约面对昨天了。除了增补，还有删节。导演认为面条成年后的段落“塞满了从黑色电影里抄来的桥段”，他留下了钻石劫案和与工会合作的段落，舍弃了这两段之间的其他案子。

小说最后，麦克斯执意抢银行前，除了黛布拉拒绝了面条，所有人物从性格到彼此关系都是既缺少冲突也没有发展。电影改动最大的是重设了人物关系。原著在电影里只剩骨架，所有情节的呈现方式或多或少都不同了——处处携带大反转结局的全息碎片。这些改动主要是分别建构了黛布拉和麦克斯以面条为圆心的向心力与离心力。小说里这两人根本不搭界，改编后他们先是竞争与对抗，而后注定会各自离他而去，最终又必然走到一起。

小说里，面条对黛布拉一厢情愿，和陌生人差不多。电影里她却一再主动：享受面条的偷窥，脱衣服给他看；逾越节父亲嘱咐她看好店，她故意没落锁放面条进家；他出狱第一天，她精心打扮等他。

对麦克斯的改动复杂得多。首先，麦克斯在书里和电影里都是帮派里的老大。而改编特别强调他的“事业”需要面条的追随和认同。“最初，面条被他人左右”，“直到守护天使的到来，这就是麦克斯”（莱昂内语）。相识时，他戏言认面条作“叔叔”——此处为早先的台本所无，这个玩笑在青年和老年时又各重现一次；黛布拉则讽刺他是面条的妈，幼年和长大后有过两次“去啊，面条，你妈在叫你了”，两次都是麦克斯把面条从她身边叫走跟着他“干大事”。麦克斯小时候装死过一次，看到面条着急的样子，他得意地说，“没有我你可怎么办”。

既然有求于面条，麦克斯对待他始终处于领导、给予和妥协并行的微妙平衡中。这一设置投射到情节安排上，有代表性的一幕是当面条质疑麦克斯和有夫之妇卡洛鬼混时，改编前后都是一向自持的麦克斯第一次暴跳如雷，小说里他吼面条没资格管他，电影里他粗暴地赶走卡洛。

而麦克斯离开面条的动机，和黛布拉如出一辙。面条听到黛布拉说自己一心“向上走”时说:“你俩太像了，这就是为什么你们痛恨对方。”

黛布拉的梦想在舞台上，而麦克斯要的，是一尊王座——电影里先后三次呈现了麦克斯坐在“王座”上的意象，他不光要钱，还要改变出身。麦克斯投向黑手党老大弗兰克，想通过他攀上政界，而面条对此不屑一顾，他不相信政客，也不喜欢他们帮派上面还有“老板”，而麦克斯斥责他“还像街头小混混一样思考”。

书里的情况恰恰相反。弗兰克的帮派人称“联合公司”，麦克斯好比子公司的片区经理，面条对弗兰克敬佩有加，说起他就是以“老板”代称。他们从“总公司”领周薪，有义务执行下派的任务。

电影对人物关系的这些原创性的设置，是大反转情节能立得住的根基。

“上帝保佑美利坚，我甜蜜的家”

导演是这样理解美国梦的，他说，美国是“理想的黄金国”，“就像神话中的仙女那样:你想无条件地得到想要的东西吗，那么你的愿望在美国一定会实现，不过它存在于一种你永远无法认出的形式中”。我理解，“无法认出的形式”是这片新大陆许诺的不期而至的机遇，也包括你最初想象不到的、需要偿付给她的代价。

与《教父》第一句台词“我信仰美国”异曲同工，《美国往事》开宗明义，在1933年以一曲低回的《上帝保佑美利坚》开场。这是又一部关于美国梦的成人寓言。片尾垃圾车开走后，面条看到一队身着30年代华服的青年男女坐满三辆老式敞篷汽车呼啸而过，车载喇叭在放同一支歌。鉴于车牌也是30年代的，这一幕亦真亦幻。

导演说，《美国往事》“不是出于现实，也不是出于历史，而是出于想象”。这种“想象”只解读为一场“大烟梦”太简单了。应该说，《美国往事》将《了不起的盖茨比》引为第二底本，在人物重新定位后，以一种更为复杂迷离的方式，看到了盖茨比曾看到过的那盏遥不可及的绿灯。一个穷小子将对世界的全部热望，寄托在高高在上的姑娘身上，他渴望金钱，为的是配得上她，他也的确赚到了钱，但她对他的爱像金钱一样空虚，远不够穿透社会等级的壁垒。这是盖茨比的故事，也是面条的故事，而他们都是以不见光的私酒生意起家的。

导演反复强调，“小说里唯一真实的就是童年那些段落”。原著中，面条看到心爱的姑娘光彩照人，第一次意识到自己有多衣衫褴褛。小面条令人心酸的剖白，可能是最初打动导演的段落之一。改编在这一点上发力，把面条看的书从“由贫到富”的通俗故事换作《马丁·伊登》，暗中将主人公不甘受穷，奋力搏击的精神支点，定位在对爱的祈望上。

看到这，不难理解为什么中场休息不在电影的一半，而在三分之二以后（251 分钟版是在 175 分钟处），分别以火车带走黛布拉和垃圾车带走麦克斯作结，《美国往事》是双主角结构，美国梦也破灭了两次。

剧本在 1968 年最初只写到面条离开大宅，留下麦克斯。而拍出来的是面条走出大宅外，远远看着麦克斯走向一辆巨大的黑色垃圾车，车开过，人不见了，镜头追着车身上的数字“35”。全片的最后一句台词是面条说的，“最令人痛心的，是眼看一生努力化为乌有”，最后一个词“没有”（nothing），也相应地换成了“白费”和“垃圾”两个意思都有的词（waste）。

麦克斯没接面条的话，他用实际行动将后 35 年人生投进正在搅拌中的垃圾车。他说收买警察假死“是一场辛迪加的行动”，“辛迪加”本义是“工会”，引申为“垄断组织”，这就是当年麦克斯与面条分道扬镳后走的路。垄断是资本的毕生追求，麦克斯和资本一个脾性，总是追求更大、更多、更高，最终被同样贪婪的辛迪加吞噬。

这场戏将第二场美国梦的破碎展示得更决绝。而导演又故布疑阵，找另一位演员扮成麦克斯，只拍远景。其实与面条谈话前，工会头目吉米已经判他死刑，麦克斯在理性逻辑上已经死透了；但情感逻辑上，导演认为“不能直接展示麦克斯的死”。

“我已不是昨天的我”，可我仍“信仰昨天”

和面条一样，麦克斯追逐的，同样不只是钱与权。他自以为夺走了面条的一切，留给面条的只有35年害死他的悔恨。不错，独吞100万美元的确是1933年的事，可是他有实力得到面条深爱的女人、改头换面住回面条的城市，是很多年以后。“偷”面条的整个人生，尤其是黛布拉的环节，想必是费了一番心思才达成的。

麦克斯自称“偷”是不准确的。因为黛布拉从来都不是面条的。长大后，她说面条是她唯一在乎的人，但她要“向上走”，不会和他在一起。准确地说，只有白利部长，才能拥有黛布拉。

有个至交好友对主人公一直退让和给予，却为了野心一夕之间夺走一切。这是《美国往事》的一种讲述方式。这个故事还有一个版本：有个住在长岛大宅里的成功人士，其实是改名换姓的私酒贩子，他金灿灿的身世没有一句是真的；他办了宴会等一个旧识上门。他想得到那个人的认同：我过的是你本可以过的人生，如果你追随我一起走这条路，这些都是你的。

根据导演自述，麦克斯请面条处决自己是出于忏悔。换个角度看，说是报复也讲得通。也许兼而有之？毕竟故事是以面条的视角讲述的，且有太多留白。在背叛者的自白无法激怒面条时，麦克斯拿出了近50年前让两人不打不相识的那块怀表——这也是早先台本没有的——以朋友姿态请求面条开枪。可面条说他不认识白利部长，白利也不欠自己什么，麦克斯的半世辛劳又废了。

在迷宫一样的庞大结构中，影片一次次以不同方式回到开始。在麦克斯向面条讲解开枪怎么离开时，打开了一扇通向暗道的小门，宴会演奏的《昨天》隐隐飘入；而面条刚踏上纽约的土地，耳边响起的也是披头士的《昨天》。那时，“昨天”突然找上了门，他还不知道等待他的是什么。

黛布拉说，大家活到这般年纪，剩下的只有回忆，求面条不要去白利部长的宴会，否则回忆都没了。而面条盯着麦克斯递来的枪，脑子里回放的是儿时欢乐的一幕幕：小麦克斯高高地坐在堆满行李的马车上，像坐在王座上一样出场；水里藏私酒的发明成功了，哥儿俩兴奋得落水，麦克斯假装溺水不露头，面条急切地一直喊他的名字；小伙伴们赚到第一桶金，那时多米尼克还活着，五只手按在一起结义，穿上新衣服轻快地在街上一路走。

被偷了一生的面条，如歌词所示，已不是昨天的他，可他仍对昨天曾经拥有的怀有信仰。凭这点信仰，他自由了。

阿赫铎眼中的梵高与社会

沈大力

最早将荷兰画家梵高的“炽烈生涯”搬上银幕的是美国导演迈纳利。影片结尾，由基克·道格拉斯扮饰的梵高在法国南部瓦兹河畔画家曾描绘的“麦田寒鸦”凄景中饮弹自尽。生时，他的画作备遭冷遇，可他死去百年之后，突然在欧美画坛“复活”，画作以天价拍卖，各大博物馆竞相收藏。20世纪末到21世纪初，陆续问世的《梵高传》竟达20多部，揭示画家难以捉摸的灵魂。

诸多解析梵高的著作中，最切中其人特性、一针见血的当数安托南·阿赫铎的《梵高，被社会逼迫自尽者》。如果将梵高比作龙卷风，阿赫铎恰如风眼，似焰火骤燃，洞烛一个人内心至死未能愈合的伤痕。二者远非一代人，梵高惨死时，阿赫铎还没有出生，但他们“同是天涯沦落人”，皆被社会逼上绝路而未能逢生。

安托南·阿赫铎是法国20世纪上半叶最具影响力的剧作家、兼具诗人气质的画家。1947年1月24日，巴黎“桔园博物馆”举办梵高画展，公布了精神病医生贝尔论著《妖魔缠身的梵高》的节选，将画家的创作天才定性为“先天型疯狂”引起舆论哗然。巴黎彼埃尔画廊主持人洛厄伯请阿赫铎写关于梵高的评论。其时，阿赫铎刚从巴黎南部罗岱兹市的精神病院出来。他因精神错乱先后被禁闭9年，接受过几十次电击治疗。2月2日，阿赫铎如约去桔园博物馆审视梵高的绘画，回来一口气写了轰动画坛的檄文:《梵高，被社会逼迫自尽者》。阿赫铎驳斥贝尔医生的荒谬诊断，认定梵高的狂躁系由社会对艺术家蔑视、不容人发送真理之声所致。

《梵高，被社会逼迫自尽者》于 1947 年 3 月 3 日完稿，年底出版，获“圣佩韦文论奖”。这是一部为所谓“先天型疯狂者”的辩护词，称梵高是“不为人们理解的天才”。檄文作者矛头直指“文明社会”，表明自己亦有艺术家怀才不遇的苦衷，精神上跟梵高共鸣：“在撰写这篇文章的此刻，我仿佛从字里行间看到画家充血的脸庞。他从遭杀戮的向日葵密匝墙间，从残焰未尽的紫色风信子花隙，从天青石般的牧草丛里向我走来……我像可怜的梵高一样内心激荡不已。”作家把人间万象比喻为“残酷戏剧”，而他与梵高同为这种“戏剧的复身重影”。他特别强调：“梵高重绘大自然，色束飞溅，无比壮观，甩出古老而破碎的宇宙本原……可以肯定，在他之后谁也无法再这般活现自然元素的面貌。”他举出梵高的《自画像》《向日葵》《星夜》和《瓦兹河畔奥维尔教堂》等画，以高度敏锐的目光、怪诞的语汇、咒符般鲜明的暗喻，烘托出原始美术的暴烈。

梵高画作中，给阿赫铎最多灵感、启示最深的是《麦田寒鸦》。他表达对这幅作品质地的感触：“眼前似乎是玄黄的大荒，一片空茫。紫红的田野里荡漾着浑然一体的黄色麦浪。没有任何其他一个画家能像梵高这样来描绘乌鸦，用菰菌的黑色、凝合的玄青来显现宇宙弃置的生灵。”在西方，乌鸦是恶鸟，遭人唾弃。梵高画的乌鸦飞于淡紫天空下的田野，难免给尘世凄凉之感。

阿赫铎叹道：“看画并不只是进行一番思量，要像用锋利的手术刀撬锁。”他正是用犀利的割刀来解剖梵高的画幅，应了梵高自己创作的座右铭：“绘画，就是要用锉刀，逐渐穿透一堵无形的铁墙，开拓出一条通道。”阿赫铎和梵高虽然生活年代相隔遥远，但处在同样一种心理季候中，都企望解脱这个社会强加于人身的紧箍咒。

为让当代人透视梵高现象的本质，巴黎奥赛博物馆特地在塞纳河畔举办了梵高绘画作品回顾展，定名为《梵高与阿赫铎，被社会逼迫自尽者》。同时，伽里玛尔出版社再度印行了《梵高，被社会逼迫自尽者》一书，由让－吕克 · 德巴蒂斯主持向公众开放的专著朗读会，与奥赛博物馆的展览相呼应。该博物馆以诗人艾吕雅一本文集的名称《两个通灵兄弟》明示主题，完全依照阿赫铎对梵高绘画生涯的阐述，甚至搬用其语汇，布置几座展厅，凸显一对“难兄难弟”的类同。

“极度敏感的艺术家！”这是阿赫铎对梵高《自画像》的评语。他说：“梵高，一个疯子？让那个有一天曾看过人面的医生细瞧瞧这幅自画像吧！梵高神志清醒异常地描绘出了自己的容貌。他在斜视，观察揣度我们。我不知道有哪个精神病医生能这般明察秋毫地度量一个人的容貌，就像用手术刀剖析人的真实心理。”接着，阿赫铎论及已故画家的生涯，将其作品概括为谦卑的“庶民色调”，蕴含“自然的内在美感”，讲述着艾伦·坡、纳尔华和霍夫曼之类的动人故事，没有任何珠玑可那般奇特，与之媲美。不言而喻，这是将梵高归入“民众画家”的范畴。虽同属印象派，但梵高与莫奈迥异，梵高一生始终怀才不遇；他的彩笔也从未像凡·东庚那样点缀上流社会，作品远没能成为市场经济的“畅销画”。早年，他在比利时给鲍利纳日煤矿区底层的“煤黑子”画像，有《背煤妇》《矿工妻》《矿工归来》等素描和水彩写真作品。他热爱大自然，寄情于乡村生活场景，有《茅庐》《耕夫》《坐在炉火边的农户》《播种者》《草场奶牛》《沙滩渔民》和《缝渔网的女子》等画作，全都远离大都会的奢华。

从梵高1882年10月22日在海牙写给弟弟泰奥的信里看，是泰奥让他离开荷兰到巴黎的。梵高在家乡屡经坎坷，欲摆脱困境，遂于1886年3月到了法国。在巴黎，他结识了图鲁兹·罗特莱克和高更等蒙马特尔自由浪漫派画家，如鱼得水。但是，他厌恶华都喧嚣，转至南方阿尔勒城，投入阳光和煦的普罗旺斯。阿赫铎这样描述梵高住的陋舍：“椅子上一秉蜡烛盘，一张用黄绿色麦秸编织的扶手椅，上边放着一本书。瞧！烛光照着一出悲剧。谁来上场？高更，还是另外一个幻影？”梵高一直梦想建立艺术家的“法朗吉”，邀请高更前来合住，难得一知己。这样，由泰奥资助，高更住到了“法朗吉”里，与东道朝夕切磋美术。然一山难容二虎，梵高与高更绘画观不同，时时激烈争吵。一夜，二人争执不下，高更盛怒，摔门扬长而去。梵高操刀追赶不及，回到屋里情绪失控，一刀割下了自己的左耳垂，还拿给一个妓女看。面对如此暴烈的举动，高更震惊之余深感失望，渡洋去了塔希提岛。梵高则要求弟弟泰奥将自已送至普罗旺斯的圣雷米，幽闭于精神病院，放下画板苦楚度日。

“然而，我却认为，”奥赛博物馆的展览引阿赫铎的话说，“梵高是因为听了瓦兹河畔伽舍医生对他下的诊断才最后自杀的，37岁上离开了人世。其实，梵高神志十分清醒，能在一切环境中比他人看得更远，无限远，远到危险的程度，透过表面，超越眼前的现实。”

在此，阿赫铎探讨梵高的死因，指出他是从确知自己患上绝症而断生念自尽的。现代医学证实，梵高得的是“躁郁症”，亦称“双向情感疾患”。洛桑大学医学专家分析梵高病例得出结论：他处于躁狂、幻觉、神经质和脱离现实的断续交迭之中，导致自杀。瑞士医生认为，梵高具备患“躁郁症”的三要素，即遗传基因脆弱、神经高度过敏和身处社会逆境；而后一缘由尤为明显。这一诊断与阿赫铎的精神探究结果不谋而合。

梵高死于社会重压在他身上的抑郁和贫困，1890年7月在瓦兹河畔的奥维尔墓地下葬。阿赫铎写道：“为何梵高的画给我一种印象，一幅幅都仿佛是从世间坟茔另一侧看到的呢？在那边，一轮轮太阳在欢乐运转，光耀大地。惊厥的风景和花丛中，难道不是人们所说的灵魂生死场吗？”这里，作家用“惊厥”形容梵高醉笔下呈现的画面：大自然原始元素里神秘莫测的谜团。这惊厥阵挛，乃是一种狂热的反抗。梵高不能忍受社会的囚笼，誓用绘画来澄清寰宇的尘埃。阿赫铎对此坦言：“我遇见梵高的绘画时，着迷得发狂。他不是在描摹线状图形，而是着力于提示大自然正在发生的痉挛。事实上，没有谁能比他更富创造性地描绘和塑造。”

阿赫铎赞誉梵高的绘画天才，称他作品的色泽与光彩辉映出纯洁的自然美，说：“这是一种风暴般的光焰。无须哲理演绎，一切尽在不言之中。”

奥赛博物馆画展采用了阿赫铎炼金术士般的语言，以“敏感、惊厥、色泽、光彩、墓畔”为串珠条分缕析，为观众解读梵高绘画。笔者观展时，注目其中陈列的一份阿赫铎题为《真实人体的映象》的手迹，上面潦草画着几个工业社会狱卒形象的兵勇。他们恨恨地用绞索套一个双脚被缚的所谓精神病患者，让人看了不寒而栗。

原来这就是阿赫铎眼中的“梵高与社会”。

《永远的零》：进化中的军国主义“泪弹”

苏 往

抗战胜利70周年纪念日就快到了，而日本战后的和平宪法已经死了。

早先笔者无法理解，日本怎么好意思为“神风特攻队”遗书申请世界文化遗产。电影《永远的零》生动展示了邻邦奇特的脑回路。

2013年曾有两部大热的电影，与日本自行研发并大规模用于二战的零式战斗机有关。一部是其设计师崛越二郎的传记动画片《起风了》，另一部《永远的零》也可视为传记片，不过主角宫部久藏是虚拟的投身“特攻”的飞行员，他执行任务的“坐骑”正是“零战”。崛越和宫部看上去都不是战争狂，他们在本职工作中兢兢业业地当好战争机器的螺丝钉，更像是无奈地被历史劫持。以此为据点，影片用写个人悲剧的方式发动了“泪弹”攻势。两部片的结尾也有相通之处：他们曾引以为傲的战斗机陨落如雨，而男女主人公天人永隔。

这是在控诉战争吗？是，也不是。影片结局翻译一下，就是两句话：“我们战败了”，“日本人民是战争的受害者”。不只这两部，在涉及二战的大部分日本电影里，作者在意的都跳不出这两件事：日本败了，准确的表述是败给了美国；战争是不幸的，不过要注意了，是日本人民的不幸。用这两个“情意结”去套，可以解释当今日本大部分与战争有关的、让人大跌眼镜的举动。

在日常生活中，不给别人添麻烦一向是日本人固化的特性。但日本二战题材电影里，那场侵略战争在亚洲造成的何止是麻烦，而是生灵涂炭。然而日本一手在他国领土上造就的毁灭性灾难，从来都不是日本作者关注的重点，甚至是有意无意间要避开的。

即使是宫崎骏这样认为政府应该为历史道歉的作者，也出不了这个窠臼。《起风了》是含蓄的，作者在梦中给自己一个答案：无数“零战”在战争的火海里化为残骸后，崛越向他崇拜的意大利飞行家——他在梦境中投射的一个可以对话的自我——承认说，他追逐的飞行梦“支离破碎”；而飞行家说，这是因为日本“最终战败了”。

难道日本打赢了，崛越的梦想就能实现？为什么没将败局的原因，归结为他的国家根本就不该发动这场战争？这句台词醍醐灌顶，笔者头一次相信，宫崎骏这位一向反战的，半世都在想象世界里拥抱天空和大海的大师，落到现实维度上，恰如他自己所言，“再早生一会儿的话，一定会是一个志愿在战场上急急忙忙去寻死的人”。这是《起风了》唯一令我悲伤的一点。

而《永远的零》正是用很“正能量”的方式，讲了一个一门心思活下去的飞行员，最后怎样甘愿投身“寻死”的自杀式袭击的故事。

影片以宫部的孙辈调查他的往事、听他的老战友们讲故事的方式，从现代切入历史。宫部原本是个飞行技术绝佳、但空战中保命为先的飞行员，以致不少战友在回忆中还斥其为“海军的头号懦夫”。而这样一个人，为什么自愿去“特攻”？这是此片最大的悬疑，也是他的孙辈想解开的谜。四位了解他、认同他的旧部各自的讲述，像拼图一样逐渐拼出了宫部的心理轨迹。

原来，1945年，日本开始把学生里的预备役送去“特攻”，作为教官的宫部，看着自己教出来的年轻人一个个去送死，为自己“在他们的牺牲之上苟且偷生”而深感痛苦，一向冷静自持的他受到了巨大的冲击。

自己应该去死，而让年轻人活下去——这个谜底显然是个不太容易抵抗的“泪点”。《永远的零》这个大“泪缸”中的“泪点”都是依托最朴素的人类感情构筑的：例如宫部临别前对妻子发誓，死了都要回来找她；再如战后妻子带着幼女在棚户区里苦熬，看到陌生军人出现在门口，一瞬间恍惚看到了自己的丈夫。如此这般，再加上全片的完成度较好，形成了很强大的劝服力，即使在主流的中文电影网站上，都得到较好的口碑。不少人居然认为这部电影是反思战争的。

不论你前面看到了什么，也许看哭了，到结尾也请清醒一下，想想他们到底给你看了什么。电影最后一个镜头，是一架成功实施“特攻”、冲向航母的日本战机；这位卓越的飞行员把超群的飞行技术最终用在了自杀式袭击上；而这部电影将成功实施“特攻”的飞行员塑造成了“英雄”。

将本不好战的主人公，扭曲成为国殉道的“英雄”，用人道主义来粉刷军国主义，早已不是日本电影的什么新鲜手法了。1980年出品的、表现日俄战争的《二百三高地》是另一个典型。主人公小贺参战前是一个向往俄国文化，宣扬日俄友好的小学老师，苦战良久后，也曾对指挥官乃木希典大吼：“对那些死去的士兵来说，已经与国家、军司令、军官命令和军纪无关了”，“有的只是在灼热的十八层地狱受尽火焰的痛苦”。可奇怪的是，他进一步的反应，不是反战甚至厌战，而是变成了战争机器，直至战死。而在他曾任职的小学，校长擦去了他参战前在黑板上写下的话：“美丽的日本，美丽的俄国”。

似乎除了“匆匆忙忙去寻死”，小贺和宫部没有他路可走。可笑的是，《永远的零》极力表现宫部的才干和眼光，他能想到偷袭珍珠港“没摧毁航母，今天的作战应该是失败了”。可他和崛越一样，在乎战争的成败，但败了以后，从没真正质疑过侵略战争本身；没想过即使退一万步把正义性按下不表，发动这样的战争是否是不自量力、无法善终的。

《永远的零》的结尾还有个细节：交战另一方的美国海军不再只是舰船飞机，在片中第一次出现了活人，还说了最后几句台词。他们对着驾驶飞机紧贴海面飞行、怎么都打不到的主人公惊呼，“这不可能”，“距离500码，要撞上来了！”让主人公在美国人面前小胜一次，也能看出是日本人对二战的情结在作祟，他们还是太在意败给美国这件事。

没想通当年战争的出发点已经错了，仍然反复纠结最终的失败就有点类似赌徒的心态了。如果没意识到赌博从一开始就是错的，而总是纠结输了多少钱，就禁不住会想，也许下次可以赌赢呢。

挑战沙俄的日俄战争就赌赢了一次。数年前，笔者在二零三高地惊讶地发现，九成九的游客是讲日语的。这些日本游客，不约而同地在山上的尔灵塔前停留，那是乃木希典用曾削山三米的炮弹皮建筑的。“尔灵”，既是“二零三”的谐音，也有“尔等灵魂在此”的“告慰”之意。这些游客来旅顺凭吊的，绝不是万人坑里的冤魂。与二零三高地景况对比鲜明的，是旅顺城里的万人坑和日俄监狱，笔者在那儿没有看到一个日本人。

说到军国主义“招魂”，在小津的年代，《秋刀鱼之味》里海军舰长与旧部聚会，众人悲伤地唱起昔日的军歌，已能让不少人感同身受了吧。今天怎样让当代年轻人为军国主义的亡魂哭泣？宫部的外孙在听完所有故事后，走在街上，镜头随着他的视线，扫过阳光下轻快的路人们，外孙想起宫部最后出征前和战友畅想日本未来的话：“那时的日本，会是怎样的国家呢？”后来，外孙流泪了。

电影用暧昧的手段暗示，日本的年轻人不该忘了宫部，他为战后日本重建的幸福生活牺牲了自己。其实，它好想说在军国主义指挥下战死的先人，是为了日本的幸福牺牲的。但这话说不出口，只好讲了个故事，说从前有个军人，为了让年轻人活下去自己赴死。好大一个圈子，一不小心就被绕进去了。

影片告诉观众的，是宫部为了让年轻人活下去而自己赴死。但这里需要再清醒一下，无论年长年少，有必要自愿签字去搞自杀式袭击吗？他们不负隅顽抗，反法西斯战争是不是可以早点结束？日本是不是可以少挨点轰炸，主人公的妻女也不会被炸得家都没了？

《永远的零》的原著作者百田尚树，是个活跃的右翼，公然否认南京大屠杀，质疑东京审判。在电影版里，七成以上的戏份是铺张的苦情戏，军国主义在片中找到一种进化方式：让大家都浸泡在泪海里，好似服下迷幻药一般拉近与历史的距离，与军国主义产生情感共鸣，从而脱离正常的三观，被它牵着鼻子走。

而军国主义在日本文化产品中的繁衍和进化，还在持续。

波兰战争电影：记录民族伤痛的报告

张向阳

“文艺”和“验尸”，像天堂地狱般的遥远。不了解波兰战争电影，你就无法理解看似文艺的波兰民族深处的刻骨铭心的伤痕和灵魂颤动。

《卡廷惨案》就是一部有典型意义的波兰战争片。1940年第二次世界大战期间2.2万名波兰军队精英被苏联军队集体屠杀。在被苏联控制的45年时间里，这是高度禁忌的话题。导演安杰依·瓦伊达的父亲就是在卡廷惨案中被杀害的军官。无人知晓这给瓦伊达一生带来多少阴影和痛楚。

安杰依·瓦伊达经过17年才找到剧本，从4个家庭的角度对隐秘历史事件进行描述。电影于2007年9月17日，即二战时苏联入侵波兰东部68周年纪念日在华沙首映。波兰电影院的宣传栏里都张贴了一张海报，上面是4名波兰军官灰色的脸。在波兰的朋友形容这是“可怕的电影”。高票房让我明白，影片的上映已经构成波兰当代生活中的一个事件。据说影片首映结束后，字幕都放映几分钟了，所有观众仍然无声静坐。

1939年，苏联与纳粹德国仅隔十余天的时间入侵波兰。波兰军队在纳粹闪电战攻击下溃败，退回后方却被苏联红军俘虏。这场不宣而战的战争中，包括将军统帅在内的25万波兰军人被押解到苏联的集中营。影片结尾近乎压迫性地回溯了屠杀全景，波兰军官们被从卡车上押解下来，流水线一般被逐个枪击后脑，又被集体掩埋。

影片不是满含血泪的控诉或是形而上的自我安抚，而是寒彻骨髓的残酷历史重现。电影采用冷静客观的白描手法，勾勒了波兰人民在卡廷事件前后的悲凉处境，诠释了一个民族对于自身伤痛的高度认知和冷静反思。

安杰依·瓦伊达在重现惨案后用数十秒的黑屏祭奠逝者，坦露着一个有良知、有时代责任感的艺术家在回首灾难时的勇气和悲天悯人的大情怀。瓦伊达认为“这部电影一定能唤起每一个人沉睡的心灵”。“在某种意义上，我把这部电影看成是那个时代波兰电影学院的验尸报告。”

另一部瓦伊达导演的作品《下水道》1957年获得戛纳电影节金棕榈奖后，一个美国人赞叹：“你们真是太棒了，是怎么想出这个主意的？”瓦伊达回答：“这不是个主意，它就在那儿。”他补充说，这不是一种电影的观念，不过是实际情况的反映罢了。多年后，瓦伊达说《卡廷惨案》“是对我在1950年拍摄的那些电影的一次遥远的重逢”。

在《下水道》中，观众同样看到深深的绝望。1944年9月底，华沙起义已接近尾声，一支波兰军队进入下水道转移阵地。战士们在下水道中茫然前行，德军不时投放毒气，很多人在漆黑和污秽不堪中逐渐走向崩溃和死亡……

在影片结尾，黛西带着受伤将死的男友克拉伯找到另一个河边的出口时，却发现出口被焊死了。黛西让男友靠在自己身上，向他讲述河水和草地以及河对岸美丽的建筑……

事实是，河对岸当时已被苏联红军攻占了，即使看到了阳光又如何，从法西斯手中出来，又到了独裁者手中，自由仍然无望。一个民族看不见的细瘦灵魂隐匿在历史浊流中——犹如主人公深陷下水道，无法洞悉外面世界的真相。

写实与浪漫交相辉映、奢侈的长镜头、令人窒息的空间感构成影片的灰色调子。在进入下水道后，人物的表现以近景和特写为主，环境的逼仄感令人压抑。城市化作废墟，田园变为焦土，士兵的档案飘散在空中……而残存的人和他们的后代无从得知这一切。

惨烈的历史日夜燃烧着艺术家的灵感。20世纪50年代一系列取材于二战的电影都有着一种岩石般质朴粗犷的艺术风格，忠实坚守着现实主义风格。波兰早期战争片的导演将注意力放在揭示人性上，不过多关注技术技巧和情节设计；随着电影艺术发展以及市场观念的制约，战争片也朝着故事传奇、视觉唯美的方向发展。

到1991年拍摄《欧洲欧洲》时，波兰电影观念已大步前行，注重运用情境和故事揭示人性。波兰女导演阿格尼兹卡超越了真实的事件本身，敏感而充分地揭示了人性在非常时期的扭曲。

故事中一些近乎荒唐的细节颇有黑色幽默的味道。16岁的Solly每时每刻都感到生命威胁，还经常面对道德的困惑，他放弃了自尊，习惯了别人对犹太人的侮辱。Solly和希特勒同一天生日，从故乡逃至苏联加入共青团，在被德军俘虏后，抛弃犹太人的身份加入德军，稀里糊涂成为德军战斗英雄。他在纳粹军校中行纳粹礼，高喊“元首万岁”；像德国军人一样拿着刺刀刺向犹太人的木偶……他不曾真的杀害过任何犹太人或苏联人，但隔离区内那酷似母亲的背影也始终鞭笞着他的心。Solly在不同的身份与立场中挣扎。影片用一个假德国士兵分裂的人格控诉人类屠杀同类的荒谬理由。

影片中有两处梦境般的场景，一处是斯大林和希特勒亲密共舞。他们彼此勾结牺牲了小国的利益，结成了龌龊的秘密协定。一曲舞毕，二人之间出现了一座斯大林塑像，突然从中间一分为二——两位“神”之间的战争一触即发。另一个场景是Solly梦见自己戴着纳粹袖章回到家中，可家人对他一片漠然。轰炸机飞过，家人惊慌地要他藏在壁柜里，而另一个躲藏者竟是希特勒——关于希特勒有犹太血统一事相传已久，电影的这种处理让人感到犀利的讽刺：为了获得身份认知，多少人把自己异化扭曲。

2014年，又一部讲述二战时期波兰故事的电影《华沙44》上映，该片从视觉形象到脉络节奏都有鲜明的商业元素和浪漫情怀，镜头运用和人物形象也偏于唯美。动漫技术、青春偶像、大银幕大场景的运用极为时尚；特别是人物的设计以挥霍青春的游戏感带入，具有强烈的时代感。观众的定位显然是更为年轻的一代。

影片讲述一群华沙年轻人加入了起义地下组织，他们既鲁莽又冒险，一边在枪林弹雨中穿梭，一边跟女孩子调情炫耀，直到德国坦克开到跟前，他们轻蔑、无畏而骄傲地倒在血泊中。昂扬洒脱和勇往直前改变了以往波兰战争电影的沉闷阴郁，以明亮清新的气质表现战火中的青春。

华沙大起义发生于1944年8月1日，持续60多天，无数短兵相接的肉搏战在华沙的街巷展开，华沙人的宁死不屈让希特勒大为恼火，调动空军疯狂轰炸，最后导致20多万人死亡，整个城市几乎被夷为平地，过程极其惨烈。影片大量直观展示战争的残酷，给观众强烈的感官刺激。

片中男主角出身文艺家庭，脆弱而敏感，男孩子每天出门前，为了安慰妈妈和弟弟，都在对面街上跳一段诙谐的舞蹈。影片以人物动作细节开始细腻传情；导演毫不做作地表现了青年的恐惧和惊慌失措，展示了非常情境中真实的人性。

但随着战争的进展，影片中的人物性格开始流于苍白和平面，人物刻画的重心也从男主人公转移到和他相恋的女孩身上。几个超现实慢镜头的突兀出现完全是为特技而特技。

影片末尾没有交代女主人公是否逃出德国兵的魔爪，但男主人公看到裸体尸群后绝望地要自杀，已经传达了战争没有侥幸的铁律。这里，导演超越了现实的逻辑，拍了一组女主人公逃出后游到和男主人公相遇的小岛上，和幸存的男主人公一同凝望废墟城市的镜头。伤痕累累的废墟映象转瞬幻化为今天美丽和平的华沙风景。这一组视觉组合瞬间让观众的热泪奔袭——建立在残酷战争上的浪漫从来都只是让伤痛更加剧烈和难忘。观众由此明白，无数处于美妙年华的华沙青年已经和那个时代的记忆一起永远地葬身无处了，而今天波兰土地上的所有繁荣和生机都是无数惨烈的牺牲创伤换来的……波兰的战争电影，无论是坚实的现实主义风格，还是唯美清新的浪漫手法，其精神层次的深重伤痛都让心灵久久如临噩梦。在70年后的今天，愿“验尸报告”就停留在影像之中，让经历太多伤痛的波兰，自由地去文艺吧！

波兰剧院版《先人祭》:“古斯塔夫”们的精神苦旅

徐 健

这两年，中国观众对波兰戏剧的感知很大程度上归功于克里斯蒂安·陆帕。但从这位波兰“国宝级导演”来华演出的《假面·玛丽莲》和《伐木》上，我们似乎更多看到的是波兰本土艺术家对于异国素材、文本的娴熟“创造”，以他者的视角寄托个体经验，而对于波兰本土戏剧乃至文化沿袭的观感依旧是模糊的。这时，波兰剧院（弗罗茨瓦夫）把亚当·密茨凯维奇的《先人祭》带到了中国。当原汁原味的波兰民族经典与当代生活发生碰撞，当神秘奇诡的浪漫主义与任性超越的导演创造相结合,《先人祭》犹如一块陌生的戏剧新大陆，让它的闯入者欣喜而惊叹。

在波兰文学史上,《先人祭》是一部镌刻着波兰动荡历史、民族性格、革新气质的诗剧。它以深邃的洞察和浓烈的情感，展现了19世纪初波兰的社会面貌和精神气质，既是抗争者写给祖国的行动宣言，也是流亡者直面内心的痛彻告白。在波兰的演剧史上，该剧曾被多次搬上舞台，但是一直没有完整且未修改原本的演出。此番在首都剧场演出的《先人祭》第一、二、四部，可谓波兰剧院完整呈现这部鸿篇巨制原貌的宏大计划的一个部分。4个小时，超过6000行的诗句，舞台上依次呈现了波兰人的情感世界、古老民间祭祀仪式、青年古斯塔夫失恋后的痛苦，这些看似缺乏内在联系的叙事片段，虽然缺少像第三部分那般强烈的国家、民族意志，但却一气呵成，以其贴近人性的视角、质朴原始的民间气息，写出了一个人（古斯塔夫）与一群人（祭祀者们）超越时空的心灵与情感。这些属于精神层面的异质性探寻，是波兰人绵延至今的性格表征，更是一个民族活态的心灵史，它们在没有加入现代语言、没有当代媒介元素的情况下，被完整地呈现在舞台上且撼人心扉，这是经典作品的不朽，也是戏剧艺术的魅力。

身处国家分裂、政治动荡的年代，颠沛流离的密茨凯维奇写下了触及灵魂的《先人祭》，如今，“先人祭”的时代氛围早已远去，和平与安逸的环境让剧中“古斯塔夫”和“祭祀者们”的精神痛苦似乎变得遥远而陌生，然而在该剧的导演、39岁的米哈尔·泽达拉看来，作品中包含的“孤独、思考、回忆”是超越时空的，依旧为今天的时代提供给养，而且原作本身的创新气质和充沛的情感元素，也使其成为一部合乎今人审美需求的“完整的戏剧”，这一切恰恰为其舞台的“冒险”提供了蓝本。

遍地的生活垃圾、烂尾楼般的建筑、慌张迷惘的人群……密茨凯维奇诗性而悲伤的“浪漫”变成了导演心中冰冷且暗黑的“真实”。伴随姑娘对《瓦莱里娅》的爱情幻象，无边的黑暗降临，一支匆匆赶去祭奠的乡民队伍迷失其间，电筒微弱的光源指示着他们前行的道路，恐惧笼罩在他们心头。“处处寂静，处处黑暗”，在以往的观剧经验中，我们还不曾面对如此黑暗的空间呈现，它的真实让人压抑，它的氛围使人恐惧。或许这种恐惧感的确立应和了勃兰兑斯对波兰浪漫主义诗人“渲染恐怖”、“歌唱希望”的主题阐释，但是泽达拉的意图似乎并非这样简单。有舞台美术家经历的泽达拉，在该剧的二度创作中，将空间的叙事表意功能与祭奠仪式的神秘、祭祀乡民的情感、幽灵的存在结合在了一起，为一个起源于异教时代的祭祀传统赋予了当代的隐喻。

如果仅仅将第一、二部分的“黑暗”看作戏剧时间的指示，泽达拉的手法无疑显得笨拙而单调。我们不仅要看导演呈现空间的方式，更要看他的空间与叙事进程本身的关系。舞台上，黑暗营造了森林的纵深感，制造了祭祀所需要的隐秘氛围，它既是被物质污染和技术占据的当今世界的象征，也给观众制造了视听的幻觉，使观众不知不觉参与到了祭祀者的行列，成为感受恐惧的“同路人”。

虽然依旧是密茨凯维奇的语言，但是身穿现代服饰的乡民、老式的汽车、DV机、祭祀食品等等，一切表明，这不再是那个四分五裂、遭受异族压迫的波兰，而是一个物质有余与精神迷茫并存的世界，人们可以不再为国家的苦难而悲伤，可是现实的景象还是让他们惴惴不安，生活中的恐惧无所不在。只有再次回到那个“隐秘的地点、夜晚的时间、怪异的仪式”中，他们才能静下心来，审视内心。泽达拉不改“先人祭”祭奠亡灵、劝谕世人的初衷，但他更希望人们能在正视恐惧之下，不要忘记自己从哪里来，要到哪里去，未来正是黑暗过后的希望所在。

密茨凯维奇《先人祭》的四个部分并没有直接的情节关联，这种写作方式可以看作是对华沙伪古典派的反叛；如今的舞台上，泽达拉的“反叛”也在二度创作中进行着，他将古斯塔夫的爱情悲剧与乡民的祭祀过程，这两条看似毫无关联的线索黏合在一起，提炼出两种人生境遇的共通点——心灵的救赎与精神的创痛，并通过三种完全迥异的叙事方式、舞台语汇，进行了合乎个体表达与审美期待的阐释。第一部分沿袭“日常叙事”，用男女青年、老人、孩子面对爱情、友情、亲情的所思所想，展现了波兰人情感世界、道德伦理、生活诉求的各个方面，日常生活中有欢快的歌唱、天籁般的歌谣，更有悲伤的倾诉、善良的劝慰，这种古老时间的生命体验、世俗文化在当今波兰人的精神生活中依旧延续并发挥着作用。第二部分借助红外线DV机和投影，透过一名神秘女子的镜头，导演开启了“影像叙事”对先人祭仪式过程的猎奇与偷窥。晃动的镜头和急促的呼吸，女子手中的DV机不只是导演的噱头，而且是扮演着引导观众身临其境、分享恐惧的“角色”。正是通过蒙太奇般的影像画面，观众看到了一个个被乡民们唤醒的幽灵，他们在生前要么贪图享乐、心高气傲，要么作恶多端、冷酷无情，死后的面容却无一例外的可怜、可悲，灵魂无法得到安歇。影像叙事把善与恶、罪与罚、得与失的对立转化进行了具象化的表达，它以这种当代人熟悉的日常媒介，实现了对心灵的疏通与劝谕。第三部分在写实化的开放空间里，导演开启了古斯塔夫一个人的“意识流叙事”。叙事风格的瞬间跳跃，看似与前两部分无关，实际上正是之前叙事伏笔的延伸——生活的隐秘被发现（警察阅读幽灵的笔记）、绝望的灵魂得不到安息（亡灵一一召唤）……古斯塔夫在精神呓语般的自我沉浸中，倾诉了个体生活、情感的遭遇，精神的伤痕被一一撕裂。

诗剧中的“古斯塔夫”犹如密茨凯维奇情感历程的投影：社会地位的差异，阻隔了他跟维列什恰库芙娜的相爱之路；重返诺沃格路德克，父母过世、家徒四壁的境遇又陡升了他的伤感与绝望，他成了彻底远离故土的流亡者。诗人敏感的天性和愤懑不平的意志在这种极端的情绪中，累积成了忧郁的文字和形象，他把古斯塔夫塑造成了一个与现实格格不入的悲剧主人公，一个交织着现实失落感、情感挫败感的“零余者”，看似孤独、游荡，实则在这个动荡国家的每个角落无处不在。舞台上，古斯塔夫强健的体格、硬汉的造型与他忧郁的气质形成极大反差，只有满身的伤痕、颓废的装束，暗示着他所遭遇的现实与精神折磨。扮演古斯塔夫的巴尔托斯·波尔奇克是波兰当红演员、歌手，一个极富表现力的优秀演员。在第四部分近90分钟的时间里，他时而以动情、婉转的独白与吟唱追忆起昔日恋情的甜蜜，时而以低沉、冰冷的言语展现出幽灵般的诡异，时而又在歇斯底里般的癫狂中痛斥世事的不公、慨叹命运的跌宕，镇静、忧伤、躁动、痛苦、冒犯……复杂的情绪转换，被这位“80后”演员演绎得节制而富有感染力。从明亮温馨的神父居所，到屋外黑暗无边的树林，再到长凳上痛苦而压抑的把酒抒怀，波尔奇克的气场占据了整个舞台，他不仅是在演亡灵最后的三个时辰，也是在跟古斯塔夫“对话”，他在追寻是什么让一个男人的爱情悲剧如此刻骨铭心，更在思考身处急速变化的环境，个体的心灵、信仰、价值该如何安放。当剧终波尔奇克以近乎自虐式的表演将个体的悲怆引向了对神父所代表的权威的质疑，乃至社会不公的抗议时，这种追求生存平等、尊严的社会诉求，让古斯塔夫逐渐回到了当下，“古斯塔夫”们的精神苦旅变得残酷而真实。

在波兰的戏剧舞台上，泽达拉敢于挑战秩序、打破常规，他对波兰经典作品立足当下的诠释，既与波兰的现实语境相通，映衬着当代波兰人的精神状态和生活态度，又将最主观化、个性化的艺术语汇融入其中，体现了一位艺术思辨者、舞台革新者的卓尔不群。

对《先人祭》的二度创作，有两处改动值得关注：一个是将第二部分曾经出现的佐霞拒绝奥列希、约久爱的表白的台词作为全剧的结尾；另一个是剧终让所有的亡灵缓慢进入神父的房间，进而占据整个舞台，古斯塔夫的孤独绝望淹没在众多游荡的魂灵中。前者呼应、强化了剧作爱情悲剧的主题；后者则用生命和灵魂铺陈出了一幅扑朔迷离的人生图景。“霍拉旭，天地之间有许多事情，是你们哲学里所没有梦想到的。”泽达拉的结尾跳出了观众对演出的“哲学”期待，他以感性的画面、充溢的灵魂和多情的人生，升华出了一个让梦想照进现实的超现实空间，奏出了一曲诗意隽永的挽歌。这挽歌不哀伤、不绝望，它以深沉的宣叙善意地提醒观众：莫要轻视生命中的每一次相遇，有情感、有温度的心灵远比那些做尽坏事的飞蛾更值得呵护、敬畏。

塔德乌什·康多尔的“死亡戏剧”

黄莎莉

2015 年是塔德乌什·康多尔诞辰百年，联合国教科文组织以“塔德乌什·康多尔年”纪念这位伟大的波兰戏剧家不朽的戏剧精神。10 月，波兰大使馆文化处与中央戏剧学院联合举办了“塔德乌什·康多尔国际研讨会”和“康多尔摄影展”，就康多尔的戏剧创作展开深入讨论。11 月 10 日，康多尔表导演大师班也将在北京剧协举办，波兰使馆文化处将邀请波兰专家系统讲解和剖析康多尔的戏剧表导演方法。

作为一名戏剧导演、编剧、舞台设计师、画家、视觉艺术家、演员和戏剧理论家，塔德乌什·康多尔一生致力于戏剧改革，他创造了一种新的戏剧类型，拓展了戏剧表现疆域，极大推动了波兰战后艺术的发展，被认为是 20 世纪波兰最杰出的艺术家和戏剧改革家。

康多尔的戏剧作品充满了仪式性与怪诞性，他将剧场作为“人与死亡之物”交流的场所，以人偶为媒介传递“消逝的过去”与现在共存的剧场美学。他的作品常常在阴冷的地下室、狭小的衣帽间进行演出，即使赴欧洲各地演出，他也尽可能选择合适的剧场空间，维持作品的风格。他的戏剧改革并不抛弃戏剧文本的重要作用，却借用偶发艺术（艺术家用行为构造一个特别的环境和氛围，同时让观众参与其中的艺术方式）的方式重塑文本的结构，循环往复的内在模式和重复的肢体动作也都成为他作品中的重要元素。他不拘于当时波兰保守的艺术氛围，以其敏锐的艺术家之心，超越了传统为艺术所设定的边界，创造了独特的“死亡戏剧”风格，对欧洲戏剧产生了巨大影响。

康多尔成长在波兰塔尔努夫，接受了优良的艺术熏陶，想成为画家的他随后考入克拉科夫的美术学院。他深深受到当时在戏剧与艺术领域成就不凡的维特凯维奇的影响，同时也着迷于布鲁诺·舒尔茨和维特基维茨的小说，这些影响着他从一名画家走向戏剧创作，也能从他日后的戏剧作品中找到波兰文化中先锋艺术的投影。

康多尔的戏剧创作经历了“地下戏剧”、“非定型戏剧”、“无形式戏剧”、“零戏剧”、“不可能戏剧”、“偶发戏剧”及“死亡戏剧”等重要阶段。他的戏剧创作初期形成的风格流变，一方面基于其个人艺术观的成熟与发展，另一方面也受到当时波兰视觉艺术与戏剧之辩的影响。康多尔延续了他对当代艺术的思考与其戏剧改革交融的创作方式，他曾对包豪斯设计、构成主义、超现实主义等艺术风格有过深入研究，并前往巴黎游学，坚定了自己将以“变化的方式革新戏剧传统与功能”的戏剧目标。

康多尔的第一份工作是在华沙国家剧院担任布景绘制师，随后纳粹上台，他不甘心创作受限，冒着生命危险进行地下艺术创作，并于1942年组建“地下独立剧团”，上演了《俄尔普斯》和《奥德修斯归来》等“地下戏剧”风格的作品。在此期间，他仍然不间断地进行绘画创作，并于1948年举办了个人画展。1955年，对当时保守的艺术环境失望的康多尔与两位艺术家共同创办了“克里科特2号剧团”，剧团成员由画家、雕塑家、偶发艺术家、艺术理论家和国家剧院的演员组成。康多尔发表了《包裹宣言》，试图以“无形式”来实践舒尔茨的“破坏性”倾向，他认为“死亡伪装成无象之形”而将人与物的特性与外形都消除，从层层包裹的《马戏团》到演员已被当作道具的《乡村的房子》都有这样的特点。

意识到“无形式戏剧”的结构涣散，康多尔在其基础上发展出《零度戏剧宣言》，尝试将戏剧简化成为最本质的因素，并以文本剥离的方式建立戏剧现实与人造现实的冲突。在《疯人与修女》之后，他逐渐确立了“死亡美学”的倾向，并以仪式性建立“遗忘的过去”在剧场的复活，并与现在的观众产生新的交流。值得一提的是，康多尔在1963年举办了名为《反展览》的集绘画、装置、戏剧创作手稿等作品的个展，昭显了他的先锋观念，也是波兰首次不同于传统展览形式的当代艺术展。4年后，他创作了偶发戏剧作品《信》和《海景的偶发事件》，彻底抛弃了舞台、抛弃了与观众保持特定关系的空间限定，继而通过他对杜尚颠覆性的代表作“现成品”的一种呼应，希望用“既成现实”的表现形式达到占领生活的目的。康多尔的偶发戏剧更像是一个艺术事件，很快，他又回归到剧场创作之中。

1975年，康多尔发表了《死亡戏剧宣言》，随后导演了最重要的四部戏剧作品《死亡班级》《维洛波莱，维洛波莱》《我一去不回》和《今天我生日》。死亡戏剧是康多尔所有艺术与戏剧经验的提炼和升华，使得它以另类的面貌出现，并且完整地统一了康多尔的死亡美学与表演形式。《死亡班级》就是其中的代表作品。它蕴含了丰富的死亡符号与历史隐喻。演出在一个地下室的一角，以一根粗麻绳划分了舞台与观众席的界限，几个垂垂老矣的人端坐于课桌前欲言又止，其后不断地从“死亡”中复活又走向死亡的道路。而康多尔则站在舞台一侧的讲桌旁托腮凝视着表演者，也成为舞台演出的一部分，当演出结束后，他走进舞台后方同时象征新生和死亡的黑暗之中，宣告演出的结束。

康多尔直言自己选择“堕落的现实”为题材，这些“贫穷的、被剥夺了尊严和名誉的、无助的又常常是可鄙的”人物成为他刻画的对象。绘画的美学基础让他的舞台呈现具有强烈的画面感，他常常从观众席的各个角度调整空间布局，只要求舞台上用最简朴的道具或演出机械装置。他常常在演出中设定“集体合影”的情节，演员面部和服装都是灰色，剔除生命特征，如同褪色的照片。

人偶也是康多尔戏剧创作的特点之一。他曾在上学期间为一个木偶剧团排演过梅特林克的《丹达吉勒之死》，并在多年后的戏剧创作中偶然加入了人偶，开启了他作品中最重要的“无生命之物”担负着“度量人的命运”的映照和警醒。它们是死亡对象形而上的延伸，最初人偶作为演员的另一部分而同存，70年代的《鞋匠》《水鸡》

以后，演员成为无生命人偶的模仿者，他们通过仪式建立与死亡的关联、重溯过去。康多尔认为，生命唯有通过生命的缺席和对死亡的向往，才得以表现。

康多尔作为演出的“观看者”出现在舞台上，也是其独到之处。他想通过“观看”的一系列反应去引导观众与演员的交流，然而，他的在场，恰恰成为舞台上的“死亡物”与观众之间的另一层介质，他转译了历史与过去之于今天的意义。康多尔出生的时代，是一个政体动荡、战火漫天的时代，他血脉里的犹太民族精神注定了他在这个时代的悲苦和绝不屈从。他的父亲是一名波兰军官，长期征战在外，没有参与他的成长，后在二战中惨死于奥斯维辛集中营。父亲的缺席与民族的被迫害使康多尔对死亡寄寓着追思与希望，他一生反抗主流、逆其道而行，反而成就了独特的戏剧美学观，终其一生探索戏剧的本质。

75 岁的康多尔在排演《今天我生日》的过程中突然离世，他说的最后一句话是“和演员们说下抱歉，我不去排练了”，将“死亡戏剧”留给了世界。

保罗·德尔沃：个人的魔幻之城

远 人

20世纪60年代，拉丁美洲出现了震动世界文坛的“文学爆炸”现象。其中以马尔克斯、略萨、科塔萨尔、富恩特斯等为主将所创作的长篇小说被冠之为“魔幻现实主义”。拉丁美洲的现实被赋予神秘莫测的光环，是变形与夸张、想象与现实的奇妙结合。小说读者面对文字，无不是借助文字来展开自己的想象，但绘画就不同了。

绘画始终是视觉的冲撞。绘画史上各种主义多半都停留在写实层面，就主义二字来说，也不过是表达手法和表现内容的不同。只有布勒东发表“超现实主义宣言”之后，投身超现实阵营的画家们才率先从视觉层面给读者提供耳目一新的观看感受。

按布勒东第一次宣言里的说法，超现实“即迄今遭到忽视的某些联想的形式，同时也信仰梦境的无穷威力，和思想能够不以利害关系为转移的种种变幻。它趋于最终摧毁一切其他的精神学结构，并取而代之，以解决人生的主要问题”。如果以这段话衡量的话，堪称超现实代表画家的不是达利、恩斯特，而是比利时画家德尔沃。实际上，德尔沃从未参与超现实主义绘画活动，与其说他的画作是超现实，不如说他是魔幻现实主义画家。

因为在超现实强调的梦境之外，德尔沃更多地体现出似梦非梦的魔幻色彩。观众面对德尔沃的画时，能感受到无穷尽的种种；同时，德尔沃的画面提供了一种完全属于个人表达的感受和领域。

德尔沃画面的构成元素几乎一目了然。撇开其1919年踏上绘画之途后的早期作品，德尔沃进入30年代后的成熟之作，似乎只专心致志地刻画了几个不多的形象：骷髅、裸女、火车、房间、楼梯、街道、车站、广场，等等，且这些形象几乎都集中在夜晚出现，似乎德尔沃将夜晚梦境中的景象挽留在画布之上，令人惊讶和着迷之处可概括如下：

首先，夜晚本身呈现出一种不真实的感受，尽管画面表现的夜晚有夜晚应有的黯淡，但绝非我们可以身临其境的黯淡。画面运用的色泽深浅和对比使夜晚像是从被遗忘的远古走来，在黯淡中透出一股难以言说的诡秘，那种诡秘提供了驱走所有声音的寂静。

其次，夜色笼罩下的建筑也不是德尔沃生活其中的20世纪建筑，精美无比的造型结构更像来自古希腊，那些早成废墟的建筑在德尔沃的画布上重新矗立。但奇怪的是，读者又能从中看到现代意味，因为它们旁边有工业时代的火车和铁轨。

再次，德尔沃画面上的街道总显得无比荒凉。荒凉不是因为街上无人，德尔沃画作的街道上常有裸女出现，或独自一人，或结队成群，但不论画面上出现多少人物，街道的荒凉感总是存在，也没有任何人能提供明确的解释。

最后，德尔沃画笔下的裸女、绅士和警察都没有出处和归宿。唯一能确认的人物是凡尔纳小说《地心之旅》中的学者林登·布鲁克。好几幅画中，布鲁克都现身其中。但除了《不安的街道》，布鲁克每次出现都是侧身而立的姿势，左手抬起眼镜，仔细鉴定右手举起的宝石类物品。

德尔沃的画给人的最强感受就是找不到解释的入口，哪怕它们是以具象的方式出现。德尔沃自己也说，“我的绘画，不仅仅只是绘画的追寻。我从不考虑应该如何解释作品，但是我仍苦于人们如何看待我的作品，例如画中人物彼此缺乏沟通理解，女性展现了一种高傲的优越感。一旦思索我的动机，我也深感困扰……我的首要动机仅仅是造型罢了。”

果真如此吗？

画家在创作时一定有其“动机”。德尔沃的画面人物也和他自己的说法十分一致。人物看似聚集，彼此间却缺乏交流，每个画中人似乎都在梦中漫游，但读者能够感到梦中漫游的人似乎在同一个地方。更准确地说，他们几乎像无生命的人体，摆出各种姿势，像一尊尊蜡像，但在晦暗不明的色泽和诡异的街道及古典建筑背景下，人物又像被时间遗忘的幽灵。他们似乎从远古建筑中离开，又在不断寻找栖身之地。换言之，德尔沃画中所有建筑的风格一致，空间气氛一致，人物造型也一致——至少在感觉上几乎一致。这不免令人想起马尔克斯的小说世界，在以《百年孤独》为轴心的大量中短篇小说中，人物几乎都集中在马孔多小镇；福克纳也同样如此，他很多故事中的人物也都生活在一个叫约克纳帕塔法县的虚构之地。或许，德尔沃想做的就是用画笔构建一个完全属于自己的所在。不同的只是，他没有给创造的地方取个名字，或者他根本就不愿意给画面世界取名字，它们可以叫都市，也可以叫现实，更可以叫梦境。德尔沃创造了他的世界，哪怕这个世界只有街道、广场和夜晚。所以没必要问德尔沃为什么要创造这样的所在，对伟大的艺术家来说，没有比创造一个自己的世界更值得付出全部心血的了。

真正值得一问的是，读者究竟能从德尔沃的画面世界发现什么？

以《小镇破晓》为例，画面构图纵深，远处是庄严的远古建筑，画面左侧是带有长阶梯的城堡。城堡前面，也即画面最前方，是一个赤身裸体的正面少年；在他右边，一个裸女面对他，左手拿块遮住下身的布料，右手朝少年伸出；在两人后面，另外一个裸女披着长袍，双手插在发中走来；裸女身后跟随一个西装革履的男人；在最右方的一棵树下，同样站立一个打量的裸女。更远处，则是一群列队而行的裸女，她们也全部拿着布料；城堡前的阶梯上，同样有一些裸女在那里或坐或站。画面上的天空黯淡，似乎黎明将在一片晦暗不明中到来。

这幅典型的德尔沃画作集中了画家最拿手的元素和处理手法。尽管画面上所有人看起来都在走，但似乎被某种力量控制，全部停止在最后一个动作上。画面上完好无缺的建筑根本不是20世纪的建筑，在现实中它们早成为废墟。它们只能在时间中找到真实，却不能在现代人的观看中，真正地变成真实。在虚假与真实之间，画面上的人和建筑产生出的奇妙而恍惚的错觉，读者看到的似乎是永不可能的生命复活，但没有哪个人和哪种物又在真的复活，甚至连画面上正破晓的黎明也像永远不会到来。换言之，德尔沃借助画笔，似乎触到了所有人都无法亲手触摸到的记忆和时间。

只是，德尔沃画笔下的记忆并不属于个人，因此读者无法在其中看到某种怀旧；他画笔下的时间更不属于个人，所以读者无法找到自己的时间感受。但没有人能轻易否认，德尔沃画下的不是时间和记忆。意大利画家基里柯给予德尔沃非常大的影响。面对基里柯的画，人们容易感受到他想画下静止的时间，而德尔沃似乎超越了对时间静止的描绘野心，要画下不存在的时间和一切。但不存在的一切却从画笔下魔术般出现，他越是一丝不苟地进行具象描绘，观者就越感受不到他们的真实存在，画中人看起来虽在一起，但却置身各自的时间。这意味着德尔沃将时间分割成独立的片段，所以画中人无法在彼此间进行真实的走动和沟通。哪怕某幅画画出的只是一个人独自凝望建筑或车站——譬如《孤独》，一个红衣金发少女背对画面，凝望长长街道，街道旁是黑色的火车，但街道和火车都像在另一个时间区域，因此看上去，画中的少女总在凝望不存在的记忆或时间之外的某种召唤。她虽然在凝望，却只看到一片空无；她身边虽有火车和车站，却像站在荒芜之中。

德尔沃给观者最强的感受也就是荒芜，即使是群像画，也因为人物彼此间的陌生而感受到他们心灵的荒芜。就此而言，不论德尔沃展现的画面多么魔幻和神秘，依然有强烈的现代感。在现代派大师那里，艾略特将现代称为“荒原”，斯坦因将现代称为“迷惘”。这些称谓被现代人接受，意味着现代人的确在生活中遭遇了前所未有的激变。无人说得出激变的来源和去处。越说不出，就越是吸引无数思想者对答案进行追寻。因而时代的重要感受——孤独带来的生命荒芜便成为现代派大师的表述核心，德尔沃是用画面来表述：人类有史以来，无时无刻不被孤独和荒芜笼罩。我们总是会在某个瞬间有此相同感悟，因此可以说，德尔沃画下的是人的历史，更是时间的历史。哪怕我们生活的当下，也将全部成为记忆和历史，成为时间中的荒芜，成为世界不可避免的结局。

埃利达尔·梁赞诺夫：一封珍贵的来信

张晓东

埃利达尔·梁赞诺夫（1927—2015），俄罗斯籍导演。代表作《意大利人在俄罗斯的奇遇》《命运的捉弄》《办公室的故事》《两个人的车站》等。梁赞诺夫是中国影迷熟悉的导演，影片《办公室的故事》1958年曾在中国上映，造成轰动。11月30日凌晨，梁赞诺夫在莫斯科医院去世。

《俄罗斯文艺》编辑部（原名《苏联文学》）保存着一封珍贵的来信，是苏联著名导演、苏联人民艺术家埃利达尔·梁赞诺夫写来的，全文刊登在1988年第1期上：

我对《苏联文学》编辑部刊登我与埃·布拉津斯基的剧本《命运的捉弄》表示衷心的感谢。我认为贵刊在促进中国读者了解苏联文学方面做了大量的工作。愿杂志的印数不断增长，愿它更受读者的欢迎。因为这将加强我们之间的联系，促进中国人民对苏联人民生活的了解。我们的伟大民族之间的友谊对于保障世界和平来说是必不可少的。借此机会我祝愿中国读者万事如意，生活富裕，成就显著，美满幸福。

你们的埃利达尔·梁赞诺夫

（马志洁译）

这封信是手写的。1987年，应中国戏剧家协会、中国电影家协会的邀请，梁赞诺夫来到北京进行“苏联电影周”文化交流。彼时，《办公室的故事》在中国已经有海量粉丝，很多如今在50岁上下的观众，还能脱口成诵其中男女主人公大段的对白，还能唱其中那首朗朗上口的插曲《我的心儿不能平静》。这部戏中的演员在人们心中的地位，绝对不亚于如今的“巨星”。在京期间，在电影局安排下，梁赞诺夫观看了中央实验话剧院话剧《命运的捉弄》的全剧连排。由于听说他的话剧剧本《命运的捉弄，或蒸得舒服》刊登在《苏联文学》杂志1987年第3期上（陈锌、马志洁译），便欣然提笔，修书一封。

今天看来，梁赞诺夫的这封信其实写得比较“官方”，即从政治立场上看，无过无失，还带有点社会主义阵营老大哥的口吻。其实他在看完全剧连排之后所做的褒奖也是程式化的，非常“苏联”式的：恐怕他的中国之行，政治意味要大于艺术意义。

然而我们在字里行间仔细看看，还是能捕捉到属于梁赞诺夫的风格。比如他衷心祝愿杂志“大卖”。在20世纪80年代的中国，一份纯文学期刊提金钱多少是会让人觉得有点羞愧的事情，虽然《苏联文学》在当时的确是“大卖”，订阅量最高时期达到过十几万册。梁赞诺夫这么说并非出于客套，而是率真性情和幽默感使然，他也从不掩饰自己对金钱的需要，还说“我拍电影是为了付房租”。而当时的中国人，连“偷税漏税”这个词都感到陌生呢。在民间，中国和东欧的贸易悄然升温，人们对物质、财富的欲望不是悄然觉醒，而是以几何倍数增长，而苏联文艺其实提供了一种微妙的制衡作用：在精神需求和物质财富需求之间孰轻孰重？自有答案。

这大概就是为什么梁赞诺夫的电影迅速被中国人接受的主要原因之一。芸芸众生——是的，他的作品里没有什么英雄人物——也是需要被肯定的。面对滚滚而来的经济大潮，人们在《办公室的故事》《两个人的车站》《命运的捉弄》等影片中找到了安慰与平衡：没有钱也不是那么可怕，因为决定我们作为人的价值的并不是金钱，而是精神，是一种精神的和谐、良心的平衡，以及尽可能的美好。而这一切与今天的国产电影相比，实在是差别太大了，今天我们好多所谓高票房电影都在趾高气扬地宣布，成功学就是一切，有颜值、有钱便是人生终极目标，于是就有一切。而金钱至上论这种显而易见的粗俗，难道梁赞诺夫不知道？从梁赞诺夫 80 年代拍摄的《残酷的罗曼史》中可见，他并不是苏联计划经济时代的过时导演，而是对资本逻辑下的人性有相当深刻的洞察。

芸芸众生——是的，梁赞诺夫没有拍过“高大上”的人物或主题。他也并不在电影语言、电影诗学方面下特别的功夫。似乎他在意的只是身边的生活：哪怕是琐碎的生活。虽然他的电影大多有着喜剧的外表，却能让人清晰地看到对于生活的反映。当然，他的现实主义并不涉及很深的社会矛盾，或暴露黑暗面，而是在于描绘芸芸众生的人性：一种讽刺的、却不无善意的描绘。在这种描绘下，一些对社会真正的讽刺便浮上水面：《命运的捉弄》最大的包袱源自主人公身处两个不同的城市，却发现房子、装修、格局、设施都是一样的。其中对赫鲁晓夫时代留下的缺乏个性、整齐划一、不人性化的思维之讽刺显而易见。《老马》则是将养老这一社会问题尖锐地提了出来。其他电影大师不见得会关注的民生问题，倒是他最关心的。所以，他才是真正意义上的那个“人民艺术家”。他的喜剧不同于无厘头、插科打诨之处，主要也在这里，那就是其中流淌着生活的质感。或许梁赞诺夫并不算世界电影艺术殿堂里赫赫有名的人物，例如塔尔科夫斯基：塔尔科夫斯基对生活的提炼是另外一种极具个性化的、深邃的电影语言。梁赞诺夫更为“大众电影”。但是这不正是电影的应有之义吗？从某种角度说甚至“大众电影”更为重要和有意义得多。我们的电影在一段时间内，其实有着这样的内涵，比如我们回过头来看 20 世纪 80 年代甚至 90 年代一些优秀电影。但是，生活现在从我们的大银幕上消失了。难道不是吗？在 400 亿票房的漂亮成绩下，有多少粗制滥造、迎合低俗观众的垃圾电影？在资本利益驱动下，消费主义快餐式电影的虚假繁荣，支撑不起其表面的光鲜。如今银幕上鲜见生活的真实，取而代之的是苍白矫情的“爱情”和“青春”，以及各种狗血的、电视节目放大版的“撕”。今天如果重新去看梁赞诺夫的电影，就像一位“85 后”的青年学者所说的那样，会发现它们非常具备可重复观看性，人物非常鲜活、饱满，看似令人发笑的故事却能让人体会导演对生活的独特思考。这样的“大众电影”，不正是我们如今最缺乏的吗？有人说梁赞诺夫“过时”，是哪来的自信？

如今很多导演所缺乏的，还有作为导演必须具备的一些基本素质。例如逻辑思维能力的底线，例如文学素养：往高里说是编剧能力，往低里说，能讲完整一个故事吧，可是这如今竟然都是最高要求。而梁赞诺夫给我最深的印象，是他深厚的文学素养。假如文学素养不够，缺少品位，喜剧往往会显得俗气，而梁赞诺夫的作品不会这样。他的作品通俗，但不会俗气，这显然得益于他多年的文学修养。青少年时期的梁赞诺夫就热爱文学，喜欢写东西，如果注意的话，他参与了大部分自己作品的编剧。登载于《苏联文学》上的这篇《命运的捉弄》话剧剧本，就是他和老搭档布拉津斯基的合作成果。从这个剧本的文本来看，作者并不是将电影剧本一改了事，这个剧本是非常成熟的“戏剧文学”，与电影是同一个故事，但的确是为舞台而写，显示出作者对戏剧这种文学体裁娴熟的驾驭能力。实际上，缺乏编剧能力的导演，不可能成为一流导演。导演是一部电影真正的作者，编剧的工作通常都是配合导演，将导演心中的那个故事做得饱满生动。由于文字思维和影像思维完全不是一回事，过于依赖编剧的导演很难成为真正意义上的导演。国内出现的种种“剧本荒”实际上反映的正是“导演荒”。一流的导演都与编剧有着良好的合作关系，例如黑泽明与桥本忍，梁赞诺夫和布拉津斯基的关系也是这样。

提到梁赞诺夫的文学品位，或许人们不大注意得到他电影中的插曲。实际上，这些电影插曲除了旋律悦耳（大多数是抒情的罗曼史）、朗朗上口之外，歌词本身也是优秀的文学作品。例如《命运的捉弄》中的插曲《我问那柃树》：

我问那柃树，我心上人儿在何方？
柃树没有回答我，只是摇摇它的头。
我又问那白杨，我心上人儿在何方？
白杨抛给我的，只是那秋天的落叶。

我又问那秋天，我心上人儿在何方？
秋天回答我的，只有绵绵秋雨。
我又问那秋雨，我心上人儿在何方？
秋雨在我窗外，久久流着泪。
我又问那月亮，我心上人儿在何方？
月亮不回答我，悄悄躲入云层。
我又问那云朵，我心上人儿在何方？
云朵融入蓝天，随风流散。
我那唯一的朋友啊，请你告诉我，
我心上人儿在何方？
你告诉我她躲哪去了，
知道她在哪里吗？
朋友他诚实地告诉我，
朋友他真诚地回答说：
当初你心上的人儿，
现在是我的新娘。

这首歌词借用俄罗斯民歌中“顶针”的修辞手段，用极为朴素、俭省的意象，通过几段循环往复，利用时间的延迟，极为有效地表达了一种情绪：失恋的痛苦、背叛的愤怒，混杂着耻辱、失望、忧伤。歌词朴实而深沉，简洁而优雅，甚至有点自嘲和幽默，并且极为贴切地呼应了电影的主题：命运的捉弄。最重要的是，它如此准确地道出了这种情绪中的人的真实心理，所使用的意象又如此简单、贴切，而且，梁赞诺夫几乎所有电影的插曲，歌词都具备真正的文学水准，这与他本人的文学素养息息相关。在第一次看到这首歌词的俄文的时候，我深深感到，梁赞诺夫在今天能给我们提供的精神资源，又何止于电影本身呢？

《投靠女与出走男》：东庆寺之花，拔节生长

刘小娟

原田真人导演的《投靠女与出走男》是一部给予观者力量的电影，用其独特耐心的渗透方式。

电影对女性的弱势处境描摹细致，对女性如何互相体谅帮助，如何与荆棘遍布的环境抗争，如何在伤痛后愈合成长，用镜头语言一一铺展。

投入两个多小时，沉浸其中，一忽儿哭一忽儿笑，随着故事漂流，感受主人公们克服着现实中的阻力，缓慢地拔节生长。不虚幻、不鸡汤，明朗而饱满。

江户时代的女性没有离婚自由，被丈夫和家人虐待的女性，逃到东庆寺，获取庇护。由寺庙出面，与丈夫离婚。若丈夫不答应，逃婚女性在东庆寺修行两年，自动获取离婚。

电影根据井上厦的小说改编。井上厦的小说风格亦庄亦谐。观看此片，也让人忽悲忽喜，不能自持。

镜头不疾不徐地叙说故事，吸引着观者的眼睛，移形换步，看被压抑和欺凌的女性，在绝望中拼命奔跑，冲进庇护所。

阿茹、阿悠等几位女性，身心皆怀伤痛，逃进东庆寺。

东庆寺的生活外人称苦，却像助人修行成长的学校，抚平内心的伤痛，在枯燥规律的诵经、射箭、刀枪训练中，慢慢生长出属于自我的力量。

电影开始，阿茹被丈夫拳打脚踢，却无任何反抗之意，任由施

暴，不知还手。观众看了气闷，为什么不反抗一下？岂知对未来茫然无知之人，对现实中的苦痛已经麻木，没有了通常的应激反应。她的人格与自尊已经缺损，没法维护自己的肉体了。

阿悠被武士丈夫暴打，一心想在东庆寺中修炼武艺，两年后报仇雪恨。阿悠与阿茹相反，有反抗之心，却无力实现。身心被复仇控制，人格没法自由自在完善发展。

柏屋主持人源兵卫，听名字是个男的，却是个古道热肠的老太太，由老戏骨树木希林饰演。老太太声称："看不惯强取豪夺之人，若有人上门无理取闹，直接打出去！"

东庆寺的住持法秀尼，擅长射箭，擅长舞弄长刀，以又萌又帅的导师形象出现。在规律而严谨的寺庙生活中，两人习文习武，完善人格。

被这些人守护着、引导着、感染着，两年的寺庙生活中，两人缓慢拔节生长，不怨不忧，变得自信明朗。自我和人格不再局限在愁苦的小天地中，得到充分的舒展和健康滋养。

开场时，电影的色调偏阴暗偏冷调。随着主人公们处境改善，试探着表达自我，色调渐趋明亮饱满。春花秋叶，山泉溪流，一镜一景，皆让人抚慰畅快。

阿茹跟着信次郎，学会辨认种植草药，射箭长刀也很拿手。被嫉妒的女人们围攻时，没有忍气吞声，干脆利落地击倒几人，还帮其中一人疗伤。两年期满，丈夫前来，声称改邪归正，想与阿茹重续前缘。阿茹没有丝毫犹豫，没有陈腐的妇人之仁，明快地答应信次郎共同生活的要求。

阿悠决定不再报仇，而是游历江湖，磨砺自我。但阿悠的武士丈夫却挟持着人质，闯进寺庙行凶。开头被拳打脚踢、忍气吞声的阿茹，此时一身武艺，与法秀尼和阿悠配合默契，自信沉着，提着长刀，毫无惧色地与暴徒对战，一刀毙命。

大泉洋饰演的信次郎是见习医师，因在江户闹市区批评政府，逃到柏屋暂避风头。在此片众多渣男中，信次郎一枝独秀，为影片调节着气氛。他一出现在哪儿，哪儿就鸟语花香，笑声朗朗。信次郎喜欢写作，立志当一名剧作家。他医术高明，擅读人心，擅长辩论。

“出走男”信次郎在柏屋的两年时间也得到人生至关重要的历练，用辩论之术斥退上门闹事的妓院混混，用心理分析法剖析东庆寺的假孕事件。观察了众多男女悲欢离合的人生，储备了写作的资料。

电影名称虽然无厘头，原田导演的讲述方式却是沉稳的，不投机取巧，不哗众取宠。剧作工整扎实，涵盖丰富。故事主干之外，枝枝蔓蔓多线并进，导演尚有余裕填充闲笔，把整部电影装点得生机勃勃，细处栩栩如生。几句对话，几个镜头，勾勒位居角落处的小配角人生，点出人生忽而欢快忽而悲凉的况味。

整部电影的风格可以用井上厦的写作格言来概括：深奥的要浅显地写，浅显的要深刻地写，深刻的要有趣地写，有趣的要严肃地写。

观影中，导演的闲笔让人印象深刻。

阿吟夸赞堤真一饰演的老公：“你的脸是一辈子一心一意打拼的男人的脸庞。眉、目、鼻、口、颚，每一处的威严和沧桑都恰到好处。”夸人夸得这么别致有趣，不愧是收放自如、诙谐幽默的井上厦。

赚人热泪的竹荚鱼姐妹俩的故事，也没有刻意描摹，只是东鳞西爪地这儿插一个镜头，那儿交代一下阿蜜被卖身妓院，从妓院逃出的情景。待三人团圆，观者恍然大悟，穿插在剧中悠长的“竹荚鱼”叫卖声，并不是音响背景啊。

法秀尼在山间行走，举着一顶仅可遮头的西洋伞，袅袅婷婷。下一秒，就对着信太郎粗声大气狮子吼。她和信太郎是电影中的搞笑组合。

信次郎兴致勃勃讲起某次在澡堂中遇到名作家马琴先生，这个片段热气腾腾，是一处看似无用却趣味十足的“闲笔”。

信次郎发现马琴先生凝望着窗外的红柿子，众人皆不解，源兵卫老太太一语道破：“他眼中的不是柿子，是一片寂凉。”镜头并没有定在此处，马上转到众人吃饭走动的场景，却让人回味，似有禅意。

马琴先生提起关于写作的苦与乐："也许有人觉得只不过是讲个故事，但实际上举步维艰……一旦开始了，就想达到自身的极致。我们都要纠结至死了。"这是井上厦与导演等创作人的自况吧。

电影的结尾让人意犹未尽：分隔着柏屋与外界的门帘，静静地垂着。经过两年修行成长的主人公们背起行李，眼角带笑，朗声笑语，掀开门帘，与众人作别，奔向广阔天地。

2016 奥斯卡金像奖最佳影片《聚焦》：难得的是平实与自省

苏 往

第 88 届奥斯卡金像奖最佳影片的角逐中，本来赢面最大的是《荒野猎人》，《聚焦》次之。而后者得奖，大部分人是乐见其成的。

好莱坞的工业体系向来保守，但是，其从业者作为大型机器上的部件，和大工业时代以降的工人一样，本质上是一个没着没落、白云苍狗刹那间的阶层，政治倾向上“偏左”，为“劳力者”忧心，与“治人者”保持距离是必然的。

在这个游戏规则被少数人制定的世界上，如果有什么人，比如一群调查记者，为发不出声音的被侮辱与被损害者发声，而且在与权贵的对峙中漂亮地赢了一场，又正好有一部电影克制有力地讲好了这个故事，学院奖的选票没有理由不爱它。何况，《聚焦》今年的主要对手《荒野猎人》技巧精湛，却缺少其导演前作《鸟人》那种直指人心的力量。

《聚焦》改编自真实事件，讲的是本世纪初，《波士顿环球报》“聚焦”栏目的 4 人报道团队深入调查走访，最终揭开了当地天主教会纵容神父性侵儿童的丑恶真相。相关报道斩获了次年的普利策奖。

最初，这几位记者调查的只是一名问题神父，而且是报道过的陈年旧事。随后一个“幸存者”互助组织提供了一份牵涉 13 名神父的名单。这个数字足以让记者们震惊，他们在将信将疑中逐一走访受害人。原来，这些神父专门选择出身贫寒的孩子下手。19 世纪初期，大量爱尔兰人和意大利人移居波士顿地区，天主教是他们的主要信仰。直至今日，天主教仍是当地最大的宗教团体，大部人儿时以天主教的方式被养育，但到了新世纪，宗教在大多数年轻人的生活中早已退居次席了。不过，“如果你是一个穷人家的穷小子，宗教就很重要了”。神父利用孩子们在穷困中难得的美好寄托——信仰，同时又摧毁了他们的信仰。记者们看到的是一个个成年后还生活在童年阴影下的破碎的灵魂。

而这还不是调查的终点。一位跟踪研究这类现象 30 多年的还俗神父赛普告诉他们，问题不是出了“少许害群之马”，而是这在天主教中已经是一种“可辨识的精神现象”。记者们受到提示，开始在公开的教会文档中寻找几十年中以“应急响应”、“病休”、“未分配”等理由到任短期内被调走的神父，最终他们找到并调查了 87 人。这个数字符合赛普的推算——他认为对儿童下手的神父比例至少有 6%。

几位记者的征程长达数月，然而在这个漫长的过程中，除了两位与教会合作的律师起初不愿开口，有份可查阅的公开材料莫名消失之外，这几位“无冕之王”始终没有遇到对家像样的反击，电视剧《纸牌屋》里，政客亲手将知道太多的女记者推下地铁站台这类上演“全武行”的刺激场面，与此片无关。

在现实层面，主要得感谢在现代天主教交出了世俗权力。同时，这也是影片在美学上的追求。可能除了根据名录反向调查有一些抽丝剥茧的快意，《聚焦》的其他部分都以平实的方式推进，整部片子没有涂抹受害者的惨况与施害者的罪恶以形成“撞色”的强烈效果——就像题材近似的韩国电影《熔炉》那样，也没有将几位记者个人生活的困境织补到大故事里——就像大部分好莱坞商业片那样。

《聚焦》就像一篇出色的调查报道，用准确传递信息并亮出鲜明观点的“新闻语言”，讲清楚这宗丑闻的同时，也让观众“沉浸式”地体验了一把调查记者是如何工作的。同样提名最佳影片的《大空头》也是一部有关某行业的电影，它用眼花缭乱的技巧来解释各种金融业的运作。《聚焦》和《大空头》看上去是相反的两种路数，前者质朴，后者花哨，其实颇有异曲同工之妙：

首先，都是有意识地想把某个行业日常的运行方式讲给你听，这并不常见。虽然电影里的人物大多有职业，但通常是作为“设定”而存在。看了近三小时《一个明星的诞生》，你还是不知道在“大片厂制度”下，好莱坞明星到底是怎么诞生的；看了三部《教父》，你也不知道黑帮体系是怎么运转的。电影根本没试图告诉你这些。

其次，两部片子都以社会责任感为先。《大空头》点出金融界的上层对次贷危机不是完全无知无觉，处于食物链顶端的他们，对于普罗大众即将遭受的损失，“只是不在乎”。两者之中，《大空头》的情绪要激烈一些，最后几乎是声嘶力竭地控诉了。而《聚焦》则棋高一着，它如一篇客观的报道一样，用平静的眼光平视笔下的对象，不哭不喊，不猎奇，甚至没有挥洒怜悯，至于读者看了怒不怒、哭不哭，那是另一件事了。

难得的是，在“反派”几乎无所作为的情形下，《聚焦》将情节张力保持到了最后一分钟，你大约也能猜到，报道刊出当日报社的电话会被打爆，但是在四位记者走进报社时，电影还是成功地调动了你期待的情绪。这种张力，一方面很大程度上来自于难度层层升级的情节模式——从调查一名神父到证明整个体系出了问题，另一方面影片还设有一个小悬疑：

影片的主角、聚焦栏目的负责人罗宾森，斥责律师麦克利什不肯透露其掌握的问题神父名单时，麦克利什说，数年前他已经将一份 20 人的名单寄给报社了，却石沉大海。是谁在几年前没有跟进这一线索？一位对这一选题屡屡持谨慎意见的报社高层看上去很可疑。而在报道即将印发前，罗宾森向同事们承认这个人正是他自己，麦克利什将材料寄给了都市版，罗宾森那时刚接管这个板块，“根本不记得有这回事”。

真相大白，报社里也没有什么隐藏的把戏，没有谁想掩盖自己的过错，有的只是日常得不能再日常的“忽略”。作为主角的记者们不是众人皆醉我独醒的完人，整座城市这么多年听不到这些孩子的呼喊时，《波士顿环球报》同样也没有听到。

换个角度看，《聚焦》的故事蓝本牵涉神职人员的精神扭曲、阶层之间的鸿沟、教会“看不到的手”、表面光明实则腐朽而不自知的城市、挑战既成格局的外来者等等。一直致力于揭露真相的律师加拉贝迪安说，他自己是亚美尼亚人，将这个选题派给“聚焦”栏目的报社新主编是犹太人，“和我一样，我俩是旁观者清”。代表教会的律师劝罗宾森别再针对教会，“看看四周，这些人都是好人，为这座城市做了很多好事。”而赛普提醒调查团队再查下去可能要付出代价，教会“会让任何站出来说话的人沉默”。

关于这类母题，我们可以想到《大开眼戒》、诗选剧《真探》，甚至《黑暗骑士》。

关于治人者“看不到的手”，《真探》有一连串明显与邪教有牵连、但两位侦探的调查完全无法触及的名字，都是显贵，其中一部分人只是作为邪教核心家族谱系上的名字存在，剧集中都没有正式出场过。《大开眼戒》中，舞会上所有人看着男主角一人被迫在权杖面前摘下面具，因为他不是这个阶层的人，而男主角后来看到这张面具出现在他妻子枕边，一脸惊惧，不再妄图窥视那个地下舞会，回归他的中产阶级日常生活；而雇主向男主角解释选美皇后的死是意外时，气氛是轻松而坦诚的，只有那块桌布像是迎接阿伽门农的红地毯，在讲述另一个故事。

而《聚焦》没有那些“机关”，不是那样一种电影。它的完成度很好，却没有在艺术上走得更远，还是因为它从语言到立意都太像调查报道了，主观上没有太多形而上的追求，客观上也没有什么灵光乍现。还俗神父说，教会很快就会找他们麻烦，也确实有个“调停人”来游说罗宾森说，这都是那个新主编的主意吧，说实话，他不像我们那样爱这座城市，他有一天升迁了会走的，但是你又能去哪里呢。

然后，就没有然后了。在电影里，所有持反面观点的人，都只是动动嘴皮子罢了。

这样说对《聚焦》不太公平，准确地说，它对故事蓝本里可能延展出来的宏大母题兴趣阙如。毕竟，结尾处报社所有人都去支援“聚焦”栏目接听来电，片尾字幕显示受这一案件影响，真相得以在更大范围内得到揭露，因为牵扯太广，字幕走了好久好久，可能已经够了。

电影《卢旺达饭店》：民族命运共同体瓦解的悲剧

石一宁

由英国、南非、加拿大和意大利四国联合拍摄的电影《卢旺达饭店》自 2004 年上映以来，在全球范围内广受关注。

这部由特瑞·乔治执导，唐·钱德尔、苏菲·奥康尼多等领衔主演，米高梅电影公司出品的影片，以 1994 年卢旺达大屠杀为题材，叙述一位卢旺达胡图族饭店经理保罗·鲁塞萨巴吉纳在大屠杀中救助 1268 位图西族难民的故事，获得多项大奖。《纽约时报》和英国广播公司等媒体称该片系根据真人真事改编，其与影片主人公同名的人物原型保罗·鲁塞萨巴吉纳因此随着电影的公演而扬名世界，被誉为“卢旺达的辛德勒”、“非洲的辛德勒”。2005 年，美国总统小布什授予保罗“总统自由勋章”。然而据当年一位名叫爱德华多·凯伊胡拉的难民出版的《卢旺达饭店揭秘》一书披露，保罗其实是个卑鄙小人。爱德华多·凯伊胡拉在书中说：“在酒店里，我们意识到自己有多重身份：难民、酒店雇员、受害者……有时我们认为自己是囚犯——很高兴还活着，但被关在豪华的地牢里。这个地牢有个糟糕的看守（指保罗·鲁塞萨巴吉纳），他剥削我们。”该书认为，这 1268 名难民是胡图族武装的人质，是胡图族武装交换被俘者的筹码。按照凯伊胡拉的说法，保罗“是个胡图族极端主义者”。2007 年 4 月，路透社称，保罗在电影中的英雄形象只是好莱坞的艺术创作。影片中的人物葛瑞格利的原型是米科林酒店的接待员帕莎，她对自己在电影中的形象非常愤怒。在接受路透社采访时，帕莎表示:“这部电影是好莱坞虚构的，谎话连篇。”帕莎透露，保罗曾威胁说，要把付不起饭费的人“踢出去”。连卢旺达图西族总统卡加梅也对《卢旺达饭店》提出质疑，认为它是一部“充满了谎言的电影”，还说保罗并非英雄。《赫芬顿邮报》撰稿人乔治亚娜·妮娜贝尔在该报专栏中写道:“鲁塞萨巴吉纳只是导演在电影中塑造的英雄形象。”

其实，艺术创作的本质是虚构。如果不将《卢旺达饭店》视作百分之百的真人真事，不将主人公等同于现实中的公民保罗·鲁塞萨巴吉纳，而是回归艺术虚构的常识，那么我们不能不承认，《卢旺达饭店》是一部优秀的电影作品。主人公保罗·鲁塞萨巴吉纳在暴民疯狂的杀戮中施展浑身解数救助异族难民的义举所闪耀的卑微而又崇高的人性，惊心动魄的情节和气氛，人物命运的一夕数惊跌宕起伏，演员本色的表演和精彩的对白，恢宏悲壮的画面和雄浑沉郁的影调……《卢旺达饭店》驰誉全球的确其来有自。然而，对这部电影的赞评大都只关注其人性与人道主义的主题，却忽视了影片隐含的另一重政治主题——民族命运共同体瓦解的悲剧。

位于非洲中东部的卢旺达是一个落后的农牧业国家，人口 1100 多万，主要民族有胡图族、图西族和图瓦族。卢旺达 19 世纪成为德国的殖民地，一战后由比利时委任统治。二战后改由比利时“托管”。殖民主义者为了维护殖民统治，对卢旺达采取民族离间政策，让人口占少数的图西族人占据统治地位并拥有绝大部分耕地，导致民族冲突不断。1962 年卢旺达独立，殖民者将政权交给胡图族。独立后的卢旺达政府一直对图西族实行种族歧视政策。1990 年 10 月，侨居乌干达的图西族难民组织卢旺达爱国阵线与胡图族政府军爆发内战。1993 年，卢旺达政府和爱国阵线签署和平协定，决定结束内战。然而 1994 年 4 月 6 日，胡图族总统哈比亚利马纳因飞机失事身亡，空难在卢旺达国内引发了胡图族与图西族的互相猜疑，极端主义分子操纵媒体煽动民族仇恨，从而爆发了一场规模空前的武装冲突和种族大屠杀。1994 年 7 月 19 日，从乌干达越过边界向国内进军的爱国阵线夺取了政权。在历时三个多月的种族冲突中，共有近百万人被杀害。这个数字相当于卢旺达当时总人口的 1/8，其中大多数的受害者是图西族人。此外，还有25万至50万妇女遭到强奸，200万人沦为难民。这次大屠杀被视为二战结束以来最惨烈的种族清洗事件。1994年后，卢旺达政府倡导民族和解，召开“全国团结与和解大会”；同时不再区分民族，统一称为卢旺达人。这些年来，卢旺达政府的良政建设促进了经济发展，缓和了社会矛盾，国内政局保持稳定。

电影《卢旺达饭店》表现了民族问题的复杂性和敏感性。尤其是摆脱了殖民主义统治获得独立的民族国家，既面临着重建政治和经济结构的艰巨任务，也面临着消除殖民主义者制造的民族隔阂，实现民族平等、民族和谐的现实要求。对特定国家来说，后者甚至显得更为重要和急迫。民族国家既是政治共同体和文化共同体，又是命运共同体。如果平等公正、尊重包容的民族政策付之阙如甚至逆向而行，种族歧视和猜疑绑架了整个社会，那就意味着民族国家的命运共同体并未建立，或者裂隙丛生，终将走向土崩瓦解。卢旺达大屠杀的种种原因之中，种族歧视的民族政策当为罪魁祸首，其所导致的动乱、恐怖和血腥，电影《卢旺达饭店》血淋淋的画面已提供了极其触目惊心的佐证。

后殖民主义理论家弗朗兹·法农指出，如果民族意识不是全体人民内心最深处憧憬的协调一致的结晶，那它只不过是个无内容的、脆弱的、粗糙的形式，它的缺陷使年轻的独立国家十分容易从民族过渡到种族，从国家过渡到部落。这样的倒退是如此地有损于国家的突飞猛进和民族的团结，使之如此地艰难……远离种族主义、部落主义的陷阱，以平等公正、尊重包容的民族政策凝固民族命运共同体，使各族人民和睦相处、共享共荣，这是电影《卢旺达饭店》从反面给予我们的深刻警示。

译　介

文学翻译给了我什么?

——从塞林格的翻译说开去

丁　骏

2014年是我的第三个本命年，离我开始翻译第一本书过去了刚好有10个年头。用10年去确证自己真正喜欢做的一件事，我感到非常幸运。除了第一本《奥斯卡大观》是社会学著作，我后来陆续翻译的不多的作品都是小说，两部J.D.塞林格的中篇，一部麦克·翁达杰的长篇，或者关于小说的评论（与人合译的纳博科夫的《俄罗斯文学讲稿》，尚未出版）。我相信很多做文学翻译的人应该都有和我类似的经历，即出于真诚的喜爱。这实在太重要了。塞林格去世的时候，一位诗人朋友说：他走了，我们都成孤儿了。我顿时悲从中来。真的是这样，但即便是孤儿也会长大，会成熟，有一天就发现自己不再是孩子了，早该断奶了。

记忆中最初翻译塞林格的那段日子是很艰苦的。首先，我是个新手，仅仅凭着刚上路时的热情肯定走不了多远。真正与一个个英语单词、句子短兵相接，要把它们挨个儿译成活生生的排成行的汉字，这与单纯阅读欣赏英文版或中文版的小说都是截然不同的事情。很快我就开始对自己的英语能力产生了深刻的怀疑，这是我将英语作为专业之后第一次感到一种心慌意乱的不自信。除此之外，我对英语文化的知识储备，还有我的中文，也都时时捉襟见肘。倒不是说现在的我已经不再这样觉得，相反，翻译得越多，越感到自己欠缺得严重——毕竟一部小说可能涉及到的领域之丰富是超乎一般想象的。翻译家思果老先生有这样一句话，我感同身受："不用心苦译几十上百万字，一面译，一面研究，一面观察比较，即使中外文都好，也无济于事。"

因此对我来说，翻译小说的过程确实就是学习的过程。举一个具体的例子：在翻译塞林格之前我没有真正读过《圣经》，无论是中文版还是英文版。对《圣经》的无知直接导致了《弗兰妮与祖伊》（2007）中几处致命的翻译大错，后来有一位年轻的译者陈正宇先生在网络上一一指出，我非常感激他的指正。更为幸运的是，译林出版社有计划再版我这个译本，我也就有机会把这些错误都纠正过来了。其中错得最离谱的一处是下面这个句子："It may very well be that I hate like hell to play Martha to somebody else's Mary。"（Franny and Zoe）

我当时是这样翻译的："很有可能我非常讨厌扮演马大，圣母玛利亚的角色给别人拿去了。"实际上，这里的玛利亚并不是圣母玛利亚，而是"伯大尼的玛利亚"，马大是她的姐姐。《圣经》新约"路加福音"第十章38—42节中说道，耶稣去了一个村庄，一个叫马大的女人不停地忙着各种琐事伺候耶稣和听道的人，而她的妹妹玛利亚什么都不干，只是坐在耶稣身边听他讲道。马大于是向耶稣抱怨她的妹妹，而耶稣却回答说："马大，马大，你为许多的事思虑烦忧。但是不可少的只有一件。玛利亚已选择那上好的福分，是不能夺去的。"也就是说上面那句正确的翻译应该是"很有可能我非常讨厌别人来演玛利亚，而我却要去演马大"。《圣经》中确实有很多个玛利亚，作读者的时候我可以不求甚解，但身为译者还这样张冠李戴，实在说不过去，羞愧至极。

另有《西摩小传》（2009）里的一个地方，我直到5年后第3遍通读《新约》时才感觉摸到点门道，急忙做了些功课，但说实话仍然不是非常肯定自己确实把问题搞清楚了。今天细数问题根源，权作抛砖引玉。这句的原文："He had what my brother Walt used to call the Eureka Look, and he wanted to tell me that he thought he finally knew why Christ said to call no man Fool … Christ had said it, Seymour thought I' d want to know, because there are no fools. Dopes, yes, – fools, no."

（Seymour: An Introduction）

2007年译本对最后一句的翻译是：“傻子，有——蠢货，没有。”我虽然是这么译了，但我清楚记得当时自己非常困惑，完全不知道这里究竟该怎么翻译。dope和fool有什么本质区别？打开一本英汉词典，你会发现这两个词在中文里的对应词分别是“笨蛋，呆子”和“蠢人，傻子，笨蛋”。骂人笨蛋还是蠢人，有什么不同呢？作者到底想说什么？耶稣这样说到底是什么意思？直到后来我开始认真读《新约》，才终于在《马太福音》第5章，第22句找到了这样一句话：“Again, anyone who says to his brother, ‘Raca’, is answerable to the Sanhedrin. But anyone who says, ‘You fool!’ will be in danger of the fire of hell.”（Matthew 5:22 NIV，这里的NIV指New International Version,1984年出版）。这应该就是小说里那句话的出处，即耶稣说不要管任何人叫fool。等我急着去查这句话的中文翻译，却发现毫无帮助。中文经典和合本的翻译如下：“凡骂弟兄是‘拉加’的，难免公会的审断；凡骂弟兄是‘魔利’的，难免地狱的火。”（马太福音5:22）为什么是“魔利”？还好有一个注释，魔利译自希腊语moros，在King James版本的《圣经》中用的就是“moros”，而不是后来NIV版本所意译的“fool”。至于“拉加”对应“Raca”，则是亚兰语里的骂人话，注释称“拉加”和“魔利”是同一个意思，都是带有强烈鄙视的骂人话。另一种解释说“moros”原意是“empty-head”，即没脑子的人。看到这个解释，我意识到moros眼熟，是不是和当代英语词“moron”（白痴）有关？去查moron的词根，果然是来自希腊文的moros，也就是说骂人“魔利”，相当于骂人白痴。也许你会问当时英语翻译为什么不直接用“moron”，而用“fool”呢？我想这是个时间先后的问题，“moron”这个词直到20世纪初才首先出现在美国英语里，用来指医学意义上的智障、白痴。恰恰是因为“fool”已经有了太多贬义，才引入了“moron”一词表达中性的医学概念。而“moron”在后来的使用中逐渐不可避免地带上了贬义的色彩，则更说明所谓“言外之意”完全是由使用者来赋予的。

带着这些信息，我再回过头去考虑dope和fool的区别，就感觉dope应该是要突出与“天生智力低下”（即fool之对应与moros的本意）有明显区别的含义。再仔细查 dope 这个词，原来它最常用的意思是毒品、当毒品来嗑的药，口语中则有笨蛋的意思。于是我想是不是 dope 隐含并非先天的智力低下，而是强调愚蠢，强调后天人为造成的愚蠢，比如像嗑药了一样，是由自己负责的？毕竟一个智商很高的人也可以是愚蠢的。也许这就是耶稣要告诉我们：上帝确实造出了天生智力低下的人，但他没有想造出蠢人。一个人的愚蠢是由他自己造成的，也该由他自己来负责，而不是上帝。

如果是这样的话，我原来的翻译完全没能传递这些意思，甚至反而是倒过来了。我现在想改成“蠢货，有——傻子，没有”。这个翻译是否合理，我目前也不能确定。也许更传神的译法是干脆把蠢货改成“傻×”，只是恐怕各方面都会有文体上过于粗俗的顾虑。

文学翻译带给我学习的动力，更带给我创作的快感，而后者也许才是我那么深深喜爱文学翻译的最主要的原因。翻译活动几乎和人类文明一样古老，也一直是颇受社会尊重和承认的脑力劳动。但是将翻译同创造性联系起来，强调翻译是所谓的“再创作”活动，应该是在翻译理论研究有了长足发展之后的事。比较有代表性的像纽马克（Newmark）提出译者的主要特点在于他们就是作家（1991），我们也越来越经常地看到“翻译就是创作”这样的说法。但我总觉得文学翻译终究不是文学创作，它们在根本上是两回事。孟德斯鸠大约 300 年前在《波斯来信》中有过这样一句话：“If you go on translating all the time nobody will ever translate you.”（如果你继续一直翻译下去，就不会有人来翻译你了。）这句话不言而喻的内容是：翻译不能与原创相提并论，对作家来说，当然是被人翻译远比自己去翻译别人重要得多。毕竟这个世界上真正能创作小说的要比能翻译小说的人少多了；真正的小说家是艺术家，是诗人，真正的诗人在这个地球上是数得过来的。

那么言归正传，翻译显然不可能是像文学创作那样真的“无中生有”，尽管如此，我却还是在翻译的过程中感觉过足了干瘾。这个过程主要是指完成初稿之后，我会抛开原作，只读自己的翻译，然后对每个句子做这样一个假设：如果作者是中国人，他会怎么说这句话？这当然不是我的作品，但是有很多句子还是会给我创造的快感，因为多少是经过了我的某些“加工”性质的“再创造”吧。效果如何，另当别论。不过思果先生说“读者是最公正的人，他们会欣赏像中文的译文”，这话我觉得中听。

再举几个小小的例子，是《英国病人》(2012)里的。另有一个台湾译本，名字是《英伦病人》(2010)，译者景翔。我将两个版本几处不同的译法对照列出，供有兴趣的读者自己比较品评。我并没有觉得自己的翻译一定比景先生的更好，其实从文本忠实程度上来说，景译本要比我做得更好，所以这里译文的差别主要也是体现出翻译方法的取舍。景译本显然选择在文法结构上更严格地对应于原文，其结果就是译文有“异化”或者“西化”的翻译体倾向。而我则会有比较大的“归化”处理，这势必造成“忠实”度的显性降低，不过我作为译者的“创作”快感却也正是在这些“归化”的尝试中获得的。

1.She reads to him from whatever book she is able to find in the library downstairs.

景译：她把不管什么能在楼下图书室里找到的书念给他听。

丁译：她念书给他听，能在楼下图书馆里找到的任何一本书。

2.… or a desert fox, which one of the men kept in a sewn-half-closed pocket in his burnoose.

景译：或是一只那些人中的一个藏在他外衣里半遮着的口袋中的沙漠狐狸。

丁译：也可能是一只沙漠狐狸，被哪个男人装在他斗篷上一只半开着的口袋里。

3.These are permanent winds that live in the present tense.

景译：这些全是目前都还有，永远不变的风。

丁译：这都是些不死的风，活于当下。

4.This was payment with his skill for the men who had saved him for such a purpose.

景译：这是他以他的技巧对那些为这样的目的而救了他的人付出的报酬。

丁译：这是他用自己的技艺报答这些人，他们救他的目的不过如此。

5.Doors opened into landscape.

景译：很多扇门打开就是外面的风景。

丁译：通向风景的一扇扇房门。

在中国近代，很多大作家、大文豪都做过翻译，比如鲁迅、梁实秋，在国外也是，近的有村上春树，远的像法国作家马拉美翻译过爱伦·坡的诗，伏尔泰翻译过莎士比亚。纳博科夫投入大量精力翻译普希金，他在那篇著名的谈翻译的散文中曾经建议过，最理想的译者莫过于精通外语的诗人，也即本身是作家的人。北岛在谈诗歌翻译的《时间的玫瑰》里也有过类似的表述。我同意这样的理想状态令人神往，但现实是，大诗人大文豪数量有限，也未必都有这个意愿和时间去做大量的文学翻译。况且时代不同，翻译的英雄时代已经过去，今天我们也许还是需要大批的所谓“翻译匠人”吧，喜爱文学，同时有外语学习的背景，热爱文学翻译，也愿意长时间地持续地翻译文学作品。同前辈译者比较起来，现代译者还是非常幸运的，我们的工具比他们完备太多。我们不需要很大的手工劳动量——朱生豪先生曾经在战火中遗失了所有的莎士比亚译稿，只能又完全从头译过，这样的重复劳动在今天是难以想象的。我们也不需要特别强的记忆力，只要到电脑上轻轻一按，瞬间就可以获得前辈们要凭数千倍于我们的阅读量和超人记忆才能取得的信息。我们确实没有理由不比以前的译者们做得更好。

译者的冲动与尴尬

袁筱一

起这样一个名字，灵感来自于郭凤岭前段时间编的一本翻译论集，不过“冲动”两个字是没有的，就只有“译者的尴尬”这个名字，下面还有一行小字：忠贞抑或背叛，都无法回避他们在这个时代的尴尬：是坚守孤独和清贫，还是一同媚俗和狂欢？

看到这样的字句，总有一种非常悲情的感觉。倒是在 20 年前，将自己所做的事情尽量崇高化的时候，我描述翻译的文字有这样的倾向。译者纠缠于忠贞和背叛是由来已久的事实，但是比事实更加事实的是，忠贞和背叛一则是自己的定义，二则被背叛的一方（无论是谁）其实从来就不能够知道。经过 20 年，我想明白过来的问题是：忠贞和背叛其实是译者的自由。我们可以用一种更加豁达、更加主动的态度去对待这个问题。

作为一个译者，我曾经无数次地回答同一个问题：为什么要翻译，怎么走上了翻译的道路？仔细想来，或许冲动是一个很好的答案，因为它可以一言以蔽之。可能做过翻译的人都会有这样的体验，看到一部作品有非常心动的感觉，觉得需要把它译成自己的语言；觉得自己的语言里，还缺少这么一部作品；觉得如果在自己的语言里完成了这样一部作品，就可以得到某种程度的满足。

我有过写作的经验，在不久之前，还经常有写作的冲动，但是，我觉得作者的冲动与译者的冲动尽管有很多相似之处，却也有很大不同。

作为作者的冲动是对自我的冲动。无论是自我的展现、暴露、倾诉，还是探索的愿望，抑或通过对自我的探索来完成对人的探索，其中心都是自我。虽然在写作中，始终都有描述的对象，但对象从来都不是中心，哪怕在现实主义者的笔下。作者的中心说到底，是客观世界与“我”的连接，是“相遇”，是我“目光中的世界”。“我”是出于对自己的欲望才看见了世界。

但在翻译的过程中则完全不同。欲望首先是对其翻译对象的欲望，并且，在对翻译对象的欲望中，我会暂时忘记“我”的存在。我甚至会觉得，尽管它那么诱惑我，使得我禁不住想要去碰它，可是它那么美，我对它任何的碰触都是错的。所以作为译者的冲动，是对他者的冲动，欲望的对象才是真正的动机。

我的翻译历程中有过不同种类的冲动。

我从20年前开始翻译，第一部译的是勒克莱齐奥的《战争》。在此之前我的翻译经验仅限于对自己法文小说的翻译。自我翻译与翻译别人也是不同的，在自我翻译的时候，我对于原文拥有完全的权力与自由，虽则仍然不会对叙事结构做很大的改动，但基本将翻译的实践单位从句扩大到了句群或者段落。

第一次成为真正的译者时，我20岁左右，拿到勒克莱齐奥的《战争》，作为读者读第一遍后，体会到的只有震惊，谈不上喜欢。《战争》是勒克莱齐奥的早期作品，还颇有新小说之风。小说中，一个叫Bea.B的姑娘和X先生在城市丛林之间游走，害怕这个世界，对自己的同类怀有无限的恐惧。这完全不是我阅读经验之内的东西，更不是那个时代我喜欢和纠缠的东西。但是，不是自己阅读经验里的东西，也可以成为我所谓的自己的语言里缺少的一部分。其实译者与作者的最大区别在于，对于作者来说，语言就是他信手调用的材料，是为他的叙事服务的；而译者唯一的、同时也是最终的工作就只在于语言。语言不是他的依靠，而是他一心一意对付的问题，他不需要对付作者需要用很大精力来对付的叙事结构、人物安排、对时间——时间或许涉及到一点，当它和语言相关的时候——和空间的安排等等，因为他的原作者都为他安排好了，他没有行动的余地，也不必考虑。

今天重新阅读之后，依然觉得《战争》里有很漂亮的句子。的确，勒克莱齐奥的作品前后也经历了很大的变化，但他的语言里始终有着某种不变的东西在。

这是《战争》里的句子：

> 城市向四方延展：东、西、北、南，熠熠生辉，天空泛白，空气静固，地面宛若一个圆盘。那个叫 Bea.B 的年轻姑娘就走在街上，向着 X 先生正候着她的某地而去。太阳下她走得极快，仿佛是用足尖起舞。阳光自她周身掠过，燃亮了她每一根头发。从一家大商店的橱窗前过的时候，她就看见自己依依前行的修长而柔软的身体，白色的衣裙在风中飘荡。走在太阳下，她知道身后的人行道上会留下长长的影子；走在阴影里，她的脸上犹罩一层轻尘，仿佛在穿过一列蛛网。

有比这个更美的、关于迷失在城市丛林之中的女人的描写吗？这样的句子，很能够让我想起青春时代的自己，迷失在大街上，一脸茫然。非常有趣的是，时隔 20 年，我突然间不能够分辨，当初我并不觉得接近的勒克莱齐奥如何有这么接近我本人写作的句子。是他对我的影响，还是我影响了他，制造出法语里的勒克莱齐奥不曾有的文体？

实际上，无论是虚构还是非虚构，无论是怎样的叙事安排、怎样的人物、怎样的主题、怎样的叙事方式：例如在某种程度上回归了传统的人物、地点和情节的《流浪的星星》，勒克莱齐奥挑起我作为译者的冲动的，自始至终只是他的语言——语言的诱惑，并且这种诱惑可能对于原语的读者而言并不存在，但是对于译者来说，却是“致命”的诱惑，因为是从来没有过的经验，所以才更加令译者“冲动”：地面宛若一个圆盘——多么特别的、中文的作者或许永远也不会使用的意象。最后一句同样如此，我真的觉得——蛛网很美。

但是也有单纯的情节的诱惑。从纯个人的经验来说，传记性作品也特别容易引起我的冲动。《杜拉斯传》和《多米尼克·奥利》

都是我非常喜欢的作品。我大约只会翻译女性的传记，不是因为相近，而是因为经历相差太远，她们的生活形式是我永远不可能实现的。然而在不同的生活形式之下，某一类的经验却是那么能够把握：沉痛、抗争、无奈，或者还有爱，以及为此付出的代价吧。这种斑斓的、比虚构作品还具传奇性的生活形式本身就足以挑起作为译者的冲动了。

今年是杜拉斯诞辰的周年，杜拉斯又再次回到人们的视野中。杜拉斯是第一个让我感觉到译者冲动的人，确切地说，她的《情人》是第一部让我感觉到译者冲动的作品。其中感情的因素并不是最主要的：因为我们讲喜欢，都只是一个概念。左右译者的，你当然可以说是喜欢，可不知道是否因为年龄的缘故，倘若我以前更相信翻译是天注定的相遇，是我们想象中的单相思式（或者暴力）的爱情；我现在更趋向于认为，翻译更是一种契约。不喜欢的作者和作品，译者同样可以完成，并且完成得不错。傅雷是最经典的例子，以他精致苛责的心性，他怎么会喜欢有点粗糙的巴尔扎克呢？但是用他儿子傅敏的话来说，就是译着译着，他也喜欢上了，很有点先恋爱再结婚的意思。

《情人》在20世纪80年代中期就已经被翻译过来，几个知名译者都是男性，最著名的是王道乾先生。王小波说王道乾的译笔很沉痛，这是非常中肯的评价，因为“沉痛”这两个字足以评价杜拉斯，评价《情人》。

《情人》的叙事都是围绕着某种作者的野心进行的。从结构到语言，从相簿的切入点到记忆碎片构成的拼贴画，从挑战道德边界的主题到殖民的背景，这都是一部在当时的中国尚未存在的作品。说到沉痛，的确沉痛：主题的沉痛、记忆的沉痛、所谓爱情的沉痛、消解爱情的沉痛以及与记忆碎片相辅相成的碎片化叙事的沉痛。

就我的个人经验来说，大家同样还会想到昆德拉。中国的昆德拉热当然也不是偶然，因为昆德拉本人是一个非常注重并且主张叙事策略的人。他自己有很多关于小说的理论，例如复调叙事、叙事节奏、叙事时间与空间的构筑等等。有人认为昆德拉好的作品都是捷克文写成的，这就构成了一个问题，那就是，与勒克莱齐奥有所不同，纯粹语言层面的因素决非昆德拉作品的价值所在。我个人认为，昆德拉唤起译者冲动的最重要的原因是主题方面的：在中国的80年代，甚至是新世纪之前，中国作家中能够擅长将现实主义性质的细节构筑成一个非理性的荒诞精神世界的，少之又少；能够灵巧地承担起用历史的真实来责问当下社会的写作责任的人，同样也是少之又少。

这就连接上了翻译研究里的一个重大命题，即所谓的可译性问题。译者的冲动，用比较学术化的语言来说，是作为主体的译者，在一定的时间、一定的地点，受到了原文的召唤。如果说可译性是毋庸置疑的，那么，可译性只被包含于原文之中。好的译文的产生，是在对的时间遇到了对的人，经过妥协和苦心经营，让原文出落得别有一番滋味，而这番滋味在没有进入目的语之前，在原文中并不具备，在进入目的语之后，当然，她已经不再是原来的那个她，但是阅读的价值，或者说作为经典的、在文学史上的价值又再一次被开启了。与我们想象的正相反，可译性不是由两种语言之间的匹配度——因为无论在任何两种语言之间，这种匹配度都不存在——决定的，而是由一部作品在不同的具体语言中得到“经验”的需求决定的。

冲动促成了翻译，只是到了翻译结果的层面，译者往往又比较尴尬。译者遭遇到的尴尬总体而言，是价值认定的尴尬。其实无论是忠贞与背叛的尴尬，还是孤独与反孤独的尴尬，都与价值的认定相关。

谈到翻译面临的偏见，比较容易令人想到寂寞、“不自由”、轻蔑、低酬等问题。我不是受虐狂，当然不享受这些都是事实的事情，但这些年来，从对于翻译的思考而言，我倒建议从另一个角度想这个问题，尽管冒着被同行骂的风险。

翻译的理论研究里解决的一个重大问题，就是翻译究竟为什么而为？作为个体的译者，我们很少需要思考甚至回答这样的问题。翻译的个体实践，有冲动就可以了，原作的呼唤、译者的冲动，两方的生理特性决定了这件事一定可以成。但是，思考一下为何翻译这个问题也不是没有好处的。

通常我们觉得，翻译是为了读者，要让不懂外语的读者能够读到外国文学作品。所以，第一个尴尬就在这里，因为读者读到的并不是外国文学作品，而是用目的语写成的外国文学作品。

作者以自己为中心展开各种各样的叙事，总是为了把所展现的一切呈现在读者面前，否则作者其实也很寂寞，之后他会得到或好或坏的评价。译者以他者为对象、起点、参照，在原作者为他划定的空间范围里完成各种各样的叙事，当然也要把他展现的一切呈现在读者面前，得到或好或坏的评价。不同之处在于，余光中说，好的都是人家的，坏的都是译者的。而事实上，就像我们说可译性被包含在原作中一般，好的的确是人家的，只是不通过译者之手，原作的这点好永远不可能得到体现，永远不会生成，因为原作之中的好，远远不是一成不变、一旦获得就永远不会失去的好。如果没有新的理解和在新的语言中的经验，原作的某些“好”就不复存在。而坏也的确可能是译者的，每一个语言工作者都可能产生这种“坏”，只是原文还没有经历新的语言经验时不可能产生这“坏”。但是对于翻译来说，“坏”有两种情况：一是“异”于目的语现有的显性的表达方式的“坏”；另一种是对于目的语没有任何贡献，同时对于原作而言也没有任何新的价值形成的“坏”。在两种坏之中，我宁可选择前者，因为我相信，如果说译作最终是要呈现给读者的，译者却不能越俎代庖地去假设读者的选择，他所负责的，当然首先是原作。

所以，译者的价值认定不在于要让自己的译作不朽。译作不会不朽，再伟大的译作都不会不朽，除非它本身已经在特殊的机遇里经典化，从而摆脱了译作的身份。《圣经》的某些版本，古希腊罗马的某些经典都是如此，但是译作的经典化不是译者去求来的，而是文化、语言的变革以及这种变革在世界范围内的影响带来的。大多数好的译作的命运，都只是默默地为丰富文化和理解的可能性耗尽自己的生命，然后被新的译作取而代之。如果译者不甘心这样的命运，那真的就不要去翻译。翻译的过程中，语言在没有被确定下来的时刻里能够达成一种暂时的、接近“真”的状态，这种状态只有译者可以体会到，但译者一旦将它落实在自己的文字里，这种状态就立即消散了。

当然，出于研究的严谨性，我还要强调，偏向于第一种坏，并不代表可以坏得没有度。任何一种语言都有它能够容纳的空间，这个空间的大小和这种语言的历史、语言的特点以及开放程度相关。从这个意义上说，作为中文的译者应该是很幸运的，因为相较于其他语言，中文为我们提供了足够大的空间。但是反过来说，译者的风险也就增大了一倍：你再伟大，最大面积也始终只能占一张床的位置。所以，相信我吧，总有一天，作为一个译者，我相信，身前或者身后，我们的作品一定会被取代，因为在原作划定的空间中，光照到了另外的地方。

但是译者的这份命定并非没有补偿：作为一个译者，他一生之中会遇到无数的人，他会用一种深入的方式与这些人相处，维护这些人的存在，赋予他们生命。这是多么快乐的一种存在方式啊：只有在翻译的世界里，多情绝对不是问题，我好像就是因为这点才开始翻译的。我一点也不尴尬。

翻译给了我什么

姚　媛

我曾经下过决心：下一次出版社问我愿不愿意做翻译，我一定要说“不”，可是，下一次，本想说的“不”却脱口变成了“好”。

我对翻译有一种近乎痴迷的爱。在加拿大狭小的公寓里，每天晚饭后，我盘腿坐在沙发上，翻译《亲爱的生活》，夏天、秋天和冬天，没有一天不如此，稿费是人民币1300多元。从出版社拿到《少年Pi的奇幻漂流》，我放下正在写的博士论文翻译。当时并不知道几年后故事会被搬上银幕。虽然译著不算科研成果，对晋升职称毫无用处，但我仍然花了很多时间做翻译。

没有一种爱是无缘无故的。我对翻译如此执着，翻译究竟给我带来了什么？我多次自问。偶然回顾十几年来走过的翻译之路，似乎突然找到了答案：翻译给了我一个自在而丰富的世界，让我不断认识自己。

我们生活在一个飞速发展的世界，生活裹挟着我们匆匆往前走。但是，翻译与此正相反。它大多数时候要求译者独自工作，独自沉浸在作品里，细细品味原作，慢慢打磨译文。这时，四周的一切都变得安静、遥远，甚至时间也走得慢了，纷乱的思绪不见了。这样的时刻非常美妙，不仅因为我的心是静的，更因为我发现我的心可以安住在一个安静的空间里，不被喧嚣忙碌所扰乱。

很多人慨叹“身不由己”，但翻译却相对自在。我相信很多译者做翻译仅仅是因为喜欢，而不是为了追逐名利——因为几乎没有名利可以追逐，也不是迫于种种压力——这个时代的压力大多与名利有关。翻译的过程不带功利的目的，也就不会受到复杂因素的牵扯和羁绊，不会患得患失，焦躁不安。这是多么难得的自在。

当我做翻译时，常常发现自己闯进了意想不到的知识、情感和思想领域，一个更加丰富的外面的世界在我面前展开，丰富了我的内心世界。

对于专业知识技术的描写和富有异域特色的地理历史、动物植物、风俗礼仪等，我坚持尽量准确地翻译（哪怕作者对沙发面料的描写，我也绝不含糊——我相信一只猫跳上平绒沙发和跳上真皮沙发的画面在读者心里形成的反应是不一样的）。我曾查过伐木、建桥、航海等也许不做翻译就一辈子也不会涉及的知识；我曾在翻译《世代相传》时辗转得到斯里兰卡驻中国使馆工作人员的帮助，请他在地图上为我标出当地地名的发音，向我描述当地的植物、动物、香料；也曾在翻译《少年 Pi 的奇幻漂流》时查阅各种资料，给作者写邮件，了解印度教的神祇、传说、思想。

驳杂的知识是我窥见不同生活状态的窗口，我看见有这样的一个（群）人，在这样的环境里，做着这样的一件事情，这件事情如何与他（们）的生活交织，影响了他（们）对生活的体会和看法。有时候这让我感到自己的渺小褊狭，因而变得谦卑平和；有时候这让我感到自己拥有无限的可能：当我用自己的声音把他们的生活再叙述一遍时，仿佛我已经结识了这些人，经历了这些生活。

有时候，翻译的过程延伸到原作和译文之外，延伸进我的生活之中。翻译《亲爱的生活》里的《火车》时，一直没弄明白 overhead notch 究竟是什么。去年圣诞节，我乘火车从费城去纽约，乘务员查了票后，顺手把票插在前排椅背上方。原来那里有一个槽口（notch），用来插车票，好让乘务员对乘客应在哪一站下车一目了然。故事里的士兵在逃离，他跳车前拿走车票，也就抹去了自己的踪迹，只不过他的车票不是插在椅背上，而是在头顶上方（overhead）的行李架下面！翻译中的细节给旅途带来惊喜，旅途中的细节让翻译变得顺利。

在同一个故事里，贝尔出门挤奶时“had a rope round the back

door to hang on to”。如果只把这句话的字面意思翻译出来，会令人不解。一次，在一家小餐馆吃饭，隔壁桌的老大爷和我聊起来，说他曾在休伦湖畔的农场生活。我突然想到那根绳子，于是问他：“冬天你要用到绳子吗？”老大爷非常惊讶，他告诉我，有一次他没有在家门和工具棚之间拴绳子，结果因大雪差点在自己的农场里迷了路。

那一瞬间，人物的生活和我的生活重叠起来。当时我正在加拿大。那年冬天异常严寒，气温低到零下40℃，像面粉一样干的雪积得很厚，被狂风卷得漫天飞舞。所以，贝尔应该是“在后门和牛棚之间拴一根绳子，抓着绳子走”，才能顺利地走去挤奶再走回家。在那一刻，我不再是一个体验异国生活的“访问”学者，加拿大变得如此熟悉亲切，仿佛我的家。

比知识和经历更加吸引我的是作者的思想。《少年Pi的奇幻漂流》对人性的触摸、《亲爱的生活》对无常的接受、《世代相传》和《身着狮皮》对文化和身份的解构，像一束光亮照进我的大脑，让我不断认识自己。

《世代相传》是我翻译的第一部加拿大文学作品。在那之前，我只知道加拿大是一个移民国家，并不知道这意味着什么。刚开始，我译得不顺，总感觉什么地方不对劲。于是我开始搜寻有关作者迈克尔·昂达奇的信息。他是欧亚混血儿，《世代相传》是他创作的一本小说化自传/传记，在包括这本书在内的一系列作品中，他表现了对生活在不同种族和文化之间的人的关注。了解这些之后再去读《世代相传》，我对这样一群特殊人物有了深刻的理解，他们的情感倾注在我的笔端，译文自然地流淌出来。

这本书的翻译让我对移民、文化、身份等话题产生了兴趣。我读了昂达奇和其他加拿大移民作家的更多作品，以及相关理论书籍，然后翻译了他的《身着狮皮》。《世代相传》和《身着狮皮》两部作品中人物的状态及其改变，似乎触发了我去认识翻译和作为译者的自己。《世代相传》写非此非彼的群体——既有欧洲血统也有亚洲血统，却既不属于欧洲文化也不属于亚洲文化——的经历和情感，字里行间流露出痛苦无奈。《身着狮皮》写来自不同文化的移民群体在建造多伦多的过程中相互的融合和转化，其中有对抗和冲突，也有接纳和包容，更有对新的杂糅文化生成的期待。译者不也是处在两种语言、两种文化之间吗？翻译的过程不是在这两者之间的空间完成的吗？译文不是既有作者的痕迹也有译者的痕迹吗？

似乎自有翻译活动以来，关于翻译标准的讨论就没有停止过。“求真”和“喻俗”、“忠实”和“通顺”、“宁信不顺”和“宁错务顺”等都是译者面对的矛盾。我做翻译时不会刻意想到这些，但有时碰到困难——两难——时，这些词会一下冒出来：是忠实于原著呢，还是忠实于读者；是让译文“美丽却不忠实”呢，还是“忠实却不美丽”？《世代相传》中的人物没有明确的身份，或者说没有纯粹的或彼或此的身份，这是他们困惑和痛苦的根源。如果翻译只求对原文“原声重现”，极有可能造成阅读障碍；如果只求让读者享受阅读，又有可能“篡改”原文。无论怎样，译者都是在彼此之间挣扎，和《世代相传》中人物的处境颇为相似。

另有一些观点（例如“妥协”以“求全”、追求“神似”）和讨论（例如译者的“主体性”问题）把不可能的选择变成了可能的共存甚至超越，让译者的处境看上去不那么为难。但是，在具体实践中，当我把难译的句子或段落写下来，改变用词和语序，试图做出比较和选择时，有时仍然感觉困惑。我应该在什么时候，妥协到什么程度？对原文的神似可以通过何种形式表现出来，这个“神”又是什么？译者可以在多大程度上拥有主体性？

《身着狮皮》中的人物没有像《世代相传》中的人物那样在不同的语言文化身份之间左右为难，而是相互融合，最终抹去文化的界线，小说中的多伦多因而从一个非此非彼的城市，变成亦此亦彼的城市，并向着超越彼此转化。

在彼此之间选择，暗示了彼和此各有其不变的本质，中间的界线难以跨越。但是，在现实生活中和在小说中一样，没有什么是纯粹不变的。每一种语言和文化都与其他语言文化相互接触、交叉、融合，不断吸收新的元素。原作就是这种变化的产物——它使用的语言是经历了发展变化的语言，并被作者赋予了新的意义，它表现的文化是经历了发展变化的文化，并因为作者的理解和视角而发生新的变化；并且，在它完成的一刹那，就已经不再是作者创作的那个“原作”，而成为读者阐释之后的新的作品。

译文同样如此。首先，翻译起始于并非一成不变的原作。其次，翻译的过程是一个转化的过程，语言本身和语言之外的东西都会发生变化。一方面，一种语言中的词汇很难在另一种语言中找到完全的对应，其含义在翻译中不同程度地会丢失、添加、改变。另一方面，既然原作并非一成不变，那么译者翻译的只能是他/她在此时此地所理解的作品，而译者的理解必然受到自己生活环境、知识阅历、思想观念，甚至性格爱好的影响。最后，译文和原作一样，完成后必然经过读者的阐释而成为新的作品。

《身着狮皮》重构了一座新的多伦多，这座城市的文化既吸收了不同移民群体的文化，又不同于任何一个群体的文化，是经过了不同文化交叉转化之后形成的新文化。翻译的过程则建构了一部新的作品——它不是凭空而起的“新”作品，它的形成是有依据的；但它又经过了阐释和转化，不是对原作的照搬。它非此非彼，也非亦此亦彼。

在这个过程中，译者的身份也变动不居。当我沉浸在作品中时，我真切地经历了人物的生活，与此同时，我又以局外人的身份观察思考他们的生活，并用自己的语言将其表达出来。当我细细咀嚼作品时，我不断地、无限地接近作者的思想，他/她的思想仿佛成了我的思想，可我知道，我在译文中表达的是我所理解或领悟的作者的思想。我既在书里，也在书外；既是读者，也是作者。我在不同的世界穿梭，不断地用别人的思想经历丰富、改变自己，不断地将自己的思想经历融进——而不是强加进——作品之中。

与思想的美做伴

严蓓雯

无知无畏的开端

谈起我的翻译经历，开端非常偶然。21世纪初，有一本在学术及艺术圈非常有名的杂志《今日先锋》，要刊登一篇理论大师齐泽克谈电影《黑客帝国》的文章。编委汪民安老师知道我曾在电影学院学习，比较了解电影；又在北京大学比较文学与比较文化研究所读研，可能对当代理论有一点把握，就让我来翻译。我当时完全不知道齐泽克是谁，对当代理论也是刚刚入门，在丝毫不了解文章难度的情况下，就居然动手翻译起来，只能说是“无知者无畏”了。好在这篇文章属于齐泽克比较好读的文字，身边有几位朋友帮我把关，再加上我自己也非常喜欢其中飞扬的思绪、睿智的火花和思考的深度，所以译起来非常带劲着迷。文章译好后，反响还行，刊登后，在网上也有不少转载，稍稍给了我一点点翻译的信心。

然后，我又翻译了一些探讨消费文化和物质文化的学术文章、列奥·斯特劳斯分析柏拉图作品的论述以及德国著名汉学家鲍吾刚的著作《中国人的幸福观》其中几章。硕士毕业后，汪民安老师又找到我，让我翻译美国社会思想家丹尼尔·贝尔的经典著作《资本主义文化矛盾》。我从来没有独立译过整本专著，万分畏难，幸亏之前已有赵一凡翻译的优秀译本，让我可以在前辈的基础上稍稍加以补充和完善，另外自己也积累了一点点翻译的经验，才一心一意翻译起来。就这样，从初始无知无畏的鲁莽，慢慢开始了小心翼翼的脚步。

越做越喜欢的翻译

十多年过去了，翻译的书籍、文章累计已有百万余字，回头看来，自己也很吃惊。翻译这份工作，起初并非自己的专业计划，但慢慢做下来，居然对它越来越喜欢，越来越难以割舍。一本翻译完，没有新工作的间歇，隐隐还有些惆怅。对它的依赖，最初可以说出于十分私人的原因。刚开始翻译《资本主义文化矛盾》时，因为经历一些变故，心情十分低落，一方面打不起精神做任何事情，一方面又很懊恼地看着时间白白流逝，正好这本需要翻译的书送到我手上，而且又有合同的最后完成期限，那就找不到任何理由去对付、去拖延，于是强迫自己坐在电脑前，每天都有几个小时，忘却现世的苦痛，进入别人的精神境界。

渐渐地，我却喜欢起这种有规律的生活来；而且，原著作者的思想广度、看待问题的视野以及运用材料的有趣细致，在我面前打开了一个新的未知世界。翻译《资本主义文化矛盾》时，贝尔对美国后现代消费文化的畸形发展、所谓相对主义对文化传统的戕害等描绘，令我时时联想到当下的中国；在后现代全球化经济的裹挟下，如何为个人和社会谋求更美好的未来，我觉得贝尔的著作给中国提出了警醒，也提供了前车之鉴。同样，印度后殖民理论家斯皮瓦克在《后殖民理性批判》里对世界南北格局的反思与批判——西方如何借帮助之名对第三世界国家实施新的压迫、经济全球化如何借女性情谊对南方贫穷妇女进行压榨，这些睿智的思想火花令我在翻译中一次次掷笔赞叹。而鲍吾刚的《中国人的幸福观》在探讨中华民族对幸福的追求时，征引文献不仅遍及中国经典典籍、佛藏道藏、近现代学者论著，还涉及许多对中国学者来说都相对偏门冷僻的材料。在寻找这些材料的原文时，我借此也对中国的思想积累进行了一番探宝之旅。犹记得在文津街绿荫掩映的古籍馆里查抄原文的宁静与欣喜，这一切，是翻译带给我的。

慢慢的，我做翻译不再是为了排遣忧伤、打发时光，相反，我快乐地沉浸在那个世界里，随着一本本书籍的译成，我不仅将作者的思想变成了中国的汉字，感谢作者，他 / 她的文字也带我进入了一个更广阔、更美丽、更丰富的世界。

学术翻译与文学翻译

说实在的，我来谈翻译，很多是外行之语，在前辈及专业译者面前，我几乎没什么资格开口。我是中文系毕业，翻译英文著作，相比英语系毕业的人，先天就有很大缺陷；而就学术素养和对理论的把握，也跟前辈有着很大的差距。能稍微说一说的，可能是有幸跨越了文学翻译和学术翻译两个领域，其中的差别之大，只有实践后才能体会。

跟一开始无知无畏地闯进了学术翻译领域一样，最开始，我也没想过我能译小说。这里要感谢我的同事萧萍女士。前两年她受译林出版社之托，组织翻译《2011 年欧洲最佳小说》，找到我说，你也来译几篇吧，我看过你的微博，很喜欢你的文字感觉。感谢她的信任，我也跃跃欲试。自以为对英文的理解经过了几年的训练，应该有不少提高，又自恃自己文字语感尚可，平时也爱看小说，译个短篇应该不在话下。谁知道，多年学术翻译虽然让我力图表达通畅准确，但某种程度上却过于依赖原作者，失去了灵性，放不开手脚，平时拿手的文学语言像被遗忘一样。当我打开萧萍修改过的译文，深深感觉到文学翻译与学术翻译是如此不同！学术翻译某种程度上就像做题一样，每一句话都有一个终解。有时未必是第一次翻译就能找到，或许在某一段、某一章都译完后，或许是整本书完成回过头来校对，才突然明白，啊，原来这句话是这意思！这时候就像数学解题做出了答案一样，快乐无法形容。理解正确后的句子，获得了它唯一准确的表达，再看整段文字，就像拼图找到了它的位置，如此妥帖，如此顺畅。这也是为什么通常一旦看到译文疙疙瘩瘩瘩，里面必然有表达错误或理解偏差一样。对于准确表达的追求，使得学术译文不事花哨，尽量不调整语序，对于表达上下文逻辑关系的连词也尽量保留。但文学翻译就不一样了，萧萍跟我说，“你可以抛开英文，像个小说家那样使用语言。”比如有句话，我译成：“但你们的孩子在哪里呢？这样一直下去，没个结果可不行。”她改成：“但你们的孩子在哪里呢？总是这样放空炮可不好。”又比如我译：“我们用脚趾和指尖触碰对方——这是个无害的亲密接触：我们可不敢拥抱，还不够热的！”她改成：“我们用脚指头和指尖触碰对方——再亲密一点的接触就会有害健康了：我们可不敢拥抱，还不够热的！”将“脚趾”变成“脚指头”，原文直译的“无害的亲密接触”巧妙变成“再亲密一点的接触就会有害健康了”，仅仅一点改动，文学的生动性使得对话和那一场景活灵活现。所以，学术翻译求的是意思的准确传达，文学翻译则要求用灵动的文学语言再现小说的意境。多年的学术翻译，使我碰到英文后自动转换成中规中矩的中文表达，力求逻辑的明确，但慢慢的我开始明白，小说翻译，不仅可以长句拆短句，还可以调整语序，有时可以稍微意译，表达逻辑关系的连词，如果中文描绘能传达出来，就可以省略，等等。总之，要让它读着是小说，而不是译文。

就这样，在专业人士的点拨帮助下，我参与了 2011 年和 2012 年欧洲最佳小说的翻译。就在这时，湖南文艺出版社找到我，请我翻译曾获普利策奖的美国作家伊丽莎白·斯特劳特的两部极其优秀的长篇小说，一部是她的处女作《艾米与伊莎贝尔》，另一部是她 2013 年的近作《伯吉斯家的男孩们》。如果说，学术翻译让我沉浸到智慧的闪光中，那么文学翻译就让我进入了一个情感的世界。因为译的基本都是女作家的作品，细腻的感情描绘、微妙的细节流露，“一切景语皆情语”的风景展现，都让我深深陶醉。翻译学术书时我会击节叹赏，而翻译小说时，我会随着小说里描写的动作，自己也动作起来。小说里的有些对话，我时时会带着语气脱口而出。翻到怅惘之处，泪真的会涌上眼睛。翻译《伯吉斯家的男孩们》和《艾米与伊莎贝尔》时，感慨于主人公的卑微、善良，有时译得停不下笔，因为就是想知道他 / 她后来怎么了。我不喜欢译小说先看一遍，这样，译的时候，作为读者的初始情感反应，就会自然融入到笔下的译文中。

最近，由于青年译者孙仲旭的去世，翻译话题又一次成为热点。我跟孙先生年纪仿佛，虽然没有他投入那么多，但对翻译、对文学、对艺术和美的热爱是一样的。如今有些读者对译者怀抱某种敌意，其他语种可能好些，但英语因为已经成了中国年轻人的必备技能，似乎人人能读（读得懂读不懂是另一回事），所以翻译英语写成的作品，更容易被挑剔，动辄就说“错误百出”。我不否认，翻译界有些粗糙的译作，但我相信，从事翻译这一行的，大多认真踏实。我觉得，这样一份战战兢兢、如履薄冰、相对来说报酬又非常非常低廉的工作，从事它的人都非常可敬，尤其是年轻人，生活、工作压力都非常大，如果还挤出时间来做这份“吃力不讨好”的事情，那真的非常不容易。不过话说回来，人生短暂，迅如流星，做一份自己喜欢、又让别人有所启发有所感悟的事情，是非常幸福的。能跟文学的美、思想的美、艺术的美打交道，在我看来，很有价值，很满意，很满足。

最佳近似度：诗译者的最高追求

赵振江

有人说，诗歌是不可译的。这话有一定道理，但不全面。应当说，有可译的部分，也有不可译的部分。一般说来，诗歌的内容是可译的，形式几乎是不可译的。诗歌的内容可译，但不容易译，这里我所说的是抒情诗，因为它不同于叙事文学，后者有故事情节，有逻辑性；而抒情诗则不同，尤其是现当代诗歌，没有故事情节，甚至没有逻辑性，抒情诗靠的是意象，是比喻，是想象力，译者很难吃透原诗的内涵，翻译起来自然不容易。

就我个人的体会而言，理解原诗，很重要的一点是“设身处地”，是“进入角色”，是体会原诗作者在彼时彼地的情感和心态。这样，离原诗的内容总不会太远。译诗与原诗，只能“似”，不可能“是”，译者的最高追求是“最佳近似度”。之所以说“进入角色”，是因为译者有点像演员，是二度创作。

诗歌的表现形式一般是不可译的（当然，“硬译”也不是不可以，但往往事倍功半），尤其是汉语与西方语言的互译。汉语是表意文字，每个字都是单音节，而且有四声变化；西方语言是拼音文字，每个单词的音节数目不等，可以长短搭配，加上重音，便可产生鲜明的节奏，但没有汉语的声调变化。就西班牙语而言，它只有5个元音（A、E、I、O、U），韵脚比较单调，因此现当代诗歌多为素体，重节奏而不再押韵。而汉语呢，几乎是“无韵不成诗”，即便是自由体，也要讲抑扬顿挫。

既然诗歌的形式一般是不可译的，而译者却要把外文诗译成中文诗，就只有靠二度“创作”。它不是自由创作，而是用自己的语言表达他人的意念，这就是所谓“戴着镣铐跳舞”。

有人可能认为，只要把原诗的意思一五一十地译出来就可以了，“意境”译出来就行了；既然节奏、韵律是不可译的，何必管它呢。我个人认为，这样做只是一般翻译，而不是诗歌翻译。

鉴于上述理由，在我国翻译史上，曾有人主张“诗人译诗”。无独有偶，墨西哥诗人、1990年诺贝尔文学奖得主帕斯也认为：“从理论上说，只有诗人才应该译诗。”果真如此，势必使诗歌翻译的路越走越窄，因此后来便从“诗人译诗”发展为“以诗译诗”；帕斯本人也发现：“实际上，诗人成为好译者的情况寥寥无几。之所以如此，是因为他们几乎总是利用他人的诗歌作为出发点来创作自己的诗歌。”帕斯认为：好的诗人不一定是好的译者；而好的诗歌译者不仅是译者，还应是诗人。我认为，诗歌译者不必是诗人，但应该会写诗。译诗和写诗的区别在于：写诗是从无到有，译诗是“从有到有”。翻译只能是对原诗模仿和再现，而不可能是百分之百的复制。

在我国，自严复提出“信、达、雅”以来，不断有人对文学翻译提出各种各样的标准，诸如“形似与神似”、“表层含义与深层含义”以及“化”等“万变不离其宗”的理念。但这都是对译作的要求，至于译者如何达到这样的要求，却没有也难以提出具体方法，因而不具可操作性。有一次，我去参加一个文学翻译研讨会。许多翻译名家聚集一堂，研讨了一整天，主持人在做总结时说，经过一天的讨论，大家的共识是：要想做好文学翻译，译者的外语和汉语水平都要好。听了这样的“结论”，大家都笑了起来。

翻译本身是一项个人的脑力劳动，成果好坏取决于译者译入语和译出语水平的高低，这是不言而喻的。水平高的译者对原诗有透彻的理解，又能用准确、鲜明、生动的语言来转述原诗的内容，同时还能关照原诗的风格与神韵。不同的译者具有不同的特点，这就是为什么“10个译者会译出10个不同的莎士比亚”来。诗歌翻译水平的高低，一般只是相比较而言。

举几个例子。智利有一位家喻户晓的女歌唱家碧奥莱塔·帕拉，是著名诗人、2011年塞万提斯文学奖得主尼卡诺尔·帕拉的妹妹。她创作的一首脍炙人口的歌曲：Gracias a la vida。不止一个译文将歌名译成《感谢生活》。La vida 最常用的意思的确是“生活”，但在此处应该译为《感谢生命》，因为歌词是：Gracias a la vida que me ha dado tanto / Me dio dos luceros que cuando los abro /Perfecto distingo lo negro del blanco / Y en el alto cielo su fondo estrellado / Y en las multitudes el hombre que yo amo. 大致意思是：我感谢生命，它对我如此多情。赐给我两颗明星，每当我睁开眼睛，就能使黑白分明；在高高的夜空，能看到深邃的繁星；在人群中能看到爱人的身影……接着又说到生命赐予她“声音、双脚、心灵、表情”，这显然不是“生活”所能赐予的。如果联系歌唱家写完这首歌就自杀的事实，就更不能将“生命”译作“生活”了。

西班牙著名诗人加西亚·洛尔卡曾创作一部题为 La zapatera prodigiosa 的民间喜剧，《大百科全书·外国文学卷》译为《古怪的鞋匠老婆》。这个书名会产生歧义，“古怪的”究竟是鞋匠还是鞋匠老婆呢？翻译的关键是对 prodigiosa 的词义做出选择。该词的本义是“出奇”的、“非同一般”的，但有褒贬之分。读过该剧会发现，女主人公是因为“超凡脱俗”才被邻居视为“另类”的。依笔者之见，译为《鞋匠的俏媳妇》似更贴切。加西亚·洛尔卡的另一部剧作 Doña Rosita la soltera，直译成中文是《未婚女子小罗莎》，《大百科全书·外国文学卷》中译为《老处女罗西达》，在汉语语境中，“老处女”带有明显的贬义，而 Doña（堂娜）却是尊称，相当于“堂吉诃德”中的“堂”。该剧中，女主人公小罗莎（罗西达）之所以蹉跎了青春岁月一直单身，是因为她痴心地等待未婚夫（表哥）从美洲归来。据此，我想起了李白的诗句“坐愁红颜老”，似可作为该剧的标题翻译，当然，其中的“中国味”又稍嫌太浓。其实，直译为《未婚女子小罗莎》也比《老处女罗西达》要好些。

由此，我想到了20年前在西班牙格拉纳达大学翻译《红楼梦》诗词时的情况：为了保证译文的忠实，首先由我作两种形式的翻译。一种是不管西语的语法结构，逐字硬译，“对号入座”，并标出如何发音。目的在于使与我合作的西班牙人（他不懂中文，但会写诗）

对原文的“本来面目”（包括韵律）有总体印象，并了解每句诗的内容。当然，这样的翻译，有时他根本看不懂，我要逐字逐句地解释。另一种则是按照西班牙语的语法规范翻译，我的合作者在这两种翻译的基础上加工，使其成为名副其实的西班牙语诗歌，修改后再交我审定。我们意见一致后，再把稿子给几位诗人朋友传阅，请他们提出意见并修改。不难看出，诗歌翻译实在不是一件易事。

经常有人问我：某某人译的西班牙文版的唐诗怎么样？我认为：这要看译者会不会用西班牙文写诗。会用西班牙文写诗的，自然能译诗；根本不会用西班牙文写诗的，又如何能把中国诗歌译成西班牙文呢？因此，我从不敢贸然承诺把诗人朋友的诗作翻译成西文，我做汉译西翻译一定有前提条件：与西班牙语诗人合作。

再举外国人将汉语诗歌翻译成西语的例子。墨西哥著名诗人帕斯也是一位杰出的翻译家，《帕斯全集》的第 12 卷，收录了他翻译的唐宋诗词。比如杜甫的七律《春望》：“国破山河在，城春草木深。感时花溅泪，恨别鸟惊心。烽火连三月，家书抵万金。白头搔更短，浑欲不胜簪。”

帕斯的译文（直译）是这样的：

El imperio se ha roto, quedan montes y ríos;
marzo, verde marea, cubre calles y plazas。
Dureza de estas horas: l ά grimas en las flores,
los vuelos de los pájaros dibujaban despedidas。
Hablan torres y almenas el lenguaje del fuego,
oro molido el precio de una carta a mi gente。
Me rasco la cabeza, cano y ralo mi pelo
ya no detiene el tenue alfiler del bonete。

再翻译成中文是：

帝国破碎了，山河依然在，
三月，绿潮淹没了街巷和广场。

现时严峻：花上有泪水，
鸟儿飞翔，描绘着别离。
碉楼和垛口说着火的语言，
斑驳的黄金是家书的价格。
我搔着头，头发花白而又稀少，
已经留不住轻轻的头簪。

帕斯翻译的诗意无人质疑，但与原诗有多大出入就难说了。从字面上看，第二句就不是原诗，但仔细推敲，意思似乎也没变："三月"不是春天吗，"绿潮"不是植被（即草木）吗；有街巷和广场的地方就是城镇，"淹没"不是意味着"草木深"吗？往下读发现：译者似乎把"烽火连三月"中的三月理解成了3月份，并且提前到了第二句，所以第五句就变成了"碉楼和垛口说着火的语言"，原诗中"战事旷日持久"的意思就没有了，"家书抵万金"也就失去了依据。

需要指出的是，帕斯不是从汉语译出的，理解的偏差不一定是他的问题，这又引出另一个话题：转译诗歌一般不可取，但并非不可为。解放前和解放初，我国根本没有西班牙语教学，懂西班牙语的人才极为匮乏，而西班牙语世界向来又是诗人辈出的地方，要介绍那里的诗歌就非转译不可，因此，我们对转译者一向是满怀尊敬与感激之情的。经过几十年的培养，一代又一代的西班牙语译者已经成长起来，诗歌还是从原文直译为好。但如果把中国诗译成外国诗，还是与外国诗人合译为好；当然，如果中文译者本人就能用外语写诗，则另当别论。

舍形存旨，依实出华

董　纯

2014年纪念中国与法国建交50载，我协助巴黎《欧洲时报》编辑出版了《五十年友谊见证》——一部逾200页被称作“新《山海经》”的法文巨著。书中追忆了法国当代杰出汉学家勒内·艾田蒲为译介中国文学作品所作出的宝贵贡献，还回述他26年前委托我将中国近代文坛秀士苏曼殊几篇小说译成法文，在伽利玛尔出版社问世的过程。艾田蒲称：“苏曼殊是一位天才作家，毫不墨守成规，完全值得知音者一读。”法国诗人安德烈·维勒特尔读完苏曼殊小说《天涯红泪记》后，在《世界报》评论道：“苏氏浪迹尘世，却悠游物外。他始终关注社会的动荡、斗争和撕裂，用全部才艺来针砭时弊，抗拒暴力，表达绝望。他的语言清纯旖旎，不时流溢出灵异的幻象，悦人心目。”诗人维勒特尔言简意赅，道出了法译者的心声。谚曰：“文如其人”，我正是怀着对苏曼殊人品和作品的仰慕来翻译他小说的。

严复曾在翻译《天演论》时嗟叹：“一名之立，旬月踌躇。”苏曼殊小说具有文言文的“洗练”特征，还有浓郁的佛教色彩，译成现代法文并非易事。我当年在巴黎阁楼里，或静坐蓬皮杜文化中心图书馆，用了将近一年半时间才完成《断鸿零雁记》《绛纱记》《焚剑记》《碎簪记》《非梦记》和《天涯红泪记》6篇小说的法文译稿。翻译过程中，我颇受佛教翻译大师鸠摩罗什“依实出华”译事宗旨的启迪，忠实于原文的故事情节，采用“意合”，在一定程度上“超脱”的语言转换方式，尽量保持原文的风采和格调，让法国读者一睹苏曼殊的浪漫风貌。

谈及鸠摩罗什，他本是后秦一名高僧，原籍天竺，生于西域龟兹国，与将《圣经》译成拉丁文的圣热罗姆同一时代。他实际上属于印度血统，但精通汉语，率数百弟子译出《妙法莲花经》等 74 部经卷。这一跨越梵文与汉语两种绝然不同语系巨大差距的艰难实践实属惊人。鸠摩罗什由此提出“依实出华”的翻译原则，在译事上有着深远的现实指导意义，比时下提倡的“信、达、雅”要更胜一筹。

通过翻译苏曼殊小说集的实践，我体悟到“依实”不是逐字逐句的移译，而“出华”则要让译文进入“化境”。在中译法时，倘若按汉语的字句结构硬译，得出的法文势必佶屈聱牙，不堪卒读。另外，汉语属于蒙古利亚族群的汉藏语系，法文则由印欧族群拉丁语系的罗曼语衍生而来。二者产生的地域和历史演变截然不同，可以说存在着一道难以逾越的“鸿沟”。译者要努力探索比较文学的途径，通过自己灵活变幻的技巧来“舍形存旨”，让法国读者越过“文化距离”，方能达到翻译的终极目的。因此，重视“文化差异”是一个不可忽视的文体关键因素。否则，“异化”或“归化”的效果都难免让读者不知所云，如坠五里云雾，不可能通过翻译一种语言里特有的象征、譬喻、双关语和多层隐含义来丰富另一种语言的表达法。

然而，巴比伦天塔虽然被震怒的上帝用雷霆摧毁，但它至今仍不失为一个人类存异求同的标志，只要抱着康德对未来的乐观信念，文学翻译的实践就不会如有些人声言的那般，成为可望而不可即的“乌托邦”。因为，人类的语言行为毕竟是可以相互沟通的。至于中国文学的外译，艾田蒲曾经强调：“中国文字具有普遍性，可以自然地翻译，无论它是闪族语、印欧语、富拉尼语还是班图语。在诗歌、小说、散文和戏剧诸方面，汉语这种历史悠久的文字都是一座丰富多彩的宝库。”

回忆我从事汉译法文学作品，正是从艾田蒲先生邀我翻苏曼殊小说集起始的。法译本苏曼殊的《天涯红泪记》于 1989 年在法国出版，到 2004 年法国举办“巴黎图书沙龙”，伽利玛尔出版社仍在展览这本中国文学集子。2014 年 4 月，译者还继续收到该社寄来的年度版税清单，表明一部看似“阳春白雪”的作品经历 25 个春秋，在六角国和者不寡。

继《天涯红泪记》后，我又辑译出《法译明清爱情小说选》，择选晚明冯梦龙的《情史》、清朝中期长白浩子的《萤窗异草》和晚清王韬的《淞隐漫录》三个部分。这些明清两朝的短篇小说，是一朵朵“镜中花”，尤其反映了中国女性冲破既立秩序，追求纯洁爱情的强烈愿望，是在西方鲜为人知的一个中国封建社会侧面。小说语言形象生动，字字珠玑，像《萤窗异草》中的“落花岛”等篇，行云流水一般，将人引进中国古典文学“魔镜”似的诗宇，迥异于当今美国大众文化充斥物欲的俗境。

如实说来，我不是一个专业翻译，投入译事主要是出于兴趣。去年，中国新闻社记者采访我后写道：“她决定是否翻译一部作品，首先要看这部作品是否足够让她喜欢，足够叫她激动。”这确实是我的心态：出于个人爱好，基于与他人分享，将快乐传达给异邦人；我选译了文字优美的明清爱情小说，也从这一角度来审视中国当代文学。

20 世纪 90 年代，中国女作家集结的《红罂粟丛书》出版，我看中了其中迟子建的作品，她笔触细腻沉静，看似不经意的细节里蕴含着悠悠的伤感，使读者看到一个毫不虚浮、真实生动的中国社会。我决定将她推荐给法国读者，接连译出了她的《秧歌》《向着白夜旅行》《旧时代的磨坊》《银盘》《香坊》和《九朵蝴蝶花》等多篇小说。后来，我还重译了蒙古族作家郭雪波的《沙狐》和《沙狼》，均由巴黎中国蓝出版社发行，受到好评。我另译有中国文化典籍《故宫珍宝》《中国丝绸》，由巴黎纳唐出版社出版。

从事文学翻译是一项追求美的艺术，对于翻译来说，文字优美的原作能够引起内心冲动，它是我在翻译过程中的动力，也即上文所言“作品要让我足够激动”。我选择汉译法翻译，促使自己不断学习伏尔泰和马尔罗的语言，增强语感，提高文学修养和法语写作水平。语感是从事文学翻译工作者不可或缺的关键能力。我在“吃透”中国作家原文含义后，面临着更为艰巨的寻找法语对应表达法这一座“大山”。捷径是不存在的，只有大量阅读、大量汲取，才能找到贴切的词语和丰富的语言表达法。我基本上采取亦译亦读，齐头并进的方式，摘录好句子，做读书笔记。但翻译绝对不是搭积木，拼凑词句，那只会构造出机械语言，而读者盼望读到的是有血有肉、有形有神的真人感情表露。对于译文语言非个人母语者，可以说，没有一定的外语阅读和欣赏能力，没有扎实的语言表达和写作功底，是无法从事文学翻译的。

我从事的是汉语与法语作品的双向互译，彼此促进。比较起来，使用自己的母语中文来翻译法文作品当然更得心应手，曾先后出版的主要译著有《热曼妮·拉瑟顿》《勾栏女艾丽莎》《狂人堡》《维苏威火山》《雨果情史》等多部法国小说和雨果的戏剧《千元赏金》《笑面人》，以及克洛德·普兰的《浴血美人》；后三部剧作均由中国青年艺术剧院和中国国家话剧院在北京公演。为了深入进行中西文化艺术的比较研究，我和沈大力在翻译中国和欧洲诗歌与绘画的基础上，合著了《诗与画的美学》共13卷，由意大利斯彼拉里出版社同时用意大利语、法语和英语3种文字出版。

几十年来，我坚持写作和双向翻译，充当中西不同文化艺术，特别是中法两种文学之间的架桥人。毋庸置疑，东方和西方还存在着很深的隔阂。美国政论家亨廷顿提出“文明冲突”的论断，中国与法国在普世价值上有着悬殊的不同理念。事实证明，一味钻进意识形态和政治争论，往往会导致“聋子对话”的僵局。我在从事文学翻译的过程中体会到，文化交流是促进不同民族之间相互理解、开展友谊交往的最好途径。从某种意义上说，这种软性“民间外交”更亲切，更有长效。记得在一次接受采访谈到中法关系时我曾说：“让两个民族、两种文化的人能够走到一起，这就是我的理想。”据此，如果说我个人多年来在翻译工作上付出的微薄努力有一点意义的话，大概莫过于此了。

翻译的归化与异化：再说“牛奶路”

黄昱宁

在这个全民学英语、“懂”翻译的时代，常常出现译本被全民讨论的现象。这既证明了翻译理论不是空洞的教条，也体现了翻译观的重要性——无论是译者的翻译实践，还是读者对译作的评判，其实都是翻译观的呈现。这就需要先厘清一个问题——如何客观评价当下文学翻译的质量。

《论翻译》中说，译作就如建筑物，靠历史的洗礼、时间的考验而发光。许多读者喜欢拿新译本与旧译本比较，得出当下文学翻译的质量每况愈下的结论，但在我看来，实际情况却并非如此。因为人们的英语水平普遍提升后，翻译从业者也越来越多，这就导致劣质作品数量的绝对值相应提升。更何况人们的表达渠道被拓宽、思想传播速度加快后，翻译的从业门槛降低，使得译本质量更难保证。

那么问题又来了，既然已经有了那些堪称“定译本”的大作，复译的必要性何在？这就不得不提及在“全民翻译”乱象中的一种热潮——许多人认为只有把原文译成古汉语才见真功夫，哪怕实际上貌分神离。他们洋洋得意地破坏原文结构，却浑然不自知。出版社不断地推出新译本，除了因为旧译本中讹误必然存在，还有一个很重要的原因就是语言流变。工具和科技的进步让我们有能力去不断完善译本，语言的更新让人有必要去调整旧译本中不合时宜的用词和表达方式。如果停留在旧译本上，甚至刻意“古语化”翻译，实际上就成为了一种文学上的不思进取。

谈及新旧译本，现代翻译的任务似乎已经被学术标准同化，译本的文采性需要与原文的文采性相通。例如刚刚提到的现当代文学风格与古典定式之争，后者需要读者调动相应的知识储备才能读懂，因此实际上是大大落后于文学现实的。不过，译作也会对母语文化产生刺激，丰富读者母语的表达和写作。

上海译文出版社在推出福克纳作品译本时曾经受到读者质疑——为何译作里不加标点？事实上，福克纳原文就采用了不加标点的特殊写作方法。那么译本到底是要原汁原味地呈现原文，还是要迎合读者的需求，将原文解释乃至改写成常规易懂的形式呢？在回答这个问题前，我想先举一个例子——纳博科夫所译的《叶甫盖尼·奥涅金》被评价为比硬译还硬的版本。对此，他的解释是："我的目的是逼你不断回到俄文中去。"这就涉及归化与异化平衡点的问题。有人认为最理想的译本应该读起来不像译本，入乡随俗地成为母语作品，即所谓归化；也有人主张翻译应该亦步亦趋地忠实于原文，即所谓异化。如何在这两个极端中找到平衡点，是每个译者需要不断研究的。文学翻译对于写作的影响，在理论上的定性仍然大大落后于实践，有很多问题都缺乏共识。比如，新时代对"雅"到底有什么样的要求，还需不需要将"雅"与"信"、"达"放到同等重要的地位？读者自身外语水平提升后，对译作的宽容度和理解能力也提高了（例如英文长句不再需要被拆译成太多短句），那么"信"与"达"的新含义又变成了什么？还有新词的译法——从前，规范的译文中是不允许出现原文的；如今，原文被保留的百分比越来越高。比如"CT"这种词，就完全可以保留。那么是不是要保留原文并附上注释呢；是否要削减说明性注释，增加解释性注释；什么程度的引文需要标明出处，什么情况下就不再需要……这些都是需要翻译从业者们不断探讨并不断更新标准的地方。

为了更形象地说明问题，可以举一个中国翻译史上或许最出名的公案例子。当年赵景深不知道 milky way 就是"银河"，想当然译作"牛奶路"，被鲁迅作诗嘲讽："可怜织女星，化为马郎妇。乌鹊疑不来，迢迢牛奶路。"如果我们查一查网络，以"牛奶路"为话题的翻译专业论文为数不少，也有人替赵景深翻案。其实，把来龙去脉理一理，就能看出，“牛奶”绝对是错了，这案子翻不过来，问题是，译成“银河”就一定对吗？据说，英文里第一次出现 milky way，是在乔叟的长诗 House of Fame 里，典故来自希腊神话：话说宙斯拈花惹草，让有夫之妇阿尔克墨涅的肉身怀上神胎，得子赫拉克勒斯。宙斯想借老婆赫拉的乳汁赐爱子永生，又不敢明说，只好趁妻子熟睡时让儿子用力吸吮她的乳房。赫拉克勒斯用力过猛，赫拉惊醒后大怒，将孩子一推，于是乳汁狂泻，变作漫漫天河。这个故事朴素可爱，在西方深入人心。对西方人来说，那确实是条跟奶有关的路，只不过那不是牛奶，而是“神乳”。当然，在一般仅仅需要表意的情况下，你牺牲一点文化背景，直接说成银河，也不一定有大问题。可是，如果是下面这个句子呢？

英国诗人理查德·克拉肖的《神圣格言》里讲到，罗马帝国驻犹太总督彼拉多判决了耶稣的死刑，后悔不已，每每想起便流泪不止，连洗手都用泪水，于是乎：The tears of the penitent flow unceasing; transformed into stars they form not simply a Milky Way in the heavens but a stream of cream. 在这种情况下，如果再译成“银河”，就跟下面的“奶油”（Cream）没有了可比性，这段文字的表达效果就大为逊色。所以，比较好的选择就是在字面上这么翻译：“这位忏悔者的泪水流啊流啊，无休无止，变成星辰后不仅组成了一条神奶路，而且形成了一条奶油河。”然而，单单这样还不够完整，中国读者还是不知道“神奶路”和中文通常概念里横在牛郎织女之间的那条银河有什么关系，那么只能采取不是办法的办法，为“神奶路”做注，交代来龙去脉。我曾经不止一次跟别人争论过文学翻译的注解问题，反方大都认为注解影响阅读快感，吃力不讨好。他们的理由往往是，小说不就是讲讲故事吗，有必要去考虑文字里携带的文化信息有多少损耗率吗？有必要去可惜这种损耗吗？我不这样认为。至少我读小说从来不仅仅是为了读故事——何况如果无视文化背景，好多情节本身也很难传达清楚。我们知道，亨利·詹姆斯、米兰·昆德拉、E.M. 福斯特和戴维·洛奇都把“小说的艺术”作为讨论的主题——既然小说不仅是“故事”而且也是“艺术”，那么，每个译者都应该对这种特殊艺术的每一个细节报以足够的尊重。对此，文学译者以及文学翻译理论的研究者，都应该比其他领域的译者有更清醒的认识。

上面这个例子只是文学翻译艰辛寻找平衡点的缩影。长期以来，翻译体或翻译腔在很多场合都作为贬义词而存在。但实际上，翻译文学与原创中文作品在客观上确实有“体”、“腔”、“格”上的不同，而这种“不同”本身不仅应该是中性的，甚至也是十分必要的。形象地说，我认为，既然事关文体的沿革，那么译文既要兼顾每个特定时代读者接受度的平均值，也应始终保持着比原创文学“快半拍”的节奏，保留一定程度上的陌生感，以便形成对原创文学的刺激——唯其如此，在文学意义上，译文才更具有其存在的价值。回到上文中说到的关于福克纳作品的误会，我认为，在这个案例中，其实更应该反省的是现当代文学观念普及上的问题——我们的读者，究竟在多大程度上了解世界文学？与之“相映成趣”的现象是：我曾发现确实有不少译作，因为“迁就”读者和长期滞后于实践的出版业编校质量标准，把原文大量对话中不用双引号、直接用逗号或特殊字体标识的段落，一律改成规范的“直接引语”。这本来是现代写作中常用的手法，有其特殊的节奏和韵律，却轻易被译者和“标准”所遮蔽。相对于标点这样的细节，那些在语言意象甚至文本结构方面过度迁就目标语的现象，对原文的表达效果和造成的伤害甚至更大。那些最应该对目标语写作者产生刺激与启迪的地方，就这样被无形而无情地篡改成了“纯洁”的汉语。恰恰是无数这样的迁就和篡改，使新的标准始终处在一种貌似“不合法”的状态，诸如“读者要求译者替福克纳断句”的事，也就难以避免。

我相信，随着多语种作品的大量碰撞，语言的强弱势对比也能慢慢改变，翻译中归化异化的平衡点也会慢慢移动。如今许多既从事写作又担任译者的双料作家也对此作出了很大贡献。

《玩火的女孩》：斯文与我的最后一次合作

石琴娥

光阴荏苒，斯文走了已经3年多了。在冰岛工作的最后一两年里，他的身体不太好，到1998年从冰岛回国时，本来虽不高大但魁梧的他变得瘦弱、浑身软弱无力，成了一个步行一里路都有困难的人。记得女儿和女婿来机场接我们时，他虽站在女儿身旁，但女儿却没有认出他，他的变化之大就可想而知了。

大约在2008年三四月间，他一度晕倒，医生发现他的血色素很低，住院检查一个多月后结论是“老年性营养不良引起的贫血”，看到这个结论使我们感到纳闷好笑——在现在这样好的物质条件下居然还会营养不良，但更多的却是庆幸，总算没有什么大病。就在他出院后不久，我收到了上海九久读书人文化实业有限公司秦俟全寄给我的斯蒂格·拉森的《千禧年三部曲》的瑞典文原版作品，希望我能翻译其中的第二部。我当时手头正好有一部搞了几年急需完稿的作品，斯文身体又不好，因此我不想接这项工作。可是当我们拿起作品来阅读的时候，一下子就被它深深地吸引住了。它独特的叙事风格和紧张生动、环环相扣的惊险故事情节紧紧地吸引住了我们，我们在阅读过程中一直处于疑惑、焦虑和期待的心情中，使我们手不释卷。几十年来，我们读过很多瑞典作品，像这样吸引我们的还是头一次看到。斯文看到我实在脱不开身，尽管疾病缠身，还是勇敢地对我说：“让我来翻吧，这部作品情节惊险、笔触细腻，故事发展难以猜透，读来使人爱不释手，在瑞典的作品中哪有像这样的，值得向我国读者推荐介绍。”

斯文说得不错，斯蒂格·拉森的三部曲从内容上改变了瑞典文学以往比较古板、枯燥的传统，从潮流上也改变了瑞典文学跟着欧洲大国文学走的传统。它在悬疑推理小说领域里同美国作家丹·布朗一样走在了世界的最前面，引领着世界潮流，的确令人刮目相看。这部作品不仅是一部悬疑小说，更是一部西方社会问题、政治黑幕的调查报告。它揭露了西方非法的性交易活动、妇女被残忍地强暴以及对女性想当然的猜疑、指控和迫害，这一切发生在西方社会的楷模——瑞典，读后对瑞典社会有更进一步的全面了解。对我这个长期从事北欧、瑞典文学研究的人来说，读到这样的作品的确感到高兴，无法抗拒斯文的要求。就这样，他在身体极度虚弱的状态下，开始动手翻译《玩火的女孩》。第二年，也就是 2009 年 4 月中旬，斯文又一次因血色素更低晕倒住院，一个月后回家服药调养，那时的他已经不能用瘦弱来形容了，而是地地道道的瘦骨嶙峋，手无缚鸡之力了。一回家他念念不忘的不是好好休息养病，而是《玩火的女孩》的翻译进程，说是已经一个多月没有翻了，得抓紧。于是，他不但白天翻译，晚上还会趴在桌上翻译一会儿。8 月 19 日下午，他像往常一样午休起床后趴在桌上翻译。4 点 30 分左右，我听到他的房里传来“咚”的一声，他又一次晕倒了。送到医院后，大夫提醒我情况严重，很危险，要做好思想准备。我并不太在意，现在回想起来主要还是我不愿意相信，认为他会像上两次那样化险为夷，住上一段时间医院后还会回家来的。但是我的希望破灭了，这次他倒在了自己热爱的翻译岗位上，再也没有起来，他离开我们走了，永远永远地走了。

他走后，我突然觉得人世空虚起来，觉出自己的渺小和孤独，感觉失掉了依靠，失去了主心骨。家里的一桌一椅、小区院子里的一草一木都能引起我的回忆。桌上那本《玩火的女孩》瑞典语原版书和旁边他的手写翻译稿、桌前的那把椅子，我不让保姆擦抹、挪动，沉浸在痛苦的回忆之中。他撒手人寰离开这个世界走了，把寂寞和空虚留给了我。朋友、同学和同事都来宽慰我，杭州大学的宋兆霖获悉我的不幸和痛苦之后，多次来电话，让我不要悲观，要面对现实，他说："我相信你的先生是不希望你生活在悲痛中的，他希望你快活坚强地活着。"他的话使我清醒，让我猛然想起季羡林先生在一篇文章中所说的"后死者"这个词。季老写道："对已死的人来说，每一个活着的人都是一个'后死者'。可这个词儿里面蕴含着哀思、回忆、抚今追昔，还有责任、信托。已死者活在后死者的记忆中，后者有时还要完成前者未竟之业，接过他们手中曾握过的接力棒，继续飞驰，奔向前方，直到自己不得不把接力棒递给自己的'后死者'，自己又活到别人回忆里了。人生就是如此，无所用其愧恨。"

是呀，我已经成了"后死者"，不能只是沉浸在哀思、痛苦、回忆之中，而是应该接过斯文握过的接力棒去完成他的未竟之业，这才是对逝者最好的思念。话是这么说，可是要做到这点谈何容易。每次想翻译，总是难以动笔，一想到斯文，他的一举一动、音容笑貌，都会像过电影一样历历在目，理智多次告诫我要克制住自己，快去动手完成他未完成的工作，可是一拿起《玩火的女孩》，他倒在书桌前的情景又出现在我眼前，一连串伤心事涌上心头，往往使我不能自已，眼泪不由自主地流出来。

斯文是1958年走上工作岗位的，直到1998年退休，他在外交战线上奋斗了整整40个年头，从一个普通的小翻译到特命全权的大使，其间的辛勤和艰苦是可想而知的。在他退休后的十余年中，他没有休息，无视自己虚弱的病体，开始自学丹麦语、挪威语和新挪威语（当代挪威人会话中使用的口语，包含了很多英语口语和单词，不同于书面的挪威语），阅读原文作品，查阅原版资料，为介绍北欧文化、历史和文学孜孜不倦地工作着。像他那样懂北欧多国语言，并能把其作品直接从原文翻译成中文的人可以说凤毛麟角。他的译介不仅仅限于瑞典，而是包括丹麦、芬兰、冰岛、挪威和瑞典5国，范围也不仅仅局限于小说、诗歌、散文等文学方面，还涉及历史、戏剧等诸多领域。在目前已出版的关于北欧的作品中，如《当代北欧短篇小说集》、中世纪北欧文学瑰宝《萨迦选集》以及《外国中篇小说》等都凝聚了斯文的心血，他还参与编撰了《中国大百科全书》的外国历史卷、文学卷和戏剧卷。十多年来他翻译和撰写了几百万字的作品，若是他的生命更久一点，肯定能做更多的事情，可如今，人间少了一个北欧作品杰出的译介者。

斯文从参加工作到离开人世的50余年间，一直同瑞典、北欧诸国有着不解之缘。他一生劳碌，为我国和北欧诸国的关系发展、交流和友谊，为介绍北欧文化、历史和文学默默地耕耘着，为在人世间普及爱和善良辛勤地劳动着，直到生命的最后一刻，他实现了生命的价值。

记得我们第一次一起翻译出版的长篇作品是瑞典1909年诺贝尔文学奖获得者塞尔玛·拉格洛夫的代表作《骑鹅历险记》。此后，我们在一起翻译出版了冰岛的《埃达》和《萨迦》等作品。在翻译过程中，我们互相切磋，当然有时也会为一个词的理解或译法争论，各不相让，争得面红耳赤。虽说是争吵，但心情是愉快的。每完成一部译作，我们颇有“成就感”，常常喜不自胜，有时到附近的龙潭公园遛一圈，放松一下；有时出去吃一顿以示庆祝。这次我们又在一起翻译《玩火的女孩》了，只是没想到，我们的合作是从翻译瑞典作品开始，在翻译瑞典作品中终结。同过去一样，我们各人翻译一部分，但是这次没有争论，更谈不上吵得面红耳赤，我是被迫接过他握过的接力棒，带着完成他未竟事业的责任心，在思念、回忆中默默工作的。翻译完全书最后一句话的时候，我没有一点“成就感”，相反地，一股凄凉、悲切之感袭上心头，我自言自语道：“再也不能在一起翻译了。终结了，永远永远地终结了。”此时的我已是泪流满面，泣不成声了。

由于斯文去世，我们没能按时交稿，上海九久读书人决定引进台湾的中译本，出版总监吴文娟对我说，为了表示对斯文的敬意和纪念，他们计划要把斯文直接从瑞典文原版翻译的《玩火的女孩》出一本珍藏版。这使我极为感动，我由衷地感谢他们的善解人意，更感谢他们对斯文的尊重。

在互联网时代重现异邦的书人书事

——《文雅的疯狂》翻译散墨

陈 焱

《文雅的疯狂》是西方现代“关于书的书”名——一部享有盛名的英美书林清话。我因朋友之邀，有机会翻译此书，实在是一大机缘，正好与自己平日爱买爱藏几本书的癖好相符。

动笔翻译之初，我想起了杨必教授翻译19世纪英国小说《名利场》的思路。当年杨必在熟读英文原文之后，觉得可以借鉴《红楼梦》的语言，为此专门反复重读这部中国古典小说杰作，模仿其遣词造句，终于以自如传神的译笔重现了这部英国文学名著的风采，成为译林佳作。这种翻译方法对我启发很大，决定步武前贤。于是，我在通读英文版《文雅的疯狂》的基础上，确定了译文风格，亦即以董桥先生的西方书话名篇为榜样，同时大量借鉴中国藏书题跋的措辞句法。董桥的随笔集《这一代的事》里面有几篇散文，如《藏书家的心事》《谈谈谈书的书》《访书小录》《关于藏书》《也谈藏书印记》等，或杂录英美书林旧事，或叙述购书藏书经历，文笔典雅纯正，写法摇曳生姿，均是精妙绝伦的书林清话。董桥的另一部随笔集《绝色》更是专谈收藏洋书，内有很多关于西书的专门知识，亦是一大宝藏。除此之外，明清藏书题跋名作也是不可多得的典范，例如黄丕烈的《士礼居藏书题跋记》，描述他买书藏书的种种经历，与书贾往还的或敌或友，得书之乐，失书之怅，均为不可多得的妙品；再辅以当代文坛名家黄裳的《来燕榭读书记》，浏览其锦绣文章，真是赏心悦目。于是，我以上述诸书为范本，含英咀华，修辞摛藻，进而摘录文辞，抄辑字句，编了一个近万字的译书词汇表，略作分类，移译之际，时时参看。词汇表分为以下几大类：好书成癖、善本珍本、购藏聚书、买书借书、藏书命运等。再细分下去，以英文的 book collecting（藏书）一词为例，中文相近的词汇就有“聚书、积书、集藏、搜集、搜讨”等，又如“卖书”一词，中文可用“鬻书、持书求售、让售、割让、转手、典书”等；至于叙述藏书命运的中文词句，光是寥寥数字，读来已令人唏嘘，例如：“聚散无常、不能长保、抄家籍没、兵燹劫灰、云烟之散、散入公私藏家、尽沦异域、几无寸轴片纸留世”。能拥有如此“富可敌国”的词汇，与中国源远流长的藏书历史息息相关。因此我的一点感悟是，即使是用白话文翻译西书，亦不应拘泥于只选用现代汉语或白话文的词汇，尽可活用千年以来前人留下的丰美贴切之文辞，驱使于译笔之下，供我差遣，既能让原文“脱胎换骨”，又可再现中文之美。故除《现代汉语词典》之外，我更多参阅《汉语大词典》及台湾《重编国语辞典修订本》，尤其是后两部，翻译时几乎与我晨昏相伴，须臾不可缺，好在有电子版，否则都会翻成了“狗耳朵”（英文 dog-ear，指使用过多而破损）。

在互联网时代从事翻译，有诸多便利，若能善加利用，译者真有如鱼得水之感，而原文的疑难困惑，每每敲打键盘和点击鼠标即可冰释。其便捷易行，确是前代译者无法想象的。举个例子，如果原书作者还在世，遇上难题可以径直发电邮求救，我自己就曾多次致函作者巴斯贝恩，向他讨教；网上又有各类辞典和百科全书可供参考，举其荦荦大者有维基百科及线上大英百科全书；还可以下载各类电子书作为参考。例如拙译遇上原著引用莎士比亚、济慈的诗句，或《圣经》的引文，就到网上查阅或下载。原书引用的片言只语，如果没有网络，在以前，除非求之于“引得”之类的工具书，否则往往要细心翻阅几部书，才能查到出处。比如，我在翻译《英伦旧事》一章时，原文引用了英国 14 世纪藏书家德·伯利的《书之爱》一书，其中有一个伯利赞美书籍的段落，化用了《圣经》的很多典故：“你们是诺亚方舟，是雅各梦中的天梯，是让在那里看见的羊羔改变颜色的水槽；你们是向基甸证明耶和华使者的磐石，是基甸击杀敌军的藏着火把的瓶子，是大卫掏出光滑石子打死歌利亚的囊。”在过去，假如没有非常罕有的《圣经》索引工具书，要确认英文原文与和合本中文《圣经》之间的对应文字，肯定极其耗时耗力。但借助网络工具，只须在互联网上找到有搜索功能的《圣经》英文版，查出具体章节号，再对应网上《圣经》中文版（和合本），所费工夫较之前人，可谓仅是“点鼠标”之劳。

互联网对译者的帮助，除了查阅工具书和了解知识背景之外，还有一个重要的用途，那就是写译注。《文雅的疯狂》并非学术专著，照理说不必详加注释，但考虑到此书的最新一版已是 2012 年，尽管作者已作增订，但只是对个别重要内容，而人事代谢，时势变迁，尤其是读者来自中英文两个不同世界，所以仍有必要对书中的一些书人书事乃至书店的近况略作说明。例如一般读者可能对古登堡《圣经》（Gutenberg Bible）较熟悉，但对美因茨《圣咏集》（Mainz Psalters）就是知者寥寥，而这是西方使用活字印刷术的第二部重要书籍，所以译者对此作了小注；其他一些中国读者不太熟知的情况，亦酌情加注，以便有助于深入阅读，例如美国早期印本古籍《马萨诸塞湾圣诗》、19 世纪帮助黑奴逃到自由州的“地下铁路”之类。值得一提的是我在作注时发现，美国一些颇有特色的小书店，因为受到网络电商售书的冲击，不得不忍痛关停实体店，转为做网上生意，即使有的仍在勉力支撑，亦是今不如昔，读者若要去买书，还需电话预约。对比国内出版业与图书界的近况，顿生“寰球同此凉热”之感。

至于任何译者肯定会遇上的人名地名翻译，除了必须参考商务印书馆等出版社的权威工具书，有些宗教、法律等较专业的词汇，亦可在网上解决，比如天主教会主编的《基督宗教外语汉语神学词典》解决了跟天主教和基督教的相关问题（故译者用“教宗”而非“教皇”一词来译 Pope），法律术语翻译则参考了近年法学界的硕果《元照英美法词典》。《文雅的疯狂》一书中的专业词汇，与书籍有关的术语最多，其次当属拍卖词汇。可惜国内尚无一部全面的英汉拍卖行业辞典，不得已只能另想他法。我的办法是先到政府网站下载《中华人民共和国拍卖法》（英汉对照）版本，虽说已可解决部分问题，但远远不够，因此又到苏富比、佳士得、嘉德等知名拍卖行的网站，查阅相关的英中文拍卖文件，查找对应的术语、用词，得以磕磕碰碰攻克了这一大难关。

我在中译本的译后记中曾说："书中的部分引文，尤其是书札，如是19世纪以前的，译者不揣谫陋，大多尝试译为文言，以体现原文之古雅。"这是译者希望能够运用多年来从事翻译而积累的一点语文功夫，体现中古英文原有的古色古香之美，心底下亦是想向钱锺书、严复等先辈致敬。我读钱先生的《管锥编》与《谈艺录》，总是惊叹于他纯熟地运用文言文翻译西方的文字，中译文圆融妥帖，超妙入神，后生如我者，自然生起高山仰止之叹。所以因"心向往之"而有了东施效颦的想法，因此斗胆用浅显的文言文翻译书中的一些段落及引文，虽曰译者已竭尽心力，然囿于根基浅陋，相比先哲精金美玉式的译文，肯定是相形见绌，只是冀望这不失为一个"失败的尝试"，供其他译者参考，也借此测试一下自己中文的功底。"译后记"中也提到，《文雅的疯狂》的中译章名多是意译，其实这是不得已的办法。原书的章名词瘠义丰，以一概十，隐括全章，往往妙不可言。例如第六章的"To Have and Have No More"，是介绍卜斋友"借鸡生蛋"，利用自己门徒的钱财搜藏珍稀善本，最终却因被门徒的家族告上法庭，落得藏书被拍卖散尽的命运。章节名正是从卜斋友的英文名（Haven O'More）而来，略作变化，如果按字面翻译，至多译为"得与失"方约略相近，但于此章的内容，则了无体现。故此只能变通，译作"书林怪客"，以体现此人的诡诞及其藏书命运。又如第14章名为，carpe diem，本是拉丁文，意为"抓住今天；及时行乐"，无论选哪个作中译都不够妥善，而此章讲述的是藏书家理查德·曼尼原拟藏书以自娱，后因多种原因（主要是投资套利）而售卖的故事。我在思考之时，"暂得于己"这方中国藏书家爱用的藏书印文浮现脑海，大体说出一些藏家对自家藏品得失不挂怀的潇洒心境，译文不敢说是铢两悉称，至少是庶几近之了。

钱锺书在其《林纾的翻译》一文中提出了一个俏皮而深刻的说法，"好译本的作用是消灭自己，它把我们向原作过渡"。我也希望有读者看了《文雅的疯狂》之后，会有动力学好外语，直接阅读原文，接触广阔西方藏书世界，甚至用外文向异国的爱书人介绍中国的藏书文化与历史。明代藏书家朱大韶因酷爱宋版书，而以家中一位通诗工画的美婢向吴门某书商换取宋版袁宏《后汉书》，后来却追悔莫及而郁郁辞世；再如清季陆心源的皕宋楼藏书，其后人因家道中落，将所有藏书售予日人，成为我国藏书史上一大伤心事。虽说云烟聚散，本自寻常，但今后若出现有心人汇辑这些书林往事，出版一本中国式《文雅的疯狂》，以广其传，岂非美事？

摆渡者的本分

钦　文

在没有掌握外语之前，我们都是通过译作来接触国外作品。在阅读过程中，某些经典段落——无论是因其思想内容还是语言风格——都会在心里打下很深的烙印。可以说，对译本的接受是我青少年时代一个很重要的体验。

和许多译者一样，我走向翻译是一个循序渐进的过程，从一点不懂，到慢慢有点体会，到现在有点心得。最初的翻译实践是在学校里。外文系的学生都得上翻译课，初步了解什么是翻译。在老师的指导下做练习，掌握最基本的翻译技巧。课余老师还会介绍一些政府或企业的资料和文书给我们，在这一过程中，我学了不少东西。

机缘巧合，我大学一毕业就参与翻译了一本“重要”的书。20世纪末，日本右翼势力否认侵略战争的倾向日益凸显。此时，作为南京大屠杀重要证据的《拉贝日记》稿本在德国被发现。我国政府和国内学界对此书非常重视，要求尽快出版。由于时间特别紧，出版社最后决定由多人合译，翻译组由南京大学德语系的几位老师组成。

拉贝在日记中记录了自己在南京大屠杀期间的经历，具有很高史料价值。文字并不是特别难，对于一个翻译新手来说比较“合适”。多人合译作品的问题会很多，这点业内的人都知道。鉴于此书的重要性，出版社制定了特殊的工作流程。译者在规定时间内完成各自的份额后，集中在一起交换校订其他人的译文，同时参与校订工作的还有南京大屠杀史的专家，负责审核译文中涉及的史实问题。出版社还抽调了最好的校对同期校订，所以该书的编校质量还是非常好的。

对我来说，这次特殊的翻译经历非常重要，按照流行说法，这是一次工作坊式的学习，我了解到编辑和校对的工作方法，也从历史学家的考证工作中受益良多。在日后翻译中，我会或多或少地从这几个视角来审视自己的翻译。

接下来，我又受师长所托翻译了《论现代和后现代的辩证法》，作者是法兰克福学派第三代学人。书中涉及哲学、美学、文学、建筑、音乐等知识，其深度和广度远远超出当时我可以掌控的范围。全书只有10万多字，我却翻了两年多，很辛苦。其间，除了参考众多工具书外，还阅读了不少有关法兰克福学派、现代和后现代哲学和美学的众多原著和参考书。现在看译文，觉得它很稚嫩，虽然我力求通顺，但语言还是有些生涩。普通读者读起来可能要费些劲。

之后，我主动向出版社推荐了《叔本华及哲学的狂野年代》一书，这是我自愿翻译的第一本书。作者萨弗兰斯基是德国很重要的哲学传记作家，其作品兼具学术性和可读性。此书写于20世纪80年代末，体现了当时学术研究的前沿成果，将其译成中文，对国内学术界及普通读者重新认识叔本华还是很有帮助的。

通过这些作品的翻译，有三个方面的收获：第一是知识，通过翻译一本书，会开拓一个新世界，倒逼自己学习新知识，受益无穷。第二是开拓视野，尤其是后两本书令我大开眼界，对我日后的研究很有启发。第三是对语言本身的理解，德语社科类著作的语法和句式特别复杂，在破解的过程中，我的德语水平也大有长进。

翻译工作涉及的几个问题，已经被前贤说过无数遍了，但似乎还是值得说一说。

第一，翻译理论和翻译实践的关系。这里所指为狭义的翻译理论，例如从语义学的角度研究翻译中的语义转换问题，或从语言哲学角度探讨可译性/不可译性。我的体会是，凭借某些翻译理论体系可以建立起一个自足的学科。但对我们这些“普通译者”而言，还是觉得有些“隔”。至少我在翻译过程中没有特别意识到这些理论的借鉴意义，即便有，或许也是在潜意识里。我接触过不少同行，也读过很多翻译家的心得文章。也许是我孤陋寡闻，绝大多数一线的译者都不曾提到受哪个理论的特别引导或熏陶。翻译是一门手艺活儿，还是要靠动手，遇到具体困难具体解决。

第二，翻译批评的作用。私以为，较之理论，中肯的批评对译者倒是更有具体的帮助。翻译批评分两种：一种是批评家指出某译本哪些地方理解、翻译有误，遣词造句、语言风格有问题等。虽然不乏客观的评价，但此类文章大多言辞激烈，甚至抑人扬己，未必让人心服。另外一种是译者从实践出发，讲述体会和心得，反思自己的译作，也会顺带谈谈别人的翻译。我个人觉得，相比前者，这些经验之谈对译者来说帮助很大。杨绛先生写过一篇《失败的经验——试谈翻译》(修订后更名为《翻译的技巧》)，说这篇文章“金针度人”一点不过分。文章中有部分专门讲如何拆句，对我影响很大。我们初涉翻译时，往往被原作的语句结构缚住手脚，总觉得分解开就不“信”了。后来才慢慢体会到，至少对于文学性文本的翻译而言，过分拘泥于原来的句式，其实也束缚了自己手脚。

第三，好翻译的标准。严又陵提出的“信、达、雅”似乎已成为金科玉律，然而对信、达、雅的理解仍然众说纷纭。我也不揣鄙陋，谈一点体会。

“信”，首先是字面上的“信”，即某概念能否在出发语和目的语之间找到等值的词语。根据现代语言学观念，这几乎不可能。由于能指和所指之间关联的任意性以及每种语言背后所蕴藏的独特思维框架，大多数情况下，某个概念无法在另一种语言中找到完全等值的对应项，因此完成字面上的“信”是不可能的。

其次是句式篇章上的“信”。某些文学作品，比如德国巴洛克风格的小说，如果在句式上拘泥于原文，译文势必充满复杂长句，这会给阅读和理解造成障碍。德国作家克莱斯特、托马斯·曼等人的作品，复杂长句特别多，形成了一种特定的叙事风格，喜欢的人读起来很过瘾，但即便如此，今天的大多数德国读者也觉得吃力。要让中国读者阅读这样的中文句子，恐怕更有困难。许多前辈翻译家就很注重中国传统的表达习惯，例如前文提到的杨绛先生。

但在翻译某些学术类的作品时，情况又不太一样。例如我在翻译《论现代和后现代的辩证法》之初，也考虑是否以通顺为第一要务，几经尝试，最后还是在某些段落中保留了比较复杂的表述。原因在于，句式结构和表述逻辑相辅相成，我希望读者在看内容的同时，也能体会作者的论证逻辑。

这就逐渐过渡到“达”的问题了。在 20 世纪初有关翻译的论战中，鲁迅先生被认为是“硬译派”的代表。在批评者看来，其译作文字佶屈聱牙，但他自己解释说，“中文的文或话，法子实在太不精密了……语法的不精密，就在证明思路的不精密”，他想通过这种欧化的句式结构，为中文“输入新的表现法”，让中国人学会逻辑思维的方法，让中文得以再造。(《鲁迅和瞿秋白关于翻译的通信》)在这个意义上，这种翻译已经超越翻译本身了，对倡导白话运动的这一代人而言，他们看重的不仅仅是介绍一个故事、一种思想，更要让中国人学会思辨的语言，这是在另一个层面上考虑翻译中的句法转换问题。

但是香港的批评家思果认为，译文中所有的句式一定要让人觉得是中国人说出来的，即译文应当是让读者觉得仿佛作家在用中文写作。在他看来，好的译文里恰恰应当避免那些逻辑关联词，例如“因为……所以”、“虽然……但是”等。而事实上，这恰恰体现了传统中文的模糊性，句子之间的因果、转折关系需要读者去（创造性）建构。在相对简单的上下文中，产生歧义的可能性不太大。一旦译文中出现多个连续单句，因为有多种可能的关联存在，读者就会在重建（原文）句子关联时遇到麻烦，理解的未必是作者的本意，这不仅意味着丧失，甚至意味着误读。

鲁迅先生希望中国人能够学习这种带逻辑性的语言，至今仍有思果这样的批评者对“欧化”句式颇不以为然。但我们发现，今天大多数人已经习得并习惯了“欧化”的表达方式。汉语经过百余年发展，变化了的不仅仅是说话和书写的方式，还有我们的思维方式。

争议最大的恐怕是“雅”。究竟是译文的文字要“雅”，还是传达出原文的语言风格就可算作“雅”？早年间，严复、林纾等古文大家用典雅的文言翻译作品似乎是本分。林纾本就是经人口授后下笔译述，不拘原文，尽可追求文字之妙。现在多数翻译者的共识是，应该尊重原文的风格，源语言如果是粗俗的，译文就该粗俗；源语言是文雅的，译文就要文雅。用雅致的语言去翻译很粗俗的语言是不行的。虽然大家都把风格上的相近作为雅的标准，但真正能够做到"高仿"的译者又有几人？不过对此也有不同看法，其中以许渊冲先生最有代表性。他非常讲究译文的"漂亮"，认为翻译无异于译者和原文的作者之前的竞赛。傅雷先生是公认的翻译大家，但过去也曾有人对他的翻译提出过一些批评，认为在他的译文中，读者见不到作者，只看到了傅雷。

我再举个钱锺书先生的例子。钱先生首先是学者，完整翻译的作品不过几篇而已。《管锥编》和《谈艺录》中有大量的外文引文需让一般读者明白意思，钱先生必亲自操刀翻译。其译文婀娜多姿，神来之笔俯拾皆是，风格极"雅"，仿佛原文作者一个个成了古文大家。然而仔细对比原文可以看出，译文并非字字对等，闪转腾挪之后的句式更是与原句大相径庭。毕竟学术笔记不是翻译作品，为了转述或表达观点，钱先生不惜省略掉一些东西。但钱先生在翻译海涅的《精印本〈堂吉诃德〉引言》时，则很少在内容或文字上进行删减，很注意"信、达、雅"之间的协调。这篇译文的"雅"和前面学术笔记中译文的"雅"完全不同。多年前，我曾在翻译课上和学生赏析过这篇译文，当真是在文字和风格上与原文丝丝相扣，译文绝佳地传达出了海涅幽默俏皮而语含嘲讽的风格。

我有一个猜想：无论从气质还是从语言风格上来说，海涅与钱先生有共通之处，这或许也是译文之所以如此成功的重要因素。在翻译时，如果作者和译者之间能够语言相通，心有灵犀，简直就是幸事。过去有这种说法，诗歌的翻译最好让诗人去做，这不无道理。然而古今中外的诗歌纷繁多样，即便是诗人，也有气质和语言的差异，未必能够胜任各家的风格。为合适的文本找到一个合适的译者，也是缘分。

对于这三个翻译的标准，我至今虽没有准确的答案，却也有点体悟。"信"是对原著负责，好像钱锺书先生在《论林纾的翻译》中讲到，翻译是一仆二主中的"仆"，面对原著，贴切的翻译其实是一种“信”，它是对原著这个“主人”负责。“达”呢，我觉得更多的是对读者这个“主人”负责，因为文本通畅对读者的理解是有帮助的。而“雅”呢，我理解为译者自己的抱负，这就是许多名著会被不断重新翻译的原因之一。比如在德国，《荷马史诗》、莎士比亚的戏剧、蒙田的散文、托尔斯泰的小说有不同的译本，那是译者之间的竞赛，在满足读者接受需求的同时，呈现最完善的译本，这是译者的“野心”。

在向读者介绍外国文化时，译者是一个“摆渡者”，让两岸的人能够增进彼此了解，译者就尽到了自己的本分。

没有穷尽

——我的翻译生涯

邓嘉宛

缘起

随着《魔戒》(*The Lord of the Rings*)和《精灵宝钻》(*The Silmarillion*)的出版，我不时在微博上碰到年轻人问，邓老师，你的英文是怎么学的？或邓老师，要怎么做才能像你英文这么好，能翻译《魔戒》？或，翻译《魔戒》这样的书要具备什么条件？或，我将来想做翻译工作，你能给我一些建议吗？等等。

讲述翻译理论和实践的文章，网络上很多，且常是名家之作。我不是科班出身，在学校不曾上过翻译课，能走上翻译的路是机缘，故此我只说说自己多年来专职文字翻译工作的经验和心得。

我大学本科读的英语，毕业后却当了中文老师，教外国人说中文。20世纪90年代初，我在外企里做研究员，把国外来的资料翻译成中文，再把调查结果分析写成英文报告交给客户。这份工作是笔译、口译、同声翻译都来。我做了3年，英语大有进步。之所以离开这份有趣、充满挑战性又高收入的工作，是因为身体撑不住了。

换跑道

我从小喜欢听故事，看故事，特别是侦探、推理、冒险之类的小说。休息在家，总不能坐吃山空。可我除了翻译没别的本事。于是，我去书店里找喜欢的类型小说，抄下出版社地址并编辑姓名，然后给编辑写信毛遂自荐。

起初，我没打算把文学翻译当正职。实际上完成第一本书后，我便知道专职文学翻译会饿死，付出与报酬太不成比例。那是 1995 年，稿费是每千字 500 台币（约今人民币 100 元）。20 年过去，我知道今天台湾出版界给新人的稿费仍是千字 500 到 600 台币。而 20 年来的物价变化，不问也罢。因此，对那些喜欢或考虑以翻译为业的年轻人，我至今建议他们把文学翻译当副业。毕竟，长期码字造成腰椎病颈椎病，医药费也很可观。

真心要以翻译为业，想要可长可久，必须有耐得住寂寞、安静、不厌其烦的个性（或本事）。如果翻译文学类或奇幻、科幻类小说，译者还需要心思善感并且想象力丰富。

面对喜欢的书，当纯粹的读者和作为译者，差别很大。身为读者，看不懂的地方可以哎呀算了跳过去，但是身为译者，你必须上穷碧落下黄泉，竭尽所能搞明白，译出来。

翻译跟其他工作一样，要做得好，必须有爱。但是，单单有爱不足成事。为了生活，我当然接过自己没什么爱的书，这时候，能让我完成工作的是——毅力、纪律、耐心。事实上，就算面对我深爱的《魔戒》，上千页的原著（中文成书有 100 万字）要在时限内完成，支持我做到的，除了有同行的伙伴，关键依旧是毅力、纪律、耐心。

译者当具备的品质

前几日在微信上读了刘思达先生写的《我活着走出了方庭——芝大留学往事》，里面写到他的博导阿伯特教授说：“做学问需要五样东西：马力（horsepower）、想象力（imagination）、做事情的意志（will to do things）、纪律（discipline）、忍耐力（perseverance）。五样东西都很重要，但其中最重要的是做事情的意志，很多‘马力’十足却缺乏意志的人，都是做出一点小成果之后就默默无闻甚至最终改行了。”

我深以为然。因为做翻译也是一样的。

今年1月，我受邀在“知乎”回答关于翻译的问题。当时的答复如下：

一、译者要有纪律和毅力，给自己定下每天完成的字数，然后完成它。

二、拿到要翻译的书，至少先读两遍，熟悉文本以后才动手翻译。

三、面对疑难，要勤查资料和辞典，找同道咨询，多方求证，不要自以为是，更不要混过去。

四、多读好的中文：古文和现代小说都读，以免译文洋腔洋调。

五、看到别人翻译得好的译本，不妨找原文来对着看看，思考有没有更贴切的译法。

在此我对前三点再多说几句。

第一，专职译者的首要条件是纪律和毅力。当你面对一本动辄十几二十万字，或像《魔戒》这种上百万字的套书，你需要的是纪律和毅力。这两者都是日复一日操练来的，不是天生的。

每当拿到一本新书，我首先随意抽两三章阅读，评量难易度和估算完成所需天数，等跟出版公司商定签约后，就按所定目标进行。我如今脑力和体力只能负荷每日3000字，达到目标就收工，绝不贪多，除非紧急赶稿。

翻译大部头的书像跑马拉松，你需要找到最适合自己的步调，别订自己达不到的目标，既打击自信心又累积挫折感。截稿日期不会消失，只会日日逼近。如果拖稿太久或逼急了草草了事，下次谁敢找你？你又如何能争取到更好的稿费？

第二，译者拿到要翻译的作品，在时间许可范围内，尽量读越多遍越好。如果时间有限，至少读两遍。第一遍纯粹当读者，欣赏享受故事带给你的乐趣。第二遍以译者的角度阅读，拿笔圈出所有看不明白、有疑惑之处，在动手翻译前务必查清楚。同时，在阅读过程中要尽可能去感知、体会、想象作者的描述。

此外，要对作者和作品做点研究，了解作者的生活背景、所写作品的时代、作者的语言风格、遣词用字用典的习惯等。越了解作者和作品，译起来就越得心应手，出差错的可能性就越低。

第三，抱紧辞典不见得能做好翻译，但是不抱紧辞典想把翻译做好是不可能的。我相信爱惜羽毛的译者都不愿打混。但是，译者不是神，不是谷歌，不是大英百科。作者神来一笔的绝妙描述，说不定能坑译者三天三夜，让你撞墙掀桌。《圣经》说："掩盖的事没有不露出来的，隐藏的事没有不被人知道的。"面对疑难，译者一定要不厌其烦，要耐心又勤快，因为读者在挑错时会更勤快。

虽然翻译是个孤独的工作，但译者最好不要孤军奋战。译者首先要明白，翻译过程中碰到无法解决的困难时，要找编辑帮忙。编辑除了要有选书眼光、判断译稿好坏的能力，还有责任协助译者解决难题。如果作者在世，编辑要想方设法跟作者取得联系，帮译者转达疑难，或让译者直接请教作者。若是译者需要专家帮忙解决专业问题，编辑也要去找到人。

译者别闭门造车。网络时代，宅在家中也能结交天下志士。译者一定要有气味相投的翻译同好，碰到困难时除了查辞典、问谷歌，还可求助于同样做翻译的朋友。怀抱谦卑的心多查多问，总好过白纸黑字出来时被人到处批评。翻译没有完美，但译者一定要避免这些错误：知识性错误、语文性错误、漏译使文意错误以及修辞性错误（主要是指词语的轻重拿捏）和不当的省略。

好翻译一定源自对原著的热爱和通透的理解，下笔到位，贴着原著的神韵走，没有过或不及。如此，读者阅读时才是面对作者，没有译者的身影横亘其间，让人感觉碍眼。好翻译也是打磨出来的。直觉下笔的佳句固然有，更多是日日夜夜念兹在兹，反复思想，哪天饭吃一半、或夜半梦醒、或洗澡浑身肥皂泡时，突然想到了更贴切的译法，于是赶紧修改，以期更对得起作者和读者。

《魔戒》一书的翻译

1997 年，英国第四电视台及 Waterstone's 连锁书店共同举办的投票中，《魔戒》获选为 20 世纪最伟大的书。1999 年，亚马逊网络书店的读者投票中，《魔戒》不单被选为20世纪最伟大的书，还是两千年来最伟大的书。作者托尔金（J.R.R. Tolkien）以独创的语言文字创造了一个瑰丽精深、令全世界数亿读者流连忘返的“中洲”。这个庞大又独立自足的神话世界，开启了20世纪后半叶整个奇幻文学创作的长江大河。

2012年，我受世纪文景之邀翻译《魔戒》。在此之前，两岸合计已有5个不同的《魔戒》中文译本，只是每个译本都有不尽如人意之处。

托尔金动笔写《魔戒》时45岁，完成时已年过60。这16年光阴，是一个学者、作家一生中最成熟最精华的岁月。面对大师融其一生信仰与哲思的力作，正因我熟识多年，更加不敢掉以轻心。

若非石中歌自告奋勇拔刀相助，负责翻译前言、附录，编纂索引，校订全书，并杜蕴慈答应帮忙翻译书中所有的诗歌，中文版《魔戒》重译的重任，我独自一人是担不起来的。这样的合作史无前例。石、杜二人的中英文造诣皆在我之上，但她们谦和无私地配合我的翻译风格和语感，我也听从她们的建议接受她们的修改，务求全书的行文语气如出一人之手。

翻译过程中，我和石中歌经常在网络上彻夜讨论译文或译名，务求翻译准确。面对许多合译失败的前例，我想，我们之所以能成功，靠的是对这个中洲世界强烈的爱，以及对同盟合作的共识——有共同信念，互相帮助、接济，看别人比自己强，一同朝一个共同目标前进。

《圣经》说：“读书多，身体疲倦；著书多，没有穷尽。”文学翻译亦是一条没有穷尽之路。不过，前不久看侯孝贤导演的访问，侯导说，一件事一直做一直做，最后它会回报你的。是这样没错。

还有，专职译者当养成今日事今日毕的习惯。“不要为明天忧虑，因为明天自有明天的忧虑；一天的难处一天当就够了。”

翻译像一面镜子

陆求实

翻译永远在路上

文学翻译于我而言，是半路出家，我的老本行是新闻工作。后来，随着出国留学热，我也只身前往东瀛，留学，工作，经过不短不长的近8年异国生活之后，重又返回祖国，投身如火如荼的改革开放大潮。在外资企业工作之余，慢慢与翻译结下不解之缘，之后便一发不可收拾，从工作所接触的专业渐渐“翻墙”涉猎到了生活实用、社会科学终至文学领域，甚至不惜放弃前景和收入都不错的外企职位，报考出版社，从此真正开始从事自己梦寐以求的文学翻译工作。这些年来，得沾多位名家和前辈化雨，我在文学翻译的道路上逡巡摸索，一步步懵懵懂懂走来，翻译出版了30多种600多万字译作，先后获得“上海翻译新人奖”、“上海市优秀中青年文艺工作者”、“上海文艺家荣誉奖”等荣誉，并且于2011年获得日本最重要的文学翻译奖项——“野间文艺翻译奖”。

起初的时候，真有点不知天高地厚，靠着对文学翻译的热爱和一股子不做则已、要做就豁出一切去的莽撞劲头支撑着，有过一段“高产”期。待阅读和翻译积累到一定程度，自以为悟到了一些规律和技巧，渐入佳境，不知不觉却变得谨小慎微起来，落笔越来越迟疑周章，越来越费思量，一部《虞美人草》从头至尾居然吭吭哧哧花费了差不多一年半时间。当然，并不是说耗费时间越多，翻译质量就越好，只是在翻译过程中实实在在明白了自己的不足，“不待人嘲应自知”，因而翻译的时候会阅读得更加仔细，遣词造句更加斟酌，译毕也不急着交稿，而是将译稿冷处理一段时间，跳出去再回来，重新通读和校改，这样至少能令自己贻悔的东西越来越少。这种“投入、淡出、再投入”的方法和过程，至少于我而言，感觉比较适合和正确，不知道对经验尚浅的译者来说是否也有所补益？

尽管这些年来，自己多少取得了一点成绩，但作为一个抓住某个机缘才走上翻译道路的非科班译者，我最多只能算是个翻译工作者或翻译实践者，取得的成绩也离不开前辈和同道中人的帮助与鼓励。我想，选择了这条路，就绝不半途而废。

翻译，永远是“在路上”，没有止歇，没有终点。

翻译像一面镜子

翻译就像一面镜子，通过译者的艰辛劳动，将原作品再现出来。因为是再现本真的影像，译本必定是原作品的忠实还原，无增无减，既不可以断其鹤，擅自删减漏改，也不可以续其凫，无中生有。好比我右脸上有一颗黑痣，鼻头塌平，那么镜子中显现出来的我就不可能掩饰掉这颗痣，或者将鼻头映现得很高挺，那样子清俊是清俊了，但我自己和旁人肯定都不认可。这大概就是前辈强调的“信”所表达的意思，亦即准确。

记得因为策划引进并翻译了吉田修一的《东京湾景》，获得日本讲谈社颁发的“野间文艺翻译奖”时，对方工作人员给我打电话和发邮件，告知获奖理由，是因为译作“准确和优美”。在此之前我从未花工夫考究过翻译标准的问题。不过，日方编辑的颁奖理由倒是与我对于这个问题的粗浅认识相契合。事实上，自入行以来，我一直也是以这两个标准来要求自己的，好的翻译，应该将功力体现在让原作品尽显其貌上，不仅做到内容准确，叙事和语言风格一致，还必须努力呈示原作品文辞背后隐含的态度、情绪、氛围甚而意境，将原作品的光彩恰如其分地展现出来。因此，我在翻译渡边淳一《男人这东西》《女人这东西》的时候，基本上是平实谐畅的笔调；翻译《人间失格》的时候，用的是较为滞涩的语言，表现其灰暗郁纡的情绪；翻译《新平家物语》的时候，尽力展现出吉川英治对汉文字的娴熟运用；翻译《虞美人草》的时候，努力再现夏目漱石绮艳秾丽的俳体美文，堆叠藻饰，营造一种形式美；翻译《没有女人的男人们》时，则着力模仿村上春树从容优恣的风格和有时候冷不防蹦出来的冷幽默……至于做到了几分，最好还是由读者对照评判，不过我自视觖如。

译界谈到什么是好的译文时，往往较多引用西方的译论，对一衣带水的日本译界的研究成果介绍甚少。根据我自己很不全面的整理，日本译界对于评判翻译文本优劣比较一致的认识大体可概括为："読みやすい、分かりやすい、美しい"，翻译成中文就是："通顺，易懂，优美"。"通顺"是译者对原作品的应尽责任，即要求译文准确，明白晓畅；"易懂"是译者对读者的应尽责任，即要求译文语法规范，不能佶屈聱牙；"优美"则是译者对艺术的应尽责任，即要求译文雅驯，辞采丰美，富于一定的文学欣赏价值或艺术感染力。这与"信、达、雅"的提法相近。但是在实践中，通顺的不就是易懂的吗？反之，易懂的文章必定也是通顺的文章；而"雅"自提出以来便有各种不同的理解，究竟是"古雅"抑或是"雅正"至今尚无定论，似乎很难真正落实。一个尴尬的事实是，钻研翻译理论的未必身体力行，通过翻译实践验证或完善本来就玄虚难懂的理论，而从事翻译实践的却大多根本不把所谓的译论放在眼里，他们从来不是遵循理论才取得不俗成绩的。这就好比鸡同鸭讲，缺少共同的话语平台。既然如此，从一个翻译实践者的角度，我倾向于用更加简洁明白的话来表达，就是两个方面："准确"和"优美"，它们是可以对号入座、虚实比照的。

镜子中映现出来的影像毕竟不同于真实的影像，并且由于镜子的质量、执镜手法、观照角度的不同，同一个影像也会产生出千差万别的影像。譬如唱歌剧，同样一曲《女人善变》或《冰凉的小手》，同样是意大利人，贝尔贡齐唱出来和帕瓦罗蒂唱出来就是有微妙的不同，这就是译者的主体性和能动性在翻译过程中的体现，也是译者风格的体现，“其妙处透彻玲珑，不可凑泊，如……镜中之像，言有尽而意无穷也”。（宋·严羽《沧浪诗话》）镜像在多大程度上接近于真实的影像，取决于镜子的优劣，译者唯有经过大量的阅读和实践，不断淬琢、不断打磨，才能镕铸成净光雪亮、精致朗洁的“百炼镜”。

翻译作品能折射出译者的品格

将翻译比作镜子，还有另外一层意思。

接触过不少翻译前辈，给我感觉他们像北方秋后的大河，越深沉越无声，没有半点虚骄矜持的架子。大师之所以能够成为大师，除了功力深厚，译笔精妙，译著等身外，还有对文学翻译事业的严谨态度，以及待人接物方面的师长风范，“胸中洒落，如光风霁月”，让我辈见识到了人格的魅力。这些前辈也是我等后进晚生学习和看齐的标杆。

不可否认，年轻一辈翻译工作者中有少数人却是另一副面孔，或粗制滥造，不肯花气力精益求精，或满足现状，缺少不断充实自己、与时俱进的学习精神，或贬低别人，树立自己，似乎只有自己才掌握某个作家的密室钥匙，一副舍我其谁的“吃相”，或将译事娱乐化、庸俗化，不思如何掌握更多翻译技艺提高水平，而是钻营荒唐的“××之最”……营营于声名，汲汲于财利，凡此种种，少数人的不雅之举，不仅暴露出自身的人格低下，也给整个译者群体抹黑，败坏了译界的风气。本来文学翻译是一件雅事，总不能一边再现纯美感人的故事，一边却在做着与之相悖一点也不美的事情吧？镜子有修身洁行的正己作用，不光是文字，译者的言行、品格也会通过翻译这面镜子折射出来，这种时候，镜子便又具有了“照妖镜”的功能，能毫不留情地令低俗浅薄之徒显露原形。

在文学翻译道路上蹒跚将近20载，我最大的心愿是希望更多的译者共同进步，共同提高，共同为文学翻译事业的繁荣和发展贡献各自的绵薄力量。

我的翻译观

刘文飞

我的翻译尝试几乎是与我的外语学习同时起步的。1977 年恢复高考后，一个俄语字母也不识的我却鬼使神差地被分到俄语专业。我像当时绝大多数“知识青年”一样爱好文学，而俄语又是一门“文学语言”，我们的俄语课文大多是俄国的名家名作，爱好和专业相遇，于是，初通俄语后我便情不自禁地翻译起来。记得自大二开始的各类俄语课上我大都在开小差，只顾埋头“翻译”课本，到课程结束时，课本上的每句俄语也就都有了对应的汉语。大三开了翻译课，我终于找到着力点，每次翻译作业几乎都能得到翻译课老师张本桂先生的赞赏，被他当成“范译”朗诵给全班同学，这更助长了我的翻译野心。大学毕业时，我以翻译并赏析艾特玛托夫的短篇小说《白雨》为题完成学士学位论文，论文末尾标明的完稿时间是“1981 年 11 月 21 日”，而我的论文指导教师张本桂标出的审阅时间则为“1981 年 12 月 11 日”，这个时间应该算作我翻译之路的真正起点。《白雨》是艾特玛托夫的早期作品，似乎显得有些稚拙，而我的译文更显幼稚。如今看着旧译稿上张本桂老师仔细批改的红色笔迹，不禁感慨万分，先生在我大学毕业后的次年便查出身患绝症，他在北京住院期间我曾去探视，先生在道别时给我的嘱托仍是：“把翻译搞下去！”张老师与我大学时的文学选读课老师力冈先生（本名王桂荣）一样，都是我学步翻译时的搀扶者。

大学毕业后我考取中国社会科学院研究生院俄苏文学专业研究

生，在阅读大量俄苏文学翻译作品的同时，也瞒着怕我分心、不让我搞翻译的导师偷偷译了一些东西，如屠格涅夫和巴里蒙特的抒情诗等。1985 年，苏联诗人叶夫图申科访华，这位曾以诗攻击中国的诗人善于顺风使舵，在访华时写了一首迎合中国的诗《中国翻译家》，我受命将此诗译出，发表在 1986 年第 1 期的《世界文学》杂志上，这首写得不好、译得也不出色的诗，却是我公开发表的第一个译作。从此，我与《世界文学》杂志结缘，十多次在该刊发表译作和文章，该刊也成为我发表译作最多的一份杂志。

1991 年，在中国青年出版社编辑李向晨的支持下，我编译的《世界青年抒情诗选》一书有幸面世，这是我的第一个编译本；1992 年，我与王景生、季耶合译的托洛茨基文学评论集《文学与革命》在外国文学出版社出版，这是我的第一部合作译著；1995 年，漓江出版社总编宋安群约我翻译高尔基的《马尔娃》，这是我独自翻译的第一个译作单行本；1999 年，我主编的十卷本《普希金全集》在河北教育出版社出版，这是我主编的第一套大型翻译文集。

从 1985 年算起，在 30 年的时间里，我共出版译著 50 余种（含主编文集和丛书，含合译，不计再版和重印），另在各种报刊发表译作数十次，总字数逾千万。回顾已有的译作，发现自己的翻译实践中似乎存在这么几个“并重”。

诗歌与散文并重

我从俄语诗歌的翻译和研究起步，在主编《普希金全集》的同时，我又以《布罗茨基与俄语诗歌传统》为题撰写了博士学位论文。诗歌的语言构成相对复杂，诗歌的翻译相对困难，对译文的“创造性”要求更多，因此，诗歌翻译对于翻译新手而言无疑是一种很好的训练手段。但是，诗歌翻译向来是充满悖论的，甚至连诗歌究竟是否可译都成了一个大问题。主编《普希金全集》时，我翻译了他的 800 多首抒情诗，基本熟悉了俄语诗歌格律向汉语转换的路径和手段。后来，我又译了一些更具现代感的白银时代诗人诗作，如古米廖夫、曼德施塔姆的诗。在这之后，我却突然意识到诗的确不可译，因为一首诗中能够译出的仅有其含义，而之所以成诗的东西如节奏、音调和韵脚等却均需要“再造”。弗罗斯特说的那句令人丧气的话的确不无道理，即诗中可译的东西恰是原诗中非诗的东西，换句话说，原诗中为诗的东西则有可能在翻译中丢失多半，甚至丧失殆尽。于是，我便渐渐疏远了或者说是荒疏了诗歌翻译。

俄国诗人库什涅尔最近在给我的一封邮件中也曾质疑诗歌的可译性：“然而诗可以等值地译成另一种语言吗？这个问题会出现在任何一种语言的诗歌翻译中，呜呼，答案也只有一个：不可能。与音乐、绘画等用世界通用的同一种语言创作的艺术形式不同，诗歌只用自己的母语说话，而不可能在另一门语言中被复制。任何一个词，在翻译中都必须用另一个发音不同的词来替换。让我们设想一下，塞尚或梵高的画作能被另一位画家用其他的色彩来替代吗？单词变了，语音变了，节奏变了，韵脚也变了（如果有韵脚的话），那么这首诗还是原来那首诗吗？”但正是这位库什涅尔，却让我又重新译起诗来。这位被布罗茨基称为“20世纪最优秀的抒情诗人”的彼得堡诗歌传人，经我推荐参加了今年的青海湖国际诗歌节，并荣获“金藏羚羊奖”，组委会主任吉狄马加要我翻译一部库什涅尔诗集，我只好自食其言，再次译起诗来。

放下诗歌究竟是否可译的话题不谈，单就诗歌翻译对于一位翻译家的养成而言，我倒觉得是意义重大的。布罗茨基在论证诗歌较之于散文的优越性时所着重强调的一点，就是诗歌比散文更简洁，有过诗歌翻译经验的人再来译散文，其译文自然就会更言简意赅一些，更字斟句酌一些。

经典名著与当代新作并重

我译过普希金和陀思妥耶夫斯基等19世纪俄国文学大家的名作，甚至还译了比普希金更早的俄国哲学家恰达耶夫的《哲学书简》；与此同时，维克多·叶罗菲耶夫的《俄罗斯美女》、佩列文的

《"百事"一代》等俄罗斯当代文学作品也成了我的翻译对象。这样的"并重"当初或许并非一种有意识的选择，而是诸多偶然因素的促成，但如今回头一看，却也能觉察出其中的好处。

首先，作为一位专业研究者，我自然要关注整个俄国文学通史，而覆盖面较广的翻译实践能为我更贴切地探入乃至深入俄国文学的历史提供更多可能。其次，自普希金至今的俄国文学，其使用的语言始终变化不大，换言之，俄国古典文学和当代文学之间的差异远远小于五四新文化运动前后的汉语文学，在仔细推敲、翻译了俄国文学和俄国文学语言的奠基者普希金等人的文字后，在面对当代俄语作家的作品时往往能心中有数，心中有底。最后，19世纪的俄国经典文学已成为世界文学中的一座高峰，同样也是后代俄国作家的仰望对象，因此，俄国经典文学和当代文学间的"互文性"现象似乎更为突出，在同时或相继翻译了新旧经典之后，便能对某位作家的文学史地位和意义有一个更清晰的理解，并进而在翻译过程中更自觉地把握和再现其文学风格。

文学作品和学术著作并重

文学作品翻译和学术著作翻译的并重，这其实也是中国大多数学者兼译者的通行做法。在我国当今译界，一门心思专门做翻译的人已经很少，而专门做文学翻译或专门做理论翻译的人似乎更少。当今的译者大多是大学里的教师、研究机构的研究人员和出版社的编辑等，总之大多为"业余"译者，因为翻译作为一门手艺或职业，其所得如今已很难养活译者及其家人。既然是"业余"，其翻译对象往往也就相对"随意"起来，或为完成约稿，或是呼应自己的研究课题，或是出于某一时段的兴趣。我的译作大多为文学作品，但我也译有一些人文理论著作，如恰达耶夫的《哲学书简》、明恩溥的《中国人的气质》、阿格诺索夫的《俄罗斯侨民文学史》、米尔斯基的《俄国文学史》等，而我自己较为偏爱的译作，则往往是介乎于这两者之间的作品，很难说它们是文学作品还是理论著作，如里尔克、茨维塔耶娃和帕斯捷尔纳克的通信集《抒情诗的呼吸》(即《三诗人书简》)、《曼德施塔姆夫人回忆录》和布罗茨基的《悲伤与理智》等。然而，纯文学翻译和理论翻译之间并不存在一堵高墙，而是有着极强的互补性。理论翻译能训练译者的翻译理性，使其译文更具逻辑性和严密性；而文学翻译则能培养译者的翻译感性，使其译文更具形象性和抒情性。不是说在每一种译文中都要同时体现理性和感性，但同时拥有两方面经验的译者，无疑能更好地随机应变，因为原作是各式各样的，译者的风格选择是被动的，译者要成为风格再现的多面手，两个方面的素养自然都不可或缺。

俄文翻译与英文翻译并重

我的大部分译作译自俄文，但也有一些译自英文，如明恩溥的《中国人的气质》、米尔斯基的《俄国文学史》和布罗茨基的《悲伤与理智》等。诺贝尔奖委员会在给布罗茨基颁奖时，曾称同时用俄英两种语言写作的布罗茨基是坐在人类存在的峰顶上俯瞰两边的风景。的确，每一种语言都是一种风景，都是一种生活，甚至都是一种世界观，在自己的翻译中将两种语言做比照，并进而感受到不同语言的独特韵味和风格，这对译者而言自然是有益的。我在译布罗茨基的《悲伤与理智》时做过一个试验，即分别从布罗茨基散文的俄文版和英文版译出他同一篇散文的不同段落，然后将其对接起来，拼成同一篇译文，结果，我惊奇而又沮丧地发现，这篇“拼接”起来的散文在风格上是不统一的，甚至能清晰地感觉到译自两种语言的译文之间的“接缝”。这使我意识到，原文的风格对译者是有重大影响的，而在原文风格的构成因素中，除作家的文字个性外，他所使用语言的自身特征往往也发挥着举足轻重的作用。英语的灵活和自如与俄语的沉着和严谨，即便在汉译中也能清晰地被传导出来。此外，英语和俄语都属于世界上最重要的文学语言，各个民族的文学名著一般都有这两种语言的版本，这就使得我有可能在翻译某部英文著作或俄文著作时参考另一个语种的译本。比如我在翻译俄文版的《抒情诗的呼吸》时，就参考了该书的英译本，译者借助英译更正了自己的不少误译，同时也发现，英译者似乎也不时会有与中译者同样的困惑和苦恼。在一些难译的地方，他们似乎也做了一些模糊化的处理，而他们在文中所作的“添加”以及文后的注释，有许多都与中译者不谋而合。或许，他们在翻译过程中也曾遭遇与我一样的难题，也曾体验与我一样的欣喜。于是，作为一种跨越时空的交谈方式的翻译，又变成了三方的交谈。

但丁《神曲》的第一句话就是：我已走到人生的中途。此句诗中的“中途”一词在俄语中被处理为“山坡”（склон），即人到中年，翻山越岭到了另一面山坡。翻译之艰辛，犹如登山，攀登一座险峻陡峭的山，我如今也已来到这座山的另一面，这或许意味着我的翻译已开始走下坡路，但越过峰顶，我便能悠然见得这边的另一片风景。

译者的权利与翻译的使命

谢天振

在传统的译学理念中，是没有译者的权利这一说的。以中西翻译史为例，差不多两千年以来我们在谈到译者时，谈到的只有“任务”、“义务”和“责任”，却从不会提到译者的权利。在相当长的一段时间里，译者甚至连在译作上的署名权都得不到保证。之所以如此，我想恐怕跟当时翻译的主流对象有关：因为当时（欧洲的中世纪时期、文艺复兴时期，中国的佛经翻译时期以及五四时期）翻译的作品大都是宗教典籍、社科经典和文学名著，译者与原作者相比，其地位相当卑微。当时，学界的心目中只有古贤先哲和文学大师，哪有译者的地位，更遑论译者的权利。

曾经也有人想争一下译者的“特权”，如法国翻译史上的著名作家翻译家夏尔·索雷尔（Charles Sorel，1602—1674）。他说：“使原著再现于各个时代，按照各个时代流行的风尚改造原著，译者对原作做相应的改动，是译者的特权。”然而在那个“原文至上”、“是否忠实原文是判断翻译优劣的唯一标准”的年代，岂能容得下这样的言论？事实上，索雷尔自己也很快改口说：“为了使译作达到卓越水平，必须选择一种明智的折中方法：既不受原作者的言辞或意义的过分束缚，同时也不相去太远。”

然而尽管没有人给译者以明文规定的权利，但译者们对自己应该有哪些权利还是很清楚的，且并不放弃。譬如对于在翻译中译者有没有权利体现自己风格的问题，在传统译学理念看来，译者当然是无权在翻译中体现自己风格的，因为译者的责任是传递原文的风格、原作者的风格，而不是展示他自己的风格。但是事实上，优秀的译者在翻译的过程中肯定不会满足于做一个单纯的文字“搬运工”，跟在原文后面亦步亦趋，被原文的语言文字束缚住自己的手脚。譬如傅雷，他明确倡言“翻译应该像临画一样，所求的不在形似而在神似”，其用意也就是要求译者摆脱原文语言文字的“形”。众所周知，傅雷的翻译风格就很明显，我们拿起随便哪一本傅雷的译本，只消看上几页，不用看封面上译者的署名，就立即能感觉到这是傅雷的译本。而一个不争的事实是，我们的许多读者正是因为喜爱傅译的风格才爱上巴尔扎克的作品、爱上罗曼·罗兰的作品的。这里，翻译的事实与传统的译学理念显然背道而驰，形成了一个悖论。

同样的“悖论”也存在于前几年围绕葛浩文翻译莫言的作品所引发的争论上：一方面我们都看到，葛浩文的翻译“是把莫言作品推向诺奖领奖台的一个不可或缺的原因”，但另一方面却又有不少人对他“连删带改”的翻译表示“质疑”，说他“改坏了”莫言的原作。

翻译界这种“悖论”的由来其实是跟我们的翻译理念没有根据翻译的事实调整有关。长期以来我们对翻译的理解与认识一直停留在两种语言文字的转换层面，由此产生的对所谓合格译文的理解也就是“忠实”地实现了两种语言文字的转换。至于这种“转换”的实际效果如何，即译文能不能为译入语读者所接受，所喜爱，能不能在译入语环境里产生影响，等等，传统的译学理念是不考虑的。

有鉴于此，当代译论开始对翻译进行重新定位，2012年国际翻译日主题重申翻译是一种跨文化交际，强调翻译的使命就是要促进不同民族、不同国家之间有效的跨文化交际。当代译论呼唤“译者登场”，突出译者作为两种不同语言文化之间的协调者的身份，揭示译者在翻译过程中在意识形态、国家政治、民族审美趣味等各种因素制约下对译文的“操控”。

确立了现代译论意识，把握住了翻译的使命，那么原先的许多“悖论”也就迎刃而解了：首先，不要把“是否尽可能百分之百地忠实地传递了原文的信息”作为评判翻译优劣的唯一标准。“忠实”只是我们评判翻译的一个标准，但不是唯一标准，我们还应该考虑翻译是否切实有效地促进了不同国家民族间的跨文化交际，这是评判翻译行为，尤其是译介行为和活动是否成功的更为重要的标准。以这个标准去看翻译，那么葛译莫言是否成功，傅译巴尔扎克、罗曼·罗兰的翻译风格是否有存在的权利和价值，那就都不是问题了。

有人会表示担心：你这样公开地宣称译者的权利，声称译者可以有自己的风格，译者可以根据译入语语境的实际情况对译文进行一定的“操控”，是否会导致“胡译”、“乱译”的产生呢？这种担心是多虑了。其实，翻译界的“胡译”、“乱译”现象早已有之，它并不需要现代译论来赋予它“权利”，它与我们对翻译问题和翻译现象的学术探讨并没有直接的关系。制止、遏止以及尽可能地杜绝“胡译”、“乱译”的现象，首先当然是依靠译者的自律，但更重要的恐怕还需要加强翻译批评。加强翻译批评，使“胡译”、“乱译”无地自容，没有市场，使“胡译”、“乱译”的译者声誉扫地，与此同时再建立相关的翻译法律法规，这才是杜绝“胡译”、“乱译”现象的切实有效途径。

这里还有一个与翻译有关的问题在此也不妨顺便提一下。这就是优秀翻译文学奖该如何评奖的问题。我们现在通常的做法是，今年评奖的话，那就把候选译作设定在之前两三年时间里出版的译作上。这种做法其实是不符合翻译规律的。译作不像创作，可以在较短时间内即显现出它的社会效应。译作需要接受读者的考验，还需要接受时间的检验。优秀的翻译家往往需要多年时间打磨一部译作，而译作问世后也还需要相当的时间看它能否被读者所接受，能否对译入语国家的文学文化产生积极的影响。因此，优秀翻译文学奖的评选不妨借鉴诺贝尔文学奖的评选办法，综合地考察候选翻译家的译作及其社会影响，这样才有可能把真正优秀的翻译文学作品评选出来。

“三位一体”实为至福

许　钧

如果从 1980 年与钱林森先生合作翻译《永别了，病妈妈》(1982 年出版)开始算起，我从事文学翻译至今已经有 35 个年头了。我多次说过，自己这一辈子，会一直以翻译为生，做翻译、教翻译、研究翻译，三位一体，实为至福。

30 多年来，我翻译出版了 30 多部法国文学与社科名著，包括巴尔扎克的《邦斯舅舅》和《贝姨》、雨果的《海上劳工》、普鲁斯特的《追忆似水年华》(卷四，合译)、米兰·昆德拉的《不能承受的生命之轻》和《无知》、勒克莱齐奥的《诉讼笔录》和《沙漠》(合译)、波伏瓦的《名士风流》、图尼埃的《桤木王》、艾田蒲的《中国之欧洲》(合译)、布尔迪厄的《论电视》等。几十年来，我如此钟情于翻译，究竟是什么样的力量支撑着我呢？

我选择做翻译，可以说既是偶然也是必然。我的专业是法语，因此肯定要和各种形式的翻译打交道。但真正让我萌生翻译念头的，是我的法国留学生涯。1976 年，我到法国布列塔尼大学留学。留学期间，我读到了很多当时在国内无法读到的当代法国文学作品，被法国语言文学的美深深吸引。出于与更多人分享美和精神财富的渴望，我开始动笔翻译。如果要说有什么神秘力量指引我进入翻译领域，我想最重要的应该就是对语言文字的迷恋。随着年龄的增长，对于文学这位“恋人”，我的激情有增无减，这也是支撑我 30 多年如一日，不知疲倦坚持翻译的重要原因。

几十年来我之所以坚持不懈地翻译，还因为我对翻译重要性的认识不断加深。不同国家民族的交流离不开翻译，但翻译的作用并不止于双向的语言转换。只有从文化交流的高度，才能真正认识到翻译的价值。从人类社会发展来看，翻译能够克服语言差异，为交流和对话打开通道。从某个具体国家民族的社会文化发展来看，翻译通过对别国先进科技文化的介绍，能够引进知识，开启民智，塑造民族精神和国人思维，在特殊时期甚至能对社会重大政治运动和变革实践产生直接的影响。在我看来，一个民族的文化是不断创造、不断积累的结果。而翻译，在某种意义上，则是在不断促进文化的积累与创新。一个民族的文化发展，不能没有传统，而不同时代对传统的阐释与理解，会赋予传统新的意义与内涵。想一想不同时代对《四书》《五经》的不断翻译和不断阐释，我们便可理解，语内翻译是对文化传统的一种丰富；是民族文化得以在时间上不断延续的一种保证。

通过多年的翻译实践，我认识到，翻译本身是一种创造性活动，只有凭借译者的创造才能实现。当“本我”意欲打破封闭的自我世界，向“他者”开放，寻求交流，拓展思想疆界时，自我向他者的敞开，本身就孕育着一种求新求异的创造精神。与此同时，翻译中导入的任何“异质”因素，都是激活目的语文化的因子，具有创新作用。以文学创作来说，不少当代作家在谈论自己的创作经历时，都会谈及自身从西方翻译文学中汲取的养分，谈及翻译的创造性及其对他们自身创作所产生的推动作用，这一类的例子不胜枚举。

这次整理自己谈文学翻译的文字，发现自己对翻译的思考主要是围绕三个方面展开的，一是对翻译的本质思考，二是对文学名著翻译的欣赏与评析，三是对法国文学名家在中国译介与接收的研究。谈文学翻译，我觉得有几点特别重要。

一是翻译的态度。老一辈翻译家“为求一字稳，耐得半宵寒”的执着精神和严谨态度在今天仍值得我们学习。翻译过程中会遇到很多困难，译者的主要任务就是克服语言、文化障碍，尽可能忠实地再现原作的风貌与灵魂。如翻译吕西安·博达尔的《安娜·玛丽》，我要处理的是语言结构，博达尔的语言结构十分独特，译成汉语有困难，有的结构（如名词）必须要转译成完整的句子才行。翻译米兰·昆德拉的小说时，最大的难点在于互文性，他的小说充满反讽和隐喻，具有正话反说和意在言外的特点，书中经常出现前后文以及不同文本的交叉、呼应。这是我在翻译昆德拉小说时遇到的最大困难。至于普鲁斯特的《追忆似水年华》，难度更大，二十几万字，我用了整整两年时间才翻译完。

二是做翻译要有研究。译界有一种说法，翻译一部书就像是在选朋友、交朋友。我们和人交朋友，自然应该努力去了解他，翻译也是一样的。我每翻译一部书，都会进行思考，最后有一点自己的心得体会，这是翻译带给我的另一种意义和价值。我翻译了托多洛夫的《失却家园的人》、米歇尔·图尼埃的《桤木王》和昆德拉的《无知》等作品后，写了一些研究性文字。因为翻译的缘故，我产生了系统研究20世纪法国文学在中国译介状况的念头，现在已经和宋学智合作撰写出版了《20世纪法国文学在中国的译介与接受》一书。在翻译和研究过程中，我常常会和作者本人进行交流和沟通，我和吕西安·博达尔、艾田蒲、勒克莱齐奥等就是如此结识的。2008年诺贝尔文学奖得主勒克莱齐奥是我很喜欢的西方作家，从1980年起我就开始翻译他的作品，他现在不仅是我所译的作者、我所研究的作家，也是我的好朋友。

三是翻译要有原则。在我办公室挂着一位书法家朋友给我写的一幅字：翻译以信为本，求真求美。我至今仍然认为，翻译的忠实性非常重要。忠实于原著和充分展现原著精髓是并行不悖的，因为忠实于原著并不仅仅是忠实原著单词意义和句子结构，最理想的是忠实于原著的精髓，或者换句话说，是忠实传达原著的风格和风貌。风格问题一向是文学翻译中最敏感、最复杂的问题之一。作者的文字风格是由词语的调遣特征与倾向、句子的组合结构与手段、修辞手段的选择与使用等等表现出来的。所以要再现作者的风格，译者就得从炼字、遣词、造句等方面去做。比如傅雷就认为“在最大限度内我们是要保持原文句法的”，因为他认为“风格的传达，除了句法以外，就没有别的方法可以传达”。但是我们也应该认识到，翻译活动有其主体性，纵使译者有良好的主观愿望，要求他百分之百忠实于原著，从客观上来看也是不可能的。所以说，忠实与其说是一种结果，不如说是一种态度、一种追求。态度端正了，也许不一定能够实现充分展现原著精髓这样的结果，但态度不端正，没有追求，译作一定不会尽如人意。

反思走过的文学翻译之路，也会留下很多遗憾。读者朋友的宽恕与鼓励，对我而言，便显得格外珍贵。

联续时空，与诗人如相晤对

汪天艾

诗人保罗·策兰曾经在他翻译的《曼德尔施塔姆诗选》译后记中写道：“这个德语诗选，是第一个容量较大的以诗集形式出现的译本；这些诗中只有少许的诗被译成意大利语、法语和英语。在所有的一切机遇中我想给出诗歌最需要的：使它存在。”对我而言，做西班牙语诗歌翻译进入第六个年头，初心也是因为一个类似的愿望，希望使一个我热爱的诗人在汉语语境里“存在”。

2010 年秋天，我在专业课上读到一首诗：“如果人能说出他爱的……”诗人的名字很陌生：路易斯·塞尔努达。我想读更多他的诗。那天下课以后，我迫不及待去图书馆寻找他的书，才发现汉语资源几乎一片空白，只有三位西语文学译介的前辈老师（王央乐、赵振江和我的恩师范晔）先后翻译的 13 首诗寥寥散见于诗歌杂志和选集。一番周折之后，我在图书馆一楼角落的卡片检索抽屉里找到他的西语版诗选名目，从闭架图书区借出诗集《一条河一种爱 & 被禁止的欢愉》。那本诗集是小小的一册，黑色封面，我还记得里面的第一首诗是《我愿独自在南方》：“也许我迟缓的双眼再看不见南方……”从未做过诗歌翻译的我第一次萌生了“我想把这本诗集翻译出来”的念头，自己都被这个想法吓了一跳。很快，塞尔努达成了我与身边人闲谈的重点话题，无论是同学还是并不念西语系的好友，无一例外被我以“跟你说，我最近发现了一个特别好的诗人……”为开头的独白轰炸一番。此后一年，我读的资料和诗越多，越想与人分享、想让更多人知道、读到塞尔努达。我开始翻译他的诗给不懂西语的朋友看，那时的翻译还在最初的摸索期（“译稿”大多已经被改得面目全非），却给我带来无尽的满足。虽然我从小就是诗歌爱好者，但是直到塞尔努达的诗歌出现在我面前，直到这个诗人让我想要摈弃一切杂念和功利心去靠近、去感知、去理解，诗歌翻译才真正成为我愿意付诸一生的志业。

2011 年秋天，我在豆瓣申请建立了塞尔努达小组。因为毕业论文选择了写塞尔努达的诗歌，我从 2012 年 1 月 1 日开始给自己设定了每 5 天更新一首诗的“规则”，想从“制度”上督促自己读诗、练笔，养成习惯。刚开始，只是贴上原文和自己从文献里总结来的粗浅解读，后来鼓起勇气贴出了自己的译文，小组成员也从西语小圈子扩展为更广阔的用汉语创作的诗人和用汉语阅读的诗歌爱好者。回想当时的日子，很多记忆都模糊了，却想得起某天清早在图书馆阅览室门口排队等开门的时候，信手翻开手中的塞尔努达全集读到一首诗，激动得发抖。毕业以后，我在伦敦的阴雨里度过一年半的时间，翻译塞尔努达成为一种陪伴和安慰，几乎是生命借以获得意义的必需品。后来某日读到里尔克在《穆佐书简》里写“您为我的作品做了许多事，我倒并不觉得欠您的情：在精神领域和为精神之类而发生的一切，在自身之中便已有补偿；像您这种付出者和转达者同时也在接受，如果您对我的书怀有的执着信念必定使您备尝艰辛，那么，您的勤奋努力却也给您带来平常大概难以获得的喜悦和经验”，翻译塞尔努达给予我的正是这样的喜悦。

2013 年 11 月 5 日是塞尔努达逝世 50 周年的日子。那时我恰好硕士毕业回国，在等待学位和博士申请的空隙，回到我的母校母系北京大学西班牙语系，在燕园古旧的民主楼里办了一场纪念读诗会。当时塞尔努达小组已有将近 500 人，但那是我第一次见到这些在静默和言语中关注着小组、读着诗、鼓励着我的“陌生人”——不曾谋面却仿佛相识已久的“陌生人”。他们年龄各异，从事不同的职业，这些人，在一个特定意义的晚上，在一个有限的空间里，分享了无尽而有形的情感。那个晚上的开场诗是一位朋友朗诵《致一位未来的诗人》，当他读到最后一节：

将来的日子，当人类摆脱
我们从混沌惊恐中变回的
原始世界，命运会将
你的手带向一卷书，那里长眠着
我被遗忘的诗行，你打开它，
我知道你会感受到我的声音触及你，
不是从古老的文字，而是从你内心
鲜活的深处，带着将由你主宰的
无名热望。听听我，理解我。
在它的灵泊也许我的灵魂会记起什么，
这样我的梦想和欲望在你那里
终得意义，我将活过了。

那一刻，我感觉诗人是在场的，他曾经渴望的亲切臂膀、他想象过的从书架上取下诗集的双手，也都在场。我后来的博士生导师、研究塞尔努达多年的西班牙教授看了读诗会的照片后说，他觉得很感动，因为参与者脸上都有一种沉静和肃穆，十分动人。同一天，在马德里也举行了纪念读诗会，几十位西班牙语界的著名诗人以及诗歌研究者聚集在一起为公众朗诵塞尔努达的诗作，是夜，大屏幕上作为背景的诗行正是出自我们在北京一隅朗诵的最后一首诗："活着的部分微不足道，/ 因诗人会如诸神重生。"天涯共此时的瞬间，我所笃信的诗歌的超验意义铺陈眼前：诗人文字里的熠熠之光会在心上留下印迹，那是人类共通的情感，时间、文化、语言的阻碍都不至将它的美消磨殆尽。

这几年里，我一边读书、做关于塞尔努达的论文，一边翻译他的诗歌作品，虽不能至却心向往之的状态是希望把自己作为所译诗歌在另一种语言里的载体，像《歌剧魅影》里，克莉丝汀对魅影说"我是你戴的面具"，魅影接着唱道，"他们听见的是我的声音"。我想从译者的角度理解和选择自己的隐形，不轻易让自己的语言价值风格和判断左右译文的选词行句，而是通过各种方式和途径尽力地贴近原作者，去了解诗人生活与创作尽量多的方面。希望最后能让读者通过译者亲近诗人本人。诗人的每一部诗集创作于他人生的不同阶段，既有一以贯之的精髓，也有各自的特点风格，要把握风格并且体现在译文中就需要以研究伴随翻译，观察原作的特点，大到历史背景小到选字风格，让诗人的诗歌观念影响自己，渗透自己，从他的角度去理解和思考，这些都会影响到翻译过程中的总体策略和每一个具体的选择。与此同时，我也会将诗人的一些诗歌观念和喜好（比如对待韵脚的态度、对诗歌语言的选择等等）考虑在内。当然，一个诗人的理念、希望写成的诗歌，和他真正写出来的诗歌常常还是不完全一致的。塞尔努达自己也说，诗歌对他而言就像坐在他爱的人身边，本身就是一种弱点，只是种种弱点里，这一样最可接受，他也几次引用过艾吕雅的话说，我从未在我爱的之中找到我写的。所以在这一点上，译者还有做出判断的职责，才能尽可能更大程度地呈现原作。

塞尔努达对于诗歌创作的解读和理念始终影响着我翻译他的体验，这种影响有的时候是更为宽泛的契合，比如他曾经说："1931 年我开始写《被禁止的欢愉》。书中的诗都是一气呵成，没有修改；多年后出版的版本和灵感初次袭来推动我写成的完全相同。这与我最早的两部诗集不同:《空气的侧影》中的诗歌几经修改才以《最初的诗》为题收入 1936 年出版的《现实与欲望》中；而《牧歌，哀歌，颂歌》的修改更多，几年里我写了无数的草稿与断章才让那三首诗呈现最后的样子。诗歌的艺术有时只需要轻轻的敲打，有时却需要持久的努力，但无论如何，最终的成品都应该是耐心与惊喜的融合。"而我在翻译《被禁止的欢愉》时恰恰是两天之内译完的，几乎没有大的修改，而其他很多诗在这 5 年里经历了很多推翻重来的修改，如他所说，也是耐心与惊喜的融合。

2015 年秋天，我带着自己翻译的塞尔努达散文诗集《奥克诺斯》去了诗人的故乡塞维利亚，站在他出生的房子面前，那是一条无人小巷，花边环绕的瓷质纪念牌上写着"1902 年 9 月 21 日路易斯·塞尔努达出生于此，爱、痛苦与流亡的伟大诗人，感激的塞维利亚纪念他"。同样心怀感激的我捧着书伫立在破败的门前，想起帕乌斯托夫斯基写他站在契诃夫的故居内，觉得“生活太无情了，它至少应当让少数人（缺少了他们我们就几乎无法生存下去的那少数人），即使不能永生不死，至少也能活很长很长的时间，好让我们始终感到他们给人带来幸福的手按在我们的肩上”。塞尔努达也曾在1950年的一封信中对友人说：“在这漫长的孤独中，需要一点记忆，仿佛肩膀上被友善地轻轻拍一下，这会让我们重新认识现实，并又一次相信现实。”与诗歌创作相仿，诗歌翻译本也是一场漫长孤独的匠艺活计，我却如此幸运，得以感知肩膀上友善的力量。从在豆瓣小组里陆续贴过的几十上百首译诗草稿，到三本独立出版的小册子，再到《奥克诺斯》和《现实与欲望：塞尔努达流亡前诗全集（1924—1938）》两本正式出版的译著，翻译塞尔努达的5年多时间让我看见、让我相信，沈从文先生说的“一些生死两寂寞的人，从文字保留下来的东东西西，却成了唯一联接历史沟通人我的工具。因之历史如相连续，为时空所阻隔的情感，千载之下百世之后还如相晤对”。

编 后 记

这四卷文字，是我们从2012年，特别是习近平总书记主持召开文艺工作座谈会以来的几年间，发表于《文艺报》上的访谈、理论评论及研究性文章中选取出来的。文丛的面世无疑凝结了多方辛勤的劳动付出。

感谢中国作家出版集团的大力支持，使这个项目得以顺利推进。

感谢作家出版社吴义勤社长、黄宾堂总编辑的鼎力相助，他们率领着由袁艺方、徐乐、王烨、赵莹组成的优秀编辑团队以及美编王汉军、幕后的校对人员，以特别敬业、奉献的精神，全心全意，倾力打造，保证了文丛如期高质量出版。

特别要感谢马识途、屠岸老人和南帆、雷达先生为文丛题写书名，他们急公好义、慨然题签的风范让我们感动。四位当代作家、学人以风格各异的墨迹，再度诠释了对《文艺报》的厚爱，为文丛增添了光彩。

我们谨以此文丛作为一份特殊的礼物，献给全国广大文学艺术工作者，献给中国作家协会第九次全国代表大会。

文丛编委会

2016年11月3日

图书在版编目（CIP）数据

绚丽星空之下 / 文艺报编 . —北京：作家出版社，2016.11
（文艺报文丛 · 外国文学卷）
ISBN 978-7-5063-9236-5

Ⅰ . ①绚…　Ⅱ . ①文…　Ⅲ . ①外国文学—作品综合集
Ⅳ . ① I11

中国版本图书馆 CIP 数据核字（2016）第 271648 号

绚丽星空之下：文艺报文丛 · 外国文学卷

主　　编： 梁鸿鹰
责任编辑： 赵　莹
装帧设计： 王汉军
出版发行： 作家出版社
社　　址： 北京农展馆南里 10 号　　**邮　　编：** 100125
电话传真： 86-10-65930756（出版发行部）
86-10-65004079（总编室）
86-10-65015116（邮购部）
E-mail:zuojia @ zuojia.net.cn
http://www.haozuojia.com（作家在线）
印　　刷： 三河市紫恒印装有限公司
成品尺寸： 152 × 230
字　　数： 400 千字
印　　张： 34.75
版　　次： 2016 年 11 月第 1 版
印　　次： 2016 年 11 月第 1 次印刷
ISBN 978-7-5063-9236-5
定　　价： 45.00 元
